经典作家的方方面面

中国茅盾研究会 编

华东师范大学出版社

上海

图书在版编目（CIP）数据

经典作家的方方面面：《茅盾研究》. 第 16 辑/中国茅盾研究会编. —上海：华东师范大学出版社，2021
ISBN 978 - 7 - 5760 - 1506 - 5

Ⅰ.①经… Ⅱ.①中… Ⅲ.①茅盾（1896 - 1981）－文学研究－文集②茅盾（1896 - 1981）－人物研究－文集
Ⅳ.①I206.7 - 53②K825.6 - 53

中国版本图书馆 CIP 数据核字（2021）第 063763 号

经典作家的方方面面

《茅盾研究》第 16 辑

编　　者　中国茅盾研究会
责任编辑　曾　睿
责任校对　时东明
装帧设计　刘怡霖

出版发行　华东师范大学出版社
社　　址　上海市中山北路 3663 号　邮编 200062
网　　址　www.ecnupress.com.cn
电　　话　021 - 60821666　行政传真 021 - 62572105
客服电话　021 - 62865537　门市（邮购）电话 021 - 62869887
地　　址　上海市中山北路 3663 号华东师范大学校内先锋路口
网　　店　http://hdsdcbs.tmall.com

印 刷 者　常熟高专印刷有限公司
开　　本　787×1092　16 开
印　　张　19.25
字　　数　415 千字
版　　次　2021 年 5 月第 1 版
印　　次　2021 年 5 月第 1 次
书　　号　ISBN 978 - 7 - 5760 - 1506 - 5
定　　价　68.00 元

出版人　王　焰

（如发现本版图书有印订质量问题，请寄回本社客服中心调换或电话 021 - 62865537 联系）

目　录

新世纪 20 年(2001—2019)茅盾研究著作评析　　　　　　王卫平　/　001

近十年茅盾小说研究述评　　　　　　　　　　　　　　阎浩岗　/　016

茅盾、老舍、巴金小说研究如何创新
　　——《中国现当代小说研究》课堂实录之五　　李继凯　徐　翔　郭大章等　/　031

茅盾研究点滴谈　　　　　　　　　　　　　　　　　　杨　扬　/　041

普实克的茅盾研究　　　　　　　　　　　　　　　　　徐从辉　/　047

成为作家：茅盾论当代作家的艺术修养　　　　　　　　王本朝　/　055

茅盾旧体诗词(1949—1976)探幽　　　　　　　　　　　赵思运　/　065

风景政治中的重庆与延安
　　——茅盾的战时中国形象建构　　　　　　　　　　李永东　/　075

从历史拯救"民族形式"：茅盾与中国的文艺复兴　　朱　军　李　芸　/　086

关于茅盾"雨天杂写"系列杂文的史料问题　　　　　　刘铁群　/　094

施蛰存与茅盾、孔另境的交往与交情　　　　　　　　　杨迎平　/　101

茅盾在新疆时的创作补遗与文艺讲话　　　　　　　　　景李斌　/　110

茅盾与《呐喊》《烽火》杂志相关史实辨正　　　　　　　杨华丽　/　119

三十年来首度发现茅盾抗战时期小说佚作
　　——被遗忘的《十月狂想曲》论略　　　　　邓龙建　凌孟华　/　130

抗战时期茅盾佚文考述　　　　　　　　　　　　　　　金传胜　/　142

新版《茅盾全集》编辑回顾
　　——钟桂松主编与我的 99 封邮件　　　　　　　　　高　杨　/　158

《子夜》：都市空间的"现代性"想象　　　　　　　　　张　玲　/　165

百年中国儿童文学演进史中的茅盾　　　　　　　　　　王泉根　/　181

从《大系》的编选看鲁迅、茅盾的文学观的异同   黄　轶 / 195

论茅盾对传统资源的现代性改造
　　——以《水浒传》为中心   钟海波 / 205

茅盾与《文艺阵地》:抗战文艺空间的建构   王鹏飞 / 214

探寻"理想的实在":茅盾与叶芝戏剧的译介   翟月琴 / 224

茅盾的妇女解放理论   李　玲 / 233

世界大同视野形态下的妇女解放路径
　　——茅盾妇女论再认识   雷　超 / 247

时代女性与茅盾小说的身体叙事   刘　涛 / 272

《蚀》的"情绪迷醉"与茅盾的"自我出走"   俞敏华 / 278

文学场域视阈下茅盾与太阳社、创造社间的革命文学论争   田　丰 / 285

茅盾农村题材短篇小说创作动因探析   肖　迪 / 294

新世纪 20 年(2000—2019)茅盾研究著作评析

王卫平①

内容摘要：业内人士一般认为，茅盾研究在经历了 20 世纪 80 年代的辉煌、90 年代的"开始下滑"，到 2000 年前后"跌入低谷"，新世纪 20 年依然"相对沉寂"。这种看法有些似是而非。当我们详细梳理新世纪 20 年茅盾研究著作以后，这种看法就被打破了。回顾这 20 年的茅盾研究，我们惊奇地发现它已悄悄地取得了丰硕的成果，仅从著作来看：史料发掘、文献整理成绩斐然；普及读本、学术专著扎实推进；作品(包括翻译作品)、年鉴、书系、学术史的出版均有突破。这着实难能可贵，也值得总结和珍视。虽然它在学界的影响力减弱了，但这也许正是回归了学术研究的常态。沉稳、持续的发展，证明了茅盾的影响力和生命力。而全面的自我总结和深刻的自我省思，也就发现了不足，从而也就找到了创新和突破口。

关键词：新世纪；茅盾研究；著作；成就；新突破

引言

新世纪已走过 20 年，这 20 年的茅盾研究需要梳理，总结其中的成就，不断地自我反思，增强自省意识，为研究者提供数据，为下一步的研究提供借鉴，这是非常有意义的。限于篇幅，本文只对新世纪以来茅盾研究的著作进行"史"的梳理和评析，学术论文部分将在另一篇文章中完成。

业内人士一般认为，茅盾研究在经历了 20 世纪 80 年代的辉煌以后，到了 90 年代"开始下滑"②，到 2000 年前后"跌入低谷"③，到 2014 年依然"相对沉寂"④。这种看法有些似是而非。事实果真如此吗？仅从公开出版的茅盾研究著作(包括研究资料、普及读物、年鉴、书系，以及众多的学术专著)来看，并非如此。21 世纪以来的 20 年，研究茅盾的著作有着可观的数量和质量，呈现出多样性的态势，取得了多方面的成绩。当我们详细梳理新世纪 20 年茅盾研究著作以后，这种"开始

---

① 作者简介：王卫平，辽宁师范大学文学院教授、博士生导师。中国茅盾研究会副会长。

② 沈冬芬在《一个时间问题献疑——从"茅盾学"大视野试谈茅盾研究起点的一点浅见》中说："由于随之而来的茅盾运交华盖，茅盾研究下滑。"见《茅盾研究》第 11 辑(2012 年 3 月)第 632 页。

③ 钟海波、李丹在《2000 年春全国茅盾研究学术讨论会综述》中说："与会代表对茅盾研究近年跌入低谷，形成共识，对此大家各抒己见。"见《茅盾研究》第 8 辑(2003 年 3 月)第 444 页。

④ 钟海波、冯超在《茅盾研究回与前瞻学术讨论会暨中国茅盾研究会理事会综述》中说："本次会议(2014 年 7 月在西安召开)对冲破当下茅盾研究相对沉寂的局面，发挥了重要作用。"见《中国现代文学研究丛刊》2014 年第 10 期第 219 页。

下滑"、"跌入低谷"、"相对沉寂"的看法就被打破了。

一、史料研究、文献整理成绩斐然

新世纪以来，尤其是近几年来，中国现当代文学研究，史料、文献、实证受到了研究者格外的重视，从"以论代史"到"论从史出"，从重方法到重资料，甚至有淡化思想，凸显学问的倾向，注重掌握丰富、可靠的第一手资料。这是现当代文学研究创新突围的表现。这种状况也在茅盾研究中表现出来。一些基础性的文献整理、资料编辑、普及读物、年鉴、年谱、书系等均有新成果，可谓成绩斐然。

1. 茅盾作品包括翻译作品的出版

首先，应该特别提到的是新版《茅盾全集》的编纂和出版。由茅盾之子韦韬先生授权，中国茅盾研究会原副会长、茅盾研究资深专家钟桂松先生担任主编的新版《茅盾全集》2014年3月由黄山书社隆重推出。这是继人民文学出版社编辑出版的《茅盾全集》之后的又一套《茅盾全集》版本。新版《茅盾全集》在原版《茅盾全集》的基础上加工、补充而成，共42卷。与原版本相较，新版本增加了多幅珍贵照片；新收入了茅盾生前未正式发表的、没有收入原版本的笔记、手稿等；新收入了原版本没有收录的茅盾在古籍注释方面的文章；新收入了原版本在当时因有顾虑而没有收录的茅盾在政治运动中违心所写的批判其他作家的文章；将原版本中同一专题的文章由分散编入改为集中编入；将原版本的"补遗"按内容和写作时间分别编入全集的各卷中；改正了原版本中的一些错漏。可以说，新版本是规模最大、收集最全的《茅盾全集》，为广大读者的阅读和学者的研究提供了方便。此外，钟桂松还编了《茅盾文集》（全10卷），中华工商联合出版社于2015年12月出版。

其次，2012年1月，桐乡市档案馆隆重推出《茅盾珍档手迹》，是浙江大学出版社出版的，由《走上岗位》《人民是不朽的》（翻译的苏联小说）《文论》《诗词》和《红学札记》等组成。该书作为"十二五"国家重点图书、全国重点档案编研出版项目，皇皇五大卷，精装设计，精美无比，实为珍藏强档。这项工程的完成，首先应感谢茅盾之子韦韬先生。他把家中尚存的珍贵的茅盾档案资料，经过整理，全部无偿捐给了家乡——桐乡市档案馆。档案馆研究人员根据这些资料，经过精心整理、研究、编纂，终于编辑出了这套《茅盾珍档手迹》。全书用精美的钢笔字、精细的毛笔字书写，着实让人敬佩茅盾的书法功夫。该书出版后，反响强烈，先后有多篇介绍和评论文章刊发，均受到高度评价。

再次，2005年10月，韦韬主编的《茅盾译文全集》（10卷）由知识产权出版社出版。该书收录了茅盾从1917年到1949年在各类报刊上翻译发表的外国小说、诗歌、剧本、文论、政论文以及翻译出版的科普著作单行本等，成为研究茅盾翻译成就的重要文本。该书于2013年5月再版。

2. 有关茅盾的回忆、文献、书信、资料的编辑出版

2001年8月，龚景兴编的《二十世纪茅盾研究目录汇编》由中国文联出版公司出版，汇集了20世纪茅盾研究的成果。2004年1月，上海图书馆中国文化名人手稿馆编辑的《封尘的记忆——茅盾友朋手札》由文汇出版社出版，这是茅盾和朋友们的通信集。"该书共收从1959年到1980年21年间茅盾与49位友人的360余

封信,计 36 万字。其中茅盾友人给茅盾的 220 余封通信是初次发表。为了便于读者对通信内容有清晰的了解,该书同时收录了茅盾致朋友的 140 余封信件。"①2004 年 2 月,茅盾的儿子韦韬和陈小曼编著的《我的父亲茅盾》由辽宁人民出版社出版。该书从政治生涯、文学追求、亲情、友情等方面回忆和介绍了茅盾的一生,是了解茅盾、走近茅盾的好资料。2008 年 6 月,韦韬和陈小曼著的《父亲茅盾的晚年》由文化艺术出版社出版。该书着重叙写了茅盾一生的最后 15 年,即从"文革"爆发到 1981 年离世的经历,是研究茅盾晚年的日常生活和精神面貌的第一手资料。除文字叙述外,该书还配以众多珍贵的茅盾以及与家人、亲友的工作照、生活照,以及茅盾的手迹、手稿,还有茅盾逝世后,党和国家领导人以及首都各界群众告别、悼念茅盾的照片。2010 年 12 月,由陈毛英、张蓉主编,西泠印社出版的《茅盾致陈瑜清书信》,收集了保存至今的 68 封书信。2014 年 7 月,金韵琴编著的《茅盾晚年谈话录》由上海书店出版。该书的编著者是茅盾的内弟媳(也是著名茅盾研究者孔海珠的母亲),她于 1975 年在茅盾家中做客半年,与茅盾朝夕相处,谈话频繁,这本谈话录就是根据她所记的日记整理而成,还收有茅盾写给她的 25 封信以及孔海珠撰写的《我的母亲与〈茅盾谈话录〉》。这些都是研究茅盾晚年的重要文献资料。

3. 茅盾研究史、研究年鉴、书系等的出版

在 2000 年春季召开的全国茅盾研究学术讨论会上,李继凯就呼唤《茅盾研究史》的写作,指出:"茅盾研究已有 70 多年的历史,经过几代学人的努力已取得相当可观的学术成果,形成了较为全面的研究格局。但其中也存在着明显的遗憾,如迄今为止尚未出现比较系统、完整和厚重的《茅盾研究史》。"②李继凯的呼唤刚刚过去一年,钟桂松著的《二十世纪茅盾研究史》就问世了,这并不是因为钟桂松听到李继凯的呼唤就积极响应,而是在此之前就默默准备,用了两年多的时间撰写了这部研究史,从而确保它在 21 世纪之初问世。这是茅盾研究史的开山之作,尽管在此前已有邱文治、韩银庭编著的《茅盾研究六十年》(天津教育出版社 1990年),但它还不是严格意义的研究史。因此,钟桂松的这本研究史还是具有首创之功和填补空白的意义。凭着多年研究茅盾的功底和造诣,钟桂松清晰地描绘出了20 世纪近 80 年茅盾研究的发展历程、脉络和格局,分为 7 个阶段即 7 章进行描述和品评。资料的翔实、持论的公允、态度的温和是本书的特色。吴福辉在《序》中说:"研究史的写作,主要在于资料的翔实、全面和对资料评定眼光的准确、生动、犀利。两个方面缺一不可。"用这个标准衡量钟桂松的这部开山之作,实事求是地说,该书在资料方面做到了翔实,但在有些方面还不够全面,不够细致。对所论及的研究成果做到了理解、尊重、宽容,但评定的眼光还不够深邃、犀利,缺点、局限的指出不够,有的研究成果也有所遗漏。

地处茅盾家乡桐乡的浙江传媒学院高度重视茅盾研究,不仅于 2015 年 1 月成立了茅盾研究中心(校级科研机构),凝聚了茅盾研究的新生力量,发表了许多令

① 胡洪亮:《封尘的记忆——茅盾友朋手札》出版,《茅盾研究》第 9 辑(2005 年 6 月),第 320 页。

② 钟海波、李丹:《2000 年春全国茅盾研究学术讨论会综述》,《茅盾研究》第 8 辑(2003 年 3 月),第 449 页。

人欣喜的茅盾研究的新成果,而且还积极策划、编撰了《茅盾研究年鉴》,迄今已出版了三卷,2012—2013 年卷(张邦卫、赵思运、蔺春华主编,现代出版社 2014 年 12 月出版),2014—2015 年卷(赵思运、蔺春华、张邦卫编著,中国社会科学出版社 2017 年 10 月出版),2016—2017 年卷(赵思运、蔺春华主编,中国社会科学出版社 2019 年 7 月出版)。这三卷年鉴很好地梳理了 2012—2017 这六年间茅盾研究的成果,并进行了精心的挑选、甄别,在体例上分为四编:大事记、重要论文、论著评介、论文摘要及索引(2014—2015 年卷还有"茅盾文学奖研究"一编),为研究者提供了重要参考资料,为茅盾研究事业做出了突出贡献,功不可没。

2014 年 7 月,由钱振纲、钟桂松主编的《茅盾研究八十年书系》由台湾花木兰文化出版社出版。该书系收录了 1931 年以来已公开出版的茅盾研究著作 46 种,新出版的著作 3 种,即李继凯的《"师者"茅盾先生》、李广德的《茅盾及茅盾研究论》、崔瑛祜的《左翼文学论争中的茅盾》,共计 49 种。这是一套规模宏大的茅盾研究书系,虽不是茅盾研究著作的全部,但大体涵盖了截至 2008 年的多数茅盾研究单行本。特别是初版于 20 世纪 30 年代初的《茅盾评传》和《茅盾论》等已较难寻找,因此,再版更显出它的价值和意义。

此外,还有金宏达主编、钱振纲编的《茅盾评说八十年》(文化艺术出版社 2011 年 4 月出版),它可以和 20 世纪 90 年代初邱文治等编著的《茅盾研究 60 年》(天津教育出版社 1990 年出版)遥相呼应。这是文化艺术出版社出版的"名家评说书系"之一种,体现了整套书博采史料、体现多元声音、反映学界风云、具有人文情怀的总体精神。该书分为"忆念""钩沉""争鸣""论列""研究综述"五个板块,此外,还有作为"附录"的茅盾传略和茅盾研究资料目录索引。全书力图把八十年里的茅盾评说浓缩在一本书中,具有一定的覆盖性。但由于篇幅的限制,很难在一本书里反映八十年茅盾研究的历史和研究成果,许多学者的高水平论文、专著都难以收入,留下了难以避免的遗憾。

二、普及读本、学术专著扎实推进

除茅盾作品、文献资料、年鉴书系的编辑出版外,茅盾研究著作的出版更是扎实推进,是茅盾研究的重头戏,显示出很高的学术水准。据笔者统计,新世纪 20 年国内出版了茅盾研究著作 50 多部(包括普及性的著作),这个数字,和新时期前 20 年相比也没有明显的下滑,应该仅次于鲁迅研究的著作,在郭、巴、老、曹研究著作之上。这些茅盾研究的著作,涉及茅盾生平、经历、思想、精神、人格、创作、批评、理论、研究史等方方面面。

1. 普及著作不可小视

这方面的著作既包括解读茅盾的作品,如潘艳等人的《解读〈子夜〉》(京华出版社 2001 年)、孙中田等人的《〈子夜〉导读》(中华书局 2002 年)、王科的《〈子夜〉全新解读》(东北大学出版社 2014 年)、程光炜的《解读茅盾经典》(花山文艺出版社 2004 年)、孔令德的《茅盾乡土作品选析》(中国文史出版社 2006 年)等,也包括介绍茅盾各个历史时期生活、经历和家人的,如钟桂松的《与茅盾养春蚕》(浙江文艺出版社 2004 年)、《茅盾:行走在理想和现实之间》(大象出版社 2004 年)、《茅盾和他的女儿》(东方出版社 2007 年)、《茅盾的青少年时代》(海燕出版社 2013 年),蔡震的《茅盾的青少年时代》(河北人民出版社 2010 年)、陈小曼的《茅盾》(河北教育出版社 2001 年)、沈卫威的《茅盾》(中国青年出版社 2012 年)、新疆社会科学界联合会的《茅盾在新疆》(新疆人民出版社 2012 年)、王士杰的《乌镇·茅盾》(中国文史出版社 2017 年)等,这些著作,有的注重作品阐释,有的注重资料发掘,兼具学术性、通俗性、史料性,对于大众读者,特别是青少年读者了解茅盾,理解茅盾的作品起了重要作用。比如,王士杰的《乌镇·茅盾》以故乡、故居为支点,撑起茅盾的人生履历和身后的纪念,全书分为老家故居、乌镇的茅盾、时代的茅盾、永远的茅盾四部分内容,线索清晰,图史互动,以简驭繁,雅俗共赏。

2. 生平、传记研究成果丰硕

21 世纪以来,茅盾的生平、传记研究成果颇丰。先后有郑彭年的《文学巨匠茅盾》(新华出版社 2001 年)、钟桂松的《茅盾画传》(复旦大学出版社 2005 年)、余连祥的《逃墨馆主——茅盾传》(浙江人民出版社 2006 年)、钟桂松的《延安四年(1942—1945)》(大象出版社 2009 年)、刘屏的《茅盾画传》(江西人民出版社 2009 年)、孙中田的《图本茅盾传》(长春出版社 2011 年)、钟桂松的《茅盾评传》(南京大学出版社 2013 年)、商宝昌的《茅盾先生晚年》(河北人民出版社 2014 年)、钟桂松的《起步的十年——茅盾在商务印书馆》(商务印书馆 2017 年)等。余连祥的《逃墨馆主——茅盾传》是浙江文化名人传记丛书之一种,用十章 20 万字的篇幅描述茅盾的一生,颇有新意。该书称传主为"逃墨馆主",颇有意思,作者在第六章作了说明。它源自 1931 年 1 月,郑振铎将已完成的《子夜》部分篇章,以《夕阳》为题,编入《小说月报》第 23 卷新年号,署名"逃墨馆主"。因"1·28 事变"爆发,商务印书馆被炸毁,新年号未能问世,《子夜》的连载计划也就落空。对于署名"逃墨馆主",茅盾在回忆录中说:"孟子说过,天下之人,不归于杨,则归于墨。杨即杨朱,先秦诸子的一派,主张'为我'……我用'逃墨馆主'不是说要信仰杨朱的为我学说,而是用了杨字下的朱字,朱者赤也,表示我是倾向于赤化的。"[①]显然,"逃墨馆主"意在表明茅盾是"逃墨(黑)追红"的。作者用"古典化"和"平常心"塑造出一个真实可感的茅盾形象。通过充分爬梳史料,认真考证出传主一些尚未清楚的问题,不美化、也不亵渎传主。比如,充分爬梳史料,通过详细考辨,证实了茅盾是主动脱党的,从而推翻了以前的"叛党说"和"被动脱党说"。再比如,通过对秦德君回忆录的细读、辨析,参照韦韬、陈小曼的回忆文章,证实了秦德君的"莎乐美"情结。这些都是该书的新意所在。

孙中田的《图本茅盾传》和钟桂松的《茅盾评传》是两本厚重、扎实、丰满的茅盾传记。两位作者虽是属于两代学者,但都有 30 年以上的茅盾研究经历,在此前都有茅盾传记出版,都有丰富的资料占有。孙中田是中国现代文学研究、茅盾研究的资深学者,国务院审批的博导。他对茅盾及其创作有过深入的研究,其书用图文结合的方式记述了茅盾一生的光辉业绩和高风亮节,对茅盾重要作品的解说

---

① 余连祥:《逃墨馆主——茅盾传》,浙江人民出版社 2006 年版,第 147 页。

得体、到位，全书以厚重见长。钟桂松是长于茅盾家乡的研究者，对浙江山水、吴越文化有着深入的了解。在写作此书前，已经有十几部茅盾研究的著作问世，包括茅盾传记，这使他在有关茅盾生平、经历等文献、史料的占有和掌握上无与伦比，再加上他对浙江山水、历史、文化、人文的了然于心，就使《茅盾评传》的撰写具有了双重的优势。这在其书的第一章"江山之助"就鲜明地体现出来，"吴越文化的浸淫"、"水乡乌镇的滋养"、"平民大家庭"的环境、"以母亲为中心的女性世界"这一节节的标题就把读者带到了江南水乡，把传主置身于江浙的历史、文化和人文的语境中，验证了"一方水土养育一方人"。该书正是以史料的丰富、描述的细致取胜，篇幅也比《图本茅盾传》长。不少史实、史料、轶事、细节等都是其他版本的茅盾传（或评传）所没有的。在评价上，其书以客观、公允、宽容见长，只是在经典文本的介绍、解读和阐释上稍显不足。

钟桂松的《起步的十年——茅盾在商务印书馆》和商宝昌的《茅盾先生晚年》各自选取了茅盾一生中的早期和晚期展开研究，都有着不平常的意义和价值。茅盾和商务印书馆的关系是钟桂松几十年来一直在思考的课题，商务印书馆的十年是茅盾一生起步的十年。正如钟桂松在该书的《自序》中所言："商务印书馆，在茅盾一生中至关重要。没有商务印书馆这个平台，就没有革命家沈雁冰，也没有文学巨匠茅盾，更没有他为中国革命和人类文化做出的重大贡献。没有商务印书馆工作和学习的十年，就无法想象后来的沈雁冰（茅盾）。"读完此书，读者也十分信服作者的这一总观点。该书在茅盾入职上海商务印书馆 100 年之际，由商务印书馆（北京）出版（尽管不是当年的商务印书馆）具有特别的纪念意义。《茅盾先生晚年》是河北出版传媒集团策划的"名人晚年书系"之一，商宝昌是茅盾研究的青年学者，后起之秀，近几年他多有茅盾研究的文章见诸报刊。这本书，按照作者的立意，主要不在续写茅盾传记（晚年），而是对茅盾的晚年进行分析、评论和反思，所以，它没有按照时间的顺序，编年式地描述茅盾晚年的经历和走过的道路，而是选取几个时间节点，抓住几个实例和关键问题，如 1949 年元旦、思想改造的轨迹、在政治风浪中的表现、难以为继的创作、亲苏、反美等，由此透视作为文化部部长、政协副主席这样一个公权力者以及新文学家、文化精英等多重身份的茅盾。如作者在《前言》中所说："其中可能涉及到的批评甚至讥讽，也不是针对其个人道德、品格的成见，而是一个共和国的普通公民针对昔日的'公仆'、公众人物给予民主的监督和评议，或者也可以说是对其进行一种'长焦距的历史透视'。"[1]作者在描述历史事实过程中的评议和历史透视，不时彰显出作者的思想锋芒，这也许是本书的精彩处。但批评性的反思甚至反讽有时显得不够厚道。

3. 整体研究、综合研究大气厚重

这首先在山东学者的研究中鲜明、突出地体现了出来。丁尔纲的《茅盾：翰墨人生八十秋》（长江文艺出版社 2000 年）是一部带有传记性质的整体研究、综合研究的力作。该书既"穷本溯源"了茅盾的国学、西学、传统、现代等思想文化渊源，

---

[1] 商宝昌：《茅盾先生晚年》，河北人民出版社 2014 年版，第 10—11 页。

又追踪、论述了茅盾从旧中国到新中国各个历史时期的人生经历和文学活动。丁尔纲是中国现代文学研究、茅盾研究的资深先辈学者,曾参与发起中国现代文学研究会、中国茅盾研究会等。在 20 世纪八九十年代就有多部茅盾研究专著问世,其中,41 万字的《茅盾的艺术世界》和 66 万字《茅盾评传》都堪称是茅盾研究的"扛鼎"式的鸿篇巨制。翟德耀也是茅盾研究的前辈学者,他的《走近茅盾》(中国文联出版社 2001 年)虽然是一本学术论文的合集,但正如朱德发所评价,"紧紧围绕几个专题展开",是"一本有分量的书"。① 书中的研究涉及茅盾早期的新女性观、婚恋观,在妇女解放运动中的理论贡献以及作品中时代女性的文化、心理透视;茅盾五四时期的新文学观、早期译介外国文学的特点、与列夫·托尔斯泰的关系;茅盾与新文学的民族化建设;茅盾的散文与历史小说创作等诸多问题,微观、中观、宏观研究兼而有之,充分体现了研究者取精用宏,求真务实的精神。朱德发在序言中给予高度评价,认为这本书在总体上"显示出相当高的学术水准、新颖的思想风貌和明睿的智慧风采以及锐意求新而又严谨扎实的治学作风"。书中的文章当初在学术刊物发表时,在茅盾研究界产生了良好的学术反响,其中多篇文章荣获山东省社会科学优秀成果奖。书出版后又有多篇书评对其予以肯定。到 2014 年,翟德耀又在《走近茅盾》的基础上,完成了作为《文苑踏青》三部曲之一的《茅盾论》(山东人民出版社 2014 年),篇幅由原来的 22 万增至 35 万字。该书由六个专题组成,既有茅盾总论、茅盾文学思想论,也有茅盾创作论、茅盾研究论,延续了《走近茅盾》的稳健扎实、圆熟老道的风格,被评论者称为"厚重之作"。朱德发先生是中国现代文学研究的资深学者,德高望重,卓有成就,在茅盾研究方面也多有建树。早在 20 世纪 80 年代初,他就和翟德耀等人合作出版了《茅盾前期文学思想散论》(山东人民出版社 1983 年)。新世纪以来,所出版的《世界化视野中的现代中国文学》(山东教育出版社 2003 年)、《穿越现代文学多维时空》(山东文艺出版社 2004 年)对茅盾研究多有涉及,比如,高度评价了茅盾在民族化、现代化这两大中国文学坐标上所做出的独特贡献,实为高屋建瓴之力作。上述成果,后来均被收录 10 卷本《朱德发文集》(山东人民出版社 2014 年)的第 1 卷和第 7 卷中。

　　其次,桑逢康的《大家茅盾》(社会科学文献出版社 2013 年)看似传记,实则是对文学巨匠茅盾的创作论、作品论的研究。桑逢康是现代作家传记写作的高手,曾写过《郁达夫传——感伤的旅行》《郭沫若和他的三位夫人》(郭沫若全传之一)《现代文学大师品评》,都是力作,影响颇大。他的《大家茅盾》是对其《茅盾的小说艺术》(北岳文艺出版社 1992 年)的扩大、充实,作了增、改、删,变成了新版的《大家茅盾》。全书以 50 万字的篇幅,对茅盾的小说、散文、剧本作了全景式描绘,重在作品分析,并较多引用原文,通过对作品具体细致的分析,使茅盾的艺术成就、风格特点清晰地呈现在读者面前,为我们展示了一个真正的、当之无愧的文学大师。书中还指出茅盾等新文学作家所选取和采用的现实主义创作方法是一种很好的创作方法,曾经创造过辉煌的业绩,至今并未过时。这一点更有当

---

① 朱德发:《〈走近茅盾〉:一本有分量的书》,《东岳论丛》2001 年第 5 期。

代意义。

蔺春华、赵思运等著的《新世纪语境下茅盾的多维透视》（现代出版社 2014 年），它是浙江传媒学院茅盾研究中心和桐乡市文化广电新闻出版局联合编撰的"茅盾研究丛书"之一。这是一部由多人完成、涉及多个领域、体现多维透视视角的综合研究成果。全书分为四编：茅盾的人格解析、茅盾的艺术成就、茅盾的学术贡献、茅盾文学奖研究。作者站在新世纪的高度，就这四个主题展开深入、细致的解析，体现了多维性和丰富性。第一编中，将茅盾放在广阔的政治舞台，从文学与政治间的挣扎、与王蒙进行比较、晚年心境的揭示、对鲁迅的误读等方面，完成对茅盾精神人格的阐释，作者不为贤者讳，不避讳人格缺失。在第二编中，通过对《蚀》《野蔷薇》《农村三部曲》《林家铺子》《子夜》等作品的各自新颖角度与方法的解说，体现茅盾小说创作的艺术成就，这是对老课题的新解说。在第三编"茅盾的学术贡献"里，通过典型个案论及了茅盾的古典文学研究、对《楚辞》的神话学阐释以及现代戏剧批评观。在第四编中，对茅盾文学奖历年的获奖情况、获奖作品以及作家、媒体等作了论述。总之，书中内容较为丰富，体现了多维视角下的茅盾研究。但作为论文集性质的专著，特别由多人完成，具有不可避免的局限：缺乏体系性、内容的连贯性和内在的逻辑性，尽管编成四个板块，但实际内容还是显得"散"，缺乏整体的学术思想和统一的学术见解。

再次，王嘉良的《理性审视：20 世纪中国文化语境中的茅盾》（商务印书馆 2019 年）是他主持国家社科基金项目的结项成果，作者王嘉良历时五年，完成了这部 32 万字的精品力作，无疑是新世纪茅盾研究的重要成果。该书自有作者自己特定的研究视角，即围绕对茅盾的"误读"引发深度思考，将茅盾置于 20 世纪中国复杂的文化语境中进行审视和分析，这在作者看来至关重要，因为"作家评价的历时性差异，常常来自不同时期文学或文化价值观念的变化，亦受制于人们审视文学问题采取不同的评判标准。""以往对茅盾的评价出现强烈反差，一个显在的事实是偏离历史文化语境，割裂历史，孤立地、抽象地谈论文学问题和学术问题。"[①]这就抓住了问题的症结所在。全书以 20 世纪中国文化语境为切入点，以对茅盾进行正本清源式的阐释为突破点，以还原一个真实的、复杂的茅盾为落脚点。作者用理性审视的态度，重新审视了茅盾的文化选择、政治态度、文学观念、创作方法、文学范型、作品类型等一系列重大问题，通过作者的深层次解说，厘清了被历史表象遮蔽的许多复杂现象、重要问题。这种还原式的阐释正是该书的价值所在。

还要提及的是钟桂松的新著《茅盾：却忆清凉山下路》（黄山书社 2018 年），这是其近年来茅盾研究最新成果的结集，其内容，诚如作者在"序"中所说"涉及茅盾人生道路的起起伏伏，也涉及茅盾一生交往的方方面面"，还有茅盾在日本、在延安、在桂林的经历，以及茅盾的家世研究中一些鲜为人知的人和事，读来既增长知识，又拓宽视野，资料翔实而丰赡。

---

① 王嘉良：《理性审视：20 世纪中国文化语境中的茅盾》，商务印书馆 2019 年版，第 2 页、第 3 页。

4. 艺术研究凸显本体

从写作艺术、艺术美学、审美理论、创作风格等艺术和美学层面研究茅盾,新世纪以来也有重要收获,它更能凸显文学研究的本体特征和文学特性。主要有陈桂良的《茅盾写作艺术论》(南京大学出版社 2004 年)、曹万生的《茅盾艺术美学》(中国社会科学出版社、华龄出版社 2004 年)、王嘉良的《艺术范型与审美品性——论茅盾的创作艺术与审美理论建构》(上海文艺出版社 2008 年)、庄钟庆的《茅盾的文学风格》(泰国留中大学出版社 2011 年)等。《茅盾写作艺术论》系裴显生主编的"21 世纪写作学文库"之一种,从写作学、文章学视角把握文学大师茅盾的写作实践和写作艺术,给读者展示了文章大家的完整形象和独特意义。这是以往研究所少有的。《茅盾艺术美学》是曹万生在 20 世纪 80 年代末出版的《理性·社会·客体——茅盾艺术美学论稿》(四川省社会科学院出版社 1988 年)的修订再版。当年的初版本由叶子铭作序,并被给予高度评价。今天看来,修订本仍然是填补茅盾美学思想研究的空白之作,仍然后无来者。全书分为上、中、下三篇共十二章,全面论述了茅盾美学思想的基本框架、理论贡献、得失长短,发人所未发,道人所未道,有创见,有批评,不为贤者讳。修订本除修订外,还增加了上篇的第四章"茅盾与中西文化及当代中国:艺术美现实论",突出茅盾对当代中国的意义。

《艺术范型与审美品性——论茅盾的创作艺术与审美理论建构》是王嘉良的力作。这是一位多年来着重研究茅盾、硕果累累的重量级专家,在高起点专著、高水平论文、高层次项目等方面均有难以企及的建树和成就。在专著方面,早在 20 世纪八九十年代,他就出版过《茅盾小说论》《茅盾与 20 世纪中国文化》(主编并撰述)《诗情传达和审美构造》等。进入 21 世纪以后,先后有《艺术范型与审美品性——论茅盾的创作艺术与审美理论建构》《理性审视:20 世纪中国文化语境中的茅盾》等著作,前者分为"艺术范型"和"审美理论建构"两大方面,分别从理性化叙事、经济视角、现实主义创作范式、社会剖析范型以及由此形成的"茅盾传统"进行了深刻论述,揭示了它对中国新文学的"范式""范型"意义以及深远影响,这正是茅盾创作的价值所在,也是本书的认识高度所在。在此基础上,又分别从审美创造论、审美批评论、创作主体论、文学思潮论、小说、散文美学论,以及文化思想渊源展开整合性论述,试图揭示茅盾创作范型的理论支撑,从而看出茅盾在现实主义审美理论建构方面的贡献。这样,本书就具有创作研究、理论研究的双重价值。庄钟庆也是新时期茅盾研究的重量级学者,20 世纪八九十年代就出版过《茅盾的创作历程》《茅盾的文论历程》《茅盾史实发微》,奠定了其在茅盾研究史上的杰出地位。新世纪的这本《茅盾的文学风格》,从"作品篇"、"文论篇"、"源流篇"阐述了茅盾作品、文论的风貌和风格。

5. 比较研究成绩不菲

这阶段的比较研究主要涉及茅盾与鲁迅、老舍、沈从文、郑振铎、瞿秋白的比较;也有将"鲁郭茅巴老曹"这六位作家放在一起进行描述的;还有的将茅盾放在中国左翼文学乃至整个中国现代文学中进行审视,等。李继凯的《全人视境中的观照——鲁迅与茅盾比较论》(中国社会科学出版社 2003 年)是一部有分量的著作,是作者在博士论文的基础上几经修改而成的,鲁迅研究名家王富仁先生为之作序,给予充分肯定,孔范今、吴小美、黄曼君、刘纳等现代文学研究资深专家也都给予了高度评价。该书采用"全人视境和全人比较"的方法,回避"酷评",选择"慎评",从"全人研究"走向"全人比较研究",对鲁迅和茅盾进行相当全面深入的考察、比较和评析,突出比较研究的全面性,认为鲁迅是新型文化的开路派,前卫派;茅盾是新型文化的建构派,稳健派。书中还批评了当今流行文化对鲁迅、茅盾及文化精英的"围剿"或消解,揭示了鲁、茅"沉重型"的人生样态及其当代意义。王德威的《写实主义的虚构:茅盾、老舍、沈从文》(复旦大学出版社 2011 年)是论述 20 世纪 30 年代写实主义三位代表作家的著作。全书包括"概论"和"结论"在内共八章,有两章集中探讨茅盾,研究茅盾"历史的建构与虚构"、"茅盾的小说政治学"等问题。对茅盾及其小说多有拷问和反驳的口吻,虽有一些见解,但较难做到公平公正。作为西方汉学家,其基本倾向与夏志清的观点有渊源联系。程光炜的《文化的轨迹——"鲁郭茅巴老曹"在中国》先后有两个版本:光明日报出版社 2004 年版、北京大学出版社 2015 年版。两者的区别是:前者的起讫时间是 1949—1976,后者是 1949—1981,后者是在前者的基础上的修订再版。程光炜是论著等身的重量级专家,对现代文学研究、当代文学研究均有建树,成果甚丰,影响巨大。这本著作是他思考、回答中国现代文学和中国当代文学之间是如何转型的结晶。在他看来,眼下许多中国当代文学史,显然没有把"鲁郭茅巴老曹"文学大师在当代的思想、文学活动和研究情况考虑在内,给予一定的笔墨,这就使上述的转型有某种突兀之感。基于这种思考,该书向人们讲述了这六位经典作家在 1949 年以后的人生境遇、接受、经历的复杂、难言和曲折。作者有意避开写大论文、作大学问的严正、庄重,而是从一个个具体的时间节点和细部切入,试图触摸历史的原形态。鲁迅的堂吉诃德式困境、郭沫若的歌德之道路,茅盾、老舍的现实主义之困境,巴金、曹禺的激情主义之受阻等都是通过小故事、小事例呈现出来的,具有以小见大的功效。阎浩岗的《茅盾丁玲小说研究》(人民出版社 2018 年)看似是两位作家的比较,实则是两位作家研究的合集。不过,在"上编"的"茅盾小说研究"板块中,贯穿了鲜明的比较意识,几乎每一章都是在比照中研究茅盾,比如茅盾与沈从文创作方法之比较、社会剖析派与西方的渊源、《虹》与《青春之歌》的互文性比较、茅盾与二三十年代中国乡村贫困叙事、与 20 世纪中国土地革命叙事等。视野开阔,角度出新,创新观点迭出。李明的《茅盾与中国左翼文学论稿(1930—1936)》(华东师范大学出版社 2009 年)将茅盾放在中国左翼文学中,详尽论证了茅盾与左翼文学的关系、对左翼文学的贡献。将茅盾放在中国现代文学的格局中进行审视,是周景雷著作的特点。他的《茅盾与中国现代文学》(中国社会科学出版社 2004 年)是他在博士论文的基础上扩展而成,近 30 万字。作者把茅盾放在与中国现代文学中,在与现实主义、左翼文学,乃至与中外文化渊源的联系中来考察和研究茅盾,从而探讨茅盾的独特性。书中还具体比较了茅盾与鲁迅、茅盾与瞿秋白、茅盾与郑振铎等。该书是一部将微观与宏观结合较好、具有历史感、具有覆盖面的、有分量的专著。

6. 其他专著可圈可点

此外,在一些具体研究领域,也有可圈可点的专著。在茅盾小说研究方面,陈建华的《革命与形式——茅盾早期小说的现代性展开(1927—1930)》(复旦大学出版社 2007 年)是一部别具一格、令人耳目一新的专著。这可能是因为作者既是复旦大学的博士,也是哈佛大学的博士,还在香港的大学任教,因此,其研究的思路与大陆迥然有别。正如该书的"内容简介"所言,该书对茅盾的早期小说《蚀》《虹》以及《创造》等短篇进行研究,通过文本细读与复杂历史脉络的联结,着重分析女性形象塑造与进化史观、叙事结构的关系,从革命与都市、现实主义与现代主义、妇女解放与性别政治等视角对作品及其女性形象做出新的诠释。文本细读与跨学科批评的结合是本书的突出特点,指出了茅盾在时代女性形象塑造上"陌生化"成就及其渊源,读来饶有兴味。梁竞男、康新慧的《茅盾小说历史叙事研究》(中国社会科学出版社 2013 年),是梁竞男主持的国家社科基金西部项目的结项成果,全书 35 万字,张中良为其作序。这部著作的特色在于:力图在历史主义的视域下来解读茅盾小说与国民革命、"五卅"、"八·一三"、政治分野、文化视域等的密切关联,在这样的背景下,对茅盾的一部部长篇小说做了深入的分析,从而揭示出茅盾小说的历史价值,这一点,在以往评价中并未得到深刻揭示。李城希的《〈子夜〉的艺术世界及周边问题》(中国社会科学出版社 2013 年)是继 20 世纪 90 年代孙中田的《〈子夜〉的艺术世界》之后的又一部专门研究《子夜》的专著。全书四章,共 25 万字,曹顺庆、王保生分别为其作序。其中,"前言"和"第四章"的主体内容作为两篇文章均发表在《文学评论》上(将在另文评述,此处从略)。第一章探讨了《子夜》的多重文化主题以及审美意义的开放性、形象群及其形象构成、形象群的来源、塑造方法、艺术意义等问题。第二章研究的是《子夜》的细节及细小问题,如吴老太爷之死、阿萱的形象、交际花的身体表现等。第三章探讨的是《子夜》与通俗文学的关系。该书认为《子夜》从审美表现内容到人物形象再到意识结构与通俗文学如《海上花列传》之间有着明显的相通之处,并做了详细的列举。在作者看来,《子夜》与黑幕、侦探、才子佳人等通俗文学作品都有密切关系。这是更为新颖的看法,以往似乎没有过,的确是新鲜的。不过,笔者觉得有些牵强,这可以再讨论和争鸣。

在茅盾的文学批评研究方面,周兴华的《茅盾文学批评的"矛盾"变奏》(黑龙江人民出版社 2009 年)是新世纪以后研究茅盾文学批评的重要著作,是作者博士论文的扩充。在以前,研究茅盾文学批评的专著已有庄钟庆的《茅盾的文论历程》、丁亚平的《一个批评家的心路历程》等,前者侧重纵论,后者侧重心路历程的探索。周兴华的这本则着重探讨茅盾文学批评中的"矛盾"现象,上编"同体异象",纵向考察"矛盾"的表征,包括功利之"重",学理之"轻"、前后不一、厚此薄彼、"门内"与"门外"、两极言说等。中编"内外冲突",探讨茅盾文学批评的"显"与"隐"、复调意味的言说、意义的强调与美的缺失、理性的困惑与矛盾的表达等。下编"前因后果",分析"矛盾"的成因与价值重估,重点是对茅盾文学批评中"矛盾"的发生学分析。书中还认为,茅盾的文学批评经历了"用心摸索渐入艺术之门"到"倒退走向艺术门外"的历程,以进入左联为界,后期的"艺术感悟能力日渐退化"。这种对茅盾文学批评的过低评价、否定评价使不少评论者"不敢苟同"、"不可思议"甚至认为是"痴人说梦"①。

在茅盾人格研究方面,丁尔纲、李庶长合著的《茅盾人格》(河南人民出版社 2004 年)是这方面唯一的著作。作为茅盾研究的两位先辈学者,他们怀着对茅盾的敬意,甚至崇拜述说茅盾的人格魅力。全书共七章,分别从茅盾人格的形成以及思想品格、道德品格、政治品格、创作品格、学术品格、编辑家评论家品格展开具体论述。从具体的章节看,有些内容是否属于人格的范畴似乎大可商榷,作者将茅盾在政治、创作、评论、学术等方面的所有的正面的品格、特点、表现都放在"人格"的框架下,也就把"人格"的内涵泛化了,这似乎也是值得商榷的。当然,如果不这样综合、泛化,也较难构成专著的规模和格局。

三、自我省思与创新突破

通过以上对新世纪 20 年在茅盾研究著作出版方面所结出的硕果以及在茅盾研究资料出版方面所取得的成就,我们可以清楚地看到,茅盾研究成果并不少,此外还有这里没有总结的大量的茅盾研究单篇论文。从中可以看出茅盾研究并不是"相对沉寂",也不是"下滑",更不是"跌入低谷",而是平稳、持续地发展,这正是学术研究的常态,没有人为的制造热点,没有"放卫星",没有"酷评"和"恶搞",而都是以"慎评"的态度作各自的学术研究。虽然它在学界的影响力弱了,但这也许正是茅盾研究的常态。人们往往怀念 20 世纪八九十年代茅盾研究的轰轰烈烈,但那有特定的时代原因和时间节点,1981 年茅盾逝世,"盖棺定论"提到日程,而党和国家的最高规格、最隆重的悼念和高度评价直接推动茅盾研究的生长和对茅盾文学业绩的崇高评价,茅盾研究出现了高峰和辉煌。然而,任何一个作家的创作、任何一个学术研究对象都不可能总是处在高峰或辉煌,而是起伏消长,呈现的是一条曲线。新世纪 20 年的茅盾研究,虽构不成高峰,但从学术著作到科研立项,从普及读物到研究资料,这时段的茅盾研究,可以说是沉稳扎实的时段,是视野开阔,多方透视、多元发展的时段。其中,不乏严厉的批评,也不乏学术新见。不管是赞扬,还是批评,都是本着探讨和解决学术问题的初心,即使是严厉的批评,也都是摆事实,讲道理的,力图给自己的观点找到根据,从而使自己的看法能够自圆其说。比如,关于茅盾文学批评的"矛盾"变奏、关于茅盾晚年的尴尬、独立思考的缺失、"正能量"的缺乏、《子夜》与《海上花列传》的明显相通,与才子佳人、黑幕、侦探小说的密切关联。这些观点,我们可能不赞同,不认可,但不能不允许它们的存在,只要它们不是恶意的诋毁和人身攻击,就应该尊重、珍视,这是应有的学术气度和胸怀,也是对学者创造性劳动的尊重。

新世纪 20 年的茅盾研究著作,我们欣喜地看到,老学者笔耕不辍,像孙中田、丁尔纲、王嘉良、钟桂松、李继凯等资深学者都有可观的、令人赞赏的茅盾研究专著,既实现了对茅盾研究的创新突破,也完成了对自我的挑战超越。青年学者成长起来,像商宝昌、梁竞男、李城希等都是茅盾研究的新秀(在茅盾研究的学术论

---

① 参见沈冬芬:《近六七年来茅盾研究(论著部分)书评》,《茅盾研究》第 12 辑(2013 年 7 月),第 280—283 页。

文方面,还有妥佳宁、罗维斯、雷超等青年学者卓有成就),显示出茅盾研究后继有人,也预示着茅盾研究的发展后劲。梳理近 20 年茅盾研究的著作,不能不特别提及茅盾研究的资深学者、著名茅盾研究家钟桂松,多年来,他勤奋刻苦,笔耕不辍,先后出版了茅盾研究著作 20 部,其中,21 世纪以来就有 14 部,令人叹为观止。这些著作既有学术性的,也有普及性的,还有学术性和普及性兼而有之、紧密结合的,涉及茅盾生活和创作的方方面面,创造了辉煌灿烂的篇章,是茅盾研究史上的华美篇章。这些著作几乎每一部都有丰富的史料作支撑,很多史料在当时以至后来都是鲜为人知的。不少著作具有填补空白的价值,比如《二十世纪茅盾研究史》《悠悠岁月——茅盾与共和国领袖交往实录》《起步的十年——茅盾在商务印书馆》等,具有开创之功。

应该说,21 世纪以来的学术生态并不令人满意,甚至存在严重的问题。比如,项目化驱动,使研究课题越来越走向宏观、宏大,大而化之,甚至空洞无物。同时,项目化追求和驱动,也迫使研究者刻意求新,为创新而创新,从选题到观点。这使有些研究貌似创新,实则缺乏学理依据和研究价值。这种学术生态,不利于像茅盾研究这样传统老课题的发展和推进。另一方面,由于传统老课题、名家、名著的研究较难出新,也迫使研究者在选题上不得不从本学科的中心滑向边缘,于是,悬置名家、搁浅经典,研究的陌生化、边缘化、碎片化自然显露出来。这也不利于茅盾研究的发展。在这样的学术生态下,茅盾研究能取得如上成绩,着实难能可贵,我们应该珍视。

总结过去,是为了现在和将来的发展。看到不足,才能更好地前行。新世纪以来茅盾研究虽取得了可喜的成绩,但仍有不足,仍有值得思考、值得研究的问题和空间。应该说,像茅盾这样的作家研究,和鲁迅研究类似的是渐次走向"高原",面对越来越多的研究成果,研究者"影响的焦虑"将愈加强烈和明显,创新和突破将变得越来越艰难,这是一个不争的事实,即使研究冷清、成果减少也属正常现象。但这不能成为满足现状的理由,因为创新是学术的生命,研究、探索未知,仍然是学者的责任和使命。研究道路虽越走越艰难,甚至窄化,但仍需奋力前行,仍需创新开拓。

茅盾研究的新发展、新开拓,从专著方面来说,我认为以下几个方面值得关注。

第一,对茅盾所开创的现实主义理论和创作以及所形成的艺术范型、范式和人们对其的接受和影响值得进一步梳理。王嘉良、李标晶、王中忱、汪亚明等学者对此已多有研究,但仍需继续拓展。要以回到基础,回到原点,不忘初心的姿态对茅盾现实主义文学理论和文学创作的独特内涵、特征、价值、意义、影响到底怎样进行还原式的、实证式的研究。人们说,现实主义是开放的,是说不尽的,无论中西。现实主义也是有多种品格、多种风格的,无论古今。那么,茅盾的现实主义是开放的?还是封闭的?是可以穷尽的?还是说不完的?是过时的?还是经典的?他的现实主义和中外其他作家的现实主义究竟有怎样的联系和区别?近几年,在文学理论和批评界有一种重估现实主义的鲜明倾向,人们重估《创业史》和《平凡的世界》的现实主义的胜利,呼吁要重建这种现实主义文学精神。那么,茅盾的现实主义在我们重建现实主义的路上有没有启示和借鉴意义呢？是不是前车之鉴呢？这些都需要在世界现实主义文学的大格局中，在与现代、当代文学的联系中好好地辨析一番，总结一番的。

第二，对茅盾翻译研究尚需突破。茅盾不仅是作家、理论家、社会活动家，而且还是翻译家，在翻译理论和实践上均有建树，洋洋 10 卷本的《茅盾译文全集》就是明证。其内容异常丰富，有中、短篇小说，散文、剧本、诗歌、文论、政论、科普著作等，译文所涉及的国别有美国、俄国等 30 多个国家的 100 多名作家。就总量来说，《茅盾译文全集》与《鲁迅译文全集》大体相当。鲁迅研究专家王得后说，研究鲁迅的人是非读《鲁迅译文全集》不可的。因为鲁迅一生致力于翻译。同理，研究茅盾的人也应读茅盾译文，因为茅盾一贯重视翻译，从民国到共和国，他对翻译的重视一如既往。在翻译理论、翻译思想上颇多建树，如关于直译、转译、复译，关于翻译的标准、原则、方法等都有精辟的论述。以往，我们对茅盾翻译理论的研究，对茅盾翻译特点和成就的总结已取得了一些成绩，主要体现在研究论文上，从专著层面，系统、全方位的梳理还是个空缺。比如，茅盾学习和精通外语的情况、茅盾翻译文类的系统梳理，涉及的国家、民族、语种的情况，翻译选择的用意和目的，翻译文本的特点、效果和影响力如何等等。我们期待着这方面研究专著的问世。

第三，茅盾年谱、研究年鉴、研究史的编撰还可加强。几年前，钟桂松在文中就曾提出"希望有一部完备的《茅盾年谱》"，虽然"现有万树玉本、查国华本、唐金海本，这些'年谱'对推动茅盾研究都有积极贡献，有开创、开拓之功。但是，随着时间的推移，许多史料的出现，在时间上和内容上有不少地方需要增补"。[①] 笔者完全赞同。虽然唐金海、刘长鼎主编的《茅盾年谱》在篇幅上已达 136 万字，但由于编撰较早（20 世纪 90 年代中期），内容驳杂，撰写仓促，错误较多，再加上 20 多年新资料、史料的发掘，的确应该修订、补充。这是一项基础性的研究工作，也是需要认真和体现真功夫的研究工作。我们欣喜地看到，蔺春华申报的国家社科基金后期资助项目《茅盾年谱长编》已成功获批，不久，这部新的年谱长卷就可问世。茅盾研究年鉴的编撰，浙江传媒学院的学者已有了良好的开端，希望向前追溯，向后延伸，形成完整的年鉴体系。茅盾研究史的编撰，目前虽有邱文治的《茅盾研究六十年》和钟桂松的《二十世纪茅盾研究史》，特别是钟桂松的，是具有开创性的著作，但都属"初论之书"，应该在钟桂松的《二十世纪茅盾研究史》的基础上，编撰出新的茅盾研究史来，将新近 20 年的研究纳入其中。研究史和文学史一样，可以有多种，可以有不同观点、不同体例、不同侧重的研究史，这样，才能呈现出茅盾研究的全貌，这也是需要花大气力的，来不得投机取巧。

第四，茅盾的接受、传播史的研究也有可为。在接受、传播学的视域下搜集、整理相关史料，包括茅盾作品的版本、版次、印刷数量、改编、大众接受及其形式、海外翻译、收藏等等。这方面既包括内地的接受、传播史，也包括在台、港、澳以及东西方各国的接受、传播史，将历时研究和共时研究结合起来，可以创作出有价

---

① 钟桂松：《关于茅盾和茅盾研究的几个问题》，《浙江传媒学院学报》2015 年第 4 期。

值、有意义的著作来。

结语

新时期以来,茅盾研究 40 年,可以说,前 20 年轰轰烈烈,有热点,有争论,也有酷评和轰动效应。后 20 年走向了扎扎实实,研究渐趋沉稳。从热闹到沉静,正反映了茅盾研究以及其他许多研究领域的学术历程和发展走势。从这个意义上说,茅盾研究的发展态势,也是学术研究的一个晴雨表,一个典型个案。新世纪 20 年的茅盾研究,与其说是"相对沉寂",不如说是常态发展。通过上面的梳理和分析,我们获得了充分的理由。在这 20 年,新、老学者耕耘不辍,普及提高并行不悖,史料研究和学理阐释并驾齐驱,共同营造了茅盾研究的新格局。研究的不足和需拓展的空间仍然激励着研究者继续探索。茅盾研究仍然可持续发展。

以上的梳理和评析可能挂一漏万,评价也有可能失当,或以偏概全,敬请研究者谅解。

近十年茅盾小说研究述评

阎浩岗①

内容摘要：本文对 2008 至 2017 年间发表于国内学术期刊上的茅盾小说研究成果进行了归纳总结，从茅盾的都市书写、茅盾小说的思想内涵与思想史意义、茅盾研究的经济视角、《子夜》的创作方法与艺术技巧、《子夜》的接受与经典化问题、"农村三部曲"及《林家铺子》、茅盾的革命叙事、《蚀》及茅盾其他小说研究几个方面，分别予以述评。其内容衔接作者主编的《中国现代小说研究概览》（河北大学出版社 2008 年）之"茅盾小说研究"一章。

关键词：茅盾小说研究；2008—2017；述评

从 2008 至 2017 年的十年间，茅盾小说研究收获不菲，特别是在茅盾小说主要代表作《子夜》的研究方面，有 70 篇左右的论文，平均每年 7 篇。这虽算不得大热，但对于一部七八十年前的作品来说，已属难得。其次是对《蚀》《春蚕》及"农村三部曲"的研究，分别有 18 篇和 16 篇。对《霜叶红似二月花》和《水藻行》的研究，也有值得关注的成果。

1. 茅盾的都市书写

都市文化的展示与剖析是茅盾小说的一大特色。对此，宋剑华、陈婷婷着重考察了都市意象与茅盾 20 世纪二三十年代小说创作的关系。他们认为，二三十年代茅盾的小说创作中涌现的都市意象远远超出将都市作为背景的表层意义，茅盾在这一系列小说中所表现的都市欲望、躁动情绪和都市文化的深层含义根植于传统又超越了传统。在现代性视野中，都市拯救意识在其作品中表现得尤其明显。② 茅盾的都市书写必涉及其对现代性的态度。

左怀建则将《子夜》小说原作与 1981 年据之改编的同名电影进行对比，认为电影虽然正确处理了都市叙述与主流意识形态之间的关系，但也因此忽略和遮蔽了小说《子夜》中丰富的都市元素和美学内涵。例如，小说受当时都市消费文化氛围的强烈渗透，也受到当时作为视觉艺术的电影的强烈感染，充满以往文学创作中少有的色情刺激和欲望书写。在小说中，色情还是都市现代性的正面表达。③ 张鸿

---

① 作者简介：阎浩岗，河北大学文学院。

② 宋剑华、陈婷婷：《论都市意象与二三十年代的茅盾小说创作》，《湘潭大学学报（哲学社会科学版）》2008 年第 2 期。

③ 左怀建：《当下都市语境中 1981 年版电影〈子夜〉再审视——兼与小说〈子夜〉比较》，《电影文学》2008 年第 17 期。

声专文研究茅盾作品中的上海叙述,他认为茅盾的创作具有中心性原则,形成了以上海转喻中国国家意义的想象性叙述。上海被当作半殖民地国家文本,以民族资本主义的破产来表现中国在全球资本主义中的边缘地位;在城市中心/乡村边缘的格局下,又对上海在潜在层面上做了充分资本主义的文化想象。其笔下的上海被排斥了非中心主义的其他形态,不再是地方文本,而是国家文本。①

易惠霞从吴公馆这一空间入手,分析《子夜》的道德文化、消费文化与政治文化构成。她指出,茅盾的上海情结有别于其他现代中国作家,他借《子夜》中吴公馆这一空间,以审视的姿态,把上海放在一个国际、国内政治经济的宏大视野下来观照,既有对生产文化、传统文化、消费文化的叙述,也有对关于工农运动的政治文化的书写,并赋予吴公馆这一独特空间以强烈的都市形象意义:它既是从某种程度上对传统文化的颠覆,也是作家对畸形消费文化的否定,同时,还是对政治文化的遐想与探索。② 赵静认为,吴公馆不同于古代大家族和封建大家庭,而是新旧时代更迭的过渡产物;公馆是都市场域与家族场域融合共生的产物,它包裹着新的生活方式,产生了新的经济型人伦关系。而此种新的家庭的特质具有两面特性,一方面公馆内部产生革新,另一方面也产生诸多家庭问题。吴公馆内部并未产生与民主社会概念配套的生存法则,具有过渡的文化意义。③

薛小云将《子夜》与周而复的《上海的早晨》进行比较,分析左翼都市文学的发展脉络,探索二者之间的承继关系,也有一定价值。④ 赵莹莹认为,《子夜》真实地折射出都市人的精神生活,描写了各色被金钱俘虏的都市人,展现了他们的理智和冷漠的性格特点,但也表现了近代都市人自由平等的精神。⑤

钟新良与胡赤兵都从"颓废"角度切入《子夜》的都市书写。胡赤兵认为,作品所传递的浓郁的颓废气息和色彩,根源于现代西方工业文明对中国传统道德的消解,是茅盾关于都市生活的真实经验和思想的结晶,体现出作者独特的艺术审美风格。⑥ 郎秀指出:《子夜》具有内在与外在的双重颓废性,茅盾正是通过对潜藏于时代颓废情绪下的灵魂颓废的真实刻画,实现了其"写一部白色的都市和赤色的农村的交响曲的小说"的想法。⑦ 隋清娥与张敏将茅盾作品与不太为人所知的作家黑婴、胡子婴作品做比较,审视其都市书写特别是上海书写,给读者带来了不

---

① 张鸿声:《作为国家意义的表现——茅盾文学中的上海叙述》,《茅盾研究》第 13 辑,新加坡文艺协会 2014 年版,第 3—21 页。

② 易惠霞:《吴公馆的空间形象——论〈子夜〉的道德文化、消费文化与政治文化》,《湖南商学院学报》2008 年第 6 期。

③ 赵静:《过渡中的吴公馆——论〈子夜〉中的家族形态》,《宜宾学院学报》2015 年第 5 期。

④ 薛小云:《左翼都市文学的延续和发展——〈子夜〉和〈上海的早晨〉比较》,《襄樊职业技术学院学报》2009 年第 2 期。

⑤ 赵莹莹:《都市人精神生活探析——以〈子夜〉为视角》,《温州大学学报(社会科学版)》2011 年第 5 期。

⑥ 胡赤兵:《论茅盾〈子夜〉中的颓废色彩》,《贵州民族大学学报(哲学社会科学版)》2015 年第 2 期。钟新良:《论〈子夜〉中的颓废色彩》,《中南林业科技大学学报(社会科学版)》2012 年第 3 期。

⑦ 郎秀:《〈子夜〉的颓废与现实——兼与陈思和先生商榷》,《名作欣赏》2011 年第 27 期。

同的视角。①

2. 茅盾小说的思想内涵与思想史意义

关于茅盾小说的现代性观念，徐秀明做了自己的探索与阐释。他认为，茅盾首创的"社会剖析"小说的创作范式可归纳为"感性细节"加"理性框架"，其思想精髓在于批判现实时的分寸把握，说到底是作者意欲干预政治又希望规避现实风险的文化心理的产物。茅盾及其小说创作集中体现了中国知识分子在中西文化交汇碰撞之际、在现代文化冲击中既深感诱惑又惊惧交加的矛盾复杂心理。② 这可看作是对王晓明关于大革命时期茅盾的矛盾心理研究的继续。逄增玉也从思想史角度解读茅盾小说。他对茅盾小说中两大形象系列——知识女性与民族资产阶级进行重新解读，认为茅盾对大革命前后知识女性人生悲剧的描写，意在反思和批判五四启蒙的思想与历史局限，同时也流露出对五四启蒙的眷恋。而对民族资产阶级的中国悲剧的叙述，在政治意识层面力图对他们进行现代性否定，但在思想史层面实际上描述和表现了他们在追求现代性的中国社会的重要性，以及他们的作为实际承续与完成着单纯的思想启蒙所不能完成的现代性启蒙，从而构成对思想启蒙的补充与完善，而且这种物质层面的现代性诉求已经超越了简单的物质层面，对人与精神的现代性改造和再造发挥了重要作用，其重要性和影响一直延续到现在。这可说是对茅盾小说思想史意义的新评价。③ 许祖华和杨程将《子夜》与穆时英的《中国行进》对比，认为穆时英这部作品其实是对《子夜》的叫板之作，也呈现出穆时英文学创作的另一面向。两部小说虽然都是对 20 世纪 30 年代上海的传奇性书写，在情节架构与人物形象上亦有承袭和相似，但穆作是有所突破，它们各有所长，体现出不同的文学面貌。这种不同主要源于两位作家对当时中国社会、都市发展的不同认知，以及对于"启蒙现代性"和"审美现代性"的不同理解和把握。④ 杨迎平也是对比这两部作品，揭示它们所展示的不同都市景观：如果说，茅盾对上海的社会形态是科学家、哲学家的分析，《子夜》体现出的社会价值有着里程碑的意义，那么《中国行进》则是把现代派技巧作为一种现代历史主义形式而加以使用，体现出不同凡响的文学价值。⑤

妥佳宁以"左翼"创作视野研究《子夜》中关于黄色工会的描写。他指出：《子夜》中工人运动的描绘涉及了长期未获关注的黄色工会问题，其中黄色工会内部国民党改组派的作用尤为重要。茅盾一再改写，并经历了与瞿秋白指导意见的

① 隋清娥、张敏：《同一个城市，不同的阅读——茅盾与黑婴的城市小说文本比较》，《茅盾研究》第 12 辑，新加坡文艺协会 2013 年版，第 53—65 页；《茅盾〈子夜〉和胡子婴〈滩〉之异同比较》，《茅盾研究》第 13 辑，新加坡文艺协会 2014 年版，第 46—60 页。

② 徐秀明：《现代性的恐惧与诱惑——茅盾小说的创作歧思及其文化意味》，《杭州师范大学学报（社会科学版）》2013 年第 5 期。

③ 逄增玉：《茅盾的矛盾——思想史视野中的茅盾小说》，《天津大学学报（社会科学版）》2009 年第 5 期。

④ 许祖华、杨程：《两种现代性下的"中国传奇"——以茅盾的〈子夜〉与穆时英的〈中国行进〉为例》，《天津师范大学学报（社会科学版）》2015 年第 2 期。

⑤ 杨迎平：《功利性与艺术性——论茅盾〈子夜〉与穆时英〈中国行进〉的都市抒写》，《社会科学》2017 年第 4 期。

"讨价还价",但终不获完全认同,原因在于茅盾还有更为广阔的"左翼"创作视野。国民革命时期毛泽东对中国社会各阶级革命性的分析,与汪精卫等国民党左派对实业与金融关系的认识,都曾对茅盾产生直接影响。构成《子夜》创作视野的各种"左翼"理论资源,远远超出了回答"托派"与纠正"立三路线"等传统左翼研究视野。① 这是对《子夜》思想内涵及其价值的重要发掘。在另一篇论文中,妥佳宁继续进行《子夜》主题的新探,指出:《子夜》的创作动机长期被解读为"回答托派",即用小说写作阐释在帝国主义压迫下中国民族资产阶级始终无法战胜买办阶级而发展中国的资本主义经济。然而,茅盾虽接受瞿秋白的指导,但直到成书之后仍未能深入理解所谓"托派"观点并予以有力回答,反而在揭示"立三路线"的过程中与某些所谓"托派"观点形成共鸣。事实上,在小说提要和现存大纲及前四章手迹当中,茅盾笔下所谓的"民族资产阶级"与"买办"更多地呈现为实业与金融之间的对立掣肘。茅盾之所以不能很好地"回答托派",既是因为实业与金融背后的汪派与蒋派之争,也是1927年从宁汉对立到宁汉合流这段时间茅盾的亲身革命经历在1930年上海的曲折映现。而小说结局由原来设计的吴荪甫与赵伯韬在红军四起形势下的握手言和,按瞿秋白要求改写为民族资产阶级无法战胜买办,虽符合了"回答托派"的意识形态要求,却遮蔽了茅盾原本对中国社会的把握与言说方式。②

江腊生分析了《子夜》的三个话语世界:一是上海公债市场风云变幻的金融话语世界,二是现代中国都市的情欲话语世界,三是来自共产党领导下的纺织工人的革命话语世界,并指出:《子夜》所描绘的年代与当下的市场经济时代有很大的相似性,后五四文学的人性解放意识与当下的后现代式个性自由悄悄达成了一致。③

3. 茅盾研究的经济视角

王明科分别用其"新怨恨理论"和经济史视角解读茅盾小说。他认为茅盾对中国20世纪30年代的经济存在一定误读,他借用"中国社会史论战"中任曙的《中国经济研究》和严灵峰的《中国经济问题研究》的统计资料,说明20世纪30年代中国民族经济并非处于茅盾所认为的崩溃阶段,中国经济水平实际是在稳步上升,农村的土地所有权虽分布不均,但比其他落后国家要好,"73％的家庭平均每户拥有15亩地"。按这种说法,中国土地革命的发生似乎没有任何现实基础,因而也没有任何必要。他认为茅盾的观点和立场不是来自现实观察与独立思考,"不从形象与社会实际出发而从主义与问题出发",因而导致了错误的结论。王说虽然新鲜,但存在非常明显的问题:虽然关于旧中国土地占有不均具体到什么程度各家说法不一,但土地问题确实是那时农村的迫切问题、严重问题。王明科仅仅根据作为茅盾观点对立面的两个托派学者当时的调研数字就得出结论,不去管大量

---

① 妥佳宁:《作为〈子夜〉"左翼"创作视野的黄色工会》,《文学评论》2015年第3期。

② 妥佳宁:《从汪蒋之争到"回答托派":茅盾对〈子夜〉主题的改写》,《中山大学学报(社会科学版)》2017年第1期。

③ 江腊生:《论〈子夜〉的三个话语世界》,《中国现代文学研究丛刊》2011年第4期。

其他学者与此差异很大的调查数据与研究结论，就武断地认为茅盾对当时中国社会现实的判断是错误的，未免显得简单而偏颇。而且照此说法，当年大量描写农村凋敝破产的作品就都是缺乏现实依据的虚构了。不过，他也承认"茅盾小说不仅没有过时，而且还具有远未挖掘出来的属于现代甚至后现代的当下意义与世界意义。"[①]与王明科文章观点相反，赵丹通过整体考察 20 世纪 30 年代民族工业发展状况，并重点分析缫丝业、火柴业、棉纺织业、面粉业、卷烟业五个行业的具体发展情况，说明 1930 年中国民族工业的确处于危机之中，论证了《子夜》对 1930 年中国民族工业危机反映的真实性。[②] 李丹的专业领域是历史学，她以《子夜》作为标本，在近代经济史视野中剖析茅盾笔下的公债，阐述南京国民政府早期公债的概况，包括发行公债的背景、原因、种类以及公债的实际用途，并以中原大战为例分析主要由于时局与军阀混战的因素抑制公债价格，从而得出南京国民政府因政权合法性受到挑战而忙于征战，现代化民族国家的缺失阻碍了中国现代化进程的结论。[③] 陈慧梅同样将《子夜》作为标本，她考察的是中国证券市场。她指出：在 20 世纪 30 年代时，上海就有着那样一群好利投机者，他们玩弄公债牟取暴利，让整个证券市场变得乌烟瘴气，而现如今证券市场照样被投机者们充斥着，证券市场依然风云变化无常，而这归根结底是因为我们国家的监控力度不够，法制不够健全，执法不够严谨。[④] 卢晓霞专门研究了《子夜》中的资本运作。她指出：《子夜》对十九世纪三十年代中国经济生活中的资本运作做了较为详尽的描写。小说写到工业资本、金融资本、证券资本、商业资本等不同资本形式的运作情况，以及货币资本（金钱）对人们日常生活的重要影响。这对于我们认识十九世纪三十年代中国社会的经济生活具有重要意义，有些方面甚至与我们今天的社会主义市场经济有相似之处。[⑤] 这些文章都从各自的侧面显示了《子夜》的文献史料价值。

4.《子夜》的创作方法与艺术技巧

梅启波认为，《子夜》是现实主义与现代主义融合的结晶。《子夜》不仅是现实主义小说的典型，也采用了象征主义、未来主义、表现主义的手法。[⑥] 郭志云专文探讨了未来主义对茅盾创作的影响。[⑦] 文宗理认为，《子夜》存在创作意图与作品

---

① 王明科：《慧眼中的误读：茅盾小说的经济史视角重释》，《江西师范大学学报（哲学社会科学版）》2009 年第 1 期。

② 赵丹：《论〈子夜〉对 1930 年中国民族工业危机反映的真实性》，《中国现代文学研究丛刊》2016 年第 10 期。

③ 李丹：《近代经济史视野下的〈子夜〉文学创作——以南京国民政府早期公债为中心的考察》，《东岳论丛》2012 年第 6 期。

④ 陈慧梅：《从〈子夜〉看中国证券市场——浅谈中国证券市场出现的问题》，《时代金融》2012 年第 15 期。

⑤ 卢晓霞：《试论〈子夜〉中的资本运作》，《商》2013 年第 10 期。

⑥ 梅启波：《从〈子夜〉看茅盾小说现代主义与现实主义的融合》，《乐山师范学院学报》2008 年第 8 期。

⑦ 郭志云：《都市叙事的偏爱——论茅盾与未来主义》，《茅盾研究》第 12 辑，新加坡文艺协会 2013 年版，第 120—134 页。

实际内容不相符合的现象。① 茅盾早年在《从牯岭到东京》一文中，曾说自己受过列夫·托尔斯泰和左拉的影响。赵婉孜撰文从托尔斯泰和左拉的思想、创作与茅盾《子夜》的诞生，在作家世界观、思维方式、生活取向、作品构思及其他艺术手段的比较分析中，探讨了中国新文学对外国文学的动态流变式的借鉴、吸取和创造的审美建构方式，以概括中外文学关系中某些可供借鉴的共通性。② 原梅运用比较文学研究方法，将狄更斯和茅盾并置，详细论述了二者在创作实践中所表现出的重要特征之一：对现实主义精神的继承和发扬，并以他们的代表作品《大卫·科波菲尔》《子夜》为例，较为深入地探讨了两位作家在现实主义创作手法上的借鉴与融合关系。③ 龙其林和赵树勤《茅盾自然主义的创作实践与认同危机——以〈子夜〉为中心》认为茅盾受到了自然主义文学的直接影响，其作品《子夜》与左拉的《卢贡·马加尔家族》存在着密切的关联。茅盾在《子夜》的结构、内容和表现手法上都受到了左拉的《卢贡·马加尔家族》的影响；《子夜》以《金钱》为参照系，在小说题材和人物形象塑造方面都有诸多相似之处；茅盾不断扬弃左拉自然主义并不是一个单纯的文学问题，而涉及了许多复杂的文艺观点和意识形态因素。④

新时期以来，"主题先行"问题一直是批评者诟病或贬低《子夜》的主要缘由。持此论者所依据又大都是茅盾自己后来对于《子夜》主题的阐释。台湾女学者苏敏逸探讨的是，茅盾在《子夜》创作中是如何将政治理念与小说形式结合的。她将茅盾追求的以小说呈现"社会整体面貌"与卢卡奇"社会整体性"概念进行比较，得出的结论是：卢卡奇更强调典型人物的个性和情感，茅盾则更着重"完整"呈现社会全貌，这样，他塑造的人物"却不是一个生动而丰富的个人"，《子夜》"缺乏一个能够生动地表现社会认识的典型人物"。⑤ 苏女士的论文颇多洞见与闪光点，但是她对《子夜》人物塑造成就方面的判断，明显受以往成见影响。贾振勇的见解向前推进一步，他认为《子夜》的创作既体现了茅盾小说艺术强大的理性设计能力，又蕴含着作者丰富的感性艺术经验。前者占主导束缚着他，使之未能创作出堪与巴尔扎克媲美的世界名著，后者又使《子夜》某些段落和章节"泛起非凡的、天然的艺术魅力，构成了小说文本的精彩之处"。⑥ 笔者也曾论述过茅盾小说创作中这两种因素的纠缠与博弈，与贾振勇观点不同的是，笔者认为在《子夜》中两者的结合是

---

① 文宗理：《从感性的热烈到理性的冷峻——〈蚀〉与〈子夜〉的比较并兼及茅盾评价》，《山东大学学报（哲学社会科学版）》2008年第6期。

② 赵婉孜：《托尔斯泰和左拉的小说与〈子夜〉的动态流变审美建构》，《中国比较文学》2009年第2期。

③ 原梅：《现实主义精神的飞扬与流动——浅谈茅盾与狄更斯的创作，以〈大卫·科波菲尔〉〈子夜〉为例》，《甘肃社会科学》2009年第2期。

④ 龙其林、赵树勤：《茅盾自然主义的创作实践与认同危机——以〈子夜〉为中心》，《理论月刊》2017年第2期。

⑤ 苏敏逸：《政治理念与小说形式的结合：论〈子夜〉模式》，《茅盾研究》第11辑，新加坡文艺协会2012年版，第373—391页。

⑥ 贾振勇：《〈子夜〉：感性生命力和理性生命力的纠结》，《茅盾研究》第11辑，新加坡文艺协会2012年版，第392—402页。

基本成功的。①

梁竞男和张堂会对"主题先行"说发出疑问：茅盾在写作《子夜》时是否真的清晰而明确地预设了这一主题？这一主题与《子夜》的文本实际又是怎样的关系？他们将两者做对照，发现并不很吻合，尤其在吴荪甫形象塑造上。茅盾在写作《子夜》时很可能并未清晰确立他后来所述之"主题"，他的写作意图只是如《子夜》初版《后记》中所言"大规模描写中国社会现象"。解读文学作品更应该从文本实际出发，而不是从作者自述出发。② 毛夫国的看法与之类似，又提供了一些新的材料。他认为，"回答托派"的主题是茅盾 1939 年之后提出的，并不代表他创作时的真正想法。它有可能并非茅盾本意，也有可能是茅盾后来的理解，他用新的理解无意识地修改了自己原来的记忆。③ 盛翠菊和董诗顶爬梳了马克思主义政治经济分析眼光如何转化为现实主义文学创作原则，从而形成独特的"社会剖析"创作范式的。④ 张景兰通过对文本的再解读发现，《子夜》既有政治理念左右下的鲜明痕迹，又是作者的艺术感觉和生活经验化育的结晶，而且政治理性与文本实践之间既有关联也有裂隙。浓厚的经济现代性的悲剧意蕴，文化、伦理、阶级、民族等多种视角与维度的纠结互生，都突破和超越了左翼政治意识形态框架。《子夜》是一部横看成岭侧成峰的巨型存在，其内涵绝非单纯的政治意识形态写作的裁决所能穷尽。⑤

从语言学角度研究《子夜》的文章有数篇。尹钟宏研究了《子夜》中的重叠式副词。⑥ 蔡萍运用格莱斯的会话含义理论来分析该小说的语用特征，以求更好地研究其语言艺术特色。⑦ 李中明以《子夜》中的几个交谈的场景为文本，就交谈的类型及功能做简要分析，其目的在于探讨"交谈"这一叙述方式在小说创作中的作用。⑧ 上述三篇文章都是以《子夜》为素材，重点在于研究语言学问题。以作品美学内涵和艺术技巧本身为研究对象的成果，有如下几篇：平原的《反宾为主　宾主相得益彰——论〈子夜〉第五章主奴勾结的结构艺术》重点分析小说第五章，指出：该章表现民族资本家吴荪甫发展民族工业遇到障碍束手无措时与其奴才屠维岳如何相互勾结成交的经过，茅盾在处理这一环节时反宾为主、喧宾夺主的结构艺术匠心独运、异常出色。⑨ 雷世文《马克思主义文学叙事中国化过程中的悲剧叙事

① 参见《论茅盾小说创作方法的非主流性》，《茅盾研究》第 8 辑，中国作家协会、中国文联、中国茅盾研究会2001 年版，第 14 页。

② 梁竞男、张堂会：《〈子夜〉"主题先行"问题与吴荪甫形象之矛盾》，《曲靖师范学院学报》2011 年第 2 期。

③ 毛夫国：《再论〈子夜〉的"主题先行"》，《文艺理论与批评》2015 年第 6 期。

④ 盛翠菊、董诗顶：《从〈子夜〉到〈农村三部曲〉——论茅盾小说全面把握中国社会形态的努力》，《文艺理论与批评》2015 年第 4 期。

⑤ 张景兰：《在政治理性与文本实践之间——新视野下的〈子夜〉解读》，《延安大学学报（社会科学版）》2013 年第 4 期。

⑥ 尹钟宏：《〈子夜〉中的重叠式副词研究》，《湖北社会科学》2009 年第 8 期。

⑦ 蔡萍：《小说〈子夜〉的会话含义分析》，《湖北广播电视大学学报》2010 年第 12 期。

⑧ 李中明：《论〈子夜〉中交谈的类型及功能》，《长春理工大学学报（高教版）》2010 年第 2 期。

⑨ 平原：《反宾为主宾主相得益彰——论〈子夜〉第五章主奴勾结的结构艺术》，《名作欣赏》2010 年第 24 期。

探索——以〈子夜〉为个案》探讨的是《子夜》的悲剧叙事艺术,认为它是对马克思主义悲剧叙事理论的自觉运用。但《子夜》的悲剧叙事又不仅局限于恩格斯对悲剧冲突的论断,它还有着自己独特的悲剧形式创造,有着超越马克思主义悲剧冲突的丰富内涵。① 段从学《〈子夜〉的叙事伦理与吴荪甫的"悲剧"》指出:在茅盾最初的构思中,吴荪甫是一个负面人物,今天的"悲剧英雄"吴荪甫实际上是茅盾两次对小说进行"改写"的结果。这种"改写"大获成功的前提是现代人对世界去魅化,竭力想要把整个世界理解为有规律的、可以支配和控制的存在对象这一生存欲望。只有在这个生存论立场中,吴荪甫的悲剧才成为悲剧。我们对《子夜》的阅读和思考,也应该放在现代科学主义精神文学化的元叙事脉络中来展开。② 辛玲《涌动在〈子夜〉表层叙述下的多角恋爱民间结构》发现,《子夜》在阶级斗争线索外还潜伏着另外一层来自民间文学传统的结构,这个潜藏在政治话语"外套"下的民间叙事结构一方面可以看作是对于当时倡导的左翼"文学大众化"一种自觉的响应,另一方面则是将作品表面上的那种枯燥的意识形态因素弱化,扩大了作品的接受范围,增加了作品的活力。③ 杨俏凡《论〈子夜〉中〈太上感应篇〉意象的独特意蕴》认为,《太上感应篇》在《子夜》的开头和结尾频繁出现是作者有意为之的一个标志性符号或曰意象。透过这个意象,不仅可以更深刻地理解作者的写作意图以及文本的深层意蕴,还可窥视三十年代中国社会发展的现实状况及未来走向。④

李国华的《黄金和诗意——茅盾〈子夜〉臆释》一文角度独特。该文借用茅盾编著《小说研究 ABC》中提出的"助手"概念解释《子夜》将大结构与小结构勾连在一起的方法与手段,并认为其所提出的"助手"与德勒兹的"连接人"(connectors)概念思路相通。文章认为,范博文是作品中最大、最关键的"助手"。小说叙事者与作为视点的范博文之间存在着某种程度的视域融合。李国华认为,经过一番探索及探索中的挫折,到了写《子夜》时,茅盾终于找到了组织小说复式结构的助手。茅盾作为作者预设给《子夜》的小说愿景,与作品本身实际呈现的小说视景有明显区别,茅盾的小说实践所提供的可能性远超其本来的文学理想。他认为诗意有三个层面:虚构性、变异性和复数性。也就是说,随着经济生产方式的变迁,诗意也会发生变化。⑤

5.《子夜》的接受与经典化问题研究

2008 年,陈思广开《子夜》接受研究之先河。他着重研究的是 1933—1948 年间的《子夜》接受状况。五年之后,他又撰文研究 1951 到 2011 年的《子夜》接受问题。文章认为,《子夜》在 1951—1963 年间的一元化格局时代被定向为无产阶级

---

① 雷世文:《马克思主义文学叙事中国化过程中的悲剧叙事探索——以〈子夜〉为个案》,《名作欣赏》2012 年第 23 期。

② 段从学:《〈子夜〉的叙事伦理与吴荪甫的"悲剧"》,《南京师范大学文学院学报》2015 年第 2 期。

③ 辛玲:《涌动在〈子夜〉表层叙述下的多角恋爱民间结构》,《太原师范学院学报(社会科学版)》2013 年第 2 期。

④ 杨俏凡:《论〈子夜〉中〈太上感应篇〉意象的独特意蕴》,《凯里学院学报》2013 年第 4 期。

⑤ 李国华:《黄金和诗意——茅盾〈子夜〉臆释》,《东吴学术》2010 年第 3 期。

文学的重要范本进而放大为一个时代的文学经典。20 世纪 70 年代末,这一视野开始遭遇挑战,特别是 20 世纪 80 年代末一些接受者重新对"主题先行"与"《子夜》范式"进行了思辨与探索,亦由之引发了反驳与再思考。《子夜》的接受呈现出质疑与认同并存、释解与驳难相生、挑战与悬置同在的多元格局。迫于外力的压力,"主题先行"与"《子夜》范式"等相关视野成为《子夜》接受无奈绕行的学术"暗礁",《子夜》的接受难有实质性的推进。欲改变这一局面,仍须对这两个命题进行再透视与再思辨,而不是悬置或回避。① 葛飞特别研究了 20 世纪 30 年代读者趣味对《子夜》成为畅销书的影响。他告诉读者:《子夜》被经典化之前的读者反映并不统一:不少人将《子夜》当作"黑幕小说"来阅读,也有人指责作者在情色描写方面有迎合读者低级趣味之嫌。茅盾创作《子夜》时,有着"大众化"之努力,其结果则是雅俗共赏。为了照顾一般读者的接受,茅盾熔铸出一种"可读可听近乎口语"的文字。方法之一是向旧小说学习,解决了长久以来新小说语言过于欧化的弊病,此举亦具有高度的文学史意义。左翼的意识形态之前卫与其普及性宣传之任务间,始终存在着紧张。在茅盾等人的理论表述中,雅俗乃为不可调和的两极,但 20 世纪 30 年代的"小市民"乃至青年学生读者对之仍是兼收并蓄。②

　　傅修海则探讨了瞿秋白在《子夜》接受中所起的特殊作用。他把《子夜》也视为"红色经典",认为"红色"的获得和坚守先在地定格其地位,也放大了其经典的魅力,更生成别样的艺术张力。因此,是颜色政治学的存在造成了《子夜》这种文学史上颜色化文学经典。③ 伍晓辉以《子夜》为个案,研究了茅盾小说接受中的"误读"现象。李城希以《子夜》为例,分析 1949 年之后中国现代长篇小说的修改问题。他指出:这一跨时代集体修改面临多重深层困境,困境的产生具有多重深层原因,困境中的修改有种种表现,困境中的修改对中国现代文学在当代中国及世界的传播、接受与研究产生了深远的历史性影响。④ 版本问题也是影响文学作品接受的重要因素。肖进专门研究了以往被忽略的《子夜》删节本和翻印本。他指出:在各种版本中,学界讨论和关注最多的是初版本,迄今仍然存疑的则是删节本和翻印本。文章通过梳理前人对《子夜》版本的研究,在吸收相关研究成果的同时,依据最新发现的史料和新旧材料的对比求证,对删节本和翻印本进行进一步的考证:首先,根据开明书店编辑徐调孚的佐证文章,求证删节本的版次和时间;其次,通过对救国出版社与《救国报》的史实关系探析揭开翻印本的生产过程。同时指出,删节本和翻印本并不仅仅是版本的变迁问题,其背后体现的是国共两党

---

① 陈思广:《未完成的展示——1933—1948 年的〈子夜〉接受研究》,《江汉论坛》2008 年第 5 期;《放大与悬置——〈子夜〉接受研究 60 年(1951—2011)述评》,《河北师范大学学报(哲学社会科学版)》2013 年第 1 期。

② 葛飞:《作为畅销书的〈子夜〉与 1930 年代的读者趣味》,《中山大学学报(社会科学版)》2017 年第 5 期。

③ 傅修海:《文学经典的颜色革命——〈子夜〉接受史中的瞿秋白》,《重庆师范大学学报(哲学社会科学版)》2011 年第 2 期。

④ 李城希:《1949 年之后中国现代长篇小说修改的困境及影响——以茅盾及〈子夜〉的修改为中心》,《文学评论》2013 年第 3 期。

在政治文化宣传上的角力和斗争。① 作品外文译本影响的是海外读者接受。田佳从改写理论视角,对《子夜》的英译本作了具体研究。曾嵘通过揭示《子夜》对堀田善卫《历史》的影响,介绍了《子夜》在日本的接受状况,指出:茅盾的作品最初于1936年传入日本,至20世纪50年代茅盾作为中国现代作家已被日本文坛广泛接受。其代表作《子夜》自1933年发表后,被多次重译并被奉为中国现代文学的经典之作。战后派作家堀田善卫阅读了大量茅盾的作品,并模仿《子夜》截面图式开关技巧和"一树千枝"的结构模式,创作了长篇处女作《历史》。这体现出茅盾文学在世界现代文学建构过程中的作用。② 俞春放研究了《子夜》的经典化过程及其作为经典的形成机制,指出:茅盾小说《子夜》在几十年的文学传播中经历了经典化到去经典化的历程,阅读者对其评价在不同时代迥然有别。他由此出发去分析这一现象背后的意义,发现不同的判断背后却有着相同的话语体系,即关于现代小说的真实性话语及掩藏其中的现代性焦虑,而这一话语体系又深刻地影响到了20世纪中国小说经典的形成机制。③ 黄灯从微观角度分析《子夜》经典化问题。他从小说的重要因素"情节"入手进行分析,认为《子夜》情节的设置以叙事意图的实现为目的,同时在情节的时空向度上表现出了鲜明的特征:作品的场面、细节和人物的设置都严格按照作者对马克思主义阶级论的理解而来,情节的完整、情节逻辑结构的鲜明、冲突成为情节推动的动力与高潮的必然出现一起成为其主要特征。这标志着中国小说本质主义宏大叙事模式的成形。④

6. "农村三部曲"、《林家铺子》与茅盾革命叙事研究

"农村三部曲"(《春蚕》《秋收》《残冬》)与《林家铺子》同为茅盾20世纪30年代最重要的作品,也一直被视为茅盾的代表作。近些年对它们的研究存在一些争议,有一些值得注意的成果。

首先是关于其真实性的争论。

2010年,《汉语言文学研究》发表解志熙与其学生尹捷的一组关于《春蚕》的通信。他们师生间的通信讨论是围绕吴组缃发表于《中国现代文学研究丛刊》1984年第4期的《谈〈春蚕〉——兼谈茅盾的创作方法及其艺术特点》以及余连祥对吴文的反驳文章《稍叶——吴组缃先生不了解的一种蚕乡习俗》展开的。吴组缃认为《春蚕》所写老通宝借债买桑叶的情节不合情理、不真实,老通宝的做法是一种市场投机行为,属于"个人处理不当"。因而,他的悲剧不具有典型意义。尹捷赞同吴文观点,认为茅盾是"夸张地去写人物和设置情节"。余连祥依据自己掌握的材料认为《春蚕》的这一描写并无不妥。解志熙赞同余连祥的观点,而不同意吴组缃的说法,他认为老通宝的冒险行为"仍然在一个江南老农民的行为所可理解的

① 肖进:《〈子夜〉的删节本和翻印本》,《中国现代文学研究丛刊》2014年第4期。

② 田佳:《改写理论视角下的〈子夜〉英译本研究》,《海外英语》2015年第12期。曾嵘:《茅盾文学在日本——以〈子夜〉对堀田善卫〈历史〉的影响为例》,《中国现代文学研究丛刊》2017年第4期。

③ 俞春放:《真实性话语与现代性焦虑——从〈子夜〉谈当代中国小说经典的形成机制》,《浙江传媒学院学报》2016年第1期。

④ 黄灯:《〈子夜〉模式:宏大叙事经典化》,《江汉论坛》2008年第6期。

范围里"。他以自己的祖父和父亲为例，说明老农民也有爱冒险的，况且老通宝的冒险是为了生产自救，并非商业投机。他特别指出：《春蚕》里的老通宝和《林家铺子》里的林老板，是茅盾写得最生动感人、令人难忘的两个人物形象"；"也不能拿他后来对自己作品的自我总结反过来说他是主题先行"，况且"有意识也可以产生好作品，甚至主题先行也不一定妨碍产生好作品"。①

宋剑华发表于2017年《东吴学术》第3期上的《"乌镇"上的政治经济学——论茅盾〈林家铺子〉里的艺术辩证法》所论作品虽然主要是《林家铺子》，所涉及问题却与前面关于《春蚕》的讨论相同：宋剑华也认为《林家铺子》所写不符合历史的真实，尽管他不否认茅盾是"一个艺术造诣极高的作家"，不否认"无论是故事叙事还是人物塑造，茅盾都堪称表现得十分完美，且令人不得不由衷地敬佩"："毫无疑问，《林家铺子》用艺术的主观真实性，去替代历史的客观真实性"。他首先指出，当时的抵制日货运动不是政府行为，接着指出，国民党政权在20世纪30年代初期，还未腐败到后来那种程度，国民党党部及政府机构也并未下设到"乌镇"这一级，所以，"卜局长"、"黑麻子"之类形象是并无现实依据的艺术虚构。他认为林家铺子的倒闭"原本是个很平常的经济事件"。他借用一些当时社会学家和历史学家的统计资料说明，1927至1936年是"中国近代经济发展的两个'黄金'时期之一"，"乡土中国的小农经济，不仅没有崩溃或衰退，相反还顶住了外来的经济压力，呈现出自强不息的发展势头"。浙江一带农民没有土地的"只占5.1％"，"农业收入占农民总收入的93.5％，而养蚕却只占农民收入的6.5％"。他进而得出结论："农民以养蚕为副业，无论是盈是亏，都不会影响他们的基本生活。茅盾在《春蚕》与《林家铺子》中，刻意夸大了乌镇农民由于养蚕亏本倾家荡产"，"再说中国蚕丝业的失败破产，也与'帝国主义的经济侵略'没有直接关系"。宋文甚至稍微有些跑题地谈及当时农村的地租问题（因为《春蚕》和《林家铺子》并未直接涉及地租剥削），借用相关资料说"'地租'水平并不算太高"。笔者认为，宋文上述观点未免偏颇。它所用资料并非都不属实，但却只是局部真实：首先，关于土地占有情况，全国差异很大，不仅不同省份差异大，同一省份的不同县区也有很大区别，将一个或几个学者关于一两个地方的统计作为中国农村和乡镇的普遍状况，属于以偏概全；其次，虽然有所谓"黄金十年"之说，但1932的丰收成灾、谷贱伤农却是客观史实，农村的破败凋敝也并非向壁虚构的艺术想象。另外，宋文还有一处错误，就是混淆了"赋税"与"地租"两个不同的概念：它说"'赋税'的成分非常复杂，但学界通常又主要是指'地租'"。实际上，在农村"赋税"的主要部分"田赋"是由土地所有者缴纳给官府的，而"地租"则是由土地租佃者缴纳给土地所有者的。

邹冬梅专门研究了20世纪30年代世界经济危机与民国经济危机问题，用具体数据说明：1929—1931年间，在世界性经济危机大环境中，中国由于是唯一的银本位制大国，经济反倒相对繁荣；但是，由于1931年秋开始的各国货币贬值让"金贵银贱"局势发生了变化，1933年美国通过白银收购政策人为推动白银价格大

---

① 解志熙、尹捷：《关于〈春蚕〉评价的通信——从吴组缃和余连祥的分歧说起》，《汉语言文学研究》2010年第1期。

涨,使中国进入到经济危机的寒冬。这次民国经济危机使中国经济尤其是农村经济受到严重打击。而到 1935 年中国实施了币制改革,中国经济进入复苏。由此可见,"农村三部曲"及《林家铺子》写作时中国经济陷入危机的低谷是事实。但在此之前和之后情况有明显不同。实际上,茅盾《春蚕》也客观透露出农业危机、农村濒临破产只是近几年的事。① 邬冬梅以此解释 20 世纪 30 年代初期中国经济题材小说的兴衰原因,颇有说服力。② 李哲认为,经济主题的存在最终使得"农村三部曲"的革命叙事淡化了"乌托邦"色彩,从而获得了历史纵深和现实依据。③

经过与老师解志熙的讨论,尹捷对《春蚕》的真实性及思想艺术价值有了新的认识。他在 2013 年发表的一篇文章中称《春蚕》是"划时代的作品"。首先他介绍了 1950 年董时进给毛泽东一封公开信中与上述宋剑华文章类似的观点,即"江南无封建",又介绍了次年潘光旦等人在实地调研后对董说的反驳,并联系大革命时期陈翰笙与马季亚尔的辩论,指出潘光旦、陈翰笙们对农户的分类是以其所处经济地位、按生产关系分的,而董时进、马季亚尔及托派的分类是以经营形式来划分、调查对象放在生产力方面。"这两种方式的根本性差别在于'揭露'还是'掩盖''帝国主义在农村中的掠夺和农村中的封建剥削关系'"。尹文指出,茅盾本人有关创作经过与构想的表述"不断为人误解,将之解读为'作者从分析中国社会性质的概念出发,离开了生活真实来做文章'"。他还特别说明,"茅盾的家乡一带,长期存在'主副业颠倒'的情形,一般认为是副业的蚕业,在农民的收入来源里占据最重要的位置"。④ 这可看作是对上述宋文关于"农业收入占农民总收入的 93.5%,而养蚕却只占农民收入的 6.5%"之说的回答,虽然尹文发表在前,宋文发表在后。

但是宋剑华近年来在推动茅盾小说研究特别是对《子夜》《春蚕》《林家铺子》的研究方面所做贡献功不可没。他不仅自己撰文,还与学生合作,并组织学生在《名作欣赏》及《海南师范大学学报》发表一组研究《春蚕》的文章。这些文章或是将《春蚕》与鲁迅《故乡》比较,探讨启蒙视阈与革命视阈之差异,或是比较其农民形象各自的特点,或是解读其中的农民父子书写。这些文章虽未必有多少深度,却引起了青年学者对茅盾社会剖析小说的关注,为茅盾研究培养了后备人才。⑤

---

① 参见笔者《茅盾与二三十年代中国乡村贫困叙事》,陕西师范大学学报(哲学社会科学版)2016 年第 3 期。

② 邬冬梅:《民国经济危机与 30 年代经济题材小说》,《茅盾研究》第 12 辑,新加坡文艺协会 2013 年版,第 94—119 页。

③ 李哲:《经济·文学·历史——〈春蚕〉文本的三个维度》,《茅盾研究》第 12 辑,新加坡文艺协会 2013 年版,第 178—209 页。

④ 尹捷:《"划时代的作品":抽丝剥茧读〈春蚕〉》,《中国现代文学研究丛刊》2013 年第 3 期。

⑤ 冯军、宋剑华:《启蒙无效与革命有理——鲁迅〈故乡〉与茅盾〈春蚕〉的乡土叙事比较》,《海南师范大学学报(社会科学版)》2016 年第 1 期;吴娇颖:《不同视域中的中国现代乡土叙事——以〈故乡〉和〈春蚕〉为例》,《名作欣赏》2016 年第 17 期;冷师师:《雾里看花花非花 水中望月月非月——从〈故乡〉〈春蚕〉等看文学想象下的农民形象》,《名作欣赏》2016 年第 17 期;温文英:《浅谈〈故乡〉与〈春蚕〉的农民父子书写》,《名作欣赏》2016 年第 17 期。

茅盾的"农村三部曲"及《泥泞》等短篇都涉及当时农村的土地革命问题。阎浩岗重点探讨了茅盾的乡村叙事与叶紫《丰收》及后来的《暴风骤雨》等"典范土地革命叙事"的重要差异，指出：茅盾认为 20 世纪二三十年代中国农业破产、中国农民贫困化只是新近发生的事，其主要原因是外国资本入侵，而非封建土地制度的直接结果。在此之前农民存在通过勤劳而致富的可能性。茅盾笔下的地主有各种性格类型和不同品格特征，他们也是农业破产的受害者，虽然都剥削农民，但并不都是恶霸；即使革命即将或已经到来，农民也并无真正自觉的阶级意识和革命意识，其形象也未被"洁化"。茅盾对暴力革命的态度比较矛盾。茅盾乡村叙事的上述特点源于其自觉的创作追求，就是强调文学反映社会现实的全面性和客观性，文学的主要功能不是直接宣传政治理念、鼓动革命，创作必须以作家本人的生活经验和独立思考为基础。因此，茅盾的乡村叙事除了独特的艺术价值，还具有一定超越政治立场的文献价值。[1] 周仁政在分析《子夜》的革命叙事时也认为，《子夜》的客观写实主义和非英雄主义使其革命叙事具有间接性和隐匿性，并非代表左翼文学的正统和主流。[2] 朱献贞《论左翼文学创作中的"革命农民"形象——以茅盾的"农村三部曲"为核心》在论及茅盾笔下的"革命农民"形象时注意到：茅盾没有拔高多多头们的思想觉悟水平，也没有赋予他们鲜明的政党思想影响，而是有意无意地将多多头的革命原因做了简约模糊的处理。作者在多多头身上看到了阿 Q 式的流氓无产者的影子。正因为如此，与那些把农民"浪漫蒂克化"的左翼小说相比较，多多头这一形象更能代表左翼文学中农民革命者的历史原型，"农村三部曲"也显示了其在左翼文学创作中的独特存在价值。[3]

7. 对《蚀》及茅盾其他小说的研究

《蚀》是近年来除《子夜》之外受关注最多的作品。陈思广将《蚀》的接受史分为三个时期，即生成期（1928—1941）、转向期（1951—1963）和深化期（1979—2008）。他指出：生成期《蚀》接受的成就在于文本的时代性与人物的心理刻画为众多接受者所公认，这成为《蚀》的既定视野。转向期《蚀》的接受在特殊的历史语境下展开，主流话语导引与文学史视野是这一时期的最大特点，但《蚀》的接受不仅没有多少推进，反而有所后退。深化期《蚀》的接受在"时代女性"形象以及政治隐喻与艺术表达的定向及具体化上取得突破，形成既定视野，但一些有待实现的接受视野同时也面临着新的挑战。[4]

李永东从"颓废"角度切入《蚀》三部曲，认为《蚀》与欧美式的现代主义颓废派有着显著的差异，属于"现实主义颓废小说"，具有现代性的意义。《蚀》中"时代新青年"的颓废表现在幻灭虚无的人生体验和疯狂报复的心理机制、歇斯底里的精

① 阎浩岗：《茅盾与 20 世纪中国土地革命叙事》，《社会科学辑刊》2016 年第 5 期。

② 周仁政：《逻辑理性建构与茅盾〈子夜〉的革命叙事》，《湖南师范大学社会科学学报》2016 年第 6 期。

③ 朱献贞：《论左翼文学创作中的"革命农民"形象——以茅盾的"农村三部曲"为核心》，《齐鲁学刊》2016 年第 6 期。

④ 陈思广：《审美之维——1928—2008 年〈蚀〉的接受研究》，《首都师范大学学报（社会科学版）》2009 年第 5 期。

神气质、寻求强烈的感官刺激和在刺激中略感生存的意味；对时间的恐惧。① 李跃力也研究了《蚀》的现实主义。他从《蚀》三部曲引发的那场论战说起，他认为论战的焦点与实质是革命文学应以何种法则、方式呈现"现实"，这种"现实"的质的规定性应该是什么，这实际上是革命文学的核心美学问题。由此浮出水面的"新写实主义"不仅是一种创作方法，更蕴涵着一种根本性的美学原则。它提倡对"现实"作观念式的再现，由此揭示出一种逻辑意义上的"历史必然性"。然而，在这一原则指导下所呈现出的所谓"现实"实际上是对实在现实的规避与放逐，其本质是历史必然性观念的美学映像，是一种主观的"现实"。② 管兴平认为《蚀》写出了大革命中实际生活的图景。③ 颜同林也认为《蚀》是大革命时代现实人生的一面镜子，它既是茅盾对自己热衷于社会政治活动的挽歌，也像风雨中的"下半旗"一样，是对大革命时代女性群体性格与命运的无声祭奠。④

宋学清和姜子华关注的对象是《蚀》所涉及的性启蒙、民众暴力与身体惩罚模式。他们发现，女性身体作为茅盾性启蒙的起点与终点，既体现出性革命激烈的一面，也体现出茅盾对革命和启蒙的困惑。当时的性启蒙和性革命在思维模式上尚未脱离父权社会的囹圄，以父权制社会思维来反对父权制本身就是一种谬误。⑤

关于茅盾的另一重要中篇《虹》，陈建华指出：与《蚀》相比，《虹》在表现"时代性"方面更有突破，即强调了历史前进取决于先进"集团"的领导。它为中国革命建立了"正统"谱系，也即后来文学"正典"的神话。这也决定了茅盾对梅女士的塑造在表现其自觉克服"女性"与"母性"而转向集体认同的过程中，烙下概念与理论先行的痕迹。⑥ 李国华也认为，《虹》的写作与梅行素形象的塑造是茅盾以阶级分析的方式理解社会和写作《子夜》的起点。⑦ 吕周聚认为它是茅盾与秦德君合作而成的作品。"虹"具有多重象征意蕴，它是革命的象征，是时代女性妖气与魔力的象征，也是男女两性关系的隐喻。希望与虚妄、革命与爱情、妖气与魔力、男性与女性，构成了"虹"的复杂的内涵，"虹"也因此而变得复杂神秘、摇曳多姿，给读者

① 李永东：《时代新青年的颓废叙事——重读茅盾的〈蚀〉三部曲》，《吉首大学学报（社会科学版）》2008 年第 2 期。

② 李跃力：《革命文学的现实主义与崇高美学——由〈蚀〉三部曲所引发的论战谈起》，《文史哲》2013 年第 4 期。

③ 管兴平：《实存的生活和想象的文学：〈蚀〉三部曲分析——民国文学研究之二》，《长江大学学报（社会科学版）》2012 年第 5 期。

④ 颜同林：《大革命文学的"下半旗"——茅盾〈蚀〉三部曲重读》，《贵州师范大学学报（社会科学版）》2016 年第 1 期。

⑤ 宋学清、姜子华：《茅盾〈动摇〉中的性启蒙、民众暴力与身体惩罚模式》，《茅盾研究》第 11 辑，新加坡文艺协会 2012 年版，第 329—339 页。

⑥ 陈建华：《"青年成长"与现代"诗史"小说——茅盾〈虹〉简论》，《茅盾研究》第 11 辑，新加坡文艺协会 2012 年版，第 340—360 页。

⑦ 李国华：《从自由主义到集团主义——论〈虹〉与茅盾的心灵形式》，《茅盾研究》第 11 辑，新加坡文艺协会 2012 年版，第 361—372 页。

留下丰富的想象与阐释的空间。①

《霜叶红似二月花》虽是未完成之作，其艺术成就却是公认的。李玲从女性主义角度，研究了其中的性别建构，认为它表现了存在的不完满性。②罗维斯研究的则是其中的缙绅世界，指出其中的缙绅有两大类，一类已经"劣绅"化，另一类在困境中仍然坚守缙绅阶层服务桑梓的道德理想。这些对缙绅阶层的叙述与茅盾的家族经验密切相关，其中也透露了茅盾内心一些隐秘的情结。③日本学者是永骏认为，《霜叶红似二月花》及其续稿反映出茅盾的叙事意识倾向于回归中国古典白话小说的文化语码，同时打开了隐藏未露的情结上的封印，呈现了作者与党派无关的政治意识和与道德无关的性爱意识。④

《腐蚀》是茅盾唯一的日记体长篇，在新中国成立不久的 1950 年被改编成电影。电影获得很大成功，上映时曾引起热议。但热议之际突然被禁映。理由据说是因为作品容易引起人们对女特务的过多同情。对此，2011 和 2013 年，钟桂松和商昌宝分别撰文予以评议。钟桂松强调的是茅盾对自己立场的坚持，指出 1954年茅盾在《腐蚀》重版时坚持不修改的立场，而商昌宝突出的是重版时茅盾所写长长的"后记"中的自我辩解，并联系该作 1949 年前被国民政府查禁的侧重分析影片被禁的经过，分析其中的体制与文艺政策因素。⑤

李刚对《野蔷薇》中的短篇《创造》的解读有独到之处。他通过文本细读认为，《创造》并非如茅盾自己所言表现了对革命重拾信心，而是隐含了其对于政治实践的隐忧。《创造》以其所涉问题的典型性，在茅盾小说中具有独特位置。⑥

纵览近十年茅盾小说研究，笔者感到称得上成果丰硕：它涉及问题广泛，而且聚焦点都具有现实的社会意义、文化意义和美学意义，有些还具有世界意义。这些是应该引起学界足够重视的。

---

① 吕周聚：《论"虹"的多重象征意蕴——对茅盾〈虹〉的重新解读》，《首都师范大学学报（社会科学版）》2016年第 4 期。

② 李玲：《存在的不完满性与茅盾〈霜叶红似二月花〉的性别建构——兼论〈霜叶红似二月花〉的个体生命存在主题》，《扬子江评论》2011 年第 5 期。

③ 罗维斯：《精英的离散与困守——〈霜叶红似二月花〉的绅缙世界》，《文学与文化》2017 年第 1 期。

④ ［日］是永骏：《〈霜叶红似二月花〉和其〈续稿〉的叙事世界》，《茅盾研究》第 13 辑，新加坡文艺协会 2014年版，第 22—45 页。

⑤ 钟桂松：《〈腐蚀〉：从小说到电影——谈茅盾的立场》，《书城》2011 年第 7 期；商昌宝：《〈腐蚀〉的几度沉浮》，《文学自由谈》2013 年第 5 期。

⑥ 李刚：《〈创造〉与"现实主义激情"》，《茅盾研究》第 12 辑，新加坡文艺协会 2013 年版，第 210—217 页。

茅盾、老舍、巴金小说研究如何创新

——《中国现当代小说研究》课堂实录之五①

李继凯②　徐　翔　郭大章　等

内容摘要：茅盾、老舍、巴金在现代小说尤其是长篇小说创作方面取得了卓越的成就，无论是数量还是质量都很突出且具有代表性，在现代小说史上提出"茅老巴"这个概念，当有特定的价值意义。"茅老巴"作为中国现代小说史尤其是长篇小说编年史上的大师级人物，很值得持续、深入地研究。学术界关于"茅老巴"三位作家的研究成果比较丰硕，但学术研究是无止境的，仍有很多可以挖掘的点或值得研究的问题。本文是 2020 年新冠疫情期间一次博士生班网上课堂实录，讨论的话题主要是探究对于经典作家如何开拓新的研究视野，主要讨论的问题则是茅盾、老舍、巴金小说研究如何创新。学术研究需要传承和创新，从本次云端课堂的自由讨论中，也可以看到当代年轻人对"茅老巴"及其研究的诸多思考和看法。

关键词："茅老巴"；小说研究；学术创新；课堂实录

引言

李继凯：各位好，今天我们谈一谈茅盾、老舍、巴金小说研究如何创新的问题。在现代文学史上我们很习惯说"鲁郭茅巴老曹"，其实从现代长篇小说或小说创作成就的角度看，说"茅老巴"也是一个可以提倡和探索的概念。这三位可以说是中国现代小说史尤其是长篇小说编年史上的大师级人物，学术界关于他们三位的研究成果也是非常多的。事实上，关于他们三位的研究包括小说研究还有很多可以挖掘的点。学术研究是无止境的，也是需要创新的，今天的讨论话题主要是探究对于经典作家的研究如何开拓新的研究视野。大家可以结合自己的看法谈一谈。我把自己的一些相关研究文章及资料也上传到群里供大家讨论。

徐翔：老师上传的资料非常多③，对茅盾的研究不局限于文学创作，还扩展到

---

① 本文是 2020 年新冠疫情期间一次博士生班网上课堂实录，上课时间是 2020 年 3 月 16 日 15 时至 17 时。任课教师：李继凯；参与人：2019 级中国现当代文学专业博士生（程志军、郭大章、景兴燕、冉思尧、魏欣怡、徐翔、张晓剑、张瑶、刘飞）；文稿整理：徐翔。整理中删去了各种图片、视频、表情包及参考文献等。

② 作者简介：李继凯，陕西师范大学文学院。

③ 微信上传的论文、书影、书法图片、茅盾文学奖等资料近 20 种，文字资料主要有：李继凯《师者：茅盾先生》，台湾花木兰文化出版社 2014 年版；李继凯《全人视境中的观照——鲁迅茅盾比较论》，中国社会科学出版社 2003 年版；林传祥《茅盾的一份文学评论手稿》，中国社会科学网，2018 - 10 - 13；李继凯（转下页）

文化理论、书法文化等其他方面，值得大家好好学习。其他同学可以就自己之前的思考或老师上传的资料谈谈自己的看法。通过讨论，我们可以相互有所启发。

主题一：茅盾、老舍、巴金研究现状及存在问题

张瑶： 茅盾、老舍、巴金这三位作家是世所公认的"文坛巨匠"，也正是因为他们惊人且出色的创造力，使得他们的作品呈现出了丰富的多义性与独特的复合美感，这就促使这些文本在被"经典化"的过程中显示出了言说不尽的恒久魅力。但是即便如此，在学科不断成熟壮大以致有些拥堵之状的今天，想要寻求出一个很是新颖的阐释角度，也是非常困难的。因此，梳理目前研究现状是创新研究的基础。

魏欣怡： 这三大家研究现状有类似之处，其中茅盾研究会更充分一些。全国性学术会议及论文集也较多，如中国茅盾研究会近年就编有《纪念茅盾诞辰 120 周年论文集》①。我这里想先谈一谈巴金小说研究的现状，可以佐证和彰显目前对文学大家研究的几个维度。如果要考察巴金小说的创新之处，首先需要对研究现状做一个大致的了解。我近日以"巴金"为关键词，在 CNKI 中搜索到 2 543 条结果，以被引率前 50 条论文为例，可分为以下几个研究维度：

一、巴金小说文本的"再解读"。巴金小说作品引向多元的复杂的当代语境。当下学界主要开始关注到一大批原来被意识形态所遮蔽的作品，通过文本分析与重新阐释，挖掘和把握其中的思想及艺术内涵。这其中，罗维斯的《绅士与新青年——〈家〉的另一种解读》、江腊生的《三位一体的文化怪圈——重读巴金的〈寒夜〉》、邵宁宁的《一个中国现代知识者的感伤及其精神谱系——再论〈憩园〉》等都属于此类研究范畴的代表作品。

二、新的文论话语体系下巴金小说的新义及新旨。伴随着文学理论视域的新构与拓展，新时期以来的巴金小说研究开始呈现出复杂化、多元化、个性化的新境遇。女性主义理论、文化跨语际视角、文学修辞学视野、接受美学视域等等，都成为了巴金小说研究的重要方法。谭学纯的《巴金〈小狗包弟〉：关键词修辞义素分析和文本解读——兼谈文学修辞研究方法》、刘慧英的《重重樊篱中的女性困境——以女权批评解读巴金的〈寒夜〉》、杨天舒的《巴金小说的接受研究（1929—1949）》等都属于此类研究范畴的代表作品。

三、主证、佐证、旁证的多元互涉研究。相较于以上两种思路，这一类研究通常将巴金具体的小说文本置于更广阔的文化历史空间之中，通过"文史互证"以及比较研究的形式，将巴金的小说创作通过文化研究的路径，推向更加深沉的社会意义中去。譬如吴定宇的《巴金与〈红楼梦〉》、河村昌子的《民国时期的女子教育

（接上接）《茅盾手稿管窥》，《小说评论》2017 年第 1 期；李继凯《老舍手稿管窥》，《小说评论》2017 年第 2 期；李继凯，李国栋《茅盾与中国大西北的结缘》，《社会科学辑刊》2016 年第 5 期；李继凯《论茅盾的文学生活与书法文化的关联》，《华中师范大学学报（人文社会科学版）》2015 年第 3 期，等。

① 中国茅盾研究会编：《纪念茅盾诞辰 120 周年论文集》，华东师范大学出版社 2017 年版。

状况与巴金的〈寒夜〉》，张雪艳、李继凯的《试论巴金的家园文化意识》等等。

景兴燕：之前李老师说他最喜欢的小说家是茅盾，也特别认同茅公"谨言慎行"的言行举止。我也有同感。这里，我就想先谈一谈茅盾小说研究。茅盾小说研究如何创新？在我看来，这一疑问追溯的主要是研究工具和研究方法。在我对茅盾小说研究还不甚熟悉的当下，贸然冠之以某种工具和方法，恐陷入机械的工具主义论。故而，我想退一步，将问题搁置一边，来观察当下茅盾小说研究风向，如果学者都不约而同地表示出对茅盾小说的某个方面的兴趣，那么，创新是不是题中应有之意？抑或还增加了学术创新的难度？为此，我查阅了最近几年核心期刊上有关茅盾小说研究的资料。我发现纯粹的小说文本本体研究已经不多了，而更多的是围绕茅盾丰富的社会经历和个人活动向周边四散和延伸的研究，呈现出多向度、多维度的特点。

程志军：我在群里上传了学术综述性、引导性的文章，大家可以参看。关于文学大家的学术综述能够体现国内最新的研究成果。对我们年轻人来说，等于找到了一张引导性的地图。其中有杨扬老师的《茅盾研究点滴谈》，很有启发性。①

徐翔：是的，最新的研究述评是了解这几位作家最新研究成果的很好的途径。

刘飞：茅盾、老舍、巴金，这三位都是现当代文学的著名作家。我个人始终觉得，关于"茅老巴"这三大家的研究其实对于我还是比较困难的，很多时候都会产生话被"说尽了"的感觉。自我反思，这种感觉一方面来自于个人对于研究主体的不熟悉，另一方面，则源自于自身研究视野的狭窄。尤其是茅盾研究，我更是有点畏难情绪。而就老舍研究而言，我去年有幸去北京参加了"纪念老舍诞辰 120 周年"的学术会议。在会上，听到大家对于老舍的研究可谓是百花齐放，老舍的"满族"身份带来的民族文学研究是一部分年轻学人的一个研究方向。通过老舍先生，辐射到其他的旗人作家。我想，从作家的民族身份、家族体验、国家认同以及文旅经历等，都还可以细致地进行一些探究。

李继凯：是的，文学是人学，从很多角度都可切入。比如茅盾的人生很丰富，文本很复杂，要细究，仍有许多问题值得探讨。比如当前人人说病毒，我相信当年茅盾笔下也曾触及过病毒和相关的疾病，还有茅盾究竟接触过哪些碑帖，受到了怎样的影响？只要细心，总会发现有值得自己研究的论题。请问各位，当下对三位作家的研究是否存在哪些问题呢？你自己有何看法？

张瑶：我认为目前对三位作家的研究还不够全面。我们在对作家进行系统研究的过程中应该尽可能地"雨露均沾"，经典性的代表作固然反映出了作家最为高超的水平，但是，我们也不能因之而"顾此失彼"。在叙述各个作家的研究现状时，不少研究者似乎都会发出类似的感慨，如："对巴金的文本研究依旧集中在《家》《寒夜》《憩园》《随想录》等文本上，其他文本则乏人问津"。这种情形在茅盾、老舍研究中也存在。最后，由于语言、网络等各方面的限制，作家的海外传播情况仍旧是研究的薄弱点，当然，学界在这方面也已经取得了不少成果，如李岫的《世界各

① 杨扬：《茅盾研究点滴谈》，《当代文坛》，2018 年第 4 期。

国对茅盾作品的研究》、庄钟庆的《茅盾作品在国外》、王玉珠的《茅盾在俄罗斯的接受研究》、白杨的《老舍作品在俄罗斯的传播与研究》，张曼、李永宁的《老舍作品在美国的译介与研究》、高方的《试析法兰西棱镜中老舍的多重形象》，高方、吴天楚的《巴金在法国的译介与接受》、额尔敦其木格的《巴金在俄罗斯的传播与接受研究》、杨四平的《跨文化的对话与想象现代中国文学海外传播与接受》等，但是相对于其他方面的论述，这些似乎还远远不够。

魏欣怡：我认为目前对茅盾、老舍、巴金小说研究存在的问题主要有：（一）研究视野的"树木"与"森林"。在茅盾、老舍、巴金小说的研究中，许多学者仅凭着一两部代表作的阅读经验，便对其研究对象大发议论。这就使得研究者可利用的资源贫乏，从而研究视野较为狭窄、研究思路较为单一，而其研究对象本身则包含着丰富的包括信札、日记、文论、通讯、自传等作品的文本可作为其小说研究的重要参考信息，如果仅凭浮光掠影的阅读经验及印象式的书评议论，难免使得研究对象的价值和意义被严重低估，尤其是茅盾、老舍、巴金这样在现代文学史中享有盛名的作家。譬如陈思和便曾指出"学者们太自信了，他们觉得巴金的世界清澈透明、一目了然，所以常常无所不知般地便做出判断"。

（二）研究观念的"走出"与"回归"。在茅盾、老舍、巴金小说的研究中，还有学者仍然受困于长久以来意识形态话语所牵制的研究思路，使其研究的出发点和结论总也绕不出这座"马克思主义话语"的迷宫，譬如对于《家》反封建主题的认知、对于《子夜》民族资产阶级的定性、对于《骆驼祥子》的破产农民的描绘等等，这些先在且既定的研究结论使得诸多论文专著千篇一律，而没有发掘出研究对象更丰富的内涵，激发研究的活力。当然，以更加宽容的眼光看待这一现象，譬如以往作为标志的鲁迅研究的每一次话语转型，都是彼时时代环境的潜流与巨变的历时性产物。而由于当下时代外部环境、价值观念的平和渐进，也很难对茅盾、老舍、巴金小说的研究立即做出质变性的扭转与重释。

（三）研究对象的"崇高"与"反崇高"。一方面，在茅盾、老舍、巴金小说的研究中，一些学者对于研究对象囿于既定的文学史地位，从而一味地将研究对象预设于神坛之上，不断挖掘小说写作的"崇高性"，从而丧失了对于研究对象平等对话的可能性，不能不说是一个遗憾。譬如陈思和便批评韩石山的《李健吾传》有"作者膜拜在传主的脚下一惊一乍地喊伟大"的嫌疑。另一方面，在重写文学史的浪潮下，对于现代作家重排座次的现象也是进行得如火如荼，譬如李庆西在《作家的排座次》将茅盾逐出现代小说大家之列，又比如王一川在《20 世纪中国文学大师文库》将茅盾与金庸对置等等。但是在这样的"反崇高"语境下，以何种言之有据的理性评价标准重写现代作家便成为一个不可回避的问题。总之，不论在哪个时代，研究者对研究对象的理性思考都应当作为学者应有的学术素养。

主题二：茅盾、老舍、巴金研究的创新路径

徐翔：我简单说说"茅老巴"研究的创新路径问题。这三位作家都是现代小说史上的大家，关于他们的小说相关研究成果也非常多了，这节课研讨的关键词就是"创新"，就是需要思考如何跳出传统研究的藩篱。三位大师的小说我读过一些，主要是代表性作品，但并没有深入研究过，所以，关于创新研究，我就谈谈我的一些想法吧。我觉得小说手稿研究是一个新的研究取向。这个想法是受李老师近年的研究启发，李老师写了一系列关于现当代作家手稿的研究文章，当中就包括茅盾、老舍的手稿，主要是把手稿作为书法作品来研究其美学价值。很惭愧，我本人没有研究过作家的手稿，但我觉得长篇小说的手稿研究是一个很好的切入点，对深度了解作品的创作过程很有帮助。手稿和最终版肯定是有不同的，可能会有修改的痕迹，可以借此挖掘作家的创作心态，创作过程中受哪些因素影响等。由此，还可以衍生出小说的"副文本"研究，李老师也有相关的研究，是关于贾平凹小说的副文本研究。法国理论家热奈特写过一本《副文本：阐释的门槛》，就是专门谈论副文本的。副文本包括书名、题词、跋文、图像文本与文学广告等等，我觉得小说的创作谈、后记，包括不同的版本都是副文本，如果从这个角度关注三位大师的小说创作应该是很有意思的。有篇文章推荐给大家，周立民的《从〈寒夜〉初版本后记的修改谈一场文学论争》。

景兴燕：刚才徐翔提到了李老师研究中提出的"副文本"一概念，主要指书名、题词、跋文、图像文本与文学广告等。李老师在《论茅盾"文学生活"与书法文化的关联》一文中，也提出了"第三文本"的概念，也即书法家这一身份之于文学创作的相互影响，书法之于文学有着第三文本的阐释内涵。我想，副文本和第三文本这一概念的提出，对现代文学研究有着普适性的价值，也就是说，可以用这些概念来分析其他作家。

张瑶：由于我对这三位作家没有进行过穷尽式的阅读，所以今天仅就目前我所接触到的一些研究范式，来进行一下"大胆的假设"，研究想法也难免有些粗略肤浅，还请大家多多批评指正。首先，我们应当注意到作者的多元文化身份与小说创作之间的关系，也就是说，对茅盾、老舍、巴金而言，"文学家"仅仅是他们众多身份属性中的一种，而非全部。并且，除了创作之外，他们还有着更为多样的"文学生活"，而在这些不同形式的"文艺实践"之间往往有着深层内在的互通性与互动性，这就为我们进一步理解作家的文学创作及其自身的文化人格提供了一些别样的角度。比如作者的编辑思想与小说创作的互动。在这一方面，茅盾、巴金研究做得较为系统，如钟海波的《茅盾在抗战时期的编辑活动》、林然的《报刊编辑与茅盾小说创作关系研究》、任瑶瑶的《编辑家茅盾研究述评》、孙晶的《巴金与现代出版》、蔡兴水的《巴金与〈收获〉研究》、黄发有的《巴金编辑思想及其现实意义》等，但即便如此，黄发有仍在其论文中指出有关巴金的编辑思想研究亟待深化。相较而言，学界对老舍的编辑与评论实践虽有所涉及，但却不是很系统，可参见《论老舍编辑理论的现实指导意义——以现代小说的创新策划为例》等文，有论者就曾指出："作为一个作家，老舍还积极进行文学批评活动，在大学讲授文学概论并有完整讲义存世……这些都可以放在一个整体框架内去研究。"另外，从作家的手稿或书法艺术创作的视角出发或许更能帮助我们理解文本变迁的思想轨迹以及现代作家在"文艺互涉"方面所做出的实绩，但是就目前来说，这方面的研究成果相对较为零散，我们可参见的论文有李老师的《论茅盾"文学生活"与书法文化的关联》《茅盾手稿管窥》《老舍手稿管窥》、陈子善的《巴金〈怀念萧珊〉初稿初探》、周立民的《〈家〉手稿释读——巴金手稿研究系列之一》、李建森的《关于老舍及其书法》等。

另外,作家的作品并非"凭空出世",而是与同一作家的其他创作有着较强的"互文性",并且,在"元文本"与"衍生文本"之间也存在着极强的联系。因此,对文本"创作前史"的细致梳理、对相对被忽略的文体与作品的系统研究、对"衍生文本"的跨界对比、对各文体之间"互渗现象"的独到考察或许能够有助于我们寻求到茅盾、老舍、巴金小说研究的创新点。

徐翔: 张瑶同学所说详实,其中也提到手稿,显然,"茅老巴"的手稿包括小说手稿本身也是书法作品,值得变换角度仔细研究。其实,如果拓宽研究思路,关于这三位作家还是有很多话题可以研究,不仅仅是小说,将三位作家放在一种大文化的视野中来观照,还是有不少可以挖掘的东西的。

景兴燕: 说起书法,现代文学作家中,除了"鲁郭茅巴老曹",像沈从文、艾青、沈尹默、郁达夫等也都善写书法,其作品在拍卖会上都曾创出高价,以书法这一第三文本来分析他们的作品,肯定也能出一些新意。

魏欣怡: 我认为想要有新思路,要杜绝作家小说研究的"炒冷饭"现象,而要扩展茅盾、老舍、巴金小说的研究视野,先要对于中国现代文学的整体性视角加以考量及参检。譬如王嘉良 2019 年出版的《理性审视:20 世纪中国文化语境中的茅盾》中就把对茅盾个体的研究,上升并转移到了对中国现代作家特殊生态语境的研究和分析,这是符合当下作家研究的创新道路的。此外,不仅仅专注于几部代表作品的阐释与批评,对于那些以往讨论甚少或者处于边缘位置甚至是未完成的小说作品也要给予相应的重视。因为这其中亦包含着作者复杂的创作心态的转变与现代文学生态环境的复杂构成。譬如赵学勇、高亚茹的《茅盾未完成的长篇小说》一文,就是通过对茅盾小说的"未完成"现象的探讨,指出:"未完成的小说作品,在一定程度上或许比那些完整的作品更能真实地反映中国现代文学发展过程中所经历的艰难而复杂的演变历程,其在文学史中留下的烙印,与那些完成了的作品同样具有文学史价值和意义。"最后,应当将茅盾、老舍、巴金的小说研究与其他文体创作联系起来,不再仅局限于小说本身题材的观照,而是对于其小说创作的文体互动进行相关的跨文体研究,这也是一条值得关注的研究创新路径。譬如对于老舍小说创作与诗歌、电影剧本、通俗文学、戏曲戏剧写作的互涉研究,常译月的学位论文《"补充"与"反哺"——1930 年代老舍小说创作的文体互动》即是依循这一路径展开讨论的。

徐翔: 我认为对小说进行与时俱进的"重读"也是一种创新途径。对经典的重读也是催生研究新思路的一个途径,在重读的过程中可能会发现新的切入点。魏欣怡刚才提到赵学勇老师有篇文章《茅盾"未完成"长篇小说探析》,这篇文章的切入点就非常新颖。茅盾小说结尾往往给读者留下很多谜团,比如《子夜》,前面很多线索没有充分展开,所以,"未完成"这一现象就是一个很新颖的角度。阎浩岗老师的《茅盾丁玲小说研究》中对茅盾小说的分析也有很多新见地,通过对茅盾作品的重新研读,作者发现茅盾小说与主流创作方法之间有同有异,也正是"异",才决定了茅盾小说的美学特性及其在中国现代小说史上无可替代的地位。2016 年,是老舍先生《骆驼祥子》发表八十周年，也出现一系列对该作品的研究文章，如张丽军《"恋身"、"失身"、"洗身"与"毁身"——论祥子身体的自恋与毁灭》、狄昌超《从平民视角看人生悲喜的典范之作——再读〈骆驼祥子〉有感》、江腊生《〈骆驼祥子〉的还原性阐释》都从新角度解读了作品。

  张晓剑：对于几位大家，除了众所周知的几部作品外，我其实所知甚少。正如魏欣怡的发言，目前就"茅老巴"三位作家的研究，可以说不论是文本的内部研究还是文本之外的外部研究都是一派欣欣向荣的景象，但亦有其未"确证"或"未言明"的地方。我单就茅盾的作品的译介角度来说，目前国内学界对茅盾外国文学译介的研究主要关注茅盾译介外国文学的思想动机、译介活动和创作的关系、茅盾对外国文学思潮的介绍等方面，很少涉及对茅盾通过英语（他唯一掌握的一门外语）转译外国文学现象的探讨。在这一方面，国内学界正有学者付诸实践。所以，能在诸多研究"视点"中窥探到一点，抓住一点深耕细挖就会有比较好的成果。

  景兴燕：翻译研究确实也是一个很好的视角。以茅盾为例，作为翻译学家，其翻译思想如何体现其文学观，有《弱小民族文学的译介和圣化——以五四时期茅盾的翻译选择为例》；作为左翼评论家，茅盾的文学观与他人的分歧和论争，有《"京派""海派"论争后的论争——以茅盾和罗念生关于〈荷马史诗〉的论争为中心的考察》；作为评论家，茅盾如何影响和塑造了文学经典，有《红色文艺光环下的丁玲解读——以钱杏邨、冯雪峰、茅盾的评论为中心》；作为人类学家，茅盾创造性的学术品格是什么，有《中国上古神话体系重建的方法论反思——以茅盾的人类学方法为例》等等。而围绕茅盾文学家、小说家的身份的研究，则基于以上身份的文化活动，呈现文史互动、文史互证的特点。如作为小说家，其某一时间段的某部作品的创作活动考察，关于《子夜》的创作行为考察，关于《腐蚀》的创作考察，关于《清明前后》的创作考察等；作为书法家，茅盾的书法思想与文学的关系，像李老师的论文《论茅盾"文学生活"与书法文化的关联》等。我想，茅盾的活动家身份之多是现代文学作家中比较少见的，故而，在其小说文本本体研究已经穷尽的当下，挖掘诸多身份相互交织、彼此融合之于文学创作，尤其是小说创作的价值意义，也即在研究过程中，注意文史互证和互动成为一种新的研究方向。我想，这大约预示了茅盾小说研究方法论的某种创新吧。

  徐翔：关于三位作家的创作在海外的传播及海外译本的研究等也都体现出了跨学科、跨文化的特点。这样看，海外的关于这几位作家的研究也值得关注，要像有的学者一直跟踪日本的鲁迅研究那样，密切关注海外对"茅老巴"的研究状况，寻求与海外学者（包括海外华裔汉学家）合作，多一些交流，扩大"茅老巴"研究在海外的影响。而海外的研究和国内学术界的研究有什么不同，也值得关注。

  李继凯：要寻求国际化的学术合作，外语水平好的年轻学者要有这方面的学术自觉，走向国际的机会也多一些。全国相关的学会和某些研究基地也要想方设法促进这方面的研究工作，在网上或在没有流行病毒的时候召开国际会议，设计国际化的专题系列讲座、立项进行文学翻译或传播研究等，都是可以做的事情。我这里要特别提示另外一点，即对文学大家如"茅老巴"的小说进行里里外外、左左右右、上上下下的研究都是必要的，也是可行的！对其长长短短之处自然也可以探讨。尤其是如果能发现新资料说明新问题那就更好了。由于各种原因,这些文学大家其实还有些史料没有披露,有的史料还没有被发现,有的史料则是被人有意识地珍藏着,有的史料暂时还不宜公开,等等。

郭大章:说起史料我有点小思考,说出来大家讨论一下。茅盾在"七·七事变"后选择了一条"不合时宜"的"另类"漂泊道路,表面看起来其文学活动遍布中国各个地方,南至广州,北到新疆,既踏足了武汉、重庆、桂林、延安等重要城市,也奔波于贵阳、昆明、宝鸡、兰州、迪化(乌鲁木齐)等"边缘"城市。可以说包括了几乎所有的战时文艺中心和非中心的地区。然而,相较1937年前茅盾在文坛上一度作为鲁迅去世后"首要"人物的地位和分量,看似"活跃"于各地的茅盾,却恰恰诡谲地成为了"文坛的消失者"。因此,茅盾在战时初期的选择应该有着更为复杂的逻辑条理,需要我们在回忆录之外寻找更丰富的史料,还原历史现场的微观状态,全面观照烽火下的茅盾在经历的选择节点上所面临的复杂处境和复杂心境。遗憾的是,对于茅盾等作家抗战时期文艺活动的研究,学界多未关注其特异性,主要还是将其放置在对宏大的抗战命题"做了什么"的事实发掘与"做得如何"的价值评判,对于另类的"为何去做"动机选择观照不足,即使涉及也多照搬回忆录的叙述。但茅盾和大多数人一样,其回忆录对于人生道路的走向进行了一定程度上的建构,对其选择的动因进行了遮蔽与放大。传统的抗战文艺一般将卢沟桥事变采纳为起点,但实际上,要理解他"走过的道路"的特异性及缘由,则必须回到"四·一二"事变后左翼文学界阶级话语和民族话语交织的复杂历史语境。"七·七事变"前,公共领域内高扬的是由中间党派倡导的"救国—救亡"的口号,这一口号和相关文学倡导,先为官方所打压,后又被逐步接纳、管控。"九·一八"之后,茅盾和救国会等中间党派的积极互动,以及对"救国—救亡"话语的积极介入,形成了自己对大变革时代的独特思考。组织中国文艺家协会时,茅盾遭到了左翼同人的批评,但也结合之前的探索,竭力倡导结合着左翼精神的救国和救亡之自由观念。虽然协会最终流产,但茅盾在经历中逐渐找到了一条属于自己的战时文艺思路,为其之后南下另辟一条与文协、三厅乃至延安有所区别的阵地做好了准备。武汉会战后,茅盾并未选择即刻投身进入文协的工作中,而是选择向他观察许久的救亡协会群体靠拢,虽然引起了胡风"脱离实际"的批评,但也正是粤港阵地那"远离中心"所造就的自由基础,给予茅盾践行现实主义精神和进行"暴露与讽刺"的可能,也书写了抗战文学的众多文本并促成了抗战文艺"多中心"的蔚为大观。《文艺阵地》的做法在初期引起了一些以宣传本位为视角进行工作的评论家的不满,但最终它的左翼价值还是得到了业界同人的好评。然而,粤港战事的不利局面也让茅盾看到坚守下去并不能真正践行好自己的工作,适时转换并进入持久战时期,促使茅盾产生了"深入后方"的想法,他跟随萨空了、杜重远等救国会人士进入西南、西北后方,后来到了盛世才治下的新疆。但在新疆,由于抗战放大了原本复杂的政治局面,抱着建设之心的杜重远反而遭到了屠戮,一同前来的茅盾也遭遇到了工作、生命上的危机。由此,茅盾产生了对理想型自由道路的怀疑,最终在脱险后走向延安,终结了自己战时初期的自由道路,后来也是为了工作,走向几大政治中心城市。

徐翔：有个问题和郭大章同学讨论一下。这是不是意味着茅盾与主流的抗战文艺还是曾经有过疏离？红柯的长篇小说《西去的骑手》里写过茅盾到新疆和盛世才的交往过程，小说也说到当时茅盾在新疆的思想困惑。

郭大章：我没有深入研究这方面的细节，今天提供点资料和想法，可供大家去思考，如果能够结合文化地理、文化心理分析，写出系列的茅盾漂泊研究方面论文，那肯定多少是有些新意的。

李继凯：我写过茅盾与延安、与陕西的文章，也和研究生一起写过茅盾与大西北结缘的论文，很多细节还没有深究。总的看，茅盾是一位勇敢的"探路者"，曲曲折折的人生路，恰恰印证了"路漫漫其修远兮，吾将上下而求索"，也基本实现了他作为现代文人的"新三立"（立人立家立象），达到了足可不朽的人生境界。包括他的长篇小说所拥有的"大陆式"描写的气度，想想当今世界风云变幻，茅盾致力于把握大时代的文学创作方向，对当今文坛也还是很有启发性的。

张瑶：大章兄，之前看到两篇论文，《作家南下与国家革命》、《论鲁迅逝世后的"文坛领袖"论争》似乎可以作为参照呢。

冉思尧：我对茅盾真正的尊敬是了解熟悉他女儿沈霞之后。茅盾到延安后遵从中央指令回重庆，但将一对儿女留在延安，自此直至沈霞病逝也没再见。让人惋惜的不单是沈霞去世和女婿萧逸的牺牲，而是他们夫妻先后过世的时间。沈霞是抗战胜利的 1945 年，萧逸是 1949 年 7 月，胜利在即身先死，茅盾既是文坛巨擘身负领导责任，又是一位父亲，那种悲喜交织的人生，让人感慨。沈霞留下的延安日记，好些人看中其私人性，总是对里面的爱情感兴趣，但又对她和萧逸爱情起伏波折感觉莫名。其实，把沈霞的日记及其爱情波折放入延安时期诸多运动大背景下，就能明显看到时代如椽巨笔对个人的影响。即便有茅盾之女、张琴秋侄女的身份，也免不了受到冲击。三位作家里我对巴金的阅读是最少的，最近看过的是林贤治写的《巴金：浮沉一百年》，因为时间紧，书也不是我的，只挑着感兴趣的觉得要紧的看了。主要让我佩服的还是对史料的搜罗，即巴金和出版社诸人的矛盾。

徐翔：跨学科、跨文化的小说研究方式也不失为一种新途径。现在学界都注重跨学科、跨文化式的研究，这样的思路也有助于为小说研究打开新思路。前面提到的手稿研究就符合跨学科的特点，此外比如说《"乌镇"上的政治经济学——论茅盾〈林家铺子〉里的艺术辩证法》、《茅盾小说中的女性服饰研究》等都呈现出跨学科的特点，此外，还有关于这些小说在海外的传播及海外译本的研究等都体现出了跨学科、跨文化的特点。

刘飞：确实，现在的跨学科研究也是比较前沿的研究思路。这种跨学科的研究思路，一方面扩大了对于作家的感性认识，另一方面，也间接地拓展了"现当代"的边界。我总感觉我自己在研究中画地为牢的思想特别严重。在老舍研究方面，关于老舍戏剧的"现代"改编，其实就挺有意思的。华东师大老师凤媛的文章，我觉得挺有启发性。文中提到的方旭，是一位导演，他改编了多部老舍经典，将老舍的小说变成戏剧搬上舞台。他改编了独角戏《我这一辈子》。

尾声

李继凯： 由于时间短促，加上微信交流的局限，我们没有充分的时间结合自己的喜好或者喜欢阅读的作品来详细发表见解，展开讨论。这是很遗憾的。但各位课后可以找出时间，从容研究与"茅老巴"相关的问题。

程志军： 此前关于研究巴金、老舍、茅盾三位大家的文章，我一篇都没写过。今后我在这方面多努力。我觉得如果从市民书写的角度对茅盾、巴金和老舍可以进行一些连环的比较研究。

李继凯： 好题，比较见真知么！即使人家写过类似选题也不要紧，你写得别致就行了。因为疫情，使好多学术会开不了，但各位可以多思考多写稿，后面参加的机会还有呢！年轻人要多拿文学大家练手，可以增强文化自信和学术"野心"。近期我让一位博士生从文学地理角度细析《新疆风土杂忆》《白杨礼赞》，论文已经在比较好的学术辑刊上发表了。我本来想认真总结这次讨论课的，下课时间到了就不多说了。且把我奉茅盾为"师者"的短文（曾发表于《茅盾研究》）呈上，供大家批评。作为师者，茅盾确实是谨言慎行、守正求变的典范呢。最后祝大家身心双健、心手双畅，写出更多更好的文章！

（李继凯补注：课堂实录较长，这里进行了一些删削修改；讨论中涉及不少文献，遗憾未能一一进行加注，特此说明，并向有关作者致谢。）

茅盾研究点滴谈

杨 扬①

摘要：从茅盾研究角度来看各种研究论文和论著,可以说近几年也涌现出了不少的成果。但是茅盾研究应该内外兼修,不能满足于茅盾研究一个领域,而是要与整个中国文学研究互通声气。茅盾研究虽然研究的是茅盾,但问题应该触及学术研究的普遍问题。同样,茅盾研究中也应该有一种宽容而开放的态度,以应对各种研究提出的问题与意见。

关键词：茅盾研究;史料挖掘;拓展新领域

从 1950 年代起,茅盾研究就是中国现代文学研究领域的重镇,拥有一批知名的学者,产生过一批有影响的学术论著。1980 年代成立的茅盾研究会也曾是诸多学者踊跃参加的学会,人数多达数百;出版的会刊《茅盾研究》,几乎是当时所有从事中国现当代文学研究者都会关注的。但 1980 年代之后,情况有所变化。由于对茅盾文学史地位的重新评价以及一些批评意见的出现,原有的那种轰轰烈烈的热闹景象已经不再呈现,尤其是新世纪以来,茅盾研究似乎淡出了人们的视野,新成长起来的青年学者中,为数不多的研究者还在继续茅盾研究。因此,有一些研究者怀疑,茅盾研究会不会越来越衰落下去?

我个人感觉,不仅仅是茅盾研究经历了一个由热转冷的历史性变迁,其他的一些曾经热门的作家研究,像鲁迅研究、郭沫若研究、赵树理研究、丁玲研究、巴金研究、老舍研究等,也经历了这样的变局,只不过程度不同罢了。造成这种变化的因素是多方面的,但从学术研究的角度看,目前的状况未必是坏事,当然更谈不上茅盾研究"衰落"。学术研究本来就是少数人对问题有兴趣,然后进行研究。几百人抱团取暖的热闹场景,未必是一种正常的学术研究状态。从茅盾研究目前的情况看,参与的研究者中,有学术名望的学者不及以往,有广泛学术影响的论著也不多,但研究的基础依然雄厚,像 2016 年在上海举办的第十届中国茅盾研究会年会,参会代表 80 余人,均是来自全国各地方院校的研究者。而且,有不少基础性的研究工作还在逐渐推进。如新世纪以来,钱振刚教授主编的大型研究丛书《茅盾研究 80 年书系》以及钟桂松先生主编的新版《茅盾全集》的出版,毫无疑问,是 20 世纪中国文学研究中的重要收获。这些研究成果区别于以往研究的最重要的一点,就是这些研究都是茅盾研究者凭借自己的力量,而不是依靠课题资助形式

---

① 作者简介：杨扬,上海戏剧学院教授。

完成的。这体现了研究者自己的研究兴趣，或者说，体现了学术研究的一种常态。如果说，以往的茅盾研究之所以红火，很大程度上借助了茅盾先生的声望而在诸多方面获得帮助的话，那么，今天的茅盾研究，这些曾经的外部因素基本都已经没有了，更多的是研究者出于自己的爱好和兴趣，走进这一研究领域。如果说，学术研究需要研究者付出很多，那么今天的茅盾研究就是这样一种需要付出很多的研究。

一

作为研究的基础性工作，茅盾研究并不像一些人所想象的，以为史料挖掘得差不多了。在茅盾的文学史评价过程中，恰恰是因为史料的挖掘不够，造成了学术界对茅盾认识和评价的不够准确和不够充分。譬如，针对茅盾晚年回忆录中存在的一些问题，学术界有不同意见，一些人认为茅盾在一些史料细节上存在失误和偏差。而另一些人认为，茅盾先生晚年在年老体衰的情况下，坚持写回忆录，误记误写之处难免，但整部回忆录总体上依然可信，而且非常难得。对茅盾所写的回忆内容是否属实，最有力的回应就是通过挖掘和阅读大量档案材料和不同时期的历史记录来验证。那么，这些档案材料到哪里去寻找呢？

从目前所能见到的研究文章反映的材料看，中国大陆各级档案馆披露的史料并不多，比较多的是从台湾获得的解密材料。其中比较集中的解密材料，是台湾国民党党史馆以及台湾"国史馆"的解密材料。这些材料涉及 1949 年前，各个不同时期茅盾的历史活动情况。将这些材料与茅盾晚年回忆录中的内容相对照，就会发现，很多回忆录中的叙述是可以得到证实的。譬如茅盾说自己曾代理过国民党宣传部部长，此前这一职务由毛泽东代理。恰好毛泽东致国民党中央党部的请假信函中，有这样的内容，原件在国民党党史馆保存。再譬如，茅盾曾希望辞去上海交通局局长的职务，这些相关的书信材料，今天都能在台湾国民党党史馆找到。

另外，还有一些材料能够旁证茅盾在 1949 年前的思想状况和社会影响，如1940 年代国民党调查机关向蒋介石提供的茅盾情况的说明，以及太平洋战争爆发后，茅盾在桂林以及从桂林赴重庆时的国民党方面的调查材料。这可以与茅盾晚年回忆录相关内容对照起来阅读，甚至可以丰富我们对茅盾回忆录内容的认识。譬如关于到桂林动员茅盾赴重庆的国民党文化官员刘百闵的情况，以往很少有材料介绍，但从国民党党史馆披露的材料看，他是一位有留学日本背景的文化人，对传统经学有较深的研究，晚年在香港中文大学教授经学，最后在香港病逝。所以，他不完全像茅盾回忆录中所说的是一个混迹于官场的"党棍"，而是一个有专业背景的文化官员。另外，茅盾在回忆录中提及，陪同他从桂林一路到重庆的两个国民党特务一直在监视他。但这两个执行公务的特务最主要的任务，还是保护茅盾夫妇免遭土匪的侵害。因为抗战时期，西南一带匪患猖獗。茅盾等著名文化人作为蒋介石邀请的客人，从桂林前往重庆的路上如果遭遇匪患或意外，吴铁城、张道藩等是没法向蒋介石交待的。所以，这两个特务可以说是茅盾的贴身警卫，一直跟到重庆才算完成了护卫任务。

再比如，茅盾回忆 1946 年访苏的延期问题，从国民党党史馆保存的材料看，主要还是苏联方面以及外事部门将邀请函呈送审批机关时出了偏差,将茅盾出国的邀请函呈送到教育部,而教育部的回复意见很清楚:茅盾属于社会自由职业,并不是教育部所属人员,教育部无权接受邀请函和审核批复。这样的公函往来,延误了原有的出访时间。当然,无论从苏联方面还是后来新闻媒体上对茅盾访苏的宣传报道,所取得的实际效果无疑扩大了左翼文学家的影响,所以很多人包括茅盾本人认为国民政府方面的拖延是故意刁难。最后托了沈钧儒、邵力子等,在王世杰的帮助下,顺利通过审核拿到护照,得以访苏。有关这一过程,在《茅盾年谱》中有一些记录,但查台湾"中央研究院"近代史研究所整理出版的《王世杰日记》,未见有相关记录。① 估计这位党国要员对这样的举手之劳的事,并不在意。如果真是国民党方面对茅盾出国设置障碍,而王世杰从中斡旋完成,那他应该会作为一件比较重要的事情记录在案。所以,研究茅盾,解读历史语境中的茅盾,依然需要我们对茅盾相关的史料做进一步的挖掘和梳理。

二

最新的茅盾研究中,与一些新材料的挖掘、解读相关的研究,从我个人角度来说,对 2017 年的几篇论文比较感兴趣。一篇是发表在 2017 年《中国现代文学研究丛刊》上的中国人民大学文学院博士生雷超对茅盾与《时事新报》关系的研究。② 她列举了新发现的一组茅盾早年的文章,这些文章发表在《时事新报》上。有关茅盾与《时事新报》的关系,茅盾自己在晚年回忆录中,有比较明确的说法,这就是"五四"时期,他向《时事新报》投稿,当时的主编张东荪非常赏识青年茅盾的文章,认为是发现了一个新人。至于器重到什么程度,是不是曾要求他代理主笔,这是一个值得关注的问题。

相应的另一个问题,是茅盾与陈独秀的关系。茅盾是如何结识陈独秀的,这在茅盾研究中并没有非常明确的说明。一般只是照茅盾自己的说法,陈独秀在 1920 年到上海不久,发起成立马克思主义小组,1920 年 10 月茅盾加入中国共产党,成为中央联络员。但问题是陈独秀怎么会让茅盾担任联络员的?从《张东荪年谱》提供的材料看,陈独秀 1920 年到上海后,最初想联络的对象是张东荪,因为张东荪当时在报上讨论社会主义问题,陈独秀希望张东荪能够加入到创建中国共产党的事业中来。但张东荪在思想上始终是一个自由主义者。很有可能,张东荪将自己非常赏识的青年才俊茅盾引荐给了陈独秀。李汉俊当然也是围绕在陈独秀身边的年轻人,茅盾与他年龄相仿,应该说都是陈独秀的追随者。

另一篇是发表在《中山大学学报》上妥佳宁研究《子夜》的文章③,这篇论文关注实业兴国的思想来源以及茅盾的态度。《子夜》中的吴荪甫可以说是实业救国的践行者,但他最后的结局是工厂倒闭,事业受挫。茅盾在《子夜》中,对吴荪甫这

① 参见林美莉编辑校订:《王世杰日记》,中国台湾"中央研究院近代史所"2012 年版。
② 雷超:《茅盾代理〈时事新报〉主笔史实及新发现的佚文考证》,《中国现代文学研究丛刊》2017 年第 4 期。
③ 妥佳宁:《从汪蒋之争到"回答托派":茅盾对〈子夜〉主题的改写》,《中山大学学报(哲学社会科学版)》2017 年第 1 期。

个形象寄予了某种同情，但在 1930 年代的中国政治语境中，吴荪甫们注定没有出路。妥佳宁在分析《子夜》时，梳理了大革命时期茅盾对于实业救国问题的一些思考。换句话说，《子夜》中的这一条思想脉络，是有其现实基础的，早在 1920 年代大革命时期，茅盾就有所接触，并产生共鸣。根据妥佳宁论文提供的线索，我联想到 2016 年第十届茅盾研究年会上，南开大学文学院教师罗维斯博士的大会发言，主要是对茅盾 1920 年代小说《动摇》中的商民运动以及工商冲突的描写进行分析。① 或许是茅盾从小生长在商业气息比较浓厚的浙西杭嘉湖地区，对工商人士的生活比较熟悉。而且，杭嘉湖地区对外交流频繁，很多家庭都是亦农亦商、农商兼具。这也许就是茅盾对大革命时期少数人针对小商人的某些过激行动持有保留态度的原因。茅盾的这些看法，可以说是终生没有改变，在晚年回忆录中还批评这种过激行动。或许仅仅指出茅盾对 1920 年代过激主义的批评，以及对工商人士的同情还是不够的，最重要的是让人们意识到茅盾作为一位小说家，他对于自己观察、体验和情感的忠实，常常会有意无意间超越特定时期政治理论的规范。所以，《动摇》等系列作品，包括《子夜》和《林家铺子》等作品中，对于工商人士以及实业，茅盾都是持有深深的同情和理解，这不仅构成了他小说创作中的一条脉络，也是他小说创作中的一个亮点，体现了一位真正的小说家听命于内心的律令和真实的情感。

三

如果单纯地从茅盾研究角度来看各种研究论文和论著，应该说有新意的成果还是不少，所以有研究者曾说，茅盾研究的学者近几年是中国现代文学研究领域最"拼"的。当然，与鲁迅研究相比，无论数量或质量还是有很大的差距，不少研究只是翻来覆去炒炒冷饭而已。茅盾研究应该内外兼修，不能满足于茅盾研究一个领域，而是要与整个中国文学研究互通声气，换句话说，茅盾研究虽然研究的是茅盾，但问题应该触及学术研究的普遍问题。跨出茅盾研究领域，还能够获得学术界的重视和尊重，这是非常不容易的。但茅盾研究中那种"单打独斗"的遗风并没有彻底破除，尤其是这种遗风与"唯我独尊"的学风结合在一起，常常成为禁锢创新的力量。记得曾有文章说茅盾先生生前反对鲁迅研究中的形而上学的僵化思想，反对神话鲁迅。② 同样，茅盾研究中也应该有一种宽容而开放的态度，以应对各种研究提出的问题与意见。某种研究能不能超越单一的研究领域而对整个学术研究起到促进作用，或引领一个时代的学术风气，这与某种研究的开放格局、包容程度有很大关系。事实上，目前的中国现代作家研究几乎无一例外都无法做到引领中国学术的程度，这与研究的视野、格局有关，也与长期形成的研究氛围有关。

茅盾研究在新世纪以来，拥有多方面的发展潜能，除了中国茅盾研究会获得

---

① 罗维斯：《游移的官商与盲动的农工：〈动摇〉中的商民运动与工商冲突》，载《茅盾抵沪百周年纪念暨第十届全国茅盾学术研讨会论文集》。

② 阎愈口述、阎喜记录整理：《茅盾：反对神化鲁迅》，《文汇读书周报》2016 年 8 月 15 日。

很多地方院校的研究者的支持之外,茅盾研究还吸引了海内外的研究者借助研究茅盾来探讨 20 世纪中国文学发展中相关的问题。譬如 2016 年 7 月俄罗斯圣彼得堡大学举办了远东文学研讨活动,以纪念茅盾诞辰 120 周年作为会议主题。① 这是国际汉学研究中,研究者们向一位中国现代文学家表达敬意,同时通过茅盾研究来梳理 20 世纪中国文学发展中存在的问题。事实上,茅盾研究与鲁迅研究、巴金研究、老舍研究、丁玲研究、赵树理研究等具体研究一样,蕴藏着发展生机。这不仅表现为研究者的研究热情有所回升,由一个时期的怀疑、茫然、不知所措,到目前重新捡拾起问题,专注于研究;而且,研究领域的确有新的拓展。以茅盾研究为例,近些年知网期刊数据库所收录的有关茅盾的研究论文,数量基本稳定,而且是在逐年上升;参与茅盾研究会的年轻会员人数也在逐年增多。中国茅盾研究会于 2018 年 4 月底,在贵州举办首届茅盾研究青年论坛。② 浙江传媒学院与浙江桐乡市文化局联合,成立茅盾研究中心,出版《茅盾研究年鉴》。③ 在对茅盾文学思想以及研究的侧重点上,茅盾研究也展示了新的姿态。如王嘉良在《茅盾的"矛盾"人生与现代作家的复杂样态呈现——置于中国 20 世纪复杂文化语境中分析》,对于茅盾的复杂性的强调,上升到中国现代作家所处的特殊生态语境中来分析;阎浩岗在《茅盾与 20 世纪中国土地革命叙事》一文中,对中国现代历史进程中,土地革命问题的小说文本的脉络线索加以梳理,从一个特别的角度,展示了茅盾小说的价值。④ 在经历了 1980 年代以来社会历史的巨大变化之后,重新再来研究茅盾,一些研究者也有非常鲜明的反思态度,如赵思运在《茅盾译诗的症候式分析》中,指出茅盾早期在诗歌翻译上存在着诗意不足的问题,联系到茅盾长于史诗性描写的文学特点,这种翻译活动中存在的症候式现象,或许不是一种孤立的个别现象,而是一种创作现象,涉及到茅盾的文学意识和创作的诸多方面。⑤

当然,对茅盾文学思想的探究,对茅盾研究而言,将是一个漫长的历史过程。除了立足于史料,还得益于开阔的视野和深入思考。我觉得茅盾与政治以及茅盾与以上海为中心的城市生活之间的关系,是研究茅盾最值得关注的两个领域。政治与文学之间的关系,是 20 世纪中国文学发展过程中最值得探讨的命题,也是中国文学最具现代特色的问题,到目前为止,理论上的论述并没有提出有效的思考和范式。在文学史研究中,比较多的研究也只是拘泥于一些作家个人之间的恩怨得失等细节材料,很少有那种立足于现代社会、文化变化关系的理论论述。作为一种研究参照,新世纪以来,鲁迅研究有一种回暖趋势,但其中也有一些现象值得

---

① 李逸津:《开启茅盾研究的新阶段:第七届远东文学研究暨纪念茅盾诞辰 120 周年国际学术研讨会述评》,《徐州工程学院学报(哲学社会科学版)》2017 年第 3 期。

② 参见中国茅盾研究会青年论坛征文通知:http://news.gog.cn/system/2018/01/016441015.shml。

③ 参见赵思运、蔺春华、张邦卫主编:《茅盾研究年鉴(2014—2015)》,中国社会科学出版社 2016 年版;张邦卫、赵思运、蔺春华主编:《茅盾研究年鉴(2012—2013)》,现代出版社 2014 年版。

④ 王嘉良:《茅盾的"矛盾"人生与现代作家的复杂样态呈现:置于中国 20 世纪复杂文化语境中分析》;阎浩岗:《茅盾与 20 世纪中国土地革命叙事》。参见《茅盾抵沪百周年纪念暨第十届全国茅盾学术研讨会论文集》。

⑤ 赵思运:《茅盾译诗的症候式分析》,《关东学刊》2016 年第 7 期。

关注，这就是将鲁迅与同时代人割裂开来的现象，把鲁迅视为中国现代文学的唯一代表，似乎其他作家都不如鲁迅。在这样的视野下，不仅鲁迅的论敌失去了文学史研究的独特价值，就是茅盾等昔日与鲁迅并肩奋斗的战友，也成为鲁迅的"附庸"，似乎都因为与鲁迅有关，这些作家作品才有了自身的价值。茅盾一生都没有改变左翼作家的创作姿态，病逝之前还上书中共中央，希望恢复中国共产党党籍。这样的人生态度和政治立场，与其文学理想的追求之间，是有密切关联的，不能回避，也不能以今天的语境来简单地看待，而是需要在历史过程和历史语境中加以仔细分析。

另外，茅盾与城市之间的关系，尤其是茅盾与上海的关系，值得深入的研究。从个人生活角度看，上海是茅盾文学事业最早起步的地方，他在上海先后生活近20 年，是他一生中生活时间最长的城市之一。从他的创作情况看，城市生活经验是他文学创作中最着力表现的对象，《子夜》开创了以现实主义笔法史诗般地描写上海城市生活的现代模式，成为 20 世纪中国文学史上的经典作品。以往对这些都市题材的文学作品的研究，比较多地揭示其中的意识形态内涵，也就是强调阶级斗争的内容。但事实上，这些作品的内涵应该是比较丰富的，这其中就包含了1930 年代中国城市生活经验的文学转化内容。换句话说，《子夜》同时也是一幅当时都市生活的风俗画，就像左拉对于法国社会自然主义描写揭示出很多当时社会生活的世相一样。不仅如此，茅盾还将对城市生活经验观察的手段，延伸到对江南乡镇生活的观察上，他的一系列反映江南乡镇生活的中短篇小说，不同于很多乡土作家的创作之处，就在于茅盾是带着城市生活的眼光来审视乡土生活，所以，他对乡土生活给予了比较多的反省，与废名、沈从文等将乡土生活理想化、诗意化的处理有所不同。茅盾的这种现实主义的文学创作，在 20 世纪中国文学史上，有着自己的影响和脉络，包括姚雪垠、柳青等一大批作家，都受到了他的影响，有的文学史以"现实主义道路"来命名这种影响。总之，茅盾研究在新世纪的发展，正在逐步提出自己的研究问题，拓展新的研究领域。

普实克的茅盾研究

徐从辉①

摘要：普实克是欧洲中国现代文学研究的拓荒者、著名的汉学家，也是茅盾研究的先行者，其茅盾研究颇有洞见。他对茅盾作品"史诗"与"抒情"辩证的概括，具有"文学史家"的眼光，其茅盾研究具有系统性和深入性；相比较，夏志清的茅盾研究是一种卓越的发现与鉴赏，是一种"批评家"的印象式评点。普实克的茅盾研究同时带有时代的印记，如二元式思维，对新文化激进主义的认同等偏颇。其文艺思想来源于当时的马克思主义美学、欧洲的左翼化思潮，以及俄国的形式主义、布拉格结构主义文论。普实克及其承继者的研究构成了中国现代文学研究重要一维。

关键词：普实克；茅盾研究；文学史；普夏之争

在海外的茅盾研究中，普实克、夏志清、高利克、陈幼石、刘禾、王德威等是典型代表②。普实克（Prusek Jaroslav，1906—1980）作为欧洲中国现代文学研究的重要学者，也是茅盾研究的拓荒者。"五十年代初，国外对中国现代文学认识非常有限，所以在中欧甚至整个西方，普实克起了一个先锋的作用。"③他先后编著出版了第一部用捷克语编写的汉语教材《汉语口语教程》（*The Textbook of Spoken Chinese*）（1937）、《中国：我的姐妹》（*China My Sister*）（1940）、《中国文学简介》（*On the Chinese Literature and Instruction*）（1947）等著述，翻译了鲁迅的《呐喊》、《狂人日记》，茅盾的《子夜》，同时还有《论语》《中国话本小说集》，蒲松龄的《聊斋志异》，对后来的茅盾研究者比如高力克等人产生了重要影响。其著作《话本的起源及其作者》《中国的历史与文学》《抒情与史诗：中国现代文学论集》为其赢得了广泛声誉。茅盾研究是普实克中国现代文学研究的重要内容。鉴于国内学界疏于对普实克茅盾研究的述评，本文将从普实克对茅盾研究的成就与不足、文学批评的思想来源等几个方面展开对普实克茅盾研究的分析。

---

① 作者简介：徐从辉，浙江师范大学国际文化与教育学院。

② 他们的主要论著有：C. T. Hsia，*A History of Modern Chinese Fiction*. (1961)；Marian Galik，*Mao Tun and Modern Chinese Literature Criticism*. (1969)；Yu-shih Chen，*Realism and Allegory in the early Fiction of Mao Tun*. (1986)；Marston Anderson，*The limits of Realism：Chinese Fiction in the Revolutionary Period*. (1990)；David Wang，*Fictional Realism in Twentieth Century China*. (1992).等等。

③ 高利克：《我和茅盾》，《中国现代文学研究丛刊》[J]. 1990(1)：231 - 249.

一、"史诗"与"抒情"的辩证

中国现代作家中，茅盾是普实克极为欣赏的一位作家。普实克有茅盾高度评价："每年在中国有很多的新小说出版，我个人很喜欢茅盾写的。我认为他是中国现代小说界中最好的一个。"①他高度评价《子夜》是除鲁迅的经典作品之外的抗战前中国最伟大的一部文学作品。普实克的茅盾研究及中国现代文学研究起始与1930 年代，在 20 世纪上半叶西方普遍缺乏对中国现代文学了解的情况下，普实克对中国现代文学的介绍乃至包括汉语推广方面起到了开创之功。普实克对汉学的研究缘于他与中国的特殊情缘。他在 1928 年毕业于布拉格查理大学，随即去瑞典、德国留学，师从著名汉学家高本汉，1932 年，普实克来中国进行了两年半的考察，其间结识了鲁迅、郭沫若、茅盾、冰心、丁玲等人，也使他从此结下了中国缘②，日后成为捷克斯洛伐克最著名的汉学家。他对中国有较深的感情，"我热爱这个国家，她对我来说亲如姐妹。但即使如此，我对她也很严厉，我看到了她的贫困，知道她的缺点。我为她振奋过，失望过，伤心过，但是我从来不能无动于衷。人们不可能对自己的亲人无动于衷。"③这种对中国的特殊感情使他的中国文学研究带上了感情色彩。他对鲁迅、茅盾、郁达夫、郭沫若等作家都有专门的研究。

普实克的茅盾研究主要集中在其著作《抒情与史诗：中国现代文学论集》中，这本论文集收录了其 1952—1969 年间的有重大影响的文章，由李欧梵编辑。普实克对茅盾及其作品的论述主要集中在以下几个方面：

首先是对茅盾作品特征的宏观把握："史诗"与"抒情"的辩证。所谓"史诗"，它不仅是文学类，更是通向一种"话语模式、情感功能以及最重要的社会政治想象"。④ 它是集体主体的诉求和团结革命的意志。不同于关注作家的主观感受、情绪、色彩与想象力的再现，以及注重个人主体性的发现和欲望的解放的抒情传统，茅盾的小说属于"史诗"，茅盾的小说以其对社会生活恢宏、全景式的再现而具有"史诗"的品格。"茅盾是中国最伟大的史诗性作家"，他把更多的关注放到了决定中国历史进程的主要力量和具有普遍有效性的社会事件上来。在普实克看来，古代的白话文学是中国现代文学的真正源头，新文学革命使得"在旧文学中占据主导地位的抒情性"被"史诗性"所取代。但在新文学中，结构复杂、规模宏大的史诗

① Prusek Jaroslav：*The Textbook of Spoken Chinese*，转引自高利克：《我和茅盾》，《中国现代文学研究丛刊》[J]. 1990(1)：231 - 249.

② 普实克和茅盾的交往史有待进一步考证。由于茅盾日记尚未全部出版，而普实克在《中国，我的姐妹》等著中虽评价了茅盾的作品，但并未谈及与茅盾的交往。目前《茅盾全集》仅收录普实克与茅盾的少量书信。但可以判断两人之间比较熟悉。而且新中国成立后有互访。1949 年，中国政府曾派出由茅盾、郭沫若、马叙伦带队的文化代表团访问捷克，普实克领导的捷克文化代表团则随后于 1950 年回访。普实克把茅盾、郑振铎和钱杏邨视为自己的故友。

③ ［捷］雅罗斯拉夫·普实克著，丛林等译：《中国，我的姐妹》[M]. 北京：外语教学与研究出版社，2005：425.

④ 王德威：《抒情传统与中国现代性》，载季进：《另一种声音：海外汉学访谈录》[M]. 上海：复旦大学出版社，2011：106.

体的发展遇到了最大的阻力,因为中国的这一传统还不充分。而茅盾在这一方面的突破最为显著。这是对茅盾作品以及新文学发展的重要概括。普实克通过"史诗"概括,展现了茅盾作品的重要特点:作品取材的当下性与时代性,叙事的"客观性",非凡的描写能力。普认为刘鹗的小说是中国文学走向现代现实主义道路上的一块里程碑,茅盾的作品则代表了这一努力的最高成就,也可以说是一个飞跃。所谓"抒情",是个人主体性的发现与欲望的解放,强调作家的个人主观感受、情绪与想象力的再现。普实克认为:在形式和主题层面,中国现代文学继承和发扬了清代文人文学的传统,即受过教育的中国统治阶层的文学传统。文人创作强调抒情性与主观性。而主观主义、个人主义、悲观主义与生命的悲剧感是五四至抗战爆发期间中国文学的主要特点。茅盾的《蚀》三部曲——《幻灭》《动摇》《追求》便是其中的典型代表,它记录了那个时代青年人对生命的悲剧感。普实克的"抒情"与"史诗"的辩证启发了李欧梵的中国现代作家的"浪漫一代"想象。其对新文化传统的上溯也勾联着王德威"没有晚清,何来五四"的文学诉求。

普实克同时概括了茅盾小说的其他特点:重描绘而非叙述,比如大多没有结尾,甚至线索也不完整;悲剧感,视人生为命运的磨砺,个人乃至民族国家的反抗无济于事。这也是新旧文学的重要不同,这种悲剧感与自然主义世界观密切相关,这与他对新文学特点的判断:"主观主义、个人主义、悲观主义、生命的悲剧感以及叛逆心理,甚至是自我毁灭的倾向"密切相关。

普实克梳理了茅盾的现实主义的来源。它是把欧洲古典现实主义的手法用到中国文学中,在叙事中坚持对"现实高度客观的再现,无论是'物质'的现实,还是'心理'的现实",起到"照相机"或"录音机"的功能。《子夜》等作品通过一系列精心选择、巧妙构思的场面,描绘了中国的社会生活和经济状况,其深刻程度与效果远胜于任何一部科学著作。普还指出茅盾的现实主义与 19 世纪乃至同时代作家现实主义的差异在于:茅盾关注具有普遍有效性的社会事件,而非个体的性格。不像晚清小说取材于道听途说、奇闻逸事,组织材料也是随意拼凑。在描写上多采取共时性的手法,而非自然主义作家的历时性手法。

在茅盾的创作动机上,普实克认为与"关注个人,从个人的生活与周围现实生活的矛盾冲突中寻找解释当时社会问题的钥匙"的现实主义相比,茅盾的创作动机是展示决定中国历史进程的主要力量,其动机首先是政治性和分析性的。不过这也导致了人物性格的概念化,主人公只是社会环境的注脚与说明。

普实克的茅盾研究具有系统性,分析颇有见地,赢得了国内学界的赞许。"他分析茅盾的作品,不是大而化之地议论,多有恰当中肯的意见。他为捷文版《子夜》写的序言,对中国民族资产阶级的软弱性、动摇性,对旧中国'资本主义同封建主义的共栖现象'的分析,都是其他国外评论中不多见的"。[①] 普实克的研究也对他的学生高利克的茅盾研究产生重要影响。[②]

① 李岫:《半个世纪以来国外茅盾研究概述》,见李岫编:《茅盾研究在国外》[M]. 长沙:湖南人民出版社,1984:42.
② 杨玉英:《马立安·高利克的汉学研究》[M]. 北京:学苑出版社,2015:169-253.

二、时代的印记:普实克茅盾研究中的偏颇举隅

然而,在普实克的研究中也存在一些不足。撇开意识形态的因素,下文将就普实克文本中出现的问题略举一二,以期反省普实克在茅盾研究及中国现代文学研究上的不足。

其一,在茅盾作品及中国的文学传统与自然的关系上,普实克认为除庄子作品外,中国文学中很少有对自然的热爱,这一判断有失偏颇。"我们在茅盾的任何一部作品中都看不到对物质现实的热爱,对大自然千姿百态的欣喜,当然在整个中国文学中也是如此,而这样的情感在左拉的描写中却非常醒目,这是文艺复兴、巴洛克式的世界观以及对形状与色彩的钟爱等文化遗产的影响的结果。欧洲绘画中的静物画就是由此诞生的。事实上,对大自然极其丰富创造力的赞美——尽管这种创造力有时是恐怖的——是整个自然主义文学的基础,而这种情感与中国文学是格格不入的,无论是旧文学还是新文学。也许只有庄子的作品中曾经出现过这种崇拜自然的迹象。"①笔者认为普实克对中国文学传统的判断出现了偏差。首先"物质现实"(material reality)、"自然"(nature)和"自然主义"(naturalism)②这三个概念之间并不相等。"物质现实"在普实克这里主要指的是自然界的物质实有,和自然主义密切相连。这并不能构成和中国文学传统的"完全陌生"(entirely stranger)的关系。中国文学语境中的"物质"更多指向的是物质实利,和金钱密切相关,中国古代有轻商的传统,儒家注重"义"而非"利"。大自然则是中国文人所崇拜的对象。从"天人合一",《诗经》之比兴自然,到陶渊明、王维等以山水田园诗寄情山水,重返自然,文人以梅兰竹菊等自况,山水花鸟画的出现等等,都表明中国的文化传统是和自然紧密结合在一起的。这也是中国传统的农业社会所决定的,而并非普实克所说的"只有庄子的作品中曾经出现过这种崇拜自然的迹象"。茅盾作品固然对现代都市的"物质"文明抱有反思,但对"自然"的向往拥抱是毋庸置疑的。

其二,"二元对立"思维。普实克时有"新""旧""进步"与"反动"之语。比如他认为林纾、桐城派及学衡派为"反动势力",他们为"旧文言"辩护,"非常荒谬";胡适是"资产阶级意识形态最重要的代言人",新月社的重要诗人徐志摩、闻一多受资产阶级教育,他们建立的社团"意识形态既不明确又缺乏活力",无法在中国文化中扮演重要角色。他对左联赞赏有加,认为他们站在无产阶级的立场上,接受马克思主义的世界观。认为新一代作家"贯穿了新民主主义革命的观点","打破旧的意识形态,追求一种新的唯物主义世界观,废除封建文学,建立一种现代的现实主义文学"。他对作家的分析也是如此,认为"只有那些猛然断绝了与传统的血脉联系的作家,才能与旧文学彻底决裂。五四运动之后的文学,是由一代全新的

---

① [捷]雅罗斯拉夫·普实克著,郭建玲译:《抒情与史诗:现代中国文学论集》[M].上海:三联书店,2010:139.

② Pruš̌ek, Jaroslav. *Three Sketches of Chinese Literature*. Prague:Oriental Institute in Academia, 1969. Print. Dissertationes Orientales;Vol. 20. p39 - 40.

作家所创立的,这些作家全是 1917 年以后才进入文学领域的,他们中没有一人属于过去的一代"。① 他这样的分析让人觉得很隔阂,不仅时间政治的截然划分抹去了文化时间的连续性,也认为新文学家完全是和传统一刀两断,其实许多新文学家有着深厚的旧学基础,这种人为的断裂,抹杀了新文学发生的复杂性。普实克这种对文学的意识形态属性的追求及其思维的两分法来源于其所处的国内的时代背景,同时也受到当时中国国内的主流文学史的影响,比如王瑶的《中国新文学史稿》等。

其三,对新文化激进主义的评价问题。普实克认为"反封建革命是当时社会和政治的主要内容……没有精神上的革命,社会革命就不可能实现。封建文化是维系旧的社会制度的最坚固的堡垒,必须加以全盘摧毁……如果以这种眼光来看,钱玄同、鲁迅、李大钊等激进思想者是完全正确的"。② 普实克之绝对确信来自于其对社会主义理念及新文化理念之服膺。1980 年代末,学界开始反省新文化激进主义之弊,林毓生、余英时、王元化、姜义华、李泽厚等人有过论辩与反思,在史学界、文学家等领域造成较大影响。即使是在当下,中国儒家文化的复兴亦是对普实克的反讽。其实,新文化运动落潮后即有对激进主义的反省。包括普实克所提到的新文化运动骨干之一的钱玄同颇为后悔,在致胡适、周作人的信中反省道:"回想数年前所发谬论,十之八九都成忏悔资料。""我们以后,不要再用那'必以吾辈所主张者为绝对之是而不容他人之匡正'的态度来作'訑訑'之相了。前几年那种排斥孔教,排斥旧文学的态度很应改变。"③可以看出,普实克对于新文化的发展状况并不熟悉,或是基于特定的思想立场而故意略去了对文化激进主义的反思。他的言论未免有些武断。当然,他本人自 1960 年代中后期就对之前自己的某些提法有所反省。在他的研究中,也有一些自相矛盾的地方。

其四,在中国新文学与个人主义思想的判断上,普实克认为"左拉的自然主义与茅盾的现实主义之间最主要的差异是对个体的强调"。左拉的世界中,总有一个浪漫主义的英雄,而中国新文学中,浪漫主义英雄没有立足之地。"个人行动在二十年代以后的中国社会生活中不再具有重要意义,所以个人在这个国家的文学中也没有地位。这进一步说明了中国资产阶级的弱点:资产阶级个人主义式的世界观对中国人的思维方式根本产生不了任何影响。"④其实,《子夜》中就有像吴荪甫这样的民族资本家这种"类英雄"的形象,只是茅盾的作品对决定历史命运的时代张力关注较多,而缺少了鲜明的英雄形象。如果说茅盾作品缺少个人主义式的英雄尚可,那么鲁迅的摩罗诗力,对"精神界之战士"的呼唤,郭沫若的"开辟鸿荒

---

① [捷]雅罗斯拉夫·普实克著,郭建玲译:《抒情与史诗:现代中国文学论集》[M].上海:三联书店,2010:46.

② [捷]雅罗斯拉夫·普实克著,郭建玲译:《抒情与史诗:现代中国文学论集》[M].上海:三联书店,2010:199.

③ 钱玄同:《钱玄同文集》(第 6 卷)[M].北京:中国人民大学出版社,2000:118、75.

④ [捷]雅罗斯拉夫·普实克著,郭建玲译:《抒情与史诗:现代中国文学论集》[M].上海:三联书店,2010:139.

的大我"，"反抗不以个性为根本的既成道德"都是新文学中浪漫主义英雄的代表。即使周作人在《平民文学》中提出"不必记英雄豪杰的事业"，而关注世间普通男女的日常。然而，周之"叛徒"，周晚年对《路吉阿诺斯对话集》等希腊神话的翻译，不是对"英雄"精神的追慕吗？普实克的这一论断也与此前对中国新文学个人主义特点的概括相冲突。

以上是对普实克中国现代文学批评包括茅盾批评中的偏颇举例，这种认识既有其作为一个"域外"的研究者与中国文学与文化上的隔膜，也有时代的因素，包括其时中国国内文学史的书写。我们不能责求其"客观"，而是要还原一个相对真实的文学情境。

三、批评方法与思想渊源：以"普夏"的茅盾研究为例

本节将进一步梳理普实克的文学批评方法及其文艺思想渊源，并以普实克与夏志清的茅盾研究为例，以"普夏之争"为切入点来探讨这一问题。普夏之争是1960 年代在海外学界产生较大反响的学术论争。1961 年，夏志清的《中国现代小说史》在耶鲁大学出版社出版，这是欧美第一部中国现代文学的英文专著。1962年普实克发表的《中国现代文学史的根本问题——评夏志清的〈中国现代小说史〉》①一文中，他对夏志清进行了激烈的批评。认为夏文是"教条式的偏狭"、"无视人的尊严"。夏撰写的文学史充斥着"政治标准"，比如：对丁玲及其他左派作家充满"敌意"，对萧军及其他爱国作家的作品评价不公。对本人志趣相投的作家如沈从文、张爱玲等人同样宽容。从而认定夏"缺乏任何国家的国民所必有的思想感情"，没有能力公正地评价文学的功能和使命，也不能正确地揭示文学史的发展进程。夏采用的是一种"极为主观的批评方法"，而不是"真正科学的文学研究方法"。另外，普实克指出夏分配给作家的篇幅不成比例。夏著主要缺点在于没能概括出不同作家作品的创作特征和艺术个性。看不出不同作家作品之间的区别。而夏志清也进行了回应：质疑文学研究能达到"科学"的严谨与精确，认为所谓"客观"，不过是迎合权威的观点。文学史家/批评家不应完全依凭前人，而在于挑战被权威误置的"文学史"，构成一个多元化的文学样貌。对于这场文学公案，学界已有很好的梳理辨析②，本文不再一一阐述。下文将对比分析普夏两者的茅盾研究以探讨两者在批评方法、学术渊源的分野。

夏志清在《中国现代小说史》中第六章和和第十四章论及茅盾。行文以作者生平与作品为序，就作品逐一论述。夏的文本细读深入，有不少敏锐的判断，比如对《虹》的第三部分分析。认为较前两部分，这一部分较为失败。说教宣传的色彩浓厚，削弱了小说的真实性。"他无法像在这小说的前半部用写实的和细腻的心理手法去为这种思潮辩护。无论是在思想上或情绪上的描述，已不复先前那种真

---

① ［捷］雅罗斯拉夫·普实克著，郭建玲译：《抒情与史诗：现代中国文学论集》[M]. 上海：三联书店，2010：193—229.

② 陈国球：《"文学批评"与"文学科学"——夏志清与普实克的"文学史"辩论》[J].《北京大学学报》（哲学社会科学版）2011（1）：48－60.

诚的语调了。"①这一分析较为中肯。夏认为相比较《蚀》与《虹》,《子夜》虽然也是中国现代小说的重要篇章,但至少在写作技巧上,并未超越前两者。认为其"同情心"缩小了,代之自然主义的漫画手法和夸张叙事。小说家的感性已经"恶俗化"了。茅盾的野心是要给中国社会来一个全盘的检讨,越来越科学(马克思主义式的和自然主义式的)了。在其创作生命中,很难摆脱这个迷障。这是夏著对茅盾作品评论的核心观点,比较此前普实克对茅盾作品的评论,我们基本可以看出两者在批评方法等方面的不同。

正如普实克对夏的批评,认为夏著未能概括出不同作家作品的创作特征和艺术个性,缺少系统性。据笔者的阅读经验,普实克的这一批评较为中肯。夏作的批评不少篇幅是小说的故事情节的叙述,再者就是对茅盾作品的结构、写作手法技巧等方面进行评析,属于印象式点评,缺少对作家作品的系统归纳。而普实克的文学批评则比较系统。简言之,夏的做法属文学批评家,而普实克则是文学史家。而这背后是两人的学术渊源不同。

普实克以布拉格查理大学和捷克东方学院为平台,通过汉语教学、汉学研究等方式形成了以其为首的布拉格学派,一时成为欧洲汉学研究重镇。1960年,普实克访华,受到革命话语的影响。他的学术研究,其批评与思想方法,受到当时的马克思主义美学、欧洲的左翼文化思潮,以及俄国形式主义、布拉格结构主义文论的影响。而结构主义理论强调文学"结构"的社会性及动态性。这些构成了普实克的思想背景与理论方法依据。直到1968年的"布拉格之春",普实克开始有所反思。

而夏受训于美国新批评的大本营的耶鲁大学英文系,以欧西文学为基准,思想上倾向英美的自由主义。认为文学批评应当超越时代、民族与意识形态的界限。标举劳伦斯的"勿为理想消耗光阴,勿为人类,但为圣灵写作"。文学不应装饰或肯定理想,而应从具体的人与现实检验理想的合理性。相比较社会主义现实主义和革命浪漫主义小说,夏更欣赏以鲁迅为代表的批判性的现实主义。夏指出文学中普遍的人道主义精神的重要性。同情与尊重每个人,包括地主、高利贷者、投机商等等。而大多数中国现代作家只是把他的同情心给予穷人和被压迫者,而不是任何阶级、任何地位的人都可以成为同情和理解对象。

同时在文学的社会功能上,普实克认为"文学的确有社会功用的",而夏则否认。在文学批评的目的上,夏的批评更多的在于"别立新宗",面对大陆1950年代王瑶、蔡仪、刘授松等带有更多意识形态文学史,夏开掘出张爱玲、沈从文、钱钟书等大家,这种卓越的"发现与鉴赏"已为学界普遍所认同。

虽然普实克和夏志清两人在具体的作品的艺术成就及批评方法上有所不同,但是,他们都同时高度评价了茅盾。夏虽然对左翼文学不以为然,但对茅盾的作品评价甚高,在夏看来,茅盾的作品具有一种"在探索现实时的复杂性",超越了当前的社会改良和政治宣传动机与热情,是文学的"良心",触及到广泛的人类命运

---

① 夏志清:《中国现代小说史》[M].上海:复旦大学出版社,2005:108.

问题。这与其内在的人道精神密切相连。其实这一评论也抵达了茅盾作品的内在生命，茅盾反对"有革命热情而忽略于文艺的本质，或把文艺也视为宣传工具"（《从牯岭到东京》）普实克和夏志清开创了两种不同的中国现代文学研究范式，对当代的中国现代文学仍然产生不小的影响。时至今日，我们仍在探讨他们的文学批评及其流风余韵，他们的弟子们所进行的学术传承构成了中国现代文学研究的重要力量。

成为作家：茅盾论当代作家的艺术修养

王本朝①

摘要： 对当代文学而言，成为作家成了一个问题，它需要丰富的生活积累，长期的实践探索，也需要扎实的艺术修养，这似乎是作家的必经之路，但现实却远非如此，这就需要作家和批评家积极参与年青作者的培养和指导。茅盾在帮助当代文学青年的成长上十分用心用力，特别强调文学的艺术技巧和作家的艺术修养的重要性。茅盾对近似文学常识的重复言说，意在提升青年作家的艺术素养，坚守文学底线，维护文学标准，同时也隐含着难以诉说的苦衷与无奈。

关键词： 当代文学；成为作家；艺术修养

一

现代中国作家的出现和成长，不完全是个人性的，它有社团的参与和媒介的扶持。当代作家的成长也有组织的力量。培养作家成了当代中国从中央到地方，从意识形态的国家机关到作家协会和文联都面临且需要解决的紧迫任务。1953年，周扬在"中国文学艺术工作者第二次代表大会上的报告"中就曾指出："正确地帮助和指导工农群众创作，发现和培养工农作家、艺术家，是我们文学艺术方面的最重要的任务之一。"②。并且，他还确定了任务和指标。1954年，在全国宣传工作会上，周扬希望各地积极培养地方作家，"以市为单位"，"在第一个五年计划内（还有三年）每年培养一个作家，共培养出三个来，不知是否可以。培养作家当然是很困难的，有的甚至培养不成。作家要地方化。北京、上海应有许多作家，但作家都集中在北京、上海这是错误的办法。就是中央的作家，也应在地方上有根据地。苏联有许多作家都是地方的"。他还建议，发现作家"最有希望的，最可靠的来源有二：一是部队，二是地方。老作家很重要，但数量有限，对新生活不如年青的熟悉，所以我们将来的希望应放在地方和部队作家身上"③。当代作家成员主要集中在省市文联和作协，再就是部队专业作家和通讯员。郭沫若在中国文联和作协主席团会议上也发言："无论在任何方面我们都必须培养新生力量，必须把培养

---

① 作者简介：王本朝，西南大学文学院。

② 周扬：《为创造更多的更优秀的文学艺术作品而奋斗——一九五三年九月二十四日在中国文学艺术工作者第二次代表大会上的报告》，《周扬文集》第 2 卷，人民文学出版社 1985 年版，第 259—260 页。

③ 周扬：《在中国共产党第二次全国宣传工作会议上的发言》，《周扬文集》第 2 卷，人民文学出版社 1985 年版，第 299 页。

新生力量作为一项重要的中心任务。"培养作家新生力量，无论是作为重要任务还是中心任务，都被作为当代文学的政治责任和时代使命。培养需要发现、选拔和扶持，需要具体的"爱护、教育和锻炼"①，当然，也需要作家自己的自觉和追求。如何成为作家，如何培养作家就成了当代文学中一个绕不开的话题。

对当代文学而言，成为作家需有生活积累，有不断地创作实践和艺术探索，也需要接受思想教育和改造，这似乎是当代作家的必由之路。当然，这一过程也并非是一蹴而就，一帆风顺的。艺术修养就是成为作家或者说是优秀作家的标准和分界线。关注当代作家的艺术修养问题，茅盾是当代文学大家和批评家用心用力最多的。为什么茅盾极其关注作家成长的艺术修养呢？我想，原因不外乎三个。一是茅盾的特殊身份。新中国成立后，茅盾先后担任全国文联副主席，作家协会主席和文化部部长，作为文学领域和文化部门的领导者，有责任和义务参与当代作家的培养和扶持；二是茅盾的创作经验和理性认知。作为从现代进入当代的著名作家和批评家，对作家和创作都有真知灼见，能说到点子上；三是茅盾的处境。五六十年代的政坛与文坛运动不断，"左"倾思想此起彼伏，茅盾既受重视被委以重任，又遭受批评而变得谨小慎微，陷入到尴尬的人生处境，被批评"因文罹祸"，当领导又言不由衷，搞创作也半途而废②，但他在评论当代文学创作，分析作品的艺术手法，讨论作家艺术修养，则是得心应手，信心十足。

实际上，现代文学中的茅盾也一直关注青年作家的成长，多次发表介绍自己的创作经验，提高文学修养方面的文章。如《致文学青年》(1931)、《一个文学青年的梦》(1933)、《创作的准备》(1936)、《杂谈文学修养》(1942)、《杂谈思想与技巧、学力与经验》(1943)等等，都是针对有志于文学的青年的经验之谈。早在 1925年，茅盾在回答"是否人人可作文学家？"时就认为："一个文学家必须知道他前辈的文学家，在艺术上是达到了如何的境界，据有它，熔化它，使它变成自己的血肉，然后再抛弃了前辈的成规，而来独立创造。否则，思维独立创造，恐难免只是一种诡言梦呓罢了。"③文学创作需要文学经验，作家成长也需要有艺术修养，文学修养的获得则需要大量阅读中外文学及哲学社会科学著作，需要总结或吸纳前人的创作经验。共和国成立以后，作家的政治立场和世界观要求高了，但文学创作的门槛却变低了，作家的文学修养则被边缘化了。1950 年 5 月，茅盾就谈到了文艺修养的重要性，希望作家要"多读多写多生活，边读边写边生活"④，在"丰富其生活"的同时，也要在"思想和表现技术上得到提高"⑤。"表现技术"主要就是指艺术修养和写作技巧。恰在这一年，在北京的中学语文教师暑期学习班上，茅盾去作讲座，再次讲到如何欣赏文学和成为作家的话题，提到了作品的形式和技巧，如文字方面，用字要"得当"，造句要"通顺"，要注意"句法的变化"，"有长有短"，处理好文

① 郭沫若：《三点建议》，《郭沫若全集》第 17 卷，人民文学出版社 1989 年版，第 33 页。

② 商昌宝：《尴尬的境遇：1950 年代的茅盾》，《齐鲁学刊》2009 年第 4 期。

③ 茅盾：《告志研究文学者》，《茅盾全集》第 18 卷，人民文学出版社 1989 年版，第 537 页。

④ 茅盾：《关于文艺修养》，《茅盾全集》第 24 卷，人民文学出版社 1996 年版，第 146 页。

⑤ 茅盾：《争取发展到更高的阶段》，《茅盾全集》第 24 卷，人民文学出版社 1996 年版，第 159 页。

学的"结构"、"人物"和"背景"①。他还认为当时的文艺创作存在着公式主义和自然主义倾向，读了作品前半段，后面就可以猜出来，"看不到人物的思想、性格与生活的其他方面"，文体上也是长篇多，短篇少，其原因也在于"艺术修养不够"②。当然，他也提到了思想和艺术的关系，"思想好而技巧不成熟，可称为半制品，是毛坯，但总还是一件东西，还能使用。反之，技巧虽然很好，内容思想却要不得的，则是对我们有害的，是毒药，能毒死人，根本就不能要"③。这是思想第一、技巧第二的文学主张，用"毒药"去形容有技巧而在思想上存有问题的作品，也是那个特定时代的文学标准。随着当代文学的发展，茅盾越来越感觉到其艺术性的缺失和苍白，他不得不说出这样的话，"应该指出，在我们目前的创作中，对于技巧问题的注意是太不够了。结构的混乱和松懈，语言的不纯洁和拖沓，成为相当普遍的现象，许多很好的题材，往往因此而损害了。由于缺乏熟练的文学技术，许多作品教人读起来，感到沉闷，没有生气，因而也就丧失了或减弱了它鼓舞感染的作用"④。这是 1953 年 9 月 25 日茅盾在中国文学工作者第二次代表大会上所作"新的现实和新的任务"报告中的话，让人惊异的是，在这样一份总结性和政治性的报告里，他却大谈特谈文学的艺术技巧，如"一篇作品应当是一个完整的有机体"，"作品的人物、情节的描写，都不是可以随便增删的。也就是说，作家在处理人物、情节、环境描写等等的时候，应当精心计划，该有的就必须有，该去的就必须去，该长的就必须长，该短的就必须短。这样的工作，叫作'剪裁'，是写作中一个重要的工作"⑤。所谓"精心计划"的"剪裁"工夫都是有关艺术写作技法的问题，让它们出现在作协大会的报告里，确实有些让人匪夷所思。细想起来，也是可以理解的事。也许当时的文学作品在艺术上的确是太粗糙了，难以达到最基本的艺术水准，让茅盾无法认同甚至无法忍受，不得不借助大会报告讨论艺术技巧问题，使作家协会的大会变成了文学培训班。当然，这也是茅盾之所长，能说得准，说得好，在当时的文学的政治氛围里，谈艺术技巧反而是一种策略，既可以放得开，又有话说，还不太犯忌。于是，茅盾在"报告"里一一介绍素材的剪裁、故事的组织和人物的描写等技巧，接着又讨论语言问题，从用字的正确、适当，造句的合法到句法的变化，从语汇的丰富到语文的纯洁，都做了具体而详细的讨论，如同叶圣陶写的《文章例话》和高语罕的《国文作法》。

二

1956 年 2 月 27—3 月 6 日，中国作家协会召开第二次理事会(扩大)，会议的

---

① 茅盾：《怎样阅读文艺作品》，《茅盾全集》第 24 卷，人民文学出版社 1996 年版，第 166 页。
② 茅盾：《目前文艺创作上的几个问题》，《茅盾全集》第 24 卷，人民文学出版社 1996 年版，第 191 页。
③ 茅盾：《怎样阅读文艺作品》，《茅盾全集》第 24 卷，人民文学出版社 1996 年版，第 165 页。
④ 茅盾：《新的现实和新的任务——1953 年 9 月 25 日在中国文学工作者第二次代表大会上的报告》，《茅盾全集》第 24 卷，人民文学出版社 1996 年版，第 276 页。
⑤ 茅盾：《新的现实和新的任务——1953 年 9 月 25 日在中国文学工作者第二次代表大会上的报告》，《茅盾全集》第 24 卷，人民文学出版社 1996 年版，第 277 页。

中心任务就是"提高文学创作的思想和艺术水平，克服一切脱离现实主义的倾向"，特别是普遍存在的公式化和概念化倾向。茅盾致开幕词和结束语，还做报告《培养新生力量，扩大文学队伍》，周扬也作《建设社会主义文学的任务》的报告，老舍作《关于兄弟民族文学工作的报告》，刘白羽作《为繁荣文学创作而奋斗》的报告。茅盾在报告中特别提到如何培养青年作家等问题。如何培养青年作家，茅盾一一列举了一批后起之秀，包括他们创作的优秀之作，如邵燕祥、崔德志、刘绍棠、丛维熙、韩映山、刘真、玛拉沁夫、李希凡、唐因等的作品，同时提到青年作家普遍存在文艺和文化素养缺陷，尤其是轻视对古典文学传统的继承与发扬。

刘白羽在报告里也提到"文学的青春力量正在蓬勃成长"，全国和地方作协、刊物和工作部门联系有青年写作者 1895 人①。大会还通过了《中国作家协会 1956 年到 1967 年的工作纲要》，将培养青年作家单独列为第 3 大类共 10 条，具体内容有：协同青年在工厂、机关、团体和学校中建立文学创作者和爱好者小组；建立文学报刊的通讯员制度；在地方作协建立青年作家工作委员会；举办青年作家短期训练班；举办文学讲座；为青年作者修改作品初稿；召开青年文学创作者会议；请老作家作个别辅导；编选青年文学创作选集和研究青年文学创作问题论文集；创办训练文学人才的专门学院，等等，每一项任务还有具体时间规定②。于黑丁还在会上专门就"长江文艺"如何培养青年作家介绍了经验，如开展"长江文艺通讯员运动"，对青年作家的生活和写作进行具体指导、帮助和给予热情鼓励。他介绍说："要求每稿必须复信和提出具体修改意见。只要来稿有某些方面可取，就应该尽量予以肯定。对于新人的作品，要敢于大胆地热情地予以支持，如我们对李准的作品就是如此。在对待重点作者还必须作更细致更具体的工作，要比较系统地具体地了解他们的写作情况，根据他们每个人不同的写作特点与创作中创作的问题进行艺术上的分析和帮助，并在一定时期给他们的创作以总结，指出他们进一步提高和前进的具体道路。为了更有效地帮助作者，我们曾经经常请作者住到编辑部来，或由编辑部同志下去，具体组织他们的创作，参加到他们的创作过程中去，从谈材料、选取题材，进行结构直到创作的完成。"他以李文元小说《婚事》为例，说明编辑部与作者"共同研究讨论"，经过"反复修改"直至比较完善的过程③。

李文元（1916—1974）是 1950 年代河南农民作家，与当时的工人作家吴运铎、解放军作家高玉宝齐名。在 1950—1956 年间，他写作了 10 多篇小说、诗歌和报告，曾出席全国青年作家代表大会，在整风运动中被错划为"右派分子"，后因病去世。1978 年，李季在《光明日报》上撰有《还有一个李文元》一文纪念他。《婚事》是李文元在《长江文艺》上发表的中篇小说，3 万余字，小说描写农业合作化运动中一

---

① 刘白羽：《为繁荣文学创作而奋斗》，《中国作家协会第二次理事会会议（扩大）报告、发言集》，人民文学出版社 1956 年版，第 79 页。

② 《中国作家协会 1956 年到 1967 年的工作纲要》，《中国作家协会第二次理事会会议（扩大）报告、发言集》，人民文学出版社 1956 年版，第 101—102 页。

③ 于黑丁：《于黑丁的发言》，《中国作家协会第二次理事会会议（扩大）报告、发言集》，人民文学出版社 1956 年版，第 177 页。

对青年男女中祥和莲姐的爱情故事。在新婚姻法的保护下，他们冲破父母包办婚姻，自由恋爱而结婚①。于黑丁还介绍了为作家举办的小型座谈会；关注一个作家所有创作；将关心帮助作家贯穿在刊物的各个方面，如刊物发表青年作者的作品占刊物的70％以上；组织依靠老作家参与培养青年作家，参与为青年作家创作服务的"文学问题会"。李准作为青年作者也在会上发了言，他认为老作家的帮助很重要，作家协会也应把这项工作当作"重工业"，希望老作家继续多帮助青年作家在"文学技巧上的提高"，"在这方面批评家的工作也太少了"。王朝闻在这方面做了不少有益工作，但他列举中外古典作家的例证较多，"分析现代中国作家作品的文章写得较少"，因为他还"没有很好地掌握短篇小说这个形式"，"就像织毛衣一样，我们不是把袖子编得太长，就是把腰身编得太短"②。茅盾是全国作协主席，负责其全面工作，特别是业务工作，培养青年作家应是作协的分内之事。

同年3月15—30日，中国作协和团中央再次召开了"全国青年文学创作者会议"，来自25个省市自治区和部队480多人参加了会议，其中30岁以下占80％，最年轻的仅17岁。周恩来接见了与会全体代表，茅盾、老舍和团中央书记胡克实分别作《关于艺术的技巧》《青年作家应有的修养》和《为社会主义写出更多更好的作品来》的报告。会议进行了分组讨论，一批老作家和理论家夏衍、赵树理、公木、马烽、陈其通、张光年、袁鹰等还参加了分组讨论。如诗歌分成3个组，邵燕祥、严阵、李学鳌等作为代表参加，诗人臧克家、公木、李季、郭小川、沙鸥参加小组辅导。讨论的论题主要有"诗人的思想修养和深入生活问题"，"诗歌的特性及抒情诗中的典型形象问题"，"新诗为什么不容易背熟"，"关于诗的形式问题"，"诗的题材、结构和语言"，等等。4月8日，《文艺学习》1956年第4期还以"为了创造出更多更好的诗歌"为题报道了小组讨论情况。3月31日，《人民日报》发表社论《前进，文学战线上的新军》，说："我们的党从来就重视青年在国家生活和社会主义建设事业中的作用，把青年看作是我们的希望和未来。在文学艺术事业方面，党也是时时刻刻教导我们要十分重视培养和扶持新生力量的健康成长，要时时刻刻同那些压制新生力量的资产阶级贵族老爷作风做斗争。"这也是新中国成立后第一次举行的青年作家专门会议，对于培养新一代青年作家具有深远的影响。

有意思的是，作为作协主席的茅盾却集中谈论"艺术技巧"。这个论题似乎偏小，近似于辅导班的讲座，但茅盾却将它作为大会发言，可见其在茅盾眼里的重要性和紧迫感。他首先指出人们对文学技巧存在着不正确的看法，如孤立地看待技巧，神秘地认识技巧，将技巧技术化和手术化等。他认为，技巧"不是作家在构思成熟以后外加上去的手术"，"技巧不同于技术。技巧中包含技术，但掌握了技术不一定就有技巧"③，"技巧问题不能同作者的人生观的深度和他的生活经验的广

---

① 张成山：《缅怀农民作家李文元》，《南阳日报》2012年7月20日。
② 李准：《李准的发言》，《中国作家协会第二次理事会会议（扩大）报告、发言集》，人民文学出版社1956年版，第232页。
③ 茅盾：《关于艺术的技巧——在全国青年文学创作者会议上的讲演》，《茅盾全集》第24卷，人民文学出版社1996年版，第405页。

度割裂开来",技巧"依赖着思想"①。采取否定句式为技巧铺路,技巧不在"巧",也不单纯在"术",而是有思想之"道"的"术"。为此,茅盾还找来例证,"古典文学的大师们以及现代的杰出作家们,事实上已经做出了艺术地表现生活真实的光辉的范例,这些范例所包含的基本的艺术经验,形成了艺术技巧的一些惯用的原则;研究这些原则,并进而掌握这些原则,是可能的,也是必要的"②。技巧在哪里呢? 在文学大师手上,在他们的创作"经验"和写作"原则"里。显然,继承文学遗产的问题就隐含在里面了。接着,茅盾还特别提到创作作品的构思过程,创作主体对文学素材进行的综合、改造和发展的过程,"没有一个作家是纯然客观地在观察生活的。纷纭复杂的现实,在作家头脑中所产生的各种各样的反应——他所接受的,或者排斥的,喜欢的或者憎恨的,唤起他想象或者引导他作推论的,都是受他的身世、教养、生活方式等等所形成的思想意识的操纵。作家按照自己的世界观去解释现实,分析现实"③。这又绕到作家修养的问题上去了。茅盾将作者的"认知"称之为"挖掘现实的本领","作家在现实生活中挖掘得愈深,他所创造的人物以及人物所活动的环境也就愈富于典型性,也就是这典型性给作品以强烈的艺术感染力",由此带来"不同的作家写同样的题材,为什么会有不同的效果"④。茅盾将技巧与思想结合在一起讨论,显然有其心知肚明的顾虑,他所提出的"应当提高思想水平和深入生活","不能乞灵于技巧"⑤的说法,是对作家的提醒,也是自我的护身。艺术的技巧可以学习,可以讨论,但终究是让位于思想和生活,茅盾对艺术技巧问题不得不设置逻辑前提。最后,围绕性格刻画中的人物形象、故事发展、环境描写及其相互关系,茅盾谈了自己的看法,介绍了如何借助事件、行动、细节和环境去刻画人物的看法,其中不乏个人的切身经验,如:认为"不适当的环境描写会破坏作品的完整性,至少也要破坏作品气氛。一段风景描写,不论写得如何动人,如果只是作家站在他自己的角度来欣赏,而不是通过人物的眼睛,从人物当时的思想情绪,写出人物对于风景的感受,那就会变成没有意义的点缀"⑥。当代文学中的"风景"是一个很有学术性的论题,茅盾强调了风景与作品人物的密切关系,而有意切割风景与作者的关联。事实上,文学中"风景"是作品人物的生活环境,更是渗透了作者思想情感的想象,从"风景"中研究作家的精神情感世界更有学术

---

① 茅盾:《关于艺术的技巧——在全国青年文学创作者会议上的讲演》,《茅盾全集》第24卷,人民文学出版社1996年版,第406页。

② 茅盾:《关于艺术的技巧——在全国青年文学创作者会议上的讲演》,《茅盾全集》第24卷,人民文学出版社1996年版,第406—407页。

③ 茅盾:《关于艺术的技巧——在全国青年文学创作者会议上的讲演》,《茅盾全集》第24卷,人民文学出版社1996年版,第407—408页。

④ 茅盾:《关于艺术的技巧——在全国青年文学创作者会议上的讲演》,《茅盾全集》第24卷,人民文学出版社1996年版,第408页。

⑤ 茅盾:《关于艺术的技巧——在全国青年文学创作者会议上的讲演》,《茅盾全集》第24卷,人民文学出版社1996年版,第411页。

⑥ 茅盾:《关于艺术的技巧——在全国青年文学创作者会议上的讲演》,《茅盾全集》第24卷,人民文学出版社1996年版,第414页。

意义。茅盾所言说的都是一些文学常识，但他却讨论得极其认真，有板有眼。他还专门讨论到文学语言的问题，对滥用方言和俗语提出批评，说："我就看不出要把同一植物叫作'苞谷'、'苞米'、'玉米'、'棒子'等等名儿对于丰富文学语言有什么好处。"①实际上，这是有好处的，对刻画人物个性，书写地方风情，不同方言有着特殊的作用。同一事物的不同称呼在刻画文学人物形象那里也是有作用的，如土豆、洋芋、马铃薯，不同身份，不同地方的称呼亦有不同。

　　茅盾个人有着丰厚的艺术经验，热诚而执着地关心青年作家的成长。又来了一个机会，1961年5月，茅盾断断续续用了一个多月时间，选取1960年优秀短篇小说，采取札记、漫谈的方式，写作评论3万字。他主要结合这些短篇小说的文体特点，特别是小说取材、结构、人物描写、环境安排上不同于中篇小说的艺术构思，进行了点评和分析，既介绍各个作品的选材特点和内容细节，也分析作品人物的描写技巧，叙述方式及其艺术风格，还总结了它们的整体特点，指出其存在的艺术缺憾。其中的部分文字刊载于《文艺报》，后来，中国青年出版社将茅盾评论和短篇小说合印一册，名为《一九六〇年短篇小说欣赏》，并将评论各自拆分置于每篇小说之后，形成一本作品与评论的合集。茅盾重点介绍了15位作家的18篇小说，他们中有老作家赵树理、沙汀和草明，也有文坛新秀李准、胡万春和茹志娟等。涉及的作品有杜鹏程的《飞跃》，李准的《李双双小传》和《耕云记》，张勤的《民兵营长》，王汶石的《新任队长彦三》，胡万春的《在时代的洪流中》和《一点红在高空中》，欧阳山的《乡下奇人》，茹志娟的《静静的产院里》，万国儒的《欢乐的离别》，唐克新的《第一课》，赵树理的《套不住的手》，敖德斯尔的《欢乐的除夕》，草明的《姑娘的心事》，沙汀的《你追我赶》，肖木的《战斗的里程》和《长江的主人》，冯还求的《红玉》。这些评论对青年作者的鼓励和影响是巨大的，甚至改变了他们的命运。《欢乐的除夕》的作者敖德斯尔事后回忆道："一九六一年夏天，我正在鄂尔多斯高原搞整风整社，有一天，接到斯琴高娃同志的一封信，传达了茅盾同志对我的短篇小说《欢乐的除夕》的评价，而且详细抄录了他文章的摘要。当时，由于地处偏僻，过了两个月我才在旗里看到了先生的原文。当时，我只不过是无数文学爱好者中的一个，像草原上的一棵草，而且是'少中之少'的少数民族青年作者。我初学写作的几篇作品，只有在内蒙古草原上的牧民和青少年中有点影响，全国根本没人知道。我万万没想到这位身兼多职，工作繁忙，社会活动和外事活动很多的文学巨匠还能抽空看我的作品，而且给了如此高的评价。这对我是个多么大的鼓舞，又是多么大的动力啊！这在我的心里，就像是驮着重负行走在沙漠上的骆驼忽然见到了泉水一样，感到又香又甜。"②

　　这在中国当代文学史上虽是一件小事，但却具有独特的文学史意义。相对于当代文学批评的概念化演绎和工具化导向，它却显现了当代文学批评的实践性和针对性，在一定程度上，也促使了当代文学作品的经典化选择，经茅盾批评的李准

---

① 茅盾：《关于艺术的技巧——在全国青年文学创作者会议上的讲演》，《茅盾全集》第24卷，人民文学出版社1996年版，第417页。

② 敖德斯尔：《关怀——深切悼念茅盾同志》，《忆茅公》，文化艺术出版社1982年版，第401页。

的《李双双小传》，茹志娟的《静静的产院里》和赵树理的《套不住的手》，后来都成了当代文学中的经典之作，茅盾的文学评论功不可没。更为重要的，它为当代作家创作提供了文学标准和尺度，总结了他们的文学经验，有助于青年作家的成长。它应是一个文学史事件。当然，这样的工作，只有茅盾才能够胜任，因为他是大批评家，又是现代小说大师，有资历，也有能力，有意愿，也有条件去承担这样的任务。就是当代文学领导人物周扬也做不了，他长于政策指导而不善于作品的艺术分析。五六十年代新起的文学批评家，如侯金镜、冯牧等，因缺乏创作实践经验，即使批评也易把不准脉，说不到点子上。1963 年，茅盾将 1962—1963 年间散载于部分地方文学杂志的 14 组作品评论，合称为"读书杂记"收入专集，评论了多篇小说，尤其注重对小说技巧和艺术风格的评点。

三

怎样帮助文学青年提高艺术修养，这是困扰当代文学一个难题。茅盾也深深感到工作的艰难，难免不"顾此失彼"，"手忙脚乱"。当代青年作者对"文学创作之学习与传授不同于其他知识或技术的学习和传授"并"没有正确认识"，他们常常幻想只要有志于写作的动机，就可以成为作家，还"把培养简化为要求老作家传授窍门"，"写出来后必得由编辑部或个别作家修改而且保证发表"①。作家"培养"被理解为工艺师傅简单的"传授窍门"，而忽略艺术技巧的刻苦训练和艺术修养的长期积淀，艺术技巧虽不是神秘的，也不是简单的模仿和传授，"一经点拨，就可以掌握"②。茅盾不遗余力地提出要重视艺术技巧，但如过分倡导又担心会落入形式主义的歧途。他呼吁青年作者重视艺术修养，而丰富艺术修养的路径主要是文学阅读及其相关知识的积累，而当代文学作家的首要任务却是深入生活和思想改造，阅读与思考倒是次要的事情，大力倡导也难免不会有重业务轻政治之嫌。他的顾虑和设防，甚至担惊受怕都是可能存在的情形。

1957 年，《诗刊》向茅盾约稿，茅盾就谈到"眼高手低"的问题，认为当代作家和艺术家应提高文学艺术的鉴赏力，希望他们的眼光高远一些，眼光高就是要有鉴别力。"愈是伟大的作家或艺术家，他的鉴别力就愈高。一件作品的完成，必须经过惨淡经营的构思过程和反复的修改；构思和修改的过程，亦即是自我批评的过程。看出了自己作品的毛病，也不一定修改得更好，然而，既能识别好歹，也就有个改进的基础。能够识别好歹，是'眼高'；未必就能修改得好些，是'手低'。'手低'而'眼高'者，总还有个逐步把'手'也提高的可能。因而我们可以说：不怕'手低'，只怕'眼'不'高'"③。由此，茅盾提出青年作家应重视自己的艺术修养，"多读古典名著或向优秀的现实主义作品学习"，使自己的"眼睛"先高起来。要"眼高"就应"博览群书"，在文艺修养上下一番"苦功夫"。有了"眼高"才能知道自己的

---

① 茅盾：《关于写真实和独立思考》，《茅盾全集》第 25 卷，人民文学出版社 1996 年版，第 104 页。
② 茅盾：《文艺大普及中的提高问题——1958 年 9 月 11 日在文化部部务会议的报告》，《茅盾全集》第 25 卷，人民文学出版社 1996 年版，第 336 页。
③ 茅盾：《从"眼高手低"说起》，《茅盾全集》第 25 卷，人民文学出版社 1996 年版，第 93 页。

"低"以及"低"在何处①。文学批评家也"有责任帮助作者做到'眼高'"，在分析作品时，不但要说"它的思想性，也要分析它的艺术性"，只"用'朴素'、'有生活气息'"等模糊观念，"显然是不够的"②，要有艺术的具体分析和整体把握。他还提醒人们，"不要小看技巧，没有技巧的作品，本身就不能行远垂久"，当然，"眼高"也包括思想的提高，"眼高"非一日之功，"要能真正做到'眼高'，不下一番苦功夫是也是不行的"③。1961 年 8 月，茅盾在天津文艺界座谈会上指出，"要努力提高文化修养和艺术修养"，多学习科学、历史、地理、文学史知识，多读文学名著，看戏，听音乐演奏、看美术展览，多"博览"，"多游历"，"潜移默化，慢慢地吸收，慢慢地消化"，直至"慢慢地见效"④。"有了这样丰富的修养，才能创造出新的风格，提出新的见解"⑤。1962 年，在回答青年学者庄钟庆的提问时，他以自己为例现身说法："青年时我的阅读范围相当广泛，经史子集无所不读"，"在古代文学方面，任何流派我都感兴趣"，"欲说我受何者之影响最大，自己也说不上来"，"元明戏曲，一般都喜欢"，"旧小说，我几乎全都读过（包括一些弹词）"。对于外国文学，"涉猎的范围相当广"⑥。茅盾对自己与中外文学传统关系的确认，表明文学修养的来路。艺术修养不仅在于社会生活，更在于文学阅读。1963 年 8 月，《人民文学》编辑部组织青年作者学习讨论会，茅盾与他们谈话，提出的第一个问题就是"短篇为什么不短"，谈到短篇小说的文体特点；第二个问题是"题材与主题的关系"；第三个问题是"向传统学习、民族形式问题"，主要讨论文学的结构形式，语言的简练以及表现人物的动作、环境和场面的艺术技巧。最后还回答了学员的提问，如：如何为作品起标题，他建议可"多看一些古典诗歌，对起题目会有好处"，他提到《子夜》的标题，意在"表示天快亮的意思，有点暗示性，而且比较含蓄"⑦。连为作品取标题也与作家的文学修养有关。到了 1979 年的第四次文代会，茅盾还在提倡继承遗产，借鉴外国，提高作家的文化艺术修养和欣赏能力的问题。可见，文化艺术修养之于当代文学发展和在成长中的困扰，到了 1980 年代初，王蒙还提出了作家的学者化主张⑧，都是对同一命题的弥补和言说。

　　如何成为作家？茅盾有不同于他人的看法。他没有否定社会时代和生活的力量，也没有掩藏自己的文学经验，更没有回避文学常识，而是强调了作品的艺术技巧和作家艺术修养的重要性，而是坚守文学底线，维护文学最基本的标准和尺

① 茅盾：《从"眼高手低"说起》，《茅盾全集》第 25 卷，人民文学出版社 1996 年版，第 94 页。
② 茅盾：《从"眼高手低"说起》，《茅盾全集》第 25 卷，人民文学出版社 1996 年版，第 96 页。
③ 茅盾：《从"眼高手低"说起》，《茅盾全集》第 25 卷，人民文学出版社 1996 年版，第 96 页。
④ 茅盾：《五个问题——1961 年 8 月 30 日在一次座谈会上的讲话》，《茅盾全集》第 26 卷，人民文学出版社 1996 年版，第 212 页。
⑤ 茅盾：《五个问题——1961 年 8 月 30 日在一次座谈会上的讲话》，《茅盾全集》第 26 卷，人民文学出版社 1996 年版，第 213 页。
⑥ 茅盾：《我阅读的中外文学作品》，《茅盾全集》第 26 卷，人民文学出版社 1996 年版，第 425—426 页。
⑦ 茅盾：《给予创作和评论问题——1963 年 4 月 26 日在全国文化局长会议上的讲话》，《茅盾全集》第 27 卷，人民文学出版社 1996 年版，第 30 页。
⑧ 王蒙：《一个值得探讨的问题——谈我国作家的非学者化》，《读书》1982 年第 11 期。

度。文学创作需要深入生活，也需要提高艺术修养。这是一个简单的道理，但在当代文学的特定时期，简单的道理却要不断地去申说，花费了茅盾不少的时间和精力，这并非奇谈怪论，也非高深的文学理论，只不过茅盾想极力促使年青作者在努力成为作家时应具备一定的文学常识。茅盾在回答一些青年作者的来信，求助他帮忙修改文章，学习高玉宝，茅盾却直言不讳，"很难答复"，"没有想出个好办法"，至于"如何写好，那就让作家自己去考虑了"①。这似乎有些不礼貌，但却有茅盾的无奈和苦衷。1954 年，《文艺报》在"《红楼梦》事件"中被批评压制和"阻拦'小人物'的很有生气的批评文章"②，被质疑其"动机"是资产阶级观念在"作怪"，不是"千方百计地吸引新的力量来壮大、更新自己的队伍，反而是横躺在路上，挡住新生力量的前进"③。《文艺报》是作协的刊物，茅盾又是作协主席，他不得不做检讨，"《文艺报》所犯的错误，作为作家协会主席的我，应当负重大责任"④。压制青年作家这顶帽子最不应该戴在茅盾头上，茅盾对青年作者的成长成才可是费尽心力，不遗余力的。在茅盾 1981 年去世以后，许多作家都回忆其茅盾曾经给予他们的帮助和扶持。当茹志娟面临生活的重大打击，作为右派家属，"生活、创作，都面临丧失信心的深渊"之时，1958 年 6 月，茅盾在《人民文学》上发表了《谈最近的短篇小说》谈到了《百合花》，让她感受到："已蔫倒头的百合，重新滋润生长，一个失去信心的，疲惫的灵魂，又重新获得了勇气、希望。重新站立起来，而且立定了一个主意，不管今后道路会有千难万险，我要走下去，我要挟着那小小的卷幅，走进那长长的文学行列中去。"⑤王愿坚将茅盾比喻为"一条巨大的江河"，"丰富、浩瀚，源远流长、奔腾激荡，却又默默地流进沟渠，灌溉着文学园地，滋润着文学的禾苗"⑥。老作家陈白尘更是称他为作家的"导师"，"作为文学评论家，他是二十年代作家的朋友，三十年代以至七八十年代之间一代又一代作家们的导师！这是他六十余年来为中国文坛建立的丰功伟绩中一个极其重要的贡献"⑦。作为作家导师的茅盾在青年作者成为作家的路上，他孜孜矻矻地去铺路，指方向，但却有些步履维艰，时有惶恐和无奈。在一个不甚重视文化和文学修养的时代，茅盾的努力和坚守显然有些堂吉诃德的味道了。

---

① 茅盾：《给予创作和评论问题——1963 年 4 月 26 日在全国文化局长会议上的讲话》，《茅盾全集》第 27 卷，人民文学出版社 1996 年版，第 16 页。
② 毛泽东：《关于红楼梦研究问题的信》，《中国当代文学史·史料选》（上），长江文艺出版社 2002 年版，第 235 页。
③ 袁水拍：《质问〈文艺报〉编者》，《中国当代文学史·史料选》（上），长江文艺出版社 2002 年版，第 240 页。
④ 茅盾：《良好的开端——1954 年 12 月 8 日在中国文学艺术界联合会主席团中国作家协会主席团扩大联席会议上结束语》，《茅盾全集》第 24 卷，人民文学出版社 1996 年版，第 322 页。
⑤ 茹志娟：《说迟了的话》，《忆茅公》，文化艺术出版社 1982 年版，第 393 页。
⑥ 王愿坚：《他，灌溉着——悼念茅盾同志》，《忆茅公》，文化艺术出版社 1982 年版，第 397 页。
⑦ 陈白尘：《中国作家的导师——敬悼茅盾同志》，《忆茅公》，文化艺术出版社 1982 年版，第 112 页。

茅盾旧体诗词(1949—1976)探幽

赵思运①

摘要： 茅盾旧体诗词(1949—1976)带有浓厚的时代痕迹，但也彰显出作者的自我省察。他的旧体诗词中流溢着主流审美观念，如厚今薄古的戏剧改革、推崇豪放抑制柔美的风格选择、注重民间化大众化的形式、忽视艺术的独立价值、坚持唯物主义观点等。而茅盾旧体诗词中的骆宾王、辛弃疾、王安石等人格符号构成的自我精神镜像，间接地敞开了他的精神世界；他的私人抒情尤其是隐晦曲折的隐逸之情，更为我们显示出茅盾的另一面。

关键词： 茅盾；旧体诗词；时代痕迹；精神镜像

1949 年以后，身居文化部部长位置的茅盾一直在繁忙的行政事务和知识分子改造的高度自律中度过，其文学创作几乎是一片空白。茅盾曾在 1955 年 1 月 6 日致信周恩来，请求一段假期专心创作："五年来，我不曾写作。这是由于我自己文思迟钝，政策水平思想水平低，不敢妄动，但一小部分也由于事杂，不善于挤时间，并且以'杂事'来自解嘲。总理号召加强艺术实践，文艺界同志积极响应，我则既不做研究工作，也不写作，而我在作家协会又居于负责者地位，既不能以身作则，而每当开会，我这个自己没有实践经验的人却又不得不鼓励人家去实践，精神上既惭愧又痛苦。"②茅盾又在 1958 年 3 月 18 日致信中国作家协会办公室，提出三个请求："一、帮助我解除文化部部长的兼职，政协常委的兼职。二、帮助我解除《中国文学》和《译文》两个兼职。三、帮助我今年没有出国任务。"③1964 年，茅盾被免去文化部部长职务。"十年浩劫"期间，茅盾几乎处于"与世隔绝"状态，"朋友间通信……问寒问暖之外，就只谈文学，这也是文人的痼疾。他们谈得最多的就是旧体诗词——这是当时风险比较小的形式。"④茅盾一直郁结于心的情感只能以旧体诗词这种"潜在写作"的方式隐晦曲折地表达出来。可以说，1949 年以后，茅盾最有价值的文学作品之一便是旧体诗词。他的旧体诗词结集有两部，一是茅盾应田间之要求，1978 年选编的《茅盾诗词》(河北人民出版社 1979 年)。由于排版不佳，加之有些作品系未定稿，茅盾在 1980 年亲自对诗稿全部进行修订，增加了30 多首，出版了《茅盾诗词集》(上海古籍出版社 1985 年)。

---

① 作者简介：赵思运，浙江传媒学院文学院。
② 茅盾：《茅盾全集》卷 37，黄山书社 2014 年版，第 364—365 页。
③ 茅盾：《茅盾全集》卷 37，黄山书社 2014 年版，第 500 页。
④ 茅盾、韦韬：《茅盾回忆录》(下)，华文出版社 2013 年版，第 255 页。

关于旧体诗词在茅盾心目中的位置，有不同的表述。茅盾在 1976 年 12 月 15 日致荒芜的信中说："兄欲为拙作诗词搜集，殊不敢当，且觉无此必要。因为自知所作，只是像旧体诗耳，意境仍然是杂文而已。写过即算，初无意留底。六〇年前写过几首，都是逼出来的，曾在当时日报及刊物上发表过。近年偶有所作，都未发表，亦不求发表也。"①沈霜、陈小曼在《茅盾诗词集》后记里说："据父亲告诉我们：解放前他提倡新诗；旧体诗只是个人爱好，随写随丢，都散佚了。"②"父亲说过，诗词是最反映真我感情的作品。为此，他最珍爱自己的诗词。"③从写作技术层面上看，茅盾的旧体诗词确有不少"只是像旧体诗耳，意境仍然是杂文而已"，但是，他之所以"最珍爱自己的诗词"，乃因其中深深地埋藏着他难以言表的幽情。

一、时代痕迹与自我省察

在茅盾的旧体诗词中，流露出鲜明的时代痕迹和主流意识形态。他的绝大部分诗词都是出于工作需要而作，有的是重要文艺演出观感，有的是官方出访见闻，有的是知识者之间的"酬答"或索书之作，有的是文艺论争的出场。"反修正主义"、反国际霸权、"批林批孔"、毛泽东诗词发表、周恩来逝世、粉碎"四人帮"……各种国际国内政治大事，都在茅盾诗词中留下了深深的历史辙迹。在 1962—1963 年期间，他写作了《壬寅仲冬感事》《感事为凤子作》《感事为赵寻作》《阅报偶赋二律》《满江红 一九六三年新年献词》等，紧密结合国内外政治形势，反对国际霸权主义，反对修正主义，倡导国际主义。《感事》沿用《中东风云》前韵，内容从批判美苏国际霸权主义转向了中国的"批林批孔"和批判林彪集团，诗中充满了"反修反帝百年计，建成共产万代功。世界人民要革命，燎原之火趁东风"等政治口号。其中"反修反帝百年计，建成共产万代功"最初版本是"批林批孔百年计，反修反帝万代功"。④ 不同的政治事件的这样先后替代，政治表态之意极其明显。

"红"和"东风"是他诗词中高密度出现的公共象征意象。如："草原今非昔，冲天一片红"（《歌雄心更雄》）"红旗遍大陆，跃进着先鞭。何人得此帙，预祝红又专"（《春节摸彩》）"两霸声威朝露耳，万方共仰东方红"（《中东风云》）"东方红唤睡狮醒，反霸声威射斗牛"（《寿瑜清表弟》）"深谋远虑制机先，为保江山红万年"（《读毛主席词有感(二首)》）如果"红"代表着政治色谱学，那么，"东风"则是世界格局中"东方主义"（中国民族主义）的符号。"为问当年纳尔逊，雄图讵料付东风"（《开罗杂感》）；"西风紧，阴霾密""逆流中砥柱擎东方"（《满江红 一九六三年新年献词》）；"东风正劲压西风"（《听波兰少女弹奏肖邦曲》）；"东风骀荡兆黎欢"（《访马佐夫舍歌舞团》）……"东风"作为公共象征意象，构成了政治隐喻，成为国际形势中东方社会主义压倒西方资本主义的象征。

在具体写作技术层面，茅盾的相当一部分作品出现了概念化、理念化倾向。

---

① 茅盾：《茅盾全集》卷 39，黄山书社 2014 年版，第 105 页。
② 茅盾：《茅盾诗词集》，上海古籍出版社 1985 年版，第 254 页。
③ 茅盾：《茅盾诗词集》，上海古籍出版社 1985 年版，第 254 页。
④ 丁茂远编著：《茅盾诗词解析》，吉林文史出版社 1999 年版，第 189 页。

《为徐平羽之新出土秦汉瓦当拓本作》浓墨重彩地描绘了陕西新出土的秦汉瓦当的出色的艺术价值和文物价值。但是后半部分刻意延伸升华,批判修正主义思潮:"修正逆流爝火耳,革命怒潮讵能遮? 八方风雨会中州,堂堂马列张旗鼓!"概念化、理念化痕迹过于浓重。《题动画片〈小蝌蚪找妈妈〉》描绘了动画片的艺术成就和艺术特色,也出现了"认识不全面,好心办坏事"这种直白的理念化、概念化的句子。

当然,茅盾有时又是清醒的,具有对诗词的省察精神。他的《访马佐夫舍歌舞团》里不乏口号:"领导英明功在党,万千贤路为民开。马列雨露育新人,鲜红嫩绿满园林。"据茅盾1960年9月19日日记,此诗最后还有四句:"一祝鹏程万里奋宏图,再祝中波文艺之交醇如酒,三祝中波团结紧,友谊天长又地久!"[1]但是,茅盾在亲自修订编入《茅盾诗词集》时,将这四句过于直白的句子删除了。还有一个非常有意味的案例:茅盾有两首诗在编订《茅盾诗词集》的时候,也没有编进去。一首是《为张家口宾馆题诗》:"总路线光芒冲天,大跃进震撼世界;人民公社优越性,共产主义见萌芽。三面红旗迎风飘,万众一心气焰高;三呼万岁再猛进,不断革命是吾曹。个人主义万恶源,集体大道何坦荡;十年改变旧山河,荣誉归于共产党。"另一首诗是应杜继琨之请而作《赠小杜》:"佳节逢三八,红旗鸣扎扎。人民大会堂,群英相顾颔。比学复赶帮,红勤更巧俭。伟大共产党,伟大毛主席。领导亿万妇女彻底解放在今日。"[2]

茅盾的大部分诗作都保留在他的日记里。这两首诗同日出现在茅盾1960年3月9日的日记里。他为何没有收录进《茅盾诗词集》里呢? 几乎同时期,茅盾在1960年2月19日的日记中记载的《祝日本前进座建立三十周年(二首)》,先后收录进《茅盾诗词》(河北人民出版社1979年版)和《茅盾诗词集》(上海古籍出版社1985年版),却唯独不录这两首,是否因为茅盾自己也并不将其视为"文学作品"呢?

有的时候,茅盾在介入文艺争论时,还是能够坚持自己的个性色彩,反对公式主义。当然,这主要发生在1964年之前。1959年1月,由中国京剧院和北京京剧团联合演出的新编京剧《赤壁之战》引发广泛讨论,中国戏剧家协会专门组织座谈会,进行研讨。曹操作为历史上著名的政治家、军事家、文学家,一直是饱受争议的人物,"乱世奸雄治世能臣"似乎已成定论。茅盾以诗的方式表达了自己的观点:"我喜曹瞒能本色,差胜沽名钓誉人"(《观剧偶成》)。茅盾指出曹操的本色性格,他的大奸大雄,他的敢作敢为,他的智慧与权术,他的政治主张、军事才能、文学才华,都是惹人喜爱的因素。茅盾尊重艺术规律,肯定作品人物的艺术魅力。还有一例:田汉根据董解元《西厢记诸宫调》和王实甫杂剧《崔莺莺待月西厢记》改编的京剧《西厢记》,也引发很大争议。田汉将悲剧故事改编成了"张生下第"、"并骑出走"的大团圆结局。一部分人认为,在封建社会男女追求婚姻自由的悲剧结果是必然的,田汉的"光明的尾巴"是新公式主义;一部分人认为,田汉的结尾处理

---

① 茅盾:《茅盾全集》卷40,黄山书社2014年版,第150页。
② 茅盾:《茅盾全集》卷40,黄山书社2014年版,第63页。

符合新时代的逻辑，不应该称为"新的光明尾巴"。茅盾作为深谙艺术规律的文化官员，对田汉的改编并不完全同意，因此，"翻案文章未易工"（《观剧偶作》）即可视为其表态。

作为深谙艺术规律的作家、理论家的茅盾，与执行文化政策的茅盾，需要在双重角色之间寻求平衡。从 1949 年一直到晚年，茅盾都谨小慎微地评价自己。他在 1975 年 7 月 23 日致信赵清阁，还在说："我辈皆五四产儿，从事文字生涯或有先后，其实为同一时代人。'收拾铅华归少作'，其时'著书都为稻粱谋'；待解放后，我则已过中年，才力已尽，了无成就，深自愧恶。但只有力求思想改造稍有寸进，此心想同之也。"[1]1976 年 7 月 7 日致信荒芜，也说："尊诗对我评价过高，使我十分惭愧。早年浪得虚名，中年已悔少作，非不努力，而斗筲之器，不过如此。晚年则因脱离火热的斗争生活，世界观没有改造，更不敢贸然下笔。"[2]1976 年 7 月 10 日给碧野的信中也有同样意思。[3] 韦韬说："在'文革'十年的前五年中，爸爸没有与任何人通信。"[4]茅盾所谓的"私人交往"，其实都具有公共性质，包括他送给友人的书法中的诗词，其实都属于公共传播的范畴。所以，在他的旧体诗词中，呈现出的更多是一个公共角色。

二、主流审美观念

作为无产阶级文艺战士，茅盾始终秉持着坚定的社会主义文艺观。他的很多诗词都是关于文艺作品和文学现象的评价，所流露出来的文艺观念和审美观念都与主流意识形态保持高度一致。

20 世纪 50 年代的戏剧改革运动，针对厚古薄今的倾向，主张对传统戏剧进行"现代变革"，要求舞台演出更多地表现现代革命英雄和社会主义建设的内容，审美观念上也趋向于厚今薄古。1958 年，北方昆曲剧院上演的由金紫光、黄励根据同名歌剧改编的新编昆曲《红霞》，引起首都文艺界的高度重视，被称为昆曲改革的里程碑。《红霞》讲述的是 20 世纪 30 年代江西革命根据地女英雄红霞为了掩护红军而英勇牺牲的故事。茅盾观看演出之后，赋诗《观北昆剧院初演〈红霞〉》（二首），盛赞《红霞》在戏剧改革运动中的成就，誉为戏剧改革的一朵"跃进花"，认为与社会主义时期的新剧比较，古代的关汉卿、王实甫、汤显祖、孔尚任都不值得夸耀了，故有"厚古薄今终扭转，关王汤孔太奢遮"之诗句。

在审美风格上，当时流行豪放之风，而柔美之风遭到抑制。因此，茅盾在诗中体现了这一趋势。1958 年 8 月 11 日中南海怀仁堂有一场规格甚高的曲艺会演，中央领导人周恩来、董必武、陆定一等到场，作为文化部部长和全国文联副主席的茅盾，作为一项重要工作，亲临现场，并且赋诗《曲艺会演片段》（四首）。其中第一首赞美的是苏州评弹的剧目"东风绝对压西风"。苏州评弹系吴歌，本属江南地区

---

① 茅盾：《茅盾全集》卷 39，黄山书社 2014 年版，第 11 页。
② 茅盾：《茅盾全集》卷 39，黄山书社 2014 年版，第 79 页。
③ 茅盾：《茅盾全集》卷 39，黄山书社 2014 年版，第 80 页。
④ 茅盾、韦韬：《茅盾回忆录》（下），华文出版社 2013 年版，第 250 页。

民歌,内容多为男女爱情,风格缠绵悱恻。当代的民间艺人根据党中央"百花齐放、百家争鸣""推陈出新"的方针,大胆改革,一直被诟病为"靡靡之音"的吴歌,摇身一变"洗尽铅华气势雄",柔媚缠绵的风格转型为豪放雄浑的风格。其中的第二首描写东北二人转《红月娥做梦》,由最初的叙事原动力"爱欲",转型并升华出"追求婚姻自主、反抗封建礼教"的主题,私密叙事升华为"女儿心事英雄胆"的主题,更加符合社会主义时代的特征。类似的例子还有,《听波兰少女弹奏肖邦曲》选择的是气势豪放的风格"铜琶铁钹谱兴替";《祝日本前进座建立三十周年》赞美日本悠久的民族戏剧,"曼舞浩歌张我道,曙光欲透海东隅"。形容歌舞通常使用的词语"轻歌曼舞"被改写为"曼舞浩歌","轻歌"变"浩歌",强化了高亢豪迈的艺术风格。

从柔情转型为傲骨的一个典型作品是新编赣剧《西厢记》。凌鹤根据董解元、王实甫的两版《西厢记》改编成赣剧《西厢记》,获得了很大成功。茅盾赋诗《为新编赣剧〈西厢记〉作》,充分肯定了戏剧主角由红娘转移到崔莺莺,塑造了全新的崔莺莺形象。用茅盾的话说,就是"人物满场谁最胜?柔情傲骨一崔娘"。崔莺莺的性格不再是逆来顺受、任人摆布,而是既有脉脉柔情,又有反抗封建思想、蔑视封建礼教、追求婚姻自主的叛逆精神和傲骨。这种转型,更符合社会主义新时代的审美特点。

在艺术形式方面,社会主义文学注重民间化、大众化。《参观凯纳尔工艺美术中学》传达出茅盾的艺术观:"源泉艺术在民间",主张"古拙"之风,"古拙非缘哗世俗",而反对"诡奇",因为"诡奇最怕堕魔关"。《访马佐夫舍歌舞团》也强调"民间风格民族魂,爱国精神照肝胆"。《为徐平羽之新出土秦汉瓦当拓本作》赞美"先民艺术之精英",歌颂今天六亿人民社会主义建设的成就。《西江月 为日本蕨座歌舞团作》颂扬日本民间歌舞,"赞扬歌舞团长期生活在农村中,他们所表演的日本民族歌舞,具有浓厚的群众性,既有现代的劳动人民的生活内容,又继承和丰富了日本民间和古典的形式和色彩"。①《曲艺会演片段》第四首赞美陕西民间艺人韩起祥。他出身贫寒,三岁失明,抗战时期奔赴延安,加入中国共产党,成为文艺战士,自编自演500多个唱本。他说:"三弦就是我的机关枪,说书就是我的子弹,编写新书就是我的兵工厂。"②因此,他被誉为"弦索将军"。他把"书场"视作"战场",既具有个人风格,又具有时代色彩。

值得一提的还有茅盾诗词中涉及的两桩公案,一个是梅兰芳逝世一周年纪念活动引发的争议,一是关于《红楼梦》研究的争议。

先看梅兰芳逝世一周年纪念活动。茅盾有一首《七绝》:"知人论世谈何易?底事铺张作道场。艺术果能为政治,万家枵腹看梅郎。"篇幅虽短,但是非常重要。诗前有小序:"阅情况简报,见翻译家罗稷南说,纪念梅兰芳逝世一周年,规模之大远远超过纪念鲁迅逝世二十周年,而且说梅是理论家,是画家,是诗人,读之颇觉肉麻云云。罗论甚是,但彼不知举办此事者,有大力者做后台,因非可以口舌争

---

① 丁茂远编著:《茅盾诗词解析》,吉林文史出版社1999年版,第135页。

② 丁茂远编著:《茅盾诗词解析》,吉林文史出版社1999年版,第59页。

也。戏成一绝以记之。"①写作时间是 1962 年 9 月 22 日，同日的日记亦有详细记载。② 茅盾虽然也是梅兰芳治丧委员会成员之一，但纪念梅兰芳之规模超过鲁迅，茅盾对此似乎有不同看法。此诗可以看出茅盾对待鲁迅与梅兰芳的态度之差异。在茅盾、罗稷南等大多数知识分子眼里，鲁迅是一个政治化的人格符号，象征着无产阶级思想家、革命家、文学家；而梅兰芳与之相比只是单纯的艺术家。茅盾把艺术跟物质功利结合起来考量，涉及艺术本体观念和艺术的独立价值。如果联系到 20 世纪 30 年代鲁迅与梅兰芳的争论，③联系到茅盾与鲁迅的关系，或许更能看清楚茅盾一贯的文化价值立场。

另一桩公案是关于《红楼梦》研究的争论。自从 20 世纪 50 年代批判胡适、俞平伯在《红楼梦》研究中的唯心主义以来，《红楼梦》研究中坚持唯物主义，就是一个政治原则。茅盾并非《红楼梦》研究专家，但是他却深深介入到《红楼梦》研究之中。他一直关注红学动态，大量研读《红楼梦》研究资料，多次参加座谈会、参观曹雪芹纪念展览会，甚至专门写信请唐弢代为借阅关于《红楼梦》考证的资料。茅盾在多次通信中都提及红学争鸣，如 1963 年 3 月 25 日致信俞平伯，论及曹雪芹生卒年的争议；3 月 27 日致信周绍良，论及周绍良两篇文章《懋斋诗抄的剪粘和它的编年》《关于挽曹雪芹诗新笺》，以及吴恩裕的《曹雪芹八种》。据茅盾 1963 年 12 月 9 日日记载，复信吴恩裕并退还有关曹雪芹《红楼梦》资料一式二份。为了准备 1963 年的曹雪芹逝世二百周年纪念会的报告，茅盾还写了长篇论文《关于曹雪芹》，并且就文章与张僖、周绍良、邵荃麟等人多次通信商榷完善，后来发表于《文艺报》1963 年第 12 期。1976 年 5 月 10 日，茅盾致信谢广田做过解释："您所讲的我的旧作《关于曹雪芹》，那是六三年的事情，当时为了纪念曹雪芹逝世二百周年，拟召开一个大会，当时的《红楼梦》研究者颇有门户之见，所以找到我这个向来不是研究《红楼梦》的人写这篇文章，预备在大会上做报告。后因种种原因，大会不开了，我的这篇东西就在《文艺报》上发表。"④

在此过程中，茅盾写过多首关于曹雪芹和《红楼梦》的诗词。茅盾在《题〈红楼梦〉十二钗画册》（二首）中表达了"几辈须眉皆狗彘，一行红粉夸琼珍"的新女性观，明确表达自己是"晴雯"的"膜拜者"，这大概既有个人兴趣的原因，也由于晴雯身上所蕴含的反抗精神与 1960 年代倡导的革命精神的相似，代表着主流价值观念。面对见仁见智、众说纷纭的红学界，茅盾在诗中鲜明地指出："唯物史观精剖析，浮云净扫海天新。"⑤茅盾十分珍视这两首诗。1977 年 5 月，他将这两首诗重新组合，取第一首的前两句和第二首的后六句，形成新题七律《〈红楼梦〉辩论纪

---

① 茅盾：《茅盾全集》卷 10，黄山书社 2014 年版，第 317 页。

② 茅盾：《茅盾全集》卷 40，黄山书社 2014 年版，第 389 页。

③ 可参看鲁迅《略论梅兰芳及其他》《论照相之类》《厦门通信》《宣传与做戏》《看萧和"看萧的人们"记》《文艺与政治的歧途》等文。

④ 茅盾：《茅盾全集》卷 39，黄山书社 2014 年版，第 71—72 页。

⑤ 据 1963 年 9 月 22 日日记，最后两句诗当天的版本是"唯物史观燃犀烛，浮云净扫海天新"。见《茅盾全集》卷 40，黄山书社 2014 年版，第 522 页。

事》,赠送给《长江文艺》编辑部的人员。1980 年 6 月在美国召开《红楼梦》国际研究会筹备会之际,他在病中再次手书此七律,赠送给美国威斯康星大学的周策纵教授。他始终是一个坚定的唯物主义者,认为"徒劳空色指迷津",唯心主义方法是无法指导红学研究的。

茅盾还有一首《读吴恩裕〈曹雪芹佚著及其传记材料的发现〉》。吴恩裕在《曹雪芹佚著及其传记材料的发现》中介绍了曹雪芹后期的佚著《废艺斋集稿》,曹雪芹及同时代的董邦达、郭敏所著三种传记材料。这四件文献同时完成于乾隆二十三年前后,对于研究曹雪芹和《红楼梦》具有重大意义。关于《红楼梦》研究方面,茅盾与吴恩裕一直有学术往来。1973 年元月,茅盾致信吴恩裕:"接奉大函及尊稿《曹雪芹佚著及其传记材料的发现》,循读再三,钦佩何如。新材料之发现,或出偶然,但台端考证之精审,却使断简复活,放异光彩,而曹雪芹之叛逆性格,思想转变过程,遂一一信而有征。"①1973 年 12 月 5 日,茅盾再致吴恩裕:"懋斋记盛故事后半部已读迄,兴趣盎然,兹奉还。附呈一笺,书读后所感,诗不工,书法尤其拙劣,以君子有嗜痂之癖,故不能藏拙,幸哂正为感。"②并附《读吴恩裕〈曹雪芹佚著及其传记材料的发现〉》一诗。茅盾特别赞赏曹雪芹"浩气真才耀晚年",是因为曹雪芹的晚年生活变故导致他的人生观发生巨大变化。据曹雪芹好友郭敏的《瓶湖懋斋记盛》记载,曹雪芹晚年家道中落,移居到北京京郊,即使自己"鬻画维生,饔食有时不继",仍资助照顾"有废疾而无告"的底层人。为了救济大家,曹雪芹专门编撰《废艺斋集稿》,包括金石、风筝、编织、脱胎、织补、印染、雕刻、烹调共八个分册,介绍实用工艺,提供生活自救能力。后期曹雪芹的身上不再是早期的"留恋荣华富贵"的人生态度,而是在接触底层人的过程中,同情并关心下层劳动人民,向往着"同耕复同织,无君亦无役""鳏寡孤独废疾者有所养"的大同社会。茅盾赞美曹雪芹这种"顿悟""后超前",赞美《废艺斋集稿》的实用价值胜过艺术精致的作品,所以说:"自称废艺非谦逊,鄙薄时文空巧妍。"可见,茅盾的艺术趣味由唯物主义和无产阶级世界观主导,并渗透出鲜明的时代色彩。

三、情感表达式

"读诗渐少多读史,不为愚忠唱挽歌。"(《海南之行·六二元旦》)茅盾非常注重历史阅读,常常在文史之中捕捉特定的人格/文化符号,作为自己的精神镜像,间接传达自己的思考,构成了茅盾独特的情感表达方式。我们且拈出三个符号——骆宾王、王安石、辛弃疾——进行扼要分析。

"十年浩劫"中,茅盾对极左势力深恶痛绝。当时,虽有周恩来保护,但是茅盾被迫过着"靠边站"的生活,被剥夺了参加国务活动和从事文艺创作的权利。茅盾"对当时混淆黑白不分是非的'四人帮'的一套做法,唏嘘不已,而且坐以待罪"。③《无题(惊喜故人来)》和《无题二(谁见雪中送炭)》表达了这一时期茅盾的

---

① 茅盾:《茅盾全集》卷 38,黄山书社 2014 年版,第 190 页。
② 茅盾:《茅盾全集》卷 38,黄山书社 2014 年版,第 215 页。
③ 金韵琴:《茅盾的信》,载《人民日报》1983 年 4 月 26 日。

心态。当一些老友偶有往来时，他的感受既有"惊喜故人来"的喜悦，又有"风霜添老疾"命运多舛，更有"何以报赤心？亦惟无战栗"的忠于祖国、忠于人民的赤子报国之心。对于那些趋炎附势、见风使舵之人，茅盾用反语辛辣讽刺道："朝三暮四莫惊哗，'辩证'用之有法。"他有一首《偶成》："蝉蜩餐露非高洁，蜣螂转丸岂贪痴？由来物性难理说，有不为焉有为之。"将"四人帮"集团喻为肮脏的"蜣螂转丸"，将备受压制和迫害的革命家和知识者喻为高洁的"蝉蜩餐露"。相似时代语境的人，"有不为焉有为之"，完全是由于个体内在的"物性"，表达了茅盾个人精神志趣之高洁。此诗巧妙化用了骆宾王《在狱咏蝉》的诗思。仪凤三年（678年），骆宾王由长安主簿入朝为侍御史。此时武则天当政，骆宾王多次上疏论事，触怒武后，遭诬，以贪赃罪名下狱。骆宾王在狱咏蝉，以抒悲愤："无人信高洁，谁为表余心？"茅盾引骆宾王的典故，借以表达"十年浩劫"期间知识者的不幸命运以及艰难困境下人格坚守的信念。可以说，骆宾王是茅盾内心潜藏的一个精神镜像。

再看王安石这一文化人格符号。"天变不足畏，祖宗不足法，人言不足恤"是北宋政治家、文学家王安石的名言，王安石的改革思想和行动，富国有术，雷厉风行，深深震撼了孔孟道统，使"犬儒闻之皆战栗"。于是，遭到各个方面保守力量的诉讦。但是王安石"万般阻力如山岳，公自夷然不屈"，痛斥"伪风易悦楚，真龙反惊叶"。茅盾借忠相王安石，间接地声援人民爱戴的总理周恩来，批评了"真龙未窥相公庭，伪风翱翔逞诡谲"的荒谬时局，坚信"唯物史观剖幽微，千年积毁一时雪"。茅盾作《读〈临川集〉》（1974年），赞扬了王安石的改革精神，以王安石为镜像，寄托了自己深刻的思索，也蕴含着对民族命运的忧思。

辛弃疾是茅盾的又一个精神镜像。辛稼轩一生力主抗击金军、收复中原，驰骋疆场，战果累累，但是一直遭到主和派的压制与排挤。辛稼轩曾经上书宋孝宗，曰"美芹十论"，从审势、察情、观衅、自治、守淮、屯田、致勇、防微、久任、详战十个方面，陈述国家大事，但未得到朝廷采纳。虽然晚年曾启用于镇江，备战北伐收复中原，但是次年被免职，晚年闲居上饶，抑郁而死。他的好友陆游、陈亮亦主北伐抗金，也是一生不得志。茅盾《读〈稼轩集〉》（原题《咏史》，作于1973年，后改为《读〈稼轩集〉》）云"浮沉湖海词千首，老去牢骚岂偶然。漫忆纵横穿敌垒，剧怜容与过江船。美芹荩谋空传世，京口壮猷仅匝年。扰扰鱼虾豪杰尽，放翁同甫共婵娟"。

茅盾以南宋爱国词人辛稼轩，表达自己这一时期的精神遭遇。他读的是辛稼轩，感悟的却是自己报国无门的命运。他借辛稼轩好友陆游、陈亮的不幸，也寄托了对好友的担忧。茅盾曾经将此诗赠送给田间、臧克家、陈学昭、骆宾基、陈沂等众多朋友，其意非常鲜明。荒芜曾作《和茅公〈读稼轩集〉》："剩抛心力作词雄，同病翻怜陆放翁。竖子安能隳大业？使君失计返江东。但操白珽挞强虏，何必牛刀向义农？遥想带湖风月夜，美芹书罢更书空。"

1976年10月5日，茅盾致信荒芜，说："尊作为稼轩翻案，未经人道，风格清新，而仍自谦为打油，无乃过当。鄙意稼轩当时属望南朝，认为有中兴气象，以为收复中原不能舍此基础而他图，盖亦中儒家尊王之毒，然南渡君臣不都金陵而都临安，即此可见缺少进取之心，稼轩于此失察，难逃千年后我辈之讥，尊诗云云犹为稼轩惜也。鄙作无新意,只是替他抱恨。结句以陈亮、陆游相比,固从文章着想,然亦指以器识言,三公实当时翘楚也。"[①]

四、私人抒情

茅盾的诗词几乎都是公共抒情,极少抒发私人情感之作。很多私人情感只能以公共抒情的方式,隐晦曲折地表达出来。例如,1964 年上半年,茅盾写作了讽刺苏联"修正主义"的《西江月》(三首)。在这以后,在不同的情形,茅盾将这首诗送给不同的对象,借这首诗间接表达自己的内心感受。其中的第一首,茅盾曾于1976 年 7 月手书此诗题赠诗人邹荻帆,讽刺"四人帮"乃一伙"可笑沐猴而冠,剧怜指鹿盈廷"之流。手迹刊于《诗刊》1981 年第 5 期时,编者添加的说明中,也与"四人帮"关联起来:"'四人帮'当道,茅公八十寿辰时,书此寄怀。"[②]茅盾在 1977 年 7 月 18 日致陈鸣树的信中明确说:第三首引用毛泽东诗句"一从大地起风雷,便有精生白骨堆",正指的是苏修,"今日观之,似可加之'四人帮',其实不是,但 1973 年写给您,却有暗指之意"。[③]

他极少的私人抒情之作,如《七律(乡党群称女丈夫)》《八十自述》等抒发达亲情和童年之作,或许具有更重要的意义。前者是悼念亡母之作,塑造了一位深明大义、含辛茹苦抚育双雏、关心国家民族前途的伟大的中国女性形象。关于此诗的写作背景,韦韬回忆说:"一九七○年四月十七日是祖母逝世三十周年忌辰,爸爸悄悄地写了一首悼念祖母的七言律诗,又悄悄地把它收藏在书箧中——这是爸爸三十年来所写的第一篇怀念祖母的文字,也是爸爸'文革'以来的第一篇'创作'。爸爸就是用这种方式,在那个年代,表达了对母亲的深切怀念。"[④]1976 年 7 月 4 日茅盾创作《八十自述》,在开头表达了"俯仰愧平生,虚名不副实",然后回忆了自己童年时代母亲教子有方。从风格上看,完全属于私人抒情的范畴。关于这首诗,不少人士认为是未竟之作。丁茂远曾就这一问题请教韦韬,韦韬回复说:"《八十自述》是在茅公去世后的遗稿中发现的,写在两页小纸上。我们在报上发表后,叶圣老曾嘱叶至善转告,从原稿保存的情况,很像茅公原来打算写一长诗忆述自己八十年的经历,所取形式也是比较自由的五言。但开了一个头却没有继续写下去,只留下了一段童年的记忆。所以他生前从不示人。"[⑤]为何是未刊稿?丁茂远推测是"显然是与当时特定的时代环境以及自身的艰难处境有关"。[⑥] 退一步说,如果《八十自述》是完整之作,那么,他以童年记忆取代 80 年人生痕迹,退缩进童年记忆的世界里,似乎更能反衬出茅盾所处的时代环境。

剥开坚硬的时代外壳,我们会发现茅盾的凄切之感和隐逸之情。如 1974 年 2

① 茅盾:《茅盾全集》卷 39,黄山书社 2014 年版,第 92—93 页。

② 丁茂远编著:《茅盾诗词解析》,吉林文史出版社 1999 年版,第 140 页。

③ 茅盾:《茅盾全集》卷 39,黄山书社 2014 年版,第 188—189 页。

④ 茅盾、韦韬:《茅盾回忆录》(下),华文出版社 2013 年版,第 243 页。

⑤ 丁茂远编著:《茅盾诗词解析》,吉林文史出版社 1999 年版,第 217—218 页。

⑥ 丁茂远编著:《茅盾诗词解析》,吉林文史出版社 1999 年版,第 218 页。

月写作的《一剪梅　感怀》："何处荒鸡唤曙光，闻笛山阳，凄切寒螀。骑鲸捉月忒颠狂，且泛艅艎，适彼乐乡。心事浩茫九转肠，有美清扬，在水一方。相思欲诉又彷徨，月影疑霜，花落飘香。"

在茅盾的旧体诗词里，如此凄切彷徨的情感基调，实属罕见。本词作一改坚定昂扬的基调，不是歌颂火热的现实生活，而是充满了怀旧。他思念曾经闻鸡起舞、共同为民族曙光而积极抗日的友人，但眼前却是"闻笛山阳，凄切寒螀"。闻笛山阳，典出向秀《思旧赋序》。后人引此典，多表达伤感怀旧之情。茅盾在词中将"闻笛山阳"指向令人压抑的现实，感怀动荡的时局，不由得"心事浩茫九转肠"，因此有"骑鲸捉月忒颠狂"之感。"骑鲸捉月"典出李白自称"海上骑鲸客"，又传李白乃取月堕水而死，然后骑鲸仙去。扬雄也有《羽猎赋》曰："乘巨麟，骑鲸鱼"，意指文人隐遁或游仙。茅盾借此典故，或许表达当时环境下自己内心萌生隐逸之意。因此，他才有"且泛艅艎，适彼乐乡"和"有美清扬，在水一方"的渴望。这里化用《诗经·魏风·硕鼠》"逝将去女，适彼乐土"与《诗经·郑风·野有蔓草》"有美一人，清扬婉兮"以及《诗经·秦风·蒹葭》"所谓伊人，在水一方"，以香草美人为喻，委婉地表达内心世界的犹豫和彷徨，表达了对现实世界之外虚幻存在的向往，将之称为"乐乡"。

这种隐逸之情，在一个月后——1974 年 3 月写作的《为沈本千画师题〈西湖长春图〉（四首）》里，再次得到印证。他在咏叹沈本千的画作之时，虽然未忘劝勉一句"师法工农攀顶峰"，但是，在其二、其三中宕开一笔，分别写了历史上的画师沈周和沈铨。明代画家沈周诗书画三绝，卓有影响，然一生远离仕途，傲啸山林，晚年过着"登东皋以舒啸，临清流而赋诗"的无拘无束的隐逸生活。而清代画家沈铨则是"散尽黄金惟一笑，混沌尘世此真人"，豪放不羁，旷达超脱。从沈周、沈铨到沈本千，再到沈雁冰，是否隐秘地蕴藉着同一宗族内在的精神理路？是否茅盾在他们身上寄托了自己的隐逸超脱的人格愿望？1974 年茅盾致信沈本千，钦佩沈本千画作《西湖长春图》，3 月 29 日又致信陈瑜清，说题诗四首已经写好，附函请转，并说："草草不工，聊以塞责耳。诗中用了沈石田、沈南萍的故事，因皆姓沈，且一工山水，一工花卉，以衬托沈老本千，然而浮光掠影，小道也，不足取。"[①]字面意思是自谦，但是，将这种自谦理解为"隐逸思想"的自我掩饰，是否更合情理？

茅盾旧体诗词可谓时代里的一抹绿色。尽管由于时代风雨的侵蚀，这一抹绿色并不明显，但是，经过披文入情的细研，被灰尘深掩的碧绿原色，仍然会穿越时光隧道，源源不断地给予我们丰富的启示。

---

① 茅盾：《茅盾全集》卷 38，黄山书社 2014 年版，第 256 页。

风景政治中的重庆与延安

——茅盾的战时中国形象建构

李永东①

内容摘要：风景的书写，包含了茅盾重构中国政治地图的意愿。风景在他的重庆和延安想象中与其说是背景、环境，不如说是城市形象本身。他使用乡土与都市两套话语构建重庆与延安的风景，"把政治寓于风景之中"，由地方风景的书写引向对民族精神、延安形象或战时政治的想象。对中国政治地理的叙述，茅盾经常富有弹性地使用地域空间概念，重庆或延安形象因此成了众多地理空间叠加的结果。在政治地理的比较视野下，国都重庆的中心价值被消解，以延安为中心的战时中国形象得以建构。

关键词：风景；茅盾；重庆；延安；抗战；政治地理

全面抗战时期，茅盾辗转流徙于香港、新疆迪化、延安边区、国都重庆等地，其中，在重庆生活三年有余，在延安停留了五个月。茅盾对战时中国的政治格局和社会愿景的思考，主要在重庆与延安的双向叙事中展开，重庆与延安形成了"对照、补充关系"②。重庆与延安形象的构建常常以风景来加以装饰，风景成了茅盾构建战时中国形象不可或缺的存在。茅盾对风景的处理方式，与大后方一般作家不同，不是作为生命信仰、自然崇拜或"乡间的美"而存在，③而是被充分地意识形态化了。他的重庆想象，善于由风景的书写引向对重庆社会的批判，或者以特殊的修辞把风景政治化。例如，由风景写真照片"有关国防"的讨论，影射当局严苛、荒唐的新闻检查制度。④ 他的延安想象，同样频繁地以风景的书写来"补助"事件和人物的背景，增强地方色彩和美感。⑤ 风景在战时中国形象建构中的功用，表明风景的再现"事关国内政治，民族或阶级观念"。⑥ 本文使用的"风景"概念，涵括了自然景色、乡村风光、地理气候之意，把山石、河流、树林、田园、高原、峡谷、月光、

① 作者简介：李永东，西南大学文学院。

② 黄万华：《史述和史论：战时中国文学研究》，山东大学出版社 2005 年版，第 497 页。

③ 范智红：《世变缘常：四十年代小说论》，人民文学出版社 2002 年版，第 13—16 页。

④ 茅盾：《弁言》，《茅盾全集》第 12 卷，人民文学出版社 1986 年版，第 22—23 页。

⑤ 郁达夫：《小说论》，《郁达夫全集》第 10 卷，浙江大学出版社 2007 年版，第 161—163 页。

⑥ ［美］W. J. T. 米切尔：《帝国的风景》，W. J. T. 米切尔编：《风景与权力》，杨丽、万信琼译，译林出版社 2014 年版，第 9 页。

黄沙、浓雾、寒暑等皆看作"风景"。

风景的书写，在茅盾的重庆和延安想象中与其说是背景、环境，不如说是城市（地方）形象本身。风景的书写，影响了茅盾的战时中国形象建构，从中可以洞悉茅盾想象战时中国的姿态和策略。

一、风景政治中的乡土延安与都市重庆

中国文化对"风景"的发现和赋意，要比西方早得多。在中国古典诗词中，关于情志与风景的沟通早已形成本土的美学传统。中国文艺从来就不把风景看作是游离于思想情感之外的对象，而是认为"一切景语皆情语"（王国维《人间词话》）。到了中国现代文学中，风景的书写进入了一个更加繁复的表意系统，郁达夫、鲁迅、老舍、师陀等作家在理论或实践上，皆有不俗的表现。茅盾亦是写风景的高手。

茅盾不是为了写风景而写风景，而是"把政治寓于风景之中"。[1] 在他的作品中，风景联系着特定的地方和人物，"一片风景就是一个空间，或者是一个地方的景色"，[2]风景与地方、人物关联后暗示出："在某种地方与社会便非发生某种事实不可。"[3]茅盾正是利用风景的地方色彩构建政治寓言。他总是由地方风景的书写，引向对民族精神、延安形象或党国政治的想象，以此建构以延安为中心的战时中国地图。

风景中的国都重庆，茅盾从未当作民族国家的象征来书写，他反而在《雾中偶记》《"雾重庆"拾零》等作品中把重庆当作民众、战士、民族解放、寒冷中国的对立面加以批判，由此把战时国都贬低为失道寡助的"地方性"城市。而风景中的延安，则在叙述中由"地方"升格为民族的象征。《风景谈》《白杨礼赞》《大地山河》都是写西北、延安的风景，由地方风景引申出对民族精神的礼赞。延安风景的书写隐含了这样的意味：西北黄土高原、延安边区代表了战时中国，是民族抗战的希望所在。通过"把政治寓于风景之中"，茅盾确立了延安在战时中国的中心地位，构建了代表民族国家的延安形象。

《风景谈》（1941）描绘了六幅风景剪影，分别为沙漠驼队、高原晚归、生产归来、石洞避雨、桃林小憩、山峰号兵。在风景剪影中，人是风景的灵魂，自然无论死寂、荒凉，还是优美、清冽，风景都因人的进入而变得富有生气，人的高贵精神主宰着自然，赋予风景以灵魂。散文先写甘肃边界的戈壁风景，再写黄土高原的风景，然后落脚于延安的风景，由远及近，图穷匕见。六幅风景中的后四幅属于延安的风景，构建了怡然自乐、朝气蓬勃、精神强健的延安形象。风景中有其乐融融的农民家庭，有乐观和谐的青年群体，更有刚毅有力的民族战士。最后一幅风景图把

---

① 茅盾：《茅盾全集》第 35 卷，人民文学出版社 1997 年版，第 396 页。

② ［美］W. J. T. 米切尔：《再版序言：空间、地方及风景》，W. J. T. 米切尔编：《风景与权力》，杨丽、万信琼译，译林出版社 2014 年版，第 4 页。

③ 老舍：《景物的描写》，《老舍全集》第 16 卷，人民文学出版社 2008 年版，第 208 页。

延安形象上升到"民族精神化身"①的高度,定格为严肃、刚毅的战斗者形象。至此,由风景到延安人再到民族抗战精神的逻辑推演得以完成,战时延安形象跃然纸上。

风景中的战时延安形象是乡土的,牧歌的,崇高的。在延安,来自都市的青年人经历了乡土化的过程,他们原有的身份趣味在农业生产中被改造,生成崭新的集体劳动者身份。《风景谈》中的延安风景具有凝聚民族、创造新人的功能。"生产归来"的风景剪影中所描绘的那些说七八种方言的一队人,表明了延安对全国青年的吸引力。这些青年有画画的、搞雕刻的、拉提琴的、写文章的,他们在延安被改造成了普通的劳动者,手上起了老茧。风景与人相互映射,共同构建了延安边区的精神写照。《开荒》(1941)以风景的描写起兴,进而描写延安的新青年对黄土高原的改造。黄土高原上"说各种方言的,各种家庭出身的,经过各种社会生活的青年男女,在那里'开荒'"。② 与土地相联系的生产劳动,使得个体变得无差别,变成生产集体。他们不仅从事生产的"开荒",也从事精神的"开荒"——"扫除文盲,实行民主,破除迷信,发展文艺,提倡科学"。③ 乡村劳作对都市青年的集体改造,以及五四精神对乡土延安的启蒙,形成了延安独特的地方品格。"以历史性或者自然性的因素为出发点",茅盾对黄土高原"进行了政治性的加工、塑造"④。自然的神话与人的神话相结合,构建出黄土高原/延安的神奇形象。

《记"鲁迅艺术文学院"》(1941)的精神格调与《风景谈》类似,同样把鲁艺师生的生产场景,闲暇生活当作"一首美妙的牧歌"。⑤ 牧歌情调少不了风景的铺陈,自然风光、农作物、牛羊牲畜为鲁艺生活场景中不可或缺的元素。人与景相配合,营构出静谧安详,或悠然自得,或活泼喜悦的氛围,以及生命的自足状态。延安"美妙的牧歌"和"诗意的画面"⑥,建立在身份抹平的基础上。作者对鲁艺人的书写,反复强调所有人"一律的灰布制服",无论他们之前是大都市名媛,还是京沪名校毕业生,甚至从前的商人,于今都是"灰布制服,草鞋,爬山,吃小米饭的'鲁艺'学生",⑦都被改造成了具有"相同意识形态的人群"⑧,延安也就成了兄弟般平等的大家庭。"民族与民族主义只在人被定义为平等、作为兄弟的社会里,才盛行起来。"⑨延安平均化的朴素具有正义的意味,汇聚成一种集体意志,符合革命的要求

① 茅盾:《风景谈》,《文艺阵地》1941年1月第6卷第1期,第15—16页。
② 茅盾:《开荒》,《茅盾全集》第12卷,人民文学出版社1986年版,第122页。
③ 茅盾:《开荒》,《茅盾全集》第12卷,人民文学出版社1986年版,第122页。
④ [法]亨利·列斐伏尔:《对空间政治的反思》,薛毅主编:《西方都市文化研究读本》第3卷,广西师范大学出版社2008年版,第53页。
⑤ 茅盾:《记"鲁迅艺术文学院"(上)》,《学习》1941年10月第5卷第2期,第66—68页。
⑥ 茅盾:《记"鲁迅艺术文学院"(下)》,《学习》1941年11月第5卷第4期,第120页。
⑦ 茅盾:《记"鲁迅艺术文学院"(上)》,《学习》1941年10月第5卷第2期,第66—68页。
⑧ [日]前田哲男著,王希亮译:《从重庆通往伦敦、东京、广岛的道路:二战时期的战略大轰炸》,重庆出版社2015年版,第11页。
⑨ [法]吉尔·德拉诺瓦著,郑文彬等译:《民族与民族主义》,生活·读书·新知三联书店2005年版,第11页。

和抗战的精神,也符合中国人的"大同梦"。"重新分配财富"或"强行分配贫困"①,是一种革命策略。"延安是穷的,'鲁艺'也是穷的"②,然而,由于朴素、贫穷的延安生活被赋予牧歌的诗意情调,因此没有丝毫的气馁与抱怨,反而激发出昂扬向上的地方精神,并由地方精神扩大为抗战中国的民族精神。

茅盾关于黄土高原/延安的风景描写,有时突出其牧歌与诗意,有时则突出其崇高。根据康德的观点,大漠、黄土高原、森林、峡谷这样的风景能够激起崇高的观念,《开荒》《大地山河》的风景描写属于此类。"大地的面貌,也就是风景,也是人类的作品"③,风景的崇高是因为我们内部和思想的样式"把崇高性带进自然的表象里去"④,也就是说,茅盾通过风景的描写,塑造了黄土高原/延安的崇高形象。

延安风景所呈现的两种风格,即诗意和荒凉,各有其深意。"背景的风景及天候,和作品中人物事件的作用,有调和与反衬的两种"⑤。当茅盾以风景来"美化"延安,营造牧歌诗意的地方氛围时,风景与延安人事是一种调和关系,调和后的延安是一片乐土,对全国各地的青年有着召唤和安抚的功能。当茅盾书写延安荒凉的自然环境时,风景与延安人事形成了反衬关系,由此突显了延安坚韧有力的形象,表明延安是战时中国的希望之所在。诗意与荒凉的风景在作品中相互配合,共同构建了茅盾心中的延安形象。

以风景的书写来替地方宣传,在 1930 年代即已见端倪。⑥ 全面抗战时期茅盾对延安地方风景的书写,则不是为了激发旅游消费,而是寄寓着独属边区根据地的民族国家观念,这种观念不仅植根于地缘共同体,亦"植根于相互扶助的感情,进而植根于需要这种相互扶助之社会现实"。⑦ 茅盾笔下的延安风景由此获得了政治表达功能,提供了理想社会的愿景。

延安形象是自然的、乡村的、生产的、牧歌的、乐观的、平等的、艺术的、战斗的,其风景元素内含延安的凝聚力、认同感和抗战精神。与此对照,都市的、摩登的、繁华的、享乐的、苟安的重庆"风景",就成了罪恶的代名词。

《雾中偶记》(1941)的风景描写是为了隐喻作者对"皖南事变"的态度。对于国共摩擦事件,文章借"雾重庆"来隐喻,但散文开头既不谈雾,也不直接谈重庆,而是先把地域加以模糊化,写"奇寒"、"天要变了"。天气的寒冷与变化,是自然气候,散文随后把它转换为北方军民的苦难叙述——老百姓和战士受冻挨饿。全国

---

① 〔美〕威尔·杜兰特、阿里尔·杜兰特著,倪玉平、张闶译:《历史的教训》,四川人民出版社 2015 年版,第 92 页。

② 茅盾:《记"鲁迅艺术文学院"(上)》,《学习》1941 年 10 月第 5 卷第 2 期,第 66—68 页。

③ 〔法〕亨利·列斐伏尔:《对空间政治的反思》,薛毅主编:《西方都市文化研究读本》第 3 卷,广西师范大学出版社 2008 年版,第 55 页。

④ 〔德〕康德著,宗白华译:《判断力批判》上卷,商务印书馆 1964 年版,第 85 页。

⑤ 郁达夫:《小说论》,《郁达夫全集》第 10 卷,浙江大学出版社 2007 年版,第 164 页。

⑥ 吴晓东:《郁达夫与中国现代"风景的发现"》,《中国现代文学研究丛刊》2012 年第 10 期,第 80—89 页。

⑦ 〔日〕柄谷行人著,赵京华译:《中文版作者序》,《日本现代文学的起源》,生活·读书·新知三联书店 2003 年版,第 6 页。

都是寒冷的,唯独"重庆是'温暖'的","不见枯草,芭蕉还是这么绿,而且绿的太惨"。①由此,"温暖"重庆被置于寒冷中国的对立面。进而由天气的寒冷、温暖转向"雾季"。这是又一次借风景转向政治叙事:"在雾季,重庆是活跃的,因为轰炸的威胁少了,是活动的万花筒:奸商、小偷、大盗、汉奸、狞笑、恶眼、悲愤、无耻、奇冤、一切,而且还有沉默。"②由此,邪恶的重庆形象得以建构,语句中夹杂的"汉奸""奇冤"等语词隐约指向当局制造的"皖南事变"③。后文联系话剧《雾重庆》,进一步暴露当局的反动面目,"舞台转暗,袁慕容的戏快完,家棣一定要上台",④借剧情隐喻国民党政府将完蛋,抗日民众将主宰历史。散文最后一段,风景与政治融合一体:夜深,鼠猬獗,雾加浓致不辨皂白,浓雾之后是朗天化日,血债将偿,"我们的"(非重庆的)民族解放斗争不达目的不止。

《"雾重庆"拾零》(1941)写雾重庆,却从大轰炸谈起,由残留的炸痕想象大轰炸的厉害,但作者并没有遵循一般的写作思路,把重庆大轰炸朝着谴责日寇暴行和赞叹重庆人"愈炸愈强"的抗战意志的方向进行阐释,而是以类比的方式,由大轰炸的"厉害"超过想象,引出"'雾重庆'也比我所预料的更活跃,更乌烟瘴气,而且更莫名其妙",⑤进而转向对"乌烟瘴气"的重庆的丑恶书写。在茅盾的笔下,重庆的天气总是阴沉沉、灰蒙蒙、晦暗不明,如果偶尔有好天气,也不应当。《腐蚀》(1941)中赵惠明第一天的日记,写到九月十五日的"天气这样好,也没有警报",赵惠明怀疑这天的天气为什么这么好,她憎恨这样的好天气,因为她来重庆之前经历的九月十五日是"阴暗而可怕的"⑥。

在茅盾的想象中,延安的风景把各地青年聚拢,把关系拉近,引发精神共鸣,人与自然的美好崇高相互诠释。重庆则是另一番模样,风景的色彩晦暗,自然气候令人生厌,风景与人的生存相龃龉,风景违背了正义的、不幸的人们的主观意愿,本地风光与全国情形格格不入,总之,风景显明了人的不堪境遇和城市的邪恶。通过风景的政治化,茅盾的重庆与延安书写达到了这样的效果:重庆是一座失道寡助的城市,内部分裂,乱象丛生,毫无希望,而延安则令人向往,汇聚了民族抗战的力量和希望。

二、地理空间的叠加与民族政治的隐喻

风景与城市形象有着对应关系,茅盾使用乡土与都市两套话语构建重庆与延安的风景,分别赋予其不同的政治寓意。但是,茅盾并不满足于对重庆与延安分而论之。《如是我见我闻》系列散文,潜藏着茅盾以风景来隐喻战时中国的叙述野

---

① 茅盾:《雾中偶记》,《茅盾全集》第 12 卷,人民文学出版社 1986 年版,第 19 页。

② 茅盾:《雾中偶记》,《茅盾全集》第 12 卷,人民文学出版社 1986 年版,第 19—20 页。

③ "皖南事变"后,周恩来在《新华日报》的头版发表题词:"为江南死国难者致哀"和"千古奇冤,江南一叶,同室操戈,相煎何急!?"

④ 茅盾:《雾中偶记》,《茅盾全集》第 12 卷,人民文学出版社 1986 年版,第 21 页。

⑤ 茅盾:《"雾重庆"拾零》,《茅盾全集》第 12 卷,人民文学出版社 1986 年版,第 65 页。

⑥ 茅盾:《腐蚀》,《茅盾全集》第 5 卷,人民文学出版社 1984 年版,第 6 页。

心，他把风景上升到政治地理学的高度，对重庆与延安的战时形象进行了正邪比较，构建了战时中国的政治地图。政治地理学是一门基于地理特点关于区域政治关系的学问，可以用来讨论国家之间的地缘政治关系，也可用来描述国家内部各区域所形成的政治格局。①《如是我见我闻》的政治地理学体现在对大后方各个区域的叙述中，"自然地理特征转化成象征符码"②，以之隐喻战时中国的政治格局，消解国都重庆的中心价值，赋予延安以民族国家的象征意义。

《如是我见我闻》记录了茅盾在大后方的旅途见闻和主观感想。茅盾离开新疆后，辗转兰州、西安、延安、重庆、成都、贵阳等地，《如是我见我闻》就是茅盾 1940 年 5 月至 1941 年 3 月流徙之旅的零碎记述，发表于 1941 年香港《华商报》副刊《灯塔》，包括《弁言》共 18 篇。作者在《弁言》中写到，这些"七零八落的记述"，"毫无连贯"，所做观察并没有戴着有色眼镜，"意在存真"③。"没有戴眼镜""意在存真"一说，玩的是障眼法。在《弁言》的开头，茅盾就以春秋笔法，指出当局的检查员裁定"风景"的摄取"有关国防"，表明了他的政治化书写姿态。七零八落的记述"只有太天真的孩子才会当一件事去鉴赏猜详"④，也暗示了茅盾的地方性书写，有其深意所在。

简洁地说，茅盾的地方性书写，属于政治地理学的写法。涉及大后方多个城镇的"七零八落的记述"，看似"毫无连贯"，实在有其内在逻辑。首先，茅盾是一路写下来，各篇的先后次序大致按照他在大后方的游历路线排列。其次，所有篇章内含区分的逻辑，构建了两个形象系列：一个是以延安为中心的边区，代表战时中国的希望；另一个是以重庆为中心的国统区，属于繁华景象装饰的黑暗地带。表面看来，《如是我见我闻》系列散文并没有盯着重庆或延安来写，专写重庆的只有《"雾重庆"拾零》一文，专写延安的一篇都没有。不过，如果打开战时中国地图，就会发现，茅盾的书写带有明显的地方（党派）立场，以之对大后方两类地理空间进行区分，并加以意识形态化。

茅盾对地理空间的限定，经常富有弹性地使用地名概念，如北方、西北、西京等范围大小不等的指称不时出现。茅盾使用这些地域名词是经过慎重考虑的，其中的使用逻辑值得推敲。抓住延安（共产党）与重庆（国民党）这两个政治核心，就能洞悉系列散文中地理空间的聚合原则。黄土高原、西北、北方等地理空间指称，在《如是我见我闻》中可以看作是延安的同位语；西南、某镇、后方等地理空间指称，则可以看作重庆的同位语。也就是说，同一政治归属的地理空间之间有着借代的关系，在表意上可以相互替代。北方、西北、黄土高原这些地理名词，不是普泛意义上的空间指称，而是特指。北方并不是泛指秦岭-淮河一线以北的包括西北大后方和华北、东北沦陷区的中国北部地区，它其实与西北、黄土高原、陕甘宁边区、延安是同质的地理空间，我们从系列散文的上下文语境以及互文关系中可

---

① 王恩涌等编著：《政治地理学：时空中的政治格局》，高等教育出版社 1998 年版，第 271 页。
② 张全之：《重庆：中国现代文学的"异乡"》，《重庆师范大学学报》2012 年第 1 期，第 22—26 页。
③ 茅盾：《弁言》，《茅盾全集》第 12 卷，人民文学出版社 1986 年版，第 23 页。
④ 茅盾：《弁言》，《茅盾全集》第 12 卷，人民文学出版社 1986 年版，第 23 页。

以推断出。并且,茅盾也有意识地强化地理空间的复指关系。《某镇》不指出写何地,开头就说"反正在四川境内,这样的镇很多,我们就称它为某镇罢"。① 结尾又写到:"这个随时势而繁荣的小镇,别的虽比不上重庆之类的大都市,但物价之昂贵却毫不落后。"②文章的首尾语句使得"某镇"与重庆构成了同位语,写某镇,写四川境内"一般"的镇,也就是写重庆。《最漂亮的生意》一文,叙述因公路运输而"创造"出诸多繁华市镇这一现象后,随即信手拈出"一个标本","地点,离重庆约十余公里"。③ 散文前面所提到的"国府特许""雄视西南"等表述,进一步巩固了此地与重庆的类同关系。地理空间的聚合关系,也可借同心圆来解释,两个同心圆的圆心分别是重庆和延安,往外延展,则是西南与西北之类的地理空间。茅盾对大后方的书写,根据他的"意图"和"注意的中心"④,形成了以重庆和延安为表述重心的空间关系模式。重庆或延安形象为众多地理空间叠加的结果,所涉及的城市空间、自然风景和人事,都充斥着政治意识形态的加工和塑造。

在《如是我见我闻》中,与延安边区、八路军相关的风景、道路、人事,都呈现出生机勃勃、团结奋进、井然有序的气象。《白杨礼赞》《秦岭之夜》这两篇作品都把延安精神置于风景、气候中来表现。通常认为,《白杨礼赞》是通过白杨树来象征北方农民,象征"我们民族解放斗争中所不可缺的朴质,坚强,力求上进的精神"。⑤ 令人疑惑的是,为什么白杨树只象征北方农民,而不是象征不分南北的中国农民呢?其实,这里的北方不是泛指的、中性意义的地理空间,而是特殊的政治空间。首先,我们需要对文中的白杨树进行地理定位。《白杨礼赞》是顺着前一篇《风雪华家岭》的路线写下来的,根据茅盾从兰州坐汽车去西安的路线,他走的是西兰公路,过了华家岭,翻过六盘山,就进入了文中所描写的黄土高原,接近陕甘宁边区的地带。作者大概是以西北黄土高原来模糊指称陕甘宁边区。其次,白杨树的象征意义所指涉的区域空间值得探究。文中的白杨树是指西北的白杨树,但是白杨树所象征的地域空间及其精神主体,除了北方农民,还有"敌后"、"华北平原"守卫家乡的哨兵与浴血奋战的士兵。打开战时中国地图,我们当明白茅盾应是以"敌后"哨兵、"华北平原"士兵来模糊指称抗日根据地的八路军、游击队。白杨树的地域归属与象征空间,不断以北方、西北、黄土高原、敌后、华北平原等指称出现,这种空间指称似乎有些混乱,而其真意就在混乱中透露出来。茅盾说《白杨礼赞》非取材于一地或一时"。⑥ 其实,取材于何地何时不是最重要的,最重要的是白杨树所象征的地域范围。说到底,茅盾借自然地理风貌暗示政治空间,建构的是以延安为中心的抗战中国形象。散文最初使用的精神主体是"农民""哨兵",到文后则升格为"民众""民族",由此,民族国家取代了地方,生产出"延安的抗战

① 茅盾:《某镇》,《茅盾全集》第12卷,人民文学出版社1986年版,第57页。

② 茅盾:《某镇》,《茅盾全集》第12卷,人民文学出版社1986年版,第60页。

③ 茅盾:《最漂亮的生意》,《茅盾全集》第12卷,人民文学出版社1986年版,第74页。

④ [英]迈克·克朗,杨淑华等译:《文化地理学》,南京大学出版社2003年版,第141页。

⑤ 茅盾:《白杨礼赞》,《文艺阵地》1941年3月第6卷第3期,第17页。

⑥ 茅盾:《致柳尚彭》,《茅盾全集》第38卷,人民文学出版社1997年版,第333页。

中国"形象。

茅盾对重庆与延安的构想，倾向于两相比较，文本间或文本内的对比关系有效地实现了政治地理的隐喻。在《白杨礼赞》中，作为风景的树木与地域结合后，构建出了延安的政治地理隐喻，文末"贵族化的楠木"则把国统区置于民众、敌后根据地以及民族解放战争的对立面。对比是《如是我见我闻》构建延安与重庆形象的重要策略。公路、军人、司机、城镇的书写，都被置于政治地理的比较视野下。

《风雪华家岭》政治地理的构建主要体现在开头的公路叙述。所叙及的公路名为"西兰公路"，这条公路 1938 年前还是有名的"稀烂公路"，1940 年则已"实在不错"。其功劳，归于"西北公路局的'德政'"。茅盾为什么开头就歌颂一条公路呢？西兰公路是西北公路的一段，抗战军兴，西北公路为国际要冲，"接济神圣抗战的大动脉"，[①]由苏联运输过来的军需品，"对于中国伟大的独立战争之成败，关系颇巨"。[②] 所谓公路"德政"，与其说表达了对"沈局长"的敬意，不如说是为了向苏联盟友致敬。这里顺便插一句，茅盾在回忆录中把西北公路局局长的名号写错了，他在回忆录中多次提到的"沈局长"，应该是指宋希尚。宋希尚曾毕业于河海工程专门学校，与茅盾的弟弟沈泽民是同学，1938—1942 年担任西北公路运输管理局局长。[③]

关于西北公路的政治解读可能显得过于主观，如果注意到茅盾对西北公路和西南公路的比较，就会发现，公路的政治地理隐喻是存在的。西北公路与西南公路，都是战时中国的重要运输通道，却被赋予了不同的政治意义。西北公路不仅是"援华公路要道"，[④]也是延安方面与苏联进行联络的重要通道，在公路经过的重要城市兰州、西安，中共都设立了八路军办事处。西北公路局管理严格，照章办事，其司机也守规矩，"颇知自爱自重，言谈行举都是受过点教育的派头"。[⑤] 茅盾笔下的西南公路则是另一番模样，以重庆为起点的西南公路上尘土飞扬，运输公司俨然是党国机关的缩影。运输公司带有"半官"性质，管理员为国民党党员，每天不忘对司机进行"训话"，大部分司机也"加入了三青团"。[⑥] 到了晚上，运输公司则是另一番模样，上上下下沉迷于赌钱、买笑。同样是国民政府修筑、管理的公路，因邻近空间、联络城市的区别，茅盾便赋予西北公路与西南公路以不同的色彩，以公路来喻示重庆的恶政。

大后方的军人在《如是我见我闻》中，并不是作为无差别的"国民革命军"被叙及，而是被区分为延安的军人和党国的军人，其精神风貌与个人境遇隐喻了延安

---

① 中国旅行社研究室：《西北公路》，《旅行杂志》1944 年第 18 卷第 1 期，第 59—60 页。

② George A. Fitch 著，亮臣译：《西北公路》，《国际间》1940 年第 9 期，第 180—181 页。

③ 参考宋希尚：《抗战以来之西北公路》，《抗战与交通》1940 年 2 月第 33 期，第 133—135 页；刘绍唐主编：《民国人物小传》第 6 册，上海三联书店 2015 年版，第 67—68 页；李佳佳：《西北公路局研究（1935—1949）》，西北师范大学硕士学位论文，2014 年，第 12 页；茅盾：《茅盾全集》第 35 卷，人民文学出版社 1997 年版，第 247、339—342 页。

④ 陈翰笙：《西北公路的新意义》，《上海周报》1941 年第 3 卷第 5 期，第 129—130 页。

⑤ 茅盾：《司机生活片段》，《茅盾全集》第 12 卷，人民文学出版社 1986 年版，第 75 页。

⑥ 茅盾：《司机生活片段》，《茅盾全集》第 12 卷，人民文学出版社 1986 年版，第 76 页。

政权、重庆当局的性质。先于《如是我见我闻》发表的《风景谈》一文,把延安山峰上的号兵和荷枪战士当作"民族的精神化身"来塑造。[①]《如是我见我闻》系列散文之一的《白杨礼赞》,以黄土高原上"坚强不屈与挺拔"的白杨树,隐喻活跃在边区和敌后的抗日将士。以上两文都侧重对延安方面的军人进行精神塑像,暗示了延安方面坚定的抗战意志。相关的篇章还有《秦岭之夜》。茅盾由延安经秦岭到重庆,乘坐的是八路军的军车。《秦岭之夜》不是为了写秦岭的风光与气候,也不是单纯记述汽车抛锚与修理事件,而是为了表现八路军不畏严寒,团结合作,纪律严明,活泼快乐的精神风貌,是献给八路军的颂歌。

茅盾对战时军人的书写,主要由人与环境的关系入手。这样的叙述角度便于建构政治地理的隐喻。延安军人形象的建构主要借助恶劣的自然环境来完成,侧重精神塑像。军人精神与延安精神、民族精神、抗战精神相通。为党国效力的军人,茅盾则侧重从个人境遇来刻画,由军人境遇来揭示党国统治和国都重庆的病症。《"雾重庆"拾零》中供职于重庆军事机关的某上校,奉公守法,却生存艰难,到了断炊的地步,妻子抱怨"如此不如为娼"。贫困使得老母悬梁自尽,妻子不知去向,上校拔出"成功成仁"之剑,自杀身亡。《司机生活片段》《如何优待征属》两文,构成了这样一个表意逻辑,国统区抗日军人的眷属,生活艰难,得不到政府的有效"优待","征属少妇们之'优待'也还只能让司机先生之类的去'负责'罢了"。[②]一位下级军官对于这种现象感到心灰意冷,他想,他寄回家的那点钱,真不够家里的开销,他不敢保证妻子不走上卖笑之路。在国统区,战士在"火线上拼命",他们的女人在后方被"有办法"的人玩弄,这让他们感到"寒心"。

后方跑运输的司机与前线的党国军人,在生活中几乎不会产生交集,茅盾通过"征属"问题,巧妙地把司机与军人拉扯在一起,使后方生活与前线抗战发生了实质性的联系,由此编织了延安与重庆两相对照的政治寓言。在重庆,"半官"运输公司的司机每个月总也有千把元的"进账",每天要抽两包老刀牌香烟,生活奢靡,至少养着两个老婆,有两个家,"重庆一个,贵阳一个"。[③]茅盾刻意把这些司机与"卖笑生活的女子"捆绑在一起叙述,《如何优待征属》《司机生活片段》《最漂亮的生意》皆采用这一套路。茅盾以之作为解构重庆抗战形象的杀手锏,不惜反复使用。在《最漂亮的生意》中,离重庆十余里的乡间,因运输公司的油水厚,蓦地创造出了一个繁华市镇,镇上一切的"物质设备"都是为了满足运输公司从业人员的享乐。司机的荒淫生活与"征属"的艰难生活有着内在关联。公路旁的"卖笑生活的女子"来历复杂,"有的是从敌人的炮火下逃得了性命,千里流亡,被生活的鞭子赶上了这条路的;也有的未尝流亡,丈夫或哥哥正在前线流血,她们在后方却不得不牺牲皮肉从那些'为抗战服务'的幸运儿手里乞取一点衣食的资料"。[④]卖笑女的身世,对党国统治与重庆社会构成了巨大的讽刺和无声的控诉。与之相对,

① 茅盾:《风景谈》,《文艺阵地》1941年1月第6卷第1期,第15—16页。
② 茅盾:《"如何优待征属"》,《茅盾全集》第12卷,人民文学出版社1986年版,第83页。
③ 茅盾:《司机生活片段》,《茅盾全集》第12卷,人民文学出版社1986年版,第76—77页。
④ 茅盾:《最漂亮的生意》,《茅盾全集》第12卷,人民文学出版社1986年版,第74—75页。

"西北的优待抗属条例中有组织代耕队种种办法"，①为"征属"的生活提供了切实的保障。需要补充的是，《如是我见我闻》之后创作的《腐蚀》《船上》等小说中的重庆军人和警察，已成为恶鬼横行的重庆社会的一部分。以此可见，军人形象不过是茅盾根据写作意图调用的叙事资源，是映照党国和重庆罪恶的一面镜子。

在茅盾所构建的大后方的政治地理关系中，延安的面孔是乡土的、生产的、贫穷的，以重庆为中心的国统区的面孔则是城市的、消费的、繁荣的。茅盾频繁使用"繁荣"一词来形容国统区城镇的状况，把"繁荣"当作罪恶来书写。《如是我见我闻》的系列散文中，兰州、西京、宝鸡、某镇、重庆、贵阳，无一例外日渐繁荣，其繁荣不是生产的繁荣，而是消费的繁荣。繁荣的表征为林立的旅馆、饭店、茶馆以及隐秘的淫窟，点缀其间的是时髦的装束、丰足的洋货、昂贵的消费品，城市之物的消耗者为官吏、投机商、太太们、司机，以及各类"有办法"的人物。茅盾之所以把重庆等城市的"繁荣"归入战时之恶，乃在于"繁荣"的背后是官吏的横征暴敛，是乡村的颓败和民众的疾苦，是"征属"的屈辱生活。在重庆，小小暴发户成为了"繁荣"雾重庆的一份子，而原来的"中产阶级"却落到了典卖衣物的可怜境地，奉公守法的上校一家靠借贷度日，终至走上绝路（《"雾重庆"拾零》）。在宝鸡，农民所遭遇的盘剥敲诈，"成就了新市区的豪华奢侈，他们给宝鸡赢得了'繁荣'"。② 在《如是我见我闻》系列散文中，"繁荣"的表意功能朝着多个维度扩散，道德审判、阶级情绪、民族观念，皆可由"繁荣"一词生发。抗战时期茅盾的文化趣味倾向民族特色，在他所写到的西南城市中，唯独对"民族形式"的大都会——成都，表达了些许好感。而对大后方城镇的"上海气派"③"苏浙沪气味"④"都市生活的派头"⑤，则流露出厌恨的情绪。

洋货、旅馆、酒店等城市之物所构成的"繁荣"景观，之所以具有意识形态的性质，是因为"消费也有自己的地理学"，⑥"商品是无数地理区域的重合"，⑦物质文化表明了消费者如何"安排与世界的关系"。⑧ 丰足的"洋货"是官商勾结的结果，"洋货"的走私与消费意味着对"洋货"来源地（敌占区、殖民城市）的变相支持，是一种"变相的资敌行为"，⑨伤害了战时的民族主义情感，也有损民族实业的发展。"繁荣"的景观与洋货的消费，也对民族共同体起到了分裂的作用，因为消费模式意味着"归属社会群体的方式，以及表现自己特征的方式"。⑩ 如果说"繁荣"的景观与洋货的消费把重庆分裂成了两个世界，那么，朴素贫穷的生活和一律的"灰布

① 茅盾：《"如何优待征属"》，《茅盾全集》第 12 卷，人民文学出版社 1986 年版，第 81 页。

② 茅盾：《"战时景气"的宠儿——宝鸡》，《茅盾全集》第 12 卷，人民文学出版社 1986 年版，第 51 页。

③ 茅盾：《兰州杂碎》，《茅盾全集》第 12 卷，人民文学出版社 1986 年版，第 27 页。

④ 茅盾：《贵阳巡礼》，《茅盾全集》第 12 卷，人民文学出版社 1986 年版，第 85 页。

⑤ 茅盾：《最漂亮的生意》，《茅盾全集》第 12 卷，人民文学出版社 1986 年版，第 74 页。

⑥ ［英］迈克·克朗著，杨淑华等译：《文化地理学》，南京大学出版社 2003 年版，第 153 页。

⑦ ［英］迈克·克朗著，杨淑华等译：《文化地理学》，南京大学出版社 2003 年版，第 168 页。

⑧ ［英］迈克·克朗著，杨淑华等译：《文化地理学》，南京大学出版社 2003 年版，第 174 页。

⑨ 茅盾：《茅盾全集》第 35 卷，人民文学出版社 1997 年版，第 340 页。

⑩ ［英］迈克·克朗著，杨淑华等译：《文化地理学》，南京大学出版社 2003 年版，第 174 页。

制服",则把延安塑造成了民主平等的统一世界。当然,"繁荣"的阐释中所包含何种政治意识形态,关键在于"眼光"和"立场",茅盾在"繁荣"中看到了不平等和罪恶,而老舍关注的是敌机在重庆肆虐后,"众市民随炸随修,楼房日日新。市容美观、街宽房俊,更显出坚决抗战大无畏精神"。①

"'风景'中情绪的'反映'和想象性投射可被解读为意识形态的梦工场"。② 茅盾的战时中国书写,以隐喻象征来实现风景、地理的政治化。在风景的书写中,延安在战时中国的地位得以升华,而重庆则被降格,延安、重庆在中国政治地图中的中心、边缘身份被改写,最终建构了以延安为中心的战时中国形象。

风景、地理的政治隐喻的建构,可以脱离社会现实的拘囿,不必拘泥于生活的真实。政治意图的实现,只需抽象的观念和眼花缭乱的修辞相配合,就能达到。也就是说,茅盾笔下的风景中国、政治中国,首先是作为一种修辞效果而存在。尽管茅盾的战时中国想象为延安立场所操纵,其形象过于扁平化,但风景、地理政治的引入,无疑增加了其作品的思想张力和艺术表现力。

---

① 老舍:《陪都赞》,《老舍全集》第 13 卷,人民文学出版社 2008 年版,第 23 页。
② [美]W. J. T. 米切尔:《帝国的风景》,W. J. T. 米切尔编,杨丽、万信琼译:《风景与权力》,译林出版社 2014 年版,第 9 页。

从历史拯救"民族形式"：茅盾与中国的文艺复兴

朱　军　李　芸①

摘要： 茅盾在西方文艺复兴史的研究和中国文艺复兴断代分期上与五四学人有诸多共鸣,他们都认同"宋代近世论",并且以市民文化的兴起作为中国文学"民间形式"生成的基础,但茅盾基于马克思主义立场的辩证思考,对旧形式、民间形式和民族形式细加辨析,指出"民间形式"是封建社会经济的产物,具有内在缺陷,不能作为"民族形式"的中心源泉,这对胡适等人中国文艺复兴论述中的"复古"和"形式"化演绎有纠偏作用。只有合理利用历史中的"旧形式",改造"民间形式",并且借鉴世界各国优秀文学形式重构"民族形式",最终形成作为"世界文学"的"新形式",才是中国文艺复兴的正确路径,这一从"历史拯救民族形式"的必经之途是推动基于共同人性的"全民"立场的现实主义文学。

关键词： 民族形式；文艺复兴；民间形式；市民文化；世界文学

茅盾是一个既有全球视野也有本土情怀的文艺理论家、作家,其《西洋文学通论》《海外文坛消息》《近代戏剧家传》《近代文学的反流：爱尔兰的新文学》《两个西班牙文人》《托尔斯泰与今日之俄罗斯》《旧形式、民间形式与民族形式》等作品,对推动文艺复兴在中国的传播具有重要功绩。布克哈特指出,用古学的"再生"来概括文艺复兴的传统看法是很片面的。他认为意大利人所以能在文化上征服全欧,不只是由于古学的复兴,而是把古学的复兴和意大利人的创造天才相结合起来了。茅盾以马克思主义的立场,将西方文艺复兴的观念与中国的"民族形式"相结合,对旧形式、民间形式与民族形式细加辨析,通过中西传统民间形式与弱小民族文学的对比参照,从政治经济阶层的变迁和社会生产方式的底层揭示出"民族形式"生成的基础,提示从"旧形式"和"民间形式"中去粗取精,创造性地重构"民族形式"进而最终融入"世界文学"。这既是对胡适"中国文艺复兴"论述的深化细化,也是反驳与批判,既有对文艺复兴传统的传承,也是具有世界视野的超越和重构。通过茅盾的视野,可以透视文艺复兴运动中国化和民族化的历史进程。

一、"旧形式、民间形式与民族形式"

胡适作为"中国文艺复兴之父",往往被批评是一个形式论者,即通过"白话"这一语言形式的重新发掘探寻中国的启蒙现代性之路。胡适的中国文艺复兴论

---

① 作者简介：朱军,上海师范大学中文系；李芸,华东师范大学。

述主要围绕"新语言"展开，虽然他强调白话文运动旨在确立"新语言、新文学、新的生活观和社会观"，但是相比京都学派的论述，胡适过度重视新语言在新文学中的决定性作用，而较为忽视社会观与生活观对时代进步的作用。因此木山英雄等人批评胡适将"一千余年的中国文学史"也大幅度划入"白话文学史"，"文学革命"某种程度被简化为"文学复古"，即宋明以来的俗语文学代替了正统诗文而复苏在近代市民文学中。①

胡适的历史进化观念集中于讨论中国文学及其语言变迁的时间分期，其中的笼统和牵强不可避免，由此形成了"五四"以来中国文学史对"唐诗、宋词、元曲、明清白话小说"的惯常划分。为突出中国文学"通俗化"的进程，强调"民间形式""平民文化"和"俗语文学"的主流地位，而对于这些文学和语言形式的内部差异和具体语境存而不论。茅盾则在胡适语言观和历史进化论的基础上，进一步针对白话文与民间文学内部的复杂形式、阶级差异和历史背景，从"旧形式""民间形式"与"民族形式"等多重角度细加辨析，戳穿"形式论"背后的"复古"和"排外"的企图。

茅盾的核心观点是，五四以来种种打着"民间形式"的新文艺运动"表面上虽似欲建立民族形式，实际上却是延长了应该被淘汰的封建社会文艺形式的寿命"②，目的是为"旧形式"复古招魂。茅盾此论主要是针对"民间形式"是否可以作为"民族形式"的中心源泉问题发出的战书，因为这一流行的观念认为，"新形式"与"民族形式"绝不相容，因而要在已有的民间形式中找所谓"中心源泉"，茅盾由此延伸至对"五四"以来新文艺运动的成就的评价，特别是对文学的大众化通俗化、"旧瓶新酒"，乃至文艺的内容与形式等等问题的重新判断，具有一定纠偏意义。

茅盾1940年9月25日在《中国文化》第二卷第一期发表的《旧形式、民间形式与民族形式》一文，是对1940年3月24日向林冰在重庆《大公报》发表《论"民族形式"的中心源泉》一文的批驳。向林冰的立论有三：其一，"五四"以来受了西方文艺影响的新文艺形式等完全不适宜于"中国土壤"；其二，"民间形式"符合中国人的"口味"；其三，"民族形式"是以大众为主体的抗战建国的新内容，"民间形式"因此是真正的"民族形式"。

贯穿于向林冰立论的"形式"主要指"民间形式"，这一"形式"正是"五四"以来白话文运动的核心思想，即野生的民间形式既是"口头告白"的东西，也必然是"生活"于广大民间，为民众所"习见常闻"，既然"习见常闻"，自必"喜见乐闻"。于是得出了结论："民族形式"便"不得不以民间形式为其中心源泉"。在茅盾看来，这一论述是知识分子片面化的历史想象。中国文学史上"生于民间、死于庙堂"有一定的合理性，但庙堂文学与民间文学是相互转化、彼此交融的，一些文学形式的没落的确与"不大众化"有关，但并不表明这些高雅的文学在"整个形式"上是进步的，而纯粹大众创造的民间文学，往往并不尽善尽美。因此，茅盾指出，"如果我国

---

① ［日］木山英雄：《从文言到口语》，赵京华编译《文学复古与文学革命——木山英雄中国现代文学思想论集》，北京大学出版社2004年版，第116页。

② 茅盾：《茅盾全集》第22卷，人民文学出版社1993年版，第149—150页。

固有的文艺形式而有所可取，或不应不有所取，那么，一切旧形式皆当有份，不应只推崇民间形式，甚至应该多取民间形式以外的旧形式，因为它们在形式上，确是更进步的"[1]。

所谓的口语化的"民间形式"不一定比庙堂文学更先进，反而就纯"形式"而言，"民间形式"之外的"旧形式"更具艺术性，更能代表中国文学的历史成就。唯有正确地评价了民间形式，然后才能够综合研究，善为取择，而不至于无条件地保存各种地方性的民间形式，真正把它变成一个"大垃圾堆"。作为"民族形式"的"新形式"的确立，要从"民间形式"中汲取革命力量，也要从其他各种"旧形式"中去粗取精，汲取营养。

二、市民文化作为"民间形式"的生成基础

茅盾这一具有"复古"色彩的文学形式论，源于其对西方文艺复兴时期文学精神的追慕。而茅盾援引的论据正是为胡适、陈独秀、钱玄同等人和京都学派所津津乐道的"宋代近世"论。在他看来，自两汉到南北朝，民间的文字形式依然是歌谣和韵文，而宋代才有作为"散文"和"评话"的"民间形式"。这与胡适等人认为中国的文艺复兴"当自宋起"是一致的。茅盾说：

> 因为宋朝有了前所未有的许多的大都市，以及前所未有的广大的市民阶级，"评话"恰就是这个市民阶级产生的新形式。我们当然也不否认，从印度来的宗教文学对于这新形式的生长，不无影响，然而我们也不能忘记，在中国以外，"小说"这种新形式也是市民阶级独特的文艺形式。有了文艺复兴期意大利的商业都市，这才有薄加丘的《十日谈》，有了十七世纪英国的市民阶级，这才有菲尔丁、李却特生的小说，这是历史所证明了的。中国之有宋代的"评话"，及其后发展为大部的"小说"，不能不说是因为宋明有了广大的市民阶级之故，"评话"出现之始，何尝是老百姓所"习闻常见"？以形式而言，《水浒传》与菲尔丁以后的所谓 NOVEL 何尝是天南地北，全不相干？由此可见文艺形式这东西，无论在世界那一国，只要有了同样的"社会经济的土壤"以及"阶级的母胎"，便会开放出同一类的花来。[2]

茅盾的这段议论明显是针对胡适等人的，胡适将中国文艺复兴追溯到唐宋转型，因为此时佛教的传入带来了口语化的讲义语录体的流行，而及至宋代，语录体便开始成为讲学正体。胡适在中国文艺复兴相关论述中一再强调佛学对中国白话传统的推动，早在《文学改良刍议》中他便说，"自佛书之输人，译者以文言不足以达意，故以浅近之文译之，其体已近白话，其后佛氏讲义语录尤多用白话为之者，是为语录体之原始"[3]。继"The Chinese Renaissance"一文后，胡适在 1934 年进一步从宋追踪到唐代的"古文复兴运动"和"禅宗的产生"。宋元之间，"中国之

---

① 茅盾：《茅盾全集》第 22 卷，人民文学出版社 1993 年版，第 148 页。
② 茅盾：《茅盾全集》第 22 卷，人民文学出版社 1993 年版，第 148—149 页。
③ 胡适：《胡适全集》第 1 卷，安徽教育出版社 2003 年版，第 14 页。

文学最近言文合一，白话几成文学的语言矣，使此趋势不受阻遏，则中国几有一'活文学出现'，而但丁、路得之伟业，欧洲中古时，各国皆有俚语，而以拉丁文为文言，凡著作书籍皆用之，以吾国之以文言著书也，其后意大利有但丁〔Dante〕诸文豪，始以其国但语著作。诸国踊兴，国语亦代起。路得〔Luther〕创新教始以德文译《旧约》、《新约》，遂开德文学之先，英法诸国亦复如是，今世通用之英文《新旧约》乃比 1611 年译本，距今才三百年耳。故今日欧洲诸国之文学，在当日皆为俚语，迨诸文豪兴，始以'活文学'代拉丁之死文学；有活文学而后有言文合一之国语也，几发生于神州"①。

茅盾与胡适的差异在于：其一，茅盾淡化了佛教的影响，也没有过分强调文学形式内部的演化，而是立足于更广大的社会视野，从政治经济阶层的变迁和社会生产方式的底层找寻"民间形式"生成的基础。这与京都学派"中国文艺复兴"和"宋代近世说"的研究思路是一致的。这一思想也贯穿了茅盾对整个文艺复兴的研究，譬如他认为文艺复兴的高潮立足于"希腊精神"的追索，然而这并不是思想家和文学家的灵光乍现，而是因为中世纪黑暗中新的社会阶级已经开始孕育，而希腊精神正符合新阶级的追求。茅盾说：

文学的潮流不是半空中掉下来的，也不是在梦中拾得的，而是从那个深深地作成了人类生活一切变动之源的社会生产方法的底层里爆出来的上层的装饰。

这是研究文艺史者应该有的一个基本观念。②

其二，"民间形式"生成的基础显然不是唯心主义的宗教，而是历史唯物主义视野下市民阶级的兴起。由"评话"而"小说"正是文艺复兴时期市民阶级独特的文艺形式。在《西洋文学通论》中，茅盾将"文艺复兴"单独成章，茅盾特别强调文艺复兴运动并不是时钟上的某一刻，而是一个长期的演进过程，他特别强调都市、商人群体、大学及其人们追求生活享乐的精神催生了文艺复兴。茅盾写道：

你很应该相信，就是这些比之"红玫瑰是太红而白玫瑰又太白"的美脸，就是这些闪闪地像黑夜的明星似的美眼，就是这些叫人陶醉的朱唇，就是这要享有现实世界的一切美丽，求生前的快乐，不是死后的幸福，就是这样的一种热念很猛烈地虽然又是很慢的（不要忘记，中世纪的一切都是很慢的）在意大利靴子的那些自由都市的曲折的街道里酝酿着，造成了所谓"文艺复兴"这潮流。③

这一对文艺复兴与都市文化关系的描述与周作人的观点异曲同工。周作人《欧洲文学史》中对比了中世纪与文艺复兴的文化："基督教欲灭体质，以求灵魂，导人与自然离绝，或与背驰"，文艺复兴"则导人与自然合，使之爱人生，乐光明，崇

---

① 胡适：《胡适全集》第 1 卷，安徽教育出版社 2003 年版，第 14—15 页。
② 茅盾：《茅盾全集》第 29 卷，人民文学出版社 2001 年版，第 186 页。
③ 茅盾：《茅盾全集》第 29 卷，人民文学出版社 2001 年版，第 244 页。

美与力，不以体质与灵魂为仇敌，而为其代表"，结果"世乃复知人生之乐，竞于古文明中，各求其新生命"。文艺复兴时期意大利、英国、法国、西班牙和德国的主要文学家及其著作皆倡导"乐生享美之精神"，注重"人生生力之发现"。在全面评述欧洲国家文学史的基础上，周作人将文艺复兴的特征总结为：人间本位主义、养生享乐、保持人性之本然，这正是市民阶级独特文化的体现。

其三，文学形式的发展是由社会经济形态决定的，具有内在规律性和历史必然性。"旧形式"和"民间形式"之所以比较粗劣并注定为"新形式"所淘汰，原因在于封建社会教育水平的低下，譬如"韵文"在中外民间文学中有压倒性的优势，欧洲中世纪主要的文艺形式也是韵文的"罗曼司"，其后乃有一半韵文一半散文的"罗曼司"，这种形式就和我国的"弹词"一样。我国现有的"民间形式"，十之八九也是韵文，原因是：在古代，教育不发达，文盲众多。莎士比亚和莫里哀的作品中，也常用"独白"和"旁白"，以说明剧中人的心理和剧情的一小部分，这也无非因为那时一般观众的感觉还不大锐敏，联想力也差。除了"韵文"通俗的一面，"韵文"也有繁复、细腻与铺张的特征，这与封建贵族的奢华生活有关。此外，宋代评话和元杂剧的写作和表演多由一人担任，这正是城市手工业社会的典型特征。虽然文体各异，但都具有封建时代"民间形式"的共同特质，茅盾说：

> 结构的松散，叙述的平直，部分的描写过于细腻，"交代清楚"，缺乏暗示——这一切，又都是民间形式的"特征"，然而这种种，无非是从封建的农村社会生活之弛缓、散漫、迟钝所形成。[①]

茅盾对"民间形式"的论述有其合理的一面，譬如他对市民社会及其文化特征的认识，对乐生享美精神的推崇，对"旧形式"中经典文学形态及其艺术成就的肯定，认为应该在社会经济基础、阶级母体和生产方式的宏观把握中认识文学形式的变迁和优劣。不过在茅盾的论述中，庸俗的经济决定论的倾向也较为明显，有以西律中、以今鉴古之嫌，以致完全消弭了中西审美的差别，掩盖了中国文学特有的结构特征、叙事风格、美学趣味及其抒情特质。

三、"民族形式"作为"世界文学"的必经阶段

茅盾讨论旧形式、民间形式和民族形式的关系，并非要回答何谓旧形式、民间形式和民族形式，只是通过指出"形式"的内在缺陷，强调如上"民间形式"及其特征并不是中国特色，而我国固有文艺形式中的一些"特征"，都是封建社会经济的产物，乃中外各国封建文艺所共有，绝非中国民族所独具，因此，不能作为"民族形式"的内在源泉，既然根本没有什么胡适所谓"民间形式"作为支撑，那么对"民族形式"的认知，就要跳出国别与族别的狭隘视野，与民族解放潮流结合起来，将"民族文学"的更高发展作为实现"世界文学"的基础。

---

① 茅盾：《茅盾全集》第 22 卷，人民文学出版社 1993 年版，第 151 页。

众所周知,文艺复兴思想的翻译和传播及其本土化与文学研究会密不可分。周作人、蒋百里、陈衡哲、郑振铎、顾毓琇、傅东华都是文学研究会的成员,他们对待中国的文艺复兴并不是一时一地一人的热情,而是一支庞大社团长时间的努力。文学研究会的译介极大地扩展了国人关于欧洲文艺复兴的知识范围,也强烈影响了文学研究会自身的创作理念、人生理想以及社会实践。文艺复兴的最大意义就是人与世界的发现,解放人类自觉。文学研究会坚持文学创作要采用现实主义的方法,探索人生价值,直面社会问题。从天堂回归尘世、回归自然的欧洲文艺复兴自然成为他们有力的思想武器。

在现实主义的文学创作精神要求下,文学研究会的工作重点转向了民族文学特别是被压迫民族的文学理论和作品,其中就包括对 19 世纪末至 20 世纪 20 年代北爱尔兰民族解放运动相呼应的文艺复兴运动的介绍。叶芝作为爱尔兰文艺复兴的核心人物,受到了沈雁冰、王统照、樊仲云等人的关注。茅盾较早介绍"夏脱",在《东方杂志》上以《沙漏》为题翻译叶芝 1903 年剧本《The Hour-Glass》。1919 年 6—12 月,他翻译高尔基《近代戏剧家传》,也提到了爱尔兰的剧作家约翰·密灵顿·辛格、叶芝和格雷戈里夫人。在《近代文学的反流——爱尔兰的新文学》一文中,他将这三人视为爱尔兰文艺复兴运动中的代表人物,不仅较为详细地介绍了几人著作,还评价叶芝是"提倡爱尔兰民族精神最力的人,他是爱尔兰文学独立的先锋"。

文学研究会的理论立场是以"全民"的立场作为现实主义的主要标志。因此才会有"全人类""人性""人类爱""世界文学"等等论点的提出。纵观《西洋文学通论》,茅盾最终落脚到俄国文学写实主义的复兴,他说 19 世纪勃起的俄国文明"颇似中古西欧文艺复兴时代之英法"。最终茅盾总结,西洋文学的进程可以归纳为三大路线:从天上到人间,从规矩准绳的束缚到个人的自由表现,从娱乐到教训、组织意识。茅盾以俄国写实文学比附文艺复兴,并有如此之高的评价,源于他认为"文学的背景是全人类的背景,所诉的情感自是全人类共通的情感",它的使命是"使那无形中还受着历史束缚的现代人的情感能够互相沟通,使人与人中间的无形的界线渐渐泯灭。"[1]他又说,"新文学的作品,大都是社会的;即使有抒写个人情感的作品,那一定是全人类共有的真情感的部分,一定能和人共鸣的。"[2]正如郑振铎总结说,文学的"伟大的价值,就在于通人类的感情之邮"。[3]

以"世界文学"观照文学的"旧形式""民间形式"和"民族形式",会发现坚守地方的、民族的闭塞与自足已经不合时宜,民族在各方面有着交往,有着普遍的互相依赖,个别民族的智力创造也应该变为公共的财产。唯有克服民族的片面性和狭隘性,超越旧形式、民间形式和民族形式,才能在众多地方和民族的文学形式中,发展出一种世界文学。并且这一文学不是凭空的理想,他是现实主义的文学实践。茅盾指出:

---

① 茅盾:《茅盾全集》第 18 卷,人民文学出版社 1989 年版,第 121 页。

② 茅盾:《茅盾全集》第 18 卷,人民文学出版社 1989 年版,第 387 页。

③ 郑振铎:《新文学观的建设》,《文学旬刊》1922 年第 37 期。

这是以同一伟大理想,但是以不同的社会现实为内容的各民族形式的文艺各自高度发展之后,互相影响溶化而得的结果。是故民族文学之更高的发展,适为世界文学之产生奠定了基础。①

茅盾这一伟大理想显然源于其作为马克思主义者的理想,马克思曾说:"各民族的原始封闭状态由于日益完善的生产方式、交往以及因交往而自然形成的不同民族之间的分工消灭得越彻底,历史也就越是成为世界历史。"正因为生产方式、劳动分工破坏了原先自然形成的民族、国家之间空间分离,历史才成为世界史。这里一切国家的生产消费都成为世界性的了,各民族的精神财富和物质财富都成为了公共的财产,文学也成为了世界的文学。"民间形式"作为"民族形式"的中心源泉,因此被茅盾视为狭隘的民族主义的口号,而"民族形式"的建立只有作为到达将来世界文学的必经的阶段,否则就是"求进反而倒退",而中国的文艺复兴也最终会成为"复古派的俘虏"。

余论:从历史发现民族国家

茅盾是一个具有马克思主义立场的作家和文艺理论家,因此对于民族情怀与世界视野有着辩证认知。正是由于这一立场,他与胡适、章太炎、梁启超等人有关"中国文艺复兴"的论述有着本质差异。今天研究茅盾,需要有一种新视野。这一新视野就是基于对全球现代性的重新思考,重新反思中国文学现代性生成的历史语境及其错位。

杜赞奇提出"从民族国家拯救历史",探讨了一些民族如何将自己纳入大写历史,接受线性的、进化论的、目的论的主导叙述过程,对以往关于民族主义的现代化研究典范进行了检讨。他认为近代中国的民族主义并非是与过去完全断裂的产物,而且近(现)代民族主义并非新鲜的东西,现代民族主义的新颖之处在于近百年来遍布全球的民族国家的世界体系,这一体系将民族国家视为主权的唯一合法的表达形式。

通过分析梁启超、汪精卫、傅斯年、雷海宗、顾颉刚、鲁迅等人对启蒙主义历史观的接受,可见正是启蒙历史参与创造了一个向现代化演进的民族主体的工程。启蒙史观与西方政治殖民的互相强化和渗透,使得落后地区只有接受并服从这种强大的民族国家叙事,才能借助西方统治性的话语体系表达自身的历史以及存在,全世界的历史也因此被书写成一部按西方意志演进的历史。基于这样的后果,杜赞奇认为必须"从民族国家拯救历史",把历史从民族国家叙事的垄断中拯救出来。这一对策就是,撰写"复线历史"。②

面对杜赞奇对"全球现代性"是单一现代性的这一批判,德里克部分赞同。他认为"从民族国家拯救历史"具有可取之处,以民族国家和文明为蓝本的世界历史

---

① 茅盾:《茅盾全集》第 22 卷,人民文学出版社 1993 年版,第 154 页。
② 〔美〕杜赞奇、黄彦杰译:《全球现代性的危机——亚洲传统和可持续的未来》,商务印书馆 2017 年版。

极不可取,但我们不光要注意到"从民族国家拯救历史",同时也要注意到"从历史拯救民族国家",即不可能完全抛弃民族国家、文明、大陆等殖民化的概念,尽管他们都是建构的产物,唯有如此,各个民族国家才能通过适当的途径重新自我想象,以应对当代的各种挑战。①

作为一个马克思主义者,同时也是一个爱国主义者,茅盾有着与德里克类似的困境。他赞同"从民族国家拯救历史",希望把中国文学史从民族国家叙事的垄断中拯救出来,以对"民间形式"的批判作为手段,甚至不惜承认"旧形式"中的合理和经典的成分,试图打破五四新文化运动以来对种种"民间形式"(白话、方言、韵文等)的迷思,强调"民间形式"的粗鄙无知不足以担当"民族形式"的中心源泉,并且无论中外,"民间形式"都具有封建经济社会的共同特征,以致否定了"民族形式"的合理性。但是,我们也应该注意到另外一方面,虽然茅盾反对地方和民族的狭隘性,但他并不完全否定"民族形式"的历史作用。在茅盾对西方文艺复兴史的研究和对弱小民族文学的热诚推动中可见,他并没有完全抛弃国家、民族、文明等等殖民时代建构的观念,强调需要借助不同国家历史中"民族形式"的提炼升华达到"世界文学",至于这一从"历史拯救民族国家"的具体途径,茅盾认为推动基于共同人性的"全民"立场的现实主义文学是必经之途。

总的说来,茅盾在西方文艺复兴史的研究和中国文艺复兴断代分期上与胡适、周作人、蒋百里等人有诸多共鸣,但他基于马克思主义立场的辩证思考,对胡适等人中国文艺复兴论述中的"复古"和"形式"化演绎有纠偏作用,对其中固有"民间"与"民族"的保守心态是一种揭露,这与茅盾后期对于五四新文化运动整体性的反思是一脉相承的。另外,茅盾对如何合理利用"旧形式"并且借鉴世界各国优秀文学形式重构"民族形式",最终形成作为"世界文学"的"新形式",有着超越性的思考。今天中国的文艺复兴研究既要汲取中外文明精髓,也不应沦为"复古"的囚徒,茅盾的思想具有重要的指导意义。

---

① [美]德里克,李冠南等译:《后革命时代的中国》,上海人民出版社 2015 年版。

关于茅盾"雨天杂写"系列杂文的史料问题

刘铁群[①]

内容摘要：1942 年，茅盾在桂林创作了"雨天杂写"系列杂文。关于这组杂文，很多版本的茅盾全集、选集、年谱、词典在收录或表述中都存在史料错误，包括内容残缺、标题与正文张冠李戴、最初刊载信息混乱等。这些普遍存在的错误导致大量的专著和论文在引用"雨天杂写"系列杂文时陷入了史料的混乱。基于上述问题，本文对"雨天杂写"系列杂文的史料问题做出系统的梳理与考证。

关键词：茅盾；"雨天杂写"系列杂文；史料错误

1942 年 3 月 9 日，从香港脱险的茅盾在经历艰险与波折之后抵达桂林，开始了他 9 个月的旅居桂林的生活。茅盾抵达桂林不久，就遇上了潮湿多雨的季节。与多雨的天气相应，茅盾把他创作的五篇杂文命名为"雨天杂写"。关于这组杂文，很多版本的茅盾全集、选集、年谱、词典在收录或表述中都存在史料错误。这也就导致数量颇多的研究者在论文或专著中引用了错误的文献。因此，对"雨天杂写"系列杂文的史料问题进行全面的梳理与分析是必要的。

一、从人民文学出版社的《茅盾全集》谈起

要梳理茅盾"雨天杂写"系列杂文的史料问题，有必要从人民文学出版社的《茅盾全集》（以下简称《全集》）中出现的错误谈起。在各种版本的茅盾作品集中，人民文学出版社的《全集》显然是重要而且权威的版本，也是茅盾研究者们重要的阅读版本。《全集》的第十六卷（散文六集）收录了茅盾"雨天杂写"系列的五篇文章，其中错误或不严谨的地方主要有以下四处。

其一是《雨天杂写之三》和《雨天杂写之四》的创作时间和最初刊载的情况被颠倒混淆了。《全集》中注明，《雨天杂写之三》创作于"1942 年 6 月 27 日"，"最初发表于一九四二年十月十五日《人世间》复刊第一卷第一期"；《雨天杂写之四》创作于"1942 年"，"最初发表于一九四三年四月一日《人世间》复刊第一卷第四期"。核对最初发表的原始期刊可以发现，两篇文章相关信息被颠倒了，这是一处比较严重的硬伤。

其二是对最初刊载情况表述不够严谨、完善。《全集》注明《雨天杂写之二》"最初载于一九四三年七月贵州集美书店版《艺术新丛·阳光》"。《雨天杂写之

① 作者简介：刘铁群，广西师范大学文学院。

二》是茅盾到桂林后应孟超的约稿为集美书店的"艺术新丛"《阳光》写的文章。集美书店是抗战时期桂林的一个重要的出版机构，创办于1942年。笔者可以看到1943年7月桂林集美书店出版的"艺术新丛"《阳光》刊载了茅盾的《雨天杂写之二》，但没找到贵阳出版的《阳光》，也没查到关于贵州集美书店的任何信息。在抗日战争这个特殊的历史时期，报刊书籍的出版情况比较复杂，当时的一些史料也无法得到完好的保存，因此，目前笔者无法判断是否存在过贵州集美书店并出版了一本跟桂林集美书店版一模一样的《阳光》，该问题只能存疑。但桂林集美书店版《阳光》的存在是可以确认的，缺注桂林集美书店版显然是不够严谨的。另外，《全集》注明《雨天杂写之一》最初刊载于"《山水文艺丛刊》第二辑《荒谷之夜》"，此处信息不完善，缺注桂林远方书店。

其三是《雨天杂写之四》的内容有残缺。《雨天杂写之四》最初发表时文末有这样一段"附记"："右一则，写于六月二十七日。亦雨天，败兴之言，不近人情，故未以示人。近则'不景气'之呼声，已时有所闻，则此篇所言，翻成赞颂。因凤子先生嘱为写稿，遂加最后一戏谶之联应之，时为七月二十八，则已是晴天了，报载顿河大战正酣。"这段"附记"对于理解这篇杂文以及当时茅盾的心境有一定的意义，"不景气"指的是桂林文化界繁荣的表象下隐藏的危机，"戏谶之联"指的是文末的两句："饭桶酒囊亦功德，鸡鸣狗盗是雄才。"茅盾本以为桂林绵绵不绝的雨天在一定程度上影响了他的心情，导致他在文中有不少牢骚感慨。但是随着不少文化人都发出"不景气"的呼声，他感觉自己所谓的"未以示人"的"败兴之言"并不过分。《人世间》刊载《雨天杂写之四》时，这段"附记"是文章的一部分，《全集》收录该文时缺了这段附记就无法呈现文章完整的原貌。而且这段附记的内容明确了创作时间是6月27日，补写附记的时间是7月28日。如果这段内容不残缺，两篇文章创作时间被颠倒的情况也许就可以避免。

其四是《雨天杂写之四》的段落划分与初刊原文不一致。《雨天杂写之四》初刊原文的第六段讲述的是《广西通志》中记载的三个零碎有趣的事情，包括杨妃井、绿珠井和一桩无头公案。《全集》将这段文字划分成了两段，其中，关于杨妃井、绿珠井的内容以及茅盾引用《广西通志》中无头公案的一段原文保留在第六段，而茅盾针对无头公案的分析却单独成为第七段。从表达逻辑和完整性来说，此处不宜另起一段。从收录的文章的规范来说，既然《全集》的体例是注清了初刊情况，就应该保留初刊时文章的原貌，随意改变原文的段落划分是不严谨的。

在与人民文学出版社《全集》同时期及之后的各种版本的茅盾文集中，关于"雨天杂写"系列杂文的史料性错误普遍存在。现在将包括《全集》在内的六种版本文集中的错误、不严谨之处以及如何更正列表如下：

序号	书名及版本	页码	错误及更正
1	《茅盾全集（第十六卷·散文六集）》，人民文学出版社1988年版	477页	脚注内容不严谨。本页收录了《雨天杂写之二》，脚注对标题的注释是："本篇最初载于一九四三年七月贵州集美书店版《艺术新丛·阳光》"，缺注桂林集美书店版。

（续表）

序号	书名及版本	页码	错误及更正
		480 页	脚注内容错误。本页收录了《雨天杂写之三》，脚注对标题的注释"本篇最初发表于一九四二年十月十五日《人世间》复刊第一卷第一期"应改为"本篇最初发表于一九四三年四月一日《人世间》复刊第一卷第四期"。
		485 页	创作时间标注错误。关于《雨天杂写之三》的创作时间，"1942 年 6 月 27 日桂林"应改为"1942 年 6 月 30 日桂林"。
		486 页	脚注内容错误。本页收录了《雨天杂写之四》，脚注对标题的注释"本篇最初发表于一九四三年四月一日《人世间》复刊第一卷第四期"应改为"本篇最初发表于一九四二年十月十五日《人世间》复刊第一卷第一期"。
2	《茅盾散文速写集（上）》，人民文学出版社 1980 年版	409 页	标题错误。"《雨天杂写之一》"应改为"《雨天杂写之三》"。
		413 页	（1）创作时间标注错误。关于《雨天杂写之三》的创作时间，"1942 年 6 月 27 日"应改为"1942 年 6 月 30 日"。 （2）刊载何处标注错误。关于《雨天杂写之三》最初刊载何处，"原载《人世间》月刊复刊第 1 卷第 1 期，1942 年 10 月 15 日出版"应改为"原载《人世间》月刊复刊第 1 卷第 4 期，1943 年 4 月 1 日出版"。
		414 页	标题错误。"《雨天杂写之二》"应改为"《雨天杂写之五》"。
		417 页	标题错误。"《雨天杂写之三》"应改为"《雨天杂写之四》"。
		422 页	（1）创作时间标注错误。关于《雨天杂写之四》的创作时间，"1942 年 6 月 30 日"应改为"1942 年 6 月 27 日"。 （2）刊载何处标注错误。关于《雨天杂写之四》最初刊载何处，"原载《人世间》月刊复刊第 1 卷第 4 期，1943 年 4 月 1 日出版"应改为"原载《人世间》月刊复刊第 1 卷第 1 期，1942 年 10 月 15 日出版"。
3	《茅盾》（中国现代作家选集），人民文学出版社 1983 年版	181 页	标题错误。"《雨天杂写之二》"应改为"《雨天杂写之五》"
4	《茅盾杂文集》，生活·读书·新知三联书店 1996 年版	697 页	标题错误。"《雨天杂写之三》"应改为"《雨天杂写之四》"。
		704 页	标题错误，"《雨天杂写之四》"应改为"《雨天杂写之三》"。

（续表）

序号	书名及版本	页码	错误及更正
5	《茅盾散文（第二集）》，中国广播电视出版社1995年版	292页	创作时间标注错误。关于《雨天杂写之三》的创作时间，"1942年6月27日桂林"应改为"1942年6月30日桂林"。
6	《茅盾全集（第十七卷·散文七集）》，黄山书社2014年版	5页	脚注内容不严谨。本页收录了《雨天杂写之二》，脚注对标题的注释是："本篇最初载于一九四三年七月贵州集美店版《艺术新丛·阳光》"，缺注桂林集美书店版。
		8页	脚注内容错误。本页收录了《雨天杂写之三》，脚注对标题的注释"本篇最初发表于一九四二年十月十五日《人世间》复刊第一卷第一期。"应改为："本篇最初发表于一九四三年四月一日《人世间》复刊第一卷第四期。"
		13页	创作时间标注错误。关于《雨天杂写之三》的创作时间，"1942年6月27日"应改为"1942年6月30日"。
		14页	脚注内容错误。本页收录了《雨天杂写之四》，脚注对标题的注释"本篇最初发表于一九四三年四月一日《人世间》复刊第一卷第四期。"应改为"本篇最初发表于一九四二年十月十五日《人世间》复刊第一卷第一期。"

因为《雨天杂写之四》残缺文末"附记"以及段落划分与初刊原文不一致等情况是大多数版本共同存在的问题，就不在表格中列出。上述表格已经可以呈现"雨天杂写"系列杂文在文集收录中的混乱性错误。此外，查国华编著的《茅盾年谱》①（长江文艺出版社1985年版）、万玉树编著的《茅盾年谱》②（浙江文艺出版社1986年版）、唐金海和刘长鼎主编的《茅盾年谱》③（山西高校联合出版社1996年版）、李标京和王嘉良主编的《简明茅盾词典》④（甘肃教育出版社1998年版）等著作对"雨天杂写"系列杂文的表述也都存在不少错误。

二、"雨天杂写"系列杂文史料出错的根源

关于"雨天杂写"系列杂文，各种版本的茅盾全集、选集、年谱、词典在收录或表述中之所以会出现诸多错误，其根源主要有两方面。一个重要的根源是这组文章的标题辨识度不高，而且容易引起对创作时间和发表时间的误解。"雨天杂写"

---

① 该著265—270页对《雨天杂写之四》刊载《笔阵》的情况描述有误。
② 该著288页颠倒了《雨天杂写之三》和《雨天杂写之四》的创作时间和初刊情况。
③ 该著642页，关于《雨天杂写之二》缺注桂林集美书店版，同时颠倒了《雨天杂写之三》和《雨天杂写之四》的创作时间、最初刊载情况、内容简述。
④ 该著86—87页关于《雨天杂写之一》《雨天杂写之二》《雨天杂写之三》三个词条的标题、创作时间、刊载情况、主要内容等都出现了错乱。

系列杂文从"之一"到"之五"命名,很容易让读者和研究者想当然地认为创作与发表的时间顺序也应该是从"之一"到"之五"依次进行。但实际情况并非如此,《雨天杂写之四》的创作时间就比《雨天杂写之三》早三天,发表时间则早半年,而这两篇文章又都发表于在桂林复刊的《人世间》。如果不认真核对原始期刊就很容易造成两者的混淆。人民文学出版社的《全集》颠倒这两篇文章的创作时间和最初刊载何处的情况在其他版本中普遍存在,而且还有不少版本将这两篇文章的标题与内容张冠李戴。

　　另一个重要的根源是茅盾本人对"雨天杂写"系列杂文的更名,这包括在期刊发表时的更名和收入文集时的更名。期刊发表时的更名涉及《雨天杂写之四》,该文在《人世间》发表一个月之后,又在中华文艺界抗敌协会成都分会出版的《笔阵》新 6 期刊载。与《人世间》刊登的文章不同的是,《笔阵》目录中显示的标题是"《桂林通讯》",正文的标题则是《桂林通讯(雨天杂写之四)》,文末的一段附记被删除。《雨天杂写之四》在《笔阵》刊载的情况很少有研究者提及。"雨天杂写"系列在收入文集时更名的情况比较复杂。这组杂文发表两年之后,其中三篇收入了茅盾的散文集《时间的纪录》(良友复兴图书印刷公司 1945 年出版,主编赵家璧)。不过,所收入的三篇文章标题都发生了变更,发表于《人世间》桂林复刊第 1 卷第 4 期的《雨天杂写之三》更名为《雨天杂写之一》,发表于《野草》第 4 卷第 6 期的《雨天杂写之五》更名为《雨天杂写之二》,发表于《人世间》桂林复刊第 1 卷第 1 期的《雨天杂写之四》更名为《雨天杂写之三》,而且每篇文章的篇末都只注明了大致的写作时间和地点——"一九四二,桂林",并不注明最初是何时刊载于何处。关于为何不注明发表于何处是因为当时茅盾自己也记不清楚,他在《后记》中做了说明:"此集所收凡二十余篇,除《风景谈》而外,都是香港战后回到大后方的两年半内所写的。其中有杂文,有追悼怀念之文,也有仍然不免是'赋得××'的应时纪念文。杂文之类,也许还不止此集所收这一点,但既无底稿,一时也想不起来曾发表于何处,反正都不过那么一回事,就此撩开完事。"①关于为何更换标题,茅盾没有说明,很可能是他临时随意调整,将收入的三篇从"之一"到"之三"重新排列,如他所说的"反正都不过那么一回事,就此撩开完事"。1946 年,大地书屋将《时间的纪录》②归入"大地文学丛书"③,重新出版,蒋寿同主编,内容有所增删,但"雨天杂写"系列的三篇内容与标题均无变化。之后,在人民文学出版社 1959 年出版的《茅盾选集》和 1963 年出版的《茅盾文集》第十卷中,收录了《雨天杂写之一》《雨天杂写之二》和《雨天杂写之三》,这三篇文章的标题、内容以及在文末对创作时间、

---

① 茅盾:《时间的纪录·后记》,良友复兴图书印刷公司 1945 年出版,原书《后记》没标页码,按顺序是第 193 页。

② 大地版《时间的记录》的书名存在一个问题,封面的书名是"时间的记录",封二和版权页的书名却与良友版一致,还是"时间的纪录",茅盾在《后记》中的内容也均保留"纪录"两字。虽然当时"纪"与"记"可以通用,但同一本书,书名应该统一。

③ 茅盾在大地书屋版《时间的纪录》的《后记之后记》中说此书归入"大同文学丛书",应为笔误和校对错误,此书封面标明是"大地文学丛书"。

地点的标注与《时间的纪录》中更名后的"雨天杂写"系列完全相同,而与最初发表时不一致。在上述三种文集中,"雨天杂写"系列杂文的更名,实际上是在茅盾没有底稿且记不清曾发表于何处的特殊时期进行的变更。因为更换了标题,"雨天杂写"系列杂文从"之三"到"之五"的三篇文章就分别使用过两个标题(忽略《笔阵》的更名)。与此同时,从"之一"到"之三"的三个标题也分别对应了两篇文章。加上没注明初刊何处,这些混乱很难辨别清楚。如果不了解这组文章从创作、发表到收入《时间的纪录》等文集时更名的过程,就会混淆标题与内容。

　　严格地说,从良友版和大地版的《时间的纪录》到人民文学出版社的《茅盾选集》和《茅盾文集》,"雨天杂写"系列杂文的相关信息虽然与初刊情况不一致,但并不能称之为错误,因为这是茅盾本人变更了标题,而且没有注明最初发表何处。但到了80年代之后,多数的茅盾全集、选集都注明了初刊情况,此时标题、内容、创作时间、发表时间、刊发何处等信息还陷入错乱就不应该了。特别是人民文学出版社的《全集》出版时已经有条件梳理清楚这组文章的初刊情况和更名过程,但《全集》没有做到,还出现了不少错误。作为权威的版本,《全集》也有责任为"雨天杂写"系列的五篇杂文统一定名,但也没有做到。这就错过了一次纠正错误、终止混乱的历史时机,以至于直到今天,大量的论文和专著在引用"雨天杂写"系列杂文时还是陷入史料的混乱。

三、关于为"雨天杂写"系列杂文定名的建议

　　"雨天杂写"系列杂文从发表至今已经近80年,相关的史料上的混乱与错误一直没有得到纠正和梳理,这显然会给茅盾研究带来不利的影响。为了避免错误与混乱继续下去,使相关史料规范化,有必要为"雨天杂写"系列杂文中的五篇文章定名。笔者认为,科学的定名方式应该统一以最初刊发的信息为准,现将五篇文章最初刊发的情况列表如下:

文章标题	创作时间	发表时间	刊载杂志或书籍
《雨天杂写之一》	1942年6月24日	1942年12月1日	《山水文艺丛刊》第二辑《荒谷之夜》,桂林远方书店
《雨天杂写之二》	1942年6月25日	1943年7月	《阳光》,桂林集美书店出版(贵州集美书店版存疑)
《雨天杂写之三》	1942年6月30日	1943年4月1日	《人世间》桂林复刊第1卷第4期
《雨天杂写之四》	1942年6月27日,7月28日补写"附记"	1942年10月15日	《人世间》桂林复刊第1卷第1期
《雨天杂写之五》	1942年7月25日	1942年11月	《野草》第4卷第6期

如果茅盾的全集、选集、年谱、词典等能严格以上述表格中所列出的初刊情况确定"雨天杂写"系列杂文的名称以及相关信息，并描述清楚这组文章曾经更名的情况，就不会出现相关史料的使用持续陷入混乱的局面。然而，为"雨天杂写"系列杂文定名的任务不是本文所能做到的，期待日后能由权威出版部门来完成。

施蛰存与茅盾、孔另境的交往与交情①

杨迎平②

内容摘要： 茅盾是施蛰存在上海大学的老师，孔另境是施蛰存在上海大学的同班同学，他们三人之间有着师生同学的友情，有着共同事业的追求，有着生动感人的交往故事。

关键词： 茅盾；施蛰存；孔另境；友情

1923 年，施蛰存与好友戴望舒、杜衡来到上海求学，后来他们三人被人称为"上海文坛三剑客"。施蛰存与戴望舒考入上海大学中国文学系学习，杜衡进了上海南洋中学读五年级。

上海大学是一所极具新思想的学校，其实也可以说是一所左翼大学，上海大学的前身是东南高等专科师范学校，此校前后招收二三千学生。校址在原闸北区青山路青云里，曾一度迁到西摩路（今陕西北路），不久又迁回，在师寿坊租了弄堂房子办学，所以有"弄堂大学"之称。这所学校是在国共合作的背景上兴办的，校长于右任为了借助共产党的力量，聘请了著名的共产党员邓中夏任校务长，学校的行政在开始的两年间实际上是由邓中夏负责，使之成为共产党培养革命青年的摇篮，当时就有"武黄埔，文上大"的流行语。邓中夏担负了在上海大学培养革命干部的使命。他一上任，就增办了社会学系，瞿秋白任社会学系主任；改国学组为中国文学系，陈望道任中文系主任；英文组改为英国文学系，何世桢、周越然先后任英文系主任。许多著名的共产党人与左翼人士如瞿秋白、恽代英、任弼时、萧楚女、沈雁冰、蒋光慈、田汉等都在这里担任过教员。施蛰存说："我到上海进上海大学，读中国文学系。陈望道老师讲修辞学，沈雁冰老师讲西洋文学史，俞平伯老师讲诗词，田汉老师讲欧洲浪漫主义文学，这些课程都对我有相当影响。西洋文学史的教材是周作人编的《欧洲文学史》，这部书的内容，实在只讲了希腊、罗马部分，我以为不足，就自己去找英文本的欧洲各国文学史看。"③

在上海大学，施蛰存和戴望舒最要好的同班同学是孔另境，是他们在上海大学认识最早的同学。茅盾说：

上海大学开办不久，德沚的弟弟孔令俊也到上海来了。令俊是在嘉兴读的中

---

① 2016 年国家社科基金后期资助项目"施蛰存评传"阶段性成果，批准号：16FZW039。

② 作者简介：杨迎平，南京晓庄学院文学院。

③ 施蛰存：《我治什么"学"》，《施蛰存全集》第二卷，华东师范大学出版社 2012 年版，第 318 页。

学,中学毕业以后,就在乌镇接替他父亲经营那爿纸马店。他对我们说,他的父亲跟一个私娼相好,偷偷跑到上海来了。问德沚,父亲来找过她没有? 德沚说:没有,量他也不敢来找我。令俊说,他一气之下,已经把纸马店盘给别人,还了欠债,他也不再认这个父亲了,乌镇这个家也不要了。所以来上海投靠姐姐和姐夫。我看这小舅子比我在结婚后同德沚回门时所见时的大有长进,做事也尚有决断,就与德沚商量,不如介绍他进上海大学读书,一则学点革命道理,二则也有个住宿的地方。这样,令俊就进了上海大学中文系,并且在同学中结识了戴望舒和施蛰存,后来成为好朋友。①

　　课余时间,孔另境经常到施蛰存与戴望舒在校外青云路石库门里弄租住的厢房来玩,后来又迁居民厚南里。中国共产党早期重要领导人张闻天也住在民厚南里,张闻天当时是中华书局的编辑,孔另境和张闻天的弟弟张键尔很熟,因此,施蛰存因孔另境的介绍认识了张键尔,又因此认识了张闻天,所以经常在一起玩,交换阅读书籍。张闻天那时正在翻译俄罗斯作家科洛连珂的《盲音乐师》。

　　刚开学时,沈雁冰下课后和孔另境讲话,好像很熟识的样子,施蛰存觉得很奇怪。事后问孔另境,“你怎么认识沈先生?”孔另境说,沈先生是他姐夫,原来孔另境就是茅盾夫人孔德沚的弟弟,孔另境这时就住在姐姐家。此后,经孔另境的介绍,施蛰存与戴望舒几乎每星期都上沈雁冰先生家去,沈雁冰当时住在宝通路鸿兴坊。沈雁冰白天在商务印书馆编译所工作,施蛰存他们总是晚上去,沈先生做他的文字工作,他们就在沈雁冰的书屋里翻看书架上的外国文学书,有时也跟沈师母谈天,孔德沚用冷饮招待他们。施蛰存说,沈先生家用的是木头的老式冰箱。

　　有时,他们就到孔另境住的沈雁冰家亭子间里去坐,不打扰沈先生的工作。沈师母常常说:“沈先生要创作,我们还是到亭子间里去。”沈师母将沈先生的一切文字工作都称作“创作”。在沈雁冰的书屋里,施蛰存有机会更广泛地阅读西洋文学。

　　当时,沈雁冰在上海大学给施蛰存他们这一级学生讲欧洲文学史。孔另境说:“茅盾的口才不及他文章的流利,所以他的教课并没有教得怎样出色,那时学生中比较和他接近的有施蛰存和戴望舒,他们经常到他家来谈天或讨教问题。”②

　　这段时间,施蛰存正在尝试着用各种现代主义的方法写小说。但是,他写的小说无处投递,也不敢往沈雁冰主编的《小说月报》投稿,施蛰存知道,他的作品,要么感伤、忧郁地怀念往事,要么离奇、怪异地描写都市男女的性苦闷和性饥饿,都是典型的小资产阶级情调,与沈雁冰提倡写血与泪的文学相距甚远。

　　施蛰存他们在上海大学读了一年,第二年他们又重新报考大学,施蛰存入大同大学读英文,戴望舒入震旦大学学法文。他们认为上海大学政治气氛太浓,并不重视学业。

　　之后,茅盾也离开上大去了广州,参加国民党第二次代表大会,会后留在国民

① 茅盾:《茅盾回忆录(上)》,华文出版社 2013 年版,第 202 页。
② 孔令境:《怀茅盾》,《庸园新集:孔令境自述散文》,上海文艺出版社 2006 版,第 218 页。

党中央宣传部工作,当时毛泽东是宣传部代理部长,茅盾在宣传部任秘书,协助毛泽东工作,并且与毛泽东一家同住在庙前西街三十八号楼。茅盾说:"那时候,杨开慧身边带着两个孩子:岸英和岸青,岸青还在吃奶。所以杨开慧除了助理毛泽东工作,还要忙家务事。我与她同住在一个屋顶下两个多月,却很少讲话,常常我和萧楚女说了七八句,她才回答一两句,给人的印象是一个十分恬静贤淑的女人。"①

孔另境在上海大学上学时,兼任中国国民党上海特别市党部宣传部干事。1926年3月,孔另境在上海大学没毕业也来到广州,孔另境说:"我对那干事的工作毫无兴趣。刚好茅盾从广州来信,问我要不要去广州,我非常高兴答应马上动身。"②茅盾却在回忆录里说:"孔令俊突然来找我,他也是从上海坐船来的。原来令俊上海大学尚未毕业,德沚认为'上大'中文系毕业没有什么意思,不如给他找个职业,又料到广州一定需要人,可是事先没有告诉我,就叫令俊来了。我那时只好把他也安排在宣传部当个小职员,同时告诉了毛泽东同志。"③不知为什么,茅盾回忆录里,所有关于孔另境的内容都有一个注释:"初刊时无这段文字,系编入《我走过的道路》时由作者补写的。"④

孔另境说,在茅盾的安排下,"第二天我被派到国民党中央党部宣传部去工作了,管理登记些来往的公文和信件,工作的桌子就在部长室。部长是汪精卫,但这时他已不经常来工作了,由毛泽东代理部长的工作,秘书是茅盾。"⑤

孔另境到宣传部工作的第三天,茅盾就被派赴上海主持国民通讯社,当时上海的《民国日报》早为右派把持,毛泽东希望茅盾赶紧设法在上海办个党报。1926年底,党中央又派茅盾到中央军事政治学校武汉分校工作。北伐一开始,也就是茅盾离开广州后半年,孔另境就从中宣部调到总指挥部,在前敌总指挥部任宣传科科长。准备往河南前线开拔,路过武汉,于是去看望姐姐、姐夫。但是,这一次见面,茅盾对他的印象很不好。茅盾说:"一天下午,令俊突然来到我的编辑部,只见他上下一身笔挺的黄呢子军装,斜挂着武装带,腿上是乌亮的黑色皮绑腿,屁股后面跟着一个马弁,神气十足。"⑥对孔令俊这身打扮,茅盾很不喜欢,想"叫他少学点时髦",茅盾说:"身为武汉分校政治总教官的恽代英却只穿布军衣,腿上是布绑腿,他部下的一些教官都不敢穿得像令俊那样漂亮。而令俊只是个宣传科科长。"⑦在施蛰存眼里,孔另境是一个朴素、单纯、厚道的人,不知为什么在茅盾眼里,孔另境却是一个花花公子。

其实,"花花公子"孔另境1925年就加入中国共产党,一直在茅盾的引导下为

---

① 茅盾:《茅盾回忆录(上)》,华文出版社2013年版,第261页。
② 孔令境:《怀茅盾》,《庸园新集:孔令境自述散文》,上海文艺出版社2006版,第321页。
③ 茅盾:《茅盾回忆录(上)》,华文出版社2013年版,第270页。
④ 茅盾:《茅盾回忆录(上)》,华文出版社2013年版,第270页。
⑤ 孔令境:《怀茅盾》,《庸园新集:孔令境自述散文》,上海文艺出版社2006版,第324页。
⑥ 茅盾:《茅盾回忆录(上)》,华文出版社2013年版,第283页。
⑦ 茅盾:《茅盾回忆录(上)》,华文出版社2013年版,第284页。

党工作，国共分裂后，孔另境转入地下，之后因武装暴动失败，一度与党组织失去联系。1927 年，孔另境想编一部《五卅运动史》，来和施蛰存商量。施蛰存很支持他，还把家里所有的报刊资料都找出来给他。书编好后，请蔡元培题了书名，但这本书始终没有出版。1928 年，孔另境到杭州去做党的地下工作，因为地下组织被敌人发现，孔另境便躲避在同学戴望舒的家里。戴望舒的姐姐戴英，青年孀居，住在娘家。孔另境与戴望舒的姐姐戴英恋爱了，1929 年春，两人一起到天津。孔另境先后在天津南开中学和天津女子师范任教。孔另境同时继续做党的工作，1932 年在天津被捕入狱。孔另境在被拘押期间，曾委托一位王某，也是党员，照料戴英。王某在照顾戴英的时候与戴英产生了感情，于是两人离开天津到上海同居了。

茅盾在回忆录里谈到此事：

令俊在大革命失败后，即脱下军装潜回上海，旋被党派往杭州，参加组织那里的暴动。但他们几个知识分子能成什么气候？白色恐怖一来，大部被捉，他总算漏网，逃了上海，从此脱党。后经人介绍，他到了天津河北省立女子师范学校教书。谁料与他同居的戴望舒的寡姐，另有所欢，为了甩脱他，就诬告他是共产党。结果在一九三二年七月被抓去坐了牢，后又被解到北平。其实他早就不是共产党了。①

茅盾说孔另境被捕是由于戴英告密，孔另境的长女孔海珠女士是不认同的，她曾跟我谈及此事，认为戴英告密没有可能，因为孔另境本人从来没有怀疑戴英会这样做。这其中一定有些误会。施蛰存也说："近年间，沈先生在他的回忆记中，曾有好几处提到令俊，语气之间，似乎很有不满，我觉得有点意外。我看过沈先生给令俊的许多信札，一向都是信任他，鼓励他和热心帮助他，不知道为什么晚年来，在沈师母故世之后，忽然态度一变，对令俊深致不惬，不惜形之笔墨，这一情况，我觉得不可思议，莫不是令俊在晚年时对沈先生有过什么大不敬吗？这就不是我所能了解的了。"②施蛰存觉得不可思议，我们也觉得不可思议。

在之后的茅盾回忆录里，一再表现出对孔另境的不满：

德沚为了她弟弟的事，焦急万分，硬拉我去求鲁迅，因为她知道鲁迅在北平有不少有名望的熟人，可以转托他们去营救。鲁迅虽然不知道孔令俊其人，仍然热心地答应帮忙。后来他就两次写信给许寿裳，请他转托曾经做过教育总长的汤尔和予以救援。到了十二月，因为实在查不出有什么通'匪'的罪证，令俊被保释出狱。但那时天津的家早已人去楼空，所有细软也被戴氏囊括而去。令俊只好孑然一身来到上海。德沚对他说，当初你同姓戴的寡妇搞在一起，我就反对，你不听，现在自讨苦吃了。又说，这次你能放出来，多亏了大先生托人帮忙，你理个发，

---

① 茅盾：《茅盾回忆录（中）》，华文出版社 2013 年版，第 38 页。
② 施蛰存：《怀孔令俊》，《沙上的脚迹》，辽宁教育出版社 1995 年版，第 152 页。

换套干净衣裳，当面去谢谢大先生。大概第二天或者第三天，令俊就去拜访了鲁迅。此后，令俊就留在上海，改名孔另境。①

孔另境回上海后，就去拜见鲁迅，表示感谢，鲁迅当时居住的北四川路 194 号拉摩斯公寓。之后鲁迅搬到大陆新村，茅盾也搬到大陆新村，孔另境后来也搬到离大陆新村不远的溧阳路麦加里，便多次去拜访他心中的伟人与亲人。

孔另境在茅盾的身边工作，也一直很积极主动，如协助茅盾编辑《中国的一日》。茅盾对孔另境当时的工作情形是这样描述的：

在某私立中学找到了一份工作，有时也在报屁股上写点小文章，收入勉强能糊口。两三年后，居然在上海文艺界中能混下去了，写的杂文也还可读。不过他这人的心太活，在一个地方待不长，前前后后也不知换了多少工作。一旦钱袋空了，就跑来找姐姐。有时，我也让他临时替我打个下手，譬如我编《中国的一日》时，就叫他帮我整理和初读投来的大量稿件，让他支一部分编辑费，解决他的困难。他就此一直没有结婚，直到抗战开始。②

"另境那一段时间经常在我家中，因为我编《中国的一日》需要助手，而另境正好没有工作，我就把他找来做这个帮手。"③

"生活书店把每天收到的应征稿送到另境那里，最多的时候一天有二三百件。另境忙得不亦乐乎，他既要登记，初读，分类，又要把他认为不合用的文章做一内容摘要——我怕他有疏漏，可根据摘要进行抽查。"④

孔另境当时要看初稿三千多篇，六百多万字，很辛苦，孔另境也很负责任的，这些茅盾当时也是理解的，不知为什么写传记的时候情感会有变化。

茅盾还记得一件事，1936 年的一天，冯雪峰来到茅盾家谈胡风与周扬关于两个口号论争的问题，冯雪峰希望茅盾能写一篇文章，制止这种论战，主要批评周扬的关门主义和宗派主义。但是茅盾正在病中，觉得短期内写不出来，孔另境当时正在旁边听了冯雪峰与茅盾的谈话，主动提出可以替茅盾写这篇文章。茅盾说："这时，另境突然插话道：如果你不嫌弃的话，我可以代你起草一份初稿，内容就是你刚才说的，我知道另境的文笔，杂文和政论文写得都不错，就说，你试试看也可以，题目就叫《重新思考一些问题》。第二天另境就把文章写出来了，大概是开了一个夜车。一共写了六页纸，标题改成了《关于引起纠纷的两个口号》。他在一旁解释道，原来的题目太含糊了，所以改用这一个。我把文章大致看了一遍，说，写得还不错，题目这样改也可以，先把它留在这里，我再仔细看一看。另境这个草稿，基本上把我的意见都写出来了，只是在分寸的掌握上，对周扬的批评严了一

---

① 茅盾：《茅盾回忆录（中）》，华文出版社 2013 年版，第 39 页。
② 茅盾：《茅盾回忆录（中）》，华文出版社 2013 年版，第 39 页。
③ 茅盾：《茅盾回忆录（中）》，华文出版社 2013 年版，第 170 页。
④ 茅盾：《茅盾回忆录（中）》，华文出版社 2013 年版，第 196 页。

些，而且还点了徐懋庸的名。我在草稿上作了修改，加重了对胡风的批评，指出他的'左'的关门主义和宗璞主义；删掉了对徐懋庸宗派主义的批评；对周扬则着重指出他的'国防文学'作为创作口号有关门主义和宗派主义的危险。"①茅盾在文章里重点批评了胡风，而宽容了周扬，并且完全删去对徐懋庸的批评。茅盾是善意的，希望将左翼内部的矛盾化掉，但是徐懋庸不知好歹，周扬也不领情。

茅盾把这篇文章交给徐懋庸，请他在《文学界》上发表。当文章在《文学界》一卷三号上登出时，文章后面却同时刊登了周扬的反驳文章《与茅盾先生论国防文学的口号》。原来，徐懋庸将茅盾的原稿送给周扬看了，周扬于是写了反驳文章，与茅盾的文章同时发表，周扬的文章全盘否定了茅盾的文章。这是茅盾没有想到的，也是茅盾不能理解的。茅盾说："我原来也是一门心思想调解纠纷的，可是有人不愿停止论战，连调解人都打了，我当然非得答复几句不可。"于是，茅盾又写一篇措辞严厉的文章《再说几句——关于目前文学运动的两个问题》，将孔另境在初稿中"对周扬的批评严了一些"的话直接说了出来。

1935 年 8 月 1 日，徐懋庸给鲁迅写了一封信，说胡风提出"民族革命战争的大众文学"来与"国防文学"对立，是"胡风的性情之诈"，认为鲁迅的言行"是无意助长着恶劣的倾向"。② 于是，鲁迅 1935 年 8 月 3—6 日用了三天的时间，写了一封长的回信《答徐懋庸并关于抗日统一战线问题》，直接说徐懋庸才是"恶劣"的青年，说徐懋庸之流"还非常浓厚的含有宗派主义和行帮情形"。③ 鲁迅强调，"民族革命战争的大众文学"的口号并非胡风提出，"也不是我一个人的'标新立异'，是几个人大家经过一番商议的，茅盾先生就是参加商议的一个"。④ 而且这个口号也没有跟"国防文学"对立，只是"国防文学"的补充和补救，鲁迅这篇文章发表在《作家》一卷五期。9 月 10 日，郭沫若写了《蒐苗的检阅》发表在《文学界》一卷四号，文章要求鲁迅把"民族革命战争的大众文学"的口号撤回。茅盾于是跟鲁迅谈到郭沫若的这篇文章，鲁迅的态度是"不必理睬它了"。9 月下旬，《今代文艺》一卷三期登出了郭沫若的《戏论鲁迅茅盾联》，是一个名叫金祖同的将郭沫若在朋友间的戏谑发表出来，郭沫若的戏联是：

鲁迅将徐懋庸格杀勿论，弄得怨声载道；
茅盾向周起应请求自由，未免呼吁失门。

金祖同还在戏联后面写了《后识》攻击茅盾。茅盾于是写了《谈最近的文坛现象》发表在 10 月 10 日的《大公报》上，将郭沫若的《蒐苗的检阅》与金祖同一起回击了。10 月 19 日鲁迅去世，论争才停止。

一天，茅盾看到 12 月 28 日的《大晚报》发表的郭沫若题为《漫话"明星"》的文

① 茅盾：《茅盾回忆录（中）》，华文出版社 2013 年版，第 170—171 页。

② 徐懋庸：转引自《鲁迅全集》，人民文学出版社 2005 年版，第 546 页。

③ 鲁迅：《答徐懋庸并关于抗日统一战线问题》，《鲁迅全集》，人民文学出版社 2005 年版，第 550 页。

④ 鲁迅：《答徐懋庸并关于抗日统一战线问题》，《鲁迅全集》，人民文学出版社 2005 年版，第 553 页。

章,文章是针对署名"东方曦"的《文坛"明星"主义》而作,文章开头就是:"这'东方曦'是谁的化名早就有人写信来告诉我,突然在旧报中发现,真如暗夜中望见了赫赫的太阳。"《文坛"明星"主义》是批评文坛抬明星当招牌的坏风气,举例了金祖同偷来郭沫若的戏联大肆张扬。郭沫若在《漫话"明星"》里没有批评金祖同行为,还为金祖同辩护,文章说:"我拟了那对联,自然是没有发表的意思的——老实说,不是不想发表,是不敢发表。东方先生不云乎?——'文坛之有重心,本是一桩极自然的现象,如苏联之有高尔基,中国之有鲁迅茅盾等'。鲁迅茅盾两位是中国文坛的二大'重心',是由来已久的事。况且此'文坛重心'也者,苏联只有一个而我国如何幸而有两个!而我那副联语,却又一时把两个'重心'都伤犯了,这还了得!""苏联的高尔基,中国的鲁迅,都先后去世了。现在就剩下我们唯一的一个'文坛重心'——茅盾了。鲁迅是被称为'中国高尔基'的,已经死了,茅盾自然是'高尔基第二号',更有何疑?这真是'十足道地'的'东方的太阳'。我们是虔诚地仰望着我们的'太阳'时常照临着我们,不要每每躲在夜幕和乌云里不肯露出面孔。"看了这篇文章,茅盾开始觉得莫名其妙,之后突然意识到,郭沫若一定以为这个"东方曦"是茅盾的化名,因为茅盾以前用过"东方未明"的化名,郭沫若引用的"文坛之有重心,本是一桩极自然的现象,如苏联之有高尔基,中国之有鲁迅茅盾等"这一句话,是署名"东方曦"文章中的原话,郭沫若认为,茅盾在自己吹嘘自己是"中国的高尔基"。

茅盾要澄清自己,首先要抓紧找出这"东方曦"是谁? 茅盾托郑振铎去查,查的结果是孔另境。茅盾说:"我吃了一惊。另境这几年在上海文坛混得还可以,虽不能写小说,杂文却写得不错,但因为平时我对他的大少爷作风指摘较多,他曾对德沚扬言,不需要我这个姐夫的照顾。(实际上我还是'照顾'他的,例如让他帮忙编《中国的一日》,为他的散文集写序,那时他正在编一本《五卅运动史料》,我又为他向蔡元培求序,等等。)因此,他写文章从来不请我过目,以示其人格之独立。现在,他给我闯了这样一个横祸,我怎能不生气!"①

孔另境便解释说,他并没有骂郭沫若,只是批评目前报刊的编辑择稿只看作者姓名不看文章内容的坏风气,于是举了两个例子,一个是《中流》,一个是《今代文艺》登的"戏联",被郭沫若误解了。孔另境于是对茅盾说,他马上写一篇《东方曦"示众"》来说出自己的真名,孔另境的文章还没有刊出,陈子展嘲讽茅盾的打油诗就出来了《赋得"赫赫的太阳"》:

> 昔也未明今也曦,圆圭方璧泄灵机。
> 世间万事皆矛盾,鬼作冰人又一奇。

《东方曦"示众"》终究没有刊登,茅盾对孔另境说:"你不去'示众'也罢,他们如此蛮横,你去'示众'反倒是'示弱'了。……因为东方曦虽然不是茅盾本人,却

---

① 茅盾:《茅盾回忆录(中)》,华文出版社 2013 年版,第 184—185 页。

是他的小舅子呀！但是我还是严肃地批评了另境，要他绝对不再卷入这场无聊的争论。"①孔另境做的这件事，可能真的让茅盾很闹心。

1938 年，茅盾在主编广州《文艺阵地》的同时，也主编香港的《立报·言林》，为了生活与工作方便，茅盾全家住在香港，在香港编好《文艺阵地》到广州印刷，但是广州的印刷质量非常差，而且经常出错，茅盾不得不香港、广州来回跑，不仅费时间，印刷效果还不好。印刷效果最好是上海，茅盾于是"决定把《文艺阵地》移到上海秘密排印，然后再把印好的刊物运到香港，转发内地和南洋。但是在上海排印，我就不能亲自去上海发稿和看校样了。……这时我又想到了另境。上海沦陷后另境留在租界上未走，那时他尚未结婚。正在办一所中学，同时参加'孤岛'的文化活动。他曾协助我编过《中国的一日》，又是我的亲戚，我对他不必来客套，可以从香港对他进行远距离的'指挥'"。② 这样，孔另境就听茅盾的指挥，协助编杂志和编书。

1938 年 3 月，茅盾到新疆去了一年多，茅盾说："我们到新疆一年，几乎与母亲断了音讯。"在茅盾与母亲音信全无的情况下，是孔另境陪伴在茅盾母亲的身边，茅盾是看了孔另境写的《一位作家的母亲——记沈老太太》文章，才了解到母亲的最后时光。茅盾在回忆录里大段地抄录了孔另境文章的内容，知道了母亲的寂寞，知道了在母亲最寂寞的时候，是孔另境在陪伴，是孔另境给母亲送书报。孔另境给茅盾母亲送去两本《西行漫记》和一本《中国的新生》，茅盾母亲特别喜欢，"她看了非常高兴，她认为《西行漫记》是她从来所读的书本中最有意义有兴趣的一本书，她说从这本书中晓得了许多从前所不知道的事情"。③ 从孔另境对茅盾母亲的陪伴，我们一方面看到孔另境的善良，一方面也看到孔另境对茅盾的崇敬之心。

1932 年 5 月 1 日施蛰存主编《现代》，施蛰存经常向茅盾约稿。1933 年，茅盾因为妻子生病没有按时完成稿子，茅盾写信给施蛰存诉苦说："生活近日糟极了，妻病拖着不见痊可，反而越来越复杂。我是不懂医学的，病人其实也不懂，而常自以为'懂'，一会儿说是腰子病了，一会儿说是肺病急性复发了，一会儿说是子宫病了，腹膜炎了，自惊自疑。若不是我还冷静，医生早换了八九个，病也更加不得了了。现在却也换过三个医生，病人都不相信那些医生有本领；因为医生都说她压根儿没有腰子病，等等！从来有讳疾忌医者，却不道现在有闻疾而喜者，真是奇事！在这情形下，我就闹得发昏。一个字也写不出。允兄之文债，只好搁到下月里还清了。"④茅盾在信中对施蛰存唠唠叨叨地说家事，可见他们超出了一般的师生关系，已是朋友情谊了。

1935 年，孔另境扩充鲁迅《小说旧闻钞》，编成《中国小说史料》；同年编辑出版《现代作家书简》。孔另境编《现代作家书简》时，来向施蛰存要资料，施蛰存乐助其成，供给他一批文友信札。孔另境编《现代作家书简》特别得到鲁迅先生的赞

---

① 茅盾：《茅盾回忆录（中）》，华文出版社 2013 年版，第 186 页。
② 茅盾：《茅盾回忆录（中）》，华文出版社 2013 年版，第 262 页。
③ 茅盾：《茅盾回忆录（中）》，华文出版社 2013 年版，第 367 页。
④ 茅盾：引自《现代作家书简》，花城出版社 1982 年版，第 50 页。

助,给他写了序言。施蛰存认为:"令俊当年选了一个不朽的编书题目。他那本书信集,会经得起时间的考验,时间愈久,愈有用处。它的文学价值与文学史价值,将与周亮工的三部《尺牍新钞》比美。"①

新中国成立后,孔另境担任过春明出版社的经理,并邀施蛰存担任总编辑,他们又如在上海大学读书一样,天天在一起。施蛰存对孔另境的评价是:"令俊的为人,心直口快,喜怒即形于色,所以常常容易和人冲突,但本质却是忠厚的。"②

1952年,孔另境曾与施蛰存谈起,编辑《现代作家书简》时还留下了不少当时不便发表的信件,打算收集1940年代的作家书信,再编一本续集。施蛰存于是帮他收集资料,后来,经过几次政治运动,这本续集始终没有编成。十年动乱的1968年,孔另境再次被捕入狱,在狱中身心备受摧残。1972年9月18日孔另境含冤去世,《现代作家书简》续集因此搁浅。

1985年,孔另境的女儿孔海珠女士继续父亲留下来的工作,她将父亲收集的书信进行整理、清理,编成一本《现代作家书简二集》,施蛰存给此书写了序文。但孔海珠的这本《现代作家书简二集》终因为新时期的新问题而没有出版。

施蛰存、茅盾、孔另境三位文学家都离开了我们,但是他们对待朋友真诚的态度感动着我们,他们对待工作的责任心影响着我们,他们的精神万古,友谊长存。

---

① 施蛰存:《现代作家书简·二集序》,《北山散文集》(二),华东师范大学出版社2001年版,第1302页。

② 施蛰存:《怀孔令俊》,《沙上的脚迹》,辽宁教育出版社1995年版,第152页。

茅盾在新疆时的创作补遗与文艺讲话[①]

景李斌[②]

摘要： 从1939年3月中旬到1940年5月，茅盾在新疆工作和生活了近1年2个月。由于新疆地理位置的偏远，资料获取不易，学界对茅盾在新疆时期文艺活动的研究并不充分，茅盾在新疆时期有些文学作品和文艺活动并未被学界注意到。例如茅盾在《新疆日报》上所撰的5篇文章《论"体验"和"实感"》《谈儿童读物的内容》《为了纪念高尔基》《抗战二周年来的文艺运动》《全国戏剧节献词》以及茅盾抵达新疆之初在文艺座谈会上的讲话，就没有被新旧两版《茅盾全集》所收录，有关茅盾的研究文章和年谱、传记也未曾提及。茅盾关注全国的抗战文化，关注新疆的文艺发展，积极贡献自己的才智与力量，指导青年的创作，茅盾的这些文章和讲话是有非常高的学术价值，对于今天文艺的发展、作家的写作等仍具有积极的指导意义。

关键词： 茅盾；新疆；佚文；文艺活动

从1939年3月中旬茅盾抵达迪化（今乌鲁木齐市）算起，到1940年5月5日离开新疆，茅盾在新疆工作和生活了近1年2个月。那么，茅盾在新疆的这段时间有哪些文学活动？创作和发表了哪些作品？这是很值得深入探究的问题。

一 以往关于茅盾在新疆的研究

由于新疆地理位置的偏远，资料获取不易，学界对茅盾在新疆时期文艺活动的研究时感乏力。周安华在1983年发表的文章《茅盾在新疆中》说："对于茅盾此期的生活特别是写作，由于资料缺乏，人们知道的很少。在他的著译年表上，'一九三九——一九四〇年'这个阶段只记载着一篇文章，那就是历来为研究家所重视，发表在一九三九年六月一日《新疆日报》《绿洲》副刊上的《〈子夜〉是怎样写成的》。除此，茅盾在这一时期是否还写有其他文章呢？"[③]丁尔纲在《茅盾评传》中，对茅盾新疆时期的文学创作活动有这样的论断："茅盾在新疆很少搞创作，只留下几首诗歌。新诗创作除前引的《新新疆进行曲》外，还有他担任全省公路会议大会宣言起草委员会委员长时创作的一首歌词，《筑路歌》。"[④]然而这一论断并不准确。

---

① 文章系汕头大学科研启动基金"民国报刊话剧史料研究"STF18016项目成果。
② 作者简介：景李斌，文学博士，汕头大学校聘教授，硕士生导师。
③ 周安华：《茅盾在新疆》，《新疆社会科学》1983年第2期。
④ 丁尔纲：《茅盾评传》，重庆出版社1998年版，第449页。

周安华和有关人员经过搜集,先后发现的茅盾发表在《新疆日报》《反帝战线》《新芒》的遗文共 27 篇,整理有《茅盾在新疆的遗文目录》,这为研究茅盾在新疆的文学活动提供了重要的史料。此外,陆维天发表于 1983 年第 4 期《新疆大学学报》的《茅盾在新疆的革命文化活动》、任伊临发表于 1997 年第 1 期《天山学刊》的《"高烧篝火御寒威"——茅盾在新疆》、张积玉发表于 2004 年第 6 期《陕西师范大学学报》的《抗战时期茅盾在新疆对西部文学事业的开拓》、郑亚捷发表于 2012 年第 5 期《中国现代文学研究丛刊》的《抗战时期茅盾对新疆文艺发展的意见》等研究文章,查国华 1985 年编著出版的《茅盾年谱》、万树玉 1986 年编著出版的《茅盾年谱》,唐金海、刘长鼎 1996 年主编出版的《茅盾年谱》(上下),陆维天 1986 年编著出版的《茅盾在新疆》、李标晶 1990 年著的《茅盾传》、沈卫威 1991 年著的《艰辛的人生——茅盾传》、钟桂松 1996 年著的《茅盾传》、孙中田 2005 年出版的《茅盾传》、余连祥 2006 年出版的《逃墨馆主——茅盾传》等,对茅盾在新疆时期的文艺活动都有所涉及,这对于茅盾的深入研究有所裨益。

除此之外,笔者在《新疆日报》上发现了茅盾所撰的 5 篇文章《论"体验"和"实感"》《谈儿童读物的内容》《为了纪念高尔基》《抗战二周年来的文艺运动》《全国戏剧节献词》以及茅盾在文艺座谈会上的讲话,这 5 篇文章和讲话均载于《新疆日报》,然而未收录于 1984 年人民文学出版社的《茅盾全集》和 2014 年黄山书社的《茅盾全集》,上述研究文章和著作也未曾提及。故而,将其主要内容予以说明阐释,以便读者了解其内容与主旨,进而更全面地认识茅盾当时在新疆的文学活动。

二 《论"体验"和"实感"》

1939 年 4 月 22 日,《新疆日报》的副刊——文艺半月刊《绿洲》创刊,茅盾 4 月 20 日写的《论"体验"和"实感"》就刊载于《绿洲》的创刊号上。茅盾对"体验"和"实感"的关系进行了阐释:"体验"和"实感"是创作过程中的两个阶段,"没有'实感',则作品的内容不是流于观念化,就是落于标语口号的窠臼;有了'实感'而不经过'体验'这一层工夫,则作品的内容难以深刻,换言之,即只有未经提炼的素材(实感),而不是经过艺术加工的题材"①。

茅盾认为,"实感"的获得在于对生活的态度,对于现实生活抱着无所为的旁观态度——纯理智的客观态度,是不能够引起共鸣的个人"实感";因此,茅盾指出,作家的生活态度应该是积极的,"作家的实感必须是生活斗争的经验"②。

茅盾指出,"实感"还只是一种"原料式素材",必须经过作家主观的分析评判、提炼,形成"题材"。因此,作家除了要有生活的积极态度,还要有前进的世界观和固定的政治立场,"前进的世界观是他分析现实生活的显微镜,而固定的政治立场则是他批判现实生活的尺度"③。分析批判的结果,作家从现实生活的表面透视到他的内心,从芸芸万象中提出一些最典型的,用艺术的概括手段,从"特殊的"(即

① 茅盾:《论"体验"和"实感"》,《新疆日报》1939 年 4 月 22 日。
② 茅盾:《论"体验"和"实感"》,《新疆日报》1939 年 4 月 22 日。
③ 茅盾:《论"体验"和"实感"》,《新疆日报》1939 年 4 月 22 日。

作品中假设的某人某事）以表现"全般的"（现实的全面）。这样，原料式的素材就转成为作品的题材，这一创作活动过程就是"体验"。茅盾指出，"艺术加工"不是一个单独的技巧，而是与思想分析批评紧紧联系的一物的两面。

茅盾关于"体验"和"实感"的认识，是对创作中两个重要阶段的理论阐发。需要说明的是，茅盾创作过大量有影响力的不同题材和体裁的作品，而且阅读过很多中外文艺理论方面著作，正如有学者所指出："茅盾在中国现代文学史上不仅是一位伟大的革命作家，而且是一位卓越的文艺理论家和文学批评家。"①所以茅盾的这篇文章不是单纯的理论介绍，也不是枯燥的理论指导，可以说是茅盾对创作经验的理论总结。

《绿洲》创刊号上《编者的话》对茅盾表达了感谢："文艺界的先进，茅盾先生在百忙中为本刊撰文，这是我们十二万分的感谢的。我们愿意在茅盾先生的指导下，艰苦的培养这一块'绿洲'，把它发荣滋长，一直到侵吞下整个广涯无际的戈壁！——把戈壁变为'绿洲'——"。②从编者的这段话可以推断出：《绿洲》的创刊得到了茅盾的支持和指导——这是茅盾对于边疆文艺的贡献。

三　在文艺座谈会上的谈话

《绿洲》创刊号上还刊载有署名谟的《文艺座谈会上》，记载了茅盾在文艺座谈会上和青年文艺爱好者的文艺对话活动。这次文艺座谈会的时间是"某一个星期日的下午"，一点多钟开始，听众是二三十个爱好文艺的青年。报社的汪副社长做了简单的介绍后，茅盾开始讲话。茅盾说，座谈会是要大家提出问题，共同讨论；但是大家没有准备，空气沉闷，于是茅盾开始谈"抗战以来中国文艺界的现状"。

"八·一三"后上海文艺工作者分散了，大家都回老家去，内地的乡村成立起新的文艺据点，上海的文艺杂志锐减，而内地出现了文艺刊物。分散使得文艺工作者没有共聚一堂讨论的机会，然而使得文艺普遍到各地。很多人受了抗战的影响而写作，作家的来路较以前复杂了，茅盾认为"这里产生好的作品"，"因为他们是参加实际生活的作家，有丰富的写作内容；在形式上、技巧上也很多是独创的"。③

此外，茅盾谈到抗战以后文艺方面产生的几个运动。

第一是文艺通讯员运动。从五四之后的二十年来，许多人把写文艺作品看得太慎重，不敢写，因此作品少读者也少。北伐后，曾经打破了这种过于慎重的观念，看到什么写什么，写的人多了，读者自然也多了，"文艺普遍以后，由量的增加会达到质的提高"④。茅盾认为，1928 年到抗战前，"很有些优秀作品发表"。写的人多了，"生力军加进去，自然就会产生好的作品"⑤，使文艺运动普遍起来，最好的办法是文艺通讯员运动。

---

① 翟同泰：《试论茅盾前期的文艺思想（上）》，《新疆大学学报（哲学社会科学版）》1989 年第 1 期。

② 编者：《编者的话》，《新疆日报》1939 年 4 月 22 日。

③ 谟：《文艺座谈会上》，《新疆日报》1939 年 4 月 22 日。

④ 谟：《文艺座谈会上》，《新疆日报》1939 年 4 月 22 日。

⑤ 谟：《文艺座谈会上》，《新疆日报》1939 年 4 月 22 日。

第二是运用旧形式的问题。对于旧形式的运用问题,文艺界存在争论。茅盾说,这个问题在目前理论上可说告一段落,"将来实践的结果,一定还有一些新的补充与修正"①。茅盾认为现在的实践结果是好的,并举例西北战地服务团用京戏、地方戏、大鼓词等旧形式,装进新的内容。

茅盾在讲完这两个问题之后,要听众提问,进行座谈。

老王问怎样写报告文学。茅盾简要介绍了报告文学的产生,并概括出报告文学的特点,如写部分的时候也要了解全体;思想准备,要有正确的宇宙观、人生观,要从事物的表面看到内部;技巧方面不如短篇小说那样严格。

师范的余先生问,怎样才够得上一篇小说,怎样理解有人提出的柴霍夫的小说多半不能算小说。茅盾回答,凡是有故事,人物,而且具有充分形象化的,都可以称之为小说,并对柴霍夫小说的技巧予以肯定,又说如果按照严格的定义,柴霍夫的有些作品可称为"速写"。

李编辑长问所谓的"新手法"是什么。茅盾以德国的表现派、法国的达达派、美国现代作家帕扫斯为例,说明什么是"新",茅盾强调说:"然而新到使人不懂,亦就没有意思。"②

又问什么是动的写法和静的写法,茅盾回答,大艺术家的作品没有不是动的写法的。

然后谈到张天翼、萧军的作品,茅盾说:"张天翼的漫画式的写法,是比较成功的,因为他做到了大众化。萧军的细描细刻的写法,则有时因为太细腻一点,流于繁琐,在大众化上,是不大适宜的。"③

关于技巧问题,茅盾说:"用一个字可能表现出来的,则不要用两个字,用大众的话要经过艺术的制作;要接受过去的遗产;欣赏力是作家所应有的,文艺必须带点夸张性,只有夸张才能引起读者的深刻的注意,但是过火是不行的。"④

最后谈到怎样发展新疆文艺。大家在热烈的气氛中争相发言,谈起发展新疆文艺运动的问题。茅盾建议懂维文的人把他们的歌谣翻译成汉语,认为这最能表现他们的生活。有论者评价:"茅盾作为中国现代文艺界的著名作家及评论家,他在思考如何繁荣边疆文化事业、促进各民族和谐共处的问题以及中华民族文化的多元一体的格局建设等方面眼光独到、高屋建瓴。"⑤从茅盾在座谈会中谈新疆文艺发展的建议,也可以看出上述评论并非虚夸。

这次座谈会足有四个钟头,大家在"异常兴奋"的情绪下解散了。

四 《谈儿童读物的内容》

在"五四"的影响下,茅盾关注儿童,写过不少关于儿童文学的文章。茅盾曾

---

① 谟:《文艺座谈会上》,《新疆日报》1939 年 4 月 22 日。

② 谟:《文艺座谈会上》,《新疆日报》1939 年 4 月 22 日。

③ 谟:《文艺座谈会上》,《新疆日报》1939 年 4 月 22 日。

④ 谟:《文艺座谈会上》,《新疆日报》1939 年 4 月 22 日。

⑤ 郑亚捷:《抗战时期茅盾对新疆文艺发展的意见》,《中国现代文学研究丛刊》2012 年第 5 期。

说过："五四时代的开始注意'儿童文学'是把'儿童文学'和'儿童问题'联系起来看的，这观念很对。"①金燕玉对于茅盾儿童文学观的确立进行了溯源，并与茅盾的现实主义文学观联系起来，给予了准确的评价："把儿童读物作为社会问题来看待，是茅盾在五四时期受《新青年》的影响而确立的儿童文学观，与他一生倡导的现实主义文学是一致的。"②

在 1933 年，茅盾就写过文章《论儿童读物》，关注高年级的儿童读物问题，认为其中"科学的及历史的读物最为缺乏"③，茅盾从字数、题材、体裁方面提出了编辑计划供大家参考。此外，茅盾还在《申报·自由谈》上发表过相关文章，如 1933 年 5 月 11 日署名玄发表的《给他们看什么好呢？》，1933 年 5 月 16 日署名玄发表的《孩子们要求新鲜》，1933 年 6 月 17 日署名珠发表的《怎样养成儿童的发表能力》，1933 年 10 月 13 日署名止水发表的《对于〈小学生文库〉的希望》等。茅盾在他创办和主持的《文学》月刊上也发表了 5 篇关于儿童文学的文章：1935 年第 4 卷第 2 号署名江的《关于"儿童文学"》，1936 年第 6 卷 1 号署名惕的《再谈儿童文学》，1936 年第 6 卷 5 号署名波的《不要你哄》，1935 年第 4 卷 3 号署名子鱼的《书报述评·几本儿童杂志》，1936 年第 7 卷 3 号《儿童文学在苏联》。

《谈儿童读物的内容》表明茅盾在全民族抗战的形势下，依然在思考着儿童的阅读和成长这一问题。茅盾在文章开篇指出，谦虚地说是应编者之请而写，他自己在儿童文学这一领域中并未有过尝试。然后，茅盾谈了他对于儿童读物的看法。茅盾指出，"儿童文学"这一名词，在中国仅有十多年的历史，专门的儿童作家也不多；但是，供给儿童的读物却在三十多年前就出现了。茅盾指出，现在全国的儿童读物，数量虽多，内容却大同小异，因为大都是改头换面翻译了西洋的陈旧的儿童读物，而且不免庞杂，"所以儿童们也还是没有足够的对于身心有益的读物"④。茅盾认为，西洋旧有的儿童读物，在思想内容上，乃至在题材的选择上，已经不适合于现代的儿童了，特别不适合于新时代的中国儿童，究其原因，茅盾从内容性质上对西洋旧有儿童读物予以分类概括，并指出，"然而最成问题的，是里面的思想意识"，有些"思想上都是帝国主义的立场"，有些则是"儿童心理的歪曲的应用"，并得出这样的结论："无选择地翻译西洋旧有的儿童读物，是有害的"。⑤

然后，茅盾对苏联的儿童读物予以赞扬："但是，最近十年来，世界最前进的国家苏联，已经创造了全新的儿童文学了。"茅盾引用高尔基的话指出儿童文学的意义，并对玛尔夏克、柴姆却洛夫等人的儿童文学高度赞赏，"在儿童读物中开了新纪录的"。最后，茅盾指出："这些作品，我以为是值得我们取材而且取法的。"⑥

茅盾在这篇文章中，盛赞苏联的儿童文学，对其他的西洋儿童文学予以贬斥。

---

① 江：《关于"儿童文学"》，《文学月刊》1935 年第 2 期。
② 金燕玉：《文学风景》，凤凰出版社 2011 年版，第 14 页。
③ 珠：《论儿童读物》，《申报》1933 年 6 月 17 日。
④ 茅盾：《谈儿童读物的内容》，《新疆日报》1939 年 5 月 6 日。
⑤ 茅盾：《谈儿童读物的内容》，《新疆日报》1939 年 5 月 6 日。
⑥ 茅盾：《谈儿童读物的内容》，《新疆日报》1939 年 5 月 6 日。

然而时至今日,很多西洋的儿童文学至今仍是中国孩子们所阅读和喜爱的。茅盾从政治意识形态的立场出发,为了肯定苏联的儿童文学而贬斥其他西洋儿童文学,是偏颇的。

当期新疆儿童编辑部所写的《编后》对茅盾的供稿表示了感谢:"沈雁冰、张仲实两先生的来信,我们儿童只能在这狭小的地方,伸出我们的手来,表示我们最大的欢迎和敬意了!今蒙沈先生在百忙中给了我们以许多宝贵的指示,我们除表示我们感谢之外,希望沈张两先生以后能给我们以更多的指示。"①

五 《为了纪念高尔基》

高尔基是茅盾极力称赞的苏联作家,在 1925 年所写的《论无产阶级艺术》的长文中,茅盾说:"在十九世纪后半,描写无产阶级生活的真正杰作——就是能够表现无产阶级的灵魂,确是无产阶级自己的喊声的,究竟并不多见。最值得我们称赞的,大概只有俄国的小说家高尔基(Gorky)罢。这位小说家,这位曾在伏尔加河轮船上做过侍役,曾在各处做过苦工的小说家,是第一个把无产阶级所受的痛苦真切地写出来,第一个把无产阶级灵魂的伟大无伪饰无夸张地表现出来,第一个把无产阶级所负的巨大的使命明白地指出来给全世界人看!"②茅盾爱读高尔基的作品,并从中受益,他在《爱读的书》一文中说:"高尔基的作品使我增长了对现实的观察力(这跟鲁迅的作品给我的最大的益处是相同的),而其特有的处置题材的手法,也使我在所知的古典作品的手法而外,获见了一个新的境界。"③

1936 年 6 月 18 日,苏联著名作家高尔基去世。1939 年 6 月 18 日《新疆日报》的副刊《绿洲》为了纪念高尔基,设置有"纪念高尔基特刊",茅盾在 1939 年 6 月 15 日夜所写的《为了纪念高尔基》一文,就发表于"纪念高尔基特刊"上,同时刊载的还有余明的诗歌《你可瞑目微笑》、雉堞译的《高尔基的生活极其文学活动》。

茅盾在这篇短文中多次引用高尔基的话,盛赞高尔基的努力和贡献,称他是"巨人",茅盾认为高尔基的话——"作家们应当挥发出,从现在所达到的高度及从未来的伟大目的这个高处,去观察过去的丑恶的那种能力"④,是高尔基对于作家的指示,同时也是高尔基的"丰碑似的一切作品的注脚"⑤。茅盾对于高尔基的"今日"与"明日"的关系的看法也很赞同:没有"明日",前途是漆黑的;没有"今日"的"明日",不过是空虚的妄想而已。茅盾认为,这可以"移来说明高尔基的一切作品的本质的特点"⑥,并认为杰作《母亲》,是叫人从"今日"看出"明日"的。

高尔基晚年在身体不好的情况下坚持创作,并以自己的创作经验来教育青年,茅盾给予高度肯定:"似乎世界文学史上还不见有第二人是这样做的;——除

---

① 新疆儿童编辑部:《编后》,《新疆日报》1939 年 5 月 6 日。

② 沈雁冰:《论无产阶级艺术》,《文学周报》1925 年 5 月 10 日。

③ 茅盾:《爱读的书》,《读书通讯》1944 年第 81 期。

④ 茅盾:《为了纪念高尔基》,《新疆日报》1939 年 6 月 18 日。

⑤ 茅盾:《为了纪念高尔基》,《新疆日报》1939 年 6 月 18 日。

⑥ 茅盾:《为了纪念高尔基》,《新疆日报》1939 年 6 月 18 日。

了我国的鲁迅。"文章最后对高尔基的贡献进行了总结："高尔基一生的努力,可说就是与愚昧、盲目、夸大作斗争。"并指出,尽管高尔基长眠了,但是这种斗争是一直在继续,"非到了人类社会最高理想实现的那一天是不会中止的"。①

从茅盾早年就参加中国共产党和上述对于高尔基的赞扬来看,茅盾对高尔基的评价,融入了他的政治立场。高尔基对于无产阶级生活的描写以及"观察过去的丑恶的那种能力"打动了茅盾,因此茅盾称赞其为"巨人"。而就单纯的文艺创作水准而言,茅盾对于高尔基的评价并不一定确切。

六 《抗战二周年来的文艺运动》

《抗战二周年来的文艺运动》发表于 1939 年 7 月 7 日《新疆日报》,从文章的首句"报社出的题目是'二周年'"来看,这是茅盾应《新疆日报》之请而写的。茅盾说,他只能谈"年半",因为近六个月来他简直没有看到内地的文艺刊物,对内地的文艺状况不了解。然而茅盾不愿意交白卷,他谈了以下几个问题：

第一是"文章下乡"的问题,茅盾指出"文章下乡"中存在的不足："问题是在'躯壳'还太带些哥儿气与闺阁味"②,茅盾批评了"文章下乡"就是只消穿上乡下人的"外衣"就得了的观点,认为这是把问题看得太单纯,把乡下人看得太低能,茅盾举例说明,事实上民众并不是顽强的"外衣主义者"。最后,茅盾总结说,"'文章下乡'不是'外衣'问题,而是'躯壳'问题。深切地了解民众的生活,分有他们的意识情绪是必要的"。③ 茅盾所指出的问题切中要害,所提出的建议非常中肯,对于真正落实"文章下乡"具有重要的指导意义。

第二是"文章入伍"问题。茅盾指出"士兵读物"的不足：认为"鼓励士气"便是士兵读物的唯一主要条件,其方法就是"夸大地描写士兵们的英勇和敌人的怯懦"④。茅盾用了一个比喻,白刃相交的肉搏的描写如同辣子,吃辣子固然发生刺激的功用,但是吃多了,总吃这一味,结果会使味神经麻痹而失掉了作用,血淋淋的勇敢的描写就是如此。茅盾强调,这不是唯一的方法。茅盾认为士兵读物,固然需要提高士兵热情,但也需要给士兵以智慧,给以感情上的调剂,并认为"意识正确的幽默和讽刺,也可以作各士兵读物的主要材料"⑤。茅盾指出了"文章入伍"中存在的问题,即风格的雷同,认为这失去了作品对士兵应有的功能,主张多种手法来提升士兵读物的质量,给士兵以多种的滋养,由此可看出,茅盾的这一主张有现实针对性,有重要的理论指导作用。

茅盾在文章的最后指出,和抗战文艺运动一同发生出来的问题还有很多,而且在实践中新的问题也一定会陆续发生,如果没有活泼泼的讨论,那就什么都难有进步——茅盾希望他的这篇短文引起讨论。

---

① 茅盾：《为了纪念高尔基》,《新疆日报》1939 年 6 月 18 日。
② 茅盾：《抗战二周年来的文艺运动》,《新疆日报》1939 年 7 月 7 日。
③ 茅盾：《抗战二周年来的文艺运动》,《新疆日报》1939 年 7 月 7 日。
④ 茅盾：《抗战二周年来的文艺运动》,《新疆日报》1939 年 7 月 7 日。
⑤ 茅盾：《抗战二周年来的文艺运动》,《新疆日报》1939 年 7 月 7 日。

七 《全国戏剧节献词》

1939 年 10 月 10 日是"中华民国第二届戏剧节",《新疆日报》设有专栏,由文化协会戏剧运动委员会主编,发表有茅盾的《全国戏剧节献词》、徐韬的《戏剧节与抗战》、赵丹的《建立戏剧节的意义》、史枚的《戏剧节与戏剧中国化》。

茅盾在这篇文章中,指出话剧在中国是保有光荣的革命传统的,他简要回顾和评述了中国的话剧运动:清末春柳社的话剧运动在内容和形式方面都是新的,但是其努力"为见多打的效果"。辛亥革命后,春柳社的一部分旧人在上海租界组织民鸣社,"还能保持反抗的精神","以旁敲侧击、嬉笑怒骂为满足"①,但是大多数社员缺乏坚定的政治立场与思想基础,不久解散了。民鸣社中的一部分人成为后来所谓"文明戏"的一派,"政治鼓动的色彩完全没有了",②仅以"新奇布景"为招徕观众的手段,其末流甚至专以迎合低级趣味为手段。话剧的重整旗鼓,是在"五四"以后,《新青年》对于西洋近代问题剧——易卜生作品的介绍,对于旧剧的激烈批评,颇起了"开风气"的作用。茅盾积极肯定了南国社的贡献:"打算把技巧和思想并重","南国社实是'九一八'以后话剧发展的先驱,或者也不妨说是娘家",因为茅盾认为"九·一八"以后话剧界杰出的人才大半是经过了南国社的熏陶的。茅盾认为民族矛盾的上升、救亡图存运动的发生,使得话剧有了更多的发展机遇:"九·一八"以后救亡运动的日益高涨,给话剧运动带来了新的机会与新的任务。"七七"事变前夜,在大都市的上海,话剧运动在思想方面与技巧方面都达到了前所未有的高度。

文章最后茅盾点明了文章写作的背景:正值第二次全国戏剧节,文协的戏剧运动委员会也在此时成立。茅盾对戏剧运动委员会提出要求:因内部组织工作才开始,仓促间来不及公演,要把今天作为起点,"继承过去的光荣的传统,发展新疆的戏剧,以冀对于宣扬六大政策,巩固抗战后方,建设新疆的伟大事业,略尽微末的贡献!"③

结论

茅盾在新疆近 1 年 2 个月的时间中,关注全国的抗战文化,关注新疆的文艺发展,上述 5 篇文章和文艺讲话,就是茅盾在新疆时期文艺活动的重要见证。茅盾积极贡献自己的才智与力量,指导青年的创作,如《新疆日报》的副刊《绿洲》的创刊,就得到了茅盾的支持和指导。由于茅盾的政治倾向,他的某些观点也存在偏颇,比如他在《谈儿童读物的内容》中,高度赞赏苏联的儿童读物,贬斥西洋儿童读物,带有鲜明的政治倾向性,干扰了对于文学自身的评判。

但是总体来看,茅盾的这些文章和讲话是非常有价值的。

茅盾是个思想深刻、目光犀利的大批评家,对于文学现象和作家作品的批评

---

① 茅盾:《全国戏剧节献词》,《新疆日报》1939 年 10 月 10 日。

② 茅盾:《全国戏剧节献词》,《新疆日报》1939 年 10 月 10 日。

③ 茅盾:《全国戏剧节献词》,《新疆日报》1939 年 10 月 10 日。

把握很准确,比如他谈到张天翼创作中的夸张手法,对于萧军的创作过于细腻而流于繁琐的批评,切合作家的创作情况,并且这些批评都和当时的文艺"大众化"联系起来,其观点是中肯的。再如茅盾对于运用旧形式问题的见解,关于创作中技巧的看法,对于"文章下乡""文章入伍"批评和建议,有现实针对性,有重要的理论指导作用。

作为有经验有成就的大作家,茅盾谈创作也是深刻的,如他在《论"体验"和"实感"》中,强调作家的生活态度应该是积极的,不能抱着无所为的旁观态度,否则难以产生共鸣的"实感",这对于今天作家的写作仍具有积极的指导意义。

茅盾与《呐喊》《烽火》杂志相关史实辨正①

杨华丽②

内容摘要："八·一三"淞沪战役之后出版的《呐喊》（后更名为《烽火》）杂志，在烽火连天的岁月里发挥了重要的宣传作用。与两刊密切相关的茅盾，其重要性和关联度在《茅盾全集》中得到了全方位体现。然而仔细考核全集的相关文字，需要我们加以辨正的信息尚多。比如，《呐喊》与《烽火》的创刊时间及相互关系问题，两刊的开本、出版周期、出版地问题，两刊的销售处问题，两刊的编辑人、发行人问题，茅盾此期发表的文章问题，等等。通过辨正，我们对茅盾与《呐喊》《烽火》杂志的关系才会有更准确的认知。

关键词：茅盾；《呐喊》；《烽火》；《茅盾全集》

"八·一三"淞沪战役，是继"七七"抗战后中国进入全面抗战的开始。这一场历时三个多月的艰苦卓绝的战争，"粉碎了日寇速战速决的战略预想；予敌以严重杀伤，鼓舞了全国人民的抗日热情；为沿海工业内迁赢得了宝贵时间"，而且，"对中日抗战大格局的形成和双方战略、策略及其走向发生了举足轻重的影响"③。其中，国民党政府终于下定决心，改变以前不抵抗政策，积极以精锐之师与入侵上海的日寇决战，让广大渴望保卫上海、全面抗战以驱逐日寇的中国军人、工人、知识分子、农民等等都看到了希望，全体民众积极主动地加入到了全面抗战的洪流中。上海市政府在淞沪抗战一开始就决定对民间的抗日救亡活动采取开放政策，规定各种团体只需在政府登记就可以公开活动。一时间，"上海的文化、职业、妇女、教育、工人、学生、青年等界发动了一百十三个团体，九百多个宣传队共四千七百多人，举行了'保卫大上海'扩大宣传活动"。④ 而上海文艺界人士，更是以敏锐的政治感知和文化良知，迅速组织起来，站到自己的岗位上，以笔为枪，出版了一系列适应战时政治形势、经济条件、传播方式的报刊。以宣传抗战、鼓舞民众抗战为政治任务的小型周刊《呐喊》、小型三日刊《抗战》以及小型《抗战日报》即是其中的典

① 本文为国家社科基金重大项目"抗战大后方文学史料数据库建设研究"（编号 16ZDA191）、2018 年重庆市教委人文社会科学研究项目"战时体验与大后方的巴金研究"（项目编号 18SKJD008）的阶段性成果。

② 作者简介：杨华丽，重庆师范大学文学院教授，重庆市抗战文史研究基地研究员，主要研究方向为中国现当代文学与现代文化。

③ 陈祖怀：《八·一三淞沪抗战意义论析》，《史林》1993 年第 1 期，第 50 页。

④ 郑灿辉、吴景平：《试析上海"八·一三"抗日救亡运动的历史特点》，《上海师范大学学报（哲学社会科学版）》1986 年第 1 期，第 120 页。

型代表。作为上海文化界救亡协会负责人之一的茅盾，不仅见证了《抗战》三日刊、《抗战日报》的创刊，而且亲自参与了《呐喊》的创刊和编辑活动，并一直与这三份报刊保持着密切联系，发表了大量宣传抗战的文章。在迄今收录茅盾相关文献最为齐全的《茅盾全集》(人民文学出版社 1984 年版、黄山书社 2014 年版，下文分别简称人文版、黄山版)中，我们能比较方便地查询并阅读到相关信息。然而遗憾的是，当我们深入检视《茅盾主编和参与编辑的文学期刊、报纸、报纸副刊简介》(下文称《简介》)，会发现其中关于《烽火》及其前身《呐喊》的介绍信息存在史实上的偏差，而验诸《茅盾全集》所收茅盾在刊物上发表的文章，亦有一些值得注意的问题。

《简介》收录于《茅盾全集·附集》中。《呐喊》《烽火》位列该简介的第十三位，居茅盾全面抗战期间主编和参编的 9 份报刊之首。其介绍文字如下：

《呐喊》是一九三七年"八·一三"以后，由文学社、文季社、译文社、中流社合编的三十二开本小型周刊。由文化生活出版社、上海杂志公司、开明书店、立报馆等代售。初署"编辑人茅盾"、"发行人巴金"，创刊于八月二十五日，第二期出刊于八月二十九日。《呐喊》只出两期就结束了。茅盾为《呐喊》写过《站上各自的岗位——代发刊词》等文章。

《烽火》创刊于一九三七年九月五日，系由文学社、文季社、译文社、中流社合编的三十二开本小型周刊。由文化生活出版社、上海杂志公司、开明书店、立报馆等代售。署"编辑人茅盾"、"发行人巴金"。上海沦陷后，迁广州、桂林等地继续出版。茅盾为它写过《战神在叹气》、《今年的"九一八"》、《非常时期》等文章。①

上述两段文字，涉及《呐喊》和《烽火》的创刊时间、刊物形式、代售处、出版地、茅盾发表的文章等信息，而这些信息均需我们在查阅原始期刊及其他资料的基础上做出梳理与辨正。

一、两份刊物的创刊时间及相互关系问题

《简介》中关于《呐喊》"创刊于八月二十五日"的说法，在人文版、黄山版《茅盾全集》(散文六集)所收《站上各自的岗位》一文的注释中得到了体现："本篇及下篇《写于神圣的炮火中》最初同时发表于一九三七年八月二十五日《呐喊》创刊号。"②而这，与茅盾在回忆录中的说法相吻合："八月二十五日《呐喊》创刊号出版了，小三十二开，薄薄的一本，售价二分，封面上印着'文学社、文季社、中流社、译文社合编'"③，也与《茅盾回忆录》(中)所插入的《呐喊》封面图片相吻合④。在茅

① 查国华编：《茅盾主编和参与编辑的文学期刊、报纸、报纸副刊简介》，《茅盾全集》(附集)，人民文学出版社 2001 年版，第 441 页；黄山书社 2014 年版，第 507—508 页。

② 茅盾：《茅盾全集》第 16 卷，人民文学出版社 1988 年版，第 80 页；黄山书社 2014 年版，第 112 页。

③ 茅盾：《烽火连天的日子——回忆录(二十一)》，《新文学史料》1983 年第 4 期，第 10 页。

④ 茅盾、韦韬：《茅盾回忆录》(中)，华文出版社 2013 年版，第 220 页。

盾相关资料中体现出的《呐喊》出版日期的统一性,证明从 1983 年的茅盾到当下的研究者,都认定八月二十五日之于《呐喊》出版一事的确定性。在学界,持《呐喊》出版于八月二十五之说者尚有不少,比如王绿萍①、倪墨炎②、王慧青③、韩晗④等。而书目文献出版社的影印版《呐喊》《烽火》⑤、上海书店的影印版《烽火》中,《呐喊》创刊号的封面均有"创刊号 八月廿五日四版"字样,这无疑为"八月廿五说"提供了重要佐证。但是,关于《呐喊》的创刊时间,学界的说法至少还有二十三日、二十二日两种。在《中国新文学图志》(下)中,论者就曾指出:"距离鲁迅小说集《呐喊》问世十四年,一同名周刊 1937 年 8 月 23 日在上海创刊。"⑥有意思的是,论者也选用了《呐喊》创刊号的封面图片,但其出版信息一行所写的却是"创刊号 八月廿三日出版"。至于主张二十二日说的学人,较之持其他两说的学人稍多一些。应国靖就肯定地称,"一九三七年八月二十二日,一本小三十二开,售价二分的《呐喊》周刊杂志,终于在中国文坛一些名将的手中诞生了,从组稿到出版只花了三天,也许是创造了我国现代出版史中的最快纪录"。⑦ 上海书店影印版《烽火》创刊号虽选用的"八月廿五日四版",但在《影印说明》中却明确指出《呐喊》于"1937 年 8 月 22 日创刊"。⑧ 关注到书目文献出版社、上海书店影印本的吴铮先生,也认为"《烽火》,初名《呐喊》,茅盾、巴金主编,1937 年 8 月 22 日创刊于上海。"⑨刘增人先生等在《呐喊·烽火》条目中,插入的《呐喊》创刊号封面虽也有"创刊号 八月廿五日四版"字样,但其文字介绍中却说:"周刊,1937·8·22 创刊于上海"。⑩ 蒋成德⑪、唐沅等⑫学人也都持八月二十二日创刊说。

上述言说的歧义让我们一头雾水,而他们用以证明的"创刊号"图片资料的差异更让我们无所适从。同为"创刊号",出版日期为何会不同? 更有意思的是,如果说《中国新文学图志》(下)的论者找到的创刊号图片上的"创刊号 八月廿三日出版"与其文字表述一致,可以有效地支持八月廿三日说,韦韬所引的创刊号封面图片与茅盾的回忆录文字一致、李其林编选的《〈呐喊〉〈烽火〉》的创刊号实物与宣

① 王绿萍编著:《四川报刊五十年集成(1897—1949)》,四川大学出版社 2011 年版,第 394 页。

② 倪墨炎:《现代文坛内外》,汉语大词典出版社 1998 年版,第 190 页。

③ 王慧青:《呐喊》周刊创刊号,http://www.nbdaj.gov.cn/dandt/dhsb/zdhc/200712/t20071228_9254.html。

④ 韩晗:《烽火中的呐喊——以〈呐喊(烽火)〉周刊为支点的学术考察》,《西南民族大学学报(人文社会科学版)》2011 年第 6 期,第 203 页。

⑤ 李其林选编,为"抗战文学期刊选辑"第一辑。巴金亲自为其题签。

⑥ 杨义主笔、(日)中井政喜、张中良合著:《〈呐喊〉、〈烽火〉投身救亡大潮》,《中国新文学图志》(下),人民文学出版社 1997 年版,第 503 页。

⑦ 应国靖:《现代文学期刊漫话》,花城出版社 1986 年版,第 319 页。

⑧ 茅盾、巴金主编:《烽火》,上海书店 1983 年影印版。

⑨ 吴铮:《〈烽火〉已影印出版》,《中国现代文艺资料丛刊》第八辑,上海文艺出版社 1984 年版,第 130 页。

⑩ 刘增人、刘泉、王今晖编著:《1872—1949 文学期刊信息总汇》(2),青岛出版社 2015 年版,第 997 页。

⑪ 蒋成德:《中国现代作家型编辑家研究》,中国文联出版社 2014 年版,第 193 页。

⑫ 唐沅、韩之友、封世辉、舒欣、孙庆升、顾盈丰:《中国现代文学期刊目录汇编》(第四册),知识产权出版社 2010 年版,第 2571 页。

传页图片一致，可以有力地支持八月廿五日说，那么，刘增人所选图片与其文字表述之间的不吻合，又作何解释？有无直接证据即实物图片可以证明、支持八月廿二日说？

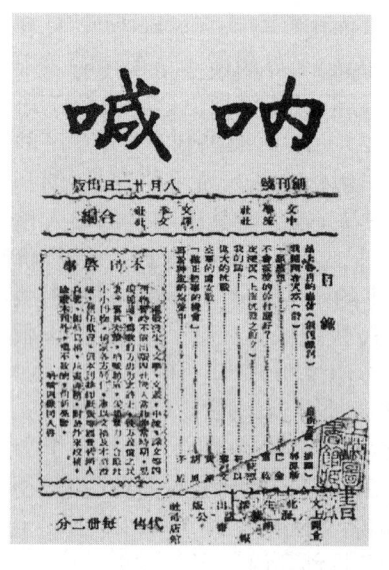

怀着这些问题，笔者四处查找，终于在晚清民国期刊全文数据库中查到了八月廿二日出版的《呐喊》创刊号。其封面如右所示。与《中国新文学图志》（下）所引图片相比，只有"八月廿二"和"八月廿三"的差异，与韦韬等所引的图片相比，不仅"五"换成了"二"，而且"四版"换成了"出版"。据此可以确证，《呐喊》初版于 8 月 22 日，而不是 8 月 23 日，更不是 8 月 25 日。8 月 23、25 日版的出现，应是 22 日该刊物出版后很快售罄，于是一再将该期刊物重印；不仅这两日重印了，而且 24 日也应重印过（尽管目前尚未发现该期刊物）。即是说，23、24、25 日分别出版了《呐喊》的二、三、四版。只是在 23 日的刊物上，编辑者与发行者未曾写明"二版"，而在 25 日上却标明了"四版"而已。或因 22 日版不易寻得，书目文献出版社、上海书店的影印版等又以八月二十五日版为底版，因此使许多学人发生了误解。

在前引的《简介》中，论者还说"《呐喊》只出两期就结束了"。事实的确如此。论者接着介绍说，《烽火》"创刊于一九三七年九月五日"，也符合历史的真实。需要注意的是，新创刊的《烽火》承接着《呐喊》的第二期而来，仍是文学社、文季社、译文社、中流社的联合刊物，封面设计的版式一仍其旧，刊物的开本、篇幅一仍其旧。在封面上，与《呐喊》第一二期有异的是，在刊名"烽火"上方加了一行字："本刊已呈请内政部中宣会登记。"此条信息，直到《烽火》移至广州出第十三期时才不再在封面上出现①。之所以会在《烽火》前十二期的封面中均出现该行文字，是因为《呐喊》出版第二期后即被上海租界工部局查禁，所举理由，正是该刊物未在上海新闻检查公所登记。茅盾等人的朋友、时任国民党中央执行委员会宣传部部长的邵力子要求他们"从速办理登记，关于登记手续本部当特予通融从速也"。茅盾等人"研究后，决定让一步，遵照邵力子的意思，走个形式，到社会局补办登记手续"。② 又考虑到当时有人对《呐喊》刊名的否定意见，故而登记时更名为《烽火》。出版时，茅盾、巴金等特意在新刊物名"烽火"上方标出已登记的信息，是为了避免上海新闻检查公所再借机找茬，而更名为"烽火"，则是为了契合读者的期许。可见，《呐喊》与《烽火》是先后承续关系。《简介》虽将二者并列，但在具体文字中并无确切说明。

---

① 但该行字仍出现在《烽火》第十三期至十五期的末页。自第十六期至二十期，该行字未再出现。
② 茅盾：《烽火连天的日子——回忆录（二十一）》，《新文学史料》1983 年第 4 期，第 11 页。

二、两刊的开本、出版周期、出版地问题

《简介》认为《呐喊》与《烽火》都是"三十二开本小型周刊"。这与事实不尽相符。

就开本及篇幅大小而言，《呐喊》的两期、《烽火》第一至十二期均为三十二开本，每期一共十六页。就出版周期而言，两期《呐喊》的出版日期分别为：八月二十二日、八月二十九日；十二期《烽火》的出版日期分别为：九月五日、九月十二日、九月十九日、九月二十六日、十月三日、十月十日、十月十七日、十月二十四日、十月三十一日、十一月七日、十一月十四日、十一月二十一日。可见，这十四期刊物均按周准时出版，无延期情况发生。这里面当然与诸多读者、作者的密切支持分不开，但更与编辑人茅盾尤其是发行人巴金的组织之力密切相关。

《烽火》出版第十二期后，不得不停刊。巴金和众多文化人一样辗转迁移至广州，在五月一日重振旗鼓，不改初心，续出了《烽火》第十三期。从该日至 1938 年 10 月 11 日，在极度困难的境况下，巴金坚持出到了第二十期。与前面的两期《呐喊》和十二期《烽火》相比，此期的《烽火》出现了许多变化。在开本上，该刊不再是三十二开，而是十六开；在篇幅上，每期不再是十六页，而是"增加篇幅"①至三十六页。尤为重要的变化在于出版周期。从第十三期至第二十期，刊物的出版不再以周为单位，而是以旬为单位，故其封面顶端标有"文学社·译文社·中流社·文季社·联合旬刊"字样，其封面的右下方或左下方（除第二十期外），均出现了"每逢一日十一日廿一日出版"字样。但事实上，这八期《烽火》并非全部都按时出版，因而旬刊也只是未能企及的目标。从各期的版权页上，我们可得到以下信息：第十三期——1938 年 5 月 1 日；第十四期——1938 年 5 月 11 日；第十五期——1938 年 5 月 21 日；第十六期——1938 年 6 月 1 日；第十七期——1938 年 6 月 11 日；第十八期——1938 年 8 月 21 日；第十九期——1938 年 10 月 1 日；第二十期——1938 年 10 月 11 日。仅就此而言，第十三到十七期、第十九期到第二十期是按旬出版，而第十八、十九期的出版则很不规律。之所以如此，是因为常常遭遇大轰炸的广州，出版环境已变得非常艰难。

翻阅《烽火》第十八至二十期，我们当可发现《轰炸之后》（靳以）、《广州受难了》（芜军）、《空袭》（默容）、《在轰炸中过的日子》（巴金）等与广州轰炸直接相关的记叙。"这些日子里我们的救护队含着眼泪埋葬了成千的死者，无辜者的血染赤了广州的街市。"②巴金在第十八期扉页上的沉痛控诉，为我们部分还原了当年惨痛的历史场景。受大轰炸影响的《烽火》的出版情况，诚如巴金屡屡在《敬告读者》的启事中所言，"……印刷工作不时停顿，本刊未能按期出版……"③，"印刷局不肯

---

① 《本刊启事》（一），《烽火》第 13 期、第 14 期，1938 年 5 月 1 日、5 月 11 日。

② 巴金语，见《烽火》1938 年 8 月 21 日第 18 期。

③ 《烽火》第 18 期，1938 年 8 月 21 日。在第 19、20 期同一位置，亦出现了该启事，只是最末一词"原谅"改为了"原宥"。

继续排印以加价要挟，连已经打好纸型的一期也印了十多天得出版"①，因此，"刊物终于由旬刊，变成了无定期刊"②。在第十九期的扉页，巴金以编者名义写了沉痛的《给读者》，其中有如下文字：

> 关于这刊物的脱期，作为编辑人的我，是不能卸除责任的。我不想辩解，我只转载我前一个月写的一篇文章（在香港大公报文艺栏发表）说明我们在轰炸中怎样地过着日子。此外我还应该叙说一件事实：我最近带了编好的三期烽火的稿子走过许多地方，甚至在汉口也找不到一个适当的承印处。我们既没有雄厚的资本来付高昂的印价，又没有充裕的时间精力和印局负责人不断地交涉，在这陌生的环境里两三个人的有限的努力常常是没有什么效果的。因此烽火的脱期便成了不可免的事情。我很惭愧，竟这样地辜负了许多读者的期望。但我们以后还是要尽力克服种种困难把这刊物维持下去的。③

巴金等人勉力维持刊物的窘况，由此可见一斑，当时广州的战争局势导致的文化生产形势之严峻，也由此可见一斑。《烽火》出版第二十期后的停刊，的确是因战争所迫。

至于两刊的出版地问题，我们只需翻阅原始期刊即可明白，由上面的论述亦可见出：《呐喊》的出版地为上海，《烽火》第一期至十二期出版于上海，第十三期至二十期出版于广州。《简介》中所说的《烽火》在"上海沦陷后，迁广州、桂林等地继续出版"信息有误。

三、两刊的销售处问题

《简介》中认为，《呐喊》与《烽火》均"由文化生活出版社、上海杂志公司、开明书店、立报馆等代售"。事实果真如此吗？

查《呐喊》周刊可知，其创刊号上的确标有"文化生活出版社""上海杂志公司""开明书店""立报馆""代售"字样，但在第二期封面上所标出的代售处，就增加了"生活书店"和"五洲书报社"。因而，说《呐喊》由那四家等代售，虽不尽准确，但尚可接受。

出版时间更长、出版地又存在变更的《烽火》，其各期的代售情况明显要复杂得多。

第一至第五期：封面上标明的代售处是"全国各书店各报贩"。

第六至七期：封面上除标示了"代售处：全国各书店各报贩"之外，另增加了"发行处：上海城内西仓桥三街三号"、"杭州总经售：东南图书公司"、"重庆总经售：文化生活社重庆分社"这三条，并增加一行字曰："欢迎投稿。概以本刊为酬。一切信件请寄上列四社收转。"

---

① 巴金：《在轰炸中过的日子》，《烽火》1938 年 10 月 1 日第 19 期。
② 巴金：《在轰炸中过的日子》，《烽火》1938 年 10 月 1 日第 19 期。
③ 编者：《给读者》，《烽火》1938 年 10 月 1 日第 19 期。

第八期：只有发行处和总经售处。发行处与第六、七期相同，总经售处则变为"上海文化生活出版社"。

第九至十二期：未标总经售处，而标了"代售处：全国各书店各报摊"。

第十三至二十期：封面上均醒目地标出了"烽火社发行"，"文化生活出版社总经售"字样。但第13期版权页上的总经售处是"文化生活出版社（上海 汉口 广州 重庆）"、代售处是"（各地）开明书店、生活书店、上海杂志公司"；第14期的代售处增加了北新书局；第15期的代售处，只标了"华中总代售处""新生图书公司 汉口特三区湖北街"；第16期的代售处，只标了"华中总代售处""大路书店""汉口交通路西一号"；第17期，有"总经售""文化生活出版社"字样，列出了"上海巨籁远路福润里""广州惠新东街二十号""重庆天主堂街三十号"这三处，而无汉口的地址。"华中总代售处"仍为大路书店，但地址已变为"汉口交通路第四〇号"；第18—20期只标了"总经售""文化生活出版社"字样，而无代售处信息。

基于《烽火》的实际销售处变动不居的情况，《简介》中的文字表述显然不尽准确。不仅如此，上述屡屡变动的总经售处、代售处名称，以及同一代售处短期内即变更地址的行为，无疑为我们了解战时杂志的销售、传播情况提供了一个方向，也为我们了解《烽火》的艰难生存情况提供了一个绝佳的窗口。当然，这些信息，对我们了解文化生活出版社此期的分社建立情况，也有一定的参考价值。

四、两刊的编辑人、发行人问题

《简介》中提到《呐喊》"初署'编辑人茅盾'、'发行人巴金'"，而《烽火》"署'编辑人茅盾'、'发行人巴金'"。这也与史实存在偏差。

查阅原刊可知，《呐喊》的两期均无专门的版权页，其相关信息均体现在封面上。而其创刊号、第二期封面上，均仅从右至左标注了"文学社 中流社 文季社 译文社 合编"字样，并无编辑人与发行人信息。《简介》中所言有误。

《烽火》的创刊号至第十二期，亦无专门的版权页，其相关信息同样体现于封面。从其各期封面可见，从右至左标注的是"文学社 中流社 文季社 译文社 联合刊物 编辑人：茅盾 发行人：巴金"字样，其中，编辑人、发行人信息与《简介》中吻合。但从第十三期开始，其刊名之上从右至左标明了"文学社·译文社·中流社·文季社·联合旬刊"字样，刊名之下的两行分别标明期数、出版时间与地点，再下方一行是加粗的黑底白字，从右至左为"编辑人 巴金 发行人 茅盾"。可见，这一时期《烽火》的编辑人、发行人信息与《简介》中的正好相反。

那么，为何编辑人、发行人信息从《烽火》的创刊号才开始出现？为何从第十三期开始，《烽火》上的编辑人、发行人信息正好打了一个颠倒？茅盾与巴金，在刊物的出版发行中到底各负有何种责任？对此，茅盾在回忆录中曾提到过：

对于《呐喊》这刊名已听到不少不赞成的意见，认为作家们在这大时代仅仅《呐喊》助威是不够的，于是就想换一个刊名，但又考虑到才出两期就改名也不好。

现在既然要补办登记手续,我们就决定趁机改换刊名为《烽火》。又考虑到登记后照例要注明刊物的负责人,就在《烽火》第一期封面上加印了"编辑人茅盾,发行人巴金"。后来上海沦陷,《烽火》搬到广州继续出版,又把两个负责人倒换过来,成了"编辑人巴金,发行人茅盾"。其实,从十月份起,我暂时离开上海,《烽火》的实际主编就是巴金了;搬到广州出版后,我这个发行人更完全是挂名,因为那时我已在香港编《文艺阵地》了。①

关于《烽火》创刊时的标注信息、在上海后两人信息颠倒,都与刊物实情吻合。而茅盾离开上海的时间,也与实际吻合。事实上,从茅盾的散文《"非常时期"》之小标题——"一、十月五日的上海西站"与"二、苏嘉路上"可知,他离开上海的准确时间是十月五日,而路线是从上海西站乘车绕道嘉兴,再到苏州。茅盾离开时,《烽火》第六期还未面世,因而在上海所出版的第七期至第十二期《烽火》,更多的是巴金在独立编辑。而到了迁移至广州接着出版时,茅盾更只是挂名而已了,因其精力已更多地投入到新刊物《文艺阵地》的创办中。

但是,《烽火》第十三期上刊载了《烽火》第一册合订本再版的广告,该合订本收录了《烽火》第一至十期及《呐喊》的两期,巴金却自愿将其署名为"茅盾主编"。在第十四期的同一则广告中,巴金也仅在"茅盾主编"后添加了"巴金发行"字样,丝毫无凸显自己事实上主编了五期《烽火》的意图。茅盾与巴金的良好感情由此亦可见出。

五、茅盾此期发表的文章问题

作为《呐喊》以及《烽火》前五期的灵魂人物,茅盾可谓身兼编辑、作者之职于一身。到《烽火》后十三期,他虽列名为名义上的"编辑人",甚至只是挂名的"发行人",但从始至终,他都是刊物的重要作者。因而,作者茅盾在这两份杂志上的体现,是我们思考茅盾与其关系的重要向度。

《简介》中说:"茅盾为《呐喊》写过《站上各自的岗位——代发刊词》等文章。""茅盾为它(指《烽火》,引者注)写过《战神在叹气》、《今年的"九一八"》、《非常时期》等文章。"《茅盾全集》(附集)所收的《茅盾生平著译年表》中录有相关文章的发表信息,《茅盾全集》其他卷收录有相关文章。那么,茅盾到底在这 22 期刊物中发表了哪些文章? 其相关信息与《简介》中的说法是否存在偏差?

据《呐喊》与《烽火》,茅盾发表了以下文章:

1. 《站上各自的岗位(创刊献词)》,刊载于《呐喊》创刊号、《烽火》第 13 期;

2. 《本刊启事》,刊载于《呐喊》创刊号扉页、第 2 期第 12 页即《呐喊》总第 28 页;

3. 《写于神圣的炮声中》,刊载于《呐喊》创刊号;

4. 《"恐日病"一时不易断根》,刊载于《呐喊》第 2 期;

---

① 茅盾:《烽火连天的日子——回忆录(二十一)》,《新文学史料》1983 年第 4 期,第 11 页。

5.《战神在叹气》,刊载于《烽火》第 1 期;

6.《今年的"九一八"》,刊载于《烽火》第 3 期;

7.《苏嘉路上》,刊载于《烽火》第 12—15 期;

8.《也谈谈"周作人事件"》,刊载于《烽火》第 18 期。

可见,如果将茅盾代《呐喊》周刊同人所拟写的《本刊启事》计算在内,那么,茅盾在两期《呐喊》上一共发表了 4 篇文章;如果将《苏嘉路上》视为 1 篇文章,而将再次刊载的《站上各自的岗位(创刊献词)》不纳入总数,那么,茅盾在二十期《烽火》上一共发表了 4 篇文章,其中一篇连载于 4 期上。显然,在《呐喊》《烽火》的作者群中,茅盾是比较重要的一位。但细查《茅盾全集》可以发现,下列文章的相关信息仍需辨析:

1.《站上各自的岗位(创刊献词)》,收录于人文版第 16 卷第 80—81 页、黄山版第 16 卷第 112—113 页,但均题为《站上各自的岗位——〈呐喊〉创刊献词》。全集选编者在副标题中加上《呐喊》这个刊名,显然意在提示其发表的刊物,因不影响整体表达效果,尚可忽视;但无论该文在《呐喊》上的初版本还是《烽火》上的再版本,其副标题都不是"代发刊词",因而《简介》中所引"《站上各自的岗位——代发刊词》"不尽准确。此其一。其二,两部全集所收该文的注释均为"本篇及下篇《写于神圣的炮声中》最初同时发表于一九三七年八月二十五日《呐喊》创刊号。后均收入《炮火的洗礼》"。关于《呐喊》创刊号日期的说法有误,因由详见前文。第三,将全集所收版本与《呐喊》创刊号上的初版进行对比后,笔者发现,全集本与初版本的好几处标点存在差异,末尾的落款也由"(十六夜于隆隆炮声中)"改为"26 年 8 月 16 日夜于隆隆炮声中"。而将全集所收版本与《烽火》复刊号上的再版本相比,笔者发现,全集本与再版本的差异甚小。可见,全集收录该文时所依据的并非《呐喊》创刊号上的版本。

2.《本刊启事》,收录于黄山版第 21 卷第 370 页,但人文版未收录。

3.《写于神圣的炮声中》,收录于人文版第 16 卷第 82—83 页、黄山版第 16 卷第 114—117 页。两部全集所收文章均与《呐喊》初刊本有几处符号和字词上的差异。

4.《"恐日病"一时不易断根》,收录于人文版第 16 卷第 86—87 页、黄山版第 16 卷第 120—121 页,这与该文初刊时正文的题目吻合,但与初刊本封面、李其林《抗战文学期刊选辑第一辑篇名索引》中的题目《"恐日症"一时不易断根》有异。

5.《今年的"九一八"》,收录于人文版第 16 卷第 98—99 页、黄山版第 16 卷第 134—136 页。全集本对初刊本有字词改动,其中,改"六年的光阴毕竟没有白过"中的"六"为"一",联系上下文语境可知,此是误改。而这误改,给读者的理解造成了困难。

6.《苏嘉路上》,收录于人文版第 11 卷第 457—468 页、黄山版第 11 卷第 515—528 页。关于该文,《茅盾全集》中有以下数条信息:

① 在人文版、黄山版所收《茅盾生平著译年表》1937 年 11 月 21 日、1938 年 5 月 1 日条目下,有这样相同的表述文字:

《"非常时期"〈一〉》(署茅盾)，发表于《烽火》第十二期。后收入《茅盾速写散文集》时，总题目改为《苏嘉路上》。①

《苏嘉路上》(即《非常时期》的续篇　署茅盾)，发表于《烽火》第十三、十四期合刊，第十五期。②

② 人文版《〈茅盾全集〉篇目索引》中，论者先标出"《苏嘉路上》《〈苏嘉路上〉之二)，⑪460"，再标出"《苏嘉路上》(含《一月五日的上海西站》等两篇)⑪457"。黄山版《〈茅盾全集〉篇目索引》则直接标注为"《苏嘉路上》⑪515"。

③ 人文版和黄山版在收录《苏嘉路上》时，均添加了相同的注释。具体如下：

本篇最初连载于一九三七年十一月二十一日至一九三八年五月二十一日《烽火》杂志第十二至十五期。初题作《非常时代》，自第十三至十五期续载时改为现题。曾收入《茅盾文集》第九卷和《茅盾散文速写集》。③

④ 人文版和黄山版所收《苏嘉路上》正文的小标题有异。人文社的第一个小标题为"一　一月五日的上海西站"，黄山版的则为"一十月五日的上海西站"。而在人文版、黄山版的《简介》中，论者提及的该文之名，均为"《非常时期》"。

综上可知，关于该文章的题目，有《非常时期》《"非常时期"》《非常时代》《苏嘉路上》这几种说法。那么，该文发表时到底是什么名字？其次，《苏嘉路上》发表的《烽火》第十三、十四期是合刊吗？第 2 条信息中所示索引，哪种更准确？最后，两个全集版的第一个小标题有异，谁才符合茅盾的原文？

先回答第一个问题。查《烽火》第 12—15 期可知，第 12 期封面目录中，茅盾该文题为《"非常时代"(一)》，正文中题为《"非常时代"》，开篇为"一、十月五日的上海西站"。显然，"一"及其后面的内容，是《非常时代》的第一部分。第 13 期封面目录中，该文题为《苏嘉路上》，正文中，"苏嘉路上"前面添加了"二、"，并被置于大标题《"非常时期"》之下。显然，这是将"苏嘉路上"的内容作为《"非常时期"》的一部分，而这个大标题又是对《"非常时代"》的微调。第 14 期封面目录中，该文题为《苏嘉路上(再续)》，正文为《"非常时期"》(再续)，开篇为"二、苏嘉路上"。从"再续"二字来说，显然说该期的《苏嘉路上》内容为《"非常时期"》的"再续"更为准确。第 15 期封面目录中，该文题为《苏嘉路上(续完)》，正文为《"非常时期"》(续完)，开篇为"二　苏嘉路上"。发表时封面目录与正文的标题之间的差异，导致了后来者言辞的不一。但不管怎么说，在初刊本上，均无《非常时期》这个标题。此外，《"非常时代"》是茅盾刚发表时所用题名，这与其第一部分文字中的"'上西站'确是进入了'非常时代'"相吻合。但在随后的文字中，茅盾的言辞已改为"非常时期"了，题目也就做了相应的更改。也许在茅盾看来，"非常时期"较之"非常时代"

① 茅盾：《茅盾全集》(附集)，人民文学出版社 2001 年版，第 137 页；黄山书社 2014 年版，第 159 页。

② 茅盾：《茅盾全集》(附集)，人民文学出版社 2001 年版，第 144 页；黄山书社 2014 年版，第 167 页。

③ 茅盾：《茅盾全集》(附集)，人民文学出版社 2001 年版，第 457 页；黄山书社 2014 年版，第 515 页。

更适合该文。其原因,或与茅盾只写了两部分,不能更全面地反映那个"非常时代"有关。他的再改为《苏嘉路上》,除因第一部分的内容也可囊括于"苏嘉路上"之外,或也与此有部分关系。

其次,从前面的论析可知,《烽火》第十三、十四期并非合刊,因而《茅盾生平著译年表》中所言有误。至于人文版的《〈茅盾全集〉篇目索引》,将其第二部分独立标注出来的做法,显然考虑有欠周详,因该部分内容仅仅是部分而未独立成篇。与其如此标出,误导查阅者,不如像黄山版那样处理。

最后,两个全集版的第一个小标题的差异问题。早在 1990 年,丁国兴老师就曾质疑过。他根据《烽火》原刊,以及言之有据的逻辑推理,最终确证人文版《茅盾全集》中《一月五日的上海西站》中的"一月五日"应为"十月五日"①。其文虽短,但所指非常明确,也符合文章的真实,吻合于茅盾的真实行踪,因而黄山版全集的修改,可谓非常必要,显示出茅盾研究界的进步。

---

① 丁国兴:《对〈茅盾全集〉的一处质疑》,《赣南师范学院学报》1990 年第 4 期,第 12、16 页。

三十年来首度发现茅盾抗战时期小说佚作

——被遗忘的《十月狂想曲》论略

邓龙建　凌孟华①

摘要：《十月狂想曲》载 1941 年 10 月 30 日出版的《国讯》旬刊港版第 6 期，署名茅盾，标题和署名据手迹排印，计 4 100 余字，是三十年来第一次发现茅盾抗战时期小说佚作。此作视野广阔、选材大胆，把欧洲战场正在进行的苏德战争作为背景纳入笔端，对战争的结局进行预判和书写，笔调辛辣、讽刺深刻，手法多样、对比鲜明。这篇佚作在史料价值方面既有补遗之功，又有纠正之效；在文学价值方面也堪称茅盾名作《某一天》的姊妹篇，完全有理由在文学史上占有与之比肩甚至更高的地位。

关键词：茅盾；抗战；《十月狂想曲》；《国讯》；佚作

在中国现代文学研究的基本格局中，文献史料的发掘、整理和研究一直占有重要地位。阿英、唐弢、李何林、王瑶、华忱之、任访秋、贾植芳等学界前辈都相当重视文献史料工作。这项工作在 20 世纪 80 年代"文艺复兴"的背景下曾备受关注并产生一批重要成果，形成第一次高潮；但随后在"方法年""理论热"影响下陷入低谷。直至 21 世纪初，学术创新的困境与学科发展的需要又再度凸显出文献史料的重要性，相关研究迎来第二次高潮，形成具有相当声势与影响的学术热点，有学者敏锐地称之为现代文学研究的"文献学转向"[②]，有学者形象地称之为支撑一个学科及其发展的"阿基米德点"[③]。事实上，现代文学学科的"阿基米德点"的确还不够牢固，不少现代文学史上的经典大家都仍有作品被作者和学界有意无意遗忘，至今散佚在民国报刊之中。茅盾也不例外。

茅盾晚年曾回忆"在香港的九个月中，除了《腐蚀》，我只写了一个短篇小说"，指出 1941 年在香港的文学活动值得一提的还有"写了抗战以来的第一篇短篇小说，也是四一年在香港写的唯一的短篇小说——《某一天》"。[④] 人民文学出版社1985 年版《茅盾全集》第九卷"收作者在一九三四年至一九四八年间创作的短篇小

---

① 作者简介：邓龙建，重庆商务职业学院公共管理系；凌孟华，重庆师范大学文学院。

② 王贺：《现代文学研究的"文献学转向"》，《长沙理工大学学报（社会科学版）》2016 年第 6 期。

③ 吴秀明、章涛：《现当代文学史料研究的深化与拓展——"中国现当代文学史料与阐释"学术研讨会综述》，《文艺研究》2013 年第 12 期。

④ 茅盾：《战斗的一九四一年——回忆录〔二十八〕》，《新文学史料》1985 年第 3 期。

说三十三篇",其中 1941 年在香港创作的短篇小说也只有《某一天》。《列那和吉地》虽注明 1941 年创作,但标注的写作地点是"桂林"。黄山书社 2014 年版《茅盾全集》同样将"作者在一九三四年至一九四八年间创作的短篇小说"收入第九卷,只是增加了一篇"约写于 1948 年夏"的未完稿《无题》,《出版说明》作相应数字调整且删除"并参照初版本",其余顺序及内容几无变化。但是,茅盾 1941 年在香港创作的短篇小说其实不止一篇,在《某一天》之外还有其他小说作品。笔者翻阅香港版《国讯》旬刊,就有幸发现了另一篇茅盾 1941 年在香港创作的短篇小说——《十月狂想曲》。这是三十年来第一次重新发现完整的茅盾小说佚作,是典型的抗战时期作品。

一、佚作出处与原文

《十月狂想曲》载 1941 年 11 月 30 日出版的《国讯》旬刊港版第 6 期(总 288号)第 154—156 页,署名茅盾,标题和署名都据手迹排印,是我们熟悉的茅盾笔迹。该期《编辑后记》还专门说明"茅盾先生与金禾草女史之小说,均为本期特约之文艺作品……编者谨在这里向读者郑重介绍,并向作者志谢"。[①] 可知此作无疑是沈雁冰作品。此作未见于《茅盾著译年表》(查国华　孙中田)与《茅盾生平译著年表》(查国华),也不见于香港学者卢玮銮、黄继持编的"为单个南来作家的香港书写编订的唯一一部作品集"[②]《茅盾香港文辑(1938—1941)》(广角镜出版社1984 年 12 月初版)。有意思的是查国华主编的《茅盾年谱》(长江文艺出版社 1985年版)1941 年 11 月 29 日原有"《十月狂想曲》(署茅盾)发表于《国讯》旬刊"[③]的记载,莫非是后来没有查证到这篇小说而专门作了删除?唐金海、刘长鼎主编的《茅盾年谱》1941 年 11 月 29 日有"发表《十月狂想曲》(评论)。载《国讯》旬刊"[④]的记载,不仅同样没有具体的《国讯》旬刊刊期著录,而且增加的体裁说明也有误。所谓"评论"者,应当是没有核对原文而仅就标题"十月狂想曲"进行的臆测。因为从篇名看,《十月狂想曲》是有些像评论,但事实上是一篇不折不扣的抗战小说。《十月狂想曲》分 5 节、44 段、4 100 余字,兹照录如下:

十月狂想曲

一

"主任",这一个头衔,值得研究;这是个可大可小的玩意儿。一家不相干的三等商店,要是他那老板喜欢那一种调调儿,管他的唯一的账房先生叫"会计主任",光景也不会引起"正名"先生的干涉。但是,同样这两个字,也可以是一个八面威风的大机关的头儿,进出跟着这么几枝制服的和便衣的"盒子炮",坐下来就有大堆的几等文官或者上中校阶级的副官趋前禀白,请示,而且,正像一句稍稍夸张的

---

① 《编辑后记》,《国讯》1941 年第 6 期。

② 侯桂新:《文坛生态的演变与现代文学的转折》,人民出版社 2011 年版,第 4 页。

③ 查国华:《茅盾年谱》,长江文艺出版社 1985 年版,第 258 页。

④ 唐金海、刘长鼎:《茅盾年谱》,山西高校联合出版社 1996 年版,第 624 页。

说法，"一言可以兴邦的"。

正因为有这么个讲究，所以我们的前处长和局长刚刚接手了这一个头衔时，颇有点不自在，——如果不嫌夸张，也竟可以说是不痛快。然而，究竟也还是比上不足，比下有余的差使，暂且混混，也不失为一枝栖，何况古训还有这么一句："女因媒而嫁，不因媒而亲"，虽说是半冷不热的一份事儿，未必就没有发展之余地。于是这位前处长和局长的人物就"主任"下来了。他现在是黄主任。

黄主任仍旧是"乐观派"。他看准了世事无非换汤不换药，但教到处兜得转，就有你的。更有一条他把握得牢牢的主义，便是"小挫勿惧"。因此，当向来颇为"知己"的茂翁偶然又提到他之"毅然辞去"局长好像"深可扼腕"的时候，他就正色答道："这算得什么呢！可为则为之，不可为则不为，干脆痛快，这是我的主义。你想：那个捞什子的局，不是跟那条东亚第一路有点职权上的关系么？美国人说要来整顿那条路了，要是我还恋栈，那时候呀，油水倒少了，责任倒加重，真是何苦呢！"

"不过那个局又不是跟那条路有直属关系，仅仅带着点儿罢哩，人家整顿他的，你干你的"，茂翁表示了还有点莫测高深，"可不是？河水不犯井水，理他怎的！"

黄主任却笑了，"你这一说，也可以备一格"。突然又严肃得像在纪年周上当主席，"可是怕不那么简单。再说，咱们事前看看那捞什子倒是满有意思的，我进去一研究，才知道不尽然。比方说，某某几位太岁爷胃口之大，简直出乎意表，剩下来给我支配的，每月不过三五百千，然而，这中间真真算是我分内的，至多打它个六成罢，你瞧，这一点，光应酬也不够"。

茂翁连忙点头道："不差，佩服，这是现实主义"。

"然而讨厌的，还不止此呢！"黄主任托着下巴，丢了香烟头，"人家看来，都以为我得了甜头；太保们朝我瞧一眼，我准知道他们是这样想的：嘿，这小子，抖起来啦，别那么不懂世故，该孝敬的，得多多孝敬些！——咳，你瞧，那不是羊肉没吃惹身膻么？还不急流勇退！"

二

黄主任还是"乐观"的。他有继续"乐观"的理由，事实上，他并没跌过筋斗。由处长而局长而又——主任，不过表示了他的奋斗过程，而这奋斗的目标倘照茂翁那样不懂修辞的俗物说来，便是四个字：挑精拣肥。

如果他肯"达观"一点，像他初任处长那时似的。安于"三分政治，七分经济"，从政之暇，由茂翁出面做点儿买卖，每月能进一二十千，也就够他浇裹，那他的处长地位难道有谁抢了去？再说，既局长矣，即使照他自己对茂翁所说的进支概算罢，何至空惹一身膻呢？所以，他之又由局长而主任，也还是主动操在自己手里的。

不过动一动总得花几文。短时期内的三迁，倘照黄主任的算盘说，他的确是受损失的。他曾经向一位特任班的同乡前辈诉说自己的所有，"还只够喝粥"。照他开诚布公的说法：四个月中，三迁之费，各方点缀，相当于B，各项收入，（公私都在内),相当于 D,假定 B＝A＋C＋N－F,而 D＝F－C＋A＋N,那么,B×O－D＝X 而 D×Y－B＝X,这就是说:B 也可以等于 D。但是,要知道,法币的汇率是前后大有变动了,如果填实了 O 所代表的四月前的外汇率,以及 Y 所代表的四个月后的外汇率,那损失是非常明显的。这就是黄主任的"还只够喝粥"的数学上的根据。

酒酣耳熟之际,他往往很坦白地说:"法币跌价了,每月进这么十万八万,有什么意思?"这个"理论"倒过来的应用,就是他打一场牌输去十万八万也不算什么一回事。

但是仍然有例外:战时公债他只认了五千尚有难色,那时他还在办公室里对他的属员发了一篇大议论:"大凡公债之类,要有成绩,而且是好成绩,单靠少数人毁家纾难,是无济于事的。这要在乎普及,在乎普及到人人!"他的表情突然庄严起来,比背诵总理遗嘱的时候还要庄严十倍,"中国人口不是有四万万五千万么?每人购买两元,等于少抽几支烟,但十万万之数,不就得了么? 真是轻而易举! 现在的老百姓,简直的太不爱国了。政府为他们而抗战,他们连少抽几支烟都不肯;此所以有心之士,瞻念前途,不胜危惧也。可还有一般什么各党各派的人儿,什么文化人儿,整天嚷着什么民主,哦,这样的'民',要来'主'的话,干脆就是亡国罢了;大家想想,不肯少抽几支香烟来爱一下国的老百姓,配什么?"

三

黄主任这样力持大体的正论,自然并不缺乏"共鸣者";但有没有"共鸣",于他倒是无所谓的。他并不想将他的"政见"在什么报上发表,因为那是另一班人的职务,他的"岗位"不在"宣传"。然而,事有凑巧,从他偶然发表了那样"正论"以后,除了像茂翁似的"经济朋友",他又常和几位"政治朋友"酬酢无虚夕。

关于这一点,有一次他对茂翁诚恳地说道:"政治和经济是分不开的!"

"嗯,嗯,"茂翁连连点头,欢喜赞叹。茂翁心里还有这样的意思:"看来你是又想动一动,不甘于老是这样主任下去了罢?"但是他没有说出嘴来。

黄主任似乎已经看到茂翁心里这几句话了,他干笑了几声,便又说道:"我正在押一门宝,成败如何,十天之后便见分晓。"说着就用手去摸着下巴,竭力模仿他所知道的一位大人物的姿态。

茂翁以为他在做什么买空卖空的投机事业了,不觉一喜又一惧,赶快问道:"押的是那一门呢?"

黄主任大笑起来,却不回答,伸手去摸一支烟。茂翁一边陪着笑,一边给他点着了烟。黄主任喷出一口浓烟,就在烟中带出了两个字道:"茹门!"

茂翁有点愕然了。正还决定是再问一句好呢,还是揣了这闷葫芦将来再说,黄主任可又哈哈大笑起来,拍着茂翁的肩膀道:"瞧你呀,乐的像个傻子了!"

"怎么不乐呢,"茂翁觉得越发不便问了,只能含糊应答着,"您的眼光不会错的。向来是料事如神,小诸葛! ——不,简直的刘伯温再世!"

"那里,那里",黄主任得意之极,反倒谦虚起来,"我哪里比得上刘伯温,不过在大事情上，我还能够看到八九分罢哩！"忽然他把笑容一敛，悄声说①道："可是，茂翁，咱们上次那笔买卖，还没有结果么？怎的？"

"大概也快了"，茂翁回答，沉吟了一下，却又凑在黄主任耳朵边轻声说道，"这一回，咱们被人家一手从后抓住了，看来非您亲身出马，是不能了的。"

"可是我也还有多少未便呢"，黄主任的眉头也皱起来了，"再说，这一次的无理取闹，恐怕也还是我当局长那时对于某某方面点缀得少了一点之故，——这是我当时的失检，现在悔已不及。可是今儿这回事，怎么办呢？我出面是无济于事的，而且人家也许正要逼我出面"。

"那么另想办法罢。大不了，多舍几文，也就完了事了。只是您得给我一个约数，我好遵照着办"。

黄主任的眉头更皱得紧了。过一会儿，他这才恨声说："所以啦，政治和经济是分不开的！"

四

但是黄主任照常"乐观"，——不，应该说，因为他对于所押的宝，十分自信，所以他更加"乐观"。

他的"知己"赵博士曾经对他抵掌侃侃而谈："离开莫斯科只有五十公里了，你瞧！西伯利亚是空虚的，满蒙边界已经有日军五六十万集中在那里了，你瞧！八百到一千万的死伤，二万多飞机，二万五千多坦克，三四万的大炮，都损失了，损失了，这是任何一个国家无法补充的，苏联尤其不能，你瞧！乌克兰，顿河流域，都没有了，国防工业百分之八十沦陷，高加索也快没有了，油田也快没有了，你瞧罢！"

黄主任当然都"瞧"了。而且，由这"瞧"所得的结论，他和赵博士完全不谋而合，这就是：全世界的"和平"迅将实现。东亚呢？东亚在全世界之内，所以东亚的一个"荣誉的和平"也将实现。许多"英雄"正在为这"伟大事业"而努力，他黄主任倘不厕身其间做一个小齿轮，为自己的远大前程而打算，那不是枉为人一世了么？

这一切，都是再明白也没有的，然而黄主任犹有一个多余的疑问："如何处置这一个呢？"他伸出拇指和食指作此，笑了起来，②

"这个么？"赵博士毅然回答，"在计划中布置中的，是三部曲。哦，不大了然么，我解释给你听……"

但是黄主任拦住了他道："我明白，我懂得；我是说，照您看起来，解决这个，没有多大困难罢？"

"当然！"赵博士颇有点喜形于色，"乌合之众，不值一击！你听我来分析——"

"不，不用分析，"黄主任又拦住了他，"我们是英雄所见略同，这就是了。彼此心照不宣。"

于是两个人不谋而合，仰脸大笑起来。

"可是，"黄主任的表情又严肃到了极点，"论功行赏之时，足下意何所求？"

---

① 原文此字漶漫不清，疑为"说"。

② 此处逗号，原文如此。

似乎不防会问出这么一句,赵博士怔了一下,但随即装出夷然的态度答道:"我得百里侯足矣。"

"客气,客气,"黄主任笑了。

"那么,你呢?"赵博士反问。

"我么?"黄主任又正色答道,"但愿天下太平,大家能得安居乐业;个人是毫无所求。"

赵博士却不笑,只看了他一眼,这是私室密谈,又不是大庭广众之前演说,打这官话干么?

五

要有收获,先得耕种,既耕种了,亦得施肥;这道理,黄主任非常明白。他日夜奔走,简直忙坏了,而他的属员们亦天天为他写请客票,为他定席,为他招呼,也忙坏了,如果拿商业来打比,他多少已经化了若干本钱。

偶尔在汽车里有几分钟脑筋闲了些,他会自笑起来,想道:"得风气之先,对了,就是这一点关键。"接着又记起前天某公曾温语慰问,不禁精神百倍。

然而:两个掉头开的会,忽然又掉过头来。

什么?时间表有点不对劲了么?

不过黄主任还是忙于奔走,再接再厉,偶然斜一眼看看报纸上的大标题,哦,希特勒也在"再接再厉",茄门兵冲着风雪也在忙着送命。我们的黄主任就有东西辉映之感。但是,心情渐渐有点不同了,觉得自己的仍然奔波,倒不是积极发展,而要探探"宝路"了。

十一月初旬某日,他半夜里回家去,已经知道这一"宝"是"押"空了,心情真有点恶劣。却又碰到进了公馆时,他那二夫人还没回来。于是像突然觉醒了似的,想起近来自己太忙,倒没有留心二夫人这一向夜夜忙的是些什么。这一气,相当严重,他立刻咆哮似雷,把公馆里的当差老妈子大司务丫头,一个个都没头没脑痛骂了一顿。

骂完了,负气又喊汽车夫,打算出去,忽然二夫人却姗姗来了,黄主任虎起脸正待发话,二夫人先就冷冷地说道:"在徐公馆打牌啦,真累死了!"

黄主任听这么说,倒抽一口冷气,只踩着脚道:"咳,茄门人真该死,不挣气!拿人家白开一场玩笑,他妈的!"

(十一月十九日)

文中"浇裹"一词在茅盾小说《微波》中也有出现,《茅盾全集》的注释是"旧称日常生活所需的费用。浇,指饮食;裹,指衣著",①《汉语大词典》《现代汉语大词典》等工具书的释义也差不多,甚至例证也有茅盾的《微波》。"茄门"在茅盾小说《子夜》《锻炼》中也时有出现,《茅盾全集》的注释是"英语 German 的音译,旧时上

---

① 茅盾:《茅盾全集》第 9 卷,人民文学出版社 1985 年版,第 29 页。

海等地对德国的俗称"。① 从文末的"十一月十九日"看，其时茅盾尚居香港。

此期《国讯》旬刊封面除标注"本刊十周年纪念特辑"（列杨卫玉、季寒筠等十位作者姓名）外，仅列四篇文章：署名"记者"的《本刊十年来之抗日主张》、黄炎培的《告前方将士与海内外青年》、羊枣的《欧战新形势》与茅盾的《十月狂想曲》。目录信息与版权信息在同一页。目次居上，其中《本刊十年来之抗日主张》《欧战新形势》与《十月狂想曲》的字体作了大号加粗处理，可见编者对这三种文字的重视。版权信息居下。中部署"主编"俞颂华，"编辑委员"有季寒筠、俞寰澄、陶行知、张雪澄、黄炎培、杨卫玉、叶绍钧等 14 人（比重庆版多了俞寰澄、潘公昭，少了俞颂华），"发行兼督印人"俞寰澄，"发行所"国讯旬刊社，所列第一个地址是"香港汇丰大楼二二三号"，"总经售"光夏书店，"承印者"星岛日报承印部。右列"逢十、廿、卅日出版""本期特大号零售每册港币一角五分"（比平日贵五分）及半年、全年定价；左上是和此阶段重庆版基本一致的"本社信条"：高尚纯洁的人格（重庆版作"品格"）、博爱互助的精神、忠勇义侠的气概、刻苦耐劳的习惯、正确进步的思想。左下是"广告刊例"四条。茅盾晚年回忆《某一天》的发表时也称"《国讯》是俞颂华主编的，三十年代创刊于上海，原名《救国通讯》。现在要出香港版，俞颂华是我的老朋友，我就写了这篇小说支持他"。② 这既是对《某一天》选择在《国讯》发表的缘由的交待，也可视为《十月狂想曲》在《国讯》刊出背景的说明，那就是——支持主编《国讯》的老朋友俞颂华。事实上，早在 1932 年，创刊号发表茅盾名作《林家铺子》的《申报月刊》版权页之编辑有三人署名：其二为凌其翰、其三为黄幼雄，排名第一就是俞颂华，也可以佐证茅盾与俞颂华的确是多年的老朋友。

二、佚作特点与价值

展读茅盾 1941 年在香港创作发表的佚作《十月狂想曲》，不管是在最初的惊异状态，还是在随后的欣喜之中，乃至有意搁置数月后的冷静之余，都深感其特点之鲜明，放置在茅盾全部短篇小说创作中都引人注目。至少表现在以下三个方面：

一是视野广阔、选材大胆。小说题材虽然也是暴露国民党官员在抗战洪流中大做买卖，只求发财的腐化行径，但却出人意料地把欧洲战场上正在进行的苏德战争作为广阔背景纳入笔端。不仅借助赵博士之口分析德军离开莫斯科只有五十公里的战况以及西伯利亚的空虚，还说及满蒙边界集中的五六十万日军，继而罗列死伤人数，损失飞机、坦克、大炮数量，指出"这是任何一个国家无法补充的，苏联尤其不能"，认为在"乌克兰、顿河流域，都没有了，国防工业百分之八十沦陷"的情况下，"高加索也快没有了，油田也快没有了"，而且通过黄主任斜眼看到的报纸大标题反映"希特勒也在'再接再厉'，茄门兵冲着风雪也在忙着送命"，甚至还直接书写了押在德国人身上的"宝"落空的结局以及对德国人不争气的怨恨。这既体现了茅盾小说书写的过人胆识，也反映了茅盾对国际局势的深刻观察，以及

① 茅盾：《茅盾全集》第 3 卷，人民文学出版社 1985 年版，第 311 页。
② 茅盾：《战斗的一九四一年——回忆录〔二十八〕》，《新文学史料》1985 年第 3 期。

对反法西斯战争的必胜信心。因为11月19日茅盾写作《十月狂想曲》之时,莫斯科保卫战正在进行之中,激战正酣的双方难分胜负,甚至局部还是德军占优,"11月19日,德军'中央'集团军群指挥部以一个坦克师和一个摩托化师加强坦克第3集群,责成该坦克集群尽速占领克林和索尔涅奇诺戈尔斯克。苏军为避免遭受合围,在进行激烈的巷战之后,于11月23日放弃这两座城市"。[①] 茅盾敢于在小说中对战争的未来结局进行预判和书写,表达国人企盼胜利的心声,其眼光之敏锐与运笔之大胆,令人钦佩。

二是笔调辛辣、讽刺深刻。黄侯兴先生曾评价"茅盾的暴露讽刺作品,简劲、辛辣、一针见血,切中要害,嘲讽的笔法,寓怒于笑,诙谐多变,不追求噱头,不流于平庸"。[②]《十月狂想曲》作为散佚的暴露讽刺作品也是如此。如果说第一节对前处长和局长刚刚接手"主任"头衔时的"不自在""不痛快"情绪,与"比上不足,比下有余的差使,暂且混混,也不失为一枝栖"的安慰,以及"未必就没有发展之余地"的期许已经是语含讥讽,表现只顾盘算个人利益的为官心态;那么第二节"由处长而局长而又——主任,不过表示了他的奋斗过程,而这奋斗的目标倘照茂翁那样不懂修辞的俗物说来,便是四个字:挑精拣肥"的讽刺就是一针见血了,直言不断挑肥拣瘦的任职心理。到了第四节"许多'英雄'正在为这'伟大事业'而努力,他黄主任倘不厕身其间做一个小齿轮,为自己的远大前程而打算,那不是枉为人一世了么?"的力度更是深入骨髓,暴露群小为一己之私置世界正义与民族利益于不顾的荒唐无耻。而第五节的"日夜奔走,简直忙坏了,而他的属员们亦天天为他写请客票,为他定席,为他招呼,也忙坏了"也表现了黄主任的蝇营狗苟,私事公办。就是第三节茂翁由"有点愕然了"到"觉得越发不便问了",再到含糊应答"您的眼光不会错的。向来是料事如神,小诸葛!——不,简直的刘伯温再世",也讽刺了这些腐败官员豢养的走狗一味察言观色、溜须拍马的丑态。

三是手法多样、对比鲜明。且不必说第一节对"主任"头衔"是个可大可小的玩意儿"的一番研究是如何煞有介事,以及三等商店老板管唯一的账房先生叫"会计主任"与八面威风的大机关主任头儿进出跟着制服便衣,坐下来就有禀白请示之间的反差与对比;也不必说第二节对"数学上的根据""开诚布公"的几个公式是如何有板有眼,以及"打一场牌输去十万八万也不算什么一回事"与"战时公债他只认了五千尚有难色"之间的例外与对照;单是第四节对黄主任与"知己"赵博士由"抵掌侃侃而谈"而"不谋而合,仰脸大笑"的沆瀣一气,到问及"论功行赏"要求时赵博士装出夷然态度回答"我得百里侯足矣"与黄主任正色回答"但愿天下太平,大家能得安居乐业;个人是毫无所求"的分道扬镳,其手法的巧妙与对比的鲜明就值得分析。以手法论,这里的对比是多重的,既有一致与分野的性质对比,也有丑陋与丑陋的程度对比。表面上看二人真是"知己",总是"不谋而合",甚至不必"解释",也无须"分析",然而"装出夷然"的谦虚与"客气"毕竟抵不过"正色回

---

① 黄侯兴:《试论茅盾的短篇小说创作》,《北京大学学报(人文科学)》1964年第1期。

② [苏]Н·Г·安德罗尼科夫主编,南京师范学院外语系俄语翻译组译:《第二次世界大战史(1939—1945年)》第4卷,上海译文出版社1981年版,第33页。

答"的"个人是毫无所求"，于是高下立判，主任的戒备与提防现出原形。赵博士已经是老谋深算、厚颜无耻，却在黄主任面前败下阵来，不明白"私室密谈……打这官话干么"，可见黄主任更是别有用心、无耻之尤！甚至末节黄主任在公馆的"咆哮似雷"及对下人"没头没脑痛骂"，与面对二夫人"姗姗来了"却只能"虎起脸"进而"倒抽一口冷气，只踩着脚"骂德国人之间的对比也是非常鲜明，将其外强中干与色厉内荏刻画得淋漓尽致！而黄主任此时的失态与之前反复言及的"乐观"其实也是有意思的对比。

作为茅盾 1941 年在香港创作的集外作品，《十月狂想曲》重新发现的重要价值不言而喻。具体而论，大致可以分为史料价值与文学价值两个方面。

史料价值方面，既有补遗之功，又有纠正之效。茅盾是现代文学大师，正如《茅盾全集》之《编后记》所云，历时十七年出齐的四十卷《茅盾全集》"是中国二十世纪文学史上的大事"。[①] 其编辑委员会与编辑室之阵容在当年就是最高规格，在今天看来更是超级豪华，经过专家们出色而长期的工作，搜罗的茅盾作品的确是相当完备。《编后记》甚至都没有说及茅盾作品可能散佚的情况，只是客气地表示"在《茅盾全集》的编、校工作中难免也有疏漏与错误……相信全国广大读者、国内外社科专家、学者、文学工作者仍会一如既往地关心和帮助改正《茅盾全集》中的缺点和错误，以使其臻于完美"。事实上，《茅盾全集》及《茅盾全集·补遗》编撰完毕之后，学界虽然偶有茅盾佚作发现，但大都是时论、讲话、谈话或书信，如段从学的《茅盾轶简：关于〈文艺阵地〉的一封约稿信》、李斌的《郭沫若、茅盾、巴金、胡风佚简五封》、钟奎松的《茅盾的一篇谈出版的佚文》、葛涛的《茅盾谈电影剧本〈鲁迅传〉的两则佚文考》、许建辉的《茅盾佚信再拾》、雷超的《茅盾代理〈时事新报〉主笔史实及新发现的佚文考证》等，很少发现刊发在民国报刊上的茅盾文艺佚作。这就既显示了《茅盾全集》及其补遗在收集茅盾文学作品创作方面的突出成效，也凸显了《十月狂想曲》作为重新发现的民国时期茅盾文学佚作的重要价值。史家钦鸿先生曾指出："翻阅已经出版的几种茅盾书信集，可以发现写于 1940 年至 1945 年间的信件特别地少。这当然不是由于茅盾这段时间疏于写信，而是因为当时形势艰危，后来又长期动荡不安，致使他的手泽大多被遗失了。惟其如此，最近发现的他写给南通作家尤其彬的一封佚信，就显得特别珍贵。"[②]的确，查目前收录茅盾书信最丰富的黄山书社新版《茅盾全集》，其中写于 1940 年至 1945 年间的信件也只有 49 通，其中最少的 1941 年仅 2 通，所以不足百字的《致尤其彬》自然"显得特别珍贵"。而《十月狂想曲》作为茅盾 1941 年第二篇短篇小说作品，篇幅是《致尤其彬》的 40 倍，其价值也应当远在《致尤其彬》之上，可以说是尤其"显得特别珍贵"。其对《茅盾全集》《茅盾著译年表》《茅盾生平译著年表》等的史料补遗之功，也不是篇幅短小的集外书信与讲话所能比拟。同时，《十月狂想曲》的史料纠正之效也不容小觑，它既是对本文开篇所引茅盾晚年回忆以及"抗战以来，我写了三部

---

① 茅盾：《茅盾全集》附集，人民文学出版社 2001 年版，第 596 页。
② 钦鸿：《新发现的一封茅盾佚信》，《新文学史料》2000 年第 2 期。

长篇小说,却几乎没有写短篇小说,只在四一年写了一篇《某一天》"①诸说的修正,也是对前文提及的唐金海、刘长鼎主编《茅盾年谱》1941 年 11 月 29 日关于《十月狂想曲》体裁与出处的补正。可以不夸张地说,由于《十月狂想曲》的重新发现,相关资料与成果如有可能再版,都需要进行必要的补充修订了。

文学价值方面,既是 30 年来首度发现茅盾小说佚作,又是茅盾名作《某一天》的姊妹篇,是茅盾短篇小说的成熟之作。1985 年《茅盾全集》(1—9 卷)的出版,似乎已经将茅盾全部小说创作一网打尽。三十年来,茅盾小说辑佚工作几无进展,不仅研究者很少发现茅盾集外小说作品,就是"收入《全集》遗收、漏收及新发现并经专家考证确定的茅盾作品共 169 篇(首)"的《茅盾全集·补遗》在小说方面也只是增补了《〈子夜〉创作的构想、提要和大纲》《〈清明前后〉大纲》《无题》《〈锻炼〉创作笔记》《〈霜叶红于二月花〉续稿》等内容,其中严格意义上的小说作品仅有一篇《无题》,尚且是未完稿。黄山书社新版《茅盾全集》的九集小说篇目,也只是《茅盾全集》(1—9 卷)和《茅盾全集·补遗》前述五种内容的组合而已。在这个意义上,我们完全有理由强调《十月狂想曲》是三十年来第一次发现完整的茅盾小说作品,不仅是对茅盾小说创作园地的丰富与填补,而且有望催生茅盾小说研究的新话题与新成果。

更为重要的是,《十月狂想曲》不是茅盾的一篇普通的小说习作,而是茅盾名作《某一天》的"续篇",或曰"姊妹篇",不仅在茅盾抗战时期的短篇小说创作中具有特殊的地位,而且在茅盾全部短篇小说方队中也是思想性艺术性俱佳的成功之作。之所以认为《十月狂想曲》是《某一天》的"姊妹篇"的原因有三,一是二者题材的相近,茅盾曾在回忆中自评《某一天》是"以辛辣的笔调暴露了国民党某些所谓'抗战到底派'的真面目",②而《十月狂想曲》也是撕下国民党某些所谓"乐观派"的假面具,曝光他们贪婪、虚伪、一心发国难财的丑恶嘴脸;二是情节的勾连,《十月狂想曲》反复写到黄主任的"前处长"履历,写其"由处长而局长而又——主任",正是《某一天》主角"W 处长"相关情节的自然发展,"W 处长"可以倒卖卡车,黄主任也可以押宝茄门,二人做官兼做买卖的行径与贪腐无耻的形象也是一脉相承;三是人物的串场,除了"W 处长"就是"黄主任"的过去时态,"黄主任"就是"W 处长"后续发展,"W"是"黄"的方言发音之代称,"黄"是"W"的代称之还原外,还有"知己"茂翁与"二夫人"也同时在两篇小说中出场,同样是主角身边的阿谀奉承之辈与家里的不无忌惮之人。

《某一天》以其思想性与艺术性在发表后产生了广泛的影响,民国时期就被多次转载和编入不同集子,如 1942 年 1 月 29 日《解放日报》转载,如收入 1945 年 7月十八集团军总政治部宣传部编选、延安印工合作社出版的《一天的工作》,收入 1946 年 6 月上海建国书店出版的《某夫妇》、1947 年 5 月上海建国书店初版的《当代小说选》等。新中国成立后,《某一天》也得到茅盾本人的青睐,在回忆录中反复提及,除了《战斗的一九四一年》中的评价与以近 500 字的篇幅复述《某一天》的内

① 茅盾:《桂林春秋——回忆录〔二十九〕》,《新文学史料》1985 年第 4 期。

② 茅盾:《战斗的一九四一年——回忆录〔二十八〕》,《新文学史料》1985 年第 3 期。

容外，在《桂林春秋》中又认为"再写《某一天》那样内容的小说，图书审查处肯定通不过，还可能给熊佛西惹来麻烦"，①点明《某一天》的特殊尺度和重要价值；同时也被视为茅盾抗战时期短篇小说的重要收获之一被不少学者反复论及，先后编入《茅盾短篇小说集》《中国抗日战争时期大后方文学书系》等产生重要影响的集子。《十月狂想曲》作为《某一天》的"姊妹篇"，不仅篇幅相当，题材相同，情节相连，手法相似，而且背景更加宏阔，暴露更加彻底，尺度更加大胆，讽刺更加深刻。1952年，茅盾在《〈茅盾短篇小说选集〉后记》中总结自己"在短篇小说的写作方面所得到的一点经验教训"时，曾经指出"在横的方面，如果对于社会生活的各环节茫无所知，在纵的方面，如果对于社会发展的方向看不清楚，那么，你就很少可能在繁复的社会现象中恰好地选取了最有代表性、典型性的，即是具有深刻思想性的一事一物，作为短篇小说的题材"。②《十月狂想曲》可以说就是在横的方面了解和纵的方面看清后选取到了代表性、典型性的题材，其思想性和艺术性不仅不亚于《某一天》，而且还呈现出一定的发展和进步。虽然因为作者的遗忘和研究者的疏漏而长期不为人知，但一经重新发现，其炫目的文学光华与重要的文学价值却不可磨灭，完全有理由在文学史上占有与《某一天》比肩甚至更高的地位。

三、相关思考与补正

值得指出的是，《十月狂想曲》也存在一些需要注意和思考的问题。比如茅盾大胆预言德国人失败的依据是什么？当历史证实茅盾的先见之明后，为什么茅盾反而似乎忘了这篇有理由得意的作品？他对这篇小说满意吗？他对这篇小说不满意吗？为什么在晚年回忆中记得起"一九四一年是风云突变的一年。希特勒席卷了大半个欧洲，六月二十二日又贸然以三百万大军向苏联进攻，十月攻抵莫斯科近郊"，③却忘记了《十月狂想曲》这篇自己唯一以此为背景的小说？为什么对创作《某一天》的印象那么深刻，却遗漏了两月后创作的姊妹篇《十月狂想曲》？据《我走过的道路》注释和《茅盾全集》注释披露，回忆录从《一九三五年记事》起"系作者亲属根据作者生前的录音、谈话、笔记以及其他材料整理而成"，④这种整理会不会有完整性或选择性问题呢？至少可以存疑。也就是说，《十月狂想曲》的长期散佚，到底是客观因素使然，还是有意选择屏蔽，或是兼而有之，暂时都还难有定论，值得继续思考和研究。同时，鉴于《某一天》是描写"W 处长"的处长阶段，《十月狂想曲》是刻画"黄主任"的主任阶段，中间还空缺了"局长"阶段，茅盾会不会还有一篇不为人知的书写此人"局长"阶段的小说作品呢？目前尚不能排除这种可能性。

还值得注意的是，茅盾抗战时期在《国讯》旬刊发表的作品较多，收入《茅盾全集》第 36 卷的致黄炎培、杨卫玉、季寒筠三人的一封书信，还表明他愿意应邀受聘

---

① 茅盾：《桂林春秋——回忆录〔二十九〕》，《新文学史料》1985 年第 4 期。
② 茅盾：《茅盾全集》第 9 卷，人民文学出版社 1985 年版，第 532 页。
③ 茅盾：《战斗的一九四一年——回忆录〔二十八〕》，《新文学史料》1985 年第 3 期。
④ 茅盾：《茅盾全集》第 35 卷，人民文学出版社 1997 年版，第 1 页。

"国讯书店出版委员会委员",并积极为书店出谋划策。[1] 已有研究者梳理过茅盾与《国讯》的渊源以及在《国讯》发表的作品,但存有瑕疵。如《茅盾研究》(第13辑,新加坡文艺协会2014年8月版)所载《茅盾与〈国讯〉》,对抗战时期作品的表述:"1941年2月16日夜写成的《雾中偶记》,发表在2月25日第26期《国讯》……同月10日,茅盾撰文《某一天》,发表在《国讯》香港版创刊号……从3月5日第340期的《给他们什么》、4月5日第331期《"确有其事"》、5月5日第355期《共同的语言》、6月15日第338期《亚儿方斯·肖尔的军功》、7月5日第340期《对抗战文艺第七年的期待》,到8月5日第343期《暑假随笔》,每月都有文稿、译著在《国讯》发表……1945年8月10日,第396期《国讯》发表茅盾《怎样复兴抗战后的文化事业》",[2]就可稍加补正。"第26期"应为"第261期","第355期《共同的语言》"应为"第335期《共通的语言》"。同时,作者自注称"《国讯》发表茅盾作品与时间,均录自《茅盾全集·别集·茅盾生平译著大事记》",[3]也可能有失严谨。因为《茅盾全集》并无《别集》,只有《附集》;《附集》中也没有《茅盾生平译著大事记》,只有《茅盾生平译著年表》。此外,仅据作家全集梳理作家发表情况,而不回到原始报刊资料,只会延续本来就"不全"的全集之瑕疵,不能全面反映作家作品情况。其中已经提及的《怎样复兴抗战后的文化事业》就未收入《茅盾全集》。

现代作家佚文发掘,其实是一种缘分,陈子善先生有个形象的说法,"民国时期文史方面遗落的明珠是捡不完的",[4]谁先遇到,谁先捡拾,谁先披露,都是充满偶然性的。当然,偶然之中也有必然,只要作家佚作还在,民国期刊还在,只要辑佚之学不亡,发掘之志不灭。期待学界能够发现更多茅盾的集外作品,编订更完善的《茅盾全集》;也期待有更多的研究者加入现代作家佚文发掘事业,为逐步解决诸多作家的"全集不全"问题而不懈努力。

最后,值得说明的是,本文初稿在2015年茅盾故乡乌镇举行的"笔剑无分同敌忾,胆肝相对共筹量——郭沫若与茅盾展"暨"抗战中的郭沫若与茅盾"学术研讨会上交流发表过,相关综述已有提及。[5] 标题中"首度"之说,也是相对于2015年而言。修改投稿过程中,几多曲折,而茅盾研究也在不断推进。到书面刊发之时,金传胜博士《〈东方画刊〉上的茅盾佚作》(《中国现代文学研究丛刊》2017年第11期)已经发现辑校了茅公1938年7月发表的小说佚作《铁怎样炼成钢》,"首度"已成"再度"矣!然一仍其旧,以示警醒,还请读者诸君海涵。

① 茅盾:《茅盾全集》第36卷,人民文学出版社1997年版,第201—205页。

② 周乾康:《茅盾与〈国讯〉》,《茅盾研究》第13辑,新加坡文艺协会2014年版,第127—129页。

③ 同上,第129页。

④ 李昶伟:《陈子善:民国文史遗珠捡不完》,《南方都市报》2013年10月20日。

⑤ 张勇、赵笑洁:《"笔剑无分同敌忾,胆肝相对共筹量——郭沫若与茅盾展"暨"抗战中的郭沫若与茅盾"学术研讨会综述》,《郭沫若学刊》2015年第3期。

抗战时期茅盾佚文考述

金传胜①

内容提要：本文披露与考订新、旧两版《茅盾全集》所失收，茅盾作于抗战时期的多篇集外文字。这些佚文的"出土"，无疑将扩充抗战时期茅盾的文学创作，有助于《茅盾全集》的增补与完善，对于进一步了解与考察这位文学巨匠的人生轨迹、文学思想与创作活动，具有十分重要的文献价值与参考意义。

关键词：茅盾；佚文；抗战文学

抗战爆发后，为了配合抗日宣传，鼓舞民众士气，抑或沟通文坛信息，指导文艺创作，茅盾在创作小说与戏剧的同时，积极从事散文的写作，其中尤以战斗性的杂文居多。1945 年散文集《时间的纪录》出版，是茅盾抗战散文成就的集中展示。由于抗战时期时局动荡，战火纷飞，报章杂志保存不易，加之茅盾曾辗转奔波于大江南北，文章散见于各地的大小报刊，故存在散佚集外的文字在所难免。笔者在平时查阅抗战时期报刊文献时，陆续辑获新、旧两版《茅盾全集》所失收的数篇佚文。为了有助于《茅盾全集》的进一步修订与完善，推进茅盾研究，兹以发表时间为序，将这批佚文整理出来，并略作梳理考订，以飨诸学界。

一

1937 年 8 月 5 日，上海《新闻记者》②月刊第 1 卷第 3 号刊登了署名茅盾的短文《"差不多"》。由文末所具日期可知，本文作于 1937 年 7 月 15 日，主要针对"七月十四五等日《立报》的论评"而发。上海《立报》是由成舍我、严谔声、吴中一等新闻界人士 1935 年 9 月 20 日创办的小型报纸，张友鸾、萨空了先后任总编辑。它实行精编方针，以"报纸大众化"为办报口号。辟有三个各具特色的副刊，一是谢六逸主编的《言林》，一是张恨水、包天笑先后主编的《花果山》，一是萨空了主编的《小茶馆》。著名文学家郭沫若、老舍、巴金、夏衍等都为《立报》副刊写过文章，茅盾也是该报的支持者与撰稿人之一。据谢六逸《社中偶记》，茅盾在回复谢六逸约稿的信中说："《立报》出版后已阅读，这是小型的报纸，别开生面，甚有意义，委嘱

---

① 作者简介：金传胜，扬州大学文学院。

② 本刊为新闻刊物，目录页题名《新闻记者月刊》。1937 年 6 月 5 日在上海创刊，停刊日期不详。顾执中任编辑兼发行人，由新闻记者社出版。辟有论坛、讨论和研究、特写、读报常识、读者呼声、读者信箱等栏目。撰稿人除茅盾外，尚有方菊影、李问樵、陆礼华、严品藻、周邦俊、邵力子、顾用中、宋庆龄等，刊物插图多为陈烟桥、新波、野夫等所绘。

作稿,俟有题时当即写奉。盖小品文最难得题也。想荷亮察。"①1936 年 1 月,茅盾先后为《立报·言林》撰写了《谈小型报的编辑技巧》《小型报的性质》《晚明文学》等文章。抗战爆发后,《立报》积极进行抗敌救国宣传,以"对内和平,对外抗战"为主张,表现了进步报人的爱国热情。

在战局日益严峻的情势下,报纸因信息量大、时效性强,成为民众及时了解抗战最新动态的主要手段。阅读新闻是茅盾每日的必做功课,其中显然包括《立报》在内。虽未见"七月十四五等日《立报》的论评",然可以想见应是"对于当头难的国难作具体建议者"。国难关头之际,身在上海的茅盾不仅希望各报"同伸义愤",更期盼有志之士能贡献救国意见。在论调"差不多"的上海报界,作为"小弟弟"的《立报》却能发出"今日扼要的名论",显示出主办者的魄力与勇气。

《"差不多"》表明了茅盾对《立报》坚持救亡图存的办刊立场的支持与称许,反映了抗战初期茅盾对于新闻舆论工作的重视。彼时的茅盾经常就报纸的编辑倾向或刊登内容发表意见。在写作时间稍晚于《"差不多"》的《战时读报感想》中,茅盾就各大报一律缩减篇幅阐发了自己的四点感想。"感想之四"认为"减缩了篇幅的各报既照常齐出,似乎可以各就其平日最大多数读者对象之各异而创造其各自的个性出来"。最后指出"战时报纸,宣传与教育的任务重于报道刻板的新闻"②。在茅盾看来,在坚持"宣传与教育的任务"这一基本任务和"大方针"的前提下,各报可以根据其服务对象与读者阶层,创造、发展出自己的个性。这可以视为茅盾反对"差不多"即"一个地方出版的多数报纸竟如出一手"而做出的进一步思考。还需注意的是,茅盾用"差不多"为文题,似也与当时"反差不多"运动有关。1936年 10 月 25 日,沈从文以炯之为笔名在《大公报·文艺》副刊第 237 期上发表《作家间需要一种新运动》,批评近几年新出版的大多数青年作家的文章都"差不多",由此引发自由主义文学与左翼文学间的一场论争,即"反差不多"运动。作为左翼阵营的一面旗帜,茅盾于 1937 年 7 月 1 日、5 日分别在《文学》第 9 卷第 1 号、《中流》第 2 卷第 8 期发表《新文学前途有危机么》《关于"差不多"》两文予以回应③。《"差不多"》虽不是直接参与这次文学论争,却巧妙地将"反差不多"从文坛引入新闻界,体现了茅盾有的放矢、立意高超的杂文艺术。

二

1937 年 11 月 1 日汉口《大公报》"战线"副刊发表署茅盾的影评《关于苏联影片〈克隆斯达海军〉》。苏联电影《克隆斯达海军》原名《我们来自喀琅施塔得》,1936 年上映,1941 年获斯大林奖金二等奖。影片讲述了这样的情节:1919 年 10 月,彼得格勒突遭白军包围,驻守在克隆斯达(现译作"喀琅施塔得")海上要塞的波罗的海海军奔赴彼得格勒,联合当地的步兵和工人团,在布尔什维克党的领导

① 谢六逸:《社中偶记》,陈江、陈庚初编:《谢六逸文集》,商务印书馆 1995 年版,第 301—302 页。
② 茅盾:《战时读报感想》,《茅盾全集》第 16 卷,黄山书社 2014 年版,第 144 页。
③ 关于此次论争的评述,可参见刘东方:《"反差不多"论中的"差不多"——以"反差不多"运动中的茅盾与沈从文为中心》,《山东师范大学学报(人文社科版)》2011 年第 4 期。

下同仇敌忾,并肩战斗,终于战胜前来进犯的敌人,保卫了苏维埃政权。本片运用现实主义手法再现苏联国内战争中这一段悲壮的史实,浓墨重彩地塑造了几位革命英雄的鲜明形象,获得了广泛认可。影片中高昂的革命激情具有强烈的艺术感染力,在苏联电影史上占有重要地位,被公认为苏联电影经典作品之一。1937 年该影片被介绍至我国,经南京国民政府中央电影检查委员会(简称"中央电检会")审查通过,被上海大戏院选为复业献映第一片,拟于 6 月 10 日晚公映。但因德国领事馆认为该片有不利于德国的嫌疑处,提出抗议,市府命令停映。直至中央有急电到沪,说明内容与德并无不利,遂于 12 日在大批警察保护下重新开映。13 日,上海大戏院在《申报》刊登了《克隆斯达海军》电影广告,广告突出位置还有"租界禁映"四个字。因是"禁片",更能激起观众的观影欲望①。茅盾显然在上海曾观看这部电影,印象深刻,只是所谓"今年春天,在上海,我看过这部伟大壮烈而又美妙的历史的写真"的表述似不够准确,实则应在 1937 年 6 月间。10 月 29 日茅盾路过武汉时恰逢此片"在汉口第一次公映"。他再次为影片"捧场",并写下了上述影评。早在 6 月 19 日,即有观影者发表评论,提出该片"可当作国防电影看"②。卢沟桥事变后,华夏儿女共赴国难,投身救亡图存的时代洪流中。在此背景下,茅盾重观此片,感慨良多,认为电影"在后方的民众面前公映,实有重大的意义",只要是"爱祖国爱自由的人",都可以从该片中获得感奋,激发斗志,争取民族解放的最终胜利。

　　抗战爆发后,因时局不靖,茅盾在朋友的帮助下,1937 年 10 月将孩子由上海送往长沙念书。虽然此行的主要目的是处理家事,但在辗转上海、长沙、武汉等地的过程中,茅盾亦为推进抗战文艺运动而奔走操劳。因此茅盾为汉口《大公报》撰文并不令人意外。10 月 31 日的该报上还刊有一则《茅盾会见记》,系记者采访茅盾的记录,全文如下:

　　【本报特写】在一个叫嚣的旅馆里,碰见了文学家茅盾先生。他是两个星期以前因送男女公子去长沙读书,由上海路过武汉的,前天他又折回武汉,预备搭明天的船返回上海,把太太送回嘉兴原籍,在一个月以后,他也许再回到武汉来长住。他的房间门首写着"沈先生"。桌子上零乱地摆着杂志、日报、请帖、名片。他刚由冠生园吃饭回来,精神饱满、飘洒。

　　他和记者首先谈了些各地文化工作者工作的情形,大体都很好,但是小磨擦仍不免,实在可惜。他说上海文化界的情形很好,起初自然不免有点小磨擦,但是经过敌人的飞机大炮一天比一天厉害的轰炸,一切障碍都云飞雾散了。他说,上下应该切实打成一片,现在谁也不应讲不要谁。长沙虽然国立戏剧学校、平教会和临时大学都搬去了,可是曹禺他们还感觉太沉闷,原因是文化工作者因为还有障碍,干的不起劲。

　　记者问到他关于文艺工作者创作取材问题,他说:自然应该以抗战事实为内

---

① 参见孟庆和:《姜椿芳与〈列宁在十月〉》,《文汇报》2017 年 11 月 10 日。

② 一平:《可当作国防电影看的〈克隆斯达海军〉》,《立报》1937 年 6 月 19 日。

容,鼓励歌咏固然需要,在后方的也应该把后方种种缺点指示出来,这样才与抗战有利,不然,只做到个外表,骨子里一点也不长进,危险很大。

他又说:在上海的作家都分散了,有的移到内地都市的,有的回到了自己的家乡下,但很少有联系,这是很不好的现象,大家应该互相交换消息,甚至交换文章。

最后记者问他近来写什么长篇文章没有,据沈先生说,他本来在今年上半年写一篇《辛亥革命的前夜》的长篇,不过后来因事耽搁了,现在的情形又不许可,也许把材料再找一找,在这近几个月内开始写。他听到记者说武汉这个地方关于辛亥革命的材料较多,盼望他到武汉来写,当莞然地笑了。

他最后告诉记者,他回到上海以后,第一步把太太送回嘉兴,然后自己愿意加入张发奎将军所属的战地服务团去跑一跑,一来可以找着许多新鲜资料,二来也亲自经历经历这次抗战前线的滋味。

晚年茅盾在回忆录《烽火连天的日子》说他自长沙返沪途中,于 10 月 20 日抵达汉口,乘坐 24 日去杭州的火车,11 月 5 日傍晚到达杭州。茅盾关于武汉期间的行踪有如下回忆:

十月二十日,我又来到汉口。在开明书店汉口分店里等我的是德沚的一封电报,说长江航线有危险,南京以下已不通航,要我走其他路线返沪。所谓其他路线只有走浙赣路和沪杭路。看看汉口的报纸,第一版正登着"东战场我军退出闸北固守沪西"的大字战报。于是原来打算在汉口多住几天的想法也打消了。但是这次的车票却不容易买,只买到二十四日去杭州的票。我一看又是卧铺,就问换成坐票能否提前两天?章雪舟说:恐怕提前不了,而且我叫他们买卧铺是听说这条路很难走,没有卧铺沈先生会吃不消的。在等车的两天中,与圣陶谈到今后的打算,都觉得很难预测,武汉能否长期坚守?我们最后落脚到哪里?说不定我们这对老朋友从此山川远隔,再见不到面了。有一天徐伯昕来看我。他从上海到汉口不久,是来准备生活书店总店迁汉事宜的。……①

然据上引访谈可知,茅盾实际是于 1937 年 10 月 29 日安抵武汉,准备 11 月 1 日返回上海,可见茅盾晚年的某些追述不甚可靠。因茅盾撰写回忆录时已是近半个世纪后,在时间节点等细节方面难免出现记忆的偏差。在接受《大公报》记者的访问中,茅盾谈及各地文化工作者工作的情形、文艺创作的取材问题以及自己的创作情形与未来计划,大体是围绕抗战文化的发展与建设问题。这里我们可以看到茅盾对于抗战文艺工作的见解,也可以体认到他彼时对于文学创作与投身抗战的热情。《关于苏联影片〈克隆斯达海军〉》《茅盾会见记》两则史料,补充了茅盾回忆中的某些"空白",修正了他的一些误记,有助于我们还原茅盾武汉期间的文学活动与思想状况。

---

① 茅盾:《烽火连天的日子——回忆录(二十一)》,《新文学史料》1983 年第 4 期。

三

第二次国共合作正式建立后,在中国共产党与其他民主党派及无党派爱国民主人士强烈要求实行抗日民主的呼声推动下,国民党政府建立了国民参政会(简称"国参会")这一全国最高咨询机关。1938 年 7 月 6 日至 15 日,国参会第一届第一次会议在武汉召开。从成立伊始到 1948 年 3 月结束,共开过 4 届 13 次会议。它虽对国民党政府没有实际的约束力,但"因为它比国防参议会前进了一步,初具民主形式,制定了一些制度,参政员人数和其所代表的范围亦有所扩大,它给了各党各派提供了一个公开发表政见的场所"[1],所以得到了共产党及其他党派的欢迎与支持。社会各界进步人士极为关注国参会的进展,纷纷撰文发表意见,甚至连"唯美派"诗人邵洵美也撰有《安置战时妇女和儿童——贡献给国民参政会的一些意见》[2]。

1938 年 8 月 5 日广州《抗战大学》月刊第 1 卷第 10 期刊发了署名茅盾的《对国参会的意见》,表达了作者对于刚刚举行的国民参政会的看法。茅盾文章与石辟澜的《实现国参会的重要议案》、任启珊的《我对省县参政会的意见》等文,总题为《我们对于国民参政会的意见》,以收稿先后为序,编入该刊推出的"国民参政会特辑"。与《对国参会的意见》同期还刊发了茅盾先生为《抗战大学》所写的题词手迹:"学习革命的理论 加强救亡的工作 茅盾 七月十九。"《对国参会的意见》一文亦当写于 7 月 19 日左右。

《抗战大学》是抗战时期中共广东省委领导的、具有统战性质的大型综合性月刊,创刊于 1937 年 11 月 1 日。它的前身是广州"北新书店"编印出版的《激流》(文摘性质的刊物)。主编阳光(温京),编委有李育中、梁威林、龙世雄等[3]。其中李育中与茅盾多有往来。1938 年 2 月起,茅盾因筹备出版《文艺阵地》寓居香港。据李育中《茅盾先生在广州》一文回忆,当时李氏在香港主持一个进步团体——香港中华艺术促进会,专门从事团结在港的进步作家、艺术家,因而认识了茅盾,并常向他请教。为了充实《文艺阵地》的版面,茅盾先生还热情向李育中约稿。李因之写了《玛耶阔夫斯基八年忌》一文,登在创刊号上。李育中于 1938 年 4 月离开香港,转赴广州做救亡工作,仍与茅盾保持通讯,有书信往来[4]。茅盾为《抗战大学》撰稿、题词,很可能便是通过李育中的关系。不过这一推测尚待更多史料的支撑。

在《对国参会的意见》中,茅盾基于抗日救亡统一战线的立场,对国参会的决议案表示支持。同时认为决议既已制定,各党派应赤心合作,督促政府切实地予

---

① 马齐彬主编:《国共两党关系史》,中共中央党校出版社 1995 年版,第 672 页。

② 邵洵美:《安置战时妇女和儿童——贡献给国民参政会的一些意见》,《自由谭》1938 年 9 月创刊号。

③ 参见李峰:《宣传抗日的〈抗战大学〉月刊》,《中国出版》1996 年第 2 期。

④ 参见李育中:《茅盾在广州的时候》,《随笔》1982 年第 20 期。

以实施。他强调各党各派对于国家大政的改革方案未必相同，"但团结统一抗战到底的信念，是完全一致的；在此存亡关头，民族利益高于一切，谁要还是惟党派私利是图，那不但自绝于民，而且一定招致了自己的覆灭"。这是以含蓄的方式对国民党提出了警告，希望国民政府摈弃党派私利，以民族利益为重，与中共及其他党派精诚合作，团结御侮。茅盾的观点在当时极具代表性。如 1938 年 7 月 15 日延安《新中华报》的社评同样指出："国民参政会的每一有利抗战建国的具体建议与决议，政府应保证其能实现，国民参政会的决议才不成为空论和具文。"①石辟澜的《实现国参会的重要议案》也表达了相似的观点。

四

1938 年 7 月 7 日，即卢沟桥抗战周年纪念之际，成都《新新新闻》报增出《每旬增刊》。创刊号上刊载了署茅盾的《关于利用旧形式和创造新典型》，8 月 21 日第 5 期再次发表茅盾的《论师资》一文。两文迄今尚未收入各种茅盾作品集，亦未被各家《茅盾年谱》著录，可判定为集外佚文。

由《关于利用旧形式和创造新典型》中"沙汀先生要我写一点给本刊，我就把这些零碎的感想供给文艺界的朋友们作参考"的叙述可知，沙汀或系《新新新闻·每旬增刊》的编委人员，本文是茅盾在沙汀的约请下为该刊而撰，主要就"利用旧形式"和"创造新典型"两个文艺问题展开论述。同期《编辑后记》特意提及茅文："本刊承他肯于主编《文艺阵地》的百忙中惠然赐稿，对当前的文艺问题与以扼要而珍贵的指示。"此前沙汀曾应茅盾约稿，在《文艺阵地》1938 年 6 月 16 日第 1 卷第 5 号上发表短篇小说《防空——在"堪察加"的一角》。不难想见两人当时文字交往颇多，并在编刊上彼此支持、声气相求。

为了促进"利用旧形式"的工作，茅盾文中强调文艺工作者要提高自己的思想与才力，对于旧形式加以"批判地研究"。批评家们则要从作品的本身下切实的批评，深入研究旧形式的特长与优点以指导试验者。关于"典型"问题，茅盾承认抗战产生了"民族的新人"的正面典型，同时提醒读者抗战也催生了"负的种类"。如要正确地把握抗战现实，作家们也应该将这些"'负'的新典型""捉到纸上来"。这就在理论上支持了"暴露与讽刺"类的抗战文艺。本文与同年 6 月 27 日写就、7 月 16 日发表的《论加强批评工作》所述观点相近。关于利用旧形式的讨论，1938 年茅盾还曾撰写过《关于大众文艺》《大众化与利用旧形式》《质的提高与通俗》《利用旧形式的两个意义》，与上文亦可参阅。两年后，身在延安的茅盾又集中发表《论如何学习文学的民族形式》《旧形式、民间形式与民族形式》等多篇文章，显示了茅盾对于这一议题的持续关注与思索。

相较而言，《论师资》则是一篇关注教育话题、具有特殊意义的文章。1938 年 4 月，国民党临时全国代表大会制定与公布《战时各级教育实施方案纲要》。该纲要提出抗战期间实施教育的具体政策，包括"九大方针"与"十七要点"，涉及教育

---

① 转引自重庆市政协文史资料研究委员会、中共重庆市委党校编《国民参政会纪实（上）》，重庆出版社 2016 年版，第 112 页。

的诸多方面。茅盾先生对此纲要较为关注，并就"其中有关于师资者"拥有自己的看法，故写成《论师资》一文。本文主要讨论了战时中学师资训练问题。茅盾认为"师资之训练"确乎值得重视，但因战前的师资审查一向只看重形式上的履历与文凭，以致战时的临时中学乃至全国中学里存在师资不合格的现象。由于师资之选拔与审查只看文凭、履历等表面的东西，不但让大量照本宣科的"好好先生"和"知识窳旧思想落后的先生"走上中学讲坛，而且阻碍了"真正有能力的人"投身于教育事业。因而茅盾批评纲要"没有在原则上确定了今后师资采用人才标准，这是颇为遗憾的事"。

稍早于《战时各级教育实施方案纲要》，国民政府教育部已在 3 月 28 日颁布《中等以上学校导师制纲要》及《实施导师制应注意之各点》，令中等以上学校遵行。纲要"十七要点"中亦再次重申导师制。导师制的实施目的主要是"为矫正现行教育之偏于知识传授而忽于德免除师生关系之日见疏远而渐趋于商业化起见"。对于导师制，茅盾肯定其实施的必要性，然亦强调在当前师资问题尚未圆满解决的条件下，导师制的实行将利少弊多。因为不良教师倘若成为学生导师，可能会在导师制的掩护下"干涉学生的思想研究"，"干涉学生的社会服务乃至救亡活动"，"强迫青年们'心如死灰，形同槁木'"。他提出在切实施行导师制的同时，还应"施行学校的民主制度"，唯有如此，学生才会更加敬爱师长。这不仅能够使不良学生从善如流，而且可以将不良教师清理出师资队伍。茅盾针对师资问题的主张，不仅是针对《战时各级教育实施方案纲要》颁布而发，而且将矛头指向了教育界长期"积久下来的丑恶的负荷"和不良风气，希望彻底地进行教育改革，谋求社会进步。《论师资》作为茅盾关心战时教育问题的一篇重要文章，具有较高的文献价值。

五

1938 年底，应杜重远的邀请，茅盾离开香港，经海防、昆明奔赴新疆迪化（今乌鲁木齐）。1938 年 12 月 28 日至 1939 年 1 月 5 日，茅盾在昆明逗留。在近十天的日子里，茅盾"参加了文协云南分会的晚宴和茶话会；又会见了朱自清、沈从文、顾颉刚、闻一多、吴晗、梁思成等一些新老朋友"[1]，接触了昆明文化界各方面的人士。应各方朋友的邀请，茅盾相继为文协云南分会、西南联大、云南大学作《统一战线与基本工作》《问题的两面观》《抗战文艺的创作与现实》等演讲或报告。当地的编辑和记者们闻风而至，纷纷约请茅盾撰稿。茅盾在了解刊物的背景后，就挤出时间，为其中的几个写了文章。据茅盾先生回忆，共有四篇文章，其中《看了〈黑地狱〉》《文化上的分工合作》《谈"深入民间"》三文早已收入《茅盾全集》，但《大众化与"诗歌的斯泰哈诺夫运动"》长期散佚。茅盾在回忆录中曾简略述及其创作缘起与内容：

---

① 孙中田：《图本茅盾传》，长春出版社 2015 年版，第 197 页。

给文协云南分会出版的诗歌月刊《战歌》写的文章叫《大众化与"诗歌的斯泰哈诺夫运动"》。《战歌》这诗刊我在香港时就知道，还在《文艺阵地》上介绍过，说它是"闪耀在西南天角的'诗星'"。这诗刊也是昆明唯一的纯文艺刊物。"诗歌的斯泰哈诺夫运"是诗人蒲风提出来的一个口号，蒲风在广州沦陷后一直没有消息，我写这篇文章时，正是盛传他已牺牲的时候。蒲风提出这口号，把它解释为只要求诗人们多产，我在这篇文章中补充了蒲风未指出的另一面。我说：诗歌的斯泰哈诺夫运动并不仅仅要求诗人们多产，它同时是一种诗歌的群众运动，是把诗歌从"沙龙"解放出来到街头的运动，也是诗歌大众化的又一方面。"文艺上的斯泰哈诺夫运动，一方面是要求文艺工作者更多向现实生活发掘，又一方面是要求更多人参加文艺战线，以期养育庞大的文艺的年轻的一代。"因为"无论任何文艺工作，只有群众化以后，然后真正有战斗的力量。"①

依据这段回忆，各家《茅盾年谱》均已著录此文，但原文一直未被学界辑获，成为有目无篇之作。查国华版《茅盾年谱》(1985)载"《大众化与诗歌的斯泰哈诺夫运动》(署茅盾)，发表于《战歌》第三期"②，文题与刊期皆不确。万国玉版《茅盾年谱》(1986)记"《大众化与'诗歌的斯泰哈诺夫运动'》"，刊于文协云南分会出版的诗歌月刊《战歌》第五期(此文迄今未找到)"③。唐金海、刘长鼎版《茅盾年谱》(1996)于"一九三八年十二月"谱文下著录"约十二月底　作《大众化与'诗歌的斯泰哈诺夫运动'》(文论)"④，创作时间显系推测，且未提发表刊物。长期从事史料研究的钦鸿先生从杨骚《诗营随笔》中发掘出这篇佚文的三个重要片段，写成《茅盾的佚文和诗歌的斯泰哈诺夫运动》。文章结尾表示："目前，茅盾研究工作正在逐步深入，茅盾的一篇篇佚文正在不断被发现，但愿有一天他的《大众化与'诗歌的斯泰哈诺夫运动'》一文也能重见天日。"⑤笔者查阅《战歌》杂志，在1939年该刊第1卷第5期上找到了此文。文末注"廿八年一月二日于昆明旅次"，表明写于1939年1月2日。该文很可能是罗铁鹰向茅盾约的稿件。当时，茅盾还为罗的首部诗集《原野之歌》题署了封面。此书由穆木天作序，1939年2月出版，列入"战歌丛书"。

《战歌》1938年8月创刊于昆明，由徐嘉瑞、溅波、罗铁鹰共同创办，以"救亡诗歌社"名义编辑，中华全国文艺界抗敌协会云南分会出版。初为月刊，但经常延期出刊。自第二卷起刊期不定，1941年1月后终刊⑥。其中第1卷第5期未查到出版日期，罗铁鹰在《回首话〈战歌〉》中认为是1939年1月初出版，然而本期署名"编

---

① 茅盾：《从东南海滨到西北高原——回忆录〔二十三〕》，《新文学史料》1984年第2期。

② 查国华：《茅盾年谱》，长江文艺出版社1985年版，第233页。

③ 万树玉：《茅盾年谱》，浙江文艺出版社1986年版，第249页。

④ 唐金海、刘长鼎主编：《茅盾年谱(上)》，太原高校联合出版社1996年版，第547页。

⑤ 钦鸿：《文坛话旧　续集》，上海远东出版社2009年版，第281页。

⑥ 参见罗铁鹰《回首话〈战歌〉》，《新文学史料》1983年第1期。该刊终刊号出版于1941年1月，标明第2卷第2期，但罗铁鹰认为系误印，实为第3期。

辑室"的《编后》落款为"一九三九，二，八日"，说明实际出刊时间当在 1939 年 2 月中下旬。

六

1942 年 12 月，茅盾离开桂林抵达重庆，开始了其在重庆的第二阶段长达 3 年多的生活和工作①。当时主编《联合画报》②的舒宗侨，是茅盾的好友，故邀请茅盾、老舍等文化名人担任该刊的撰稿人。茅盾与舒宗侨何时结交已难详考。舒宗侨早年就读于复旦大学新闻系，是著名作家谢六逸的学生。1935 年《立报》创办后，师生二人同时进入《立报》工作。谢主编《言林》副刊，舒担任记者③，茅盾则是"特约撰稿人"。舒宗侨可能即于此时通过谢六逸的关系结识了茅盾。

经查，茅盾在《联合画报》上共发表过四篇文章，分别是 1943 年 2 月 12 日第 14 期上的《希特勒的魔术》④，2 月 26 日第 16 期上的《春风骀荡》，5 月 7 日第 26 期上的《〈香港的受难〉画展》，1945 年 11 月 20 日第 155、156 期合刊上的《悼六逸》。其中，《希特勒的魔术》《悼六逸》两文早已收入《茅盾全集》。《〈香港的受难〉画展》近由学者宫立发现⑤，但《春风骀荡》一直未见学界谈及，当系一篇佚文。

《春风骀荡》与稍前的《希特勒的魔术》堪称姊妹篇。后文辛辣地讽刺与抨击了以希特勒为首的纳粹政党对德国青年的愚民教育与政治洗脑术。茅盾敏锐地指出，纳粹创办的教育机构实际上是一种特设的"集中营"，其目的只是为了推行日耳曼种族优越论，养成"德国青年的狂妄的自尊自傲"和"残酷的嗜杀性"，让他们"甘心去做纳粹侵略者的炮灰"。但在苏联的反攻与同盟国的奋战下，纳粹士兵日渐清醒，德军的总崩溃已指日可待。希特勒所玩弄的魔术伎俩，终于不免要彻底失去效力。《春风骀荡》在继续揭穿希特勒及其党徒穷途毕现、大势已去的处境后，将批判锋芒转向其"东方的轴心小伙伴"——日本。作者鞭挞了日本法西斯的穷兵黩武，疯狂成性，明确对日本军阀与普通民众进行了区分，揭示了日本的侵略政策对本国人民的搜刮与伤害，及政府不得民心的事实。茅盾对日军的最终失败深表信心，并勖勉广大民众继续坚忍不拔，努力不懈，以实现抗战的最后胜利。

最后，笔者还发现了茅盾的一篇译作《今日苏联的西伯利亚》⑥，刊于 1939 年 1 月 30 日《新阵地》第 30 期，署"茅盾译"。该刊系旬刊，由黄萍荪主编，新阵地旬刊社发行。1938 年 3 月 5 日在浙江金华创刊，停刊于 1939 年 1 月，共 30 期。主编

---

① 参见魏洪丘：《茅盾与重庆》，《茅盾研究》2005 年第 9 辑。

② 该刊 1942 年 9 月 25 日创刊于重庆，主编舒宗侨，由联合画报社出版。初为半月刊，后为周刊。1945 年 10 月 19 日出至第 154 期停刊。同年 11 月 20 日在上海复办，出至 1949 年 5 月第 228 期终刊。参见马光仁：《舒宗侨与〈联合画报〉》，《世纪》2008 年第 1 期。

③ 参见舒宗侨：《谢六逸和〈立报·言林〉》，陈江、陈庚初编：《谢六逸文集》，商务印书馆 1995 年版，第 411 页。

④ 1943 年 3 月 10 日再刊于《前锋副刊》第 65 期。

⑤ 参见宫立：《"沉痛而悲愤的情绪"》，《东方早报》2016 年 9 月 18 日。

⑥ 内文误印为"今日联苏的西伯利亚"。

黄萍荪乃浙江杭州人,与茅盾有同乡之雅。早在 1930 年代,黄氏在杭州主编《越风》杂志时,就曾向当时已是社会名流的茅盾约稿。茅盾先生应约撰文《辛亥年的光头教员与剪辫运动》,刊于 1936 年 10 月 10 日《越风》第 20 期。晚年黄萍荪特意作《"秀才遇考"思茅公,关于茅盾的一篇佚文》《向茅盾先生的一次组稿》[①]等回忆文章记之。考虑到黄萍荪与茅盾二人的关系,《新阵地》旬刊上的译文可能也是黄萍荪向茅盾组的稿件。此文未署原作者,文末注明译自 The Chin Jloungul[②],说明从英文译来。作者自称"去年秋天,我代表美国政府出席在莫斯科举行的第十七次世界地质学会议",故得以在西伯利亚和北极地带参观。本文即是描述"我"一路的见闻,主要介绍苏联开发西伯利亚的情形,包括矿业、工业、农业等方面的成绩。作者虽为美国人,然而文中并未流露出对于苏联的偏见与诋毁,而是采用了较为客观中立的立场。茅盾选择译介此文,当与作者不偏不倚的行文笔调有关。

正如论者指出,"茅盾那一代作家,苏联情结应该是最深厚的,因为他们那一代革命作家一开始就在苏俄革命熏陶下从事新文学创作的,以苏俄为师是中国 20世纪二三十年代的一种十分高尚的革命潮流。所以,茅盾一生中译了不少苏联作品"[③]。自步入文坛开始,茅盾就一直对苏俄文艺兴趣浓厚。1936 年他翻译出版了铁霍诺夫的中篇小说《战争》,上述《关于苏联影片〈克隆斯达海军〉》则体现了茅盾对于苏联电影的关注与称赏。《今日苏联的西伯利亚》虽非文艺作品,亦可视作茅盾"苏联情结"的反映。通过译介一个美国人亲眼所见、秉笔直书的西伯利亚,茅盾意图消除少数国人对苏联的隔膜与反感,增进读者对苏联社会主义建设现状的了解与认识,同时希望民众能从苏联人民日夜奋发、百折不挠的精神中"得到不少的感奋和借镜",用心可谓良苦。当然,这篇文章毕竟还是外文资料,且篇幅较短,信息有限。殆至 1946 年至 1947 年,应苏联对外文化协会之邀,茅盾终于得以近距离地感受苏联。回国后相继出版的《苏联见闻录》《杂谈苏联》两本散文集,则是作为亲历者的茅盾对于苏联的一次全面而集中地介绍了。

结语

在抗战时代语境下,新发现的这些文字在思想艺术上具有一些相似的特征。首先,除译作《今日苏联的西伯利亚》外,其他篇什多数为杂文,往往都是针对时事政治与社会现实而发,表现了茅盾关切抗战局势、呼吁民主和平的进步立场与爱国思想。贯穿于这些文章的一个中心主旨,是对抗战救亡的宣传与鼓动,对沉疴时弊的针砭与抨击,对和平正义的向往与追求。其次,它们都在千字左右,以短小精悍的篇幅、犀利明快的笔调,或匡正舆论导向,或表达政治见解,或关心教育大业,具有强烈的时代性与敏锐度。在探讨文艺问题时,茅盾以卓越的识见,高屋建

---

① 参见黄萍荪:《向茅盾先生的一次组稿》,《人民日报》1987 年 6 月 7 日第 8 版;黄萍荪:《"秀才遇考"思茅公,关于茅盾的一篇佚文》,《浙江学刊》1988 年第 1 期。

② 此处英文疑误。

③ 钟桂松:《茅盾书话》,海燕出版社 2012 年版,第 107 页。

瓶，条分缕析，收拨云见日之效，显示了理论家的精深造诣。在国共合作的特殊背景下，茅盾将巩固统一战线摆在重要位置，尽量扩大团结面，以文艺为工具，为抗战争取各方力量，为大众争取民主自由。面对残暴无度的侵略者，茅盾则充分发挥杂文作为"匕首"和"投枪"的作用，极尽讽刺之能事，揭露与痛斥日本法西斯的穷兵黩武。上述佚文的"出土"，无疑将扩充抗战时期茅盾的文学宝库，有助于《茅盾全集》的增补与完善，对于进一步了解与考察这位文学巨子的人生轨迹、文学思想与创作活动，具有十分重要的文献价值与参考意义。

此外，从发表这些佚作的刊物特点，也可以看出它们散佚的原因所在。它们多数刊发在非纯文学的期刊上（如《新新新闻·每旬增刊》《抗战大学》《联合画报》均为综合性刊物），容易被文学研究者所忽略；《战歌》虽属于影响较大的文学刊物，但因印数不多，存世较少，致使学人难以寓目原刊。所涉报刊分布于武汉、重庆、昆明、金华、广州等城市，可谓"遍地开花"，易因地处一隅而少人问津。由此可见，若以综合性刊物或地方性刊物为线索，进行中国现代文学史料的发掘工作，可能会有更多的学术发现。

附录

"差不多"

曾有一时，我订阅了好多份日报；用意很简单，不过想借此周知详略不同的记载，以及观点各异的议论罢了。但后来觉得各报的记载虽于社会琐闻上颇有详略迟速之别，而于大事件的报道，则几乎是一付印板印成，不幸我对于社会琐闻兴趣又不大好。至于议论呢，彼此也是"差不多"。为免"浪费"，我的订阅数就逐渐缩小，报贩失望之余，嘴脸也就一天天难看了。

同在一地发行的多种报纸，从新闻以至议论而都"差不多"，大概也不能不说是一种"浪费"罢？自然，这"差不多"是有原因的，执业于新闻界的先生们一定比我更知道得清楚，然而，想到一个地方出版的多数报纸竟如出一手，总觉得可笑，而也可悲罢？

这几天，华北炮火连天，上海各报当然同伸义愤了，然而除了义愤以外，对于当头难的国难作具体建议者，似乎还是很少；依然是"差不多"。

我是反"差不多"的，所以颇喜七月十四五等日《立报》的论评。而且觉得这正是今日扼要的名论。所可惜者，常常是"差不多"的上海报界，在这一论点上偏偏又不"差不多"了，我只见有小弟弟的"立报"，在那里"独唱"。

然而也不要以为反差不多就是不要舆论一致。一致是必须的，但一致者，应在大方针，应在精神。倘必"差不多"，则反磨钝了一致的锋。

七月十五日

关于苏联影片《克隆斯达海军》

影片《克隆斯达海军》是苏联电影艺术的高峰。而《克隆斯达海军》的英勇的斗争，同时又是苏联革命史上最光荣的一页。为了保障既得的自由，英勇的苏联战士曾经付过怎样伟大的代价，这部影片就是具体的说明。

战士之一——巴拉什夫,也就是影片《克隆斯达海军》中三数重要人物之一,他的奋斗的过程,最值得我们注意:其初他对于革命尚抱怀疑态度,然而在血与火的锻炼中,他逐渐坚决了对于革命的信仰,并且逐渐发挥他的智能,对他的祖国尽了最大的任务。"此地异才为乱出",在解放的自由的战争中,人怎样被造成一个真正的人,这部影片又是最好的说明。

今年春天,在上海,我看过这部伟大壮烈而又美妙的历史的写真;今天路过武汉,却又幸逢这部影片,在汉口第一次公映,我又看了一次,如果有机会,我还想再看第三次第四次;我觉得凡是伟大的艺术品多看一次即多增一分了解,更深进它的内容一层,而《克隆斯达海军》就是最靠得住的例证。

今年今日,我们中华民族的英勇战士正在上海作壮烈的牺牲,与日本帝国主义拼命,我相信凡是在今日看了影片《克隆斯达海军》的人们一定有这样的感想:我们也有无数的英勇战士在炮火中贡献他们的生命,尽了他们对祖国最伟大的责任;我们有无数的巴拉什夫,我们自南至北每一战场中正在创造中华民族新历史的光荣的史诗,而也正如《克隆斯达海军》,血与火将培养成自由之果,最后的胜利必属于我们!

上海战事,现在已转入一新阶段了,这是民族自由解放的新历史从一页度到一页,这只有加强我们的决心!而影片《克隆斯达海军》的全部故事的演进也只是一句话:多经历一重艰苦,就多增加一分决心,也就是多一层保障,最后胜利。在今年今日,影片《克隆斯达海军》在后方的民众面前公映,实有重大的意义,每一个爱祖国爱自由的人可以从此影片得到不少的感奋和借镜!(十月二十九日)

对国参会的意见

听说国民参政会开会那天,副议长张伯苓老先生致词,说他在市府奉委为副议长而且知道参政员二百人中搜罗了各党各派时,倒很担心大家的意见不能融洽,赶到江口一看,可就放心了。远道传闻,我不知道张先生那天的致词还有什么高见,但只上所述①传,似乎也是一部分人心理的反映。

现在事实表现出来,各党各派对于现实政治军事外交各大政的改革与推进,所见未必尽同,但团结统一抗战到底的信念,是完全一致的;在此存亡关头,民族利益高于一切,谁要还是惟党派私利是图,那不但自绝于民,而且一定招致了自己的覆灭,参政会议决各要案,实施起来,也还得各党各派赤心合作,不是任何党派所可包办,而且一经的惨痛经验已经证明包办即是不办。

记得开会以前,沈钧儒老先生答记者的访问,谓希望再没有过去的老毛病:会而不议,议而不决,决而不行。现在会过了,议过了,也议而决了,民众的期望就是即行,——许多人觉得参政会决议各案尚嫌空泛,但即使是十分具体的决议而官样文章的地②一行,也还是无补实际,所以我们迫切的期望是切实的行!国参会不是权力机关,希望它督促政府立即切实的行!

---

① "所""述"两字应互换。
② "地"疑为衍字。

论师资

四月间，临全大会①通过的《战时各级教育实施方案纲要》，确定了九项方针，及实施准则的要点十七条；其中有关于师资者，一为实施准则要点第三，原文如下："对师资之训练，应特别重视，而亟谋实施。各级学校教师之资格审查与学术进修之办法，应从速规定为养成中等学校德智体三育所需之师资，并应参酌从前高等师范之旧制而急谋设置"，这是要整理现在已有的教师的资格，并且要养成适合于新标准的教师。

其二实施准则要点第六，原文是"订定各级学校训育标准，并切实施行导师制，使各个学生品格修养及生活指导与公共道德之训练上，均有导师为之负责，同时可重立师道之尊严"。这是说明了单会授课的教师还不够师资。

到现在，各级学校教师之资格与学术进修之办法以及各级学校训育标准，似乎向未②厘订完成，或者已经有了，而我没有留心看到，但有或没有，都不是问题的中心，我现在要提出讨论的，是和这两个要点有关的一二事实。

因为这两个要点和中学教师最有关系，所以我要说的事实也只限于中学教师。

本年二月，教育部设置了临时中学，全国六所或七所，登记各战区来的中学学生和教师；在二月底，登记审查完毕，随即在各地分别开学。据最近所得的材料，则此辈来自战区的教师其中能力好的大都已经抛开粉笔另找工作，所以结果在临时中学教书者，多半是向来只照课本死教一遍的"好好先生"，乃至知识癫旧思想落后的先生。徐州陷落以后，设置在河南省的一个临时中学撤退往后方，教师们命令学生尽弃所有而他们自己则什么都带了走，临时找伕子不得则用军训的枪向老百姓示威，实实③行拉伕，可知其中也还有荒唐分子。这都说明了他们师资的不够。然而倘照"师资"说来，他们都是有文凭也有多年的教书经验的。如如④果这些"资格"都不算数，那么将无师可得。因此我猜想起来，依据《战时教育纲要》的实施要点所定的《资格审查》办法大概亦只能以文凭及经历为标准。但这么一来，好的教育方针也会变一纸空文。临时中学的情形当然只是一个例，然而就所见所闻而言，全国中学例外的恐亦不多；这是因为战前的师资审查就一向是只看形式上的履历与文凭。

但这并不足以证明我们就没有够师资（新的师资）的人，这反倒证明了形式上的师资久已在阻碍真正有能力的人无从献身。《战时各级教育实施方案纲要》没有在原则上确定了今后师资采用人才标准，这是颇为遗憾的事。

其次，导师制是好的，但师资问题倘没有圆满解决，则导师制只能成为不良教师压迫青年的工具，有不少的事实告诉我们，自己思想糊涂的教师却在导师制的

---

① 指"国民党临时全国代表大会"。
② "向未"疑为"尚未"。
③ 此处应衍一"实"字。
④ 此处应衍一"如"字。

掩护下干涉学生的思想研究,自己品格未端的教师却在导师制的掩护下干涉学生的社会服务乃至救亡活动,自己生活未能严肃的教师却在导师制的掩护下强迫青年们"心如死灰,形同槁木"。以此而求立师道之尊严,实在是南辕北辙;不但是南辕而北辙,且将诱发血气未定的青年学子而"导"之于虚伪欺诈。现在标准师资之难得且不足,既已如上述,则导师制之切实施行,亦将利少而害多。

因此,导师制是好的,应当切实施行的,但同时也应当施行学校的民主制度。要防止"导师"成为学校社会的"暴君",而使成为学校社会内的民主的首长。以"防民"的观念去"防"学生,结果只有使师生对立,使师道愈不能尊。把学生当作生性好捣乱的这种偏见,不应当再有了,学校的民主制度的确立只有使学生更能爱敬师长,只有使不良学生不能不改善;一个好教师不怕学生对他的行为有批评有责问,事实上,批评和责问亦不会加到好教师身上。

青年学生是民族的命脉,在今日注意师资训练,真是万分的必要。可是我们不是存一块空白的教育园地上一钉一木以期建造,我们有积久下来的丑恶的负荷,因此我以为要得新的师资,势不能不先破□①积习,来一个澈底的改革!

大众化与"诗歌的斯泰哈诺夫运动"

诗人蒲风(据最近可靠消息,他未死,仍在粤北前线服务),曾经发起过"诗歌的斯泰哈诺夫运动。"有些朋友,对这主张不表赞同,以为诗歌的"生产"不能要多就多,如果强求甚多,必致粗制滥造。

但是我以为这一问题可有两方面的看法。倘以诗歌"生产的增加"或"大量生产"这一方面看去,则反对者的批评原亦能够成立,然而斯泰哈诺夫运动在苏联,也曾扩展到文艺方面,却并不单是要求增加生产而更着重于文艺工作的普遍与深入,——使文艺工作走到生活的每一角落去;换句话说,文艺上的斯泰哈诺夫运动,一方面是要求文艺工作者更多向现实生活发掘,又一方面是要求更多人参加文艺战线,以期养育庞大的文艺的年青的一代。

文艺上斯泰哈诺夫运动之理论的根据,应如上述。这一理论,翻成我们现在的一句话,就是"为了争取民族解放战争的最后胜利而加紧文艺工作。"如果我们不反对文艺对于抗战的积极作用,我们便不能反对"尽可能去加紧文艺工作",而"加紧文艺工作"一方面固然要求既成作家之努力,又一方面不能不期望(而且应该有计划地促起)文艺的年青的一代早日进入阵地来。

在这样的意义上,我是赞成蒲风这一主张的,不过蒲风自己当时提出这一主张,却表现成为只是要求"诗人"们多产,而并未指出诗歌的斯泰哈诺夫运动同时是一种诗歌的"群众运动",是把诗歌以②"沙龙"解放出来到街头的运动,——诗歌大众化的又一方面。

一年以来,抗战诗歌运动事实上是朝这一方向进行的。诗歌朗诵运动之蓬勃,(这是要把沙龙中的朗诵解放为群众运动的朗诵),便是一个明证。四个月前,

---

① 此处漫漶不清,似为"除"。

② "以"当为"从"。

延安的文艺工作者曾经首次发动了"街头诗运动",这又是要使诗歌"群众化"的一努力。任何文艺工作,只有"群众化"以后,然后真正有战斗的力量!

因此,诗歌的大众化问题,显然有两方面:一是诗歌形式内容的大众化,二是"诗人"本身的"群众化"与诗歌本身的"群众运动化"。后一方面的前一问题是诗人必须走入群众中间去,而后一问题则是群众的生活应当诗歌化起来。所谓"群众生活的诗歌化"不是人人皆为诗人之意,而是民族解放大史诗时代的激昂奋扬的情绪以及乐观自信的意识,普遍地成为群众生活的中心点。

我们这时代正是诗歌工作突进的时代,而且诗歌也是最容易普遍深入到民众中间去的文艺之一;诗人的责任何等重大,诗人们应先扫除狭隘的对于诗歌的观念,负存起这时代的使命来。

廿八年一月二日于昆明旅次

春风骀荡

在去年冬季,希特勒及其党徒还有勇气说谎,把他们的不能打下莫斯科的责任推给了俄罗斯的天气太坏,倒好像这些喝血的魔王们当真连一点常识都没有,不知道俄罗斯的冬季本来是那么冷的。想来大家还记得,当希特勒大军侵犯苏联的最初一个月,希特勒的喇叭吹得多么响;可是后来就渐渐泄气了,开始是抱怨"俄罗斯人不理解"他们德国人,后来又抱怨游击队,说他们作战不按照正规,及至秋季,则归咎于秋季的泥泞,到十一月,他们叫的让全世界都听得到,说全是严霜帮了俄罗斯人的忙——其实那时还没有那所谓严霜。

现在可不成了。三十多万大军果然在斯大林格勒过了冬,而且永久在那里过冬了,希特勒不能再有勇气说谎,只好由他的部下出面,承认了苏联的人力物力的无穷尽,承认自己从前估计错误,承认了"第三帝国"面临着极严重的危险了!

东方的轴心小伙伴没有能够帮它的老大哥一下忙,这该是希特勒所不满意而又无可奈何的罢?然而这小伙伴之不敢冒险替希特勒做猫脚爪,他们自己也不讳言。有一个"游历"了德国和苏联回到日本的铁道省技师公开讲演中就充分流露了苏联不可轻视的心理,而且隐隐约约说德国要失败。但是最值得玩味的,是这位代言人又屡次说到"大东亚战争"爆发后,日本国内一般生活还是"春风骀荡的样子,在另一意义上,实在颇使人吃惊"云云,照他的意思,日本的人民还该更加收紧裤袋,好让军阀们"贯澈"①他们疯狂的侵略。在侵犯中国的五年战争中,日本已经支付了很大的代价,日本人民的生活已经恶化到差不多到了顶点了,然而因为是在军阀高压下的侵略国家的人民,我们实在想不出理由来,日本人民的忍痛是自愿的,因而也就觉得那位演说者的忧虑倒也是一种供状,而且他的"警告"将永远得不到使他满足的反响。

但是日本的这种"春风骀荡"的样子,怕也不会久长的罢?一九四三年将是同

---

① "贯澈"今作"贯彻"。

盟国家反攻的一年,当战火烧到了三岛自身的当儿,那些从侵略战争中肥胖了的人们固然要先笑而后号咷,便是被逼着收紧裤袋的日本人民大众怕也要发一声怒吼而结束了那所谓"春风骀荡的样子"罢? 到那时候,我们中国倒真该有点"春风骀荡"起来,不过现在我们这里还应该坚忍再坚忍,严肃再严肃。

新版《茅盾全集》编辑回顾

——钟桂松主编与我的 99 封邮件

高　杨①

内容摘要：担任《茅盾全集》的责编与统筹，是我编辑生涯中第一次参与大型作家全集的出版工作，其中有很多的疏漏和失误，有痛彻心扉的遗憾，也有很多的收获。《全集》的出版，受到韦韬先生的指导和关注，全程由钟桂松主编把关，从中感受到二位先生对《全集》出版所凝聚的关爱和汗水。

关键词：茅盾全集；编辑；回顾

2011 年 5 月，黄山书社与茅盾哲嗣韦韬先生签订《〈茅盾全集〉图书出版合同》，我受社里指派，负责新版《茅盾全集》（以下称《全集》）的统筹工作，主要协调编辑方面的工作。受韦韬先生的嘱托，钟桂松先生担任《全集》的主编。2014 年 3 月，《全集》出版。前后 3 年的时间，我和钟主编邮件来往不断。后经梳理，有近百封。在梳理这些邮件的过程中，编辑《全集》过程中的酸甜苦辣再度袭来，感慨良多。

《全集》出版发行后，得到一些专家学者的询问和反馈，有问新版《全集》究竟与人民文学版的差别何在，有反馈新版《全集》里存在的一些错误，也见到一些批评意见。此前钟主编多次鼓励我将编辑《全集》的心得付诸文字，一直没有落实。适逢此次研究会议召开，使我得以借助钟主编与我的 99 封邮件回顾《全集》的编辑过程，对一些询问和批评适当做出回应。

一

韦韬先生之所以决定再版《全集》，一是希望能够一次性整体推出，以补此前人民文学版跨时间出版之憾，获得更大的市场影响力；二是希望对《全集》做些调整。韦韬先生对《全集》的调整共分三种情况：不需变动的有 13 卷，较少变动的有 16 卷，较多变动的有 13 卷。其中新增了一卷《古诗文注解》（第 34 卷），对于人民文学版的两卷补遗内容，按照主题和内容，分解补充到各卷中。

韦韬先生称，新版《全集》具体的变动体现在以下几个方面：

第一，原版《全集》，除了日记、书信外，只收已经正式发表的文章，因而遗漏了

---

① 作者简介：高杨，黄山书社编辑。

许多作者未正式发表的文章、笔记和手稿等。如作者的几部重要的长篇小说,都写有大量而详细的提要、大纲以及续篇的设想等。以及在撰写几个重要的长篇文论时所做的大量笔记乃至初稿等。这些文章无疑对了解和研究茅盾的写作思路和构想是有用的。新版《全集》收入了这些未正式发表的文章。

第二,原版《全集》没有收作者在古籍注释方面的文章,但古诗文注解是茅盾作品中很值得研究的一个方面。所以,新版《全集》收进了这部分文章,并编为一卷专集。

第三,原版《全集》把同一专题的文章分散编入了不同的卷中,如作者为"游苏见闻"一共写了三本专著,却被分散编入了两卷中。新版《全集》对此做了改正,新编了一卷专集:《游苏见闻》。

第四,原版《全集》出版时,当时的编辑委员会曾决定:在全集中,不收作者在政治运动中违心所写的批判其他作家的文章,如"反右"时写的几篇。为使全集能成为真正的全集,达到"全"与"真",新版《全集》中收录了这些未被收入的文章。

第五,原版《全集》出版以来的二十多年中,又陆续发现了一些《全集》遗漏的文章和诗词、书信等,加上原来未收入《全集》的文章,共有六十余万字。因而在2006 年又补印了两卷《全集·补遗》。新版《全集》将"补遗卷"中的文章,根据内容和写作日期,分别插入各卷中。

第六,在原版《全集》中,陆续发现了一些错漏,在新版中,改正了这些错漏。

韦韬先生对《全集》内容的增补、修改以及调整,不仅有详细的文字说明,而且对每卷的照片也做了重新排布。可见他对此次《全集》的出版倾注了很大的心血,他的宏愿是使之成为茅盾"最完整的著作",《全集》的出版"无疑将对全国广大读者、学者、文学工作者今后研究和学习茅盾著作,带来极大的便利"。

2011 年底,我给韦韬先生写了一封信,向他汇报《全集》的进度,并就一些具体的问题向他请教。尽管那时他的眼睛不太好,写字非常吃力,还是勉力给我回复了一封信。

高杨同志:

您好!

元旦那天收到你 29 日寄来的快递,详细介绍了《茅盾全集》编排的情况,看了十分高兴。在这之前,我就从钟桂松同志那里了解了许多你们努力编排《全集》的情况。十分感动。

来信中谈到的那些数字的错误,我翻了原书,的确都是我的误植。人老了,常常脑子里想写一个什么字,写出来却是另一个字,自己还不知晓。这种事我已发生多次。

关于李都王吃人肉的故事,我也同意按钟桂松同志的意见修改。总之你们这次提出的文字错误以及修改意见我都同意,并谢谢你们。

还有两件事要问你,但写信字数太多,我太吃力(这封信是凭感觉,看着放大镜写的),所以想在电话上谈。请在收到这封信后,给我来个电话!

新年好！

韦韬

2012.1.1

高蟾 <u>同志</u>：您好！

元旦那天收到你29日寄来的快递，详细介绍了《全集》编排的情况，量我十分高兴。在这之前，我就从钟桂松同志那里了解了许多你信努力编排《全集》的情况，十分感动。

来信中说到的那些数字的错误，我翻了原书，的确都是我的误植。人老了，常常脑子里想写一个什么字，写出来都是另一个字，自己还不知晓。这种事我已发生多次。

关于李都王吃人肉的故事，我也同意据钟桂松同志的意见修改。总之保信这次提出的文字错误以及修改意见我……[难以辨认]……

还有两件事想要问你，但写信字数太多，我太吃力（这封信是写家宝，请他放大慢慢念的），所以想在电话上说。我的电话号码是（010）8950 1840，望在收到这封信后，给我来个电话！

新年好！

韦韬 2012.1.1.

　　收到韦老的信，我立即给他拨打电话。电话中传来他中气十足、异常洪亮的声音。韦老问的第一个问题是，《全集》42 卷是否一道推出，我说是的。第二个问题是关于图书的开本问题，问是否和人民文学版的差不多。我说，差不多，也是 32 开的。老先生对我的回答非常满意。

　　2011 年 7 月，《全集》前期的扫描、识别、设计、排版等外围工作基本完成，接下来进入编校环节。茅盾作为我国现代著名作家，我们在校对《全集》的文稿时慎之又慎，采取的编校原则是：一、务必全面贯彻韦韬先生对全集的所有调整与改动；二、《全集》中的文章写于特定的历史时期，所以文章中的一些用词造句和翻译都遵照当时的规范与习惯,忠实于文章原貌;三、如果在编校中见到如知识性等错误,另撰写编辑意见,请钟桂松主编审定。29 日,我给钟主编发送了第一封邮件,进行请教。我在邮件中说:

此次给您寄去三份校样稿中,第 2 卷是完全遵照人民文学版校异同。第 8 卷是在校异同之外,还对一些地方有疑惑,对是否需要进行改动进行了标注。第 35 卷是在校异同之外,出于现在出版规范的考虑,对较多处是否需要修改提出了疑问。对忠实原貌、遵循现行出版规范,以及人民文学版本出版已较长时间的情况进行综合考量,如何掌握好编校的"度",还希望您能给我们一些指导意见。

也就是说,我准备了三份不同校对层次的校样,请钟主编定夺,以此确定编校模板,作为《全集》编校的标杆。钟主编很快反馈了意见。他的很多重要意见,成为定论。还有很多我们没有注意到的问题,他也提了出来,让我们多加注意。我根据这份意见,制订了统一的编校说明,连同钟先生的回信打印出来,分发给各位责任编辑,学习领会。

至此,《全集》进入全面的编校工作,我和钟主编的邮件往来也更加频繁了。

二

这 99 封邮件中,大多是关于《全集》各卷的修改,需要主编审定的内容。还有是关于《全集》中琐碎的事情,如主编新发现的材料,一封信件写作时间的确定,某一位人物生卒年的讨论,某一张图片的图注说明,等等。

在这些邮件中,体现出钟桂松主编的敬业和担当。在担任《全集》主编期间,正是先生工作最为忙碌的时期。邮件中随处可见反映其忙碌的句子:

我明天去温州工作五天,所以今天赶快给你回信。

您身车劳顿,一从广西回杭州,即回复我们的问题,向您致敬!

后记事,我知道了,但是你们先起个草稿,我最近太忙。不瞒你说,我给你们的意见都是晚上 9 点以后的事,实在一下子没有时间思考。

这几天比较忙,用两三个晚上查了原件——初版本。现在发给你。

我今天到县市工作一个星期,所以得回杭州以后才能核对回复。下旬我去东欧访问。

小高,终于修改好了,出国及这些日子我一直感冒而且不能休息,在县市工作。担心影响你们出版,今天特地回杭州查资料核实这些问题。

主编与我虽未谋面,有时候也会向我"诉苦",想见其工作的繁杂与压力,更体现他对《全集》工作的牵挂:

……你们可能不知道,我实在忙得不可开交,从来没有休过什么年休假,连双休日都要工作,因为要代表省委找一些厅局的负责人谈话,还有一些地市和县的巡视程序工作,期间"功课"的工作量很大,而且年纪大起来,高血压等时常弄得不舒服,平时你们提出的问题,我总是及时解决,是因为怕耽误你们的工作,利用业余时间,找资料核对等等……向你诉苦,因为我们已经很熟悉了,虽然我们没有见过面,但你是一个很敬业,也是很真诚的年轻人,想来你也能理解。下午马上要工作了,打住。

正如我在给韦韬先生的汇报信中说的,没有一字虚言:

我们在排版和看稿的过程中,遇到的问题,都会向钟主编汇报并请教。钟主编在繁忙的工作之余,心系《全集》的工作进度,高度重视我们碰到的所有问题,并多次给我们鼓励。每次收到我们的邮件,钟主编都会在第一时间予以解决,及时给我们回复。或写亲笔信,或发快递,或发邮件,看他给我们的写信或者写邮件的时间,有凌晨五点,有晚上九点。主编的热忱与厚爱,深深感动了我们,唯思尽心尽力看好《全集》,作为报答。

我在另一篇文章中写道:

《全集》启动时,韦韬先生委托他的好友、中国茅盾研究会副会长钟桂松先生担任主编。彼时,钟先生正在担任浙江省委巡视组的组长,工作异常繁忙,但是作为茅盾研究者,他认为这是义不容辞的工作,不说二话,毅然而又光荣地承担起主编的职责。前后三年多的时间里,钟先生和我互通邮件近百封,对碰到的问题,仔细爬梳整理,书稿里每一处改动,都得到了钟先生的指导和确认。经过三年的辛苦努力,《全集》得以面世,钟桂松先生念与韦韬先生的友情,承担主编的工作,却没有收取社里一分钱报酬,让我感佩不已。钟桂松先生与韦韬先生的努力与付出,源于为了传播茅盾先生伟大作品的信念。我有幸也参与其中,阅读茅盾先生的文字,了解茅盾先生的经历,与这位文学大师的距离如此之近,仿佛触手可及。

三

《全集》出版前后,我们一直都深刻地认识到《全集》是站在人民文学出版社这一"巨人"肩膀之上的。大体而言,我们在"巨人"肩膀的基础上,做了如下工作:一是韦韬先生对《全集》的布局和架构进行了适度的调整;二是借机将很多局部、细小的编校地方予以修正与改进。不管怎样变动,《全集》的体例、《本卷说明》、文章文本、注释等等,都是依托人民文学出版社的《全集》作为基础。新版《全集》后记中,对人民文学版《全集》编辑委员会和编辑室进行致谢:

此前出版的《茅盾全集》,是由人民文学出版社 1984 年至 2006 年陆续出版的。本版《茅盾全集》的很多工作都是在人民文学版《茅盾全集》的基础上进行的。在此,我们向人民文学版《茅盾全集》编辑委员会和《茅盾全集》编辑室成员过去所作的努力和付出的汗水致以深深的敬意！

2017 年 4 月,山东师范大学魏建教授在纪念查国华先生的文章《不求名利,只问耕耘——查国华的文献史料研究》中,提到了查先生对《茅盾全集》的贡献,并对新版《全集》没有在每卷的版权页上注明原版审校者提出批评：

查先生更大的贡献在于第一版《茅盾全集》。第一版《茅盾全集》总计 41 卷,1984 年至 2006 年由人民文学出版社陆续出版,是我所见到的体量最大的作家全集。中国作家协会成立了《茅盾全集》编委会编辑室,主要倚重的学者是叶子铭、丁尔纲、查国华等人。编辑室副主任丁尔纲先生告诉我,查国华贡献特别大。查国华自己校注了 4 卷,校注定稿和参与定稿 19 卷,参加了编选、注释、校勘、定稿等各个环节的工作,历时近 20 年。最后一卷(资料附集)不是茅盾的作品,主要是查国华先生自己撰写的。

最近,我看到黄山书社 2014 年版《茅盾全集》,与原版的差别很小,新版《出版后记》承认,"本版《茅盾全集》的很多工作都是在人民文学版《茅盾全集》的基础上进行的",并"向人民文学版《茅盾全集》编辑委员会和《茅盾全集》编辑室成员过去所做的努力和付出的汗水致以深深的敬意！"但新版忽略了一个重要问题,应像老版本那样在每卷版权页上,标出该卷校注者和审稿人的名字。这既是对校注者和审稿人应有的尊重,也是校注者和审稿人应有的权利,还是追究责任的依据。我见到的许多作家全集也都是这样做的。不然,后人如何知道为了老版本的《茅盾全集》,有多少人,做了多少事,劳作了多少年？

魏教授的批评所言极是,我们也为此深感不安。我们深知老一辈编辑者的贡献,也曾在出版之前积极考虑过以何种形式来表现。想过在第一卷加一个"致谢",也考虑过在版权页上添加原审校者名单。后来没有这样做,是因为：一方面,新版《全集》有些卷的内容经过调整,与人民文学版已不能一一对应。此外,原来的注释,由于时间跨度大,有一些需要做些改动,这样,如果依然写上原来注释者,要重新认可,在时间上不允许。另一方面,人民文学版的所有内容都是经过先扫描后识别处理,由于文本识别的准确率不高,虽然经过了几轮编辑和校对,但是难免会新增极少量的编校错误,倘若在每卷的版权页上加注原审校者,这样做似有不妥。最终,经过慎重考虑,决定在《后记》中对《全集》编辑委员会和编辑室整体进行致谢。

好在《全集》的关注者,都是茅盾文学的研究者与爱好者,对人民文学版《全集》的编撰过程自然了如指掌,对叶子铭、丁尔纲、查国华等专家所做的辛苦而漫长的具体工作,更是铭记在心,抹杀不掉。

《全集》出版过程中,另一个深感遗憾的事情,就是未能让韦韬先生亲眼目睹《全集》的出版。钟主编在一封邮件里询问《全集》的出版时间,说道：

明年(2013 年)3 月是一个时间,7 月也是一个时间,其实只要韦韬先生身体好,什么时间出版都无所谓的,但是最好是他身体好的时候出版,这是老先生的心愿。

《全集》计划于 2013 年下半年出版,为了保证编校质量,社里决定再增加一次专门校对,最终于 2014 年 3 月出版。此时距韦韬先生逝世,已半年之久。

担任《全集》的责编与统筹,是我编辑生涯中第一次参与大型作家全集的出版工作,其中有很多的疏漏和失误,有痛彻心扉的遗憾,也有很多的收获:一、对茅盾的文学作品有了更多学习和阅读的机会;二、与韦韬先生、钟桂松主编结识,与二人的交流教会了我很多做人、做书的道理;三、有幸加入"中国茅盾研究会",结识了很多茅盾研究的大家、学者。见贤思齐,由于学识、能力不够,无力在茅盾研究上有所作为,身为出版人加入研究会,在茅盾作品的出版与传播上将尽我所能。《全集》是一座伟大的文学宝库,我将在这座宝库里努力发掘策划,让茅盾的文学作品以新的形式出版传播。

《子夜》：都市空间的"现代性"想象

张　玲①

内容摘要：《子夜》在对 1930 年代上海的具象书写中，茅盾有意突出上海现代性与城市化的一面，即政治的、工业的、金融的上海。在茅盾看来，引导上海运转的是金融资本与政治的结合，因此他抓住最能体现上海特质的一面——现代社会，来完成和构建上海都市空间的现代性想象，从而塑造了一个处于中国现代化进程中的现代民族国家想象的"上海形象"。《子夜》中的都市想象，在很大程度上传递出的是整个民族国家构建现代性的意义诉求。

关键词：子夜；都市想象；现代性

意大利作家卡尔维诺认为，一座城市的形状是观看者所赋予的，他在小说《看不见的城市》中形容城市生活时说，"如果你吹着口哨昂首而行，你对她的认识就是自下而上的：窗台、飘动的窗帘、喷泉。如果你指甲掐着手心低头走路，你的目光就只能看到路面、水沟、下水道口的盖子、鱼鳞和废纸。你无法说出这种风貌比那种更加真实。"②一座城市的形态取决于观察者的视角和所要表达的内容和意义。卡尔维诺在作品中将一座城市通过记忆、想象、变形、拼贴的方式呈现出来，在这过程中，并非只是通过观看的方式进入城市空间，更多的是对这个城市的文化记忆和传统价值观念进行想象和寻访的过程。在这个意义上，城市的空间无疑成为承载历史的文化符号。1930 年代的上海作为中国现代城市经验最为丰富的地方，也是重要作家作品集中展示的地方，上海作为文学文本表现的对象，已不仅仅只是一个代表空间的物质性的存在，而是作家们"不自觉的心理习惯的，反复出现的观念（包括范畴）、意象，凝聚着作家对于生活独特的观察、感受与认识，表现着作家独特的精神世界和艺术世界。"③作家们对上海这座城市的理解和把握更多的来自主体的体验和感悟，是主体心理、情绪等在文本上的投射，是一种被赋予意义的上海想象。所以同样是表现上海，不同于刘呐鸥、穆时英、张爱玲等人固守自己所熟悉的现代都市生活，也不同于国外作家如横光利一等对上海浮光掠影式的扫描，对于茅盾来说，尤其是在《子夜》的书写中，上海更多的是一种关于现代性的想象空间。

《子夜》中，虽然茅盾以如此大的手笔构建了一幅 1930 年代的上海地图，但并

---

① 作者简介：张玲，南昌航空大学文法学院。
② ［意］伊塔洛·卡尔维诺，张宓译：《看不见的城市》，译林出版社 2019 年版，第 66 页。
③ 钱理群：《心灵的探寻》，北京大学出版社 1999 年版，第 11 页。

不是简单叙写上海罪恶或者繁华奢靡的一面，而是抓住最能体现上海特质的一面——现代社会，来完成和构建他文学中的上海想象。《子夜》更为热衷和关注的是上海的政治、经济以及对社会发展动态的把握和表现，在茅盾看来，引导上海运转的是金融资本与政治的结合，上海"一方面是现代各种政治力量博弈的场所，另一方面又是现代生活与批判性内容交织在一起的表现空间"。① 从这个意义上来说，茅盾的《子夜》实际上表达的是国家意义上的上海都市想象。

一

与一般的文学写作者不同，茅盾初登文坛时便带着商务印书馆的职业编辑与政治活动家双重身份，他的文学活动与党派政治有着极其密切的关系，在他的文学活动中，政治意识与文学审美是统一在一起的，所以在很大程度上造就了茅盾视野的宏远和作品的深刻。在茅盾的上海书写中，政治意识和文学活动是合二为一的，社会活动赋予其政治意识，政治意识推动文学创作，他"从政治中获得经验和体会，在文学中寻求表现与创造"②。《子夜》的写作基本是在严格的政治理念的控制下完成的，在情节的设定和人物性格的塑造上，茅盾并没有按照其自身发展的逻辑来推进，而是遵循某种革命或者政治的目的，来完成文本上海的构建，这是《子夜》中茅盾关于上海想象的重要组成部分，换言之，《子夜》的政治化正是茅盾上海想象的重要特点之一。

《子夜》中，茅盾调动了他全部的城市体验和生存感悟，以史诗般的气魄和宏大的叙事手法展现了上海都市各种势力的纠缠斗争，农村动乱、金融交易、工厂罢工等各种场景融为一体，以历史的视角、全景式的生活态势，集中展现了上海这座现代都市特有的生活图景：那旋风般前进的汽车，怪兽般的洋房，夜总会里的光怪陆离，大街小巷猛烈嘈杂的声浪，证券交易所里声嘶力竭的火拼等，一切都纳入"子夜"的社会中。不但描写了买办阶级、投机分子、民族资本家、工人、政客，还有符合上海滩氛围的各式公子、小姐，依靠身体和色相周旋在实力人物之间的交际花，以及外来上海避难的人等，这些人物以各自的生存方式和政治经济文化立场，共同呈现了 1930 年代上海都市的复杂的生态图景。其规模之大正如瞿秋白在《读〈子夜〉》中所评价："在中国，从文学革命后，就没有产生过表现社会的长篇小说，《子夜》可算第一部。"③虽然描写之广，但《子夜》中上海都市空间的建构，并非是对现实上海城市景观的简单描摹和反映，而是茅盾根据作品所要传达的文化政治意义，从都市空间里有意识地选取自己所需要的都市景观。丹尼斯·伍德认为："地图建构世界，而非复制世界"④，文学中的"地图"亦如此，"茅盾小说的上海空间也是作者从现实的上海空间这个'大仓库'中有意识地选取他所需要的建筑

---

① 杨扬：《茅盾与上海——2014 年 7 月 5 日在上海图书馆的讲演》，《名作欣赏》2015 年第 16 期。

② 杨扬：《茅盾与上海——2014 年 7 月 5 日在上海图书馆的讲演》，《名作欣赏》2015 年第 16 期。

③ 瞿秋白：《读〈子夜〉》，《中国新文学大系 1927—1937》(第一集·文学理论集一)，上海文艺出版社 1987 年版，第 794 页。

④ 〔美〕丹尼斯·伍德，王志弘等译：《地图的力量》，中国社会科学出版社 2000 年版，第 34 页。

物、地段、街道等建造起来的，因此，并非完全是写实化的空间，而是他小说中人物的阶级属性、精神世界的象征性表现。"①是作者精心挑选和构建的结果，甚至对有些地方的描绘加入了许多主观想象的色彩，如某些空间不断重现并被赋予强烈的政治和文化意义，诚如扬·阿斯曼所说："关于强烈情感的记忆的典型特征是具有选择性"②，茅盾在《子夜》把对上海相关回忆图像放到不同的生活片段中，为它们在时间与空间中寻找一个位置。

茅盾在《子夜》中对上海都市空间景观的描述，蕴含了丰富的文化政治内涵，上海的都市性、现代性在茅盾的笔下首先通过"物"的形式被想象、建构出来。他用"物"来表达城市的时间与空间，从而使得对上海洋场景观的描写更具备都市文学的现代性品格，而"物"作为空间的一部分，正如列斐伏尔在《空间的生产》中所言，"也被政治化了，因为它构成了各自有意无意之政治策略的一部分"③。文学中城市空间的建构蕴涵着写作者丰富的思想情感，"对于某一地域空间的感觉和体验，往往不是单纯的地理学认知，而是一种混合了情感、记忆和历史的综合体验。"④虽然一个城市在不同的文本中可以有着共同的物质符号，如建筑、公园、道路等，但其中所蕴含的文化记忆和文化想象却是迥然不同的。上海城市的特征在茅盾的笔下并非仅仅只是一个叙述背景，而是茅盾将自身对于城市的情感与体验融入到对城市的理解中，通过想象性的书写来表达的都市文化内涵。

小说开篇就用全景俯瞰式的方法，给我们展示了一个具有强烈现代性与都市化特征的现代上海生存空间，在苏州河的两岸，"风吹来外滩公园里的音乐，却只有那炒豆子似的铜鼓声最分明，也最叫人兴奋。暮霭挟着薄雾笼罩了外白渡桥的高耸的钢架，电车驶过时，这钢架下横空架挂的电车线时时爆发出几朵碧绿的火花。从桥上向东望，可以看见浦东的洋栈像巨大的怪兽，蹲在暝色中，闪着千百只小眼睛似的灯火。向西望，叫人猛一惊的，是高高地装在一所洋房子顶上而且异常庞大的霓虹电管广告，射出火一样的赤光和青麟似的绿焰：Light, Heat, Power!"⑤公园里的音乐、高耸的钢架、电车、洋栈、霓虹电管广告，从色彩到声光，茅盾以点带面，给我们展示了一幅上海现代都市的"全景"图，都市外部的现代性特征冲击着我们的眼球，这是现代化都市特有的躁动、欲望与力量的结合，它充满了光与影的浮动性，充满了热与力的刺激性，正如李欧梵在《上海摩登》中所说，"在二十世纪三十年代，上海已经和世界最先进的都市同步了"⑥，这是一个全然不同的环境，是一个与西方接触后而形成的新空间。尤其是最后三个英语单词：

① 陈晓兰：《文学中的巴黎与上海：以左拉和矛盾为例》，广西师范大学出版社 2006 年版，第 164 页。

② ［德］扬·阿斯曼，金寿福、黄晓晨译：《文化记忆：早期高级文化中的文字、回忆和政治身份》，北京大学出版社 2015 年版，第 34 页。

③ ［法］亨利·列斐伏尔，陈志梧译：《空间政治学的反思》，包亚明编：《现代性与空间的生产》，上海教育出版社 2003 年版，第 67 页。

④ 丹珍草：《阿来的空间化写作》，《百色学院学报》2009 年第 4 期。

⑤ 茅盾：《子夜》，《茅盾全集》第 3 卷，人民文学出版社 1984 年版，第 3 页。

⑥ ［美］李欧梵，毛尖译：《上海摩登：一种新都市文化在中国（1930—1945）》，人民文学出版社 2010 年版，第 7 页。

"Light,Heat,Power!",即光,热,力! 茅盾在此处显然强烈暗示了另一种"历史事实",即西方现代性的到来。"高耸碧霄的摩天建筑"、"光秃秃的平地拔立的路灯杆",这些现代城市的标志性建筑,是茅盾上海都市空间里的重要景观,为茅盾的现代国家的想象提供了重要的物质依据。实际上,在《子夜》的上海想象中,茅盾通过对这些现代化外在物资表象的描写,试图勾勒出一幅完全不同于古老中国闭塞乡村的现代都市图景,从而揭示出现代化都市历史进程中所特有的时代情绪与时代特征。但有别于现代派作家纯粹从个人视角沉醉于上海的都市的声光电化,茅盾在从高处俯瞰上海的同时,总是带着冷静的、政治的眼光,审视着上海的现代化进程,从而完成其政治想象的宏大建构。

《子夜》对上海都市空间的叙述想象中,最具有现代性冲击力的"物"的形象便是在上海街头呼啸而过的三辆雪铁龙汽车,汽车是《子夜》想象与建构上海经验的重要空间之一。汽车,作为典型的现代物质文化表征,在1930年代的上海,虽然真实地存在于上海都市生活空间,但具体到《子夜》中,它并不是简单地以一种先进器物的形象出现的,它是中国从传统社会走向城市文明的产物,是现代文明对传统文化的挑战和撼动。"这时候——这天堂般五月的傍晚,有三辆一九三〇年式的雪铁龙汽车像闪电一般驶过了外白渡桥,向西转弯,一直沿北苏州路去了。"①汽车,这一现代机械的出现为整个上海都市注入了一种新的活力和新的速度,并试图从物质和精神层面来真正推动中国的现代化进程,从而完成茅盾对以上海为代表的现代中国形象的建构。

汽车作为都市现代化进程的一个典型的文化标志,它以西方物质文明的身份代表着时髦的现代都市文化。在《子夜》的都市想象中,茅盾一开始就赋予这三辆现代机械一个特殊的任务:迎接吴老太爷。作为儿子的吴荪甫并没有选用传统的出行工具——轿子,来迎接从乡下远道而来的老父亲,而是选择了现代机械——汽车,这本身就代表了一个很强的文化寓意。如果说这个号称"绝对不愿意来上海"②的吴老太爷是封建文化的维护者,那么吴荪甫毫无疑问是旧文化的抵抗者和叛逆者。而吴老太爷从"绝对不愿意来上海"到怀着虽抗拒但又无奈的心情,来到上海这个现代都市,这本身便是对现代文明的一种妥协。而儿子用汽车这样一种极具现代性意味的机械来迎接父亲,某种程度上可以说更是对旧乡村文化一种无声的宣判和挑战。在这场新旧文化对立中,乡村传统文化已显示出败落的趋势;不仅如此,为了更加突出视觉上的刺激,在瞿秋白的建议下,茅盾将"福特"改为了"雪铁龙",只是因为"'福特'轿车是普通轿车,吴荪甫那样的资本家该坐'雪铁龙'。"③实际上,茅盾从一开始就为传统文化设定了被毁灭的命运:"汽车越走越快,沿着北苏州路向东走,到了外白渡桥转弯朝南,那三辆车更像一阵狂风,每分钟半英里,一九三〇年式的新纪录。"④在街道上飞驰的汽车,作为1930年代上海

---

① 茅盾:《子夜》,《茅盾全集》第3卷,人民文学出版社1984年版,第3页。

② 茅盾:《子夜》,《茅盾全集》第3卷,人民文学出版社1984年版,第10页。

③ 茅盾:《回忆秋白烈士》,《茅盾全集》第13卷,人民文学出版社1986年版,第445页。

④ 茅盾:《子夜》,《茅盾全集》第3卷,人民文学出版社1984年版,第9页。

特有的街头小景之一,它快速矫健的姿态是都市里充满现代色彩的象征,闪电般地向前飞驰着,利索地与传统划清了界限。汽车的出现既代表了城市的节奏和欲望,也反映了上海的现代化步伐。现代物质表象的背后,现代文明正以疯狂的速度冲击着渐趋没落的传统文化。

吴老太爷到达上海之后,首先被迫面对的就是传统与现代的强烈对立与冲撞:"一八八九号的车子开到了,藤椅子也上了岸,吴老太爷也被扶进汽车里坐定了。"①吴老太爷与汽车的意象形成了一个强烈的冲突,他作为现代文明的对立面被强行接受现代物质形态的改变,而他唯一所能做的就是在现代文化面前,捧着护身法宝《太上感应篇》,以求得到心灵的慰藉:"坐在这样近代交通的利器上,驱驰于三百万人口的东方大都市上海的大街,而却捧了《太上感应篇》,心里专念着文昌帝君的'万恶淫为首,百善孝为先'的告诫"②。如果说汽车对于吴老太爷来说只是一个异化的物体,接着由汽车移动所带来的视觉冲击,在茅盾的上海想象中来得更为尖锐:

"汽车发疯似的向前飞跑。吴老太爷向前看。天哪! 几百个亮着灯光的窗洞像几百只怪眼睛,高耸碧霄的摩天建筑,排山倒海般地扑到吴老太爷眼前,忽地又没了;光秃秃的平地拔立的路灯杆,无穷无尽地,一杆接一杆地,向吴老太爷脸前打来,忽地又没有了;长蛇阵似的一串黑怪物,头上都有一对大眼睛放射出叫人目眩的强光,啵——啵——地吼着,闪电似的冲将过来,准对着吴老太爷坐的小箱子冲将过来! 近了! 近了! 吴老太爷闭了眼睛,全身都抖了。他觉得他的头颅仿佛是在颈脖子上旋转;他眼前是红的,黄的,绿的,黑的,发光的,立体的,圆锥形的,——混杂的一团,在那里跳,在那里转;他耳朵里灌满了轰,轰,轰! 轧,轧,轧! 啵,啵,啵! 猛烈嘈杂的声浪会叫人心跳出腔子似的。"③

都市的景象一幕幕从汽车的窗口快速闪过,让人目不暇接,上海城市正以一种极其现代化的姿态,快节奏地不断压向吴老太爷,让他来不及去接受,甚至连喘息的机会也没有,这个完全陌生的时空形态为吴老太爷呈现出一场现代文化盛宴。茅盾将上海都市风景的真实与虚构糅合在一起,在表现上海城市繁华的同时,也写出了在繁华表象之下的现代人的感官反应和焦躁的情绪。原本一幅充满活力的现代工商业图景,在吴老太爷充满强烈道德判断和憎恶色彩的视角中,变形、扭曲,而这一切都是在汽车这个"物"中完成的,无疑这成为茅盾想象与建构上海经验的一个重要空间。随着吴老太爷视觉的转移和情绪的变化,茅盾让我们感受到的是现代都市给传统乡村所带来的扑面而来的压迫感与紧张感,这个完全陌生化的都市空间它那吞噬性的力量极大地震惊了封建老乡绅吴老太爷,这一切"像一枝尖针刺入吴老太爷迷惘的神经",让他在光怪陆离的现代都市面前有着

① 茅盾:《子夜》,《茅盾全集》第3卷,人民文学出版社1984年版,第7页。
② 茅盾:《子夜》,《茅盾全集》第3卷,人民文学出版社1984年版,第9页。
③ 茅盾:《子夜》,《茅盾全集》第3卷,人民文学出版社1984年版,第10—11页。

强烈的不适感和无力感。正如史书美所说："都市的速率类似于摩登女郎更换男友和跑车的速度，变换的风景、莫测的罗曼史和飞快的跑车共同遭遇在都市之中。"①

汽车作为一种完整意义上的西方物质文化，在《子夜》中还传达了一种新的都市生活方式：都市中生活的男男女女，他们的穿着、打扮，言行举止，处处充满了某种现代诱惑。吴老太爷来到上海第一次睁开眼睛却是因为刚坐进汽车里，被二小姐身上的香气刺激的睁开眼来，这让他感到一种从未有过的恐惧，裂帛似的一声怪叫："《太上感应篇》！"，这是一种乡村对于城市的恐惧。虽然他以自己的方式拒绝和对抗着这种现代生活形式感，却终究抵抗不了现代生活对传统文明的强烈冲击。在这个狭小的"异物"空间内，紧挨着的女儿二小姐"淡蓝色的薄纱紧裹着她的壮健的身体，一对丰满的乳房很显明地突出来，袖口缩在臂弯以上，露出雪白的半只臂膊。一种说不出的厌恶，突然塞满了吴老太爷的心胸，他赶快转过脸去"。② 然而车外，都市现代生活却给了吴老太爷更大的刺激，"不提防扑进他视野的，又是一位半裸体似的只穿着亮纱坎肩，连肌肤都看得分明的时装少妇，高坐在一辆黄包车上，翘起来赤裸裸的一只白腿，简直好像没有穿裤子"。汽车，作为上海都市空间现代化的典型缩影，车厢空间里外都充满了刺激与欲望。吴老太爷乘坐的汽车"冲开了各色各样车辆的海，冲开了红红绿绿的耀着肉光的男人女人的海，向前进！机械的骚音，汽车的臭屁，和女人身上的香气，霓虹电管的赤光，——一切梦魇似的都市的精怪，毫无怜悯地压到吴老太爷朽弱的心灵上，直到他只有目眩，只有耳鸣，只有头晕！直到他的刺激过度的神经像要爆裂似的发痛，直到他的狂跳不歇的心脏不能再跳动！"③这是茅盾所理解和想象的上海，作为一个乡下长大的外来者，不同于张爱玲等本土长大的作家，上海都市对于茅盾来说更多的是一个异己的想象，他对这种城乡的变化之感尤为强烈，在这个完全陌生化的都市空间里，吴老太爷如此强烈的内心反映，也许才更符合茅盾想象中的现代上海，快速的上海，充满激情和诱惑的上海。正是如此，茅盾在《子夜》中写出了一个全新的现代都市上海。

《子夜》虽然采用掩藏作者视角的方式，回避了茅盾自己对于上海现代都市空间的价值判断，但通过吴老太爷的眼睛和神情变化，我们看到现代化的物质文明和西洋化的生活方式，在现代都市空间里，作为一种它异力量，对中国乡村传统文化的冲击和摧毁。茅盾把上海想象成为完全现代化的资本主义都市，他用了一个强烈的对比宣告了西方现代文明的到来：一方面封建传统文化恰如坐在"子不语""怪物"汽车上的吴老太爷，在现代都市空间里被折磨得痛苦不堪；另一方面，现代城市文明如同那三辆以不可阻挡的速度"每分钟半英里，一九三〇年式的新纪录"的雪铁龙一样，快速傲娇地驰骋在上海的南京路上，这是现代感的生活节奏，标示

① ［美］史书美，何恬译：《现代的诱惑——书写半殖民地的中国的现代主义（1917—1937）》，江苏人民出版社 2007 年版，第 331 页。

② 茅盾：《子夜》，《茅盾全集》第 3 卷，人民文学出版社 1984 年版，第 12 页。

③ 茅盾：《子夜》，《茅盾全集》第 3 卷，人民文学出版社 1984 年版，第 13 页。

着上海走向现代社会的欲望和效率。这样的上海，"不仅是现实主义理论中的上海，还是一个浪漫主义者理想中的上海"①，是茅盾对上海都市空间现代化的某种想象与憧憬。正如日本学者是永骏所说："（茅盾）心里面本来带有这样的憧憬，所以才能写出来大都市工业化的宏伟情景。对于作家来说，不能吸引他的事物，他决不会把它屡次写在作品里。按简明的看法来说，我们应该指出茅盾是把自己的憧憬化为了作品。"②正是如此，茅盾才成就了《子夜》，"《子夜》真正有价值的地方恰恰是茅盾用他特有的一种理想、浪漫和颓废，来描述了上海当时的环境和文化特征，成为了一部左翼海派文化的代表作"。③

一直以来，茅盾都对机械保持着清醒的态度，他虽然肯定并赞美机器，认为"机械这东西本身是力强的，创造的，美的。我们不应该抹煞机械本身的伟大"，可是也说"在现今这时代，少数人做了机械的主人而大多数人做了机械的奴隶"④，在《子夜》中，汽车不仅是文化的象征，更是政治权力的表现。汽车作为茅盾完成现代性想象的一种空间，它以西方物质文明的身份代表着上海都市的现代化，同时也是底层人民仇视的对象。许多左翼作家受意识形态影响，认为机械是西方列强侵入中国的象征，是资本家压榨底层人民的工具。汽车，这种洋气十足的特殊物体，自然成为众多左翼作家们批判的矛盾重点。在《子夜》中，汽车作为西方文化的产物，作为上层社会身份的象征，成为激起民情、煽动工人暴动的重要工具，茅盾怀着时代的政治敏感，把汽车作为鼓动民族情绪、鞭笞西洋文明的矛头。当工人的要求没有得以合理解决时，无数的工人拦住吴荪甫车子的去路，"他们一边嚷，一边冲破了警察和李麻子他们的防线，直逼近那汽车"，直到"把工厂前的马路挤断了交通，把吴荪甫连那汽车包围得一动也不能动"，同时"有些碎石子和泥块从女工队伍的后方射出来，目标却不准确"。如果说这个时候工人们还没有完全正式作战的意思，那么随着汽车喇叭的声响，彻底激发了工人们的愤怒，"汽车夫没有法子，就先捏喇叭。那喇叭的声音似乎有些效力。最近车前的女工们下意识地退了一步。车子动了，然而女工们不再退却。一片声呐喊，又是阵头雨似的碎石子和泥块从她们背后飞出去，落在车上。"茅盾的这些书写并非意在否认汽车这种现代物质文明，而是站在底层民众立场，写出他们眼中的汽车形象。茅盾在《子夜》中对于汽车的书写，对民族认同和国家想象有着重要的作用。

坐落在法租界的吴公馆，是茅盾重点描述的另一个现代化的都市空间。这个原本纯粹的物理空间，在茅盾的"文学上海"中，由于活动于其间的人物的阶级属性和社会行为，而被赋予了一种明显的文化和政治意义。茅盾曾经说过："我在上海的社会关系，本来是很复杂的。朋友中间有实际工作的革命党，也有自由主义者，桐乡故旧中间有企业家，有公务员，有商人，有银行家，那时我既有闲，便和他们常常来往。从他们那里，我听了很多。向来对社会现象，仅看到一个轮廓的我，

---

① 张鸿声：《文学中的上海想象》，人民出版社 2011 年版，第 110 页。
② 是永骏：《茅盾小说文体与二十世纪现实主义》，《文学评论》1989 年第 4 期。
③ 陈思和：《〈子夜〉：浪漫·海派·左翼》，《上海文学》2004 年第 1 期。
④ 茅盾：《机械的颂赞》，《茅盾全集》第 19 卷，人民文学出版社 1991 年版，第 402 页。

现在看的更清楚一点了。"①因此与其他都市作品不同,茅盾在《子夜》中"完成了一幅在现代文学史视野最为宏阔、体系最为完整的都市人物大观图"②,他将所有的人物集中在这个狭小的客厅中,将资本、欲望、革命观念和殖民意识以及各种势力的纠缠斗争在这个空间中一一展现出来,涵容了 1930 年代上海错综复杂的人情世相。有死亡、狂欢、冷漠与迷茫,穿梭其间的是 20 世纪 30 年代初各阶层人物的典型代表,他们在这个空间中各怀心思,出演自己。这里"既是刺探经济界和内战情报的场所,也是左右局势的资本家心怀鬼胎的密谋场所"③,茅盾借用作品中人物李玉亭之口一语道出这个规定性场景的政治寓意:"这小客厅就是中国社会的缩影",茅盾以此空间为窗口,来探察和剖析处于特定中国社会背景下的上海都市人物在西方物质文化冲击下的内在心理,从而揭示出上海都市文化特性。

那些象征着现代文明的物质空间,在《子夜》中不仅构成了都市的形式,亦演化成了都市的内容,在都市与乡村的二元对立中,都市毫无疑问成了物和欲的象征。如果说汽车这个"物"的空间只是给吴老太爷带来强烈的不适感,那吴公馆这个现代都市空间给吴老太爷带来的则是致命的刺激。从外观看,吴公馆是典型的现代化的建筑和欧式装修风格,这让来自古老乡村的吴老太爷异常陌生,汽车刚在吴公馆门口停下,"从晕眩的突击中方始清醒过来的吴老太爷吃惊似的睁开了眼睛",但是"紧抓住了这位老天爷觉醒意识的第一刹那",却是"七少爷阿萱贪婪地看着那位半裸体似的妖艳少妇的那种邪魔的眼光",以及四小姐那一句"乡下女人装束也时髦得很呢,但是父亲不许我"的抱怨,这让吴老太爷更加恐慌,只能紧紧地抱住《太上感应篇》。在步入客厅时,吴老太爷在众多女郎的簇拥下,碰到的是"滑腻的胳膊",闻到的是"异常浓郁使人窒息的甜香",听到的是"狂荡的艳笑",那灯火辉煌的客厅,烧得吴老太爷的脸色"变为青中带紫",在这充满现代感的空间里,最后刺激吴老太爷猝然死去的,是在这"一切红的绿的电灯,一切长方形,椭圆形,多角形的家具"之间,在那金光中跳着转着的男男女女,各色女郎,高耸的乳峰,狂荡的艳笑⋯⋯吴公馆中铺天盖地而来的现代"邪魔",以及自己苦心培养的"金童玉女"的快速改变而带来的信念危机和精神解体,让吴老太爷再也无力抗拒。吴公馆本应指代的文化符号:"家",已经不再是隔绝外界的遮蔽空间,在某种程度上,吴公馆所构成的家庭场域和都市空间已经合为一体了。私人空间的公共化,使吴老太爷对现代社会的拒绝与对传统文化的坚持之心亦无处安放,顽固守旧的封建卫道士,在上海这个由西方文化观念和生活方式所构建的现代都市中,瞬间崩溃瓦解。为了更进一步深化这种意旨,茅盾借助于作品人物范博文的话加以解释:

"我是一点也不以为奇。老太爷在乡下已经是'古老的僵尸',但乡下实际就

---

① 茅盾:《子夜是怎样写成的》,孙中田、查国华编《茅盾研究资料》(上),知识产权出版社 2010 年版,第 424 页。

② 谭桂林:《现代都市文学的发展与〈子夜〉的贡献》,《文学评论》1991 年第 5 期。

③ 陈晓兰:《文学中的巴黎与上海:以左拉和茅盾为例》,广西师范大学出版社 2006 年版,第 166 页。

等于幽暗的'坟墓'，僵尸在坟墓里是不会'风化'的。现在既到了现代大都市的上海，自然立刻就要'风化'。去罢！你这古老社会的僵尸！去罢！我已经看见五千年老僵尸的旧中国也已经在新时代的暴风雨中间很快的很快的在那里风化了！"①

《子夜》将上海与乡村的巨大差距，通过吴老太爷面对上海时的各种戏剧化的夸张反映表现出来，最后以吴老天爷这一形象实体的死去，寄寓了作者对社会解体的象征与联想。茅盾在此宣扬了一种暴力美学，不同于传统美学所追求的和谐、平静、安宁等，作为现代性美学的范畴，暴力成为现代都市生活的一个重要特征。在现代文明面前，茅盾把封建文化写得如此不堪一击，着实有些戏剧化，朱自清就曾指出："书中以'父与子'的冲突开始，便是封建道德与资本主义的道德的冲突。但作者将吴荪甫的老太爷，写的那么不经事，一到上海，便让上海给气死了，未免干脆的不近情理。"②不仅如此，"在许多场景许多人物的表现上，都觉得非常地不够而不真实"③，好歹这位老太爷三十年前也是"顶括括的'维新党'"，有着"满腔子的'革命'思想"，怎能轻易被上海中的新事物给吓死过去呢？作品中那些同样的看似滑稽的情节安排，显然是茅盾的有意为之，是他的一种政治乌托邦想象。

在茅盾的潜意识中，他已经把上海生活等同于所谓"现代性"了。《子夜》中，乡村文化的继承者七少爷阿萱，初到上海，便被新奇的一切所吸引，"张大了嘴巴，出神地寄看那为半裸体的妖艳少妇"，在现代都市的诱惑面前，封建礼法轻易地就被击溃。封建传统的一切包括吴老太爷的道德教义规范下长大的一对"金童玉女"，一进上海，便很快被都市生活所同化；而吴老太爷死后留下的那本平摊在吴公馆桌子上的《太上感应篇》，也在上海席卷而来的疾风劲雨中被打湿、弄污，旧式的一切在这座现代都市公馆中荡然无存，连痕迹都不曾留下。这正是茅盾对于现代化上海都市的理解与认识，抛弃了封建中国文化的一切，成为纯粹的现代化城市，这种对上海现代性夸大想象的叙述，其动机"源于世界主义背景下整体的对'中国现代性与中国现代化'这一民族'想象的共同体'的向往"④，隐含了作者对以上海都市为中心的中国现代化的想象与憧憬。在《子夜》的上海想象中，实际上"上海充当了国家建构中有关独立与现代化意义的最大载体"⑤。

"民族被想象为一个共同体，因为尽管在每个民族内部可能存在普遍的不平等与剥削，民族总是被设想为一种深刻的、平等的同志之爱。"⑥但《子夜》中民族情感的表达，却掺杂着阶级和文化观念。茅盾在《子夜》中还构建了 1930 年代以吴公馆为代表的上海都市的另一特性：奢靡与堕落，以及生活于其间的都市人的自

① 茅盾：《子夜》，《茅盾全集》第 3 卷，人民文学出版社 1984 年版，第 29—30 页。

② 朱自清：《子夜》，《朱自清序跋书评集》，生活·读书·新知三联书店 1983 年版，第 198 页。

③ 韩侍桁：《〈子夜〉的艺术思想及人物》，《现代》1933 年第 4 卷第 1 期。

④ 张鸿声：《文学中的上海想象》，人民出版社 2011 年版，第 1 页。

⑤ 张鸿声：《文学中的上海想象》，人民出版社 2011 年版，第 1 页。

⑥ ［美］本尼迪克特·安德森，吴叡人译：《想象的共同体——民族的起源与散布》，上海人民出版社 2011 年版，第 7 页。

私与冷漠。《子夜》把吊唁吴老太爷的场面，变成了一个充满着狂欢味道的场所中，透露出了一种深入骨髓的都市灵魂的糜烂。这个现代都市财富和各界社会名流的汇聚地，并没有因为吴老太爷的去世而影响到它丝毫的喧闹与浮华，吊客们高谈阔论的是上海滩最流行的话题：公债、标金、狐步舞、战争、电影明星、劳资矛盾等，人情消失，拜金主义和享乐文化至上，这里没有一丝悲哀的气氛，间或传出来却是"醉人的脂粉香和细碎的笑语声"①。在等候着送殓的短暂空隙中，那些平日里高谈着"男女之大防"的"社会栋梁"们，也不忘调情戏谑："轮盘赌、咸肉庄、跑狗场、必诺浴、舞女、电影明星"②，"歌声舞姿蛤蟆跳"，"男人和女人扭在一起，笑的更荡，喊的更狂"③，这些"赤裸裸的肉感的纵谈"给人带来了无限的想象和无穷的视觉刺激。而作为儿子的吴荪甫，此刻关心的并不是父亲的丧事，丝毫没有因为父亲的去世而影响心情。反而是投资的失败给了他沉重的一击，吴荪甫在夜游黄浦江后，回到公馆，抑制不住内心的烦躁，"'公馆不像公馆了！'——他在客厅里叫骂，眼光扫过那客厅里的陈设，在地毯上，桌布上，沙发套上，窗纱上，一一找出'讹头'来呵骂那些男女当差。他的威厉的声浪在满屋子里滚，厅内厅外是当差们恐慌的脸色，树叶苏苏地悲啸；一切的一切都使得这壮丽的吴公馆更显得阴沉可怖。'公馆不像公馆了！'"④如果说在吴荪甫的第一句自语"公馆不像公馆了"，充满了愤怒之情，那么在发泄之后的再次强调"公馆不像公馆了"，则不免充满了失败者的凄凉。茅盾对吴公馆这个具有政治意味的空间的叙事，容纳了作家对于阶级、文化问题的思考和对现代性的某种批判。

《子夜》通过这些象征性空间来展现上海都市的现代性，并指出了空间背后的文化指涉意义。与乡村的传统与落后相比，上海虽然现代化，但人的精神沉沦、丧失了。茅盾以自己的理解和体验方式，反映了以上海大都市为中心的中国社会的问题和矛盾，可以说，茅盾塑造的是一种处于中国现代化进程中的现代民族国家想象中的"上海形象"。

二

上海作为城市的一种，不仅是"一个独特类型的定居地，并且隐含着一种完全不同的生活方式及现代意涵"⑤。《子夜》中，上海这个"充满着政治和文化意味的公共空间"⑥，歌舞厅、咖啡馆、电影院、公园和跑马场等，已经不再是作家笔下简单的现代想象了，茅盾把上海生活现代性的一面表现得更加淋漓尽致。不仅有现代城市特有标志性景观，高楼大厦、灯红酒绿等，茅盾还重点写出了 1930 年代上海

---

① 茅盾：《子夜》，《茅盾全集》第 3 卷，人民文学出版社 1984 年版，第 32 页。
② 茅盾：《子夜》，《茅盾全集》第 3 卷，人民文学出版社 1984 年版，第 41 页。
③ 茅盾：《子夜》，《茅盾全集》第 3 卷，人民文学出版社 1984 年版，第 70 页。
④ 茅盾：《子夜》，《茅盾全集》第 3 卷，人民文学出版社 1984 年版，第 499 页。
⑤ ［英］雷蒙·威廉斯，刘建基译：《关键词：文化与社会的词汇》，生活·读书·新知三联书店 2005 年版，第 44 页。
⑥ ［美］李欧梵，毛尖译：《上海摩登：一种新都市文化在中国（1930—1945）》，人民文学出版社 2010 年版，第 22 页。

才有的金融证券交易所和现代大机器生产、民族工业等，作品中以吴荪甫为代表的实业资本和赵伯韬为代表的金融资本之间在公债市场上的争斗，也都反映了1930年代上海城市化和工业化的过程。正如朱自清指出的那样，茅盾的《子夜》写的是"民族资本主义的发展与奔溃的缩影"，侧重表现的是"工业的金融的上海市"①。《子夜》中，茅盾紧紧抓住了上海都市文化的一个核心内容，即金融资本，来完成对上海都市空间的现代性想象。

1929年西方的经济危机严重影响了以上海为中心的中国民族工业的发展，这反而更加剧了上海金融情势的畸形发展。以金融经济支配的现代城市生活改变了以往传统的社会模式，几千年来中国传统的经济基础始终是农业和农村小作坊为主的手工业生产，都市经济从农业经济开始向金融经济转变。茅盾通过一个个金融资本术语与经济斗争现象的剖析，书写了现代上海作为一个新兴都市的金融文化状态，呈现给我们一个发达而又畸形的金融资本世界，并在对于都市经济的叙写与想象中，寄寓了茅盾对中国强国梦的探索与努力。

《子夜》中，金融市场是茅盾上海想象的一个重要的现代空间和文化符号。上海，这个充满着欲望的大都市，总是不断地以新的事物刺激着现代中国人，曹聚仁在《上海的"华尔街"》中，这样描述三四十年代的上海："纽约有华尔街，那是美国的金融中心。上海也有'华尔街'，也是金融集中的地区，有林立的银行、钱庄、信托公司、交易所；也有矗立云霄的大厦，凸肚子的银行老板，发光的金条，成捆的钞票……"②在上海，不仅外滩是上海金融机构的集中地，整个外滩都是大银行，如汇丰、花旗等，就连一条普通的弄堂，你走过去，也会发现，这里几乎聚满了大大小小的钱庄与商号。

《子夜》写作期间，茅盾曾到证券交易所进行实地观察，交易所里那"冲锋似的呐喊"，那"多头"的魄力和"空头"的大胆，给了茅盾丰富的感知和想象。1930年代的上海，在国民党统治区经济破产的情况下，公债变成了买办封建金融资本和小市民们赚钱的对象，作为一种新生事物，股票交易所带来的丰厚的利润与刺激，引起了人们极大的兴趣，一时上海金融市场热闹非凡，可谓上至达官贵人，下至流氓地痞，都加入了公债投机活动中，胆大的甚至把全部家当都统统押在买空卖空上。如交际花刘玉英的经历，就是上海金融交易的疯狂状态的写照。因身边亲人的经历，刘玉英对于证券交易所市场的经络，比其他人更为熟知：她的父亲"在十多年前的'交易所风潮'中破产自杀"，"投机家"哥哥，因"做金子"失败，"侵吞了巨款吃官司，至今还关在西牢里"，他的公公和已故的丈夫，也都是"开口'标金'，闭口'公债'的"。但家庭的遭遇和变故依然阻止不了金钱所带给她的诱惑和刺激，她不仅常常逗留交易所，"把交易所当作白天的'家'，时常用'押宝'的精神买进一万，或是卖出五千"，甚至不惜出卖自己在赵伯韬和吴荪甫之间周璇。据悉，在1930年前后，全国流通资金集中到上海来的约有半数以上，"资金既充斥于都市，而内地则因战事匪患，工商业无从发达，以致都市资金苦乏运用之途，则咸投资政府公

---

① 朱自清：《子夜》，《朱自清序跋书评集》，生活·读书·新知三联书店1983年版，第193页。

② 参考许洪新：《回梦上海老弄堂》，上海科学技术文献出版社2004年版，第150页。

债……其投资利息恒在一分五厘以上,故投资于此项公债者日见增多,公债之交易极为繁盛。"①为此,茅盾还托关系多次进入"门禁甚严"的华商交易所实地观察,因而才会有《子夜》中 1930 年上海公债投机市场情形的生动描述:"他们的公债投机就在今天决定最后的胜负!从前天起,市场上就布满了中央军在陇海线上专利的新闻。然而人心还是观望,只有些零星小户买进,涨风不起。昨天各报纸上大书特书中央军胜利,交易所早市一声开拍,各项债券就涨上二三元,市场中密密层层等人人头攒挤,呼喊的声音就像前线冲锋,什么话也听不清,只看见场上伸出来的手掌都是向上的。"②金融交易作为现代都市文化的一个重要标志,极大地影响和改变着现代都市人的生活状态和精神心态。

公债市场作为上海现代都市一个特有的文化象征,极大地刺激着人们的感官和心理,在这个空间里,"人们不再像在相对稳定的生活环境中那样主要是作为阶级或阶层的成员存在,而是作为一种类别、一种模型存在着。"③这个"跟大戏院的池子似的"的上海华商证券交易,是"冒险家的乐园",在市场后方的这块小小的"拍板台"决定着投机者的命运,"会叫许多人笑也叫许多人哭","这里是一个小凳子也不会有的,人全站着,外圈是来看市面准备买或者卖的——你不妨说他们大半是小本钱的'散户'。自然也有不少'抢帽子'的,他们时刻关注的是"台后像'背景'似的显出'××××库券','×月期'……之类的'戏目',特别是这'戏目'上面那时时变动的电光计数牌……这小小的红色电光的数目字是人们创造,是人们使它刻刻在变,但是它掌握着人们的'命运'",这个红色的数字决定着这些投机者"命运"的升沉,"这里台上的红色电光的一跳,会决定了他们的破产或者发财。"④

茅盾还通过交际花刘玉英的视角写出了一个变幻莫测的金融交易所。这是一个疯狂的金融资本上海:"交易所里比小菜场还要嘈杂些。几层的人,窒息的汗臭。……台上拍板的,和拿着电话筒的,全涨红了脸,扬着手,张开嘴巴大叫;可是他们的声音一点也听不清。七八十号经济人的一百多助手以及数不清的投机者,造成了雷一样的数目字的嚣声,不论谁的耳朵都失了作用。"⑤公债市场高速疯狂的运转着,在这个欲望的海洋中,人们密密层层地拥挤着,喧闹着,"更响更持久的数目字的'雷',更兴奋的'脸的海',更像冲锋似的挤上前去"⑥。显然,茅盾是有意突出上海现代性与城市化的一面,某种程度上,这也是茅盾对上海现代化的一种憧憬与崇拜。

在吴老太爷的灵堂,众多人物一出场谈论的即是"标金"、"大条银"、"花纱"等各类公债,关心的是"关税"、"编遣"、"裁兵"、"棺材边"等影响公债市场行情的话

---

① 参考千家驹编:《旧中国公债史资料》(1894—1949),中华书局 1984 年版,第 30 页。

② 茅盾:《子夜》,《茅盾全集》第 3 卷,人民文学出版社 1984 年版,第 178 页。

③ 谭桂林:《现代都市文学的发展与〈子夜〉的贡献》,《文学评论》1991 年第 5 期。

④ 茅盾:《交易所速写》,《茅盾全集》第 11 卷,人民文学出版社 1986 年版,第 388 页。

⑤ 茅盾:《子夜》,《茅盾全集》第 3 卷,人民文学出版社 1984 年版,第 317 页。

⑥ 茅盾:《子夜》,《茅盾全集》第 3 卷,人民文学出版社 1984 年版,第 317 页。

题；军人雷参谋、五云织绸厂老板陈君宜、大兴煤矿公司总经理王和甫、丝厂老板朱吟秋、火柴厂老板周仲伟等人簇拥在一起，讨论着战争的胜败与公债的涨跌，一声"公债又跌了！停板了！"引起了众人的骚动。丝厂老板朱吟秋的抱怨则很好地揭示了 1930 年代金融资本的畸形发展："从去年以来，上海一埠是现银过剩。银根并不紧。然而金融界只晓得做公债，做地皮，一千万，两千万，手面阔得很！碰到我们厂家一时周转不来，想去做十万八万的押款呀，那就简直像是要了他们的性命；条件的苛刻，真叫人生气！"①而赵伯韬等人更是借前来吊丧的机会，拉拢吴荪甫、杜竹斋参加做"多头"的投机阴谋。《子夜》通过全民做金融投机的疯狂状态反映了 1930 年代上海金融界的经济形势，从而对上海的发展提出了质疑。在茅盾看来，这是一个畸形的都市发展，"上海是'发展'了，但发展的不是工业的生产的上海，而是百货商店的跳舞场电影院咖啡馆的娱乐的消费的上海！上海是发展了，但是畸形的发展，生产缩小，消费膨胀！"②这是一个由金融经济连带混乱政治杠杆转动起来的上海社会，暗示了中国的民族资本主义必然崩溃的结局。

《子夜》直接揭露了上海的金融资本市场的起伏变化与政治的联系。战争的爆发，使得"土财主都带了钱躲到上海来；现金集中上海，恰好让政府再多发几千万公债，然而有钱就打仗，有仗打就是内地愈加乱做一团糟，内地愈乱，土财主带钱逃到上海来的也就愈加多，政府又可以多发公债——这就叫做发公债和打仗的连环套"。③ 不仅中央军的胜败关系到公债价格的升降，买办金融资本家可以操纵公债价格的变化，如小说中冯云卿对何慎庵说："你说公债的涨跌全看前方的胜败，可不是？然而也不尽然。大户头的操纵也很关重要。"④因此，当吴荪甫、王和甫等人在办工厂和做公债上犹豫不决时，赵伯韬却踌躇满志："这可说不定。看涨上了，我就抛出去，一直逼到吴老三坍台，益中公司倒闭。"赤裸裸地暴露了赵伯韬的帝国主义鹰犬的嘴脸。甚至买办资本家可以通过操控战争的方式来操纵公债市场的价格，《子夜》中第一次公债市场斗争，是赵伯韬拉拢吴荪甫等联合起来，采用贿赂西北军"打败仗"的办法，来做"多头"，"花了钱可以打胜仗，这是大家都知道的。但是花了钱也可以叫人家打败仗，那就没几个人想得到了。——人家得了钱，何乐而不败一仗。"赵伯韬毫不掩饰地说出了金融资本操纵军阀战争的上海公债市场潜规则："整整三十万！再多，我们也不肯；再少，他们也不干。实足一万银子一里路；退三十里，就是三十万。"⑤同样的叙述也出现在洪深的《咸鱼主义》里，"你以后只要打听公债的上落；像这几天连着高涨，你就晓得，中国和日本，决不会打起来的。"⑥这是 1930 年代现代上海公债市场上的险恶，也是股票交易给上海都市带来的新鲜与刺激，金融市场行情的波动决定了一切斗争的形式。吴荪甫辛苦

① 茅盾：《子夜》，《茅盾全集》第 3 卷，人民文学出版社 1984 年版，第 43 页。
② 茅盾：《都市文学》，《茅盾全集》第 19 卷，人民文学出版社 1991 年版，第 422 页。
③ 茅盾：《子夜》，《茅盾全集》第 3 卷，人民文学出版社 1984 年版，第 224 页。
④ 茅盾：《子夜》，《茅盾全集》第 3 卷，人民文学出版社 1984 年版，第 220 页。
⑤ 茅盾：《子夜》，《茅盾全集》第 3 卷，人民文学出版社 1984 年版，第 50 页。
⑥ 洪深：《咸鱼主义》，《洪深文集》第 2 卷，中国戏剧出版社 1957 年，第 30 页。

经营的工厂倒闭，并不是因为贯穿小说始终的工人大罢工，而是股票交易价格的暴跌。但是金融投机的命运不只是资本家之间的斗争所决定的，小说中通过上海金融图景的展现，茅盾指出了其背后的重要因素：世界性的经济危机、美国资本对中国的渗透、日本工业的扩张以及国内的战争等。

茅盾在《〈子夜〉是怎样写成的》中提到："数年来农村经济的破产，掀起了农民暴动的浪潮，因为农村的不安定，农村资金便向都市集中。论理这本来可以使都市的工业发展，然而实际并不是这样，农村经济的破产大大地减低了农民的购买力，因而缩小了商品的市场，同时流在都市中的资金不但不能促进生产的发展，反而增加了市场的不安定性。流在都市的资金并未投入生产方面，而是投入投机市场。"①农村经济的破产、工业经济的萎缩，更加刺激了上海金融市场的畸形发展。在疯狂的投机市场面前，《子夜》中人人失去了理智。冯云卿，这位乡下土财主，因战乱躲避到上海租界做寓公，在公债市场的风潮下，也"栽跟头一交，跌得他发昏"，在现代都市的各种疯狂利益面前，放弃了"诗礼传家"的传统道德。得知自己的女儿在外面行为不检时，作为父亲"此时他的心情已经不是单纯的怨恨女儿败坏了'门风'，而是带着几分抱怨着女儿不善于利用她的千金之体"②，为刺探市场情报，不顾"诗礼传家"，主动把亲生女儿送给了金融巨头赵伯韬，传统的伦理道德在经济利益面前彻底沦丧，人性在都市冲击力下开始异化。就连刘玉英、徐曼丽这样的交际花也为金融市场所带来的巨大的经济利益的关系而转变依附关系。"在城市中，尤其是大城市中，人类联系较之在其他任何环境中都更不重人情，而重理性，人际关系趋向以利益和金钱为转移。"③《子夜》中，几乎所有的人物都因各自的经济利益而具有某种政治立场，包括赵、吴两派大资本家，周仲伟、王和甫、孙吉人等小资本家，那些出入吴公馆的青年男女如范博文、曾家驹等人也都是资产阶级的一员，在经济利益的竞争中夹杂着的是现代都市中强烈的物欲、情欲和人性的堕落。

赵伯韬更是对金融市场有着强烈的操纵欲和占有欲，为达目的使用一切手段，随意操纵公债市场，"各项公债他都扒进"，同时也"扒进各式各样的女人"；而"英雄"人物吴荪甫也不例外，在父亲的灵堂前，他没有流露出丝毫的悲伤之情，而是利用这样的时机继续算计着自己生意上的利益；虽然他刻板、严肃，"向来不是见美色而颠倒的人"，可是却利用表侄女也即交际花刘玉英实施"美人计"，当他回味"刘玉英刚才那笑，那脸红，那眼波，那一切的诱惑性，他把不住心头一跳"，即使在睡梦似乎也忘不了她的媚态。在工厂和益中公司不顺之时，随意强暴下人，在他眼里"眼前的王妈已经不是王妈，而是一件东西！可以破坏的东西！可以最快

---

① 茅盾：《〈子夜〉是怎样写成的》，孙中田、查国华编《茅盾研究资料》（上），知识产权出版社，2010年版，第425—426页。

② 茅盾：《子夜》，《茅盾全集》第3卷，人民文学出版社1984年版，第234页。

③ ［美］帕克等，宋俊岭等译：《城市社会学——芝加哥学派城市研究文集》，华夏出版社1987年版，第21页。

意地破坏一下的东西！"①在现代资本主义强劲的冲击力下，一个具有实力的资产者也变得疯狂，失去控制力。

在上海这个冒险家的乐园里，"公债魔王"赵伯韬始终认为："中国人办工业，没有外国人帮助都是虎头蛇尾。"因而做了美国资本家的"掮客"，因而投靠了外国主子的他为所欲为，不仅利用中国独裁政治势力和帝国主义联盟左右着上海的经济；在和吴荪甫的公债斗争中，甚至计划着"用'内过公债维持会'的名义电请政府禁止卖空！"并打算"一面请财政部令饬中央，中交各行，以及其他特许发行钞票的银行对于各项债券的抵押和贴现，一律照办，不得推诿拒绝；一面请财政部令饬交易所，凡遇卖出期货的户头，都必须缴现货担保，没有现货上去做担保，就一律不准抛空卖出——"②他的随心所欲、放荡纵欲与吴荪蒲的紧张严肃的生活方式相比，暗示了中国民族工业危机的重要原因之一——即帝国主义的金融势力对中国弥足经济的严重影响和控制。而吴荪甫、赵伯韬类的人物，也只有在上海才能造就，可以说他们是上海都市的产物。

在《子夜》中占据上海中心舞台的是资本家和资产阶级生活，他们在公债市场上明争暗斗，互相算计，而赵、吴两大巨头之间的竞争也主要表现为在证券交易所的公债买卖上。实业资本家吴荪甫原本一心只想经营好民族工业，不想涉足公债市场，"不！我还要干下去的！中国民族工业就只剩下屈指可数的几项了！丝业关系中国民族的前途尤大！——只要国家像个国家，政府像个政府，中国工业一定有希望的！"③双桥王国梦破灭后，丝厂又濒临倒闭，不得已，吴荪甫决定和王和甫、孙吉人等人组建益中信托投资公司，企图以此来扩大工厂规模，提高效益。但由于公债市场的不稳定，以及赵伯韬的蓄意破坏，吴荪甫孤注一掷将所有资金抵押在公债市场，最终却以全盘溃败收尾。在1930年代的上海，由于受帝国主义控制的买办资本企业对中国民族工业的打压，工厂陆续倒闭，工人们纷纷失业，工人运动高涨。在金融资本们的打压与逼迫之下，以吴荪甫为代表的实业资本家们终究无法实现发展民族工业的梦想，只能以失败告终。《子夜》中，面对世界经济危机带来的混乱，上海火柴厂主周仲伟无比懊恼："我是吃尽了金贵银贱的亏！制火柴的原料——药品，木梗，盒子壳，全是从外洋来的；金价一高涨，这些原料也跟着涨价，我还有好处么？采购本国原料罢？好！原料税，子口税，厘捐，一重一重加上去，就比外国原料还要贵了！况且日本火柴和瑞典火柴又是拼命来竞争……"④上海作为最大的工业中心，上海的民族工业在帝国主义经济的侵略之下逐步走向破产，而买办资本家大获全胜，突出了美帝国主义金融资本对民族工业的吞并和绞杀。茅盾在《子夜》中写资本家，写资产阶级，实际上探讨的是国家、民族的政治性命题，探求的是以上海为中心，发展民族工业、振兴经济对于一个国家、民族的重要性，是茅盾的一种国家想象。

---

① 茅盾：《子夜》，《茅盾全集》第3卷，人民文学出版社1984年版，第427页。

② 茅盾：《子夜》，《茅盾全集》第3卷，人民文学出版社1984年版，第535页。

③ 茅盾：《子夜》，《茅盾全集》第3卷，人民文学出版社1984年版，第64页。

④ 茅盾：《子夜》，《茅盾全集》第3卷，人民文学出版社1984年版，第42页。

三

美国学者罗兹·墨菲在《上海——现代中国的钥匙》中在对上海从 1840 年左右到 1949 年近百年的历史研究中指出，"现代中国就在上海诞生"，"上海，连同它在近百年来成长发展的格局，一直是现代中国的缩影"，并且上海"提供了那用以说明现代中国已经发生和即将发生的新事物的锁匙"[①]，因此，从某种意义上说，上海比任何其他城市都具有表达国家性的意义。《子夜》对上海的描述，可以说"完全表现了作者创作的国家想象特质"[②]。茅盾在《现在文学家的责任是什么？》一文中指出："文学是为了表现人生而作的。文学家所欲表现的人生，决不是一人一家的人生，乃是一社会一民族的人生。"[③]《子夜》中，茅盾以高度的历史责任感，通过对中国社会本质与动向的整体认识，以上海为中心，力求反映中国社会全貌。

1930 年代的上海，即使号称"东方巴黎"、"世界第五大城市"，民族资本家失败的挣扎、金融资本家胜利的狞笑、工业的凋零与破产、金融投机的狂潮，以及沪上的狂欢享乐与身体欲望，在《子夜》中无不呈现出上海作为一个畸形的殖民城市，并未走上资本主义化的国家混乱状态。《子夜》中上海现象的展示，被赋予了整个民族期盼现代化的情感和价值意义，通过茅盾的上海想象，在很大程度上传达出了整个民族国家建构现代性的意义诉求。"工人阶级的经济的政治斗争"是茅盾在《子夜》中所欲表达的另一个内容，但他并没有如其所愿地将产业工人的斗争与其所描写的主题内容浑然一体，这也许便是《子夜》"现代性"想象的局限。

---

① ［美］罗兹·墨菲，上海社会科学院历史研究所译：《上海——现代中国的钥匙》，上海人民出版社 1986 年版，第 4—5 页。
② 张鸿声：《文学中的上海想象》，人民出版社 2011 年版，第 103 页。
③ 茅盾：《现在文学家的责任是什么？》，《东方杂志》1920 年第 17 卷第 1 期。

百年中国儿童文学演进史中的茅盾

王泉根①

内容提要：茅盾不但是中国现代文学的先驱与巨匠，而且也是中国现代儿童文学的先驱与卓越的创建者。考察百年中国儿童文学演进史，茅盾在中国儿童文学的重要历史节点都做出过独特而有重大影响的工作与贡献。这是茅盾研究不应被忽视的课题。

关键词：茅盾；中国儿童文学；先驱者；儿童文学理论

一、20 年代：作为文学研究会干将与商务印书馆编辑的茅盾

20 世纪 20 年代初期，正是文学研究会全盛时期，青年茅盾（沈雁冰）是文学研究会的发起人与干将，同时也是上海商务印书馆的一位资深编辑。更难能可贵的是，茅盾也是百年中国儿童文学演进史上最早从事童话创作的拓荒者之一，他以极大用心研究过当时作为建设中国儿童文学的重要新品种的寓言与神话。童话、寓言、神话是幻想文学的主要文体，在一定意义上就是儿童文学的主干。

1916 年，21 岁的茅盾从北京大学预科毕业，来到上海商务印书馆编译所工作。在这里，他遇到了"中国编辑儿童读物的第一人"孙毓修②。当时，孙毓修正在主持编辑中国出版史与儿童文学史上最早的《童话》丛书与《少年丛书》。茅盾的才华深受孙毓修赏识，孙主动邀请茅盾一起编辑《童话》。从 1918 年下半年起至 1920 年，茅盾接连写了 27 篇童话，辑为 17 册，以沈德鸿的真名先后由商务印书馆作为《童话》丛书出版。

茅盾的童话创作是他从事文学活动的最早尝试，同时明显地记录了中国艺术童话萌芽时期的基本风貌。早期的"童话"含义较广，大凡寓有幻想色彩供孩子们阅读的叙事类作品，都属于"童话"范畴。1909 年，孙毓修主编的《童话》丛书初集广告就说：所谓"童话"，无非是"儿童的话"吧！"童子略识文字，无不喜看小说，惟无稽之说，既失之谬妄，而新旧小说，或文字高尚、理论精深，非幼年所能领。故东西各国，特编小说为童子之用，欲以启发智识，含养德性。是书以浅明之文字，叙奇诡之情节，并多附图画，以助兴趣；虽语言滑稽，然寓意所在必轨于正。童子阅之，足以增长德智；妇女之识字者，亦可借为谈助"③。

---

① 作者简介：王泉根，陕西师范大学人文社会科学高等研究院特聘研究员，北京师范大学文学院教授。

② 茅盾：《关于"儿童文学"》，《文学》1935 年 2 月第 4 卷第 2 号，署名"江"。

③ 商务印书馆《童话》广告，《小说月报》1922 年第 1 期。

"五四"前后，童话几乎就是"儿童文学"的同义词，两者没有严格的界限。后来，才逐步把童话与民间故事、传说、儿童小说等文体区分开来，单指那些具有丰富的想象、强烈的夸张、带有神奇的幻想色彩的叙事作品。茅盾在商务印书馆编辑的《童话》，正是早期广义上的"童话"。当时的童话与整个儿童读物的编写情况一样，主要是模仿外国童话与改编古代传统读物，几乎没有作家独创之作。

茅盾的童话实践，自然也不能脱离时代的影响。他的 27 篇童话主要也是根据外国与古代的东西加工改写而成的。从题材内容来看，大致可分三类。第一类是根据外国童话、寓言或民间故事加以改写，计 12 篇，它们的来源分别是：

1《驴大哥》：《格林童话·布勒门镇上的音乐家》；

2《蛙公主》：《格林童话·青蛙王子》；

3《海斯交运》：《格林童话·伶俐的罕斯》；

4《狮骡访猪》：《伊索寓言·驴、狐狸和狮子》；

5《狮受蚊欺》：《伊索寓言·蚊子和狮子》；

6《狐兔入井》：《伊索寓言·狐狸和山羊》；

7《兔娶妇》：《挪威民间故事·结了婚的野兔》；

5《鼠择婿》：《突尼斯民间故事·母鼠的丈夫》；

9《傲狐辱蟹》：《日本民间故事·猫和螃蟹》；

10《金龟》：《印度童话·多话的龟》；

11《飞行鞋》：《贝洛尔童话·小拇指》；

12《怪花园》：《法国童话·美妞与怪兽》。

第二类是根据中国古典读物改编的，凡 5 篇，出处是：

1《大槐国》：《唐人传奇·南柯太守传》；

2《千匹绢》：《太平广记》卷第一百六十六；

3《负骨报恩》：《古今小说·吴保安弃家赎友》；

4《树中饿》：《古今小说·羊角哀舍命全交》；

5《牧羊郎官》：《史记·平准书》。

第三类是茅盾的个人创作，有《书呆子》与《寻快乐》两篇。此外，尚有《一段麻》《风雪云》《学由瓜得》《平和会议》《蜂蜗之争》《鸡鹜之争》《金盏花与松树》《以镜为鉴》8 篇目前还不能确定出处。有的研究者认为，前三篇也是茅盾"直接取材于现实生活创作的"①。

茅盾的童话充分体现了中国现代儿童文学初创时期破土萌生的民族艺术童话的特色，以新的形式与新的内容给《童话》丛书注入了新鲜血液。

茅盾童话比较注重小读者的欣赏情趣，童话的"儿童化"特色大为增强。他的作品无论是改制或创作，大多描写儿童生活或儿童喜爱的动物王国，人物形象以儿童为主。纯粹描写成人生活的故事只有《大槐国》《千匹绢》等出自古典读物的 5 篇，但其中不乏丰富的幻想色彩与曲折的故事情节，依然能吸引小读者。儿童形

---

① 范奇龙：《一束报春的鲜花》，载范奇龙选编《茅盾童话选》，四川少年儿童出版社 1987 年版，第 4 页。

象与幻想世界直接进入童话领域,这是童话艺术的一大进步,与晚清时期大多描写成人生活和充满说教的"儿童读物"相比,无疑是一种突破。

茅盾的童话善于通过拟人化与对比手法,来增强作品的艺术感染力,以满足小读者的视读经验。在《寻快乐》中,作者将钱财、勤俭、玩耍、经验这些抽象概念,全都赋予了人的性格、人的行动,各有鲜明的个性,给人以深刻的印象。如对钱财的描写:"钱财这人,最无恒心,今天和张三相好,明天便和李四相好。加之世人没有不喜欢他,他的交往极多,更不能常在一人身边。"寥寥数语,妙趣横生,巧妙地写出了钱币在人群中广泛的流动性,读之使人忍俊不禁。又如《一段麻》,通过罗伦、罗理两兄弟对一段细麻绳珍惜与丢弃的两种态度,与后来遇到急事需要绳索时两种不同结果的对比描写,启迪小读者养成节约的习惯,懂得有备无患的道理。《书呆子》将用功读书的南散和贪玩好耍的万尔放在蜜蜂分房的紧张环境下进行对比描写,说明知识就是力量,激励小读者努力读书求知。

茅盾童话为儿童读物的改编工作提供了新鲜经验。对于古典读物的改编,茅盾着眼于思想性,努力选取那些有益于小读者思想品行教育的材料,发掘其中民主性的精华。如《树中饿》,只取羊角哀与左伯桃生死与共的故事,删去了原作鬼魂争墓的荒诞情节。《牧羊郎官》立意于"有益于国家,有功于社会"的主题。这些作品都是以古人的高风亮节来陶冶儿童,宣扬我们民族之报效国家(《牧羊郎官》)、舍己为人(《树中饿》)、知恩图报(《千匹绢》)等传统美德。这与当时有的所谓"儿童读物"改编者只图故事热闹、不注重思想意义的状况(如中华书局出版的儿童《小小说》一百种,有《劈罗真人》《僧道斗法》《莲花化身》等)形成鲜明的对比。

对于外国读物,茅盾也不是一味照搬,而是大胆地对原作进行加工改制,使作品对中国儿童产生富有时代特征的教育意义。如《驴大哥》的原材料是格林童话《布勒门镇上的音乐家》(现译为《不来梅的音乐家》),故事叙述驴、狗、猫、鸡因不能讨得主人喜欢,就一起逃到布勒门去当音乐家。它们在一幢房子里遇到正在偷盗食物的强盗,于是全体奏乐:驴叫、猫喊、狗吠、鸡鸣。强盗被吓跑了,偶然的成功使四位音乐家得到了一座住房。经过茅盾改写的《驴大哥》,人物与内容基本没变,但却注入了完全崭新的主题:驴、狗、猫、鸡在患难中互相同情、互相帮助,由原来被损害的弱小者地位,变成"能自立、能用力气换饭吃"的独立自主者。显然,这与"五四"时期提倡的自强不息的时代精神是一致的,同时也表现了青年茅盾同情被损害者与弱小者的思想倾向。

由于"五四"时期的童话创作尚处在摸索、尝试阶段,没有成功的先例可以借鉴,因此,出现在茅盾笔下的作品,也难免带有这种尝试性质的不足之处。一是还没有摆脱古代话本小说"说书人叙事"的框架,演述风格受到起承转合等固定程式的影响,常就故事发一些议论,出现一些惯用的套语,不免使人有"说教"之嫌。如"在下也趁空说句话","看官读至下文,便知端的"。有的评说显得太长太多,冲淡了作品的艺术效果。二是文体界限模糊。茅盾的"童话",有的实际上是儿童小说,如《一段麻》《书呆子》;有的是寓言,如《风雪云》《以镜为鉴》;也有的是历史故事,如《树中饿》等。三是由于题材内容大多来自外国的与古代的材料,还没有把眼光注意到现实生活上来,因此童话形象的典型化程度还不高。

"五四"时期尚是童话创作的萌芽时期，一切都要经过拓荒者们的尝试，后人明智，自然不应苛求先行者的劳绩。更何况这些作品在当时已超越了前人（如孙毓修）的水准，拥有广泛的小读者。从百年中国儿童文学演进史考察，茅盾的 27 篇童话，正是我们认识和研究早期童话基本风貌的宝贵文献，它记录了现代儿童文学的拓荒者探索童话创作的深深脚印，其开创之功是不可磨灭的。

中国的传统寓言，历史悠久，丰富多彩。但是，古代寓言并非是为儿童创作的。先秦寓言常是哲学家、思想家阐明自己观点的例证和材料，或是"纵横家"游说人主、战胜论敌的一种论辩手法；先秦以后的历代寓言主要是作者用来针砭时弊、宣泄怨愤的。把寓言引入儿童文学园地，这是"五四"前后的事。1917 年，茅盾从 27 种先秦诸子、两汉经史子部等典籍中，博览广搜，沙里淘金，编写了百年中国儿童文学演进史上第一部专供少年儿童阅读的寓言集——《中国寓言初编》，这是寓言这种古老文体第一次走进儿童文学园地。

神话是人类童年时代纯真天性的完美呈现，是人类对世界和自我的最早认知，虽然神话不是真正的历史，但是每一个民族的历史都是从神话时代开始的。民间文学是儿童文学之母，而神话更是"太祖母"。现代儿童文学的初创时期，正是茅盾在商务印书馆担任编辑的时期，他与同样是商务印书馆编译所编辑而且一起担当起文学研究会重任的郑振铎，都十分重视神话的开发及对儿童文学的价值。从 1924 年 9 月至 1925 年 4 月，茅盾在由郑振铎主编、商务印书馆出版的《儿童世界》杂志上，接连发表了他翻译的 10 篇希腊神话与 6 篇北欧神话。其中 10 篇希腊神话于 1925 年 8 月由商务印书馆结集为《希腊神话》（儿童世界丛刊）出版，后又被收入商务印书馆 1933 年 12 月出版的"小学生文库"第一集，1944 年在重庆重印出版。

茅盾翻译的 10 篇希腊神话故事是：《普洛未修偷火的故事》《何以这世界上有烦恼》《洪水》《春的复归》《番松和太阳神的车子》《迷达斯的长耳朵》《卡达牟司和毒龙》《勃莱洛封和他的神马》《骄傲的阿拉克纳怎样被罚》《耶松与金羊毛》。翻译的 6 篇北欧神话故事是：《喜芙的金黄头发》《菽耳的冒险》《亚麻的发见》《芬利斯被擒》《青春的苹果》《为何海水味咸》。茅盾对每篇译作都做了精要的点评，帮助小读者理解外国神话的特点、风格与含义。如对《洪水》的点评："总而言之，到这时候，愈强暴愈凶恶的人们，就愈得势，善良和平的人民就愈受人欺负。都是一样的人类，这时候就分出阶级来。地上处处有战争，时时有流血；空气里都布满了杀声、哭声、叹息声，这时候，人类的生活简直痛苦极了，不但比不上黄金时代，白银时代，就与黄铜时代比起来，也有天渊之别，所以叫作黑铁时代。"[①]这是希腊神话与北欧神话故事第一次作为儿童文学读本走进中国儿童的阅读世界，而且是通过当时影响最大的《儿童世界》杂志这一平台。

茅盾还在 20 年代出版过两部神话学研究的专著，一是《中国神话研究 ABC》（初版时署名"玄珠"），1929 年 1 月世界书局初版，系"ABC 丛书"之一，分上、下

---

① 茅盾译：《洪水》，《儿童世界》周刊 1924 年 10 月第十二卷第 3 期，署名"雁冰"。

册。二是《神话杂论》,1929 年 6 月世界书局初版,此书系作者研究中西神话的散篇论文结集。

茅盾在 1980 年 7 月 8 日为天津百花文艺出版社重版《神话研究》(1981 年出版,收入茅盾二三十年代所写三种神话专著)的《序》中说:"二十二三岁时,为要从头研究欧洲文学的发展,故而研究希腊的两大史诗;又因两大史诗实即希腊神话之艺术化,故而又研究希腊神话。彼时我以为希腊地处南欧,则地处北欧之斯堪的纳维亚各民族亦必有其神话。当时搜罗可能买到之英文书籍,果然有介绍北欧神话者。继而又查大英百科全书之神话条,知世界各地半开化民族亦有其神话,但与希腊神话、北欧神话比较,则不啻小巫之与大巫。那时候,郑振铎颇思编译希腊神话,于是与他分工,我编译北欧神话。惜郑振铎后来兴趣转移,未能将希腊神话全部编译。我又思,五千年文明古国之中华民族不可能没有神话,《山海经》殆即中国之神话。因而我又研究中国神话。凡此种种研究结果,或以短文形式随时发表,或以书本形式出版。《中国神话研究 ABC》(现改名《中国神话研究初探》)、《北欧神话 ABC》《神话杂论》等即为我研究神话之结果。"

茅盾的神话研究,既是中西比较文学研究的早期探索与成果,同时也鲜明地反映出他的中国文化民族立场:当他在欧洲神话世界巡视了一番之后,再反观故国,比对辨析,就自信满满地认定"五千年文明古国之中华民族不可能没有神话"。这种充满文化自信的表达,在西风劲吹的 20 世纪 20 年代显得特别醒目。

二、30—40 年代:作为左翼文坛作家与批评家的茅盾

茅盾在 1932 年完成长篇小说《子夜》之后,又腾出时间和精力来关注儿童文学,这一阶段是茅盾继 20 年代初期以后投入儿童文学的第二个重要时期。从1932 年到 1936 年,茅盾先后发表了《连环图画小说》(1932)、《孩子们要求新鲜》《论儿童读物》《对于〈小学生文库〉的意见》(1933)、《关于"儿童文学"》《读安徒生》(1935)、《书报述评·几本儿童杂志》《再谈儿童文学——评凌叔华的儿童小说集〈小哥儿俩〉》《儿童文学在苏联》(1936)等 15 篇儿童文学文论,以一个"战斗的批评家"的姿态自觉地站在儿童文学前沿。这些文章的内容可分为三类:一是探讨中国儿童文学的理论建设与发展方向;二是批评国内流行的儿童书刊;三是介绍外国儿童文学尤其是苏联儿童文学的新景象。

1935 年发表的《关于"儿童文学"》是一篇最早探讨现代儿童文学发展史的文章,在百年中国儿童文学演进史上有着重要学术价值。从 20 世纪初现代儿童文学破土萌生,至 30 年代初,已经走过了三十年的道路。这三十年里,中国的儿童文学到底是一个什么样的状况? 茅盾以亲历者、创建者的身份与卓杰的文学史识,第一次从"史"的角度勾勒和总结了这三十年的发展轨迹与基本面貌。茅盾把这三十年分为三个十年:第一个十年是中国现代儿童文学的起步阶段,其特点是以"改译"外国儿童文学作为中心内容。第二个十年,五四文学革命促进儿童文学的发展,这一时期的儿童文学得到了全社会的普遍重视;译介外国儿童文学仍是主要内容,但已由以前的"改译"转为"直译"。第三个十年有两大特点:一是作家原创儿童文学作品大幅提升,二是科学文艺被引入儿童文学园地。向外国儿童文

学学习，这是促进中国现代儿童文学发生、发展的一个重要因素。

茅盾在《关于"儿童文学"》一文提出了许多儿童文学史的精辟见解："'儿童文学'这名称，始于'五四'时代。""'五四'时代的开始注意儿童文学是把'儿童文学'和'儿童问题'联系起来看的，这观念很对。记得是一九二二年，《新青年》那时的主编陈仲甫先生（引者按：即陈独秀）在私人的谈话中表示过这样的意见。他不很赞成'儿童文学运动'的人们仅仅直译格林童话和安徒生童话，而忘记了'儿童文学'应该是'儿童问题'之一。""'五四'时代的儿童文学运动，大体说来，就是把从前孙毓修先生（他是中国编辑儿童读物的第一人）所已经'改编'（retold）过的或者他未曾用过的西洋的现成'童话'再来一次所谓'直译'。我们有真正翻译的西洋'童话'是从那时候起的。"①茅盾的这些观点已成为考察现代中国儿童文学发生期状况的重要论断，为后起的研究者一再引用。

在 30 年代决定着文学基本面貌的是以"左联"为核心的无产阶级文学运动及其文学实践和民主主义、自由主义作家的文学。30 年代也是百年中国儿童文学演进史上的一个重要阶段，面对新的社会斗争和文学思潮，作为现代文学重要一翼的儿童文学应当采取何种态势？作为左翼文坛重要作家的茅盾在《关于"儿童文学"》《再谈儿童文学——评凌叔华的儿童小说集〈小哥儿俩〉》《论儿童读物》等文论中，从"怎样的精神食粮才能适合于儿童的健康发展"的高度出发，系统地阐明了儿童文学的使命、功能、特征，提出了建立新型儿童文学的理论设想。

茅盾提出儿童文学"要能给儿童认识人生"的价值作用问题，他赞成苏联儿童文学作家马尔夏克的观点，认为儿童文学"是教训儿童的"，"给儿童们'到生活之路'的，帮助儿童们选择职业的，发展儿童们的趣味和志向的"。这种新儿童文学"必须是很有价值的文艺的作品"，它应当注重对儿童进行思想、认识和审美教育，"要能给儿童认识人生"，"构成了他将来做一个怎样的人的观念"，引导儿童"到生活之路去"②；"我是主张儿童文学应该有教训意味。儿童文学不但要满足儿童的求知欲，满足儿童好奇好活动的心情，不但要启发儿童的想象力、思考力，并且应当助长儿童本性上的美质——天真纯洁，爱护动物，憎恨强暴与同情弱小，爱美爱真"③。儿童文学应如何把握教育性与艺术性？茅盾认为："儿童读物即使是'教训'的，也应当有浓厚的文艺性；至于'故事'、'戏剧'等等完全属于儿童文学范围内的作品，自然更应当注重在激发儿童的文艺趣味，刺激儿童的想象力了。儿童文学当然不能不有'教训'的目的，——事实上，无论那一部门的儿童文学都含有'教训'，广义的或狭义的；但是这'教训'应当包含在艺术的形象中，而且亦只有如此，这儿童文学是儿童的'文学'，而不是'故事化'的'格言'或'劝善文'。"④

把儿童读物作为社会问题来看待，强调儿童文学必须直面现实、契合时代精神，这是茅盾儿童文学观的一个重要方面，也是他一直倡导的现实主义文学理想

---

① 茅盾：《关于"儿童文学"》，《文学》1935 年 2 月第 4 卷第 2 号。署名"江"。

② 茅盾：《关于"儿童文学"》，《文学》1935 年 2 月第 4 卷第 2 号。

③ 茅盾：《再谈儿童文学》，《文学》1936 年 1 月第 6 卷第 1 号。

④ 茅盾：《几本儿童杂志》，《文学》1935 年 3 月第 4 卷第 3 号，署名"子渔"。

的具体显现。由此出发,茅盾一直关注着儿童读物的质量及其对小读者的影响。1935 年,茅盾在细读了当时全国 6 家主要儿童杂志的最新二期的全部作品之后,在他主持的《文学》杂志"书报述评"专栏内发表了万余字的长文《几本儿童杂志》。

茅盾从每篇作品的实际出发,以对儿童的影响作用和儿童的接受能力、阅读兴味为标准,运用思想和艺术相统一的批评原则,具体评析了这 6 家儿童杂志的办刊宗旨、作品质量、各自的特点以及存在问题,并就提高刊物质量与建设儿童文学的问题提出了自己的见解。关于《童年月刊》,茅盾批评"科学新闻"介绍的知识"太专门",而作为"台柱子"的童话忽视了作品的思想性。《儿童科学杂志》具有注意内容的时间性与儿童的认知性的优点,但行文不够活泼,如同"讲义"。《儿童杂志》所奉行的"四平八稳"的原则使其"流于'平凡',流于枯燥乏味,既不能刺激起儿童的想象力,也不能满足儿童的好奇心。儿童的天性爱'奇异',爱'热闹',爱'变化多',爱'泼辣',爱'紧张'",儿童文学应迎合他们的天性,使其"得到正当的发展"。作为"老牌"儿童杂志的《小朋友》与《儿童世界》,两者各有千秋。《小朋友》注意反映儿童的学校生活与家庭生活,但在注意现实性,"校正西洋旧童话的那种动辄是仙人、妖女、王子、公主、魔鬼、狐狼的毛病"的同时,"不免有点矫枉过正",失却了儿童文学的浪漫精神。茅盾认为,仙人、妖女一类的"老家伙"可以不用,但却可以用"'幻想'和'荒诞'这两条银线来组织成功新的儿童文学"。《儿童世界》比之《小朋友》要丰富得多,如同"什锦莱",问题是译作太多,"编辑方针还是'九·一八'以前的"。茅盾呼吁儿童文学工作者应按照少年儿童的"脾胃"为他们提供"够丰富的多方面的知识","培养他们的文艺的趣味",用以提高鉴赏能力,抵制"有毒的旧小说"的侵害①。

茅盾以一个"战斗的批评家"的姿态,曾多次尖锐地批评了 30 年代儿童读物存在的弊端:低幼读物粗制滥造,缺乏创意,高层次读物依赖翻译,文字欧化,沉闷难懂,这就给那些格调低下的迷信、通俗读物提供了可乘之机②。儿童文学的内容"千万请少用些舶来品的王子,公主,仙人,魔杖,——或者用什么国货的吕纯阳的点石成金的指头,和什么吃了女贞子会遍体长毛,身轻如燕,吃了黄精会终年不饿长生不老"之类的热昏的胡话,而应当"吹进了现代的新空气,使成为我们现代合用的新东西"③。他热切地呼吁儿童文学必须扩大作品的题材范围,从"宇宙的起源","人类怎样征服自然"到"地球上各种人民生活状况"以及"太平天国,义和团,鸦片战争"等,都应纳入儿童文学的创作范畴,拓宽小读者的阅读经验和思维空间④。

很显然,茅盾所提出的新型儿童文学已经是社会主义儿童文学的雏形,在理论上把 20 年代文学研究会坚持的帮助儿童"认识人生"的儿童文学观向前推进了一大步,这些意见,对于推进 30 年代儿童文学追踪时代潮流,引导少年儿童直面

① 茅盾:《几本儿童杂志》,《文学》1935 年 3 月第 4 卷第 3 号。
② 茅盾:《给他们看什么好呢?》,1933 年 5 月《申报》副刊《自由谈》。
③ 茅盾:《再谈儿童文学》,《文学》1936 年 1 月第 6 卷第 1 号。
④ 茅盾:《论儿童读物》,1933 年 6 月 17 日《申报》副刊《自由谈》,署名"珠"。

社会人生有着重要意义，也是促进新型儿童文学建设的理论蓝图。

正是基于这样的认识，茅盾的儿童文学创作十分注重题材的选择和对小读者精神生命的提升。1936 年茅盾接连写了《少年印刷工》《大鼻子的故事》《儿子开会去了》等作品，成为 30 年代儿童小说创作中不可多得的佳作。茅盾将这些小说的背景都置于 1937 年抗日战争全面爆发的前夕，而其上线则伸展到"一·二八"上海事变。战火使大批儿童失去家园和父母，也使大批儿童失去读书机会与小康生活，前者的典型是少年印刷工赵元生，后者的典型是上海滩流儿大鼻子。

《少年印刷工》是长达五六万字的中长篇。失学的痛苦和学徒生活的艰辛并没有泯灭赵元生强烈的求知欲与自强不息的追求，但他力图自学成才的信念不断被严酷的现实击碎，只能像大石底下压着的小草，曲曲弯弯地挣扎着生长。小说背景宏阔，将学校、家庭、工厂、社会联系在一起，从一个侧面反映了"一·二八"战火带给中国人民的苦难，塑造出一个特殊时代背景中坚持自我奋斗而又向往光明的穷苦少年形象，为当时的少年树立了一个榜样。

《大鼻子的故事》其实是一个压缩的中篇，作者怀着深切的同情，描写了一个在"一·二八"战火中失去双亲流落上海滩的"小瘪三"大鼻子一段较长的生活经历。求生的欲望迫使流浪儿沾染上了坏习惯，从伸手向人乞讨到伸手"到人家口袋里去挖"，这似乎成了他们必然的命运。然而，出人意料的转折出现了：浩浩荡荡纪念"一·二八"事件的反帝示威游行把大鼻子也裹挟了进去，失去家园和双亲的惨痛记忆使他懂得要报仇要自强，从而克服偷钱的欲念，开始走向希望的明天。《儿子开会去了》以简洁传神的笔触，描写中学生阿向参加"五卅"反帝游行前后和父母的对话以及父亲对儿子行为的支持，表现出"中国革命的接力赛"的寓意。

茅盾的儿童小说既是儿童生活的素描，又是时代精神的素描，这些素描充分展示了反帝爱国的时代洪流对年幼一代的精神召唤。作家通过儿童小说同时代对话，使小说与民族的命运、时代的进程紧密相联，深深影响着一代少年"要做一个怎样的人的观念"。这些作品并不会由于时代的变迁而褪色，它们跳跃着鲜活的童心与诗心依然感动着今天的孩子。

随着时代进展，我国对外国儿童文学的译介由"五四"前后以欧洲为主，逐渐转变到 30 年代以苏联为主，并一发而不可收，成为以后数十年间的主要译介内容。苏联儿童文学不仅使中国小读者看到了新的世界中的新的儿童形象，同时也给当时的儿童文学理论与创作带来了新的影响。30 年代是苏联儿童文学发展的重要阶段，在高尔基的直接领导下，苏联儿童文学界既与忽视儿童文学反映现实生活的倾向做斗争，也与庸俗社会学制造的种种混乱的文艺主张做斗争。努力汲取苏联儿童文学的新精神，这对于 30 年代中国儿童文学无疑是必要与正确的。

茅盾对苏联儿童文学一直满怀热忱，1936 年他写了《儿童文学在苏联》[①]的长文，旨在向中国文坛传播有关苏联儿童文学建设的最新进展与变化。文章着重介绍了苏联举国上下重视儿童教育与儿童文学的情况，苏联儿童文学的出版现状，

---

① 茅盾：《儿童文学在苏联》，《文学》1936 年 7 月第 7 卷第 1 号。

苏联作家协会"儿童文学大会"所做的工作，儿童文学界重视"神幻故事"的编写译介，动员作家为孩子们写作，建立起作家与小读者的密切联系，儿童剧院与儿童剧的发展等。茅盾动情地写道："世界各国儿童读物之销数恐怕没有比苏联再大的了。这自然一方面因为苏联的儿童普遍的享有阅读的权利，（别国只有少数的有钱人家的儿童才可以'享用'这些'奢侈品'，）而另一方面也因为苏联的儿童是'很不寻常的读者。他们是罕有的勤奋，他们极要读得多。'"苏联作家协会号召"苏联的最好的作家应得同时为了成人也为了儿童而写作。应得有讨论儿童文学的特殊的集会，应得建立儿童读物作者与儿童读者之间的经常的联系。"茅盾此文写得热情洋溢，他借用苏联著名作家马尔夏克的话"苏联儿童的此等需要，就反映着社会主义文化的成长以及社会主义的巨大成功"，表达了茅盾对创造中国儿童新生活与新儿童文学的憧憬和期望。

1946 年茅盾翻译了苏联著名儿童文学作家卡泰耶夫（1897—1986）的中篇儿童小说《团的儿子》，这是苏联儿童小说的代表作之一，曾获 1945 年斯大林文艺奖。这部小说从正面反映苏联反德国法西斯的卫国战争，塑造了 12 岁的男孩凡尼亚在残酷的战争中从流浪儿成长为红军小战士的动人经历。茅盾的这部译作，列入"中苏文化协会文学丛书"，于 1946 年 10 由万叶书店出版，引起了热烈反响。茅盾在"译后记"中结合《团的儿子》，提出了儿童文学的文艺性与政治性的关系问题："《团的儿子》是一部新型的儿童文学，是配合了苏联反法西斯战争的政治要求的一部卓越的儿童文学。向来有一种'理论'，以为儿童文学是应当远离政治的，但在苏联，这种'理论'早已破产了，而《团的儿子》则是最新的又一例证。"茅盾认为中国作家应当借鉴苏联作家的经验，也拿起笔来，写一写"象《团的儿子》那样的凡尼亚型的孩子"，因为中国在抗日战争的烽火岁月中，"明明有过'孩子剧团'，'新安旅行团'，八路军的'小鬼'——这些现实的但又具有'传奇色彩'的适合于儿童心理的'小书'题材"。他确信，"不久的将来，一定会有中国的《团的儿子》产生的，因为既有此活生生的现实，迟早必将反映到文艺。"①

1946 年底至 1947 年 4 月，茅盾应苏联对外文化协会的邀请，前往苏联访问。在访苏期间，他特别关注苏联的儿童教育与儿童文学，参观访问了苏联《儿童真理报》社和儿童宫，与苏联著名儿童文学家马尔夏克（1887—1964）会面交谈。苏联之行使茅盾对苏联儿童文学有了更深入的直观的了解，回国以后，接连写了《儿童诗人马尔夏克》《莫斯科的儿童团》《马尔夏克谈儿童文学》《儿童宫》《儿童真理报》《苏联的儿童真理报》等访谈与散文。30 至 40 年代，像茅盾那样对苏联儿童文学进行持续翻译介绍的作家是不多见的，茅盾希望中国儿童文学能从苏联那里得到新的精神与借鉴，因为他认为"苏维埃的儿童文学是世界上从未有过的全新的儿童文学"②。

---

① 茅盾：《〈团的儿子〉译后记》，转引自孔珠海编《茅盾和儿童文学》，少年儿童出版社 1984 年版，第 441—443 页。

② 茅盾：《马尔夏克谈儿童文学》，转引自孔珠海编《茅盾和儿童文学》，少年儿童出版社 1984 年版，第 461 页。

三、50—60 年代：作为中国作家协会主席与文化部部长的茅盾

新中国儿童文学在 20 世纪 50 年代初，曾一度归由共青团中央（1957 年 5 月以前称中国新民主主义青年团）管理，团中央管少先队，少先队是少年儿童的群众组织，由团中央管理少儿图书报刊与儿童文学，是一件顺理成章的事，并在 50 年代初期取得了一定实绩与发展。但由于儿童文学归口共青团/少先队系统，很难引起广大作家、艺术家的关注，再加上现代儿童文学在较长时期内一直缺少专职的儿童文学作家，叶圣陶、冰心、张天翼包括茅盾、郑振铎等都是"双肩挑"作家，他们的主要精力与创作并不在儿童文学；同时又因新生的年轻儿童文学作家还未成长起来，这就势必造成本土原创儿童文学的薄弱，因而不得不依靠引进外国儿童文学尤其是苏联作品的翻译。儿童文学亟须发展的现状引起了社会各界的关注与批评。

1955 年 8 月，由于毛泽东主席高度重视儿童文学的一份批件，促使中国作家协会、团中央、文化部以及出版部门，齐抓共管繁荣儿童文学。特别是中国作家协会，制定了 1955 至 1956 年有关发展儿童文学创作的具体计划，并规划了 190 多位作家的创作任务。作为中国作家协会主席的茅盾，尤为重视对青年作家的培养。1956 年 3 月，《中国作家协会一九五六年到一九六七年的工作纲要》明确将"培养青年作家"定为作协的重要工作，并列出十条具体实施细则。茅盾在 1956 年作协理事会所做报告《培养新生力量，扩大文学队伍》中高度评价这支"青年创作者"群体，他们多数来自"工厂、农村、部队、学校、机关"，他们是不同于上一代作家的直接扎根于社会基层、生活在第一线的新生文学力量①。新中国培养的第一代杰出儿童文学作家，正是在这一时期快速出道、起飞的。

1956 年"六一"国际儿童节这一天，中国第一座专门为少年儿童演出的剧院——中国儿童剧院，在北京诞生。茅盾以文化部部长的身份，在中国儿童剧院成立大会上，做了热情洋溢的讲话。他认为中国儿童剧院的成立"在我国的戏剧运动史上，在全国一亿二千万儿童的文化生活中，都是一件令人兴奋的、富有意义的大事件"。他要求文艺界与戏剧界都来重视儿童戏剧的工作，"要广泛依靠社会力量的支援。青年团、少先队、教育局、学校、家长……都是必须依靠的"，"和少年儿童交朋友"，"同时培养出新的儿童剧的作家"。茅盾批评那种认为搞儿童戏剧当不了莎士比亚的观点。实际上，"在世界文学领域里却出现过安徒生这样杰出的大师；苏联文学中也曾有过马卡连柯和盖达尔这样光辉的名字"。茅盾认为"从事儿童戏剧，要有丰富的学识，高尚的品德，要像教育家那样懂得各种各样的孩子的心灵，而且还必须是艺术家"。因为"儿童文艺比任何种类的文艺更要求艺术性和技巧"，"要把丰富的生活内容和深刻的真理，通过最浅显易懂的有趣的形式表现出来"，"如果没有敏锐的艺术感觉，没有纯真的'童心'，就不能做到这一点！"②

本色其人，斑斓其文。茅盾的这篇报告，闪耀着一位经典作家与作协领导对

---

① 茅盾：《培养新生力量，扩大文学队伍》，《文艺报》1956 年第 5、6 号合刊。
② 茅盾：《祝中国儿童剧院成立——在中国儿童剧院成立大会上的讲话》，《戏剧报》1956 年 7 月号。

新中国儿童文化与儿童文学的美学期待与责任担当,同时反映出 50 年代儿童文学欣欣向荣的早春气象。

历史已经证明,正是由于中国作家协会、文化部、共青团中央等的多重举措与齐抓共管,这才使得作家、艺术家的创作热情与才华空前激发,由此迎来了新中国儿童文学原创生产的第一个黄金时期,奠定了社会主义儿童文学的美学基础。

当代儿童文学的发展与整个文学具有一致性,50 年代末由于受整个大趋势的影响,儿童文学也被要求配合各项"中心""任务",突出政治,因而导致创作中公式化、概念化倾向的出现,尤其是 1960 年对著名儿童文学作家陈伯吹"童心论"的批判,使儿童文学的"成人化"现象愈演愈烈。这一状况引起了茅盾的高度关注与忧虑。1961 年 3 月,茅盾在写毕《六〇年短篇小说漫评》之后,开始调研儿童文学。为了全面了解儿童文学现状,茅盾"向文化部出版局借阅了六〇年全年和六一年五月以前出版的少年儿童文学作品和读物(北京和上海的两个少年儿童出版社出版的)",这些书有 176 册之多,全部浏览一过并作笔记。接着又对全国 29 种杂志和两种儿童期刊(《儿童时代》和《少年文艺》)上的几百篇作品进行分析,同时还阅读了有关 1960 年批判陈伯吹"童心论"的大部分争辩论文。茅盾的阅读量是惊人的,在此基础上,这才开笔于 1961 年 6 月写成长达一万八千多字的《六零年少年儿童文学漫谈》。这篇长文首刊于《上海文学》1961 年第 8 期,1980 年,茅盾把这篇文章收进自己选编的《茅盾文艺评论集》时,曾对第三部分五、六节做了部分修改,合并为一节,由此足见茅盾对这篇文章的看重。

茅盾在《六零年少年儿童文学漫谈》一开头就直截了当地指出:"1960 年是少年儿童文学理论斗争最热烈的一年",但也是"创作歉收的一年"。儿童文学创作存在着诸多问题:一是题材单一。为了配合各项政治运动,内容"几乎全是描写少年儿童们怎样支援工业,农业,参加各种具有思想教育作用的活动",脱离儿童,尤其是低幼儿童的理解接受能力。二是用概念、说教代替形象。虽然从表现上看,似乎"五花八门,实质上大同小异;看起来政治挂帅,思想性强,实质上却是说教过多,文采不足,是'填鸭'式的灌输"。三是由于批判"童心论",使儿童文学的特殊性丧失殆尽,无论是人物形象、语言,写出来都"不免令人啼笑皆非"。茅盾尖锐地批评说:这些作品"绝大部分可以用下列的五句话来概括:政治挂了帅,艺术脱了班,故事公式化,人物概念化,文字干巴巴"。造成当时儿童文学这种局面的原因固然是多方面的,如儿童诗"大都'脱胎'于 1958、1959 年盛极一时"的由"豪言壮语"堆砌的"新民歌",但主要原因,则"牵连到 1960 年所进行的少年儿童文学理论的争论",即批判陈伯吹的"童心论","这一场大辩论(几乎所有的中央级和省级的文学刊物都加入了),有人称之为少年儿童文学的两条道路的斗争"。

茅盾就"童心论"、"儿童情趣"问题,按照当时的理解发表了自己的看法,将其归结为"资产阶级儿童文学理论"、"还是资产阶级的世界观",但同时指出:"我们要反对资产阶级儿童文学理论家的虚伪的儿童超阶级论,可是我们也应当吸收他们的工作经验——按照儿童、少年的智力发展的不同阶段该喂奶的时候就喂奶,该搭点细粮时就搭点细粮,而不能不管三七二十一,一开头就硬塞高粱饼子。"不应该将盆中的脏水和孩子一起泼掉。

茅盾以中国作家协会主席的身份，在《六零年少年儿童文学漫谈》一文中，可以说对当时儿童文学的昏热状态做了十分严厉的批评，但这种批评是来自于对创作现状的充分调研基础之上，既有切中肯綮的宏观评述，又有对具体作品的细致分析，既体现了茅盾直面现实、敢于揭露矛盾的理论勇气与清醒目光，同时又有他曾经长时期地参与过儿童文学创作的丰富经验与对儿童世界深入理解的真知灼见，因而是充分说理的、艺术的、真诚的批评。茅盾以作家、批评家与作协领导人的三重身份，发表的这篇长文，在当时引起了儿童文学界乃至整个文坛的很大反响，对于扶正纠偏起了重要的积极作用，至今依然是中国儿童文学理论批评史上的皇皇大文。

60 年代儿童文学的发展动态一直牵动着茅盾的心。1963 年 10 月，《儿童文学》杂志在北京创刊，这是新中国继上海《少年文艺》（1953 年创刊）以后的第第二种纯儿童文学期刊。该刊由叶圣陶、冰心、张天翼、严文井等组成编委会，金近负责主编，中国少年儿童出版社出版。1964 年 4 月，茅盾在细读了已出版的《儿童文学》第一至三期以后，兴奋地写下了《读〈儿童文学〉》一文，对该刊的内容和变革大加点赞："我松了口气，对自己说：这至少可以满足孩子们部分的如饥如渴的需要了。"茅盾称赞《儿童文学》"品种多，可以满足不同年龄的儿童和青少年的需要"，"丰富多彩，有教育意义而又符合儿童的兴趣"。所谓品种多，既指题材内容丰富，包括"一、进行革命传统教育的，二、进行阶级和阶级斗争教育的，三、国际时事（同时也是无产阶级国际主义教育）和科学知识"；又指文体种类齐全，涉及小说、散文、童话、儿歌、儿童戏剧等。

茅盾一直倡导儿童文学题材与文体的多样化，用来满足不同年龄段少年儿童的阅读兴趣与需求。为此，茅盾又对《儿童文学》提出了三方面的办刊建议："在题材、体裁、风格等等方面，尽量多种多样"；加强"描写新时代儿童的风貌，启发少年儿童们树雄心、立壮志的作品"；"扩大儿童眼界（包括历史、地理、自然科学的知识），诱发儿童想象力。""这样，我们的儿童文学就能在培养共产主义接班人这个伟大、神圣的事业中，更好地尽其应尽的一份力量。"[1]茅盾对儿童文学的关心、扶持可谓用心良苦，对存在的偏差、问题既严肃批评又谆谆教诲；而一见到发展、成绩，就喜上眉梢，既加以肯定，又提出要求。作为位居中国作家协会主席与文化部部长的茅盾，他对中国儿童文学事业付出心力，着实使人敬佩。须知，儿童文学长期被人视为"小儿科"，是与通俗文学、低端文学一样上不了台面的，包括儿童文学研究。

四、70 年代：作为世纪文学巨匠的茅盾

20 世纪 60 年代中期至 70 年代，当代中国进入艰难的探索和建设时期。70 年代后期，政府职能部门和中国作家协会采取了许多重要举措，努力再造儿童文学的繁荣局面。1978 年 12 月 1 日至 20 日，中国少年儿童出版社《儿童文学》编辑部

---

① 茅盾：《读〈儿童文学〉》，《人民日报》1964 年 5 月 20 日。

与《中国少年报》社在北京联合举办"儿童文学创作学习会",茅盾、冰心、张天翼、严文井、冯牧等 19 位作家向来自全国 23 个省、市、自治区的 47 位青年作者作了有关儿童文学的谈话与报告。12 月 17 日,82 岁的茅盾会见全体学员,作了语重心长的谈话。这次谈话后以《中国儿童文学是大有希望的》为题,刊发于 1979 年 3 月 26 日《人民日报》。这是百年中国儿童文学演进史上,一位先驱者、开拓者与终生关注着儿童文学的巨匠和世纪老人,对建设中国儿童文学发出的肺腑之言与真知灼见。全文如下:

儿童文学最难写。试看自古至今,全世界有名的作家有多少,其中儿童文学作家却只寥寥可数的几个。

儿童文学又最重要。现在感到适合于儿童的文学性读物还是很少。70 年前,商务印书馆编译的童话如《无猫国》之类,大概有百种之多,这中间五花八门,难道都不适合于我们这时代的儿童么? 何不审核一下,也许还有可以翻印的材料。

介绍科学知识的儿童读物也很重要,可是人也最少,高士其同志是我国的科学知识儿童读物的创始人,现在他老了,有病,写作的困难更大了。希望后继有人。

十分需要像法布尔的《昆虫记》那样的作品。关于动物(例如益虫、益鸟、害虫、害鸟之类)的儿童读物是一个广阔天地,值得儿童文学工作者去探讨;我相信儿童们也十分欢喜看这方面的书。

解放以后,从事儿童文学者都特别注重于作品的教育意义,而又把所谓"教育意义"者看得太狭太窄,把政治性和教育意义等同起来,于是就觉得可写的东西不多了,这真是作茧自缚。

我以为繁荣儿童文学之道,首先还是解放思想。这才能使儿童文学园地来个百花齐放。

关于儿童文学的理论建设也要来个百家争鸣。过去对于"童心论"的批评也该以争鸣的方法进一步深入探索。要看看资产阶级学者的儿童心理学是否还有合理的核心,不要一棍子打倒。

你们是新生力量,是儿童文学的生力军,我希望你们好好努力。中国儿童文学是大有希望的。我预祝你们成功!

茅盾认为,儿童文学有着自己独特的艺术规律,不是谁想写就能写好的,因为"儿童文学最难写。试看自古至今,全世界有名的作家有多少,其中儿童文学作家却只寥寥可数的几个"。但儿童文学无论对于社会、民族、未来又非常重要,应如何繁荣儿童文学? 茅盾回顾历史,面对现实,提出了吸纳世纪初商务印书馆编制童话的合理做法、重视儿童喜爱的科学文艺与动物文学创作等观点,同时认为需要"解放思想",对于过去"作茧自缚"的儿童文学教育性问题、对于过去批评过的"童心论"都应"以争鸣的方法进一步深入探索"。茅盾敏锐地看到了束缚儿童文学发展的症结所在,呼吁"儿童文学的理论建设也要来个百家争鸣"。

　　茅盾在 1979 年又接连发表了《对于儿童诗的期望》①与《少儿文学的春天到来了——为儿童文学创作座谈会作》，对进一步繁荣儿童诗创作与儿童文学提出了自己的意见，茅盾确信"少儿文学的题材是广大无限的，只要能解放思想，博览广搜，坚持百花齐放、百家争鸣的方针，我国少儿文学的新时代必将到来，在世界的少儿文学中占一席地"②。这些文章洋溢着一个世纪以来茅盾毕生关心与重视儿童文学建设的满腔热忱和高瞻远瞩，同时也预示着一个生机勃勃的儿童文学新局面的到来。

　　从 1918 年茅盾为商务印书馆的《童话》丛书撰写童话至今，整整过去了一百余年；从 1979 年茅盾发表《中国儿童文学是大有希望的》谈话至今，也已过去了四十余年。使人欣慰的是，当年由茅盾等中国现代儿童文学先驱者们所开创的这一条"光荣的荆棘路"，如今已是充满希望与硕果的康庄大道。1918 年，茅盾当年编写童话时，"童话"这个词才刚刚从日本传入，而当时的中国还没有出现"儿童文学"这个词。但经过一百年后的今天，中国已成为完全意义上的世界儿童文学大国，并正在向强国迈进。据统计，2018 年全国共出版少年儿童读物 44 196 种，其中新版 22 791 种、重印 21 405 种，总印数 8.8 亿册（张）。全国共出版少年儿童期刊 207 种，总印数 3.9 亿册③。少儿图书品种约占全国全部出书品种的 10％。而在少儿出版的 4 万多种图书中，最具影响力、号召力与占市场份额最大的正是儿童文学，特别是一批优秀儿童文学畅销书，如曹文轩的《草房子》销量已超过 1 000 万册；而茅盾当年点赞过的《儿童文学》杂志年发行量超过 100 万册，是全国发行量最大的文学期刊。与此同时，尚在 2016 年的儿童文学图书总印数占比，已经在整个文学图书中突破 50％，也就是现在全国出版的文学类图书，儿童文学占了一半。

　　百年中国儿童文学演进史，充分证明了茅盾当年的预言：中国儿童文学是大有希望的。这大有希望的前景与硕果离不开茅盾在百年中国儿童文学演进史中所做出的独特而卓越的贡献，茅盾在中国儿童文学史中应当具有重要的地位。

---

① 茅盾：《对于儿童诗的期望》，《人民日报》1979 年 5 月 28 日。

② 茅盾：《少儿文学的春天到来了——为儿童文学创作座谈会作》，《文汇报》1979 年 12 月 12 日。

③ 国家新闻出版署发布的《2018 年全国新闻出版业基本情况》。

从《大系》的编选看鲁迅、茅盾的文学观异同

黄　轶①

摘要：作为"整理、保存、评价"五四文学的重要选本，《中国新文学大系》继1920年代周作人、茅盾等引进、界说"地方色"、"乡土艺术"等概念后，最终确立了作为类型研究的"乡土文学"这一理论术语，尤其是茅盾、鲁迅编选的《小说一集》《小说二集》对乡土小说文本的遴选、《导言》的批评推介以及《史料卷》对乡土小说家的评价，成为以后现代文学史叙事和相关研究的重要依凭，推进了乡土批评与研究以及五四乡土小说经典化；从《大系》可以看出编选者审美观与文学史观的异同，其中某些遮蔽、局限或偏见恰恰体现出五四一代在1930年代新的文化权力场中借助经典遴选对新文学正统地位以及知识分子文化身份的重新确认，从中也可以看出鲁迅与茅盾文学审美观、史学观的差别。

关键词：《中国新文学大系》；乡土小说批评；鲁迅；茅盾；经典化；文学观

《中国新文学大系》（简称《大系》）是上海良友图书印刷公司赵家璧主编、1935—1936年间出版的中国现代文学第一个十年即1917—1927年的理论和作品选集，全书分为十大卷，由胡适、鲁迅、茅盾、周作人、朱自清等各自编选一卷，蔡元培做总序，编选人做每卷导言。作为"整理、保存、评价"五四文学的重要文学选本，《大系》与五四文学经典化和相关文学批评、理论、史观、流派、社团等经典地位的确立密不可分，《大系》自身的经典化也是五四文学经典化的一部分；同时，《大系》是五四一代在三十年代新的文化语境和文学权力话语场中，借助经典遴选和界定对新文学正统地位和分裂重组后的知识分子文化身份的重新确认，也体现了五四一代文学思想的内在分歧和前后变迁。由茅盾、鲁迅编选的《小说一集》《小说二集》对乡土作家群和社团的初步划定、对乡土批评的展开是推动五四乡土小说经典化以及乡土研究的重要成果，从中也可以看出二者文学观念的异同。

一、《大系》对"乡土文学"概念的界说及其意义

20年代先后有周作人、茅盾、郁达夫等对"地方色"、"地方文艺"、"乡土艺术"、"农民文学"等概念予以引进、提出或界说，以消解新文学的"欧化"问题。② 但是，"乡土文学"作为一个理论术语被正式界定一般认为是在《大系》的出版。"乡土文

---

① 作者简介：黄轶，上海师范大学人文学院。
② 黄轶《"欧化"、"地方色"与"世界性"——论"五四"乡土批评理论的初创》，《鲁迅研究月刊》2015年第8期。

学"概念的厘定，奠定了将"乡土文学"作为题材类型研究的基础。

鲁迅主编《〈大系〉小说二集》，其《导言》洋洋洒洒，细致缜密，见解独到深刻。在《导言》中，他总结五四乡土小说的成就及其流派，以比较的方法第一次正式提出和定义了"乡土文学"的概念：

> 蹇先艾叙述过贵州，裴文中关心着榆关，凡在北京用笔写出他的胸臆来的人们，无论他自称为用主观或客观，其实往往是乡土文学，从北京这方面说，则是侨寓文学的作者。但这又非如勃兰兑斯（G. Brandes）所说的"侨民文学"，侨寓的只是作者自己，却不是这作者所写的文章，因此也只见隐现着乡愁，很难有异域情调来开拓读者的心胸，或者眩耀他的眼界。①

鲁迅这里对"乡土文学"的概括突出了几点：一是乃"侨寓者"也就是离乡寓居城市的人们所写；二是无论主观与客观，都要抒发"乡愁"，这是作者的创作动因和作品的重要元素之一；三是应该有"异域情调来开拓读者的心胸"、"眩耀他的眼界"，而"异域情调"一方面是"地方色彩"，另一方面也是显示与"此在"的对照，隐含着知识分子对"故土"或者美学意义上的"故乡"的。一种人道主义的忧患和关怀，这是五四时期重要的文学母题。所以，鲁迅是以"异域情调"为标准来将"乡土文学"和"侨民文学"做区别，显现了鲁迅的理论意识。

为了充分传达何为"异域情调"，鲁迅接着以蹇先艾作品的艺术特征为论说对象，指出："蹇先艾的作品是简朴的……虽然简朴，或者如作者自谦的'幼稚'，但很少文饰，也足够写出他心曲的哀愁，他所描写的范围是狭小的，几个平常人，一些琐屑事，但正如《水葬》，却对我们展示了'老远的贵州'乡间习俗的冷酷，和出于这冷酷中的母性之爱的伟大，贵州很远，但大家的情景是一样的。"②"老远的贵州乡间习俗的冷酷"、"冷酷中的母性之爱的伟大"，这即是"乡愁"所寄的"异域情调"，而作品之所以能够让"非老远的贵州"的读者产生共鸣，乃是不同地域的"冷酷"可能千万种，但不同的地域作家在描写中同样寄予了"乡愁"。在这里，鲁迅特别点醒了"乡愁"是乡土小说重要的美学内涵。鲁迅又以许钦文为例，写道："许钦文自名他的第一本短篇小说集为《故乡》，也就是在不知不觉中自招为乡土文学的作者，不过在还未开手来写乡土文学之前，他却已被故乡所放逐，生活驱逐他到异地去了，他只好回忆'父亲的花园'……"③鲁迅借许钦文再次道出乡土文学是作者"到异地"、写关于故乡"回忆"的一类题材创作。

也可以说，鲁迅这篇《导言》客观平实地提出了"乡土文学"这一理论术语，但是并未能有意识地从学理上进行深刻而系统的界定，而是在论评某些作家作品的过程中"顺带而言"。所以，第一，《导言》将"乡土文学"与"侨民文学"相对照提出，没有做出明晰的理论阐释，确实有些唐突和不周延；第二，《导言》过分强调了"乡

---

① 鲁迅：《〈中国新文学大系·小说二集〉导言》，上海文艺出版社（影印本）2003 年出版，第 9 页。
② 鲁迅：《〈中国新文学大系·小说二集〉导言》，上海文艺出版社（影印本）2003 年出版，第 8 页。
③ 鲁迅：《〈中国新文学大系·小说二集〉导言》，上海文艺出版社（影印本）2003 年出版，第 9 页。

土文学"乃知识分子离开故乡后的"回忆"之作,未能涵盖另外一些类型的写"土地"、"乡下人"的作家或作品。

在《大系》的《〈小说一集〉导言》中,茅盾宏观上考察了第一个十年间的新文学发展状况,评述了文学研究会"为人生"和乡土文学的作家作品,但他并没有明确厘定"乡土文学"的概念。这可能因为在 20 年代乡土小说批评理论初创时期,茅盾已在《民国日报》李达、刘大白编写的《文学小词典》中编辑了"地方色"、"乡土艺术(Heimatkunst)"词条,还引进了"乡土小说(Dialect Novel)"这一术语。[①] 在富有理论自觉的茅盾看来,到 30 年代初"乡土文学"已然是个不证自明的批评概念。不过,经过《大系》编纂后的再思考,也对照 30 年代乡土写作的发展状况,1936 年茅盾在《关于乡土文学》一文,深化了自己 20 年代关于写"农民生活"的文学重在"农家苦"[②]和"地方的色彩(local color)"[③]的认识,将作家抱持"一定的世界观和人生观"来抒写"运命的挣扎"置于更高的位置,批评了重"风土人情"而轻思想内容的倾向:

> 关于"乡土文学",我以为单有了特殊的风土人情的描写,只不过像看一幅异域的图画,虽能引起我们的惊异,然而给我们的,只是好奇心的餍足。因此在特殊的风土人情而外,应当还有普遍性的与我们共同的对于运命的挣扎。一个只具有游历家的眼光的作者,往往只能给我们以前者;必须是一个具有一定的世界观与人生观的作者方能把后者作为主要的一点而给与了我们。[④]

与鲁迅的提法相比,以社会—历史批评为鹄的茅盾其界说揭示出问题的另一个方面:"异域风情"只是乡土文学的"表相"而已,其核心的问题则是蕴藏在文本背后的观念,观念具有辖制的能力,决定了这一文学文本到底具有怎样的深度和对社会解释的有效性。所以,如果说鲁迅意在审美层面的"异域情调"及其作家寄予的人道关怀,而茅盾直接将价值层面作为核心问题看待,而非乡土小说重要艺术特征的"异域情调",这体现出现代文学史上两位重要的文学家在理论认知上的歧见。鲁迅虽然作为"左翼作家联盟"的重要领导者,参与形塑了文艺大众化以及阶级分析的文艺批评观,但是在编选"纯文学"的《大系》时,还是力图超越一些时代纷扰和定见,毅然决然地维护文学的标准,这其实含有五四时过境迁后鲁迅对那代文学的敬意;而茅盾是一位富有理论自觉的文学家、批评家,自加入文学研究会以后一以贯之地坚持其"社会全息"式的文学理想和批评观,对"乡土文学"内涵的把握更加趋于理性。

总之,鲁迅在《导言》中正式界定"乡土文学"与"侨民文学"的差别,揭示现代

---

① 参见 1921 年 5 月 31 日《民国日报》副刊"觉悟""文学小词典"词条。相关分析参阅黄轶《"欧化"、"地方色"与"世界性"——论"五四"乡土批评理论的初创》,《鲁迅研究月刊》2015 年第 8 期。
② 朗损(茅盾):《评四、五、六月的创作》,《小说月报》第 12 卷第 8 期。
③ 慕之(茅盾):《落华生小说〈换巢鸾凤〉》"附注",《小说月报》第 12 卷第 5 期。
④ 蒲(茅盾):《关于乡土文学》,《文学》第 6 卷第 2 号。

文学第一个十年间乡土小说的含义和特点，为以后众多批评家和文学史家援引，为"乡土文学"作为一种小说类型研究打下了基础。

二、《大系》对乡土作家的集中推介与作家群、社团和流派的文学史叙述

《大系》集中推介了五四一代乡土作家群体和流派，并为部分乡土小说家立传，这成为以后现代文学史叙事的依凭，直接推动了现代乡土小说作家及其作品的经典化。茅盾编选的《小说一集》主要收录文学研究会作家作品，也有 1926 年以前《小说月报》《文学周报》上散见的八篇作品；鲁迅编选的《小说二集》收录除了文学研究会、创造社这两大社团之外的其他新文学作家作品，例如《新潮》早期作家群小说，弥撒社、浅草社、沉钟社、莽原社、狂飙社、未名社等小社团成员的小说；郑振铎编选的《小说三集》收录创造社作家作品。其中，乡土小说主要收集在《一集》和《二集》中。

《小说一集》收入了潘训的《乡心》、王思玷的《偏枯》《瘟疫》、徐玉诺的《一只破鞋》《祖父的故事》、彭家煌的《怂恿》《活鬼》、许杰的《惨雾》《赌徒吉顺》等一批乡土小说。茅盾撰写的《导言》视野宏大，史料翔实，论证清晰，结构严谨，尤其是对于文学研究会的筹建、文艺活动和各省地文学社团创建和刊物创办、活动等第一手资料的辑录非常翔实，成为以后相关研究的重要依据。茅盾将 1921 年作为新文学第一个十年前后期分界点，认为前半期是"寂寞而单调"，但之后无论是题材的拓展还是表达的深入都有了不少新的东西，尤其是一群青年作家把文坛装点得"顿然有声有色"。但是他还是遗憾地指出："新文学运动""好像没有开过浪漫主义的花，也没有结现实主义的实；我们的初期的作品很少有反映着那时候全般的社会机构的；虽然后半期比前半期要'热闹'得多，但是'五卅'前夜主要的社会动态仍然不能在文学里找见"，究其原因，那便是"生活的偏枯"导致的"文学的偏枯"。① 这无疑是的论。茅盾在对新文学十年发展总成绩进行总结概论的基础上，用批评家、理论家的眼光来编选评价 1917—1927 年间各种题材小说的创作，再一一分节点评文学研究会各题材小说取得的实绩，对于乡土题材写作也予以足够关注。《导言》第八节专门讨论描写农村生活的徐玉诺、潘训、彭家煌、许杰，正是由于茅盾的推重，大家不仅对文学研究会乡土作家有了一个群体性、全局性认识，而且使得一些在第一个十年时小有成绩、但后来"消失"了的作家得以被"保存"，并呈现出他们文学魅力的一面，这为后来研究现代文学批评史和乡土小说史的学者提供了权威性的"作家群"参照。

茅盾给"久已不见"了的作家王思玷比较多的文字，肯定他是"有才能"的作者，并评介其四篇小说。《偏枯》和《瘟疫》这两篇乡土小说，前者是写一对贫农夫妇卖儿卖女瞬间的悲痛，作者以"冷观"的态度描写这一人间悲剧，每个人物都写得如从纸背跃出来似的，茅盾认为此篇在其所有创作中"技巧上最为完美"；后者利用"幽默"的手法极写了小村居民如何挡丘八太爷的驾，揭示军阀铁蹄下的山东

---

① 茅盾：《〈中国新文学大系·小说一集〉导言》（影印本），上海文艺出版社 2003 年版，第 12—13 页。

老百姓怎么害怕兵。正如茅盾所言,这"幽默"如讽刺画,有些过头就变得近于"谑",因而写得不大近真实人情。对于"有满身泥土气的从乡村来的人写著匪祸兵灾的剪影"、1926年起似乎消失了的河南作家徐玉诺,茅盾细致地分析其创作的优缺点,优点就是"活生生的口语"、"人物描写没有观念的抽象"、"动作"和"心理"的描写颇有功力;但是其缺点也很明显,就是缺乏布局谋篇的组织能力,全凭诗人气的单纯印象"再现"。潘训是浙江人,在描写农民生活比较少的时期,其代表作《乡心》却是一篇"应得特书"的小说,描写农村青年抱着"黄金的梦"跑到城市讨生活,在书写农村典型人物的命运以及青年一代在城乡间的挣扎上,潘训生动地写出了一个大悲剧时代的前奏曲——虽然没有正面书写农村生活,但却看出了农村衰败第一声悲叹的小说——茅盾之所以给予潘训较高评价,除了同乡之谊,更重要的就是潘训能够通过乡间人物写出这个大转折时代的社会风云,这和茅盾的乡土文学观念不谋而合。

如果说徐玉诺和潘训的小说偏于简单、单线条,那彭家煌和许杰的小说则是善于用复杂的人物和动作将农村生活展示给读者。彭家煌的《怂恿》作风独特且圆熟,其浓郁的地方色彩、活泼地带着土音的对话、紧张的情节、多样的人物、错综复杂的故事,使其成为新文学开创期难得的优秀乡土小说,这也正是茅盾所欣赏的。茅盾肯定《活鬼》这篇小说诙谐的表面下"对于宗法社会的不良习俗的讽刺",其文本分析也是细腻而诙谐。许杰是浙江台州人,其作品大都取材于自己的故乡。茅盾以一句话形象地概括了许杰的乡土小说:"以憎恶的然而同情的心描写了农村的原始性的丑恶"。《惨雾》也可称为中国现代乡土小说第一个十年的杰出代表作,它在一幅广大的农村生活背景上,浓墨重彩地描画出台州宗法制辖制下的乡下特殊而野蛮的乡俗;《赌徒吉顺》则极写了在社会转型期被生活的飞轮抛出来的渣滓似的可怜而可悲的乡间人物的生存情状,更是由此表现乡镇经济势力超于封建思想的压迫,因为这经济力不是生产的、创造的,而是"消费的,破坏的"。茅盾提炼出许杰的特长在于结构缜密、气魄雄伟、心理描写细腻;而尤其是"能够提出典型的人物",例如吉顺这一角色,就如阿Q一样,是"一个没有灵魂的躯壳"。但不足也恰恰就在"典型人物"这里。许杰提炼出了"人物典型",却缺乏将此类典型写活写透的笔力,所以"赌徒吉顺"终于不像阿Q那般"典型"。

鲁迅编选的《小说二集》收录的乡土小说有鲁迅的《药》《离婚》、汪敬熙的《瘸子王二的驴》、废名的《竹林的故事》《浣衣母》《河上柳》、蹇先艾的《水葬》、许钦文的《父亲的花园》《石宕》、王鲁彦的《柚子》、黎锦明的《复仇》等。该卷《导言》围绕各个刊物的作家群、社团分节,共分五节,其中前四节是对作家群、社团创作的批评,第五节是关于选辑的体例、遗珠之憾等。关于乡土小说作家作品的评价也就分布在前四个章节内,所以比较全面,但并不像茅盾一样将乡土题材的作家作品集中论述,相对分散。《导言》第一节评述《新青年》作家群,重点介绍的乡土作家就是鲁迅自己了。毋庸置疑,鲁迅的创作显示了文学革命最初的实绩,在当时极大地激励了青年一代,即曰:《狂人日记》《药》《孔乙己》等,"因那时的认为'表现的深切和格式的特别',颇激动了一部分青年读者的心"。但鲁迅始终保持"世界文学"的审度眼光,他将自己在《新青年》上发表的作品放在世界文学的视野来讨论,认为这些小说之所以为当时的读者所"激动"，乃是当时文坛"怠慢了绍介欧洲大陆文学的缘故"，他毫不回避《狂人日记》《药》等小说从思想到形式都借鉴了欧洲不少名家名作。不过，客观地讲，"后起的《狂人日记》意在暴露家族制度和礼教的弊害，却比果戈理的忧愤深广，也不如尼采的超人的渺茫。此后虽然脱离了外国作家的影响，技巧稍为圆熟，刻画也稍加深切，如《肥皂》、《离婚》等，但一面也减少了热情，不为读者们所注意了"①。我们可以将鲁迅《导言》中这些"自评"、这些"权威性的判断"与其《〈呐喊〉自序》做对照阅读，不仅对现代白话小说的起始有一个更客观中正的认识，也更能够理解鲁迅所谓"激动读者"到"减少了热情"这一渐变的心理线索。从《呐喊》的编辑出版到《大系》的编选，这中间已过去十多年，无论是中国社会还是鲁迅个人的人生都历经了巨大变化，他始终如一清醒自己启蒙主义的文学理想，但也越来越对启蒙主义的未来深怀质疑。

《导言》第二节评述《新潮》、弥撒社、浅草社等作家群，重点介绍的乡土小说作家是废名。鲁迅对废名小说风格的总结概括力强，见地深透。废名在浅草社时其特长并未显出，到 1925 年《竹林的故事》发表，他那"冲淡为衣"、"从他们当中理出我的哀愁"来的特点终于呈现，这一观点即成为以后不少文学史著引述的"定论"。这种"冲淡为衣"在第一个十年的新文学中可谓自成一格，当然后来这作为新文学乡土小说别具生面的一脉在"京派"那里发扬光大了，而且在三十年代兴起的自由主义文学阵营占有一席之地，值《大系》编选时正处盛况。但鲁迅冷静地体察到了作者化有限的"冲淡的哀愁"为"有意低徊、顾影自怜"的细微变化，与前者比起来，后者未免作态，是主张平实自然的鲁迅所不欣赏的，因而他也并未对废名的某一作品做细致的文本分析。

《导言》第三节是谈《晨报副刊》《京报副刊》作家群，也正是在这一部分鲁迅阈定了"乡土文学"的概念。此节集中论及塞先艾、许钦文、王鲁彦、黎锦明等几位作家的乡土小说创作，并从现实主义理论出发探寻了乡土作家应该有的思想激情。许钦文是鲁迅一向关爱和提携的同乡作家，鲁迅肯定了许钦文能够写出活泼的民间生活的能力，但是其《故乡》更多体现的则是"故意的冷静"、愤激的"诙谐"，未免有些"令人疑虑"，失信于读者，这是许钦文创作的危险瓶颈。作为乡土大家，鲁迅对许钦文的批评可谓一针见血。茅盾《小说一集》遗漏了文学研究会成员王鲁彦，正好鲁迅将其作为《晨报副刊》《京报副刊》作家收入《二集》内，形成有益的补充。同样从写实主义的冷静和诙谐出发，鲁迅对于王鲁彦笔下"失掉了人间的诙谐"的"冷静"虽有不满更有肯定，并将其与世界上一些重要文学家和思想家做类比："要说冷静，这才真是冷静；这才能够和'托尔斯小'的无抵抗主义一同抹杀'牛克斯'的斗争说；和'达我文'的进化说一并嘲弄'克鲁屁特金'的互助论；对专制不平，但又向自由冷笑。"将王鲁彦与许钦文的"冷静"与"诙谐"相比较，鲁迅更愿意看到前者这"冷静"下的"热烈"，这其实也是鲁迅自己的创作一以贯之的文学精神，一个文学家对社会人生无论如何愤懑和不满，但揭出这"疮疤"的内心却是出于热血热肠——"引起疗救的希望"。谈到湘中作家黎锦明，鲁迅写道："大约自很小就离开

① 鲁迅：《〈中国新文学大系·小说二集〉导言》（影印本），上海文艺出版社 2003 年版，第 1—2 页。

了故乡的,在作品里,很少乡土气息,但蓬勃着楚人的敏感和热情……",正是这简短的一句评论,成为以后为数不多的黎锦明研究的"导语"。

《导言》第四节介绍莽原社、狂飙社作家群,再次涉及鲁迅、废名。鲁迅在《导言》中评述作家作品时,特别注意引用作者其他文体资料例如散文、序文、诗歌等来辅助理解,如介绍许钦文短篇小说集时大段引用其回忆性的文字《父亲的花园》,阐述许钦文的乡土小说"苦恼的是失去了地上的'父亲的花园'",这"父亲"其意义当然不仅是指血缘上的父亲;谈塞先艾的《水葬》,引用了他小说集《朝雾》"序言"中的一段话,这些引用文字与小说选本形成良好的互文关系。

从《小说一集》《小说二集》的《导言》对乡土作家作品的评价看,茅盾多从社会历史批评视角,分析五四时期小说创作普遍存在的过于依赖"个人生活的小小的一角"以及"观念化"现象,倡导开阔的书写视野;而鲁迅的优长则是能够用几个词汇或一句话精准地概括出一位作家、一部作品的特点来,有时近乎苛刻,但却是一针见血。无论二位持见是否相同,在以后的文学史研究中,这些作家作品均因《大系》的推介而留存史册,并成为五四文学经典化的一部分。鲁迅精彩的"自评"对于以后的"鲁迅研究"、五四小说研究、现代文学理论研究都有重要学术价值和意义,"表现的深切"、"格式的特别"以及"忧愤深广"等是至今我们认识鲁迅小说的切入口,例如钱理群等主编的《中国现代文学三十年》(修订本)[①]第二章《鲁迅(一)》,在"《呐喊》与《彷徨》:中国现代小说的开端与成熟标志"一节,直接就以鲁迅的"表现的深切"和"格式的特别"为标题展开评析。

作为著名的现代文学研究史料学家,阿英编选的《〈大系〉史料·索引》卷为顾及资料完整性,没有严格遵从 1917—1927 年时限,而是截止到 1930 年代初,其中的"三 作家小传"、"五 创作编目"等部分涉及一些乡土小说作家作品。"作家小传",列有乡土小说家王鲁彦、沈从文、沈雁冰、汪敬熙、李劼人、许钦文、许杰、冯文炳、彭家煌、叶绍钧、台静农、鲁迅、蒋光慈、黎锦明等,每位作家短则四五十字,长约二百字。鲁迅的"小传"相对较长,有三百字左右,本名、笔名、生平、翻译与创作、传记资料等内容全面细致。我们不妨在这里抄录两条,以便对于这一内容有个直观印象,一睹早期现代文学文献资料对当时乡土作家"原生态"的留影:

沈从文 小说家。湖南凤凰城人。十二岁,受军事基础训练,十五岁随军外出,曾作上士。后作书记,随军在川湘鄂黔四省边境三年。然后到北京,开始写作生活。初期作品,大都发表于《晨报副刊》上,后来则为《现代评论》,《小说月报》,《新月》。作品印成册的,有五十种左右。有自传一册,叙述到北京以前生活甚详。一九三四年起,主编天津《大公报·文艺副刊》。[②]

冯文炳 小说作者。别署废名。"语丝社"干部作家。小说集已刊行者,有《竹林的故事》、《桃园》、《桥》、《莫须有先生传》。[③]

① 钱理群、温儒敏、吴福辉:《中国现代文学三十年》(修订本),北京大学出版社 1998 年版,第 30、34 页。
② 阿英编选:《〈中国新文学大系·史料〉索引》(影印本),上海文艺出版社 2003 年版,第 212 页。
③ 阿英编选:《〈中国新文学大系·史料〉索引》(影印本),上海文艺出版社 2003 年版,第 222 页。

总之，《中国新文学大系》对乡土小说文本的选录、《导言》的批评推进以及《史料卷》对乡土小说家的推介，极大地影响了日后新文学史家对相关作家、社团、编选者的定位，除了前边提到的《中国现代文学三十年》之外，如孔范今的《二十世纪中国文学史》、黄修己的《中国现代文学研究史》、丁帆的《中国乡土小说史》、汪晖的《反抗绝望》等都对《大系》的相关内容有不同程度的借鉴。

三、《大系》编选者的文学审美观、史观差异与作家作品的经典化

我们还是首先看看对乡土小说和乡土作家多有论评的茅盾与鲁迅。作为一位"很入世"的"左翼"作家、批评家，茅盾对乡土作家作品的评价秉持的立场是"社会—历史批评"的标准，偏于考察作者是否能够书写出"全面的"社会人生。无疑，茅盾的批评不可避免地带有二三十年代激进的革命气息和"观念化"倾向，他以马克思主义为指导、注重文学现象的社会分析甚至阶级分析，在"左翼"批评以及现代文学史上具有典型意义。相对而言，鲁迅的择取和评论视野更富有"文学性"，更为包容深远。这主要体现在三个层面：一是鲁迅注重每一位作家在艺术上独特的"那一面"，二是注重文学作品的思想内涵，三是具有观照世界的眼光。鲁迅在《导言》中分析自己的文学创作，认为《狂人日记》等之所以能够激动青年的心，原因在于新文坛早期"怠慢了绍介欧洲大陆文学的缘故"，也就是说，自己的成绩是吸纳了欧洲文学太多营养的结果。当然，《狂人日记》虽然有外来影响，但是"比果戈理的忧愤深广，也不如尼采的超人的迷茫。此后虽然脱离了外国作家的影响，技巧稍为圆熟，刻画也稍加深切，如《肥皂》《离婚》等，但一面也减少了热情，不为读者们所注意了"[1]。这里边涉及的其实是新文学如何融汇世界文学的新质的问题。鲁迅很辩证地看待新文学的初创与成熟，一个方面强调要吸纳域外文学的有益营养，例如《狂人日记》对果戈理与尼采的借鉴；另一方面又指出只有走出"影响"，才能够创造出"技巧圆熟"、"刻画深切"的作品。

另外，后来者从《大系》的乡土文学遴选和批评的异见背后，也可以看出当时的文坛论争与派性矛盾，这为后来的文学现象、社团与流派研究提供了特殊的资料和独特的视角。细心的研究者会发现一个颇有意味的现象：《大系》划定的下限年份1927年，正是"京派"的废名、沈从文走进文坛初期；《大系》编纂时沈从文正红极一时，由其首先发难的"京海论争"正如火如荼。《大系》小说卷对废名作品收录稍多，却有意无意忽略了沈从文。周作人编辑"散文卷"，却偏偏收入废名的小说，理由是"也可以做散文读"，这当然是出自"偏爱"。阿英打破1927年下限的"史料"卷作品目录和部分简介，在"作家小传"部分，介绍到代表性作家废名和沈从文，相对来讲，介绍废名重在作品，介绍沈从文重在经历；在作品选介中，收录有沈从文的《鸭子》等，算是平分秋色。对废名的"偏爱"可能是因为废名1925年已凭借《竹林的故事》在文坛颇有文名，而沈从文的《鸭子》则出版于1926年且影响不大。

---

[1] 鲁迅：《〈中国新文学大系·小说二集〉导言》（影印本），上海文艺出版社2003年版，第2页。

但是,这似乎只是表象,编选者厚此薄彼的现象还大有深意,起码有两点值得探究。第一,沈从文的自由主义作家身份与"左翼文坛"中人或关系密切者的文学价值观念的冲突。赵家璧统合了 30 年代文坛的各种力量来编选《大系》,当时沈从文在自由主义作家群中影响日隆,基本上可以认可他是 30 年代的北方作家群即"京派"的帮主。作为"京派"理论上的主要代表人物,沈从文和朱光潜强调文学与政治和社会的"距离",追求文学永恒的超脱的艺术美和人性美,这和"左翼"文坛提倡的"文学艺术与无产阶级事业密切相关"形成巨大冲突和对抗,而《大系》的几位编选者如鲁迅、茅盾等多是"左翼"作家阵营的骁将,这自然形成一重隔阂;相对而言,废名的"自由"色彩要淡化得多。第二,由沈从文发难的"京海论争"实际上所批评的"海派"绝非仅仅是"名士才情加商业竞卖"的新感觉派等上海都市文学群体,还指涉扎根上海的"左翼"作家阵营,这更造成了一重间隙。至《大系》出版时,两者之间的论辩与冲突正白热化,以致 1935 年朱光潜发表《"曲终人不见,江上数峰青"》时立即引起鲁迅的反感,做《题未定草·七》予以反驳。接着在《大系》出版后的 1936 年 10 月,沈从文发表《作家间需要一种新运动》,指责文坛的"差不多"现象,当然笔下之意在于批评"左翼"文学在题材、内容、风格上的不良现象;茅盾在次年做《关于"差不多"》,反击沈从文将文学的时代性与艺术的永恒性对立起来。这场讨论虽然未能更加理性深入地开展,但却留下了许多值得探索的理论话题,也具有很重要的实践意义。所以,作为"京派"与"左翼"文坛论争中坚人物的沈从文,被这几卷编选者的"集体意志"有意遮蔽是不言自明的。从这些现象我们也可看出整个文学史与思想史的关联。

谈到关注重点的不同或曰偏见,我们从郑伯奇、胡适、朱自清的《导言》也可见一斑。郑伯奇在《〈小说三集〉导言》中对创造社稍有拔高之嫌;胡适的《〈理论集〉导言》有意无意地将五四白话文运动、新文学理论建设和新诗写作的功绩"加冕"给"当年的胡适之",而淡化了陈独秀;朱自清在《大系》诗集的《导言》中认为胡适所倡导的新诗"缺少一种余香和回味"①。这其中的偏差既出于文学审美观、史观的差异,更重要的则是随着五四一代知识分子的重新分化和组合,其思想意识、文化身份也在产生分歧。胡适出于文化意识形态考量,借重《大系》重新圈定话语权也是理所当然。反过来说,这也是鲁迅、茅盾等在提出"乡土文学"概念以及推出相关作家作品时有意无意为之的。在"左翼文艺"的时代场中,对乡土、农民艺术的强调,本身也是 30 年代文学嬗变的一个特征。1930 年代"土地革命"的现实基础以及书写农民运动、乡村动荡尤其是"丰收成灾"等大批量乡土小说的出现,也触发了鲁迅、茅盾等在编写五四时期的小说时,更加关注到乡土题材或类型的写作。

总的看来,《中国新文学大系》体现出编选者广博的文学视阈、深厚的理论批评功底和不俗的才情与识见,自出版至今,创作界和学术界均将其视为了解五四文学的"必读书目",至今出现了一批有分量的学术研究成果,并使之逐渐经典化,

---

① 朱自清:《〈中国新文学大系·诗集〉导言》(影印本),上海文艺出版社 2003 年版,第 2 页。

但《大系》与现代乡土文学及其经典化问题的专门性研究成果不多，一般混杂在《大系》的综合研究中，分析也比较粗浅。本文等于在这方面做了一次尝试。实际上，《大系》也为我们分析乡土文学经典化与文化秩序、价值尺度、控制体系等，以及经典建构中美学质素的本质主义与侧重于文化政治的建构主义的关联问题，提供了一个较好的视角。

论茅盾对传统资源的现代性改造

——以《水浒传》为中心

钟海波①

摘要：茅盾对新文化的贡献是多方面的,其中之一便是对中国古代文学资源的现代性改造。茅盾对《水浒传》的改造主要表现在三个方面。其一,对《水浒传》深入研究,撰写学术论文;其二,把《水浒传》中故事进行新的改编,人物形象更加丰满,主题更加鲜明且有现实意义;其三,在创作中学习继承《水浒传》的艺术经验,人物塑造注重阶级意识、结构上注重整体与局部的有机结合、语言方面注重对话艺术。从茅盾对《水浒传》的研究、改编及学习,可以看出他对本民族文学传统的高度重视,其经验值得总结。

关键词：茅盾;《水浒传》;现代性

在现代作家中,茅盾以学养深厚而为人所称道。他对西方文学颇有研究,然而在中国古典文学方面造诣更加精深。早在青少年时期,他就对《三国演义》《水浒传》《红楼梦》等中国文学史上的名著烂熟于心,而且也认真研读过经史子集。1924 年,他在上海的《时事新报·文学周报》上发表《红楼梦、水浒传、儒林外史的奇辱》一文,批驳某些人对三部古典名著的歪曲和诋毁。1928 年,在正式从事文学创作之前,他主要致力于翻译和文学理论的研究,曾在上海大学讲授过"小说研究课",这方面的工作加深了他对中国文学传统的理性认识。②

茅盾与中国古典文学关系十分密切,然而,关于他对中国古代文学资源的现代性改造问题的研究,目前十分薄弱。已有成果有刘梦溪的《茅盾同志与红学》、李荣华的硕士论文《茅盾与〈红楼梦〉》、宏达的《茅盾与古代文学(年表)》、张永延的《贯通古今文学的研究典范——茅盾的中国古代文学研究个性》、周培贞的《作家感应生活的艺术再造——论茅盾的历史小说》及拙作《论茅盾对中国古代文学的研究》。本文主要以茅盾对《水浒传》的研究、改编和学习继承为中心谈茅盾对中国古代文学资源的改造,以期弥补这一领域研究的不足。

一、研究《水浒传》,探讨其当代价值

茅盾对古典名著《水浒传》十分推崇。他写过专论,也在演讲、访谈中谈到过《水浒传》,对它的成书过程、主题、结构特点、人物描写艺术提出了许多精辟独到

---

① 作者简介：钟海波,陕西师范大学文学院。
② 刘梦溪：《茅盾同志与红学》,《红楼梦学刊》1981 年第 3 期。

的见解。在现当代《水浒传》研究中,茅盾的研究具有独特的学术个性。

1. 关于《水浒传》的文学性质与成书过程。茅盾在延安"鲁艺"时,为学员开设过《中国市民文学概论》课程,当时曾写出详细的讲稿,后来这份讲稿丢失了,但是他的主要观点在一次题为《论如何学习文学的民族形式》(《中国文化》1940 年第 5 期发表)的演说中保存下来。在这一演说中,茅盾最早提出"市民文学"概念。他从民族形式的角度研究中国市民文学,认为真正的中国市民文学始于宋代。他对市民文学的研究开启了中国市民文学研究的先河。之后,冯雪峰、郑振铎等人开始关注市民文学,八十年代开始研究中国市民文学的谢桃坊也受到茅盾研究的深刻影响。关于《水浒传》文学性质,茅盾认为应该把《水浒传》划归到市民文学领域。他认为"水浒"故事是无数的无名的市民作家集体创作出来的,最初是"口头的"、"街头的"故事,而且是以宋江等三十六人为中心题材的,所以创作这部小说的作者是市民。《水浒传》中的英雄好汉,是广大市民心中的理想的具有反抗意识的典型人物,对他们的故事的叙述与传颂寄托了市民的思想与情感倾向以及他们的经济和政治诉求。他认为,南渡以前,宋朝统治者面临两种威胁:在外是北方游牧民族的侵略,在内是此起彼伏的农民起义。南渡以后,宋朝统治者面临两种选择:要么坚决抵抗异族侵略,改革内政,减轻农民负担,缓解阶级矛盾;要么对外妥协,对内依然保持压迫政策,南宋统治者选择了后者。市民阶级的利益与农民的利益基本一致,他们对农民的反抗持有同情态度。这是《水浒传》产生的政治、经济、社会背景。① 1940 年 9 月在《大众文艺》(第 6 期),茅盾发表《谈〈水浒〉》一文,文中对《水浒传》的产生做出更加细致的分析。他说,南渡以前,宋朝市民阶层的"文化娱乐"已经相当发达,其中的"说话",分出许多门类,如"小说"、"谈经"(演说佛经)、"讲史书"、"合生"(伴歌舞的说话);而"小说"最难,它又分为"银字儿"(烟花粉黛,神仙鬼怪,离合悲欢)、"说公案"(搏刀赶棒,发迹变泰)、"说铁骑儿"(市马金鼓)。"小说的题材既那么广阔,可知凡当时发生的一些耸动耳目的事情,或和一般人民利害关切的事情,就都有被编为小说而讲说之的可能了。"②本朝发生的梁山泊的故事自然成为当时"小说"的重要内容之一。梁山好汉的故事在宋末有人传写,至元代有人将此类故事整合为首尾完全的故事集《大宋宣和遗事》。元杂剧也对梁山故事进行改编,人物增多,情节更加丰富。至明朝中叶,就有编辑整理好的小说《水浒传》产生。至此,梁山泊的故事有"口头文学"演变为"传写的文学"。《水浒传》先有简本后有繁本。茅盾认为简本或许为罗贯中所整理,繁本由施耐庵写成。

茅盾对《水浒传》产生的分析无疑运用了马克思主义的文艺理论,即文艺是社会生活的能动反映。他对《水浒传》的文学属性予以认定后,又在市民心理的角度研究其产生发展过程。这种研究和胡适重考证的《水浒传》研究及鲁迅重史料的《水浒》研究相较有鲜明的特色和独特个性。

2. 关于主题。茅盾在《论如何学习文学的民族形式》和《谈〈水浒〉》二文中,分

---

① 茅盾:《茅盾全集》(22),人民文学出版社 1993 年版,第 128 页。
② 茅盾:《茅盾全集》(22),人民文学出版社 1993 年版,第 138 页。

析探讨了《水浒传》的主题。在《论如何学习文学的民族形式》一文中,他简要地提出对《水浒传》主题的看法。他认为,《水浒传》宣扬的思想是通过"替天行道",即:杀贪官污吏,劫富济贫,然后实现均贫富、等贵贱、人人平等的大同理想。在《谈〈水浒〉》一文中,他论述得更加细致。他说,南宋时期,统治者实行对外妥协投降,对内剥削镇压的政策。政治上没有话语权的市民阶层只能通过"小说"的形式曲折表达自己的思想感情和现实诉求。"杀贪官污吏,劫富济贫既是农民的政治和经济要求,但也是市民阶级的要求。'替天行道'的杏黄旗,在市民阶级的艺人手里又加以理想化;受招安,征辽的故事,正表示了市民阶级对于封建阶级统治者'对内主剿','对外主和'的痛恨,故借'小说'以示抗议,以寄托愿望。"①小说对杨志、林冲等人不幸遭遇的持着一种深厚的同情:杨志、林冲在"落草"前都惋惜自己空有一身好武艺,本应当在边庭杀敌建功,报效国家,最终却被贪官污吏逼得无处可奔。这样情感无疑是市民阶级民族思想的沉重表白。他说,《水浒传》的民族民主倾向十分明显。

茅盾在研究《水浒传》时,也看到了其中存在着的内在矛盾。小说前半部分张扬一种豪迈的反抗精神,后半部分却宣扬"招安"。为什么会出现这种情况?他认为,这种情形的出现是因为《水浒传》在民间有了很大的影响力,统治者既嫉恨又害怕,他们想办法利用它,歪曲它,所以加上了水浒英雄受招安、平三寇的结局,以此削弱民众的斗争意识,从而实现思想的控制。茅盾认为,《水浒传》的后半部是糟粕,所以他盛赞金圣叹腰斩《水浒传》是有眼光的。茅盾对《水浒传》主题的分析犀利深刻,入木三分。

3. 关于结构特点。在《谈〈水浒〉》和《谈〈水浒〉的人物和结构》这两篇论文中都谈及《水浒传》的结构问题。在《谈〈水浒〉》中,他说,《水浒传》前七十回的结构是有机的,既是长篇,也可看作是中短篇的连缀。因为它的情节有一个中心线索,即各种各样出身和性格的人物都因受了迫害而趋向一个共同目标:上水泊梁山落草,这一中心线索的结局便是水泊大聚义。《水浒传》围绕着这个中心线索将全书主要人物的故事贯彻起来。"有些人物本身有一段较长的故事者,则拉长了分配于若干回书中,有些人物本身并无较长一段故事者,则使其随整个书的故事发展而时时出现,——这样就造成了一种结构。"②但是,七十回以后,小说的结构是分散的,随处可以切断,是糟糕的"蛇足"。《谈〈水浒〉的人物和结构》中,茅盾进一步阐述了他对《水浒传》结构的认识。他说:"从全书看来,《水浒》的结构不是有机的结构。我们可以把若干主要任务的故事分别编为各自独立的短篇或中篇而无割裂之感。但是,从一个人物的故事看来,《水浒》的结构是严密的,甚至是有机的。在这一点上,足可证明《水浒》当其为口头文学的时候是同一母题而各自独立的许多故事。"他进一步讲:《水浒传》"这些各自独立、自成整体的故事,在结构上有一些共同的特点;大概而言,第一,故事的发展,前后勾联,一步紧一步,但又疏密相

---

① 茅盾:《茅盾全集》(22),人民文学出版社 1993 年版,第 140 页。
② 茅盾:《茅盾全集》(22),人民文学出版社 1993 年版,第 143 页。

间,摇曳多姿。第二,善于运用变化错综的手法,避免平铺直叙。"①在《漫谈文学的民族形式》一文中,他曾对中国长篇小说结构特点做了这样的分析,他说:"可以用十二个字来概括:可分可合,疏密相间,似断实联。如果拿建筑做比喻,一部长篇小说可以比作一座花园,花园内一处处的楼台庭院各自成为独立完整的小单位,各有它的格局,这好比长篇小说的各章(回),各有重点、有高峰,自成局面;各有重点的各章错综相间,形成了整个小说的波澜,也好比各个自成格局、个性不同的亭台、水榭、湖山石、花树等等形成了整个花园的有雄伟也有幽静,有辽阔也有曲折的局面。"②对中国长篇小说结构艺术的总体概括,其实也包含对《水浒传》结构的评价。

4. 关于人物描写艺术。茅盾对《水浒传》的人物描写评价极高。他认为,《水浒传》虽非一百零八个人物个个都鲜活丰满,但至少有一打以上人物塑造得栩栩如生。他说,《水浒传》的作者是在朝夕揣摩民间口头文学的基础上才成功塑造了水浒人物的,而且小说描写人物有两个特点。第一,善于从阶级意识去描写人物的立身行事。他举了林冲、杨志、鲁达三个人的例子来说明这点。他说,这三个人落草之前,他们都是军官,都有一身好武艺,他们自己根本不曾想到有一天会落草。然而他们最终都落草了,可是原因各自不同。小说从阶级出身、阶级意识角度描摹他们不同的走上反抗道路的心路历程。杨志本是"三代将门之后,五侯杨令公之孙",属于统治阶级集团一员。他的人生理想是建功立业,光宗耀祖,封妻荫子。他因失陷花石纲而丢了官,落魄卖刀,杀了街头泼皮,被发配充军,后被梁中书赏识做了军官,但再因失陷生辰纲,只得亡命江湖,落草为寇。他的落草是极被动和极不情愿的。林冲出身枪棒教师之家,属于市民阶层。他生活稳定,对统治者抱有幻想,安于现状,逆来顺受,因受奸人高俅陷害,几次要置他于死地,逼得他家破人亡,他才幻想破灭走上反抗道路。他的落草也是几经犹豫的。然而,鲁达则是底层军官,无亲无故,无牵无挂,光棍一条,没有产业,应是无产者出身,他的落草带几分"主动"。茅盾说,虽然《水浒传》没有叙述三个人的出身(只在杨志口中自己表白是将门之后),但是在描写三个人的性格时,处处依据他们的阶级出身。第二,由人物自身的行动来说明身世性格。作者在描写人物时不加主观介绍说明,完全是客观叙述,让人物自身的行动来体现自身性格。"所有他们的身世和品性都是在他们后来的行动中逐渐点明的,直到他们的主要故事完了的时候,这才使我们全部认清了他们的身世和性格……《水浒》用的就是这样的由远及近的方法,故能引人入胜,非常生动。"③

茅盾从社会历史和阶级理论角度出发研究《水浒传》和胡适的重考证、鲁迅的重史料的方法明显不同,有自己的特色和学术个性。而且,茅盾对《水浒传》的研究意在为当代小说创作服务。

---

① 茅盾:《茅盾文艺评论集》(上),文化艺术出版社1981年版,第46页。

② 茅盾:《茅盾文艺评论集》,文化艺术出版社1981年版,第382页。

③ 茅盾:《茅盾文艺评论集》,文化艺术出版社1981年版,第46页。

二、改编《水浒传》故事

1. 改编《水浒传》故事的缘由。30 年代,中国现代短篇小说文体完全成熟,创作出现繁荣局面。这表现在题材的丰富多样和艺术表现手法的不断发展创新。其中,历史小说创作成为一个引人注目的突出现象。在这一领域创作做出成绩的作家有鲁迅、郭沫若、巴金、郑振铎、郁达夫、施蛰存、宋云斌及茅盾等。30 年代,历史题材小说的兴起有其深刻的社会原因。1927 年,大革命失败。蒋介石集团实行严酷的法西斯统治。国民党的法西斯统治体现为:对革命力量的反革命军事“围剿”和对进步文艺运动的反革命文化“围剿”。与此同时,1931 年,日本帝国主义发动“九·一八”事变,悍然入侵中国。在阶级矛盾加剧的同时,民族矛盾进一步加深。面对内忧外患及文禁森严的环境,进步作家被迫曲折表达思想情感,于是历史小说应运而生。当然,域外历史小说理论的译介对 30 年代历史小说创作也产生了一定影响。

茅盾创作历史小说一方面与上述时代原因有关,另一方面与他个人的思想发展与艺术探索密切相关。大革命失败后,国民党严酷镇压革命者。“1927 年 5 月 15 日,福建政务委员会呈请南京统治者,通缉沈雁冰。呈文列 88 人姓名,沈雁冰列第 58 名。6 月,南京政府正式发布通缉令,浙江、福建等省都转发了此令,茅盾成了被通缉的政治犯。茅盾不愿做职业革命家,又不能公开谋职,剩下的只有偷偷卖文一途。”①也是在极度苦闷中,茅盾开始了他的小说创作。他发表《蚀》三部曲,作品表达了青年知识分子找不到出路的郁闷。但经过一段反思与思想沉淀,他又对自己的创作深感不满。于是,他以历史小说为开端,试图探求一条创作新路。据茅盾自述:“由于深深厌恶自己的初期作品(即第一辑)一九二八至一九三零的作品,极大部分反映了我在那时候的悲观、苦闷、失望的心情,只有小部分(本辑的《石碣》以下四篇的作品)调子这才开始转变。但这小部分作品都取材于历史或传说,这又表示了那时的我,思想上虽有变化,而对于一个作家来说,进步的世界观虽然提供给他一个分析并提炼社会现实的基础,却还不能使他立即有比较成熟的题材以供形象描写。这便是当时我只能取材于历史或传说的缘故”,“大约是一九三零年夏,由于深深厌恶自己的初期作品(即一九二八至一九二九)的内容和形式,而又苦于没有新的题材(这是生活经验不够之故),于是我有了一个企图:写一篇历史小说,写中国历史上第一次农民起义”。② 茅盾在 30 年代,写下三个历史短篇《石碣》、《豹子头林冲》和《大泽乡》。其中,前两篇取材于《水浒传》。

2. 林冲形象的改编。《豹子头林冲》中,茅盾对林冲形象进行改写。这一改写是在尊重原著的基础上又赋予人物新的性格内涵。《水浒传》取材于北宋末年宋江起义的故事。历史上的宋江起义三十六人,多数并无名字记载,林冲这一人物最早出现于宋元时期的《大宋宣和遗事》。《大宋宣和遗事》正是《水浒传》蓝本之一,其中对林冲的事迹并没有单独的阐述描摹,形象非常模糊。明代戏剧《宝剑

---

① 余连祥:《逃墨馆主:茅盾传》,浙江人民出版社 2006 年版,第 116 页。
② 丁尔纲编:《茅盾序跋集》,生活·读书·新知三联书店 1994 年版,第 142 页。

记》中的林冲形象塑造较为成功，这一由戏剧家李开先所创作的戏曲，将林冲描写成了一个忠君爱国儒生形象。作品中的忠奸冲突构成主要矛盾冲突。戏剧描写林冲为了黎民百姓而上奏朝廷废除花石纲，因此得罪了高俅高太尉，由此被陷害。高俅借口要看宝剑，将林冲骗至白虎堂，构成罪案。林冲被逼无奈，几经周折，终于上了梁山。小说《水浒传》对林冲描写最为细致。《水浒传》中的林冲出身枪棒教师之家，凭一身好武艺，成为八十万禁军教头。他的地位不算高，但有一份薪酬，也组建了幸福的小家庭，他对自己的生活处境比较满意。他是个本分人，安分守己，本想安安稳稳过日子，可是，恶劣的社会环境容不得一个好人行走在正常的生活轨道上。在庙会上，纨绔子弟高衙内当众调戏林娘子。这极大地刺伤了有着一定社会声誉和地位的林教头的自尊，他震怒了。但当他认出这个纨绔子弟正是自己的顶头上司高俅的义子时，他无奈地叹了口气，忍让了。然而，恶人可没有就此罢休。高俅父子合谋迫害林冲，一意要置之死地。一计不成再施一计。草料场的大火终于使逆来顺受、尚存侥幸心理的林冲醒悟了。他杀了仇人，义无反顾地投奔梁山，走上了反抗的道路。然而，初上梁山遭到落第秀才王伦的排斥与刁难。他先是忍耐，待到王伦逼晁盖等人下山时，他再也忍不住了。于是，杀了王伦，推"仗义疏财"的晁盖为头领。从此，梁山走上兴旺之路。

茅盾的《豹子头林冲》写在大革命失败后，茅盾苦闷的心境逐渐平复。他通过对《水浒传》中林冲故事的改编来表达自己对中国现实社会问题的思索和认识。《豹子头林冲》中，茅盾有意将林冲的出身改写为"农家子弟"，把他写成一个地道的农民，为梁山聚义赋予了真正的农民起义的色彩。这样改写既有现实意义，又有符合林冲性格发展的逻辑。茅盾的小说从阶级角度对林冲性格进行分析，表现了中国农民所具有的特点。林冲出身农家，为人本分、忠厚、自尊，且有正义感。他学得一身好武艺，想在边庭建功立业，报效国家，无奈统治者对内镇压百姓，对外妥协卖国，他空怀壮志。身为八十万禁军教头，他想安稳度日，但腐败的官僚高俅步步紧逼，使他家破人亡。他本是很能忍耐的，面对仇人的追杀，他原始反抗性苏醒了。他本不愿杀人，但杀了卖友求荣的陆谦还不解恨，剜下他的心肝下酒才感觉解气。上梁山又遇见的头领是落第秀才王伦，他对农家子弟林冲没有同情，而且担心林冲夺了他的头领之位。通过对比，他认识到王伦与高俅是一类，他的朴素的阶级意识觉醒了。在忍耐之后，他爆发了，火并王伦，他也决心在水泊梁山——这个"进可以攻，退可以守的根据地"干一番事业，于是在他的推动下初步建立起梁山新秩序。茅盾这样的改写意在突出底层出身的林冲与朝廷之间势不两立及他愿意与之作殊死搏斗的大无畏精神。应该说，茅盾在 30 年代发表该作，无疑是对正在中国兴起的工农革命的极大鼓舞。正如王嘉良所说："茅盾创作历史小说目的非常明确抒写历史为的是'向现代发言'，总是用自己的时代精神去描写历史，构筑起一条从历史通向现实的桥梁，从而使作品蕴含了深广的社会意义和浓厚的战斗色彩。"①

---

① 王嘉良：《论茅盾的历史题材小说》，《茅盾研究》（二），1984 年。

3. 改编石碣故事。《石碣》是对《水浒传》第 70 回的改编。《水浒传》的楔子《张天师祈禳瘟疫　洪太尉误走妖魔》一章运用了魔幻手法,叙述洪教头错误放出 108 个妖魔,引得天下大乱的故事,为后文埋下伏笔。第 70 回《忠义堂石碣受天文　梁山泊英雄惊恶梦》则与楔子相照应,二者共同宣扬宿命论观。第 70 回写,宋江率梁山英雄打着替天行道的旗帜,劫富济贫,攻打州县取得几次胜利,梁山势力更加壮大,宋江大喜,他请来众道士大设醮筵,醮斋七日,禳谢上苍护佑。宋江的精诚感动了天地,上天开了天眼,降下天书文字镌刻在石碣上。那文字是龙章凤篆,蝌蚪之书,人皆不识。只有一位何姓道士识得这蝌蚪之书。这天书文字除了"替天行道"、"忠义双全"八字外,还按照身份地位镌刻了一百零八位梁山义士大名。其中,天魁星呼保义宋江,天罡星玉麒麟卢俊义赫然在前。何道士辨验完天书,教圣手书生萧让誊写出来。读罢,众人看了,俱惊讶不已。宋江与众头领道:"鄙猥小吏,原来上应星魁。众多弟兄,也原来都是一会之人。今者上天显应,合当聚义。将已数足,上苍分定位数,为大小二等。天罡、地煞星辰,都已分定次序,众头领各守其位,各休争执,不可逆了天言"。众人皆道:"天地之意。物理数定,谁敢违拗!"于是,梁山的"聚义厅"改做"忠义堂"。

茅盾对《水浒传》"忠义堂石碣受天文"的故事进行改编,他站在历史唯物主义的高度对一个故事进行审视,并予以全新的诠释。小说通过玉臂匠金大坚和圣手书生萧让的对话,揭示了宋江所谓"石碣"是"天意授命"完全是他和吴用编造的神话,其目的在于让梁山英雄承认他作为寨主的合法性,同时为他的改弦更张作舆论准备。小说深刻揭露了这个混入农民起义队伍中奸细的"虚伪"本质。小说也通过两个人的对话揭示了水泊梁山的英雄好汉,由于出身不同,各自的"心思"。有人随时想投降官府,博得封妻荫子;有人对官府恨之入骨,与之不共戴天:"天意渺茫,就叫我们来替'天'行意","看来我们水泊里最厉害的家伙还是各人的私情——你称之为各人的出身;我们替'天'行的就是这个'道'呢。"因而,小说揭示水浒英雄的分裂和悲剧是必然的。无疑,茅盾的历史小说不是发千古之幽思,而是"借古鉴今"具有鲜明的时代性和现实战斗性,它是对大革命失败的总结。

三十年代,鲁迅对历史题材的改编侧重于民族文化心理角度,施蛰存的历史题材改编又偏重性心理,而茅盾对历史题材的改编则着重从社会历史和阶级角度出发。茅盾对历史题材的改编,特别是对"水浒"故事的改编对延安时期"水浒戏"的创作、改编有启示意义。

三、《水浒传》艺术形式的学习

1. 结构艺术　茅盾对中国古典小说在形式上取得的成就给予极高的评价。他十分赞赏《水浒传》(前 70 回)的"自成整体"的编排故事的写法,他说,长篇小说创作就应在叙事结构上做到合理布局、构造严密和整体的"有机性",这样会使作品在各部分的紧密联系中汇成一个结构整体。茅盾的《子夜》在情节结构安排上明显受到《水浒》影响。《子夜》第 1 章写吴老太爷(封建文化的代表者)到上海,经受不住"十里洋场"的近代资产阶级文明对他的强烈冲击在很短时间内就"风化"了。这一描写具有很深的象征意味,它是一种象征了时代特征的文化背景描写。

这一章是作家精心安排的序幕。第 2、3 章叙述吴府举丧，一群工厂老板、大航商、大矿主、金融巨头，以及交易所的经纪人、交际花和蒋、汪两派的军官、政客各色人等一齐拥进了吴公馆。作品通过对众多人物的出场亮相描写以及通过他们的寒暄、吹捧、争论，一方面描写出当时社会政治、军事、经济状况，塑造故事的直接背景；另一方面，重要人物的谈话引出了故事发展的主要线索：赵伯韬等人操纵证券市场，吴荪甫与孙吉人、王和甫联合组建益中信托公司，农村农民暴动，工厂工人掀起工潮……这两章是《子夜》故事的开端。第 4 章到第 16 章，是情节的展开。这部分内容是：双桥镇被红军攻占，吴荪甫"双桥王国"的理想破灭，益中公司组成，吴荪甫起用屠维岳，采取离间、收买、苦肉计和流氓手段平息了裕华丝厂的工潮，家庭生活中的各种纠葛，吴荪甫第一次公债投机"开市大吉"，吴荪甫陷入赵伯韬设下的陷阱，他兼并过来的 8 个小厂成了"湿布衫"。第 17 章至第 19 章是小说的高潮、结局：吴、赵殊死搏斗，赵伯韬使吴荪甫陷入险境，吴荪甫苦斗过了三关，最后惨败，小说的高潮与结局是一体的。茅盾对《水浒》的结构学习也表现在长篇小说的单章安排上。《子夜》除了整体布局讲究外，在单章上也讲究布局，甚至每一章节内部也有重点、高峰。可以说，《子夜》整体上是叙述了一个大故事，有些章节拆开了又是完整的小故事。像第四章、第七章独立性很强，拆开看是完整的中短篇小说。

2. 语言艺术　鲁迅在《看书琐记》一文中曾赞扬《水浒传》《红楼梦》的对话语言。他说："高尔基很惊服巴尔扎克小说写对话的巧妙，以为并不描写人物的模样，却能使读者看了对话，便好像目睹了说话的那些人"，"中国还没有那样好手段的小说家，但《水浒传》《红楼梦》的有些地方，是能使读者由说话看出人来的。"[1]茅盾也十分欣赏《水浒传》的语言艺术，尤其对话语言。他的作品学习继承了《水浒传》的语言艺术特点，这在《子夜》中表现得尤为突出。《子夜》十分重视对话语言提炼。如，小说第七章，该章前面部分描写账房先生乡下查账回来报告情况的情形。

吴荪甫挂上电话筒，就喊道："晓生，进来！有什么确实消息没有？"

费小胡子却不回答，挨身进来，又悄悄地将门关上，便轻着脚尖走到吴荪甫跟前，两只眼睛看着地下，慢吞吞地轻声说："有。不好呢！匪是退了，屯在四乡，商家都没有开市。省里派来的军队也还驻扎在县里，不敢开到镇上去，——"

"管他军队匪队！到底损失了多少？你说！"

吴荪甫不耐烦地叫起来，心头一阵烦闷，就觉得屋子里阴沉沉的怪凄惨，一伸手便揿开了写字桌上的淡黄绸罩子的大电灯。一片黄光落在吴荪甫脸上，照见他的脸色紫里带青。

他的狞厉的眼睛上面两道浓眉毛簌簌地在动。

"损失呢，——现在还没弄清。看得见的，可就不小了；宏昌当，通源钱庄，油

---

[1] 鲁迅：《鲁迅全集》(5)，人民文学出版社 2005 年版，第 559 页。

坊,电厂,——"

"咄!统统抢了不是?——还用你再说!我要的,是一篇损失的细账,不要囫囵数目!难道你这次回镇去了三天就只带来这么几句话?三天!还没弄清?"

吴荪甫愈说愈生气,就在书桌上拍了一下。

人物对话十分精彩,这种对话有推进情节的作用,同时可以表现人物的心理活动,甚至身份、个性等。

3. 人物描写 茅盾认为《水浒传》描写人注重人的阶级特点,而《子夜》在人物描写方面也从人的阶级性出发。比如,《子夜》对主人公的描写就是例子。《子夜》的主人公吴荪甫是一个典型资本家。他资金雄厚,社会地位较高,野心勃勃。他为了获取最大利润,实现梦想,不仅蚕食鲸吞,排挤同行,更绞尽脑汁,用软硬兼施的手段,压榨和剥削工人:延长工时,减低工资,收买工贼,开除工人。他在这方面和反动政府沆瀣一气,依赖国民党反动军警、牢狱,来镇压工人和农民的革命斗争。他恶毒地诬蔑农民革命为"匪祸"、"土匪"。和工人阶级尖锐对立,然而他和买办资本家、封建余孽却有密切的联系。茅盾把人放置在一定的社会关系中来写,《子夜》中的人是阶级的人。另外,《子夜》让人物自身的行动说明其性格,而且以白描为主。此外,阳刚大气的美学风格也是《水浒传》一脉。茅盾对《水浒传》的学习继承是一种创造性学习继承,是采蕊酿蜜,不露痕迹,绝非生搬硬套。

茅盾的文学活动始于五四。他在新文学滥觞时,接受了胡适、陈独秀等人的影响,崇尚西方文学,他大量介绍西方进步文艺,倡导现实主义文学,以期促进中国新文学的发展。随着他文学观念的逐步成熟,他扬弃了原有的文学观,建立起新型的革命文学观。尽管如此,他从未轻视民族传统。尤其三十年代以后,他开始重视对民族传统的现代性改造问题,茅盾对《水浒传》的研究、改编以及创造性学习,正是他文学观的体现。

茅盾与《文艺阵地》：抗战文艺空间的建构

王鹏飞①

内容摘要：1938 年 4 月 16 日,茅盾主编的《文艺阵地》半月刊在广州创刊。自第十五期开始,楼适夷参与编辑。楼适夷延续了茅盾的编辑思想,使《文艺阵地》呈现浓厚的"茅记"风格。《文艺阵地》致力于抗战文艺空间的建构,具体表现有二。一是其辐射多个区域的"全国性"特征,使其成为战时抗战文坛的中心。二是《文艺阵地》对现实主义和文艺大众化等理论问题的讨论,系统建构了抗战文艺理论,体现了茅盾和《文艺阵地》区别于同时其他文学刊物的文学史意义。

关键词：茅盾;《文艺阵地》;抗战文艺

一 《文艺阵地》的创办

1938 年 4 月 16 日,由生活书店出资,茅盾主编的《文艺阵地》半月刊在广州创刊。曾担任编辑的楼适夷回忆说,1938 年 2 月初,茅盾由长沙来到当时的文艺中心武汉,与楼适夷见面时,茅盾提到应生活书店的约请,打算编辑一个全国性的文艺刊物,来武汉正是为了刊物的事情与各方面取得联系。楼适夷说,"他知道我是打算在武汉留到最后的,而且在报社工作,同各方面联系比较广泛。就委托我在武汉为刊物作组稿和联系的工作,我当然是欣然地接受了这个嘱托"②。1938 年7、8 月间,广州接连受到日军轰炸,创刊四个月的《文艺阵地》转移到香港编辑。同年 11 月初,楼适夷也来到香港。"到香港之初,茅盾即叫我协助他编辑《文艺阵地》"③,楼适夷看到茅盾一人支撑刊物的艰辛,觉得"有责任为他分劳,同时又不大愿意回到四周被敌人包围的上海的租界地去,就在香港留下来了"④。

这时,茅盾主编的《文艺阵地》出到了二卷二期也即第 14 期。楼适夷加入之后,二人开始共同编辑,但这种合作仅仅维持了一个多月。1938 年 12 月下旬,编完 1939 年 1 月 1 日出版的第二卷六期之后,茅盾远赴乌鲁木齐去担任新疆学院文学院长。从 1939 年 1 月 16 日的第二卷七期开始,《文艺阵地》进入楼适夷主持编辑的阶段。

《文艺阵地》创办之初,稿件由茅盾在香港编辑,发付广州排印,无奈广州的印

---

① 作者简介：王鹏飞,河南大学新闻与传播学院教授。
② 楼适夷：《茅公和〈文艺阵地〉》,《新文学史料》1981 年第 3 期。
③ 楼适夷：《我谈我自己》,《楼适夷纪念集》,人民文学出版社 2005 年版,第 29 页。
④ 楼适夷《茅公和〈文艺阵地〉》,《新文学史料》1981 年第 3 期。

刷条件实在太糟，"印刷厂的校样拿来，他发现几乎满篇错字"①，于是，经过与生活书店商量，"改为把编好的稿子秘密送到已成为所谓'孤岛'的上海去付印，请留在上海的孔另境同志帮助排校"②。印成之后，重新通过走私运到香港，由香港分发内地销售。作为一份半月刊，《文艺阵地》每期都是作者从内地寄稿到香港，编辑再发稿到上海，印刷完成原路返回，由香港发售内地。每半月之间，《文艺阵地》都要在香港与上海之间往返两次，然而刊物的出版却从未脱期。这一种出版经历，正如楼适夷所言，"简直是令人不能相信的奇迹"③。这个奇迹维持到 1939 年 6月。由于《文艺阵地》的影响，香港当局政治部慑于压力，开始偷偷寻找刊物幕后的主持者。于是，1939 年 6 月楼适夷独身一人回到上海，同时把《文艺阵地》的编辑工作也带到了"孤岛"。

"孤岛"后期，《文艺阵地》的出版环境并不乐观。1940 年 4 月 16 日，第 4 卷第 12 期后改出月刊，版式改为 24 开本，并使用两种封面形式。在上海公开发行的署名《文阵丛刊》，同时另标书名，第 1 辑为《水火之间》，第 2 辑为《论鲁迅》。发往内地的版本则照旧署第 5 卷 1 期、2 期，也即 1940 年的"七月号""八月号"。第5 卷 2 期出完之后，刊物遭到查禁。到 1941 年 1 月 10 日，回到陪都重庆的茅盾再任主编，以第六卷的名义复刊。复刊的《文艺阵地》仍为月刊，大小恢复 16 开本，同时组成了一个编委会，由以群、艾青、欧阳山、曹靖华、章泯、宋之的、沙汀等组成。第 6 卷出 6 期，第七卷出版 4 期，然后被迫停刊，时在 1942 年 11 月。此后又以 24 开本的丛刊形式续出《文阵新辑》三辑，出版者署名文阵社。1943 年 11月出第 1 辑《去国》，1944 年 2 月出第 2 辑《哈罗尔德的旅行及其他》，1944 年 3 月出第 3 辑《纵横前后方》。从 1938 年 4 月创刊，到 1944 年 3 月以丛刊形式终刊，《文艺阵地》一共历时 6 年，凡 63 期。

从负责编辑的时间来看，茅盾直接主编了《文艺阵地》最初的 18 期，以及最后在重庆时期的 13 期，占据近一半的分量。但《文艺阵地》之所以"茅记"特色贯穿始终，就在于楼适夷接手之后，虽然外界环境有所变化，但编辑方针却基本维持茅盾的创刊理念。楼适夷说："茅公把一切基础都奠定好了，我就是萧规曹随，坐享其成。"④也因为如此，《文艺阵地》在茅盾远赴新疆之后，依然将之署为唯一的编辑人。直到第五卷二期，编辑人的署名才改为：茅盾·适夷。

楼适夷对于茅盾办刊理念的全盘承接，使《文艺阵地》的"楼记"色彩甚为薄弱。这对于楼适夷个人来说，或许有些遗憾，但对于《文艺阵地》乃至抗战文艺的发展来说，却无疑是一件幸事。茅规楼随，除了茅盾的文坛影响力比楼适夷要大之外，一方面，作为左翼同人，楼适夷与茅盾在刊物的价值取向上，并没有什么分歧，《文艺阵地》的办刊方针，也是楼适夷规划但未创刊的《大地》的方针。另一方面，作为新文学运动的老将，茅盾堪称办刊名手。从改版《小说月报》为文学研究

---

① 孔海珠：《楼适夷编辑生涯的重要台阶》，《楼适夷纪念集》，人民文学出版社 2005 年版，第 241 页。

② 楼适夷：《茅公和〈文艺阵地〉》，《新文学史料》1981 年第 3 期。

③ 楼适夷：《茅公和〈文艺阵地〉》，《新文学史料》1981 年第 3 期。

④ 楼适夷：《茅公和〈文艺阵地〉》，《新文学史料》1981 年第 3 期。

会的阵地开始，茅盾就逐步形成了一套清晰的办刊理念，也对"人办期刊"和"期刊办人"有所论述。这种办刊经验，为楼适夷提供了很好的样板。对抗战时期的文艺发展，茅盾试图以《文艺阵地》来集中展现，加之生活书店的出版实力，《文艺阵地》很快成为全国抗战文艺的核心旗帜，也使得《文艺阵地》成为继《小说月报》之后，影响最大的"茅记"刊物。

二 "文阵广播"：《文艺阵地》的"全国性"

把《文艺阵地》办成一份"全国性"[①]的刊物，是抗战开始不久茅盾即已规划好的设想。《文艺阵地》的发刊辞里，茅盾开宗明义：

> 朋友们都有这样的意见：我们现阶段的文艺运动，一方面须要在各地多多建立战斗的单位，另一方面也需要一个比较集中的研究理论，讨论问题，切磋，观摩——而同时也是战斗的刊物。《文艺阵地》便是企图来适应这需要的。[②]

茅盾所说的"朋友们"，主要的就是《文艺阵地》的后台老板——生活书店负责人邹韬奋。在邹韬奋看来，"《文艺阵地》应该是一面战斗的旗帜，能起到团结进步的文艺力量，巩固统一战线的作用"[③]，因此，把《文艺阵地》创办成全国文人的集中阵地，一个团结进步力量巩固统一战线的核心，就成为茅盾与生活书店的共同构想。

为了实践《文艺阵地》的"全国性"，茅盾与楼适夷采用了多样化的操作方式。外在的方面，利用茅盾与生活书店的影响，获得全国作家的支持，并通过生活书店的发售渠道使《文艺阵地》摆在全国各地文艺青年面前。内在的方面，则是有意识地站在全国文坛中心的位置上来处理栏目的编排。与同时大多数的纯文学刊物不同，茅盾没有把刊物内容局限于文学创作的范围之内。《文艺阵地》第一期，茅盾亲手开出《文艺阵地征稿简约》[④]，在论文、短评、作品等三项创作之后，茅盾把第四类稿约定为"国内文艺动态"，即"各地方文艺的活动，——刊物，单行本，作家们的活动（参加实际救亡工作等等），文艺团体的组织，文艺教育工作，座谈会，被提出而讨论着的问题"等等。接下来的第五类与第六类，分别为"国际文艺动态：系统地介绍国际文坛之理论的及作品的活动"，"海外通讯：中国抗战在世界各国文坛上之反映"。若再加上普遍介绍全国以及南洋文艺的"书报评论：刊物，单行本，纯文艺与非纯文艺"的第七类稿约，那么介绍国内以及世界各地文坛动态的通讯

---

① "全国性"是抗战时期杂志界通行的用语。比如刘白羽在给《文艺阵地》的信中曾说他们拟出版《文艺战线》一刊，并与已创办的《文艺突击》做了对比，"它同《文突》的性质是不同的。《文突》短小，是便于工作者和战士们读的，所以我们把它销行在边区内及华北各个战地。《文战》则是全国性的。"参见《文阵广播》，《文艺阵地》1939 年 2 月 1 日第二卷 8 期。而"全国性"也成为此后论及《文艺阵地》时经常提到的词语，如在茅盾、楼适夷、以群等关于《文艺阵地》的描述中频频出现。

② 茅盾：《发刊辞》，《文艺阵地》1938 年 4 月 16 日第 1 期。

③ 茅盾：《在香港编〈文艺阵地〉》，《我走过的道路·下》，人民文学出版社 1997 年版，第 180 页。

④ 茅盾：《文艺阵地征稿简约》，《文艺阵地》1938 年 4 月 16 日第一卷 1 期。本段引用同此。

内容，几乎占据了刊物一半的篇幅。把文学期刊变为一个文坛的瞭望口，是茅盾在《小说月报》上即开始的尝试，而《小说月报》获得新文学初期的中心地位，这些通讯述评也功不可没。由此来看，《文艺阵地》带征稿简约，也可说是《小说月报》办刊思路的一个延续。

《文艺阵地》上介绍各地文艺动态的栏目有三：通讯，书报述评和文阵广播。三者之中，"文阵广播"所占篇幅最小，却最能体现《文艺阵地》"全国性"的特色，本文即以此为例略做铺陈。

"文阵广播"从第一期开始出现，基本贯穿了《文艺阵地》的始终。顾名思义，"文阵广播"就是播报一些文坛动向。内容主要分为两类，一是截取各地作家写给文阵编辑的信件，以"某某来信……"的固定格式，传达作家个人的活动以及作家对本地文化活动的介绍；另一部分则是编者自己写作的报道性文字，如"全国文艺界抗敌协会总会从武汉移入重庆后，仍由老舍蓬子等主持会务，积极进行，《抗战文艺》周刊照常出版，用土纸印刷，又创办通俗文学讲座，培养文学干部"①等。

"文阵广播"的开设，基于这样一个现实，抗战时期的作家们"因战事关系，今天上东，明天上西，简直没法通信"②。因此，及时准确地向读者以及文学同仁传达作家们的行踪，通报各政治区域内的文化活动，在抗战时期的文学期刊上就显得至为必要。《文艺阵地》之外，也有其他文学期刊与文学副刊设立了类似的栏目。《大公报》抗战时期的文艺副刊《文艺》和《战线》，在"文阵广播"开设四个月后，也分别设立了"战地书简"与"作家行踪"栏目，对文坛动态进行关注。但总体来说，这些类似的栏目在报道的广度以及深度上，都不能与持续了两年多的"文阵广播"相提并论。

对战时全国作家行踪的关注，"文阵广播"有着相当明确的意识。1938 年 10 月 22 日，广州沦陷，聚集在广州的作家行踪成为文坛关注的焦点。"所有在那边的文艺工作者，大概已随大军安全退出。惟欧阳山与草明行踪未明，而诗人蒲风则传闻已在增城前线殉难了"③，这种不确定的传闻四面风传，到底如何？在第二卷五期上，茅盾在"文阵广播"中做了集中介绍，"广州失陷后，在广州的作家们的行踪，截至现在(十一月十五日)为止，约可报告如左"④，报告了随军工作团欧阳山、草明、于逢、夏衍与留在广州的《救亡日报》同人、巴金、适夷、锡金、征军等人的近况，顺便又另起一段报告了武汉沦陷后萧红、端木蕻良、艾青、欧阳凡海、穆木天夫妇、黎烈文等人的行止，这些报道以确切的证据，澄清了一些传闻，也通报了战时文坛的最新状况。尤其是对于盛传牺牲的蒲风和失踪的欧阳山、草明，"文阵广播"给以持续关注，并及时地在第二卷十期和十二期上刊登蒲风发自从化和草明发自重庆的信件，向读者通报他们安然无恙的讯息。

作家行踪之外，"文阵广播"的另一关注点，是各地的文化活动。与单个作家

① 茅盾：《文阵广播》，《文艺阵地》1939 年 1 月 16 日第二卷 7 期。

② 茅盾：《文阵广播》，《文艺阵地》1939 年 2 月 16 日第二卷 9 期。

③《编后记》，《文艺阵地》1938 年 12 月 1 日第二卷 5 期。

④ 茅盾：《文阵广播》，《文艺阵地》1938 年 12 月 1 日第二卷 5 期。

的行踪相比，文化活动呈现出群体性特征，更能显示某一地域的文坛动向。因此即便是作家的信件，也大多会在个人情况的陈述之外，浓墨重彩介绍各自区域的文化活动。

蓬子来信说："文协各地分会总算陆续成立。尤其成都分会是经过了千难万难才产生出来的。理事会决定在香港设办事处，我已请平陵直接来信。抗战文艺预备出战地特刊。每月一次，出八开小张。唯印数拟三万份，想在本月底就把创刊号弄出来。在重庆的一群诗人一定要出诗刊，我已为他们在上海杂志公司接洽好了。同时现在正忙着计划一种类似年鉴的册子想赶在改选的时候印他出来。国际宣传也想做起来，最近理事会决定成立一国际宣传委员会，由王礼锡兄负责。"①

类似于这种文坛综述性质的信件，在"文阵广播"中比比皆是。通过《文艺阵地》的集中报道，文坛的状况一目了然。

播报作家行踪与文坛动向，"文阵广播"并不是冷眼旁观式的叙述与引用，而是溶入了编者的深厚感情。《文艺阵地》第一期刊登了十则作家来信，分别来自长沙、贵阳、重庆、武汉、河南潢川、西安、滇军军营等地。其中刘白羽的一封是在两个月前的二月初从潼关寄出的，信的结尾，茅盾特加编者按，"他的目的地是临汾，但临汾于二月二十五日失守，白羽究竟到了没有，没有人知道；他此刻何在，也没有人知道。真令人心忧啊"。② 这份关切，使《文艺阵地》已经脱离了单纯文学刊物的意义，而成为战时流离的作家们的心灵家园。

"文阵广播"的范围并不限于国内，"萧三从莫斯科来信说"③，"郁达夫来信告在星洲近状"④等等信函，显示着《文艺阵地》在海外的影响以及覆盖能力。《文艺阵地》上持续始终的"文阵广播"，为抗战时期的文学史和出版史保存了不少第一手的资料。抗战时期国统区的文艺通讯运动，一般只知道在广州有着不小的声势，而第二卷六期刊登的"王西彦自长沙十月十二日来信"，详细地报告了长沙的文艺通讯运动，弥足珍贵。同时这些信件也为研究战时作家们的内心活动，提供了直接的证据。汇集来自四面八方文坛和作家的信息，小小的"文阵广播"使《文艺阵地》成为文坛信息中心，也在这个意义上，促进了《文艺阵地》全国性地位的形成。

第四卷结束的时候，编者在刊物规划中提到，"《文艺阵地》创刊至今，已满二年，在民族苦战时期，实为唯一始终屹立的文艺刊物"⑤。因为《文艺阵地》的全国性影响，从第三卷五期编、印工作全部转入孤岛之后，孤岛文人并未将之简单视为

---

① 茅盾：《文阵广播》，《文艺阵地》1939 年 3 月 1 日第二卷 10 期。
② 茅盾：《文阵广播》，《文艺阵地》1938 年 4 月 16 日第一卷 1 期。
③ 茅盾：《文阵广播》，《文艺阵地》1939 年 3 月 16 日第二卷 11 期。
④ 茅盾：《文阵广播》，《文艺阵地》1939 年 12 月 1 日第四卷 3 期。
⑤ 茅盾：《文艺阵地第三年新计划》，《文艺阵地》1940 年 4 月 16 日第四卷 12 期。

孤岛文学刊物，"至于上海所能看到的有较长历史的《文艺阵地》……已离上海较远，不属本文的范围，故也只好从略了"①。这是孤岛当时一篇文坛综述文章中的话，虽不无为《文艺阵地》打掩护的意味，但也从另一面反证了《文艺阵地》的"全国性"。

三 抗战文艺理论的建设

茅盾对抗战文艺的关注，重点着眼于抗战文艺理论的建设，这是《文艺阵地》一个鲜明的特点。茅盾回忆《文艺阵地》创办的初衷时说，"创办《文艺阵地》是鉴于当时的抗战文艺虽也轰轰烈烈、热热闹闹，但总觉得缺乏深度，既没有在理论上对各种新问题作认真的探讨，也没有在创作上对现实生活作严肃深刻的发掘"。② 出于这种考虑，第一期的征稿公约中，茅盾第一条开列的就是"论文"。与战时左翼文艺普遍的批判倾向不同，《文艺阵地》的"论文"注重于"提出问题，发表积极的建设性的主张，提供直接间接与抗战有关联的文艺上的研究"。之后的第二条才是"短评 批判"，"剔文艺工作，文化工作，乃至一般社会现象之缺陷"③，而文学创作则只好屈居二者之后，成为第三条的内容。在这种编辑思想之下，《文艺阵地》一问世便呈现出"议论文多于作品"④的特征。但茅盾毫不为意，"编者很想每期都能保持这一个性。似乎现在还没有对于文艺上百般问题多发表意见的刊物，本刊试想在这里开一冷门。"⑤

《文艺阵地》的发刊词中，茅盾开宗明义，"这阵地上，立一面大旗，大书'拥护抗战到底，巩固抗战的统一战线！'"⑥为《文艺阵地》的理论建设奠定了基调。《文艺阵地》上的抗战文艺理论建设，主要集中在两个方面，一是现实主义，一是文艺大众化。

先说现实主义。在茅盾看来，"'五四'以来新文艺的传统，是写实主义"，而"'五四'以来写实文学的真精神就在它有一定的政治思想为基础，有一定的政治目标为指针"⑦。对于抗战文艺来说，"写实文学的真精神"与之有着天然的契合，也顺理成章成为抗战文艺理论的首要探讨对象。《文艺阵地》第一期刊发的李南桌《广现实主义》，是刊物现实主义讨论的发轫之作。

李南桌是茅盾战时发掘的文艺新人之一，在茅盾眼里，"他的眼光要比许多老人来得敏锐的多"。李南桌的《广现实主义》与此后第一卷十期上的《再广现实主义》两篇文章，是对当时抗战文艺现象的一个总概括。抗战爆发以后，作家用自己的笔墨去描摹战时的生活，无疑是现实主义的广阔天地。因此，对于文坛上的"自

---

① 岳昭：《一年来的上海文艺界》，《戏剧与文学》1940 年 1 月 25 日第一卷 1 期。

② 茅盾：《在香港编〈文艺阵地〉》，《我走过的道路·下》，人民文学出版社 1997 年版，第 180 页。

③ 茅盾：《文艺阵地征稿简约》，《文艺阵地》1938 年 4 月 16 日第一卷 1 期。

④ 茅盾：《编后记》，《文艺阵地》1938 年 4 月 16 日第一卷 1 期。

⑤ 茅盾：《编后记》，《文艺阵地》1938 年 4 月 16 日第一卷 1 期。

⑥ 茅盾：《发刊辞》，《文艺阵地》1938 年 4 月 16 日第一卷 1 期。

⑦ 玄珠：《浪漫的与写实的》，《文艺阵地》1938 年 4 月 16 日第一卷 1 期。

由主义"、"浪漫主义"、"现代主义"等其他表现方式,在左翼文人眼里自然要大力批判,也造成了不少论争。对一部分左翼文人自视为文学判官的神态,李南桌很不以为然,在他看来,"我们无须乎抱着一种什么主义;只要是一个作家,广义的说来,他必定是一个现实主义者,不管他自己如何不愿意,别人如何不愿意"。李南桌的根据,来自"现实包括一切","而所有的主义可以说是一个东西",因此,李南桌提出了"广现实主义"的口号,建议大家放下所谓的主义门槛,不要再做无谓的争论,"把自己与当前的中心现实——'抗战'——间的最短距离线找出来吧!"。

李南桌对现实主义的定义自然遭到了左翼人士的批驳,除了王元化等人在孤岛上做了回应,即在《文艺阵地》自身,第五期上周行发表《再论抗战文艺创作活动》,也对其提出了批评。周行认为李南桌"无意中做了自由主义的俘虏了,单作一般的概念的把握,以此代替了具体的阶级的分析,在文艺科学上无疑是一种最危险的倾向"。① 其实,暂且不论内容的正确与否,仅看两篇文章的口气,李南桌提出的"广现实主义"的建设意义已经不言自明。在文艺论战中,左翼文人民族立场坚定,但也不无帽子乱飞的惯习。即如李南桌,仅一篇文章就被扣上了"自由主义的俘虏"、"一种最危险的倾向"等等结论。这种情况下,李南桌"广现实主义"的意义,与其说是提出了一种新理论,还不如说是提供了一种学术化讨论的理论姿态。对这种姿态,茅盾戚戚于心。在周行对李南桌提出批评的第五期上,茅盾依然在《编后记》里对李南桌的文艺批评大加推介,"南桌的《评曹禺的〈原野〉》是一篇切实的真正有内容的批评论文"②,而对周行的理论文章则未置一词。而按照惯例,理论文章是例行要重点推荐的。由此可见,对理论文章中是否建设的态度,茅盾的褒贬一目了然。

李南桌之外,祝秀侠的《现实主义的抗战文学论》是一篇大文章。这篇发表在《文艺阵地》第四期上的一万五千多字的长文,全方位论述了现实主义抗战文学的创作方法。他首先指出抗战文艺中存在的一个偏差,"现在抗战文学的内容,题材却隘窄得可怜。他们简直把'抗战文学'缩小为'战争文学'"③,从而使现实主义的广阔性大打折扣。接着,从社会背景、历史因素、主观感情与客观认识的统一、题材的积极性等方面,祝秀侠论述了现实主义抗战文学的特征。文章的最后,祝秀侠用三分之一的篇幅强调:"抗战文学,该不要忘记'文学'这两个字",因为"检讨一下我们的抗战作品,却多半是标语口号似的东西"。④

抗战作品"多半是标语口号似的东西",并不是祝秀侠的个人看法,实乃时人的公认。抗战文艺的现实主义作品甚多,但能给人深刻印象的人物形象却不多。"抗战八股"、"差不多"、"公式主义"等等词语,尽管令人不悦,却都是这个问题的形象说法。"像这种毫无艺术性的标语,宣言,政论式的作品,自然离'现实主义'

① 周行:《再论抗战文艺创作活动》,《文艺阵地》1938 年 6 月 16 日第一卷 5 期。

② 茅盾:《编后记》,《文艺阵地》1938 年 6 月 16 日第一卷 5 期。

③ 祝秀侠:《现实主义的抗战文学论》,《文艺阵地》1938 年 6 月 1 日第一卷 4 期。

④ 祝秀侠:《现实主义的抗战文学论》,《文艺阵地》1938 年 6 月 1 日第一卷 4 期。

很远。简直可以说离'文学'也很远！"①"标语口号"作品的解决之道，祝秀侠提出了两点，"现实主义的抗战文学，第一，是不能不有'艺术性'的"，第二，现实主义的抗战文学须有'典型性'"②。这里，祝秀侠实际上提出了抗战文艺现实主义的另一个重要问题——创作中的典型问题。

祝秀侠的文章，代表着《文艺阵地》关于现实主义的讨论开始转移，"典型"成为《文艺阵地》现实主义讨论的另一个兴奋点。一个月之后的第六期上，李南桌发表《论"差不多"和"差得多"》，把抗战文艺"平面化"问题的讨论引向了深入。李南桌看来，"现实间的这个'同'（差不多）和'异'（差得多），正是决定作品的两个前提"③，如何追求同中之异，才是作家们要思考的地方。接着，李南桌又在第十二期《论典型》中对典型问题进行分析。他以个性——类型——人性三个要素作为典型塑造的基本点，"将他们统一起来之后，还须要加入时间的因素，能动的人物才配称作'典型'"④。

对于"典型"的讨论，茅盾也参与其中。他在第九期上发表的《八月的感想——抗战文艺一年的回顾》，即以典型问题作为行文线索。在茅盾眼里，抗战文艺中的典型是有的，《文艺阵地》上发表的《华威先生》和《差半车麦秸》即是。但无疑很不够，而"那一时期的作品之绝少令人满意，症结在于作家之不深入生活者尚少，而在于描写壮烈事件之成为风气者实多"。⑤ 此后，茅盾又专门写了《公式主义的克服》一文，对典型问题提出新的思路，"我以为要避免公式主义就只要遵守作品产生的顺序：材料丰富了，成熟了，确有所见了，然后写"。⑥ 总的来说，茅盾、李南桌等人对于抗战文艺典型问题的讨论，在当时是不多见的，从他们的观点来看，对于抗战文艺典型的论述都有个人新得，也多中问题的病灶。尤其在讨论的同时，配合着《华威先生》等现实主义抗战文艺力作的发表，《文艺阵地》上的抗战文艺现实主义理论建构，得到了很好的诠释。

现实主义之外，《文艺阵地》关注的另一个问题是文艺大众化，与现实主义几乎同步。第一期《我们需要展开一个抗战文艺运动》中，周行提出的第一条即是"大众的文艺抗战的创造"⑦。第二期上又发表《旧形式运用问题》、《旧形式利用之实验》等文章，直接切入大众化的操作手段。讨论抗战文艺现实主义的同时，目光也投向文艺大众化，是《文艺阵地》抗战文艺理论建设的一个特点。建设完整的抗战文艺，现实主义和文艺大众化并不是对立的，而是一个可以合而为一的东西，正如李南桌所言，"'文艺大众化'是更进一步，更深一层的现实主义"⑧。当抗战为现实主义提供前提的时候，也同样为文艺大众化提供了前提。"'抗战'给'大众化'

① 祝秀侠：《现实主义的抗战文学论》，《文艺阵地》1938 年 6 月 1 日第一卷 4 期。

② 祝秀侠：《现实主义的抗战文学论》，《文艺阵地》1938 年 6 月 1 日第一卷 4 期。

③ 李南桌：《论"差不多"和"差得多"》，《文艺阵地》1938 年 7 月 1 日第一卷 6 期。

④ 李南桌：《论典型》，《文艺阵地》1938 年 10 月 1 日第一卷 12 期。

⑤ 茅盾：《八月的感想》，《文艺阵地》1938 年 8 月 16 日第一卷 9 期。

⑥ 茅盾：《公式主义的克服》，《文艺阵地》1939 年 1 月 16 日第二卷 7 期。

⑦ 周行：《我们需要开展一个抗战文艺运动》，《文艺阵地》1938 年 4 月 16 日第一卷 1 期。

⑧ 南桌：《关于文艺大众化》，《文艺阵地》1938 年 5 月 16 日第一卷 3 期。

预备下了最有利的条件：反过来，'抗战'又需要'大众化'的支持才能迅速完成它的任务。"①因此，高竖着"拥护抗战到底，巩固抗战的统一战线"大旗的《文艺阵地》，甫一创刊即把目光投向文艺大众化也就不难理解了。

对文艺大众化的讨论，没有像现实主义那样众说纷纭。茅盾说"文艺要大众化，没有人反对，尤其在此抗战时期，从前反对任何大众化的，现在也不再反对"②，"当前的文艺问题，主要还是文艺大众化的问题"③。可见，文艺大众化已成为各方文人的一致意见，也使得《文艺阵地》对大众化的讨论绕过了要不要的阶段，而直接聚焦于如何建设上来。

总的来看，文艺大众化如何建设，基本集中于旧形式的运用问题。"所谓'旧形式'，其实是民间的文艺形式，'旧形式'这字眼并不是表示完全陈旧，却是新文学家用来别于欧化形式的。"④对旧形式运用的考虑，在 1930 年代初期上海第一次进行文艺大众化讨论的时候，就已经提了出来。不过当时新文学的上海欧风美雨兴盛，流行着新感觉派的现代气息，并没有旧形式存在的空间。因此对于旧形式运用的讨论，在纸面上出现几次之后就无声而逝。抗战的爆发，使大众化再次成为文坛热点，旧形式的利用也顺势再次进入新文人的视野。

一提到旧形式，不少人有一种误解，认为旧形式是被新文学所否定的东西。即在抗战初期对旧形式利用进行探讨的时候，依然有很多新文人持着怀疑的态度。面对这个问题，茅盾率先发表了自己的看法，"事实是，二十年来旧形式只被新文学作者所否定，还没有被新文学所否定，更其没有被大众所否定"。⑤ 作为当年新文学与鸳蝴文学论争中的主流人物，茅盾对旧形式的论断可谓来得及时。尤其在《文艺阵地》上面，旧形式并没有被新文学所否定的结论，使这个问题避免了再次陷入名词之争，而是直接进入建设层面。由于茅盾的身份，他对于旧形式的论断很快溢出了《文艺阵地》的圈子，开始成为全国性的话题。较早提出运用旧形式的向林冰，对茅盾的开明态度很是感激，"抗战以还，文艺界对于所谓'旧形式运用'作风，多持否定及怀疑态度，惟先生则独能肯定这一运动，本社同人，无形得到甚大之兴奋与启示"。⑥

茅盾毕竟有着超群的文艺素养，他并未止步于简单的肯定，而是进一步针对旧形式的运用，提出了鲜明的建议。他说："既说是'利用'，当然不是无条件的接受。此时切要之务，应该是研究旧形式究竟可以被利用到如何程度，应该是研究并实验如何翻旧出新，应该是站在赞成的立场上来批评那些实验的成绩。"⑦茅盾的意见，是针对当时存在的两种观点。"一种是说旧形式根本不能适合新内容。

---

① 南桌：《关于文艺大众化》，《文艺阵地》1938 年 5 月 16 日第一卷 3 期。
② 茅盾：《大众化与利用旧形式》，《文艺阵地》1938 年 6 月 1 日第一卷 4 期。
③ 黄绳：《关于文艺大众化的二三意见》，《文艺阵地》1939 年 3 月 16 日第二卷 11 期。
④ 齐同：《文艺大众化提纲》，《文艺阵地》1938 年 11 月 16 日第二卷 3 期。
⑤ 茅盾：《大众化与利用旧形式》，《文艺阵地》1938 年 6 月 1 日第一卷 4 期。
⑥ 向林冰：《关于"旧形式运用"的一封信》，《文艺阵地》1938 年 11 月 16 日第二卷 3 期。
⑦ 茅盾：《大众化与利用旧形式》，《文艺阵地》1938 年 6 月 1 日第一卷 4 期。

一种是说旧形式能够完全容纳新内容。"①这两种看法，是当时学术界的主流。杜埃《旧形式运用问题》也对此专门进行剖析，杜埃认为要辩证来看的观点，其实正是茅盾所列的原则。

因了茅盾的引导，《文艺阵地》上关于旧形式运用问题，大都围绕着具体的措施展开。李南桌率先把旧形式问题与戏剧联系起来，他看到了旧式戏剧在宣传抗战中的作用。除了经济条件之外，"旧剧还有一个优于新剧的长处就是演技是纯中国式的，——虽然多少有点写意的倾向，但究竟比外来的要容易理解得多"②。丁玲在二卷四期发表《略谈改良平剧》，也持类似的看法。至此，李南桌与丁玲开始涉及了旧形式运用中的另一个问题，即中国化与西洋化谁才是文艺主导。此后，巴人《民族形式与大众文学》、《中国气派与中国作风》两篇文章，也超越了具体的实践问题，开始对文艺大众化中旧形式运用的原则进行思考。巴人提出应该建立中国自己的民族形式，第一，"我们的民族形式，是必须从学习中国之历史文学中生长"，第二，"依然应该以五四以后的新文学——这代表中国革命势力之一侧面的新文学形式的依归"③。在此基础上，巴人吸收了毛泽东《新民主主义论》的观点，提出了"现实主义的大众文学"④概念，从"中国作风与中国气派"的新高度，重新完成了现实主义与文学大众化的统一。也使《文艺阵地》上关于文艺大众化的讨论，开始进入新民主主义文化的领域。

当然，在上述的理论批评之外，《文艺阵地》上的文学创作也是可圈可点。《华威先生》、《差半车麦秸》、《泥土的歌》、《霜叶红似二月花》等等作品，都是现代文学史上的精品之作。但对于《文艺阵地》来说，其区别于《抗战文艺》或《七月》等刊物的最大不同，还在于对于抗战文艺理论的系统化建构。换言之，如果说《华威先生》在《七月》《抗战文艺》等刊物上也会出现的话，那么，抗战文艺理论的建构则只有在茅盾主导的《文艺阵地》上才能出现。毕竟，并非所有的主编都具有茅盾这样的理论素养和批评意识。因此，《文艺阵地》之于抗战文艺理论的"建构"意义，正可以用楼适夷的话来概括，"这一年的理论活动，已经看不见术语的贩运，口号的杜撰，而是从脚踏着实地的，经验中实践中的一切切要的问题上出发，而且共同一致的趋向于战斗的现实主义理论的确立"⑤。

① 杜埃：《旧形式运用问题》，《文艺阵地》1938 年 5 月 1 日第一卷 2 期。
② 李南桌：《抗战与戏剧》，《文艺阵地》1938 年 8 月 1 日第一卷 8 期。
③ 巴人：《民族形式与大众文学》，《文艺阵地》1940 年 1 月 16 日第四卷 6 期。
④ 巴人：《中国气派与中国作风》，《文艺阵地》1939 年 9 月 1 日第三卷 10 期。
⑤ 适夷：《一年的感想》，《文艺阵地》1939 年 5 月 16 日第三卷 1 期。

探寻"理想的实在"：茅盾与叶芝戏剧的译介

翟月琴[①]

摘要： 茅盾对叶芝戏剧的译介具有开创意义，自此以后，国内知识分子才对叶芝及爱尔兰戏剧文学有所关注。作为一种文化选择，茅盾翻译叶芝的剧本《沙漏》，如同新旧交替时代的一个"记号"。他以"表现人生"的目的为出发点，标记出现实与象征主义的差别；又批判性地评论"夏脱气"和爱尔兰戏剧复兴运动，借此为本土戏剧的未来探寻"理想的实在"。

关键词： 茅盾；叶芝；戏剧；译介

1920 年 3 月 25 日，《东方杂志》的第 17 卷第 6 号，刊有茅盾（署名雁冰）翻译的剧本《沙漏》。原作者即爱尔兰诗人、剧作家叶芝（William Butler Yeats，1865—1939），当时被茅盾译为夏脱[②]。早在 1919 年，茅盾便开始关注叶芝，最早的译介文章可见《近代戏剧家传》之"夏脱（William Butler Yeats）"[③]。与叶芝的象征主义剧作《沙漏》相仿，1919—1920 年间，茅盾还翻译了爱尔兰格雷戈里夫人的《月方升》《市虎》、比利时梅特林克的《室内》《丁泰琪的死》、瑞典斯特林堡的《情敌》等象征主义戏剧。对《沙漏》的翻译，辅之以《〈沙漏〉译者注》《表象主义的戏曲》《爱尔兰文坛现状之一斑》《近代文学的反流——爱尔兰的新文学》等文论，可谓茅盾评介叶芝及其象征主义戏剧不可忽略的一环。目前，茅盾对爱尔兰戏剧、象征主义的译介，茅盾与萧伯纳、斯特林堡戏剧的关联，研究者已有所关注，但茅盾对叶芝戏剧的译介及其背后蕴藏的时代际遇和文化选择尚缺乏深入分析。事实上，茅盾对叶芝戏剧的译介具有开创意义，自此以后，国内知识分子才对叶芝及爱尔兰戏剧文学有所关注。茅盾翻译叶芝的剧本《沙漏》，如同新旧交替时代的一个"记号"。茅盾以"表现人生"的目的为出发点，标记出现实与象征主义的差别；以爱尔兰的戏剧复兴运动为引子，从而为本土戏剧的未来"探寻理想的实在"。

一、《沙漏》的翻译：新旧交替时代的"记号"

《沙漏》（*The Hour-Glass*）是叶芝的代表剧作之一。1888 年，叶芝首次读到民间故事"The Priest's Soul"，获得灵感。据此，1902 年叶芝创作散文体《沙漏》（手稿，未出版）。1903 年由爱尔兰民族戏剧剧团在英国伦敦演出，1904 年收入《〈沙

---

① 作者简介：翟月琴，上海戏剧学院戏文系副教授，研究方向为 20 世纪中国话剧、现代汉诗。
② 之后的翻译，译名除夏脱，也用夏芝。
③ 茅盾：《近代戏剧家传》，《学生杂志》6 卷 7 号至 12 号，1919 年 7 月至 12 月连载。署"雁冰"。

漏〉及其他戏剧》（*The Hour-Glass and Other Plays*）中，由麦克米兰公司（The Macmillan Company）正式出版。1904 年到 1922 年之间，叶芝多次修改《沙漏》，使之渐趋神秘化、象征性。单是对照 1904 年、1914 年两个版本，自舞台设计、人物出场至对话开展、结局情节都改动颇多。总体而言，茅盾译本的来源，基本与 1904 年的初版本吻合。

　　茅盾选择翻译叶芝的戏剧《沙漏》，虽然具体原因不详，但可以推测的是，这部极具叶芝特色的象征主义戏剧，最能体现旧道德剧在新时代的复现与变异。诚如茅盾的评论，叶芝的戏剧情节颇为简单。《沙漏》便是如此，讲述的是天使预言，沙漏一旦漏空，智叟即刻会丧失生命。叶芝刻画的几位人物，颇具象征意义，饶有意味地讽刺了智者之愚、赞美了愚者之智。智叟代表理性知识，愚公代表直觉知识，智叟的妻子、学生代表蒙昧之人。在茅盾看来，该剧是 1901 年旧道德剧《每人》（*Every Man*）复活时的产物。15 世纪晚期，英国中世纪的宗教剧《每人》（又名《世人》）出现。其讲述的是孤独、恐慌的世人寻求旅途伴侣的故事，目的是宣传教义，道德劝诫。全剧透过拟人化的抽象概念演绎，五智、力量、明辨、美貌不过相伴一时，只有善行心甘情愿伴随他直至入土为安。① 20 世纪初的《沙漏》与 15 世纪旧道德剧《每人》参差比照，映照出一个新旧时代对话的场景。

　　参看初版本，叶芝设计的舞台布景，相对写实。在敞开的"大房间"里，置有"房门""桌椅""脚踏""沙漏"，另有"镜架"（原文无，茅盾加，存疑），房间布局皆为实景，时间、地点和行动一致，颇符合西方古典戏剧的三一律；画框式的布景，桌椅的摆设，构成静态的舞台空间；静态里尤其突出"沙漏"的流动感，虚实相生、贴合主题。② 1913 年，叶芝经由庞德介绍，接触到已逝的费诺罗萨③撰写的日本能剧笔记。能剧的神秘的演绎、深涩的奥义，令叶芝着迷。后来《沙漏》演出时，舞台设计有显著改动。叶芝不再采用实景而是青睐极简化的布景，"将《沙漏》的演出时而放在绿幕布前，时而置于由戈登·克雷格发明的迷人的象牙色屏风当中"④。透过阅读和观看日本能剧，叶芝取其所需，从静穆的舞台上领会到有距离的想象力分外重要。戏剧表演与现实生活拉开距离，少许的道具就是精美的装饰、极简的动作就是强有力的意符，透过隐喻义延伸剧场空间。从这个意义而言，渐趋神秘化的舞台剧《沙漏》，是叶芝不断实验的结果，是叶芝想象中的日本能剧，也可以说是西方世界的一面东方戏剧镜像。

---

① 牛稚雄编译：《彼拉多之死——中世纪及都铎时期的戏剧精选》，浙江大学出版社 2016 年版。

② 初版本与 1914 年版相比，舞台空间截然有别。根据 1914 年的剧本，帷幕未拉开（the stage curtain is still closed）、舞台宽广空阔（large wide space），管弦乐队（orchestra）首先出场，沙漏则是剧情发展到中间才出现。借用古希腊戏剧的歌队形式，管弦乐与人声此消彼长，嘹亮、激越的道白转化为歌唱，赋予旧形式以新的意义。1911 年，叶芝在《爱尔兰戏剧》（*Plays for an Irish Theatre*）一文中表示，古希腊露天式剧场或是伊丽莎白时代的凸出式舞台，与现实生活格格不入。正是古老与现代的距离感，才使戏剧趋向贵族化。

③ 费诺罗萨（Ernest Francisco Fenollosa, 1835—1908），波士顿美术馆研究员。关于叶芝与能剧的关系，参照 Elleen Kato: W. B. Yeats and the Noh, The Irish Review, No. 42（Summer 2010），pp. 104 - 119.

④ ［爱尔兰］叶芝：《一些日本贵族剧》，白晓东译，傅浩编选：《叶芝精选集》，北京燕山出版社 2008 年版，第 498 页。

人物设置、剧情安排，较为紧凑。智叟一出场，就原形毕露、丑态百出，既突出智者的愚钝，又"立主脑、减头绪"。当愚公向智叟讨要便士时，智叟侃侃而谈，全然无视愚公的请求①。智叟讲授乞丐写在巴比伦墙上的语录"人居之邦有二，一可见，一不可见。此邦为冬则彼邦为夏。吾人之地，朔风起时，彼邦正乳羊放牧时也"，随后煞有介事、不得要领、大而化之、言之无物，最后交给学生们去解说。这时，乞丐固执地向智叟讨要一便士，得到的回应却是"走罢。我没空儿给你便士，我现在还有旁的事情要思量"。活脱脱地刻画出一位欺世盗名的"智叟"形象，而对"智叟"之"智"的怀疑，又何尝不是提醒民众擦亮眼睛，不要被表象世界所蒙蔽，应看清楚谁才是真正的"智者"。叶芝反对"怀疑"，而在 20 世纪初期，"怀疑"本身就是整个时代的一种精神面向。

全剧的结尾处，最具象征意味。叶芝寥寥几笔、简单勾勒："一件生翅的小东西，一件有亮光的小东西。这东西到门边去了。（安琪儿见于门首，伸展两手，旋又合拢。）安琪儿取了那东西在手内了……伊的手将待到了天堂的乐园内再展开了。"②以智叟"请求记号"，愚公"摇铃"作结，点明智叟临终前"请求一个记号，叫你们都可以得救"，最后将期望寄托于两位青年的得救。在叶芝看来，智者出神时可看见象征性的形象，心智也会出现幻觉。1927 年，在叶芝给毛特的信中提到：

> 我们又在为老问题争执，从二十多岁我们就一直争论不休。当时你二十六岁，我给了你一个象征符，试图让你看见你的天堂，但幽灵说你身处地狱。当时与我无关，是你直接和幽灵交谈的。他还说你的第三层或最底层地狱是地狱（源自仇恨的劳作）。几个月后，我又以同一象征符试了一遍。那回幽灵给你显示了对于你可能存在的天堂的螺旋，其中第三层或最高层是'源自圣爱的劳作'。③

叶芝相信灵媒具有超自然的力量，可自由穿梭于人间、地狱与天堂。其实叶芝的文论、信件中常提及"记号"一词，此处的"记号"就像是神赐的"象征符"，神秘而颇富象征性，具有交流和预言的功能。它可以与幽灵交谈，通向神秘的未来。

为远离现实生活，增强剧本的神秘性、象征性，1914 年，叶芝修改《沙漏》的结尾，有意让愚公唤醒智叟："Wise man-wise man, wake up and I will tell you everything for a penny."然而，智叟最终还是死了，口中飞出白色的蝴蝶（"O, Look what has come from his mouth-the white butterfly! He is dead."）。此情此景，颇贴合叶芝曾在随笔《一个幻想家》一文中介绍的年轻人。叶芝说，这位年轻人的诗歌，总像是在模糊不清的意象之网里捕捉深不可测的情绪。他的灵感来源于神话题材：索莫斯厄西尔杜恩在星光下静坐，一位年轻貌美的女子飘然隐现，与他耳畔私语。偏爱鲜亮色彩的年轻人，以孔雀翎替代精灵的头发，她化为幻影从

---

① 参看 *The Collected Plays of W. B. Yeats*（The Macmillan Company, New York, 1934），叶芝首先让五位学生出场，选择课题题目。而后，愚人向五位学生讨要便士，五位学生向智叟讨教课题题目。

② ［爱尔兰］夏脱：《沙漏》，雁冰译，《东方杂志》1920 年第 17 卷第 6 期。

③ 王家新编选：《叶芝文集·卷三》，东方出版社 1996 年版，第 58 页。

火的漩涡飞向星辰，途中遇见闪烁着虹彩的水晶球，以此象征灵魂的开合。① 口中飞出的白色蝴蝶像是闪烁的灵光，将生活在地狱里的人带向天堂。帷幕落下，天使歌唱着：我听到风萧萧、草生长的声音，我洞悉一切，但绝不会吐露半点信息，我要逃开这里了。② 这个结尾，将"有亮光的小东西"改为"白色的蝴蝶"意象，如烟若梦，奇幻迷离，更具有诗的韵味和象征效果。

尽管初版本无论是舞台设计、人物出场还是情节铺排，都相对写实，神秘幻象和象征性的灵魂还未被叶芝表现得淋漓尽致。但对茅盾而言，此版本已经过于玄妙、虚无，与当时知识分子的审美接受和心理期待相去甚远。他无心营造剧本的神秘气息，点出叶芝的神秘态度之余，或许只是以"记号"标示新旧交替的时代，暗含对未卜的新文学前景充满殷切期望。

二、祛"夏脱气"：现实与象征主义的辨析

有论者以为，茅盾翻译叶芝的作品，便是对其戏剧的艺术性大加赞赏和极力推崇③。事实上，茅盾并不一定完全欣赏叶芝的戏剧。比较而言，他说：叶芝的戏剧不若格雷戈里夫人（Isabella Augusta，Lady Gregory，1852—1932）艺术水准高，"彼与格雷高莱夫人较，虽夫人为后辈，而夫人之戏实胜于夏脱"。在叶芝的各类文体创作中，戏剧又不若诗歌影响深远，"盖夏脱者，不仅一戏剧家而已，且为散文家、诗家；而诗尤佳。"然而，叶芝是"首创爱尔兰新的活的艺术之人"④，《沙漏》又有"极浓的夏脱气加在里面"，道出了翻译此剧的缘由。

那么，"夏脱气"究竟指何？借用茅盾的表述："夏脱主义是不要那诈伪的，人造的，科学的，可得见的世界，他是主张'绝圣弃智'的；他最反对怀疑，他说怀疑是理性的知识遮蔽了直觉的结果"。⑤ 所谓"夏脱主义"的戏剧，在内涵思想上与神秘派戏剧相近，格外重视主观心象，类似宗教或是艺术的迷狂状态，从而产生幻觉，带有神秘的气息。与茅盾的评价截然相反，艾略特认为："叶芝早期不完善的尝试都可能比肖伯纳的剧作具有更持久的文学价值；他的剧作作为一个整体可能更有力地抵制了走红的夏夫茨伯里大街的粗俗市侩气。"⑥因为推崇神秘性，叶芝的戏剧通常被误读。似乎他的戏剧与社会现实生活决然割裂，在其中创造了一个真空世界——纯粹主观、富有超验性。事实上，叶芝的戏剧并非不关注社会问题，而是不屑于卷入社会普遍流行的粗俗风气，尝试从客观现实世界提炼出更为抽象的精

---

① ［爱尔兰］叶芝：《一个幻想家》，王家新编选：《叶芝文集·卷一》，东方出版社 1996 年版，第 88 页。

② 原文为 I hear the wind a-blow，/I hear the grass a-grow，/And all that I know，I know. /But I will not speak，I will run away. 见 *The Collected Plays of W. B. Yeats*，The Macmillan Company，New York，1934，p211.

③ 比如陈恕在《爱尔兰文学在中国——世纪回眸》中有言："茅盾对于叶芝的戏剧创作和成就极为肯定的"。参看冯建明编：《爱尔兰作家和爱尔兰研究》，上海三联书店 2011 年版，第 237 页。

④ 茅盾：《近代戏剧家传·夏脱（William Butler Yeats）》，《学生杂志》1919 年第 6 卷第 20 号。

⑤ ［爱尔兰］夏脱：《沙漏》，雁冰译，《东方杂志》1920 年第 17 卷第 6 期。

⑥ Ｔ·Ｓ·艾略特：《叶芝：诗与诗剧》，王恩衷译，王家新编选：《叶芝文集·卷一》，东方出版社 1996 年版，第 412 页。

神符码。

　　茅盾解读叶芝戏剧，显现出袪"夏脱气"的一面。他相当重视新文学之未来，叶芝戏剧蕴含的神秘性恰是当下新旧文学交叉影响之下的朦胧、模糊状态。茅盾认为，文学虽有写实与表象之分，但目的只有一个，就是"表现人生"。1921 年 1 月 4 日文学研究会成立，承担社会责任，肩负整理鸳鸯蝴蝶派之旧观念、旧文学的使命。茅盾作为发起人之一，又深受五四新思潮的影响，更是将走出旧文学的禁锢而为新文学的发展拓出天地视为首要任务。此外，观照古今中外文学流派及其发展史之经纬，逐渐确立了他的文学观或者说是"为人生"的观念，即忠实反映现实生活、体现人生的本来面目、揭露全社会的病根。在他看来，文学的实质乃是展示纷繁复杂的社会生活，而文学进化的核心要素就是为人生提供现实的指导。[①] 与之相关的是，到了 20 世纪 40 年代，他再回望 20 年来文学的发展状况，唯美主义、象征主义等旗号不久便在文坛烟消云散，唯有现实主义紧跟时代步伐，依然焕发着新的生命力。[②] 所以说，茅盾是以"为人生"为宗旨，将思考的重心转向袪"夏脱气"，即写实与象征主义的辨析。他评论叶芝戏剧时，从观念上视其为绝对的"象征主义"。"象征主义"与唯物主义背道而驰，依托唯心主义、直觉主义的理论基础，重主观轻客观、重表象轻现实。即便叶芝以为一切看得见的，最终都将化为象征物，但前提首先还在于曾"看得见"。就像王统照所认为的，叶芝并非只是漫游于太虚之境、不关心家国，而是从提升人类的精神为重点关注人生[③]。茅盾将表现主义、象征主义更多看作艺术流派，并冠以"主义"之名。他信奉一时代有一时代的文学，同时持文学进化论的观念，故特别提出：20 世纪 20 年代，写实派和自然派著作迫切需要输入；未来再讲讲表现主义，也未尝不可。[④] 其实，写实主义与象征主义是整体，写实与象征则是部分。前者是艺术流派，后者是艺术手法。茅盾意识到写实与象征是"艺术上的分别"，一部著作可以一段、也可以全部是象征。但是，归根到底，他主要探讨的还是艺术流派。

　　写实与象征作为艺术手法，类似于客观与主观、再现与表现、幻觉与破除幻觉、叙事与抒情的关系，关涉 20 世纪初期戏剧文学暗含的文体类型的转型、知识系统的重组和感觉结构的变迁。以戏剧为例，中国传统戏曲重写意，外来话剧重写实，二者碰撞磨合，必然面临一系列戏剧观念和形式的震荡。虽然王统照也说过，叶芝的戏剧"与长篇叙事诗，简直没有什么区别，诗的气味都非常重"，但他从诗的角度着眼，总体肯定这种"戏剧的诗（Dramatic poetry）"之唯美玄妙和哲思讽喻，堪与但丁、莎士比亚、王尔德比肩。与之相反，茅盾认为叶芝与格雷戈里夫人这样的写实家相比，只是个诗家。他不单评价《影水》"完全是诗意，没有实在的材

---

① 茅盾：《新旧文学平议之评议》，《小说月报》1920 年 1 月 25 日第 11 卷第 1 号。署名"冰"。
② 茅盾：《现实主义的道路——杂谈二十年来的中国文学，为〈新蜀报〉二十周年纪念作》，《新蜀报》1941 年 2 月 1 日。
③ 王统照：《夏芝思想的一斑》，《文学旬刊》1924 年第 22 期。
④ 茅盾：《表象主义的戏曲》，《茅盾全集第 32 卷（外国文论四集）》，人民文学出版社 2001 年版，第 117—118 页。

料；只可当时弦歌（Lyrical），不能算是剧本的"①，还批评《王的门前》（The King's Threshold）"也只是诗不能算是可演的剧本"，并断言"他本来不宜于描写那些关于时间空间的具体的历史事实的"②，反复点明叶芝是梦想家、预言家，只钟爱诗意。持此观点的还有郑振铎，"诗的情感占领了戏曲的情感，但同时如诗的情感薄弱了，戏曲的情感却又负担不起兴趣"③。茅盾只承认叶芝是理论上的写实派，唯有像《加丝伦尼霍立亨》等个别讽刺剧，因为重视写实还颇有价值；即使《无一人的地方》是写实与理想相互掺杂，也是感情偏多、理智偏少；而《有钱的保罗》算是爱尔兰文学中较好的一篇，因为写的是从浮浪的外界到个人信仰的内界自由寻找灵魂生活，略显确切，不过肯定的还是"诗人中写实家"。

从理论上来看，写实与象征作为表现手法，是辩证的关系。毋庸置疑的是，写实与象征二者，叶芝更青睐后者。确然，仲云的《夏芝和爱尔兰的文艺复兴运动》也提到过，叶芝剧作的舞台展演情况不容乐观，由于他不落入现实俗套而推崇艺术性，太重诗意，仅获得少数懂艺术之人的激赏。④ 叶芝自成一格，不应和乌合之众和大众媒体，有意寻找独特、含蓄的贵族化戏剧形式，⑤不遗余力为诗剧正名，颠覆教条式的"戏剧性"理念，重新思考戏剧与诗歌两种文体的联系。叶芝有言："剧本有戏剧性，不是靠为戏而戏的场面，而是靠剧中人意志的不断冲突，情欲的反复交往。"⑥视人物的个性冲突为戏剧性的唯一标准，是教条化的戏剧观念。就诗剧而言，人物的个性冲突与抒情诗体通常存在隔膜。可是，诗剧仍能大放异彩，究其原因，诗化的语言和音乐流淌着人物的心理变化，凭借肢体动作推动情节发展，形成一条内在的、流动的情感链。换言之，戏剧的高潮可以是一段舞蹈、一系列站位、一个动作、一段场景，也可以是一段合唱和一首诗，蕴含着节奏的美感，带给观众神圣、浪漫和敬畏感。从这个角度而言，茅盾更倾向于探讨写实与象征乃至抒情与戏剧文体的差别，而忽略了其中的关联性。与之有别，艾略特将叶芝定义为"抒情剧作家"，其判断更具有思辨性。自然，我们确实也"没有理由认为一个抒情诗人不能成为一个戏剧诗人。"⑦

三、何谓"理想的实在"：爱尔兰戏剧复兴运动的回响

茅盾有言，叶芝的剧本"全是爱尔兰民族思想感情表现的结晶"⑧。一来，叶芝点亮的爱尔兰民族精神，毕竟不能与剧本的艺术水准混为一谈；二来，叶芝的戏剧

---

① 茅盾：《近代文学的反流——爱尔兰的新文学》，《东方杂志》1920 年第 17 卷第 6 号。署名"雁冰"。
② 茅盾：《近代文学的反流——爱尔兰的新文学》（续），《东方杂志》1920 年第 17 卷第 7 号。署名"雁冰"。
③ 郑振铎：《一九二三年得诺贝尔奖金者夏芝评传》，《小说月报》，1923 年第 14 卷第 12 期。署名"西谛"。
④ 仲云：《夏芝和爱尔兰的文艺复兴运动》，《文学旬刊》，1923 年第 99 期。
⑤ ［爱尔兰］叶芝：《一些日本贵族剧》，白晓东译，傅浩编选：《叶芝精选集》，北京燕山出版社 2008 年版，第 497 页。
⑥ ［爱尔兰］叶芝：《语言、性格与结构》，王家新编选：《叶芝文集·卷三》，东方出版社 1996 年版第 158 页。
⑦ ［英］T·S·艾略特：《叶芝：诗与诗剧》，王恩衷译，王家新编选：《叶芝文集·卷一》，东方出版社 1996 年版，第 409 页。
⑧ 茅盾：《近代文学的反流——爱尔兰的新文学》，《东方杂志》1920 年第 17 卷第 6 号。

佩戴有爱尔兰民族精神的徽章，这枚徽章熔铸了国民性格和国民情感，是爱尔兰民族的长期积淀、取之不竭的财富。

回顾叶芝为戏剧复兴所做的努力，不单局限于剧本创作，还辐射至演剧和评剧，并组织剧场、剧社和协会，还创办戏剧刊物，这些活动共同构成了当时爱尔兰民族运动的重要场域：1899 年，叶芝等组织爱尔兰文艺剧场；1901 年，文艺剧场解散后，筹办国民剧场协会；1902 年，爱尔兰民族戏剧社成立；1904 年，叶芝、辛格创建阿贝剧院，并创办 Baltain（后更名为 Sambain）解释剧院的宗旨和刊发剧评，爱尔兰掀起戏剧复兴运动。进而追问，被冠以"健将""领袖"之名的叶芝，其目的何在？显然，他试图解开的心结是：时代更迭、人事变迁，世世代代到底为民族留下了什么声音？德高望重的年老者被后人取代，作为"时代精神象征"的亡者"在任何时候都不过是一堆泡沫①。就像他的剧本《炼狱》里，儿子对父亲发出的吼声："我杀了你又怎么样？你杀了我爷爷，/就因为你年轻，他老了。/现在是我年轻，你老了"②。然而，叶芝不认为新生定能取代旧物，这位父亲以同一把弑父之刀杀死了儿子。这其中彰显出代际矛盾和张力，蕴含着原始冲动和神秘幻象。叶芝竭力创造新教义，即从爱尔兰先辈创造的古代英雄、神话传说和农民生活取材。这被认为是爱尔兰民族最本能的文化积淀，是"理想的实在（Ideal Realist）"的爱尔兰国民性，闪耀着无尚的荣光。毫不夸张地说：确实是"爱尔兰给了他生命，他给了爱尔兰戏剧"③。

20 世纪初爱尔兰掀起的民族运动如火如荼，茅盾显得格外冷静、客观，他不是鼓吹宣扬，而持两面态度。一方面，与爱尔兰文学复兴之前的文学相较，叶芝的戏剧既源自传统题材，又不乏当代精神，这是值得肯定的。此处提到的"当代精神"，是沾染"夏脱气"的时代精神，抽象出区别于传统的幻象世界，蕴含着神秘和讽喻性：

他并不注意描写当代爱尔兰人的表面上的生活；他注意描写的，是精神上的生活；他虽把古时的传说，古英雄的事迹，作为剧本的材料；但里面的精神，决不是古代的，是当代的；他最特长的，最本色的，是讲到哲理而隐喻讽刺的剧本。④

另一方面，对爱尔兰民族精神，一味强调民间故事"folk"，一头扎进旧信仰中解决问题，茅盾又不以为然。譬如，他评论 *The Threshold of Quiet*⑤，失助之人在林中

---

① ［爱尔兰］叶芝：《爱尔兰农民神华和民间传说》，王家新编选：《叶芝文集·卷三》，东方出版社 1996 年版，第 107 页。

② ［爱尔兰］叶芝：《炼狱》，傅浩编选：《叶芝精选集》，北京燕山出版社 2008 年版，第 357 页。

③ 茅盾：《爱尔兰文学家夏芝七十寿辰》，《文学》1935 年第 5 卷第 3 期。署名"仲持"。

④ 茅盾：《近代文学的反流——爱尔兰的新文学》，《东方杂志》1920 年第 17 卷第 6 号。署名"雁冰"。

⑤ 译为《秘密的入口》，茅盾标有"（按此是 *W. B. Yeats* 之作）"，不知其依据何在，尚需考证。后《茅盾全集31 卷（外国文论三集）》中，编者加注释"一说此篇小说亦为科克里所著"。事实上，爱尔兰政治家、作家和学者丹尼尔·科克里（*Daniel Corkery*）曾写过该小说。

迷失，不去外面寻找出路，实为可笑；即便是 *The Hounds Of Banba*① 寻求了出路，也是回到罗马旧教的信仰中，毫无生机。茅盾认为，以上或者不找出路或者走旧路，如此"固执的精神"都显得过于故步自封，毫无前景可言。就此观念，尤其以叶芝为例，予以批评：

> 这就是爱尔兰民族精神的所在；他们对于一切问题（人生观世界观……）都不想请近代文明的成绩来做顾问，还是要在旧信仰中找解决。在夏芝的剧本中——保罗吹蜡烛时的话——既已露一点端绪，到近来大盛的 Folk Tales 中，便更为明显了②。

提及"Folk Tales"，具体而言，赵景深曾撰文介绍叶芝的民间故事分类，包括（1）小神仙；（2）鬼；（3）巫；（4）陶兰奥格人；（5）修道士；（6）恶鬼；（7）巨人；（8）国王、王后、公主、伯爵与盗贼③。茅盾认为，"夏脱"神秘主义的讽刺哲理剧、"葛雷谷夫人"的民族历史剧本和"山音基"（（John Millington Synge，1871.4.16—1909.3.24））的现代农民生活剧本，依次代表爱尔兰新文学的三个支流，各占一座高峰。对神秘主义的哲理讽刺剧、民族历史剧本，茅盾总说：这些戏剧脱离现实、不注重史事；不描写生活、不关心人物性格。他最推崇的是第三种，即取材现代农民生活的剧本。

如此说来，不依赖旧信仰，寻找"理想的实在"，到底路在何方？不妨梳理叶芝戏剧的评论，聆听爱尔兰戏剧复兴运动的回响。评论界或从政治的角度予以肯定，如费鑑照的《夏芝》（《文艺月刊》，1931年第2卷第1期），将爱尔兰文艺复兴运动视为间接的政治运动；或是从民族性的角度加以赞扬，如民森的《从夏芝说到民族文化》（《改进》，1945年第11卷第1期），提及叶芝浓烈的民族意识，肯定叶芝致力于独立的民族性的价值。但从戏剧运动的角度而言，落脚到"理想的实在"，还属国剧运动。倡导者余上沅从实践出发，仿效爱尔兰戏剧运动，寄希望于创办戏剧学校、团结剧作家，演出民族新剧。他说："我们要用这些中国材料写出中国戏来，去给中国人看：而且，这些中国戏，又须和旧剧一样，包含着相当纯粹的艺术成分"④。20世纪30年代，由余上沅导演，格雷戈里夫人的独幕剧《月亮上升》经改编，命名《三江好》，在剧院和校园的舞台上演出。故事发生的时间为抗战时期，地点为遭遇日本军侵略的沦陷区黑龙江、松花江和鸭绿江，颇受瞩目。同时期，章泯又改编导演了格雷戈里夫人的《江村小景》《月亮上升》《姐姐》，也成为抗战时期提高民族抗敌情绪的工具。

爱尔兰的戏剧复兴运动被诠释为政治性、民族性和艺术性的结合体，在中国

---

① 译为《班巴的猎犬》，同为丹尼尔·科克里（*Daniel Corkery*）的小说。
② 茅盾：《海外文坛消息：（四十九）爱尔兰文坛现状之一斑》，《小说月报》1921年第12卷第5期。署名"茅盾"。
③ 赵景深：《夏芝的民间故事的分类法》，《文学周报》1926年第237期。
④ 余上沅：《国剧运动·序》，新月书店1927年版，第5页。

的大地上绽放出另一种光彩。同样是思考旧戏的未来，国剧运动从当下的社会环境取材、表面上仿照爱尔兰戏剧活动，导致"理想的实在"沦为一场幻梦，最终成为刻有时代印痕的"记号"。此外，从戏剧艺术的角度而言，余上沅充分肯定传统戏曲的独特美学特征，提出"写意"的戏剧观念。可毕竟浅尝辄止，未能提炼出更具体的理论指导。就这点而言，理解传统戏曲与现代话剧的关系，还需潜入本土与西方、传统与现代戏剧共同搭建的深邃洞穴里长足。

结论

叶芝的诗歌译介如潮水般，在 20 世纪二三十年代兴盛。叶芝一生创作、出版、上演剧作 24 部[①]，数量可观。然 20 世纪 20 年代，除茅盾译《沙漏》之外，后有刘杏帆译《老妇》、芳信译《加丝伦尼霍立亨》。六七十年代之前，叶芝戏剧的翻译，寥寥无几。时至今日，叶芝戏剧的中译剧目也实为有限[②]。可见，尽管叶芝戏剧颇具影响力，但因为神秘性、抽象化，总被贴上远离现实、追逐象征主义的标签，导致译介零落。早在 20 世纪初，茅盾能将视线延伸至叶芝的戏剧，其阅读范围之广、研究视野之宽，可见一斑。即便如此，并不代表茅盾尽然认同叶芝的戏剧及其引领的爱尔兰民族精神。茅盾视《沙漏》为一个时代记号，批判性地评论"夏脱气"和爱尔兰戏剧复兴运动，主要是以"表现人生"的思想、文学进化论的观念，强调走现实主义之路的必要性，启蒙五四知识分子不必依赖旧传统而应从新的时代精神里获取"理想的实在"。然而，这"理想的实在"究竟该如何探寻，国剧运动是起点，其中涉及的写实与写意、叙事与抒情、表现与再现、破除幻觉与幻觉的关系问题，仍然是当下乃至未来的戏剧人不断探索的方向。

---

① 叶芝戏剧的数量统计，可参照 Richard Taylor：*A Reader's Guide to the plays of W. B. Yeats*，Palgrave Macmillan Uk，1984.

② 台湾地区包括 1970 年黄美序翻译的《叶芝戏剧选集》的 7 部剧作，分别是《凯瑟琳郝立汉之女》《凯瑟琳伯爵小姐》《炼狱》《戴珠丽》《那一锅汤》《猫与月》《演员女王》，1979 年高大鹏翻译的《炼狱》(1979)；大陆地区还包括《凯瑟琳伯爵小姐》(汪义群译)、《心愿之乡》(赵澧译)、《库丘林之死》(王伟庆译)、《三月的满月》(傅浩译)、《王宫门口》《炼狱》(柯彦玢译)、《鹰井》(冯伟译)诸篇。

茅盾的妇女解放理论

李　玲①

摘要：茅盾的妇女解放理论，徘徊于妇女本位与社会本位之间，既有出于男性立场对女性世界的真诚关怀，也有明显的男性中心立场之偏颇。首先，茅盾以承担改造社会的责任来解放妇女，因而十分注重妇女素质的提升，却不重视妇女现实权益的争取问题。其次，茅盾在号召妇女参与社会工作的同时，也告诫妇女不要歧视家务劳动，但并未质问男性不承担家务的传统分工方式，而把解决妇女负担过重的问题寄希望于最终消灭私有制。再次，茅盾认为恋爱既是多变的又是神圣的，他在婚恋问题上因吸收了子辈男性的自我解放需求而偏重于坚持自由主义伦理，并主张男女间的绝对平等。

关键词：茅盾；妇女解放；社会进步

不同于晚清梁启超、马君武等人从民族国家立场出发、以重塑女国民和国民之母为旨归的妇女解放思路，五四时期，尤其是1919年始，妇女解放的出发点基本上已经摆脱了民族国家的救亡焦虑，而转换为以社会进步和人的解放为主调，尽管社会进步、人的解放本是从民族救亡这一主旨中孕育生长出来的，二者之间有着千丝万缕的联系。在"五四"文化语境中，社会进步和人的解放往往是相互诠释、相互界定的。如何阐释社会进步和人的解放在妇女解放问题方面的具体内涵，如何界定这二者在妇女问题中的相互关系，就产生了社会本位立场与妇女本位立场、个体本位立场三者之间的交织、冲撞关系，从而衍生出妇女本位与男性本位立场之间、个体自由选择与性别本质界定之间、新思想与传统观念之间时而并行不悖、时而激烈冲突的思想图景。茅盾在这些问题上形成了与鲁迅、周作人等其他"五四"理论者不尽相同的思想倾向。

茅盾是"五四"时期妇女解放领域重要的思想者。他在1919至1932年间发表了约百篇关于妇女解放的杂文和论文，而其中绝大多数都集中在1919至1924年的5年间。较早对茅盾妇女解放理论做出初步梳理的是日本学者南云智1988年发表的论文《茅盾早期妇女论》②。九十年代后期的相关研究主要以马克思主义妇女解放思想为理论指导，衡量茅盾妇女解放理论的成就与不足。丁尔钢认为茅盾的妇女观是由"资产阶级民主主义的"走向"马克思主义的"而呈现出逐步完善的

---

① 作者简介：李玲，北京语言大学人文学院。
② ［日］南云智著，顾忠国、刘初霞译：《茅盾早期妇女论》，《湖州师专学报》1988年第3期总第83期，第25—28页。

过程的。① 翟耀则既充分肯定茅盾把妇女运动的途径确定为"社会改革"的立场,也十分赞赏茅盾主张妇女应该"坚持自身精神解放特别是思想道德观念解放"的观点。② 丁尔钢、翟耀在深入阐释茅盾妇女解放思想的马克思主义立场的同时,却未曾反思茅盾的某些男性本位倾向。他们都赞同茅盾反对妇女争取参政权的主张,也完全肯定茅盾关于妇女解放应该避免两性对立的观点,而并不追问其中所蕴含的男性利益保护偏向。新世纪以来的相关研究则开启了女性主义视角。刘慧英批评"五四"男性新青年们主张"恋爱至上"、"不提男女(夫妇)双方共同承担家务劳动"都是"以男性主体性为根本出发点的和立场的"。③ 这自然包含着对茅盾妇女观的批评。杨联芬从女性/性别视角出发对"五四"时期"恋爱自由"、"社交公开"、"自由离婚"、"贤母良妻"等关键词进行知识考古,也为茅盾妇女观研究提供了坚实的知识背景。④ 本文把女性/性别作为观察问题的基本视角,吸收自由主义和女性主义思想资源,把茅盾妇女解放理论放在中国近现代思想文化发展的背景上重估其得与失。

"五四"时期,茅盾广泛吸收西方多种文化资源,敏锐感应中国社会现实,其思想呈现出驳杂、变动的特点。人的解放是茅盾衡量社会进步的尺度,社会进步又被茅盾视为是人的解放的根本保障,而解放了的人则又被他较为狭窄地界定为是能够承担促进社会进步责任的人。借助伯林的两种自由概念,可以发现,这种狭窄性不仅在于忽视了人的消极自由权利,即"主体(一个人或人的群体)被允许或必须被允许不受别人干涉做他有能力做的事、成为他愿意成为的人"⑤的权利;而且还把积极自由的外延窄化了。因此,茅盾既比较单一地以承担改造社会的责任来解放妇女,也把社会改造视作是妇女解放的根本保障。这一立场,深刻与偏狭并存,敞开与遮蔽共在。以承担改造社会的责任来解放妇女,他十分注重妇女素质的提升,而对妇女现实权益的争取问题却不够重视。把社会改造视作是妇女解放的根本保障,他既把妇女解放运动纳入社会改造的大系统中,也把消灭私有制视作是妇女最终获得解放的条件,却疏于追问在社会改造过程中妇女的主体地位问题、妇女的权益保护问题。集中讨论恋爱、婚姻等男女两性共同面对的问题时,茅盾因吸收了子辈男性的自我解放需求,则较少囿于社会本位立场,而偏重于坚持自由主义伦理,并主张男女间的绝对平等。茅盾的妇女解放理论,徘徊于妇女本位与社会本位、男性本位之间,既有出于男性立场对女性世界的真诚关怀,也有明显的男性中心立场之偏颇。

---

① 丁尔钢:《新民主主义文化革命大潮中茅盾的妇女观的形成与发展》,《湖北师范学院学报(哲学社会科学版)》1997 年第 17 卷第 4 期,第 1—6 页。

② 翟耀:《茅盾在妇女解放运动中的理论贡献》,《山东师范大学学报(社会科学版)》1999 年第 4 期,第 39—43 页。

③ 刘慧英:《女权、启蒙与民族国家话语》,人民文学出版社 2013 年版,第 174—192 页。

④ 杨联芬:《浪漫的中国:性别视角下激进主义思潮与文学(1890—1940)》,人民文学出版社 2016 年版。

⑤ [英]以赛亚·伯林著,胡传胜译:《两种自由概念》,《自由论》,译林出版社 2003 年版,第 189 页。

一、以承担社会责任解放妇女

茅盾始终是从社会进步的宏大视野出发来讨论妇女解放问题的,于是,其妇女解放立场,便存在着到底是以社会为本位还是以妇女为本位的问题。有时社会本位与妇女本位之间并不冲突,两者甚至可能重叠,这时妇女解放便成为社会进步的一个合理标志;有时以社会为本位,便会导致忽视女性权益的维护、忽视女性主体的内在需求,从而可能在为妇女谋解放的同时建立起新式的男性中心秩序,于是社会本位便沦为男性本位的代名词。实际上,茅盾的妇女解放立场,正经历了一个由单一的社会本位到社会本位与妇女本位兼具的变化过程。

茅盾在 1919 年和 1920 年间着意强调社会进步立场与妇女本位立场的不同。他说,

“妇女所以要解放,全为的是要全社会进步的缘故,并不是因为妇女太苦,为人道主义所以欲解放”。①

基于这种非妇女本位的社会进步立场,也基于他注重建设而并不太注重历史清算的文化态度,茅盾并不像周作人、鲁迅那么关注妇女在男权社会中所体验到的种种苦难,而是更加关注因受传统社会分工限制而造成的社会责任不平均问题,呼唤妇女改变传统生活方式、参加社会改造工作。他说:

“现在欲让妇女从良妻贤母里解放出来;男人要把改良社会促进文化的担子分给他们;妇女要准备精神学好本事来接这担子;这才称是真解放。能这样的妇女,便是‘解放的妇女。’”②

他还以构成论思想直接反驳了尼采等认为妇女无能力的性别本质论,说:“有许多人都把人造的(artificial)当作天然的(natural),硬派女子是天生无能力者,所以不应解放,此谬正在不寻其根。”③这一构成论思想的直接来源固然是西方的社会学著作,但在中国妇女解放的思想脉络上,却向前承接了明代李贽、晚清梁启超等人反对歧视女性社会工作能力的立场,向后衔接着中国共产党的妇女解放政策。茅盾这一强调妇女应该且能够承担社会责任的解放思路,虽然因把社会责任界定为促进社会进步,在具体内容上不同于晚清的救亡使命,但实际上,这一解放思路与晚清的民族国家召唤一样,对于打破传统“男主外,女主内”的性别壁垒具

---

① 茅盾:《读〈少年中国〉妇女号》,《妇女杂志》1920 年 1 月 5 日第 6 卷第 1 号。署名“雁冰”。见《茅盾全集》第 14 卷,人民文学出版社 1987 年版,第 90 页。

② 茅盾:《解放的妇女与妇女的解放》,《妇女杂志》1919 年 11 月 15 日第 5 卷第 11 号。署名“佩韦”。见《茅盾全集》第 14 卷,人民文学出版社 1987 年版,第 64 页。

③ 茅盾:《〈历史上的妇人〉译者按》,《妇女杂志》1920 年 1 月 5 日第 6 卷第 1 号。署名“雁冰”。见《茅盾全集》第 14 卷,人民文学出版社 1987 年版,第 100 页。

有重要作用，确实有利于一部分具有直接参与社会工作志向的女性走出家门、走向社会公共生活领域，有利于女性通过参与社会工作而获得自己生活的自主权；但同时，因他打破传统社会分工壁垒的思路，并不是基于男女两性均有自由选择从事家庭事务或社会事务的权利观念，①也不是因社会工作具有交换价值而为女性利益做更好的谋划，而是从社会改造这个宏大目标出发，在新旧对立的思路上简单判定承担"改良社会促进文化"的工作高于做一个"良妻贤母"。这就存在这样的武断性：把未参加社会工作的女性一律界定为"堕落的无知的姊妹"②。这在合理地为女性开启社会公共生活空间的同时，又存在着把现有的男性标准作为人的解放的普遍标准的新的性别歧视倾向，存在着在女性新旧生活方式的是非判断上偏于简单化的倾向。于是便生成了其社会本位立场既在一个层面上与妇女本位立场一致，又在另一个层面上偏向维护男性本位立场、挤压妇女本位立场的格局。二十年代中期，周作人即对这一从晚清延续下来的妇女解放思路之偏颇进行反思，说："现代的大谬误是在一切以男性为标准，即妇女运动也逃不出这个圈子……"③

把妇女解放界定为妇女承担社会责任，而多数女性实际上还不具备承担社会责任的能力，于是，茅盾也就顺理成章地把妇女解放的迫切任务界定为妇女的自我完善，并在一段时间内以此搁置妇女向男性世界争女权的合理性。他说：

"提高女子的人格和能力，使和男子一般高，使成促进社会进化的一员，那便是我们对于女子解放的理想的大标帜。"④

他又说：

"女子中已受高等学问的，我希望他们且慢来和男子竭力争女权；我希望他们极力去提拔他们堕落的无知的姊妹，力争上游；先把自己一边的人弄好，再一齐立起来和男子争。"⑤

---

① 《解放的妇女与妇女的解放》一文从 Right 和 Duty 两方面谈人的问题，这说明并非是茅盾不熟悉西方自由主义理论中的责任、权利相辅相成的观点，而是他在运用西方自由主义理论的时候，用中国传统的儒家思想改造了西方的责任、权利观，把权利窄化为承担责任的权利，而无视其他自由权，因而自然也就把女性的权利更多地理解为承担责任的权利，而忽视女性自由选择生活方式的权利。茅盾：《解放的妇女与妇女的解放》，《妇女杂志》1919 年 11 月 15 日第 5 卷第 11 号。署名"佩韦"。见《茅盾全集》第 14 卷，人民文学出版社 1987 年版，第 63—69 页。

② 佩韦：《解放的妇女与妇女的解放》，1919 年 11 月 15 日《妇女杂志》第 5 卷第 11 号，见《茅盾全集》第 14 卷，人民文学出版社 1987 年版，第 67 页。

③ 周作人：《北沟沿通信》，周作人著、止庵校订：《谈虎集》，河北教育出版社 2002 年版，第 281 页。

④ 茅盾：《妇女解放问题的建设方面》，《妇女杂志》1920 年 1 月 5 日第 6 卷第 1 号。署名"佩韦"。见《茅盾全集》第 14 卷，人民文学出版社 1987 年版，第 98 页。

⑤ 茅盾：《解放的妇女与妇女的解放》，《妇女杂志》1919 年 11 月 15 日第 5 卷第 11 号。署名"佩韦"。见《茅盾全集》第 14 卷，人民文学出版社 1987 年版，第 67 页。

　　把人的解放这一时代核心思想落实在妇女问题上,茅盾这一时期尽管也曾提到需关注妇女在教育、经济、家庭组织、承袭权、道德诸方面与男性平等的问题,①但就总体趋向而言,1919 至 1920 年间他着重强调的并不是女性摆脱男权社会对女性权益的压制,而是强调女性要以男性为标准摆脱自己"堕落的无知的"落后状态。这一妇女解放思想既是反传统的,也是男性中心的。这一重责任、否权益的妇女解放思路,正与八九十年代中国重权益、轻责任的女性主义思潮形成鲜明对比。

　　1921 年以后,茅盾修正了自己从男性角度居高临下批评妇女落后的立场,而在妇女解放问题上着意填平社会改造目的与自己先前着意撇清的妇女本位立场之间的沟壑,在不改社会改造初衷的同时,更多地从人道立场出发为妇女辩解。他为之辩护的女性范围,是逐步从新女性延伸至传统女性的。1921 年,他首先从是男权文化造成女性弱点的角度批评男性在新女性面前的精神优越感,说:

　　"我呢,一方面确也承认现社会中的新女子不曾完全洗去了女性的弱点;但是一方面却觉得由现社会中的男子来抨击女子,说伊们程度不到,实在太岂有此理了一点!……男子把女子造成现在的样子了,却又从而议其短,天地间不平的事还有过于此么?"②

　　其次,他还从人都是有缺点的观点出发,解构男性在新女性面前的精神优势,说:

　　"现代的人们是多么不完全,多么脆弱,正不必讳言!但多么不完全,多么脆弱的现代男子却最会说女子的如何如何脆弱,如何如何不完全。"③

　　尽管这时茅盾为之辩护的是尚有弱点的新女性,而不是他两年前所批评的传统的"良妻贤母",也就是说,他先前批评"良妻贤母"时所持的弃旧扬新的妇女解放立场可能并没有改变,但他此时理解新女性弱点,反对过于苛责新女性的态度,表明了其妇女解放立场确实已经在一定程度上超越了男性居高临下审鉴女性的性别不平等立场的局限,他已经在努力从新女性本位上理解妇女解放问题了。

　　而到 1923 年,茅盾理解女性的立场则拓展到了对传统女性的同情上。这一

---

①　茅盾以佩韦为笔名在《世界两大系的妇人运动和中国的妇人运动》一文中说:"女子一向是处于被征服者的地位,现在第一要事就是反过来,也做社会中一个'人',所以参政不参政该是第二事。现在我们该急急讨论的:一是教育的平等,二是经济生活的平等,三是婚姻制度家庭组织的改善,四是承袭权的平等,五是男女平等的新道德。"《东方杂志》1920 年 2 月 10 日第 17 卷第 3 号,见《茅盾全集》第 14 卷,人民文学出版社 1987 年版,第 120 页。

②　茅盾:《劳动节日联想到的几个妇女问题》,《民国日报·觉悟》1921 年 5 月 1 日。署名"沈雁冰"。见《茅盾全集》第 14 卷,人民文学出版社 1987 年版,第 206 页。

③　茅盾:《弱点》《民国日报·妇女评论》1921 年 8 月 3 日。署名"冰"。见《茅盾全集》第 14 卷,人民文学出版社 1987 年版,第 234 页。

年,他关注《妇女杂志》关于《关于郑振壎君婚姻史的批评》的 18 篇讨论文章,他一方面理解郑振壎因妻子启如女士"不肯立即放足,去铅粉,怕见人……等等弱点"而产生的婚姻苦恼,支持郑振壎因爱情得不到满足而决定逃婚的想法;但另一方面他也十分赞赏公众舆论"对于女性的弱点底谅解"的态度,认为

"居然有多数男性的作者替伊辩护,这是最可喜的事!这使我们知道在冷酷的机械的现实社会生活的背面,尚潜留着一股热烘烘的力——对于受痛苦者的了解与同情!"①

他在支持男性青年的爱情追求时,并没有简单地否定传统女性的生命价值,而是视之为"受痛苦者",投之以"了解与同情"的态度。这一立场与凌叔华等"五四"女作家同情传统女性人生痛苦的小说《绣枕》《中秋晚》等形成共鸣。

尽管茅盾对新女性和传统女性的同情和理解,始终没有达到以自由主义伦理理解女性生活方式多样性的程度,也就是说他始终没有从根本上反思自己重责任、轻权益这一妇女解放立场中的价值偏颇,但他努力超越男性精神优越感的男性自省态度仍然是相当可贵的。

1924 年开始,茅盾则把妇女运动的目标纳入无产阶级革命的范畴内,强调妇女运动应该立在"内除军阀,外抗帝国主义"这两个国民运动的口号上。② 其妇女解放思想的左翼文化色彩愈加浓厚。当他把妇女运动完全视为是无产阶级革命的一个组成部分后,在理论上就较少关注妇女在革命阵营内部中的权益问题,其性别立场被政治立场所收编、消融。这一情形与他二十年代末期的小说创作形成鲜明对比。在 1928 年创作的长篇小说《蚀》三部曲中,不羁的革命神女慧女士、孙舞阳、章秋柳,集先锋与颓废于一身,既始终走在革命的前列,又流溢着性感的光芒。这不仅表露了隐含作者茅盾的革命激情,也充分宣泄了隐含作者茅盾潜意识深处的男性欲望;《蚀》中相对柔弱、迷惘的静女士、方太太形象,则展示了茅盾善于通过易性想象理解女性人生困境的文学才华。③ 茅盾在理论文章中被消解的性别立场,在小说中却得到充分的表现,这显示的是一个作家理性立场与潜意识心理之间的差异与互补。

尽管主张妇女参与社会改造工程中,但是茅盾始终不赞成妇女争取参政权。这首要原因是他对资产阶级代议制政治始终持怀疑态度,因而认为妇女参与到他所认为的污浊的现代政治中意义不大;还有一个原因即如前所述,他一般并不把

---

① 茅盾:《读〈关于郑振壎君婚姻史的批评〉以后》,《民国日报·妇女评论》1923 年 4 月 25 日。署名"雁冰"。见《茅盾全集》第 15 卷,人民文学出版社 1987 年版,第 38 页。

② 茅盾:《〈妇女周报〉社评(五)》,《妇女周报》1924 年 7 月 16 日第 44 号。署名"韦"。见《茅盾全集》第 15 卷,人民文学出版社 1987 年版,第 179 页。类似的观点还见:茅盾:《给未识面的女青年》,《民国日报·妇女周报》1924 年 1 月 1 日第 20 号。署名"玄珠"。见《茅盾全集》第 15 卷,人民文学出版社 1987 年版,第 60 页。

③ 参看拙作:《易性想象与男性立场——茅盾前期小说中的性别意识分析》,《中国文化研究》2002 年夏之卷。

妇女解放界定为是妇女向男性世界争取现实权益的运动,而只是把它界定为是"提高女子的人格和能力,使和男子一般高"①的运动。就前一点而言,他与周作人形成了同中之异。周作人也不赞成妇女参政,却是因为他"觉得这只在有些宪政国里可以号召"②。尽管都对妇女参政不以为然,但茅盾、周作人政治立场上的左右分野却泾渭分明。

二、妇女的家庭角色问题

茅盾尽管把妇女解放的根本点定位为妇女与男性一起承担改造社会的责任,但他并不赞成妇女因此就抛弃家庭角色。直面妇女社会工作与家庭角色的矛盾问题,茅盾最终以消灭私有制为解决问题的方法。这一乌托邦远景所支撑的妇女解放路径,固然在一定程度上包含着对女性生命需求的理解,却回避了质问妇女单方面承担家务的社会分工不平等问题,因而仍有着明显的男性中心意识。

茅盾既号召妇女走出家庭,参与社会改造工作,又奉劝她们要安心承担家务。他认为在价值判断层面上,承担家务与新女性角色之间并没有矛盾,因为"专教女子做这些事而不许伊求知识,这才是剥削女子的人权;若许伊有知识,尊重伊的意见了,便做做这些杂务,不算辱没,这正是'人'的合理生活!"③所以,他说:

> "……我对于鼓吹妇女解放说男子不该把家常琐事去辱没妇女,我有些不敢苟同。以为这种解放论调未免看错了解放的目的。"④

但问题在于,当他把家务定为家庭琐事,没有专指育儿这件事时,他并没有像阐发社会改造工作的意义那样去发掘家务劳动对于人的自我实现的意义,而且他"恰恰不提男女(夫妇)双方共同承担家务劳动这一点",⑤因此,当他把家务纳入"'人'的合理生活"时,"人"实际上便专指妇女,并不包括男性,而家务劳动此时在他的理论视野中也没有获得与社会改造工作同等的价值,所以,可以说,当他劝妇女承担家务,对此着意说明"不是叫妇女样样学到男子便算解放"⑥,并且把家务问题道德化,奉劝女性要从"自发的精神上的束缚比如喜奢华好夸诞等等"⑦中解放

---

① 茅盾:《妇女解放问题的建设方面》,《妇女杂志》1920 年 1 月 5 日第 6 卷第 1 号。署名"佩韦"。见《茅盾全集》第 14 卷,人民文学出版社 1987 年版,第 98 页。
② 周作人:《北沟沿通信》,周作人著,止庵校订:《谈虎集》,河北教育出版社 2002 年版,第 275 页。
③ 茅盾:《妇女解放问题的建设方面》,《妇女杂志》1920 年 1 月 5 日第 6 卷第 1 号。署名"佩韦"。见《茅盾全集》第 14 卷,人民文学出版社 1987 年版,第 97—98 页。
④ 茅盾:《读〈少年中国〉妇女号》,《妇女杂志》1920 年 1 月 5 日第 6 卷第 1 号。署名"雁冰"。见《茅盾全集》第 14 卷,人民文学出版社 1987 年版,第 90 页。
⑤ 刘慧英:《女权、启蒙与民族国家话语》,人民文学出版社 2013 年版,第 190 页。
⑥ 茅盾:《读〈少年中国〉妇女号》,《妇女杂志》1920 年 1 月 5 日第 6 卷第 1 号。署名"雁冰"。见《茅盾全集》第 14 卷,人民文学出版社 1987 年版,第 91 页。
⑦ 茅盾:《读〈少年中国〉妇女号》,《妇女杂志》1920 年 1 月 5 日第 6 卷第 1 号,署名"雁冰"。见《茅盾全集》第 14 卷,人民文学出版社 1987 年版,第 90 页。

出来的时候,他实际上主要是从社会本位、男性本位考虑问题,不仅缺少妇女本位立场,也缺少男女平等意识,而有着以保护男性免于承担家务这一既有利益为前提的立场偏向。而当他着重关注儿童养育问题时,他吸纳爱伦凯的理论,从女性内在生命需求和社会意义两个维度来肯定母职的价值,便能突破其谈论一般家务时所持的男性中心立场。他介绍爱伦凯的观点说:"凡母亲爱子的感情,总是和一个强烈的快感相连的。做母亲者当偎抱子女柔软的身体时,简直可使自己忘却种种愁苦,而只觉得快感"。① 这里,发掘女性在"爱子"时的"快感",便从母爱体验中关怀了女性生命自我满足的需求。这就包含了是"从权利而不仅仅是从'天职'上"②肯定了女性母职的因素。他又介绍爱伦凯的观点说,母性关乎"一切民族的进化关键"这一"最大最切的问题",③这样,便又赋予母职以一般家庭琐事所未曾被赋予的重大意义。茅盾的母职颂歌尽管没有顾及母亲的经济权益保护等问题,但是借助爱伦凯的视野,他超越了自己在谈论普通家务时专从社会和男性的角度设置女性义务的男性本位立场,肯定了育儿这一特殊家务对于妇女自身心灵需求和价值实现的两重正面价值,亦是有益于女性主体性建构的。

沿着妇女既要承担社会工作,又要独自承担家务的思路,妇女必然要陷入不堪重负的身心疲惫状态,因为个体的时间、精力总是有限的。几十年后新中国的妇女解放实践就证明了这点。茅盾并非没有预计到这一困境。他在介绍纪尔曼、爱伦凯等西方女子主义理论时便随她们对这个问题展开了较为丰富的思考,④他解决问题的方案先犹疑于爱伦凯和纪尔曼之间,而最终接受了恩格斯、倍倍尔的观点。茅盾在多篇文章中热忱介绍爱伦凯和纪尔曼的学说。爱伦凯认为母职神圣,反对儿童公育,"主张妇女们应于不妨碍教养儿女的范围内去就工作"⑤。与此相关,她认为妇女独立的关键在于人格独立而不在于经济独立。纪尔曼则持相反的意见,她提出了以儿童公育的方式,既改善儿童教育,又保障妇女外出谋职业。她认为妇女解放的关键是经济上的独立。茅盾 1920 年发表的文章中更倾向于爱伦凯的观点,认为对女性而言母职重于社会工作,他也赞赏爱伦凯反对儿童共育的立场。这时,茅盾注重道德改造的"五四"启蒙思想与爱伦凯的妇女人格独立理论相遇合,于是,他强调妇女解放的根本点在于精神方面,而不在于经济方面。他说:"我所主张的,且信的,是妇女问题该从改造伦理,改造男女关系入手,就是从精神方面入手,那才合新文化运动的真意义",认为"去家庭服务以求经济独立是

---

① 茅盾:《爱伦凯的母性论》,《东方杂志》1920 年 9 月 10 日第 17 卷第 17 号。署名"雁冰"。见《茅盾全集》第 14 卷,人民文学出版社 1987 年版,第 170 页。

② 杨联芬:《浪漫的中国:性别视角下激进主义思潮与文学(1890—1940)》,人民文学出版社 2016 年版,第 314 页。

③ 茅盾:《爱伦凯的母性论》,《东方杂志》1920 年 9 月 10 日第 17 卷第 17 号。署名"雁冰"。见《茅盾全集》第 14 卷,人民文学出版社 1987 年版,第 172 页。

④ 茅盾把 feminist 译作女子主义。见茅盾:《家庭改制的研究》,《民铎》1921 年 1 月 15 日,见《茅盾全集》第 14 卷,人民文学出版社 1987 年版,第 187 页。

⑤ 茅盾:《家庭改制的研究》,《民铎》1921 年 1 月 15 日第 2 卷第 4 号。署名"沈雁冰"。见《茅盾全集》第 14 卷,人民文学出版社 1987 年版,第 189 页。

削足适履的办法"。① 妇女解放问题上是侧重于精神解放还是侧重于经济解放,本来各有其理、相互贯通,但是,当把精神解放与经济解放放在二元对立的思维框架内,提倡精神解放又包含着劝说妇女"安于家庭服务"、不要过于积极追求经济解放的意图时,其动机就未免陷入了疏于保护妇女经济利益、偏于保护男性免于家庭服务的男性中心立场了。1921 年茅盾的思想有所转变。这一年,他更倾向于接纳纪尔曼这一派的女子主义观点,同时他又吸收了恩格斯(茅盾译为恩格尔)、倍倍尔(茅盾译为伯伯尔)的社会主义妇女解放理论,于是便认可了妇女经济独立的重要性,说:"理论方面呢,实在可说妇女经济独立是合理之至不用怀疑的"。② 确认妇女经济独立的重要性,就必然要把妇女的社会职业放在重于家务劳动的位置,但他仍然"不提男女(夫妇)双方共同承担家务劳动这一点",③而是接受了纪尔曼、倍倍尔的公厨公育观点,主张将来以公厨公育的方式把妇女从家庭事务中解脱出来。他说:

> "社会主义者主张由社会创办公厨公共育儿所,主张由社会给衣食住于凡替社会尽了力做了工的人,主张由社会来养育小儿、养老,⋯⋯一切都由社会去办了。"④

于是,在以公厨公育把妇女从家务劳动中解放出来这一思路上,他的妇女解放思想便与废除私有制的社会改造思想衔接上了。茅盾最终把妇女解放的根本点确定为消灭私有制这一乌托邦远景上,却并没有解决到达这一乌托邦社会之前妇女所面临的社会职业与家务劳动的时间冲突问题,也始终没有质问保护男性免于分担家务的社会分工模式。

三、妇女与婚恋自由

茅盾还以恋爱为核心,讨论了恋爱、结婚、离婚、贞操、社交等与妇女解放密切相关的问题。茅盾既肯定恋爱的多变性,也推崇恋爱的神圣性;他最初不赞成离婚,但迅速就走向倡导绝对的离婚自由、主张男女性道德的绝对平等。茅盾的婚恋观尽管前后有变化,但总体上是张扬婚恋自由的个性主义压倒了同情弱者的人道主义。

在五四语境中,恋爱特指男女两性之爱;爱情则指普遍之爱,既包括两性之爱,也包括伦理亲情等。茅盾从未建构过恋爱地久天长、永恒不变的神话,始终坚

---

① 茅盾:《家庭服务与经济独立》,《妇女杂志》1920 年 5 月 5 日第 6 卷第 5 号。署名"YP"。见《茅盾全集》第 14 卷,人民文学出版社 1987 年版,第 138 页。

② 茅盾:《妇女经济独立讨论》,《民国日报·妇女评论》1921 年 8 月 17 日。署名"雁冰"。见《茅盾全集》第 14 卷,人民文学出版社 1987 年版,第 244 页。

③ 刘慧英:《女权、启蒙与民族国家话语》,人民文学出版社 2013 年版,第 190 页。

④ 茅盾:《家庭改制的研究》,《民铎》1921 年 1 月 15 日第 2 卷第 4 号。署名"沈雁冰"。见《茅盾全集》第 14 卷,人民文学出版社 1987 年版,第 195 页。

信恋爱是多变、非永久的。他认为恋爱受"社会习惯的暗示"、"个人经验的联合作用"或"情形的助成"三种因素影响，不可能始终如一，即便是白头偕老的夫妇，其夫妇爱也与少年恋爱的滋味不同，因此，他"不信有纯粹的恋爱，也不信纯粹的恋爱的永久性"①，而是相信恋爱"决不能保其永久不变迁"。②

以恋爱多变的观点为根基，茅盾却先后形成了截然不同的婚姻观。1919 年，他主张"非恋爱的结婚"③，认为"结婚问题不当以恋爱为要素"④。这时，他不赞成男性新青年针对传统女性的离婚行动。他放逐婚姻中的恋爱因素，并非是要回到传统以家族延续为目的的婚姻观上，而是把婚姻当作改造社会、启蒙女性的工具。直面父母包办的婚姻，茅盾倡导男性多为女性着想、多为社会进步事业着想的利他主义立场。为传统女性着想，他说："我不要伊，别人要伊么？"⑤为社会启蒙事业着想，他认为，"该女子不社交无知识，是个可怜虫，我娶了他来，便可以引伊到社会上，使伊有知识，解放了伊，做个'人'，这岂不是比单单解约，独善其身好得多么？"⑥而回到男性自身的立场，他认为，"……结婚到底为什么？我敢抄 Bernard Shaw 的话道：'在产生超人。'"⑦这种男性以"超人"自勉的婚姻观，充溢着深切同情弱质女性的人道情怀和改造社会的责任心，却独独忽视了男性婚姻中合理的恋爱需求，呈现出以社会整体进步目的压倒子辈男性生命欲求的价值偏向。这虽然包含着令人感动的男性自我牺牲精神，但显然是幼稚的。

1921 年到 1925 年间，茅盾转而正视婚姻中恋爱因素的重要性，并站在批判礼教和理解人的恋爱需求的立场上为离婚自由辩护。首先，他改变了原先提倡男性在婚姻中以"超人"自勉，以启蒙使命压制恋爱需求的立场，认为如果男性因悲悯旧式女性而情愿牺牲自我，斩断已发生的恋爱，那么，这"只是个人的信念而已，不能作为道德标准，勉强人人去履行。"⑧其次，他从批判封建礼教、提倡新道德的角度为离婚自由辩护。针对旧礼教的道德信条，他强调"……离婚与个人道德无损；

---

① 茅盾：《"一个问题"的商榷》，《时事新报·学灯》1919 年 10 月 31 日。署名"雁冰"。见《茅盾全集》第 14 卷，人民文学出版社 1987 年版，第 57—58 页。

② 茅盾：《新性道德的唯物史观》，《妇女杂志》1925 年 1 月 5 日第 11 卷第 1 号。署名"雁冰"。见《茅盾全集》第 15 卷，人民文学出版社 1987 年版，第 261—262 页。

③ 茅盾：《"一个问题"的商榷·其二》，《时事新报·学灯》1919 年 11 月 1 日。署名"雁冰"。见《茅盾全集》第 14 卷，人民文学出版社 1987 年版，第 60 页。

④ 茅盾：《"一个问题"的商榷》，《时事新报·学灯》1919 年 10 月 31 日。署名"雁冰"。见《茅盾全集》第 14 卷，人民文学出版社 1987 年版，第 57 页。

⑤ 茅盾：《"一个问题"的商榷》，《时事新报·学灯》1919 年 10 月 31 日。署名"雁冰"。见《茅盾全集》第 14 卷，人民文学出版社 1987 年版，第 59 页。

⑥ 茅盾：《"一个问题"的商榷》，《时事新报·学灯》1919 年 10 月 31 日。署名"雁冰"。见《茅盾全集》第 14 卷，人民文学出版社 1987 年版，第 59 页。

⑦ 茅盾：《"一个问题"的商榷》，《时事新报·学灯》1919 年 10 月 31 日。署名"雁冰"。见《茅盾全集》第 14 卷，人民文学出版社 1987 年版，第 59 页。

⑧ 茅盾：《男女社交"的赞成与反对》，《民国日报·妇女评论》1921 年 9 月 21 日。署名"冰"。见《茅盾全集》第 14 卷，人民文学出版社 1987 年版，第 259 页。

在男子方面不为不德,在女子方面不为不贞。"①他反对男性的"不离婚而恋爱"②,认为一方面不忍心与旧式的妻子离婚,另一方面又与新女性恋爱,是"虚伪的人道主义"③,"岂不和旧礼教的'夫妻如同水火而决不可离婚,却许嫖堂子'是一样的事吗?"④再次,他还从尊重生命自由权,维护恋爱神圣性的角度为离婚自由辩护,反对男性或女性因顾及配偶的感受而忍受无爱的婚姻。虽然丈夫对韩端慈女士"片面的感情甚深",但是并不理解她的"志愿"⑤;虽妻子对郑振壎有夫唱妇随之德,但并没有现代意义上的自觉恋爱,茅盾都旗帜鲜明地支持他们的离婚或逃婚诉求。他说:

> "……我们信奉恋爱教,确信结婚生活必须立在双方互爱的基础上,无恋爱而维持结婚生活,是谓兽性的纵欲,是谓丧失双方的人格!人道主义的美名固然可爱,但我们更爱自己的人格,和对手的人格。"⑥

这种婚姻必须以恋爱为基础的立场完全反拨了他 1919 年"非恋爱的结婚"⑦观点。

离婚自由问题不仅牵扯着传统礼教与新道德的冲突,还牵扯着新道德内部个性主义与人道主义的矛盾;不仅涉及男女双方的人格,也涉及双方的生存处境。茅盾 1921 至 1925 年间批判传统礼教对离婚自由的污名化,自然是完全合理的;但他站在个性主义立场上绝对否定婚姻中同情弱者的人道主义立场,却只能说一半合理,一半不合理。具有恋爱渴求的现代人要求与自己不爱的配偶离婚,其个性解放需求中蕴含着对自己一方的人道态度,自然是合理的。但是当配偶一方因历史原因尚不具备独立生存意识和社会生存能力时,新青年在合理地维护自己的个性解放需求时,显然还应该合理地解决离婚后另一方的经济问题,否则便有可能使得一些没有条件侈谈"人格"的旧式的妻子落入无处立足的悲惨处境。茅盾在倡导离婚自由时充分张扬个体的自由权和人格问题,自有其建构新道德的积极意义,但又因未考虑弱势一方的经济安排问题,显然对转型期传统女性的人道关怀

---

① 茅盾:《离婚与道德问题》,《妇女杂志》1922 年 4 月 5 日第 8 卷第 4 号。署名"沈雁冰"。见《茅盾全集》第 14 卷,人民文学出版社 1987 年版,第 330 页。

② 茅盾:《〈不离婚而恋爱的问题〉按语》,《民国日报·妇女评论》1921 年 10 月 5 日。署名"冰"。见《茅盾全集》第 14 卷,人民文学出版社 1987 年版,第 274 页。

③ 茅盾:《虚伪的人道主义》,《民国日报·妇女评论》1921 年 10 月 5 日。署名"冰"。见《茅盾全集》第 14 卷,人民文学出版社 1987 年版,第 273 页。

④ 茅盾:《这也是礼教的遗行》,《民国日报·妇女评论》1921 年 9 月 28 日。署名"冰"。见《茅盾全集》第 14 卷,人民文学出版社 1987 年版,第 272 页。

⑤ 茅盾:《闻韩女士噩耗后的感想》,《民国日报·妇女评论》1923 年 1 月 24 日。署名"沈雁冰"。见《茅盾全集》第 15 卷,人民文学出版社 1987 年版,第 26 页。

⑥ 茅盾:《读〈关于郑振壎君婚姻史的批评〉以后》,《民国日报·妇女评论》1923 年 4 月 25 日。署名"雁冰"。见《茅盾全集》第 15 卷,人民文学出版社 1987 年版,第 39 页。

⑦ 茅盾:《"一个问题"的商榷·其二》,《时事新报·学灯》1919 年 11 月 1 日。署名"雁冰"。见《茅盾全集》第 14 卷,人民文学出版社 1987 年版,第 60 页。

不足。一般情形下，现代人确实如茅盾所言，不应该"不离婚而恋爱"，但是在某些特殊情境下，如果新青年的"不离婚而恋爱"并不是多妻主义的借口，而确实是因顾及旧式的妻子的生存状况，便不能说其人道主义是"虚伪的"，也不能简单地将之等同于旧礼教所允许的"嫖堂子"。庐隐既与郭梦良恋爱、结婚，又阻止郭梦良与前妻离婚；鲁迅既与许广平恋爱、结婚，又终身未与朱安离婚，都是历史转型时期觉醒的现代人在维护自己的恋爱需求与关怀弱势传统女性之间所做的无奈妥协，这一妥协兼顾了自我的个性主义需求与对他人的人道情怀，虽然这使得个性主义与人道精神因互相牵制而都不够完满，但显然这相对而言是最合理的做法了。他们的实例正反驳了视"不离婚而恋爱"为不道德的看法。茅盾倡导离婚绝对自由的立场，因张扬新青年的个性主义有余，而关爱弱者的人道主义精神不足而瑕瑜兼具。

1923 年，茅盾说明自己之所以偏重提倡离婚自由是因为"现今的离婚法都偏在'不许'一边的"①，而实际上他虽然认为离婚自由是终极目标，但现阶段在允许离婚和不许离婚"两极端中间""得个执中的办法"②，因为目前还需在一定程度上维护家庭稳定以免妨碍社会组织的固定。从社会组织的稳定，而不是从弱者的生存处境出发考虑问题，这时对茅盾倡导离婚自由的个性主义立场造成一些牵制的，是社会本位立场，而不是人道精神。1925 年的《新性道德的唯物史观》等诸篇文章中，茅盾则摆脱了担心社会组织不稳定的顾虑，义无反顾地倡导绝对的离婚自由。

茅盾不仅始终坚持恋爱是多变的观点，而且，二十年代，他放弃了 1919 年无视婚姻中恋爱因素的立场之后，便把恋爱问题视为妇女解放和青年成长中的重要问题，对之进行了多重思考。首先，他把恋爱放在至高无上的地位，主张"为了恋爱的缘故，无论什么皆当牺牲，只有为了恋爱而牺牲别的，不能为了别的而牺牲恋爱。"③他还着重说明恋爱的多变性并不损恋爱的神圣性，说：

"一个人有过两三回的恋爱事，如果都是由真恋爱自动的，算不得什么一回事。在女子方面，算不得不名誉的，有伤贞洁的。"④

其次，他强调恋爱激情的纯粹性，认为应当"为恋爱而求恋爱"，反对在恋爱中

---

① 茅盾：《离婚与道德问题》，《妇女杂志》1922 年 4 月 5 日第 8 卷第 4 号。署名"沈雁冰"。见《茅盾全集》第 14 卷，人民文学出版社 1987 年版，第 327 页。

② 茅盾：《离婚与道德问题》，《妇女杂志》1922 年 4 月 5 日第 8 卷第 4 号。署名"沈雁冰"。见《茅盾全集》第 14 卷，人民文学出版社 1987 年版，第 327 页。

③ 茅盾：《新性道德的唯物史观》，《妇女杂志》1925 年 1 月 5 日第 11 卷第 1 号。署名"雁冰"。见《茅盾全集》第 15 卷，人民文学出版社 1987 年版，第 262 页。

④ 茅盾：《恋爱与贞洁》，《民国日报·妇女评论》1922 年 4 月 5 日。署名"冰"。见《茅盾全集》第 14 卷，人民文学出版社 1987 年版，第 333 页。

掺杂进"名誉,风头,金钱,等等外物".① 至于恋爱激情中是否应该包含进理性因素,他的观点则前后有变。1922 年他主张"惟丝毫不带理知作用的恋爱才是真的恋爱."②1924、1925 年他又告诫青年不要相信这种排斥理性的"浪漫派的神秘论",认为"恋爱是两心相融的情意通过理智的炉锅后所成的新物;它在情意的交融上又加了一次人格的了解".③ 至于这恋爱激情的内质,他认为"一定是灵肉一致的",其步骤是"由肉体的而进于灵魂的"④,所达到的最高境界则是"人格的互证和灵魂的合一"⑤。关注恋爱中肉的维度,他展示了肯定自然人性的立场;关注恋爱中灵的维度,他又批判了中国文化传统中仅仅把男女关系视作"风流韵事"的"游戏"态度.⑥ 再次,在恋爱与贞操的关系上,他不仅从男女平等的立场出发,批判要求女性单方面为男性守节的传统贞操观;而且还基于其对恋爱多变性和神圣性的双重认知,反对"立脚于恋爱始终不变"的"贞操主义"⑦,也不赞成单以灵或肉为标准来裁定贞洁与否。他认为"所以贞操与恋爱的关系,一而二,二而一,并不分彼此。有恋爱时,贞操不守自在".⑧

总之,茅盾在婚恋问题上,由最初的社会本位立场出发,迅速就走向个体本位的自由主义伦理,倡导绝对的恋爱自由和离婚自由。从体认子辈男性生命需求的立场出发,他在婚恋道德上提倡妇女与男性的绝对平等,这固然有利于妇女摆脱封建传统男权道德的束缚,但同时也形成了较少关注多数妇女的现实生存条件与男性并不平等的问题这一偏向。

四、结语

茅盾强调不应该把妇女解放问题孤立化,而应该把妇女解放问题纳入社会改造工程中。社会改造事业,在茅盾的理论视野中,不仅是解放了的妇女所应该从事的真正有意义的事业,而且还是妇女解放的真正保障。这一方面使得他能够从更为广阔的历史视野中看问题,但也使得他有时未免偏于把妇女动员起来为社会

① 茅盾:《解放与恋爱》,《民国日报·妇女评论》1922 年 3 月 29 日。署名"冰"。见《茅盾全集》第 14 卷,人民文学出版社 1987 年版,第 324 页。

② 茅盾:《恋爱与贞洁》,《民国日报·妇女评论》1922 年 4 月 5 日。署名"冰"。见《茅盾全集》第 14 卷,人民文学出版社 1987 年版,第 331 页。

③ 茅盾:《青年与恋爱》,《学生杂志》1924 年 1 月 15 日第 11 卷第 1 号。署名"沈雁冰"。见《茅盾全集》第 15 卷,人民文学出版社 1987 年版,第 66 页。

④ 茅盾:《恋爱与贞操的关系》,《民国日报·妇女评论》1921 年 8 月 31 日。署名"佩韦"。见《茅盾全集》第 14 卷,人民文学出版社 1987 年版,第 254 页。

⑤ 茅盾:《青年与恋爱》,《学生杂志》1924 年 1 月 15 日第 11 卷第 1 号。署名"沈雁冰"。见《茅盾全集》第 15 卷,人民文学出版社 1987 年版,第 66 页。

⑥ 茅盾:《青年与恋爱》,《学生杂志》1924 年 1 月 15 日第 11 卷第 1 号。署名"沈雁冰"。见《茅盾全集》第 15 卷,人民文学出版社 1987 年版,第 64—66 页。

⑦ 茅盾:《新性道德的唯物史观》,《妇女杂志》1925 年 1 月 5 日第 11 卷第 1 号。署名"雁冰"。见《茅盾全集》第 15 卷,人民文学出版社 1987 年版,第 261—262 页。

⑧ 茅盾:《恋爱与贞操的关系》,《民国日报·妇女评论》1921 年 8 月 31 日。署名"佩韦"。见《茅盾全集》第 14 卷,人民文学出版社 1987 年版,第 254 页。

改革事业服务,而不够重视妇女权益的维护问题。在家务劳动问题上,茅盾尽管吸纳公厨公育乃至消灭私有制的社会主义理论来解决妇女的困境,但始终没有质问男性不承担家务的社会分工模式。思考恋爱、婚姻等男女两性共同面对的问题,茅盾主张恋爱自由和离婚自由,偏向于张扬自我个性的自由主义伦理,其关怀弱势女性的人道主义立场最终让位于男女之间绝对平等的立场。综合来看,茅盾的妇女解放理论,以促进社会进步为根本宗旨,既有真诚关怀妇女的现代人道情怀,又有突破传统男权樊篱的理论建树,但也有难以克服的男性中心立场之偏颇。

茅盾偏重于社会整体性的思维方式,后来延续在他的小说创作中;而他在早期妇女理论思考中较少顾及的女性生命体验,则在他后来的小说创作中有补充性的充分发展。茅盾小说创作所呈现出的女性立场与男性立场对话的复调景观,说明男作家并非必定无法站在女性立场上为女性代言。茅盾妇女解放理论中所存在的男性中心偏颇,根本原因在于两方面,一是这些论文、杂文多写于他未满 30 岁的青年时代,这时他在性别立场上换位思考的深度还不够;二是论文、杂文也不像小说创作那样可以充分调动作者潜意识中所蕴含的生活体验资源来突破理性思维的局限。

世界大同视野形态下的妇女解放路径

——茅盾妇女论再认识

雷 超

内容提要：文章认为，受"天下兴亡，匹夫有责"儒家士人传统的熏染，晚清民初以降知识界倡扬的克鲁泡特金互助主义与无政府主义，以及一战后世界各国勃兴各类社会改造思潮的激荡，以人类世界大同（Cosmopolitanism）为旨归的社会互助进化史观不仅是青年茅盾"三观"形成的底色，同时也是青年茅盾切实思考中国社会妇女问题及其解放方案的源头与旨归。正是在此意义上，相比各类妇女解放理论，"世界大同"理想是更契合青年茅盾自身思想特质的视野形态。据此方能更恰切地认识与理解，青年茅盾之所以身体力行地极力支持妇女解放，主张儿童公育与公厨，呼吁妇女与男子同担社会改造重担，尤其责望已受教育的"新女性"担当时代社会重任以及他一以贯之地持续关注和思考妇女解放问题背后的思维体系与内在逻辑。经由此，既可见将个人成长、自身解放与社会改造的现实使命承担有机地结合在一起是茅盾妇女解放论的突出特质，同时也是透视青年茅盾人生理想以及读解其后来文学创作风貌成因的有效路径。他自觉超越了惯常的男权中心主义与男权社会心理，积极支持、鼓励、指导妇女自求解放，彰显了他充满社会责任体认的自觉承担。

关键词：青年茅盾；社会改造；大同主义；妇女解放

妇女问题是青年茅盾进入五四社会改造运动的重要议题。茅盾在五四时期的妇女解放思想，不仅是认识和评鉴中国妇女解放运动的重要个案，同时也是反观和透视茅盾个体思想特质的重要维度。对此，妇女问题研究者与茅盾研究者都从不同角度对茅盾的妇女解放论给予了不少关注与研讨。根据论者所述问题场域的不同侧重点，学界既有研究主要分为两类，一是以探究妇女解放问题为旨归，意在检视茅盾妇女解放主张之历史价值与现实意义。这方面的研究以张莲波和李玲为代表。前者从思想史视角突出在中共早期妇女运动历史进程中茅盾妇女解放思想对资产阶级女权运动向无产阶级妇女解放运动转变的推动作用①，后者从文化研究角度倚重西方自由主义和女性主义等理论资源来评议茅盾妇女解放理论的优长及其不足②。二是以理解作家茅盾的思想为鹄的，既有梳理茅盾早期

---

① 张莲波：《论五四时期茅盾关于妇女解放运动的思想》，《河南大学学报（社会科学版）》2005 年 04 期。

② 李玲：《茅盾社会进步视野下的妇女解放理论》，《妇女研究论丛》2017 年 04 期。

在妇女解放方面的基本思想及其相关社会文化实践活动概况(以南云智①、王玉兰②为代表),也有结合译介作品和组织活动进而追踪茅盾早期妇女解放论形成的社会背景、思想资源以及发展状况③,还有探讨茅盾早期妇女解放论与其小说创作中时代女性群像的内在关联④。这两种研究路径因其不同诉求从不同角度揭示了茅盾妇女解放思想的表征及其价值,使我们对茅盾妇女解放论的基本内容及其思想资源有了较明朗的认识;但这些研究均以茅盾 1920 年代的妇女解放论为主,尚未将茅盾妇女解放论做全面系统的整体观照。

具体而言,一,未细致辨析茅盾妇女解放论的理想维度与现实维度、理论层面与实践层面。二,用自由主义女权理论不足以全面揭示茅盾妇女解放论形成的历史过程及其独特性。三,未将茅盾在 1930、1940 年代的妇女解放论联系起来,在动态的历史进程中系统把握茅盾妇女解放论的整体脉络和核心思想。其中,虽有学者不约而同地都注意到茅盾妇女解放论背后寄寓的社会进步/社会改造诉求,但鲜有人进一步追问,为何青年茅盾的妇女解放论会如此强调其参与社会改造的责任与使命?事实上,这种妇女解放论形态与青年茅盾的人生观、世界观、价值观有着十分深切的联系。对茅盾个人而言,在横向上的社会改造有别于晚清民初由士绅精英阶层主导的自上而下之政治改革,它是着眼于社会全体为夯实民主共和立国之基而兴起的自下而上的看重个体自觉参与的社会改造运动;在纵向上,社会改造对茅盾而言还兼具社会进化史观的历史范畴意义,因而同时带有国家社会和人类社会的双重关怀与构想。

有感于此,本文试图在学界既有研究基础上,围绕茅盾直接参与妇女问题社会讨论的时论文章,结合茅盾翻译中有关妇女问题的译文,专题性地梳理茅盾从 1920 年代至 1940 年代关于妇女问题的思想主张及其突出特质,尽可能在一个更宽广的历史时段来透视和把握茅盾妇女解放论的整体脉络,进一步揭示——茅盾在社论《妇女解放问题的建设方面》自陈笃信"四海同胞主义(Cosmopolitanism)"⑤的互助式社会进化史观不仅是青年茅盾"三观"形成的底色,同时也是茅盾思考妇女问题及其解放方案的基点与旨归。

一、茅盾世界大同理想的思想轨迹

茅盾大同主义的社会理想建基于从"个人"到"人类"的新世界观,将个体作为"人"的价值/责任与谋人类的共同幸福直接联结在一起是其主体特征。正如他在《我们为什么读书》一文中所言,读书既不是为了"扬名声,显父母",也不是为了

---

① 〔日〕南云智著,顾忠国、刘初霞译:《茅盾早期的妇女解放论》,《湖州师专学报》1988 年 03 期。

② 王玉兰:《茅盾对"妇女问题"的关注和探索》,《山东社会科学》1988 年 12 期。

③ 付毓萍:《茅盾早期妇女解放思想研究》,中国人民大学 2013 年硕士学位论文。该论文着重梳理了茅盾从自由主义妇女解放论转向马克思社会主义妇女观的历史过程,突出其"转变"。

④ 翟耀:《茅盾早期的新女性观》,《齐鲁学刊》1997 年 04 期;张鹏燕:《论爱伦凯与茅盾女性观与创作的影响》,《河南师范大学学报(哲学社会科学版)》2013 年 06 期。

⑤ 茅盾:《妇女解放问题的建设方面》,《妇女杂志》1919 年 11 月 15 日第 5 卷第 11 号,第 2 页。署名"佩韦"。

"做上等人",更不是免于吃苦受累、追求官位名利的砝码,"我以为'读书在得知识,为什么要有知识呢? 因为我是一个'人'! 有了知识就可用以研究学术;研究学术有什么用呢,因为我既是一个'人',就应该负人群进步的责任!'"①其中,尤其看重个人面对时代社会的自主选择与社会承担是青年茅盾人生观、世界观、价值观交汇的共同点。这源自茅盾对 20 世纪之世界进化潮流的体察与认识,同时也是他由此思考身处其中之中国独立自主出路的世界背景,以及身在此世界之个人对本国社会与人类文明应尽责任的现实语境。

受《新青年》之感发②,从茅盾 1917 年底始为《学生杂志》"论说"栏撰写文章《学生与社会》和《一九一八年之学生》③中,就已清晰可见茅盾诚挚呼告作为"一国社会之种子"的青年学生不仅要"精研学术、修养品性",还应善于体察"社会之优绌"与"社会之需缺",意即"常注眼光于社会,缜密观察,详细分析,以吾所研求之学识,合之社会之现状而伸缩"④,以备他日担当起有益于社会改革之事业。茅盾感到这不仅是中国学生为护存国力、建设新业而应取的人生志向,同时也是自主迎受 20 世纪文明进化潮流的时代使命。茅盾在《一九一八年之学生》开篇就指出:"20 世纪之时代,一文明进化之时代也。全世界之民族,莫不随文明潮流而急转。……故 20 世纪之国家,而犹陈旧腐败,为文明潮流之障碍,必不能立于世界;20 世纪之人民,而尤抱残守缺,不谋急进,是甘于劣败而虚负此生也。此 20 世纪之所以异于十八、十九世纪,乃吾人所应知。"⑤由此可见,茅盾正是基于"人类历史"与"世界文明"的全球视野思考后进之中国在西方列强竞相角逐中如何"免于亡国之惨",在欧美各国力争文明进化之时代如何独立自强于世界民族之林。在茅盾看来,这意味着中国的独立自强之途也应以合乎"世界大同之境"的文明进化潮流为大方向。在此情势下,结合茅盾此时为《学生杂志》撰写的著译文章观之,除为青年学生译介现代文明社会所需的科普常识外,茅盾多以第一人称的口吻热诚期望中国学生鉴于国内之情形与世界之趋势应自觉以"革新思想""创造文明""奋斗主义"为职志。其主张承继了《新青年》以思想启蒙培育民主共和社会之基的基本逻辑。从中足见,在五四运动之前,茅盾已感受到 20 世纪之世界既是文明日进无止境之时代,同时也将之视为人类文明向世界大同之境不断演进的历史征程。不过,他此时还只是朦胧的世界大同情怀,尚未形成具体的社会构想。

值得注意的是,在五四运动后,茅盾不仅在时文中多次表达了对世界大同的

---

① 茅盾:《我们为什么读书》,钟桂松主编:《茅盾全集》散文 4 集,黄山出版社 2014 年版,第 60 页。(初载《新乡人》1919 年 9 月 1 日第 2 期,署名"雁冰"。)

② 在北大预科毕业后,20 岁的茅盾经表叔卢学溥推荐到上海商务印书馆工作。在帮主编朱元善助编《学生杂志》期间,不仅始为该刊撰稿,还因此接触到朱元善订阅的新锐刊物《新青年》杂志。茅盾晚年在回忆录中也自陈此时的《新青年》对自己的影响。

③ 茅盾:《学生与社会》,《学生杂志》1917 年 12 月 5 日第 4 卷第 12 号,署名"雁冰"。茅盾:《一九一八年之学生》,《学生杂志》1918 年 1 月 5 日第 5 卷第 1 号,署名"雁冰"。在第 4 卷第 12 号"要目预告"中已告示《一九一八年之学生》。

④ 茅盾:《学生与社会》,《学生杂志》1917 年 12 月 5 日第 4 卷第 12 号,署名"雁冰"。

⑤ 茅盾:《一九一八年之学生》,《学生杂志》1918 年 1 月 5 日第 5 卷第 1 号,署名"雁冰"。

渴慕与向往，还寻思着实现世界大同理想的社会改造方案。茅盾在《对于黄蔼女士讨论小组织问题一文的意见》的时评中就表达了对当时由王光祈、左学训等人发起小组织式社会新生活运动（即通过"小组织"实验谋求精神、学问、生计的独立以实现同时改造个人与社会之目的）的赞许之情，肯定"小组织是新生活，是根据大同思想的新生活，他的重要主意是'互助'，是实做托尔斯泰的'农人生活'，是主张托尔斯泰的'心力'与'体力'的调和"①。在"评论"《读〈少年中国〉妇女号》中，茅盾更是直言"我是希望有一天我们大家以地球为一家，以人类为一家族，我是相信迟早定要做到这一步，吴稚晖先生说的'世界早晚欲大同'，我是很相信的。……我是极信克翁一派人的话的。"②若说这些时论流露了茅盾对世界大同理想的真诚期待，那么茅盾为《解放与改造》译述的政论文《罗塞尔〈到自由的几条拟径〉》则是他在这一时期对改造世界具体方法的关注与探索。罗素在对比社会主义、无强权主义、工团主义的优缺点后，就将来的社会改造问题推崇英国"基尔特"式社会主义方案。茅盾虽在文末间接表露了对罗素式"创造的精神很活动的世界"③的欣赏，但在《巴苦宁和无强权主义》文前的译者按《雁冰记》中则审慎地表示"英国工会（Trade Union）最发达，成为基尔特自然较易；我国情形不同，将来社会改造是否能出此途，谁也不敢说"④。从中可见，茅盾在中国社会改造之途具体适合采择何种社会改造方案问题上一开始就表现出十分自觉审慎的态度以及稳健务实的分寸。

这一时期的茅盾，在思考同时关切国内社会与国际世界的社会改造方案之际，也在进一步构想抵达世界大同社会的可能路径。结合中国社会的现实情状，从旧式的大家庭改制入手，茅盾在"社论"文章中将其笃信的世界大同推演为从"家庭改革——社会的家庭——便是到这大标帜的最近路"，意即"许多人合成一个社会，没有家了，社会即是个大家庭"，这便是茅盾式"四海同胞主义（Cosmopolitanism）"⑤的实现思路。需注意的是，五四时期的 Cosmopolitanism 不仅是一种国际性的社会思潮，新文化时人还对之有专门的界定和阐释（时人将之译为"世界主义"）："是反对那只顾本国的安宁，幸福，不顾别国的安宁幸福的国家主义，帝国主义，军国主义，而以企图全人类底幸福安宁为理想的一种主义。世界主义底理想，是个人道德和自由；所以这思想底基础，是注重个人和自由底道德。这样的道德思想，应用于政治上，在内治方面为自由主义，在外交方面为世界主义。……这理性国，是没有特殊的国民性和历史的国家之差别的世界的理想国

---

① 茅盾：《对于黄蔼女士讨论小组织问题一文的意见》，《时事新报·学灯》1919 年 7 月 25 日"青年俱乐部"栏，署名"冰"。

② 茅盾：《读〈少年中国〉妇女号》，《妇女杂志》1920 年 1 月 5 日第 6 卷第 1 号，署名"雁冰"。

③ 茅盾：《罗塞尔〈到自由的几条拟径〉》，《解放与改造》1919 年 12 月 1 日第 1 卷第 7 号，署名"雁冰"。

④ 茅盾：《巴苦宁和无强权主义》，《东方杂志》1920 年 1 月 10 日第 17 卷第 1 号，署名"雁冰"。此文译自英国罗素名著《到自由的几条拟径》的第二章。

⑤ 茅盾：《妇女解放问题的建设方面》，《妇女杂志》1919 年 11 月 15 日第 5 卷第 11 号，署名"佩韦"。

家。……世界主义是尊重别国民底自由,和对于他国怀抱敬意的国民底对外政策。"①这是一种以尊重他国独立自主为前提的世界大同思想。就茅盾而言,在致友人《学灯》编辑郭虞裳的书信中,茅盾甚至还描绘了一幅各尽所能、各取所需、社会公共福利高度发达的"大同社会蓝图":"比如有两个男女,是夫妇了,他们不立门户,只住在一家旅馆里,男女各有事做,要游戏到公园里去,要阅书有公共的图书馆,生了病进病院,女子分娩时在产妇院,分娩之后小孩子送到公共育儿所,女子仍旧回到'旅馆'。"②在这样的大同社会里,不仅老有所依、幼有所养,男女之间也因一视同仁的平等与自由既同担促进社会事业进步的责任,亦共享社会进步带给个体的权益与保障。如此一来,个体的人生价值与社会进步之间构建起了相得益彰的辩证关系和交相辉映的历史意义,即个体既是既往社会历史遗产的承继者与受益者,同时也是今后社会历史发展的参与者、推动者、塑造者。正是在此意义上,个体既因社会的日趋进步而获得相较以往更多适宜个性解放与个体完善的社会条件与环境;与此同时,个体因自觉承担促进社会继续进化的时代社会责任而获得创造社会历史的人生价值与意义,而国内社会与人类世界也得益于个体的臻于完善而获得更谐和、更高质量的社会生态。

探查茅盾此时世界大同理想形成的历史背景,会发现,这既与士大夫以天下为己任以及天下大同的儒家传统③有关,也与一战后国际社会的世界主义潮流和国内在五四运动后勃兴的社会改造运动热潮息息相关。具体而言,从家庭环境观之,茅盾成长在支持晚清维新的绅商家庭,身为传统读书人的父亲不仅言传身教,还在遗嘱告示茅盾与胞弟沈泽民要以天下为己任,也希望兄弟二人不要粗浅地误解了平等自由之真义。从学校教育而言,茅盾所受的教育也是新学与旧学兼备,不少国文老师都是当时忧心天下的有识有志之士。在这些因素直接或间接的熏染和影响下,茅盾在青少年时代就已具有忧怀天下、留心社会民情的士大夫气质,这从茅盾多论议历史人物与社会事件的《小学文课》作业中已可见一斑。加之,青年茅盾所处的时代社会对现代中国而言又是一个十分独特的历史时期:在国际上,一战后的欧洲社会兴起了旨在战后重建的社会改造与世界改造潮流,其中,反思一战偏狭式国家/军国主义的"世界主义"思潮流布甚广;国内又因反抗战后巴黎和会国际秩序的不公而兴起了自发的反帝爱国社会运动。对当时的知识界而言,这正是五四时代诸如陈独秀、胡适、李大钊、蔡元培、梁启超、傅斯年等老中青知识人既是积极思考中国社会改造以独立自主于世界的爱国者同时又兼怀世界主义理想与人类社会关切的时代因由。恰如有学者所言,"这种启蒙运动的世界

① 唐敬杲编纂:《新文化辞书》,商务印书馆 1923 年 10 月初版、1924 年 3 月再版,第 207—209 页。沈雁冰是"校订者"之一。

② 茅盾:《虞裳先生》(原刊无标题),《时事新报·学灯》1919 年 11 月 20 日"通讯"栏,署名"沈雁冰"。

③ 《礼记·礼运》:"大道之行也,天下为公。选贤与能,讲信修睦,故人不独亲其亲,不独子其子,使老有所终,幼有所养,矜寡孤独废疾者皆有所养。男有分,女有归。货恶其弃于地也,不必藏于己;力恶其不出于身也,不必为己。是故谋闭而不兴,盗窃乱贼而不作,故外户而不闭。是谓大同。"(参见胡平生、张萌译著《礼记》上册,北京:中华书局 2017 年版,第 419—420 页)

主义，在新文化运动中激活了中国'天下'式的大同主义传统。而大战后欧洲世界主义的复兴，进一步引起了中国知识分子的思想共鸣"。① 留心世界时势与社会情状、受《新青年》启发和五四时潮感召的茅盾也属于其中之一。所以，对茅盾而言，他也正是在此国际国内的双重历史语境中，进一步思考中国在世界中的社会改造路径以及个体的责任及其历史使命。在茅盾的构想中，中国的独立自主之路与人类社会/世界的平等自由之间是紧密联系在一起的：对中国而言，中国的社会改造之路既是中国人民寻求独立自主的现实诉求；与此同时，对世界而言，它也具有整个人类社会向着世界大同文明进化的愿景与追求。茅盾这种双重关怀对于全面认识茅盾的主体思想及其主体人格特质特别重要，因为这也是他在不同社会历史时期以不同方式积极参与社会改造运动的初衷与旨归。

再从茅盾谈及世界大同理想时所援引的思想资源观之，一方面，他吸纳了俄国社会改造思想家克鲁泡特金的"无强权主义"（茅盾译语）与"互助主义"思想，希望构建一个公理战胜强权、人类同舟共济的新世界生态。而无政府/无强权主义在五四时期不只是一种社会改造的理念构想，还曾化演成新村运动、小组织运动等具体的社会改造实践运动。对茅盾而言，无政府/无强权主义首先是作为一种颇为认同的思想观念而存在。茅盾后来在《回忆上海共产主义小组》中也提到了他青年时代对无政府/无强权主义的崇奉，"无政府主义开始在中国传播，约在民国元年间。它对中国青年是有些影响的。我和一些朋友，在接受马克思主义以前，开始时都接触过无政府主义。一九一七——一九一八年间，我也喜欢无政府主义的书，觉得它讲的很痛快"。②

另一方面，美国社会学家莱斯特·弗兰克·沃德（Lester F. Ward）提出"有目的进化"的社会进化观也是茅盾构建现代个体与现代社会关系伦理的重要理论资源。茅盾十分欣赏这位美国社会学首席学者的社会科学观，不仅翻译了其著作《纯粹社会学》（Pure Sociology）中的 WOMAN IN HISTORY 即《历史上的妇人》③——揭橥人类历史上"男权中心世界观"对女性的人为桎梏；在"评论"《读〈少年中国〉妇女号》一文中，他也引述沃德的社会学思想，"我记得 L. F. Ward 所著的'Pure Sociology'里，有一段说：社会中有了优势阶级和劣势阶级，劣势的因为受迫受苦自然不能进步，而优势的却也不能独进，因此做成了全社会的不进步"④。其中，尤其值得注意的是，正是在此意义上，茅盾形成了他着眼于全社会/全人类进步的互助社会进化史观。它不同于出于救国保种而流行于晚清知识界的弱肉强食式社会达尔文进化史观，也与五四时期或偏于以个人为本位、或偏向以社会

---

① 高力克：《陈独秀的国家观》，《自由与国家：现代中国政治思想史论》，浙江大学出版社 2016 年版，第 155 页。

② 王来棣、单斌记录整理，1980 年 3 月又经沈雁冰本人审阅、修改：《回忆上海共产主义小组》，中共中央党史研究室、中央档案馆编：《中国共产党第一次全国代表大会档案文献选编》，中共党史出版社 2015 年版，第 183 页。

③ Lester F. Ward 著，雁冰译：《历史上的妇人》，《妇女杂志》1920 年 1 月 5 日第 6 卷第 1 号。

④ 茅盾：《读〈少年中国〉妇女号》，《妇女杂志》1920 年 1 月 5 日第 6 卷第 1 号，署名"雁冰"。

为本位的社会进步观有所不同,而是立足于人类社会思考中国往何处去的世界大同式社会进化史观。这种注重全社会共存并进的社会进步史观不仅有着眼于社会全体的整体观照,同时也内含着重视个体之于社会改造的主观能动性(恰如茅盾所言"环境的势力到底不是绝对的,我们人有改造环境的能力"①)。在个体与社会之间不是二元对立而是辩证统一的关系。在此逻辑下,"优势阶级"对"劣势阶级"的拉拔和扶助并不是为了彰显前者出于现代人道主义精神的道义之举,而是在社会进化历史进程中人人有责共担的社会行动。恰如莱斯特·弗兰克·沃德在《历史上的妇人》中所言,"男权的发展,是在女子失去了自己择配权力的时候,但男人也因此不能再发展,因为男子加于女人的罪恶,结果产生退化的人种。我们在第十章里已经说过不健全状态对于一般人所发生的效果,并且知道因为有了统治的阶级不做工的阶级在上面,每使下一阶级的营养不足,及受困苦,而致堕落。"②正因如此,在一个充斥人设等级与人恃强权的社会里,即便是暂时掌握优先权与主导权的优势阶级,也不能发展为真正健全的人。所以说,社会是有机的实在——一个能够不断进化的整体,优势阶级对劣势阶级负有社会责任的背后也包含着个体出于自身人格健全发展的内在需求以及不断促进文化改良与社会进步的历史责任。这种带有主体自觉行动的"责任"与一般社会建制所规定的"义务"在心理机制上亦有所不同,相比"义务"带有外部强加的某种规定性,后者直接指向完全自觉的行动。如此可见,青年茅盾既十分看重国人理性把握当下社会情势、用自觉之作为以创历史新纪元,同时他自身也以奋斗为人生天职,自觉将人生选择与社会改造的理想及其现实需求熔铸在一起,在身体力行促进人类社会进化的历史进程中追求实现人生价值与完成个体之于社会改造历史使命的有机统一。这既是茅盾"三观"的核心特质,也是解析其妇女解放论形态的关键钥匙。

这也足以说明,青年茅盾在五四社会改造运动中后来之所以会倾心苏俄式马克思社会主义作为中国社会改造兼世界改造方案,除了在学界已形成共识的时贤友朋(如陈独秀、李达、李汉俊等早期共产党人)的外在影响之外,还有不容忽视的自主逻辑和内在理路。茅盾在 1920 年 10 月由李达、李汉俊介绍加入了上海共产主义小组。在此之前,茅盾其实已开始经由翻译了解和研究各类社会主义学说与方法,譬如他为研究系旗下的《解放与改造》翻译的《广义派政府下的教育》和《I. W. W. 的研究》以及他发表在《东方杂志》的译作《巴枯宁和无强权主义》《俄国人民及苏维埃政府》。其中,在为译文《I. W. W. 的研究》(Industrial Workers of the World——世界工业劳动者同盟)所写前记中,茅盾已敏锐地感到社会主义"学说"/"主义"在多国盛行背后具体的时代社会动因,"社会主义犹如流行病的病菌,感到的人,不一定是某处所发出的病菌,是根据于社会中有发生这病菌的可能性,

---

① 茅盾:《解放的妇女与妇女的解放》,《妇女杂志》1919 年 11 月 5 日第 5 卷第 11 号,署名"雁冰"。对茅盾而言,他看重并肯定个体改造环境的意志与能力,既承继了现代社会学家沃德强调人的意识在社会发展过程中有重要作用的社会思想,也融合了现代哲学家尼采关于个体主观意志力的思想(这从《虹》梅行素形象可见)。

② Lester F. Ward 著,雁冰译:《历史上的妇人》,《妇女杂志》1920 年 1 月 5 日第 6 卷第 1 号,第 7—8 页。

自然而然起的"①。茅盾此观点突出了关于社会主义的学说在不少国家能演化为不同形态的时代社会热潮，其国内社会现实自身内在的、隐伏着的诸种社会或政治或经济或思想文化等问题是引发此类思想学说滋生与蔓延的主因。与此同时，茅盾亦对不同国家之间社会主义学说的形态差异之因给出了他历史的理解与因地制宜的看法：一者，"社会主义之多派，是方法不同，方法所以不同，原因即在其国之历史和社会背景，并非某种学说到了某国，受着其国的历史和社会背景影响才改变的"②。再者，"社会主义之多派，又因是所要求的不同，所以方法不同，而这要求的所以不同，原因即在其国之社会背景与众不同，并非某种学说到了某国，因为环境关系而改变，与生物学上所说生物为要适应环境，所以'体变'，是完全不同的。"③从中可见，茅盾对"学说/主义"（本体意义上）与"学说/主义之实地应用"（因地制宜的实践意义上）进行了严谨的区分。茅盾秉着历史的态度与因地制宜的考量充分理解各类社会主义思想之间的异同，尤其注意到学说/主义之应用场域在具体历史和社会背景方面的内在要求及其限界。茅盾绝非盲从于时俗之辈，他是经细心体察社会现实情状并审慎思考后所做出的理性选择。正是在此意义上，茅盾非常明确地基于中国历史和社会背景的现实需要去思考中国社会改造之路的可择之"方"。

由此便可进一步理解，茅盾虽在五四时期充分认同克氏的无强权主义思想以及建基于此的"各尽所能，各取所需"世界大同社会构想，但在"方法"上，茅盾则结合他对中国社会现实情势的感受与研判，以及与早期共产党人陈独秀、李达等时贤同道的研讨，最终逐渐倾心择取苏俄式无产阶级专政的社会革命作为中国社会改造之"方"。具体而言，加入上海共产主义小组后，茅盾进而更系统地了解各国共产党的理论与实践，尤其译介了不少关于苏俄新政的政论文。其中，苏俄政府在普及社会教育、电气社会化等方面惠及社会全体的社会改革让茅盾看到了成绩显著的社会成效。与之相较，民国以来中国社会不仅未有效开展与民主共和国体相应的政体机制与社会建设，国民还因中央政权之争饱受各派系军阀混战之苦。并且，在茅盾所感，国内缙绅阶层的程度远不及西洋的市民阶层，而一战的爆发又已暴露西洋现代政治的弊端，故国内缙绅阶层仿效西洋代议政制的自治运动自然也是不彻底、不值得信赖的。茅盾直言"现在我们已经看破这个把戏，想出一个抵制的好法子来了，我们可以立刻应用这个好法子，何必再跟着错路走，这法子便是第四阶级（无产阶级）的专擅政治了。"④足见茅盾在此语境中提议的"无产阶级专擅政治"的"法子"富有十分鲜明的现实针对性。加之，此时苏俄的社会公共政策不仅带有优于资本主义社会的社会主义色彩，在很大程度上还与茅盾关于实现世界大同社会的一些具体构想相契合。茅盾颇为称赏地谈道："无产阶级的革命便

① ［美］勃烈生顿著，雁冰编译：《I. W. W. 的研究》，《解放与改造》1920 年 4 月 1 日第 2 卷第 7 号，第 18 页。
② ［美］勃烈生顿著，雁冰编译：《I. W. W. 的研究》，《解放与改造》1920 年 4 月 1 日第 2 卷第 7 号，第 18—19 页。
③ ［美］勃烈生顿著，雁冰编译：《I. W. W. 的研究》，《解放与改造》1920 年 4 月 1 日第 2 卷第 7 号，第 19 页。
④ P. 生：《自治运动与社会革命》，《共产党》1921 年 4 月 7 日第 3 号，第 9 页。

是要把一切生产工具都归生产劳工所有,一切权力都归劳工们掌握,直到灭尽一分一毫的掠夺制度,资本主义决不能复活为止。这个制度,现在俄国已经确定了,并且已经有三年的经验,排除了不少困难,降服了不少的反对者。"①这些因素正是茅盾在社会时势与社会理想之间判定中国适合走苏俄式社会改造道路的社会背景及其内在逻辑。

由此可以说,从思想轨迹观之,茅盾将个人的人生志向与社会改造的世界大同理想熔铸在一起,既是他的个体志向与时代社会主潮相互交汇的结果,同时也是他在不同社会历史时期因地制宜、因事制变,据此启蒙青年、妇女、劳工、民众等社会各界的思想理据。正因如此,在以世界大同为旨归的社会理想与中国社会改造具体实践方针的现实情势之间,一面可见茅盾对符合人类文明进步思潮的积极吸纳,一面又可见茅盾立足于中国社会实况所需对新思想新观念之本末轻重所做的权衡度量与理性择取。这也提醒研究者,在读解茅盾的观念与主张时尤需注意其言说所在的具体历史情境,注意分辨其言论指向的是理想、理论层面还是现实、实践层面。

二、茅盾妇女解放论的双重维度

如前所述,茅盾的社会改造思想带有兼顾世界大同理想和中国社会实际情形的双重维度。这种双重特质也体现在茅盾此时的妇女解放思想之中。

茅盾对妇女解放问题的关注与研讨发生在五四运动后。在五四运动之前,新锐刊物《新青年》已敏锐关注到作为新社会问题之一的"女子问题"。主编陈独秀不仅在 1915 年第 1 卷先后发表了著译文章《妇人观》(Max O'Rell 著)②、《欧洲七女杰》③,还特设"女子问题"专栏、刊登征文广告,《新青年》以其敏锐之新思想欲启蒙女界之初心已可窥见。但此举在当时之社会应者了,有限的来稿在思想观念上也未超出晚清民初作为社会主流的良母贤妻主义妇女观。《新青年》同人社会学家陶履恭对此不无感慨,"舍一二投稿家外,非背诵吾族传来之旧观念,即剿袭西方平凡著之浅说;欲求其能无所忌惮研究女子问题,解决女子问题,释女子之真性,明女子之真位置,定女子与国家社会相密接之关系者,殆若凤毛,若麟角。"④周作人对此也流露了相似的心境。1918 年 5 月 15 日,周作人在《新青年》第 4 卷第 5 号发表了译作——日本与谢野晶子著的《贞操论》。他在译文前特别提到"《新青年》曾登了半年广告,征集属于'女子问题'的议论,当初也有过几篇回答,近几月来,却寂然无声了。……大约人的觉醒,总须从心里自己发生。倘若本身并无痛切的实感,便也没有什么话可说。"⑤虽不无失望之感,但他们还是十分有心地通过著译文章积极介绍和探究女子问题。陶履恭在文中以欧美社会妇女生活变迁为

---

① P.生:《自治运动与社会革命》,《共产党》1921 年 4 月 7 日第 3 号,第 10 页。

② Max O'Rell 著,陈独秀译:《妇人观》,《青年杂志》1915 年 9 月 15 日第 1 卷第 1 号。

③ 陈独秀:《欧洲七女杰》,《青年杂志》1915 年 11 月 15 日第 1 卷第 3 号。

④ 陶履恭:《女子问题 新社会问题之一》,《新青年》1918 年 2 月 25 日第 4 卷第 1 号,第 14 页。

⑤ [日]与谢野晶子著,周作人译:《贞操论》,《新青年》1918 年 5 月 15 日第 4 卷第 5 号,第 386 页。

参照，不仅从经济、教育、职业、思想角度提示女子问题出现的历史条件及其趋向，更真切期盼"吾惟解释女子问题之原因，即能明其趋向，亦即可以兴吾国今日社会状态相比较。视女子问题在吾国之位置，果为何如。"①他敏锐地预感到"然今日之世界，乃交通频繁之世界，经济、职业、思想之发展，无不遍布于全球，成世界的潮流。现于欧洲今日之社会者，明日即将现于吾族之社会。……至于预侯其将来，谋解决之方，则责艰任重，匪一人任。要在今日之青年，而尤在今日之青年女子。"②周作人也指出"但是女子问题，终竟是件重大事情，须得切实研究。女子自己不管，男子也不得不先来研究。"③还特意指出"我译这篇文章，便是供这极少数男子的参考。"④由此可知，一者，包括陶履恭、周作人等在内的"极少数男子"已自觉从学理角度提出和研究作为社会问题之一的"女子问题"；再者，与欧美社会妇女解放运动热潮相比，中国的"女子问题"在当时尚未成为时潮中显见与热议的社会现象和社会问题。对茅盾而言，他此时虽已受到《新青年》之感发，但还尚未在妇女问题上倾心研究。直到五四运动在全国的扩展与蔓延，尤其是不少女学生在这场运动中走出校门，参与社会游行，她们迅速成长为各地声援五四爱国社会运动显著的社会力量。"女子问题"也伴随这场自发的社会运动演化成社会改造热潮中探讨的重要社会问题之一，恰如时人所言："欧战告终，世界人道主义大昌盛了，中国妇女也成了问题了，煞是可喜。数月来报章杂志关于这个问题发挥的议论，均非常精透。我数千年黑暗的女界，从此有个解放的机会，确是一件非常庆幸的事。"⑤在此时潮中，向来十分自觉关切社会问题的茅盾也开始关注并主动参与有关妇女问题的社会讨论。这从茅盾在 1919 年 11 月参与《妇女杂志》与《小说月报》半革新之前已在《时事新报·学灯》发表的著译文章可以窥见。茅盾 1919 年 7 月 25 日发表的《对于黄蔼女士讨论小组织问题一文的意见》体现了他对社会现实生活中出现的新女性现象之观感与忠告。茅盾在 1919 年 10 月底参与关于"一个问题"的社会讨论也是他对现实生活中出现的婚恋问题的具体意见。从中可见，妇女问题具体表现在社会生活中的现实情状及其解放与改造之道是茅盾关注和思考妇女解放问题的缘起。正因如此，茅盾的妇女解放主张一开始就带有十分明确的现实针对性与建设性。

随着茅盾自 1919 年 11 月开始为计划革新的《妇女杂志》撰稿，茅盾在妇女问题上也借推进该刊革新而进入系统的研究阶段。茅盾开始广泛涉猎欧美各国的各种妇女解放学说，无论是自由主义妇女解放论还是社会主义妇女解放论，无论是激进还是保守，茅盾对这些新思潮都秉持"只应迎受，不应抗拒"的拿来主义态度。在"拿来"的方式上，他又十分注意以学理的精神系统地探究其形成的社会背

---

① 陶履恭：《女子问题　新社会问题之一》，《新青年》1918 年 2 月 25 日第 4 卷第 1 号，第 19 页。
② 陶履恭：《女子问题　新社会问题之一》，《新青年》1918 年 2 月 25 日第 4 卷第 1 号，第 19 页。
③ ［日］与谢野晶子著，周作人译：《贞操论》，《新青年》1918 年 5 月 15 日第 4 卷第 5 号，第 386 页。
④ ［日］与谢野晶子著，周作人译：《贞操论》，《新青年》1918 年 5 月 15 日第 4 卷第 5 号，第 386 页。
⑤ ＫＴ刘：《中国妇女问题要从速着手建设》，《时事新报·学灯》1919 年 7 月 10 日"青年俱乐部"栏，第 4 版第 3 张。

景与历史条件。通过系统的阅读与研究,茅盾把欧美社会妇女解放运动发展的历史经验及其现实趋向视为后进中国妇女解放运动可作为镜鉴的思想资源。这主要体现在,茅盾非常务实地思考"我们怎样去迎受这新潮流来实现在我们的社会中;我们迎受之前,应该有怎样一个准备?"①为此,茅盾既从长远着眼为中国妇女解放运动树立起与国外妇女解放运动同归于世界大同②的理想之旗,同时又根据中国社会的现实情形理性权衡国内妇女解放在教育、经济、参政、职业、伦理道德等方面的本末、缓急与轻重。正如他在为《妇女杂志》革新撰写的《本杂志今后之方针》中所言,"我们主张按照我们现在的社会情形根本的去求女子解放的实现,所以我们不主张急进的方法;但我们至少有个高于现社会情形的理想,和前进的精神"③。不仅如此,茅盾此时还以改革者兼实践者的身份切实推进《妇女杂志》革新。

这种理想与现实兼顾的双重维度贯穿于茅盾妇女解放思想的始终。在加入上海共产主义小组后,茅盾不仅在参与中共早期妇女运动过程中更深切地感知到中国妇女解放的现实情状,同时还以参与社团、组织活动、讲演、撰写评论等方式切实地为中国妇女解放的具体问题建言献策。茅盾不仅在 1920 年代为《妇女杂志》《民国日报·妇女评论》《妇女周报》等刊物撰写了大量关于妇女解放问题的著译文章,在后来小说创作中也塑造了一系列典型的颇具时代症候的新女性形象。并且,结合茅盾在 1930 乃至 1940 年代发表的一些有关妇女问题的文章来看,会发现茅盾对妇女问题的关注不仅是全面的、系统的,还是持续的、一以贯之的。这从他 1931 年发表的《问题是原封不动地搁着》④、1946 年底赴苏访问期间所见所感而写的《苏维埃妇女》《苏联的妇女与家庭》等文章中可见一斑。从茅盾妇女解放论的整体脉络而言,从中既可见茅盾妇女解放思想之"常"——从 1920 年代到 1940 年代,茅盾在理想层面始终关切着整个妇女界是否真正获得全面的、整体的、实质的作为"人"的解放,也可见茅盾妇女解放论之"变"——在现实层面始终基于不同时期的社会条件、普遍需求以及问题症候而做出恰切的权衡、抉择和导引。

(一)理想层面:"极力支持妇女解放"

在关于妇女问题的根本主张上,茅盾发表在《妇女杂志》"社说"栏的《解放的妇女与妇女的解放》反复强调"我是极力主张妇女解放的一人"⑤。对此,需进一步探讨的是,茅盾力主妇女解放背后的根本观念是什么? 茅盾所期待的妇女解放当如何实现? 茅盾妇女解放论涵盖了哪些具体面向?

从茅盾极力主张妇女解放所依据的根本观念来看,一是"根据人类平等的思

---

① 茅盾:《解放的妇女与妇女的解放》,《妇女杂志》1919 年 11 月 5 日第 5 卷第 11 号,署名"佩韦"。
② 记者(茅盾):《本杂志今后之方针》,《妇女杂志》1919 年 12 月 5 日第 5 卷第 12 号,第 1 页;茅盾文中也谈到人类向"大同"进化的理想与路径:"我们只好依著环境的程度,慢慢改去,'天下一治一乱',不能一下子就大同,那是没法的。"
③ 记者(茅盾):《本杂志今后之方针》,《妇女杂志》1919 年 12 月 5 日第 5 卷第 12 号,第 3 页。
④ 朱璟(茅盾):《问题是原封不动地搁着》,《妇女杂志》1931 年 1 月 1 日第 17 卷第 1 期。
⑤ 茅盾:《解放的妇女与妇女的解放》,《妇女杂志》1919 年 11 月 5 日第 5 卷第 11 号,署名"佩韦"。

想而来"①。既然人类都是平等的,那么中国传统社会旧礼法专门针对妇女的种种人为桎梏②就是不平等、不合理的,理应打破。因此,茅盾所言的妇女解放,首先是呼告妇女要从诸如此类偏枯的男尊女卑的旧礼法旧习俗中解放出来,恢复妇女与男人同等的作为"人"社会权利与社会地位。对此,这就涉及要在法制、礼俗中重新构建不同于传统男尊女卑道德伦理的新道德,以培育和养成男女平等地享有作为"人"的社会条件与社会基础。比如,妇女也应同男性一样平等地拥有自由的意志,获得同等教育的知识以及自由的行动与言论等。二是源自茅盾秉持全社会个体共担社会进步之责的社会进化史观。茅盾眼中的"社会"不仅是有机的实在,还有其继往开来、不断进化的历史肌理。就此而言,从整个人类社会历史进程来看,个体因生命的有限性都只能生活在一定时期的社会历史阶段。甚至可以说,在人类社会历史的长河中,个体渺小的似一朵转瞬即逝的浪花。然而茅盾不是一个历史虚无主义的悲观者,而是一个十分务实的理想主义者,他从中发现了人身处人类社会历史进程中的价值和意义:个体所获得的"人的权利",得益于人类社会的进步与发展;与之相应的,个体也承担着促进人类社会继续改善和进步的社会责任。正是在此意义上,茅盾所言的妇女解放还包含着"同担改良社会促进社会之责任为究竟目的"③。那么,从男性角度言之,支持妇女解放属于为促进社会全体进化应尽的社会责任;从妇女角度言之,妇女解放则是更直接更深广地参与人类社会历史进程以实现妇女作为"人"的价值与责任。对此,茅盾详陈,"既然享受了人的 right,便该尽人的 Duty。人的 Duty,不只是衣食住,维持自己的生存;也不只是当兵纳税,做个所谓'国民';人的责任,一面要维持前代以及现代的文化,一面欲扩充他,增进他,传给将来。社会是应该前进的。这前进的担子,是全社会人共认的。不来同挑这担子的,一定也不是自由人,就是未解放的人。"④从中亦可见,茅盾所理解的"自由人"/"真解放的人"之内涵——从传统社会桎梏中解放出来的同时也自觉承担起身为现代社会个体在现实情形之下的社会改造责任。

进而言之,妇女如何才能获得这种全体的、作为人的全面解放呢?茅盾以其构想的人人都获得解放的大同理想社会蓝图为参照,提出经由"公厨"和"儿童公育"以实现从传统家庭制转变为社会的家庭主义。茅盾之所以十分主张"公厨"和"儿童公育",首先源于他对传统家庭制生活中妇女处境的基本认识。传统家庭生活中的妇女主要担负着日常家庭庶务和抚养子女的为妻为母之责,晚清民初以来渐成社会主流的现代良母贤妻主义虽在现代生活所需的家政知识与实用技能等女子教育方面超越了传统"三从""四德"的良母贤妻主义,但究其实质妇女依然是以"妻母"身份之于家国社会的价值而存在,仍缺乏个体首先作为"人"的独立性与

---

① 茅盾:《解放的妇女与妇女的解放》,《妇女杂志》1919 年 11 月 5 日第 5 卷第 11 号,署名"佩韦"。

② 茅盾:《解放的妇女与妇女的解放》,《妇女杂志》1919 年 11 月 5 日第 5 卷第 11 号,署名"佩韦":"在旧礼法底下,妇女不许有自由的意志,不许有知识,不许有自由的行动和言论,被'三从''四德'等等的信条,束缚得丝毫不能动,一言以蔽之:'人的权利',剥夺净尽。"

③ 茅盾:《解放的妇女与妇女的解放》,《妇女杂志》1919 年 11 月 5 日第 5 卷第 11 号,署名"佩韦"。

④ 茅盾:《解放的妇女与妇女的解放》,《妇女杂志》1919 年 11 月 5 日第 5 卷第 11 号,署名"佩韦"。

社会价值内涵。如此之良母贤妻尚无均等的机会接受与男子同等的作为"人"的教育,这种教育的缺失既影响她们自身人格的发展,同时也影响着她们对下一代的教养素质;她们甚至一无精力、二无能力再加入社会事业,这又影响了她们对社会事业可尽的责任与可做的贡献。可洗衣做饭清洁等日常家庭庶务,又是人人日常生活之必需。鉴于此,"公厨"和"儿童公育"便是帮助妇女从传统日常家庭庶务和束缚中解放出来的良方,有助于促进妇女的解放。其次,从社会全体而言,在茅盾看来,一是,相较中国女子各管各人家务的办法,此方案整合并优化了日常家庭生活的劳动分工,这从社会经济来看是十分经济与高效的。所以茅盾还主张"应该把各家的伙食洗衣做衣等等工业合拢来,自办一个总伙食所洗衣所……等等。"①这样一来,这些分工协作的部门就可以像公厨一样成为构成社会职业、社会经济之一部的现代家政工业体系。对此,相比有些自由主义女权论者从文化礼俗方面质疑与批评传统家庭内部性别分工(即男主外女主内)中存在的不平等观念,茅盾则侧重从社会经济角度将女子不能生利首先归因为是人类工业不发达的社会经济结构使然,并据此逻辑进而寄希望于人类未来工业文明的进步对之加以改善——茅盾直言"人类由野蛮而文明,生活由简短而复杂,女子之管家务不能生利,真是人类工业不发达时万不得已的事情,何尝是怕生了利,打破经济界限呢?一旦工业发达,家庭中事少,这层自不消说"。② 不过,需强调的是,与受梁启超晚清时论"生利说"影响直接将妇女群体视为生利者的论调有所不同,茅盾从社会经济角度对"女子之管家务不能生利"充分理解,既未将之直接归结为女子自身的问题,也未将管家务视为女子之天职。二是,从儿童角度而言,茅盾认为在当时的中国推行儿童公育可以弥补国内传统母教之不足,既使儿童得到专业教师的科学指导与教育,又增进儿童合群的社会意识,这样一来,后一代的人可因此而比现在强,这自然也是促进社会全体进步的正途。为实现这种构想,教育与职业又是促进传统家庭改制的根本手段,正如茅盾所言"希望从教育培养根本,以职业使女子得生活独立,这两种都是手段,目的是家庭改革;家庭改革实现以后,才是真正女子解放的时期到了"。③ 此外,还需注意的是,在研究女子主义者与社会主义者的家庭改制观之后,茅盾对社会主义者主张由"社会"创办公厨公共育儿所的家庭改制方案深表认同,"我是主张照社会主义者提出的解决办法去解决中国的家庭问题"④。茅盾自陈,"我是相信社会主义的"⑤,在"先肯定了现家庭制必须改,并先肯定了社会主义世界之必为将来的世界"⑥的前提下,此举将同时解决"妇女的解放""儿女的良善教养""私产继承法的废止"问题。

并且,为实现女子解放理想的"大标帜"——"提高女子的人格和能力,使和男

---

① 茅盾:《妇女解放问题的建设方面》,《妇女杂志》1920年1月5日第6卷第1号,署名"佩韦"。

② 茅盾:《读〈少年中国〉妇女号》,《妇女杂志》1920年1月5日第6卷第1号,署名"雁冰"。

③ 茅盾:《妇女解放问题的建设方面》,《妇女杂志》1920年1月5日第6卷第1号,署名"佩韦"。

④ 茅盾:《家庭改制的研究》,《民铎》1921年1月15日第2卷第4号,署名"沈雁冰"。

⑤ 茅盾:《家庭改制的研究》,《民铎》1921年1月15日第2卷第4号,署名"沈雁冰"。

⑥ 茅盾:《家庭改制的研究》,《民铎》1921年1月15日第2卷第4号,署名"沈雁冰"。

子一般高，使成促进社会进化的一员"①，茅盾对攸关妇女解放的基本问题几乎都有涉及。以梅生编的《中国妇女问题讨论集》②所列二十个类别为参照，诸如教育、职业、参政、生育制度、男女社交、家庭改制、恋爱与贞操、结婚与离婚、财产继承权、独身、中性、育儿、娼婢、风俗习惯、剪发、服饰等几乎都是茅盾倾心关切论议过的具体问题。从中既可见茅盾对妇女问题全方位地查考与探究，也可感茅盾切实推进妇女解放的自觉与努力。茅盾真切希望整个妇女界都能获得实质的解放，这既是后进中国独立自主之路的应有之义，也是人类社会全体解放不可或缺的题中之义。由此可以说，茅盾的妇女解放理想与其世界大同的社会构想相伴相生。

（二）现实层面：“依环境的程度慢慢改善”

虽然茅盾也已敏锐觉察到妇女解放是合于人类社会进化的世界新潮，并积极地为中国妇女解放树立起一面理想的旗帜。但务实的茅盾十分清醒地认识到，妇女解放问题之所以会在欧美近代社会成为社会问题之一是有其具体的社会背景与历史条件。正因如此，中国妇女解放运动既要有"高于现社会情形的理想，和前进的精神"③，但也不能超出所在社会的现实情状。换言之，中国社会的现实情形直接影响着中国妇女解放在相关议题上的本末、缓急与轻重。而茅盾诸多关于妇女问题的时论正是属于在此基础上的审慎观察与理性思考。

妇女解放思潮在五四运动后成为报刊热议的社会问题之一。用茅盾的观感来说，"照这样看去，中国妇女不消几年，便可以赶上人家的道子，一同向着光明走！这岂不是最可喜的事么？"④但用科学的态度和眼光去细察时人之言论，茅盾发现"便可知我们现在对于妇女解放的种种活动，都是浮面的，无系统的，无秩序的；进而言之，竟可说是无方法，不彻底，无目的"⑤。这主要表现在两方面，一者，有的激进派"徒然企慕这名词好，便去仿效"⑥，把西洋现成的各种名词诸如婚恋自由、男女社交公开、妇女生活独立等等直接搬进来，既不考虑中国社会现实的条件是否成熟，也不注意探究西洋社会在妇女解放议题上与之相关的条件和制度。再者，有的针对国内的礼俗制度则又"专知做文章骂旧礼法旧制度"⑦，其言论感性的宣泄与责骂居多，同样缺少因地制宜富有建设性意见的系统研究与社会调查。正因如此，在茅盾看来，这些时论虽都热烈论议妇女解放问题，看似都是支持妇女解放的言论，但实则都有不妥之处，均不是讨论问题的正当办法："急进派的主张有些急难办到的地方"，感性式的控诉与宣泄也只是"单叫人起感情作用不起理性作

---

① 茅盾：《妇女解放问题的建设方面》，《妇女杂志》1920年1月5日第6卷第1号，署名"佩韦"。
② 梅生编：《中国妇女问题讨论集》共6册，新文化书社。按主题分为：通论、教育问题、生活问题、参政问题、生育制度问题、社交问题、两性问题、家庭问题、恋爱问题、婚姻问题、离婚问题、独身问题、贞操问题、道德问题、儿童公育问题、娼婢问题、女子心理、剪发问题、传记、杂录。
③ 记者（茅盾）：《本杂志今后之方针》，《妇女杂志》1919年12月5日第5卷第12号，第3页。
④ 茅盾：《我们该怎样预备了去谈妇女解放问题》，《妇女杂志》1920年3月5日第6卷第3号，署名"雁冰"。
⑤ 茅盾：《我们该怎样预备了去谈妇女解放问题》，《妇女杂志》1920年3月5日第6卷第3号，署名"雁冰"。
⑥ 茅盾：《解放的妇女与妇女的解放》，《妇女杂志》1919年11月5日第5卷第11号，署名"佩韦"。
⑦ 茅盾：《妇女解放问题的建设方面》，《妇女杂志》1920年1月5日第6卷第1号，署名"佩韦"。

用"①。茅盾对此甚至不无感慨和忧思：

> "我们看现在各种专论妇女问题的出版物，哪一种能从切实方面做，不说空话呢？哪一种能把一个问题详详细细研究，和科学家在试验室搜求（research）一样呢？哪一种能够有伟远的眼光，确定一个大计划，不慌不忙，按部就班做去呢？哪一种能够认定现社会的需要，着手去供应呢？哪一种能够高高悬起一盏明灯，指引黑暗内的人跟着走呢？"②

与之相较，茅盾从一开始就自觉以稳健切实的态度和秉承改革的主张探讨妇女解放问题。这既是茅盾为《妇女杂志》拟定革新方针时就已明确提出的基本宗旨，也是他撰文矫正社会中浮泛的妇女解放论调以正本清源、因地制宜的写作精神。茅盾主张写作者该抱持的基本立场是"很应社会上的饥荒，或可以破除他人的误会的"，"换一句话说，就是我们发言要处于超然的地位，既不为势所屈，亦不为利所诱，亦并不想出风头"③。以此为基点，为使妇女解放的社会讨论从"浮面的，无系统的，无秩序的，……无方法，不彻底，无目的"④变得更为切实、更具学理性、建设性，茅盾不仅针对妇女问题研究者在讨论的方式方法上提出了中肯切实的指导意见，还在妇女解放如何有序开展问题上贡献了他基于中国社会实情的思考与建议。

在研究女子问题的方法与准备方面，茅盾指出，一要注意妇女问题的出现与近代社会经济组织、人生哲学、女子教育等社会因素之间的关系。正是在此意义上，茅盾提出"我们研究妇女问题的人，不可不懂社会学、经济学、人生哲学和生物学等。因为妇女问题原来是社会改造问题之一"⑤。而茅盾自身为研究妇女问题就阅读了大量社会学、社会心理学、社会经济学论著。二要历史地了解和认识欧美社会妇女解放运动的脉络。对此，茅盾为国人译介了不少西方女子主义学说，诸如纪尔曼与爱伦凯的妇女解放论等。三要结合中国社会现实情状明确妇女问题的背景和位置、妇女与国家社会之间的关系，进而确立适合中国妇女的解决之道，即"我们要晓得我们自己的社会实况，就是背景，然后可以按照了去谋解决的方法"⑥。这也是茅盾在妇女问题上自始至终都非常注意的点。在三者之间，有感于"我国人做事每有空谈不实地做的毛病"，故茅盾又特别强调面向社会的实地调查和问题研究的重要性。茅盾在1921年参与的"妇女评论社"以及1922年参与发起的"妇女问题研究会"都带有明确关切社会实况的践履特质。茅盾认为"我们如能这样做去，这才是正当办法，这妇女解放运动的力量也就能大了。否则，纸上鼓

---

① 茅盾：《读〈少年中国〉妇女号》，《妇女杂志》1920年1月5日第6卷第1号，署名"雁冰"。
② 茅盾：《我们该怎样预备了去谈妇女解放问题》，《妇女杂志》1920年3月5日第6卷第3号，署名"雁冰"。
③ 茅盾：《评〈新妇女〉》，《妇女杂志》1920年2月5日第6卷第2号，署名"佩韦"。
④ 茅盾：《我们该怎样预备了去谈妇女解放问题》，《妇女杂志》1920年3月5日第6卷第3号，署名"雁冰"。
⑤ 茅盾：《我们该怎样预备了去谈妇女解放问题》，《妇女杂志》1920年3月5日第6卷第3号，署名"雁冰"。
⑥ 茅盾：《我们该怎样预备了去谈妇女解放问题》，《妇女杂志》1920年3月5日第6卷第3号，署名"雁冰"。

吹的尽管说的好,说的响,说的新,实际上必不会起影响"。①

在解决女子问题的方法与准备方面,茅盾最初是主张从稳健切实的社会改革入手。这从茅盾 1919 年 7 月至 1921 年论议妇女问题的文章中清晰可感,茅盾妇女解放论此时主要围绕旧礼法的改造与新道德观念的确立,旨在先基于思想观念方面对社会全体进行思想启蒙。茅盾指出"我们现在所切要的,是道德的改革,家制的改革,女子在社会地位上的改革,这些我以为是根本的改革。"②自 1921 年开始,除从为社会确立新道德观念角度进行妇女解放在贞操、婚恋自主、男女社交、男女同学等方面的思想启蒙之外,茅盾妇女解放论开始论及妇女解放与社会组织改造之关系,尤其重点关注作为整体的社会经济组织对妇女解放至关重要的影响。茅盾感到"社会的和经济的组织不先改革,妇女经济独立无法实行,空讲思想的解放,很少效力的"。③ 有感于此,在茅盾 1921 年以来的妇女解放论中,除了此前着眼于社会思想观念层面的思想启蒙之外,如何改革社会经济组织(指向社会整体结构体系及其相应的制度因素)日渐成为茅盾论议妇女解放路径中的关键因素。

具体而言,在 1921 年之前,针对中国社会妇女深受偏枯式道德教条观念、习俗乃至与之相应的社会文化建制束缚的现实情势,茅盾提出"现在我们该急急讨论的:一是教育的平等,二是经济生活的平等,三是结婚制度家庭组织的改善,四是承袭权的平等,五是男女平等的新道德"。④ 与此同时,茅盾又明确强调这五项中新道德的确立又是最为紧要和急切的。简言之,当务之急在改造伦理与改造两性关系。这源自茅盾此时对社会情势的观察与判断⑤,茅盾指出"现在的妇人运动,刚巧和元年的相反。现在呼声最强的:如贞操问题,妇女经济独立问题,以及家庭改制,儿童公育,社交公开,结婚问题等等,都是普遍的向于社会的伦理的经济的研究"。⑥ 也正是在此意义上,茅盾对此时广州、上海等地部分知识妇女发起的参政运动不以为然。茅盾后来在《虹》中所描写的文太太形象中也表露了他对

---

① 茅盾:《我们该怎样预备了去谈妇女解放问题》,《妇女杂志》1920 年 3 月 5 日第 6 卷第 3 号,署名"雁冰"。

② 茅盾:《评女子参政运动》,《解放与改造》1920 年 2 月 15 日第 2 卷第 4 号,署名"雁冰"。

③ 茅盾:《妇女经济独立讨论》,《民国日报·妇女评论》1921 年 8 月 17 日,署名"雁冰"。

④ 茅盾:《世界两大系的妇人运动和中国的妇人运动》,《东方杂志》1920 年 2 月 10 日第 17 卷第 3 号,署名"佩韦"。

⑤ 在 1920 年初的中国社会,晚清民初的良母贤妻主义女子教育观依然是社会主流,社会上大多妇女缺乏普通的知识。教育方面,妇女尚无与男子同等的教育条件与社会环境,这体现在还只有一些基础性的女子小学、女子高小和少量的女子中学、女子师范,主要教授一些现代家政知识和实用技能,还没有面向女子开放的高等教育院校。社会上不少守旧家庭反对女子接受教育,有的女子也深受社会偏见"女子无才便是德"之害。1920 年 2 月,北大接收邓春兰等 9 名女生进入大学旁听,中国主流大学自此渐开放大学女禁。道德方面,男女之间道德不平等的社会现象仍普遍存在。所以茅盾此时深感"我以为中国妇女的被屈服,完全是因道德上的失败,古来偏枯的道德教条已经把妇女束得极紧。现在我们既已从教育方面经济方面研究中国的妇女解放问题,我们更当从道德方面下切实的研究。"(茅盾:《世界两大系的妇人运动和中国的妇人运动》,《东方杂志》1920 年 2 月 10 日第 17 卷第 3 号,署名"佩韦"。)

⑥ 茅盾:《世界两大系的妇人运动和中国的妇人运动》,《东方杂志》1920 年 2 月 10 日第 17 卷第 3 号,署名"佩韦"。

妇女参政运动的观感。其实,茅盾在理论主张上并不反对妇女参政,他反对的是国内部分已受教育的知识女性不顾国内实况对国外妇女参政热潮①盲目仿效。茅盾对此不禁责问道:"现在社会中尚留有阻碍社交公开的旧礼法,不平等的道德观念,不公开的教育,一言以蔽之,女子的束缚尚多,女子的地位尚不能高,难道一旦宪法中制定了女子有参政权,便顿时束缚尽去,地位跳高么?况且在中国现在的情形,代议制可信任么?空谈政治改革,济得事么?"②显然,茅盾对企望通过政治改革促进妇女解放的参政运动不以为然。在精心研究了西方妇女解放运动史的茅盾看来,"我希望大家多做些社会上的事,少做些政治上的事。我们单讲政治改革是要失败的;有力气有时间做事,应该先从一般妇女的经济问题教育问题谋个解决"③。其中,相比知识妇女更为关切的参政权和自由平等的权利,茅盾则更为看重"一般妇女"眼下最为渴求的"经济问题"和"教育问题"的改善或解决。这种倾向也折射了茅盾在中国妇女解放议题上轻重缓急的考量。

有感于此,茅盾这一时期论议妇女解放问题的重点在研讨新道德观念方面。据茅盾的观察,"我想中国现在社会中阻碍妇女解放的障壁,莫如男女的道德责任不同,一切恶制恶习,都由此起,为什么不也开会大家讨论改良呢?新道德的提倡,原也是学者的事,但现在已有许多人说过,我们不好像以前的天足会一般,由社会发动么?"④从中可见,茅盾所关切的不只是何谓新道德的观念问题,更紧要的是如何使之在社会现实中逐一确立起来即观念之实践与普及问题。茅盾对此指出,对中国妇女解放而言,当务之急就是要打破禁锢妇女人身行动与自由意志等的旧礼法以在社会确立起关于新道德的基本观念。茅盾尤其注意到"不先立了新道德的概念,那便天天谈男女社交问题结婚问题,也只是空谈,而且要生危险的"。⑤正因如此,从茅盾论议男女道德问题(贞操问题)——社交问题——结婚问题——离婚问题中可见,茅盾先在思想观念层面对基本问题正本清源,使公众对之在思想层面有正确的认识;然后再对观念之实践——即社会生活中出现偏差的言行及时予以矫正,并给出他的解决之方。正是在此意义上,茅盾既对盲从旧道德者斥以严正的批评,同时也对误解新道德的趋新利己之流痛下针砭。譬如在恋爱自由问题上,茅盾在思想观念上既十分理解无强权主义者维持恋爱自由说在道德上的价值,也颇认同爱伦凯的结婚以恋爱为基础的自主婚恋观。然而,对于社会中出现的一些新现象,比如或以恋爱之名片面要求解除婚约,或为名誉而求恋爱、为出风头而恋爱、为金钱而求恋爱⑥,茅盾则非常审慎地分辨与研判。在 1919

① 茅盾:《世界两大系的妇人运动和中国的妇人运动》,《东方杂志》1920 年 2 月 10 日第 17 卷第 3 号,署名"佩韦":"国外如英美两国的妇女参政运动正闹得极烈⋯⋯英国女子的这种热烈的举动和美国已成的效果,都是极大的暗示,可以引起中国女子的参政思想的。"

② 茅盾:《评女子参政运动》,《解放与改造》1920 年 2 月 15 日第 2 卷第 4 号,署名"雁冰"。

③ 茅盾:《评女子参政运动》,《解放与改造》1920 年 2 月 15 日第 2 卷第 4 号,署名"雁冰"。

④ 茅盾:《评女子参政运动》,《解放与改造》1920 年 2 月 15 日第 2 卷第 4 号,署名"雁冰"。

⑤ 茅盾:《世界两大系的妇人运动和中国的妇人运动》,《东方杂志》1920 年 2 月 10 日第 17 卷第 3 号,署名"佩韦"。

⑥ 茅盾:《解放与恋爱》,《民国日报·妇女评论》1922 年 3 月 29 日,署名"冰"。

年间的中国，当看到对社会大多数人而言都尚无符合恋爱精神的基本素质时，他针对此时的社会现实情形进而提出"不主张全解约""主张分别办理""愿以建设的手段改革"①。在 1922 年的上海大都市，当看到一些"新"女性经由渐成风尚的新道德和新教育构建的社会环境而得以从传统家庭和传统婚俗中解放出来，但却又沦为名誉、风头、金钱等等外物的附属品时，茅盾对此也予以严肃的指摘。可以说，茅盾这一时期论议妇女问题的重心在于如何有的放矢地打破传统旧礼法，以及如何在社会上稳健切实地构建起包括婚恋自主（恋爱自由与离婚自由）、男女社交公开、男女同学的新社会道德。

茅盾一贯主张"凡是一种改革，一定要跟着时势走；不能专靠思想方面的提倡"②。自 1921 年以来，茅盾继续以思想启蒙的社会改革方式关切和研讨新道德观念的确立、普及、实践方面的问题；与此同时，深切注视社会时势的茅盾此时也日趋重视劳动问题、关注女工状况、妇女与劳工运动，并思考根本改革社会经济制度的可能途径。探查促使茅盾将社会改革主题从以道德观念的思想启蒙与解放为重心转向渐以社会组织整体改造为先决之因，会发现这首先源自茅盾此时对中国社会时局基于国际与国内社会总体情势之观感。一者，国内的军阀政治已成为严重阻碍社会改革推进的现实障碍，如何解决军阀问题显得日渐迫切和紧要："现在国民尚都处于军阀的刀俎之下，连松气儿都不能透一口，不要说无政府主义者所主张的极端自由离得有十万八千里路，便是立宪国国民应有的几项什么自由也还差得很远很远，在这种情形下，不去想法如何赶走眼前的强盗，却空争赶去强盗后怎样行用新法子，这新法子是好是不好，是永久不永久？……我们现在目的是要去掉吃人的人，什么法子能够达到这个目的，我们就去做。"③再者，以《妇女经济独立讨论》一文为标志，茅盾深刻地发现中国在全球资本主义世界经济结构体系中的劳工现状，"这要做工而没有工给你做，原是资本主义社会内的普遍现象；中国大都市的劳动界已颇有这倾向，妇女一方，更为显著罢了！所以我们竟可知，在大城市中，做妇女经济独立的障碍的，却是社会的经济组织。社会经济组织不许妇女有劳动的权利。在这一点上看来，都市社会内的妇女经济独立问题全是社会的经济的组织问题。"④茅盾此时已敏感地感到，对中国都市的妇女而言，即便部分女性已获得受教育的权利，即使社会上对男女社交公开、男女同学、婚恋自主的舆论较之以往有了更大的社会容受空间，但妇女想要做工而不得的现实经济情势及其迫压依然会使妇女解放因无经济独立支撑而沦为侈谈。并且，茅盾所期的公厨与儿童公育式的家庭改制构想也将因缺乏社会经济实体的支持而难以实现。在此意义上，茅盾此时不仅明确指出"我们觉得最先切要的事是改革现在的社会的经济组织"，还直言"我个人的信心特别地注重在后一个。……不把产生这产儿的社会制度和经济组织改革过，而专从思想方面空论，效果很小；所以我们不要忘

① 茅盾：《"一个问题"的商榷》，《时事新报·学灯》1919 年 10 月 30 日、1919 年 11 月 1 日，署名"雁冰"。
② 茅盾：《解放的妇女与妇女的解放》，《妇女杂志》1919 年 11 月 5 日第 5 卷第 11 号，署名"佩韦"。
③ 茅盾：《我们现在所能做而且必须做的》，《民国日报·觉悟》1921 年 6 月 30 日，署名"冰"。
④ 茅盾：《妇女经济独立讨论》，《民国日报·妇女评论》1921 年 8 月 17 日，署名"雁冰"。

记,前者的解决法不能解决后者,后者的解决法却很可以解决前者啊!"①由此足见茅盾在妇女解放问题上思考的不断演进及其新倾向。据此也反观出经济问题愈发成为妇女解放进程中显在的难题。

进而言之,如何才能更为切实有效地根本改革中国社会的经济组织呢? 在茅盾看来,首当其冲的是解决国内的军阀政治问题。尤其在 1923 年国内再次爆发军阀私斗事件,此时已信奉马克思主义学说的茅盾受俄国一系列社会政策之感发进而也倾向以俄式社会革命方案从根本上改革中国社会结构。而这既是客观上促进第一次国共合作的时代社会背景,同时也是茅盾在第一次国共合作时期呼吁已受教育的新女性加入国民革命运动的社会现实情势。茅盾此时希望"热心女权运动的女青年应该认清伊们目前的责任,是加入国民革命的大战线里努力宣传'内除军阀专制,外拒列强帝国主义'的口号。伊们目前应该急起直做的事,不是向国会请愿,不是争选举票,不是争省宪审查员,却是帮助一切反抗国内军阀与国外帝国主义的团体的或个人的行动"。② 在国民革命运动中,中国妇女解放运动也渐与内除军阀外抗列强的国民革命运动相交织,妇女也因此担负着通过国民革命促进社会结构根本改变的时代社会重担。如此可见,茅盾关于中国妇女解放的现实路径经历了从稳健切实的社会改革向比较激进的社会革命演进的历史过程。结合当时社会历史语境观之,这既是社会时势使然,同时也是茅盾妇女解放论顺应时代主潮的自觉调整及其自主选择。

三、茅盾理想的现代女性形象

从茅盾五四时代的妇女解放论到后来的小说创作,作为时代女性形象的新女性一直是茅盾笔下着墨甚多的对象。茅盾之所以会如此关注这些新女性,首先源于在五四时代受妇女解放思潮之感召社会上已涌现一批不同于传统良母贤妻的新一代知识女性,她们的渐次出场已日趋成为一种时代新潮中比较典型的社会现象。作为极力支持妇女解放的妇女问题研究者,茅盾很早就注意到这些新女性,并对她们寄予厚望:"重大的责任,全在已受教育的妇女"③,不唯如此,茅盾在加入共产党之后还直接参与了妇女运动的组织工作。可以说,正是对社会出现妇女问题的敏锐观感及其参与妇女运动的工作经验使茅盾对"新女性"有了直观真切的感知与理性的认识,这些观感与经验此后也直接成为茅盾创作小说的素材来源。

具体而言,茅盾所言的"解放的妇女",主要是指已从传统家庭制与传统旧道德桎梏中走出来、接受了中高等教育、追求解放的新女性/新妇女。从家庭环境所在社会阶层观之,她们介于"阔太太贵小姐"与"靠劳工糊口的妇女"之间,属于"中等诗礼(借用)人家的太太小姐"④。在茅盾看来,"这一等妇女在社会中倒也占了

---

① 署名"雁冰":《妇女经济独立讨论》,《民国日报·妇女评论》1921 年 8 月 17 日,署名"雁冰"。

② 茅盾:《给未识面的女青年》,《民国日报·妇女评论》1924 年 1 月 1 日,署名"玄珠"。

③ 茅盾:《解放的妇女与妇女的解放》,《妇女杂志》1919 年 11 月 5 日第 5 卷第 11 号,署名"佩韦"。

④ 茅盾:《怎样方能使妇女运动有实力》,《妇女杂志》1920 年 6 月 5 日第 6 卷第 6 号,署名"雁冰"。

半数。他们不须忧生活，有机会可以受教育，骄贵的习气不曾染到，勤劳的本能不曾泪没，他们是有思想，有道德，有勇气去做事，有胆去耐苦，妇女运动必须这等妇女做了中坚，那方能有个实在的效果出来"。① 在中国妇女解放运动方兴未艾之际，茅盾特别希望中国妇女在解放之初就走上妇女解放的正途，因此特别看重并期待这些新女性既能成为中国妇女解放运动的先锋力量又能与男子同担促进社会改造之责。从思想渊源观之，这其实源自茅盾从国外妇女解放运动研究中所获的阅读经验与历史启示。

一者，茅盾在五四时期阅读了不少域外文学作品，比如在《对于黄蔼女士讨论小组织问题一文的意见》中就提到了欧文的《主妇》(The Wife)、萧伯纳的《好述者》(Philanderer) 和《人与超人》(Man and Superman)、斯特林堡《结婚集》(Married)中的《玩偶之家》(A Doll's House)和《女仆的儿子》(Son of a Servant)。茅盾从这些作品中注意到国外妇女解放运动中出现的新现象与新问题，有的新女性力求解放的背后是"徒然利用很好听的名词"，"为的是一种资格"或"为的是一种利器"，以"实行他的'懒惰'主义"。② 有的新女性虽有朦胧的高尚理想但在现实生活中却很快被时俗同化了。这从茅盾用白话文翻译的短篇小说《在家里》(契诃夫著)可见一斑。契诃夫描写了一个出身俄国地主家庭、集美丽聪慧于一身的新女性 Vera：她受时代社会的影响，在二十三岁时学成归乡——主观上有志于改造乡村，结果却很快放弃理想、迅即被乡俗社会同化。契诃夫此作对俄国的"新生活"运动不无怀疑，这从 Neshtchapov 医生这个人物形象中可见一斑，文中暗示他是此"时势"中的"投机者"；同时对像 Vera 这样的"新女性"亦持批判态度，Vera 经济上依附于家庭，求学更像是一种"新"身份的象征，她是抱着追求"空间和自由""尊贵和有趣"参与乡村改造，她还没有真正的平民意识和平民立场，也缺乏坚强的意志力和独立耐劳的品格。显然，这些文学作品中的新女性形象不能视之为真正觉悟和解放的女性。有感于此，茅盾自然希望中国妇女解放在这些方面要有前车之鉴，勿再重蹈覆辙。

再者，茅盾在国外妇女问题研究论著中发现，国外妇女解放运动之所以取得不俗的社会成绩，都与她们自觉的奋斗精神和社会承担息息相关。从茅盾妇女解放论的引文和注释中可见，茅盾十分欣赏欧美社会涌现的精神坚毅、理想高尚、人格高贵的妇女运动先锋③。茅盾从她们身上总结出四条妇女解放的基本经验：一，女子的自觉——妇女必须确立高尚的理想、独立的人格、坚韧的意志以实现自我觉醒与自求解放。二，妇女问题的解决必须以本国具体的社会现实条件为实践

---

① 茅盾：《怎样方能使妇女运动有实力》，《妇女杂志》1920 年 6 月 5 日第 6 卷第 6 号，署名"雁冰"。

② 茅盾：《对于黄蔼女士讨论小组织问题一文的意见》，《时事新报·学灯》1919 年 7 月 25 日"青年俱乐部"栏，署名"冰"。

③ 茅盾：《解放的妇女与妇女的解放》，《妇女杂志》1919 年 11 月 5 日第 5 卷第 11 号，署名"佩韦"："我们对于现在力求解放的新妇女，严格批评一下，看他们到底赶得上美国的 Mrs. Abigail Adamas 和 Susan B. Anthony 英国的 Mrs. Pankhurst 法国的 Sophie Grouchy 么？不要说学问，他们的精神毅力，高尚理想，高贵人格赶得上么？"

限度。三,先觉妇女应以互助的精神主动拉拔和扶助弱势阶层贫困无识的妇女姊妹共同进步,为促进整个妇女界的解放而奋斗。四,妇女必须与男子同担时代之于社会个体的重担与责任,这也是妇女争取社会权益的基本条件。为此,茅盾特别指出"欧洲女子的权力,也是因为大战里出了力,才能够伸长"。①

正是在此意义上,茅盾一开始就语重心长地表达了对中国新女性的"劝告"和"责望"。最初是在《对于黄蔼女士讨论小组织问题一文的意见》中的"劝告":

> "我对于新女子也有几句劝告:
> (一)希望他们真正觉悟读书为什么?
> (二)希望他们真正知道现代女子在社会中的地位。
> (三)希望他们先做出事来,后开开口来。
> (四)希望他们不要自看得了不得,希望他们明白自己的实在的能力,和'互助'的意思。"②

又如在《解放的妇女与妇女的解放》一文中的四条规劝③,再次语重心长地劝诫已受教育的新女性在自求解放的同时审慎地认识社会现实情形及其限界以及尽自己最大努力跨越阶层扶助更为贫弱无识的妇女姊妹。茅盾富有先见的呼告是如此诚挚、中肯、真切,但中国妇女解放运动在社会实践过程中依然不可避免地出现了茅盾呼告背后所忧心的新问题与新现象。茅盾在《劳动节日联想到的妇女问题》谈道:"在两年的短时间内已经试出'新'、'已解放'、'已觉悟'的女子中原来不少虎皮而驴鸣的蠢物!伊们把自己的弱点又一件一件的暴露出来了!"④这种现实情形反过来又在客观上加速了社会保守逆流在妇女解放问题上的反动、复古倾向。对此,茅盾一面痛斥利用女性弱点来引诱新女子的浮浪男性,认为他们没有抨击女子、指摘女子程度不够的资格和权利;一面又以"廿四分的真挚的感情唤醒伊从迷途中出来"⑤。茅盾希望他们及时认清社会现实、摆正自己的位置:"你们的生命之火应该向改造社会那条路上燃烧,应该向研究学术那条路上燃烧,决不可向虚幻的享乐道上燃烧。"⑥

在《享乐主义的青年》《解放与恋爱》《歧路》等时文中,茅盾也多次论及青年中

---

① 茅盾:《解放的妇女与妇女的解放》,《妇女杂志》1919 年 11 月 5 日第 5 卷第 11 号,第 6 页。
② 茅盾:《对于黄蔼女士讨论小组织问题一文的意见》,《时事新报·学灯》1919 年 7 月 25 日"青年俱乐部"栏,第 4 版第 3 张。
③ 茅盾:《解放的妇女与妇女的解放》,《妇女杂志》1919 年 11 月 5 日第 5 卷第 11 号,第 6 页:"一、先求解放自己,确立高贵的人格和理想,比时俗高出一层,不受群盲暗示的扰乱。二、应该了解新思潮的真意义;所谓解放,是意志刻苦的精神解放;人类的生活,是互助的生活,不单是要求和争夺。三、希望他们现在尽力增高自己一边的程度,放十二分精神去扶助无识的困苦的姊妹,不要白费精神来空争。四、希望他们的活动,不出于现社会生活情形所能容许的范围之外。"
④ 茅盾:《劳动节日联想到的妇女问题》,《民国日报·觉悟》1921 年 5 月 1 日,署名"沈雁冰"。
⑤ 茅盾:《劳动节日联想到的妇女问题》,《民国日报·觉悟》1921 年 5 月 1 日,署名"沈雁冰"。
⑥ 茅盾:《劳动节日联想到的妇女问题》,《民国日报·觉悟》1921 年 5 月 1 日,署名"沈雁冰"。

唯我主义、享乐主义、虚无主义的社会现象。茅盾对因"经济方面的压迫""对于繁华的歆美""万恶的青年的性的引诱"①而陷入享乐主义的新女性充满同情之理解；与此同时，他还是深切希望一些走上"歧路"的新女性不要自甘屈服于现实，陷入新式的堕落，尤其是"我们却不能原谅哪[那]些有能力奋斗，有机会上进，而偏不奋斗不求上进的人"②。在茅盾看来"你们因了'恋爱'这新偶像，因了'享乐'这新人生观，白白用完了你们可宝贵的一生，岂不和从前女子白过了一生没有什么不同？"③这样的"新"女性在恋爱自由和离婚自由的时潮中看似获得了主动权，她们实际上又陷入了享乐的漩涡，这样的"新"女性显然并不是茅盾所切盼的现代新女性。

　　类似的呼告和警醒之语在茅盾 1930 年代的妇女解放论中也多次出现。1930年代的中国妇女相较五四时代有了更广阔的社会活动空间。但茅盾敏锐地觉察到，妇女走出家庭，参与社会事业并不意味着妇女就获得了真正的独立与解放。茅盾观察 1930 年代的中国社会，发现中国妇女在政治、职业、法律、教育、财产、离婚、置妾、蓄婢、童养媳等方面几乎都获得了基本的社会权利与法制保障，"表面上看来，中国妇女问题已经得了解决，正像中国革命问题也似乎已经得了解决一般。实际不然"。④ 就整个妇女界全体而言，茅盾尤其指出，"内地城市小市民的妇女，乡村的农妇，固然谈不到什么政治上的权利，便是最低限度的经济自主权和身体自由也并没得到。虽然'革命'把内地城市的代表封建势力的旧土豪劣绅'革'了去，然而应运而来的依然是代表封建势力的'新'土豪劣绅却比旧的更坏"。⑤ 结合茅盾在五四时期的妇女解放论观之，不难发现茅盾对妇女群体内部的阶层差异一直十分敏感和关切。具体而言，一是，"在新土豪劣绅的统治下，纳妾蓄婢等等恶习惯是用了更巧妙的方法，更公开的态度在继续发展"。⑥ 二是，"农村破产，大批农妇跑到大都市谋生活。想把'生产'来'合理化'的资本家就撤换大批的男工，换进女工；为的是女工比男工更容易压制而且工钱又较低廉"。⑦ 对此，茅盾特别说明这种工作现象不能视为男女职业已平等或女权之扩张。三是，从所谓的现代女性美而言，茅盾对资本主义社会生活所型塑的妇女形象也不无怀疑，尤其注意到商业化的经济社会和消费主义对妇女的物化之风，比如"布尔乔亚的男子要求壮健活泼的女性美"⑧，"更普遍的女生艳装"⑨等。茅盾觉察到，这些女性美的观念与风尚虽然破坏了旧礼教的传统习俗，但在妇女解放运动上意义不宜高估。况且，现代"健美"女性背后也可能隐伏着肉感的刺激、荒淫、颓废等，茅盾一针见血

---

① 茅盾：《享乐主义的青年》，《民国日报·妇女评论》1921 年 12 月 14 日，署名"佩韦"。

② 茅盾：《歧路》，《民国日报·妇女评论》1922 年 6 月 28 日，署名"冰"。

③ 茅盾：《歧路》，《民国日报·妇女评论》1922 年 6 月 28 日，署名"冰"。

④ 茅盾：《问题是原封不动的搁着》，《妇女杂志》1931 年 1 月 1 日第 17 卷第 1 号，署名"朱璟"。

⑤ 茅盾：《问题是原封不动的搁着》，《妇女杂志》1931 年 1 月 1 日第 17 卷第 1 号，署名"朱璟"。

⑥ 茅盾：《问题是原封不动的搁着》，《妇女杂志》1931 年 1 月 1 日第 17 卷第 1 号，署名"朱璟"。

⑦ 茅盾：《问题是原封不动的搁着》，《妇女杂志》1931 年 1 月 1 日第 17 卷第 1 号，署名"朱璟"。

⑧ 茅盾：《健美》，《东方杂志》1933 年 1 月 16 日第 30 卷第 2 号，第 4 页。

⑨ 茅盾：《现代青年的迷惘》，《申报·自由谈》1933 年 6 月 12 日，署名"郎损"。

地指出这种"'健美'仍旧无补于女子的被侮辱的地位！真正意义的'健美',要在女子被解放而且和男子共同担负创造新生活那责任的时候!"①正因如此,在1930年代,茅盾在妇女问题上再次呼告"妇女问题的彻底解决,妇女的真正解放,须有待于社会组织之根本改造"。② 具体而言,茅盾认为"把妇女问题作为一个单独的问题而谋其解决,本来就是不对的。妇女问题的彻底解决,非等到现社会组织之根本改造以后,必不能实现"。③ 茅盾正是基于社会全体的视域来思考妇女解放问题,正是在此意义上,茅盾认为仅仅把妇女解放视为限于两性之间的权利斗争是有失偏颇的。从中足见,茅盾深切地认知到妇女解放问题背后潜隐的整个社会结构性问题,其中依然存在阶级问题(妇女内部的阶级差异、劣势阶级与优势阶级之间的差异),同时也还存在性别问题(夫权问题和父权问题)。故而茅盾再次警醒已走出家庭的妇女要继续与"阻碍社会进化的某种旧势力"做斗争。在此意义上,可见中国妇女解放之路任重道远,被茅盾视为妇女界翘楚的新女性自然仍旧肩负着义不容辞的改造社会之责。如此一来,也就能更深切理解茅盾的新女性观了,他希望已受教育的新女性能树立纯正觉悟的人生观,不仅要有婚恋自主与经济独立的自觉,还要有对自己、对社会、对民族国家、对全人类亦负有责任的自觉。

承上所述,茅盾多次在妇女解放论中谈到对新女性的要求与期待。诸如"我们这时代的新理想就是要把女子看作和我们完全一样……不肯受强者的欺凌,也不屑强者的卵翼"。④ 对此,值得进一步追问的是,到底什么样的妇女才是茅盾理想的现代女性形象呢? 这从茅盾1940年代的妇女解放论可以窥见。在1930—1940年代,社会时潮中时不时会有主张"妇女回家"的论调。在1940年代的妇女回家论调中,官媒有意将妇女贤母良妻的家庭角色阐释为民族复兴的条件。沈从文此时在《谈家庭》中不仅未对这股时潮予以批判,还在文中将妇女问题简单地归结为"家庭"问题,甚至自鸣得意地叙说如何"就可将所有妇女完全送回家中"⑤的良方。对此,茅盾在《"家"与解放》中对之进行直言不讳的驳斥,再次重申"中国社会还没有实现男女平等,解放的女性为数亦不多,这是'习惯的心与眼'尚颇猖獗,而且成为从文先生者流的妙论的客观的原因"。⑥ 与此同时,茅盾又热诚地告示,"可是世界上有一个社会主义国家苏联,是已经实现了男女平等的。无论在政治指导机关,在学术研究机关,在空中,在海面,在极北的苔原,凡有男子活动的地方,也有女子并肩。苏联的那些跟男子一样的妇女,并不是'不需要家的',而且都有'软和温暖、清洁美丽'的家,'罗迭娜'号三位飞行女杰的'家'就是例子。苏联那些跟男子一样的妇女,更不是'生理上有变态','身心不大健康,体貌上又有缺点',倒反而多是健康美丽的,而且她们的'母性的本能'也很'发展',做了几个孩

① 茅盾:《健美》,《东方杂志》1933年1月16日第30卷第2号,第4页。
② 茅盾:《问题是原封不动的搁着》,《妇女杂志》1931年1月1日第17卷第1期号,署名"朱璟"。
③ 茅盾:《问题是原封不动的搁着》,《妇女杂志》1931年1月1日第17卷第1期号,署名"朱璟"。
④ 茅盾:《读〈对于郑振壎君婚姻史的批评〉以后》,《民国日报·妇女评论》1923年4月25日,署名"雁冰"。
⑤ 沈从文:《谈家庭》,《战国策》1940年10月1日第3期,第12页。
⑥ 茅盾:《"家"与解放》,《文艺阵地》1941年2月10日第6卷第2期,第34页。

子的目的的，工作回来，'家'的和煦和融曳空气，恐怕比从文先生者流的'家'，还要浓厚些罢？以上这一切发生在苏联的事实，在今天已经是普遍的常识，除了存心盲目者"。① 从中可见，此时的苏联不仅是茅盾理想社会主义社会的实践者，苏维埃妇女也是茅盾理想妇女形象的现实化身。茅盾在 1946 年底因苏联对外文化协会邀请赴苏访问期间，更进一步强化了他对苏维埃妇女的赞赏与肯定。茅盾在《苏维埃妇女》《苏联的妇女与家庭》《母亲与儿童的福利》《结婚与离婚》《自由与平等》中热切地介绍了他对苏维埃妇女生活的所见所感。在茅盾看来，像苏维埃妇女那样，妇女既保留了母职，同时在社会上又有与男性同等享有择取社会事业的权利——这样的妇女集个性、母性、社会性于一体，作为与男性一样的"社会个体"而平等自由地存在，这便是真正获得解放的妇女、真正解放了的"人"。从观念形态而言，据此依然可见出茅盾社会观与妇女解放论的理想风貌。

余论

综上所述，作为在五四时代就力主妇女解放的知识人，茅盾非常可贵的地方不仅在于他以学理的精神和态度有意识地译介了国外妇女解放学说和思潮，也在于他十分务实地立足于中国社会现实情形关切中国妇女解放的实际程度以及探究中国妇女解放与民族国家独立以及人类社会进步之间的内在关系。再结合茅盾自身的人生轨迹来看，他的妇女解放论既是他有感于时代社会需要对妇女的启蒙与召唤，同时也折射了他对自我的人生价值观念与追求，其中内含着个体在人类社会进步的召唤下自发的社会责任体认和自觉的使命承担。需强调的是，其一，茅盾不是从优势阶级"同情"弱势阶级的人道主义立场支持妇女解放，而是将支持妇女解放视为他作为"社会进化中的一员"所应担负的社会责任。在此意义上，身为男性知识分子的茅盾有意识超越了惯常的男权中心主义与男权社会心理，积极支持、鼓励、帮助、引导妇女走向解放。从这个角度而言，有的研究者从自由主义女权理论角度认为茅盾妇女观有男权本位意识的观点就值得商榷。事实上，茅盾妇女解放论在显性意识上没有明显的男权色彩，他对男权社会文化心理也有警惕的自觉。其二，茅盾不是从工具性意义上为政治运动或社会运动征用妇女，诸如晚清民初从国民母或女国民的功利角度征用女性，而是尊重并承认妇女作为"人"的资格与权利，支持妇女自觉参与社会事业。茅盾既将妇女自觉参与社会改造视为妇女作为"人"和"社会进化中的一员"应尽的社会责任与历史承担，同时也将之视为妇女实现个体人生价值的正途。在茅盾看来，这是妇女自身同时也是整个妇女界得以获得实质解放的必经之途。这也是茅盾在国民革命时期鼓励妇女参与国民革命运动的逻辑起点——这些新女性不仅是人类社会历史的组成部分，同时也有参与人类社会历史进步的权利与责任。其三，茅盾妇女解放论在面对社会公众时基于社会现实情形的考量而存在必要的取舍与偏重。这从茅盾对爱伦凯母职的态度中可见一斑。茅盾和沈泽民是最早为国人译介爱伦凯妇女

---

① 茅盾：《"家"与解放》，《文艺阵地》1941 年 2 月 10 日第 6 卷第 2 期，第 34—35 页。

解放论的译者,茅盾其实在情感上和理论上均很看重爱伦凯的母性说理论,但考虑到当时社会现实情形的大环境——一者,当时中国社会的现实条件与爱伦凯所期的"母职"教养相距甚远;再者,爱伦凯母职理论在客观上很容易与当时国内趋于保守的良母贤妻主义合流,这不利于尚处于起步阶段的中国妇女解放运动的循序开展。正因如此,茅盾在 1920 年代对此议题并未多谈,转而大力提倡他当时认为更适合中国社会实情的儿童公育。这在他的小说创作中也有所体现,茅盾写了一系列时代女性形象,重点关注的是新女性与传统家庭、新女性与现代婚恋、新女性与社会事业之间的关系,未充分展开新女性与孩子之间的现代母子关系议题。比如茅盾在《腐蚀》中虽写到赵惠明生子,其中流露了些许母亲对孩子的天性之爱,但最终赵惠明还是迫于国民党特务职业的特殊性及其情感创伤(被引诱失身)狠心地把孩子遗弃在了医院。然而,结合他在 1940 年代对苏维埃妇女和儿童的殷殷关切,从中还是可以反观出他对母职对天性之爱的保留与肯定。最后,从茅盾妇女解放论的当代价值而言,茅盾在 1930 年代就已注意到现代商业社会和消费主义对妇女物化的新现象及其表征,这些敏锐的洞见在今天的社会时风中依然发人深省,值得重视!

时代女性与茅盾小说的身体叙事

刘　涛①

摘要：茅盾小说的时代女性之所以能成为经典形象，与巧妙的身体叙事分不开。茅盾小说的身体描写并非仅仅是为了聚焦身体，而是要通过身体描写来展示身体之外的一些东西，具有丰富的历史文化内涵和独特的美学意蕴。

关键词：茅盾；小说；时代女性；身体叙事

现代文学史上，茅盾以社会剖析小说见长，并以此奠定其在文学史上的地位。但是，茅盾的社会剖析带有过强理性色彩。读《子夜》，感觉茅盾似乎有两副笔墨。写期货交易所，写工厂，写男性，是一副笔墨；写家庭，写闺房，写女性，是另一副笔墨。写吴荪甫，为突出其外强中干和蛮横专断，反复渲染"咬牙"的面部动作，感觉茅盾在塑造这个资本家形象时，理性用得过多了一点，使这个人物不时显出枯窘之态，同时，作家的笔也给人以滞涩之感。但当作者的一支笔，用于女性，写到林佩瑶、徐曼丽等人时，则显得摇曳多姿、活色生香，使人感到茅盾最擅长的还是女性形象的塑造。

创作《子夜》前，茅盾已经发表《蚀》三部曲、《虹》、短篇小说集《野蔷薇》等，这些小说同样以女性形象的塑造见长。现在通常把茅盾《蚀》三部曲、《虹》塑造的女性形象称为"时代女性"。现代作家以塑造时代女性形象见长的不只茅盾一人，茅盾外，丁玲塑造的梦珂、莎菲等形象也很有名。但女性书写，对于两人的意义并不一样。茅盾与丁玲皆以女性书写开始自己的小说创作，但丁玲在转入左翼后，其女性视点逐渐被放弃，只在《我在霞村的时候》《在医院中》偶尔显露。茅盾则始终执着于女性书写，其后期的《腐蚀》《霜叶红似二月花》，其中人物显得精彩夺目，给人留下深刻印象的，还是女性。可见，现代作家中，最为执着于女性书写，以女性书写而见长的，非茅盾莫属。从这个角度讲，茅盾虽然被誉为左翼文学巨匠、社会剖析派大家，但他的小说，在艺术上能够留下来的，却不是对社会的理性剖析，而是对现代女性的精彩描绘。

时代女性两型

茅盾塑造的时代女性，从气质上讲大致可分两类，一类如《幻灭》的静女士、《动摇》的方太太，属于阴柔型，《幻灭》的慧女士、《动摇》的孙舞阳、《追求》的章秋

---

① 作者简介：刘涛，河南大学文学院教授。

柳、《虹》的梅行素,属于阳刚型。阴柔型女性温婉、恬静、矜持,阳刚型女性豪爽、洒脱、刚毅。所谓阴柔型和阳刚型,只是人物气质的划分,两类人物在思想与精神上是相通的,如坚韧、执着,有强烈的女性意识等。不过,在对传统女性道路的反叛上,阳刚型比阴柔型无疑要走得更远一些。

对于这两类女性,茅盾更偏向阳刚型,这从数量上可以看出,他塑造的时代女性大多为阳刚型,阴柔型只有静女士与方太太等。《从牯岭到东京》一文中茅盾曾提及这两类女性:"静女士和方太太自然能得一般人的同情——或许有人要骂她们不彻底,慧女士,孙舞阳,和章秋柳,也不是革命的女子,然而也不是浅薄的浪漫的女子。如果读者并不觉得她们可爱可同情,那便是作者描写的失败。"这段话似乎显示茅盾对笔下两类人物不分轩轾,同样看待,但从其创作实践可看出,他塑造得最多、最精彩、最具个性的,还是阳刚型女性。

对于这两类女性的身体,茅盾所采用的描写手段也不一样。对于阳刚型,茅盾倾向于绘其形,突出其身体"肉感的特点";对于阴柔型,茅盾倾向于传其神,突出其"不可分析的整个的美"。《幻灭》对于静女士与慧女士,采用的就是两种不同的描写手法:

> 五月末的天气已经很暖,慧穿了件紫色绸的单旗袍,这软绸紧裹着她的身体,十二分合式,把全身的圆凸部分都暴露得淋漓尽致;一双清澈流动的眼睛,伏在弯弯的眉毛下面,和微黑的面庞对照,越显得晶莹;小嘴唇包在匀整的细白牙齿外面,像一朵盛开的花。慧小姐委实是迷人的呵!但是你也不能说静女士不美。慧的美丽是可以描写的,静的美丽是不能描写的;你不能指出静女士面庞上身体上的哪一部分是如何的合于希腊的美的金律,你也不能指出她的全身有什么特点,肉感的特点……似乎有一样不可得见不可思议的东西,联系了她的肢骸,布满在她的百窍,而结果便是不可分析的整个的美。①

这一段对比两类女性所具有的不同美感特点。对于静女士,茅盾认为其美是综合的,不可分析,所以,读过《幻灭》,我们从静女士所得的,偏于精神的幻灭情绪,对静女士的身体特征,则无从把握。与此相对照,慧女士在小说中虽偶一露面,但其精神的玩世不恭,身体的肉感迷人,却给读者,特别是男性读者,留下深刻印象。之所以会出现这样的阅读体验,与茅盾对阳刚型女性身体特征的细致呈现是分不开的。

时代女性的身体叙事

《幻灭》之后,茅盾在《动摇》《追求》《虹》三部作品中,分别塑造了三位阳刚型女性。对于孙舞阳和章秋柳,小说充分呈现她们身体的"肉感特征"。《动摇》中,孙舞阳的形象一开始是出现在方罗兰幻觉中,突出了孙舞阳细白米似的两排牙齿

---

① 茅盾:《幻灭》,《茅盾全集》第 1 卷,人民文学出版社 1984 年版,第 19—20 页。

和灼热的肥白的小手，继而她的形象又出现在老流氓胡国光的视线中：

> 这天很暖和，孙舞阳穿了一身淡绿色的衫裙；那衫子大概是夹的，所以很能显示上半身的软凸部分。在她的剪短的黑头发上，箍了一条鹅黄色的软缎带；这黑光中间的一道浅色，恰和下面粉光中间的一点血红的嘴唇，成了对照。她的衫子长及腰际，她的裙子垂到膝弯下二寸光景。浑圆的柔若无骨的小腿，颇细的伶俐的脚踝，不大不小的踏在寸半高跟黄皮鞋上的平背的脚，——即使你不再看她的肥大的臀部和细软的腰肢，也能想像到她的全身肌肉是发展的如何匀称了。总之，这女性的形象，在胡国光是见所未见。①

这段对于孙舞阳的身体描写，与《幻灭》慧女士的身体描写，虽同样偏重于女性身体的"肉感特征"，但其内涵不同。《幻灭》侧重于对比两类女性不同的美感特点，而《动摇》从旧派人物胡国光的视点出发，对新派人物孙舞阳的身体描写，则突出了新派女性"见所未见"的现代特质。茅盾采用胡国光的视点对孙舞阳进行身体描写外，还在第三章运用胡国光的视点对另一新派女性方太太进行了身体描写。通过胡的视点，小说写方太太外貌："小小的鹅蛋脸，皮肤细白，……还是少女的装扮；出于意料之外，竟很是温婉可亲的样子，并没有新派女子咄咄逼人的威棱。"②听了方太太言谈后，胡国光暗自诧异，感觉她温雅和易，没有任何政治气味，与想象中的方太太绝对两样。也就是说，作为新派女性的方太太，从外形到精神，对于旧派人物胡国光，皆没有形成冲击力。而同为新派女性的孙舞阳，在胡国光的眼里则是"见所未见"，是全新的，表现在身体层面，就是"那女的可就像一大堆白银似的耀得胡国光眼花缭乱"，对之形成极大震撼。这种对比，是为了展示同为新派女性，阳刚型的孙舞阳要比阴柔型的方太太，更加具有活力，更加新潮和现代。

作为新派女性，孙舞阳不但对旧派人物是"见所未见"，对于新派人物同样是"闻所未闻"。《动摇》第六章有一细节，写罗兰在孙舞阳房间闻得一阵奇香，后发现香气来自黄色纸盒，盒面有"Neolides-H. B."字样，方罗兰认为是香粉，其实那是当时新派女性都喜欢用的一种避孕药。这个细节，显示当时新派女性性观念的大胆和开放，已经是同为新派人物的方罗兰所不能了解的。这也是从身体层面来展示阳刚型女性的新派与开放。

茅盾所写阳刚型女性中，其肉感特征被揭示得最充分、显得最为艳冶的，当属《动摇》的孙舞阳。慧女士在《幻灭》只是偶尔出现，作者对之没有充分描写。到了《虹》，在女性身体描写上，茅盾用笔已非常注意分寸。《追求》对于章秋柳的身体虽有多处大胆描写，但比较笼统和概括，细致程度和所达到的动态效果远不及《动摇》。《动摇》对孙舞阳的身体，是多角度分层次的立体展示。先让她出现在方罗兰幻觉中，继之写胡国光对她的观察，然后又写方罗兰在其室内闻香，史俊寻其不

---

① 茅盾：《动摇》，《茅盾全集》第 1 卷，人民文学出版社 1984 年版，第 168 页。
② 茅盾：《动摇》，《茅盾全集》第 1 卷，人民文学出版社 1984 年版，第 129 页。

遇,在路上则不期然瞥见孙舞阳那淡蓝衣角一闪。这样,就通过不同身份的男性,呈现了新派女性孙舞阳身体的活力及妖冶之态。在聚焦孙舞阳的身体时,小说不但写孙的外在体态之美,把其放在不同的光影变化中来展示,而且还写其说话送来的"阵阵的口脂香",写少女身体的肉香,写其口气轻微喷射于男性颈间所带来的巨大震颤,写其言语之间的媚态。总之,茅盾写孙舞阳,不仅写其美,更能写其"媚"。活力四射的孙舞阳于是跃然站立于读者面前。

衣饰是身体的有机组成部分,可以说衣饰就是身体,衣饰描写属于身体叙事的重要内容,在小说叙事中承担着重要功能。茅盾非常擅长女性的衣饰描写,这一点突出体现在《动摇》中。孙舞阳在小说中首次出现于方罗兰的幻觉,身着"墨绿色女袍"。第一次正面出场,则"正玩弄她的白丝围巾"。胡国光眼里的孙舞阳穿了淡绿色衫裙,垂及膝弯下二寸光景,剪短的头发上箍着鹅黄色软缎带,典型的新派女性装扮。孙舞阳跳舞时"短短的绿裙子飘起来,露出一段雪白的腿肉和淡红色短裤的边儿。"多么具有魅惑性!孙舞阳到车站送史俊,因赶时间而"面红气喘,而淡绿的衣裙颇有些皱纹。"当她扯出手帕对史俊摇挥时,"手帕上飘落了几片雏菊的花瓣,粘在她的头发上"。这是通过衣饰来暗示孙舞阳性生活的开放。小说涉及方罗兰与孙舞阳关系的场合,往往会对孙舞阳的衣饰有所描写。《动摇》第九章,方罗兰在"五七"纪念会中遇到孙舞阳,"她右手扬起那写着口号的小纸旗,遮避阳光,凝神瞧着演说台。绸单衫的肥短的袖管,直褪落到肩头,似乎腋下的茸毛,也隐约可见"。这一段,衣饰的遮蔽功能大大减弱,因为它已"褪落到肩头",写衣饰是为了突出那隐约可见的"腋下的茸毛",女性隐秘的身体和男性的欲望同时被凸显出来。"五七"纪念会第二天一大早,方罗兰再次来到孙舞阳住处,"她还只穿着一件当作睡衣用的长袍,光着脚;而少女们常有的肉体的热香,比平时更浓郁"。面对男性在场,孙舞阳毫无羞涩之态,很坦然地穿袜换衣服,嘴里哼着歌曲。对方罗兰的表白,她毫无所动,很镇静地拒绝对方,"她让那件青灰色的单衫半挂在一个肩头,就转身半向着方罗兰,挽着他的右臂,轻轻地把他推出了房门"。茅盾在这里通过孙舞阳换衣服的举动,写出了新派女性身体是女性、性格为男性的阳刚气质。小说第十一章,流氓袭击妇女协会和县党部后,方罗兰在街上再次遇到孙舞阳,"她穿一件银灰色洋布的单旗袍,胸前平板板的,像是束了胸了。""束胸"的细节既包含男性对于女性的性别关注和隐秘欲望,又暗示事态危机,渲染出一派恐怖气氛,象征乱世中女性更为艰难险恶的处境。为了逃难,孙舞阳进行改装,成为衣裳褴褛的小兵,"白嫩的手缩在既长且大的一对脏衣袖内,臃肿不堪的布绑腿沾满了烂泥,下面是更破的黑袜套在草鞋内",手和脸的白嫩与衣服的肮脏形成极大反差,让方太太不禁失笑。这是通过方太太的视点来呈现改装的孙舞阳。但是,当孙舞阳去掉伪装,"把一件破军衣褪下来,里面居然是粉红色,肥短袖子,对襟,长仅及腰的一件玲珑肉感的衬衣"。这时,视点悄悄转换成男性方罗兰的了:

方罗兰看见孙舞阳的胸部就像放松弹簧似的鼓凸了出来,把衬衣的对襟钮扣的距离都涨成一个个的小圆孔,隐约可见白缎子似的肌肤。她的豪放不羁,机警而又妩媚，她的永远乐观，旺盛的生命力，和方太太一比而更显著。方罗兰禁不住有些心跳了。[①]

由束胸到放胸，由改装到复原，由女性视点到男性视点，茅盾对孙舞阳的衣饰描写承担着复杂的修辞功能，既揭示了时代政治与女性身体的内在关系，男性对于女性的爱欲，又表现了阳刚型女性的机智、妩媚与活力。

身体描写是作家塑造人物形象的重要手段。茅盾小说的时代女性之所以能成为经典形象，在现代小说人物画廊中占据突出位置，与茅盾在进行时代女性塑造时所采用的高超艺术技巧包括其成功的身体叙事是分不开的。茅盾小说的身体描写是为了塑造美的形象，这种美具有独特的时代内涵。茅盾笔下时代女性与中国传统小说中女性形象的一个最大区别，就是茅盾笔下女性所显示的"美"，是一种"健美"，是生命力旺盛和现代女性得到解放的表征，这种健美与其性格上的刚毅进取相辉映，形成现代女性人物形象不同于传统女性的独特美学内涵。茅盾小说的身体叙事还突出了现代女性对自己身体的自由支配，以此来表达现代女性的自主意识、开放意识。在展示现代女性身体的美和活力的同时，茅盾还通过女性身体的"疾病"来揭示女性在现代社会的困境以及女性的内心苦闷。所以，茅盾小说的身体描写并非仅仅是为了聚焦身体，而是要通过身体描写来展示身体之外的一些东西，具有丰富的历史文化内涵和独特的美学意蕴。

关于茅盾的女性书写，议论较多的是茅盾女性身体叙事背后存在所谓"男性视点"，即茅盾作为一个男性作家，在表现女性时，在意识中自觉或不自觉地较多关注女性身体的性别特征，不适当地呈现了女性乳房、臀部等部位，显露不健康的赏玩趣味，在看与被看的对立与转换中，女性成为欲望化的对象。这种批评是否有道理？

茅盾的身体叙事是否存在"男性视点"？

要解决这个问题，首先要对"男性视点"这一概念做严格界定。叙事学理论中，"视点"不同于"视角"，指的小说情节叙事内部，由某个特定人物通过其特定视角出发对周围环境包括周围人所做的观察，这个观察人就是所谓的"视点人物"。小说叙事中，这样的视点人物可以是多个，性别上可以是男性，也可以是女性。若视点人物是男性，这样的视点就可以称为"男性视点"。例如在《动摇》中，由胡国光或方罗兰出发对于孙舞阳所做的观察，就是一种"男性视点"。这种意义上的"男性视点"隶属于小说的情节布置，视点人物的选择，是为情节发展的需要服务的。选择什么样的视点人物，是作家的自由。因此，如果从这个角度批评茅盾女性书写背后所显露的"男性视点"，是不成立的。茅盾在《动摇》《追求》中，对于女性的身体描写，大多是通过男性视点人物进行的，若说这种描写表现了男性对于女性的隐秘欲望的话，那也是小说人物对于女性的欲望，与作家本人扯不上关系。

---

① 茅盾：《动摇》，《茅盾全集》第 1 卷，人民文学出版社 1984 年版，第 255 页。

另一种"男性视点",其含义类似于"男子中心主义"或"大男子主义",指小说整体情节叙事所体现的价值取向,是不尊重女性,对女性持赏玩、亵玩态度。这样一种"男性视点"在茅盾小说中同样是不存在的。茅盾前期小说,如《蚀》三部曲、《虹》,不但不存在这样的"男性视点",恰恰相反,存在着"女强男弱"、"女美男丑"的模式,女性在性格上要远强于男性,女性在外表与体态上也远美于男性。这种性别之间的有意对比,在茅盾小说中随处可见,如《幻灭》中静女士与抱素、《动摇》中孙舞阳与方罗兰、《追求》中章秋柳与史循、《虹》中梅女士与韦玉、柳遇春。这些女性身体是女性,但性格上却是"男性",爽朗洒脱,刚毅果断,是女子中的大丈夫,与此相对照,她们身边的男性却一个个性格懦弱,猥琐不堪,为"姝姝然的小丈夫"。这些女性不但性格强过男性,身体也比男性健康,洋溢着生命的活力。如《虹》中韦玉身患肺病,而梅女士却满含青春活力,令韦玉自惭形秽。《追求》中史循通过镜子反射看见章秋柳丰腴健康的肉体,同时更加认识自己"骨骼似的枯瘠",这种可怕的对照把他抛入绝望深渊。茅盾之所以尊重女性、讴歌女性,是因为他同情女性、理解女性,深刻认识到女性在现代社会中的艰难处境。就如《追求》中王诗陶对章秋柳所说:"在这斗争尖锐的时代,最痛苦的是我们女人。"正是出于对于女性的理解、尊重与同情,茅盾彻底颠覆中国传统文化的男子本位与男子中心,对男人进行无情嘲讽,而给予女性大胆歌颂与肯定。若说这是一种"视点"的话,那也是"女性视点",而非"男性视点"。

局部情节上,"男性视点"的选择是作家的自由。整体价值立场上,茅盾又同情女性、尊重女性、讴歌女性。那么,对于茅盾身体叙事中所流露的"男性视点"的指责是完全错误的吗?也不尽然。茅盾前期信奉自然主义,在他前期小说中,不自觉保留有自然主义的一些因素,其中重要体现就是对于女性的身体描写,有时存在不太节制之处,特别是对于女性胸部的描写稍多,有些描写稍稍游离于情节发展之外。如《动摇》第七章:"一片浮云移开,金黄色的太阳光洒了章秋柳一身;薄纱的睡衣似乎成为透明,隐约可见她的胸部正在翕翕地动。"这里的胸部特写就显得没有必要。总体上讲,茅盾早期几部小说,特别是《动摇》《追求》,对于女性的身体描写,偶尔在笔致上有越轨之处,如果说这些地方存在对于女性身体的赏玩,也是说得通的。但把这种描写的偶尔越轨上升为"男性视点",则存在夸大之嫌。对于茅盾来说,这种描写的偶尔越轨纯属大醇小疵,掩盖不了他在女性书写上的卓越才华。而且,茅盾小说的女性身体叙事也存在一个发展变化的过程。在《动摇》《追求》之后,茅盾很快意识到自己的问题。从《虹》开始,凡涉及女性身体叙事之处,茅盾用笔皆非常审慎,其简约含蓄的风格,与《动摇》《追求》相比,已大为不同。

《蚀》的"情绪迷醉"与茅盾的"自我出走"

俞敏华①

摘要：《蚀》三部曲是茅盾写于 1927 年秋至 1928 年春的作品，既是茅盾走向文学创作道路的起点，也是"大革命"失败后，知识分子心声的真实写照。这一文本在历史语境中经历了评判、删改以及作家的自我阐释，成为了丰富的文化载体，见证了知识分子走向革命身份建构的复杂历程。本文力图在小说叙事的内在逻辑和茅盾自我阐释的交结点中，探讨这一文本之于茅盾的人生的多重意义，思考作家的人生选择以及如何对人生问题完成了"文学性"的述说。

关键词：《蚀》；小说；茅盾；个体；革命

一

20 年代中后期，抱着救亡图存的理想与激情的知识分子们刚经历了"新文化"阵营的分化，又遭遇了轰轰烈烈的"大革命"的失败，个人的迷惘与社会变革的困惑乃至无望，恰似一股感染性极强的情绪四处漫延。此时的沈雁冰已经辞去《汉口民国日报》的工作，并从消息闭塞的庐山回到了上海，却得知自己成了通缉犯，不仅听到了同事去世的消息，自身也陷于贫病交集的困境。对一位从小立志"大丈夫当以天下为己任"而离开了故乡的青年，面对时势的变幻莫测及个人出路的迷茫乃至活动的受限，产生了对未来的幻灭情绪以及人生追求的动摇与困惑可想而知。《幻灭》《动摇》《追求》便在此时应运而生。

这三部作品最初发表于《小说月报》，1930 年集为三部曲出版，名为《蚀》。小说描述了一群青年知识分子在时代大矛盾中身心的困顿和人生道路选择的矛盾，不失为作者处于困境中的情绪的释放以及镜像的自我投射。小说发表以后，就遇到了激进的左翼作家的批评，最尖锐者当属太阳社的"革命文学"理论家钱杏邨，他批评作品"是不革命的"，做了"幻灭动摇没落人物"的代言人。② 当时的茅盾自然意识到了来自圈子内部这种批评力量的强大。于是，为了响应批评，在我看来，也是为改变一下小说过于颓唐的印象，还有使自己纳入革命队伍行列的意图，在 1928 年 7 月的《从牯岭到东京》一文中阐述自己的创作，认为："我是真实地去生活，经验了动乱中国的最复杂的人生的一幕，终于感得了幻灭的悲哀，人生的矛盾，在消沉的心情下，孤寂的生活中，而尚受生活执著的支配，

---

① 作者简介：俞敏华，文学博士、教授，现任职于浙江师范大学行知学院。
② 钱杏邨：《茅盾与现实》，《现代中国文学作家》（第 2 卷），上海泰东书局 1929 年，第 170 页。

想要以我的生命力的余烬从别方面在这迷乱灰色的人生内发一星微光,于是我就开始创作了。我不是为的要做小说,然后去经验人生。"①他还说:"我是用了'追忆'的气氛去写《幻灭》和《动摇》,我只注意一点,不把个人的主观混进去,并且要使《幻灭》和《动摇》中的人物对于革命的感应是合乎当时的客观情形。"②以此,茅盾阐述了自己的人生经验之于写作的推动力,而且,这种经验是普遍且客观的,同时,更强调了写作是为了发"一星微光",这多多少少又与他的革命志向相结合了。

至 1930 年《蚀》出版时,茅盾又写了《题词》,再次强调"这三篇旧稿子是在贫病交迫中用四个月的工夫写成的;事前没有充分的时间以构思,事后也没有充分的时间来修改种种缺陷,至今内疚未已"。③ 现在看来,茅盾所谈及的内疚与小说表达的幻灭动摇等情绪有关,极力要与作品中的人物情绪做出一个作家动机上的隔离,当然,这并不是说茅盾否认了自己当时的情绪,而是为这种情绪的表述赋予了更高层次的理性的阐释。而后,茅盾在关于自己的创作道路、作品修改、再版等事件中,多次阐发了写作《蚀》的原因并对作品不足表示悔意。有意思的是,其中有这样一层意思越来越清晰,即小说的写作皆与他当时所见的知识分子的处境有关。1933 年发表的《几句旧话》中说道:"同时我又打算忙里偷闲来试写小说了。这是因为有几个女性的思想意识引起了我的注意。"④后来他又说:"《幻灭》主要写两个女性——静女士和慧女士,后来的《动摇》和《追求》也着重写了女性。这有它的原因。'五卅'运动前后,德沚从事于妇女运动,她工作的对象主要是女学生、中小学教师、开明家庭中的少奶奶、大小姐等等小资产阶级知识分子。她们常到我家中来,我也渐渐与她们熟悉,对她们的性格有所了解。大革命在武汉,我又遇到了不少这样类型的女性。"⑤这里,茅盾清晰地说明了作品指向于他所遇到的女性的、小资产阶级知识分子。一方面,对善于观察且一直以来对中国妇女解放问题有思考的作者来讲,这样的阐述是可靠的;另一方面,若结合小说文本中异常饱满的情绪展示来看,我们不得不将其与作者自身的体验结合起来,尽管有时,它以女性的身份出现。那么,作者对创作过程进行的女性书写对象的指证和强化,明显阐发了小说是因观察而客观记录的意味,换句话说,作者的话语中,明显有了将"自己的事情"变成了"别人的事情"的辩解。

实际上,这种创作理念与茅盾后来走向社会剖析小说的写作是一致的。茅盾所建构的反映社会现实的文学理论观,真实而又客观地表明了茅盾的确是一个关注社会问题且长于分析的现实主义作家,这是隐含于茅盾身上的内在精神气质。就如同晚年茅盾回忆自己对《蚀》的写作时,一再强调的还是自己对中国革命的思考,他说:"一九二七年大革命的失败,使我痛心,也使我悲观,它迫使我停下来思

---

① 茅盾:《从牯岭到东京》,《小说月报》1928 年 10 月第 9 卷第 20 号。

② 同上。

③ 茅盾:《〈蚀〉题词》,《茅盾全集》(第 1 卷),人民文学出版社 1984 年版,第 423 页。

④ 茅盾:《几句旧话》,《茅盾选集》(第四卷),四川文艺出版社 1985 年版,第 83 页。

⑤ 茅盾:《我走过的道路》(上),人民文学出版社 1997 年版,第 385 页。

索：革命究竟往何处去？共产主义的理论我深信不移，苏联的榜样也无可非议，但是中国革命的道路该怎样走？在以前我自以为已经清楚了，然而，在一九二七年的夏季，我发现自己并没有弄清楚！"①也就是说，直到晚年，茅盾最介意的，还是自己的表达是否回答了中国革命面临的问题。

然而，这个叙事结局总是不完美乃至充满了悲观情绪的文本，当然不可能回答中国革命寻找解决困境之出路这一问题，同样，作者阐释中的"一星微光"、"思考"却为文本增加了新的内涵，使文本完成了青年茅盾困顿情绪的传达时，又在历史的长河中，承担了作者人生经验的自我完善和自我形象建构的功能——使我们大多数读者接受了茅盾以此作为起点，充满着投身中国革命的激情和信念。那么，充满悲观、消极情绪的叙事文本和承担着推进人生选择功能的文本，两者反向而行，却共同成就了茅盾的文学史地位、政治地位。毫无疑问，那个在叙事中流露着不安、困顿情绪的茅盾是真实的，那个带着没有好好利用这个素材的忏悔感的茅盾也是真实的，更有意思的是，这种反向而行文本所建构的交集点却让我们看到了20年代末期中国知识分子更丰富的存在。

二

《蚀》中的悲观情绪集中表现于小说人物所面临的困顿上，女性在叙事中成为这一情绪的主要承担者。静女士敏感、失落，方太太无力自拔，慧女士、孙舞阳、章秋柳拥有着身体欲望的放纵及自我主宰的能力，却无法看到未来的道路。尽管这些女性对自我、对世界有着种种不同的看法，但有一点是一致的：身、心上无处安顿。

《幻灭》中，静经历了情感及肉体上的受骗与受伤后遇到了强惟力，一个可以让这个温婉的女子认为是"最忠实的爱人，最爱惜她的人"②，然而，经历了短暂的相互温存的时光后，强惟力便奔赴战场了，这当然离不开静痛苦而又自傲的选择，而这种选择又何尝不是生命的空虚以及处境的回环，就如静看到强惟力走了以后，悲咽地说道："诗姊！我们分离后，我简直是做了场大梦！一场太快乐的梦！现在梦醒，依然是你和我。只不知道慧近来怎样了！"③这结局又将静拉回了开篇那段只有她与慧的相处时光，是否又带着命运循环的暗示呢。《动摇》中的方太太在与孙舞阳的"较真"中不可自拔，最终在丈夫方罗兰的对照式审视下，精神恍惚而"仆在地上"了。而慧女士、孙舞阳、章秋柳，是充满着生命活力和激情的、追求自由的女子，她们是否找到了新的出路呢？《幻灭》结尾王女士说的那句"像慧那样的人，决不会吃亏。"④隐隐地告诉我们，慧还是过着那种纠缠于男士之间的、或是放纵、或是报复的生活。同样，孙舞阳、章秋柳也在"没有人被我爱过，只是被

① 茅盾：《我走过的道路》（上），人民文学出版社1997年版，第382—383页。
② 茅盾：《蚀》，人民文学出版社1954年版，第96页。
③ 同上，第98页。
④ 同上，第98页。

我玩过"①的生活中,大胆地散发着肉体的妖媚,并制造了男人们的精神惶惑。而得了梅毒的章秋柳依然高昂陈词,却在长论之后,"于是她像放宽了弹簧似的摊在床上,没有声音了。"②生活的幻影就像泡沫一般在她们的身边散发着诱人的光芒,却随时都将接受破灭的黑暗。

茅盾认为自己书写的这些女性具有时代典型性,创作更是因为他遇到了这些类型女性的结果。如在《几句旧话》里阐述了人物的原型,归因于自己在上海、武汉甚至旅途中皆遇上了同一类型的女性,他说:"而我在上海所见的那样思想意识的女性在武汉也发现了,并且因为是在紧张的大旋涡中,她们的性格更加显露。"③"我于是在这'人海'的三等舱里又发现了在上海也在武汉见过的两位女性。"④"稍稍知道我的生平,但和我并不相识的人们,便要猜想那三位女性到底是谁,甚至想做'索隐'。然而假使他们和我熟识并且也认识我的男女朋友,恐怕他们就会明白那三个女主角绝对不是三个人,而是许多人,——就是三种典型。"⑤这种阐述带有鲜明的观察和描写他者的意味,然而无论如何作家的思想情绪不可能不在作品人物身上留下烙印。正如有评论者所说过的:"对茅盾来说,观察和描写女性,为的是表现她们'时代'的特征,对她们作那种'自然主义'或'现实主义'的客观、科学、精密的描写是他的初衷之一,其中包含着把个人的主观情绪或私生活排斥在再现领域之外。……但问题是,描写女性这一选择的本身便是主观的,反映了他当时生活经历与主观情绪的'浪漫'性。这并不奇怪,如果茅盾最初写小说的激情和他私生活有一定的关系,虽然这方面的材料较缺乏。"⑥可以想象,茅盾作为一个三十岁左右的已婚青年,正深陷于贫病交集的困顿中,不仅找不到实现理想抱负的职业,连外出的自由也受到了限制。即无论是躲在家中的沉闷,还是愿以全部身心全力以赴地奔向社会却不知未来的方向,都使他置于一种悲观的情绪中。作品中人物的矛盾又何尝不是作者自身的人生映射呢?! 当然,写作算作一种排遣方式之外,从茅盾的人生经历来讲,之后与秦德君的相遇,使这种情绪在恋爱中得到了平抚,至于两人是否有婚姻的问题,那是一个复杂的话题,然而,小说文本中流露出的无路可走的情绪的确在现实生活中找到了良好的安放场所,因为不管结果如何,恋爱中的茅盾是幸福的,是身心愉悦的。这种平抚也一定意义上,促使了作者在叙事上的出走,进一步确立了社会剖析式的现实主义原则。

不过,在我看来,在《蚀》中叙述者究竟多大程度上回避或回应了作者的情绪,或者说,人物身上究竟多大程度地承载了作者的影子,并不是问题的关键。问题的紧要处在于,《蚀》作为一个小说作品而存在的事实,这是一个在《小说月报》上

---

① 同上,第214—215页。

② 茅盾:《蚀》,人民文学出版社1954年版,第427页。

③ 茅盾:《几句旧话》,《茅盾选集》(第四卷),四川文艺出版社1985年版,第84页。

④ 同上。

⑤ 同上,第85—86页。

⑥ 陈建华:《革命与形式——茅盾早期小说的现代性展开1927—1930》,复旦大学出版社2007年版,第97页。

刊载并指向大众阅读的文本。在我看来，深陷生活困顿的茅盾开始写起了小说，除了排遣内心的苦闷之外，以写小说之事业解决生计问题，应该也是一个重要原因。

茅盾说起自己为什么写小说的时候，就多次提到"卖文为生"。比如，1957 年《写在〈蚀〉的新版后面》一文就两次提到，他说："第一次写小说，没有经验，信笔所之，写完就算。那时正等着换钱来度日，连第二遍也没有看，就送出去了。"①"那时候，我是现写现卖，以此来解决每日的面包问题，实在不可能细细推敲，反复修改。"②晚年了，还在《外文版〈茅盾选集〉序》中提到："当时我受蒋介石通缉，不得不过地下生活，自然也无法找职业，只有卖文谋生之道。"③在茅盾的阐释逻辑中，"卖文为生"是用于解释小说没有清晰地表明革命态度并对此充满忏悔之意而言的。但是，既是"卖文为生"必得有卖点，那么，这又进一步提示我们必须正视作品中诸多对女性的身体及性的描述，其中，关于慧女士、孙舞阳、章秋柳的描述尤其意味深长。这三个女性身上不仅散发出着丰满的、充满生机活力的肉体诱惑，而且，充满了精神的自由和无拘无束，这样的存在不仅对小说中的男性充满了诱惑力，对所有读者、特别是男性读者，也是充满吸引力的。虽然，小说在后来的再印中，有了删改，然而，也基本保留了"欲望"书写的底色。

比如，小说如此写孙舞阳在方罗兰面前展开的身体：

"孙舞阳说着伸了个欠，就把一件破军衣褪了下来，里面居然是粉红色，肥短袖子，对襟，长仅及腰的一件玲珑肉感的衬衣。"

"方罗兰看见孙舞阳的胸部就像放松弹簧似的鼓凸出来，把衬衣的对襟钮扣的距离都涨成一个个的小圆孔，隐约可见白缎子似的肌肤。她的豪放不羁，机警而又妩媚，她的永远乐观，旺盛的生命力，和方太太一比而更显著。方罗兰梦游不住有些心跳了。"④

显然，叙述者在这里对孙舞阳的身体进行了刻意的展示。如果在日常生活中，诸如孙舞阳、慧女士、章秋柳那般如此任性地展示自己的身体，是极其不合逻辑的，然而，如果作为一个期求读者关注的文本却极符合叙事逻辑。这虽然与当时张资平、蒋光慈等的书写有所不同，但不得不说，使小说拥有了"通俗小说"的特质。从这个意义上讲，女性的书写的原动力不是什么革命或主义，而是"卖文"的有效策略，因此，《蚀》的写作也成为一个"消费"与"自我确认"的文本。一方面，茅盾通过作品中人物的情绪的漫延和陈述，安放了苦闷的情绪；另一方面，通过书写获得经济上的资助，以寻找走出困顿的途径。结果就是，茅盾成为小说家茅盾。

---

① 茅盾：《写在〈蚀〉的新版后面》，选自《蚀》，人民文学出版社 1954 年版，第 432 页。
② 同上，第 433 页。
③ 茅盾：《外文版〈茅盾选集〉序》，《光明日报》1981 年 4 月 7 日。
④ 茅盾：《蚀》，人民文学出版社 1954 年版，第 259—260 页。

三

从最初的起点来看,《蚀》这一"消费"与"自我确认"文本的生成,与茅盾后来耿耿于怀的内疚并没有多大的关系,进一步说,《蚀》是当时处于人生低谷期的茅盾在自身苦闷的情绪以及解决生计之需求的作用力下发生的文本。值得一提的是,在 20 年代的中国文坛上,众多的青年在现实生活遭遇失望后转到文学中去发展自己的理想,且在文学的世界中宣泄自己的失落、悲观情绪,正如茅盾自己在 1923 年说过的:"悲观这两个字,近来是很时髦的。"①在文本中除了张扬自己的苦闷情绪之外,也将自身对社会问题、革命问题、婚姻问题、妇女问题等思考纳入创作的题材,这亦可算作当时的集体意识心理对茅盾创作的影响。也从一个侧面说明,实际上,写作这个作品时的茅盾,在文学上的精神追求并没有明确地体现其后来强化的革命性或社会剖析性,既没有过多的受围于写实主义、现实主义或浪漫主义之类的文学观,也没有过多地将文学与政治联系在一起,这反而成就了茅盾在表述自我内在情感上的细腻和真实。这倒引发我们再次关注小说的"文学性"这一问题。的确,比起茅盾后来走向社会剖析小说的路向,这个文本在意蕴上的不明、多义,情绪描述上的延宕,心理描写上的细腻感以及人物形象上的生动性,使其更具文学气质。

《蚀》中弥漫于文字间的悲观及矛盾的情绪,让我们看到了茅盾并没有刻意地回避或控制自身的现实困境的心绪的流露。我以为这在《追求》中仲昭这一人物身上表现极其鲜明。作为报馆工作的小职员,在工作中,仲昭既要以此职业维持着生活,所以处事上处处小心,又想借自己的改版计划来实践自己的理想,当然,亦包括证明自己以追求女性之理想,所以他极力地想创造出新的气象来,一遍又一遍地去试图说服主编接受他的改版建议。在爱情上,她对陆女士孜孜以求,却难以抵挡章秋柳的魅力召唤。在日常生活中,他的情绪总是飘忽不定,就连天下雨这事都会让他害怕,却在不经意间完成了写作计划后,变得异常的兴奋及希望满满,甚至遥想到快乐的小家庭和可爱的孩子,然而,又会瞬间因一张电文,将他所憧憬的一切打破而陷入致命的打击中。这种描述的真实性在于,茅盾在人物情绪的流动中,复原了人物的心境和处境,不仅证明了这次写作是作家对自我感悟的真实面对,而且,也自然而然地表达了时代青年的特征。当然,这种表述方式与茅盾早期所认同的文学形式有关。杨扬先生在研究茅盾早期文学思想时,就发现过他在 1924 年论述鲁迅的《呐喊》时,肯定了鲁迅小说的四个方面:"即一是抨击旧传统;二是创造新形式;三是显示灰色人生;四是对某种浅薄的'希望'的绝望。"②以此可推出,茅盾在《蚀》中表现的灰色、绝望其实也并没有像他后来不断强调的是对"革命"认识的问题,也是符合他对于文学的看法的。

此外,《蚀》中对女性出路问题的书写,也体现了茅盾在妇女解放问题、婚姻问

---

① 1923 年 6 月 2 日《文学旬刊》发第七十五期发表《杂谈》,署名雁冰。转引自杨扬《转折时期的文学思想——茅盾早期文学思想研究》,华东师范大学出版社 1996 年版,第 78 页,注释 74。

② 杨扬:《转折时期的文学思想——茅盾早期文学思想研究》,华东师范大学出版社 1996 年版,第 53 页。

题上的看法。他一直主张男女平等以同担改良社会责任为目的。1919 年，发表于《妇女杂志》第五卷上一文有这样的表述："现在欲让妇女从良妻贤母里解放出来；男人要把改良社会促进文化的担子分给他们；妇女要准备精神学好本事来接这担子；这才称是真解放。能这样的妇女，便是'解放的妇女'。"①《蚀》中集中表现于人物身上体现出的对婚姻的拒绝姿态。不仅慧女士、孙舞阳、章秋柳这些女性的生活都远离婚的束缚，更重要的是，作品时不时地流露出的对婚姻的恐惧和怀疑。如《幻灭》中的静在婚姻到来的那一刻以支持强惟力投身战场而采取了主动拒绝爱情的温柔乡的态度；《动摇》中方太太的家庭生活陷于危机，甚至无可拯救；仲昭前一秒还对陆女士的照片发出由衷的欣喜，下一秒却陷入憧憬破灭的失落。作品中这些思想的流露与茅盾主张的妇女解放问题上提出的妇女需自我解放有很大的关系，也直接反映了青年茅盾在婚姻问题上的矛盾和不安。

因此，一定意义上，《蚀》的写作更大程度上来自于满足了个人生活为出发点的需求，而作品发表之后，写作之于茅盾的意义，除了满足了内在情绪宣泄，以及真实地描述了"大革命"失败后的部分青年的处境之外，也引发了意想不到的效应，这效应包括左翼同盟对他的批评以及由此引发的茅盾在回应中对作品做出的修正。在修正中，茅盾以理智的分析掩盖或者说规避了作品中的情绪迷醉的特点，并以此告别了困顿的茅盾，逐渐完成了文学家的茅盾形象的塑造。从这个意义上讲，《蚀》之于文学家的茅盾来讲，起点意义十分鲜明。在我看来，一方面，茅盾完成了一次情绪迷醉式的诉说，在诉说中以及诉说后，作家往往才能有更清晰的态度去面对悲观的自我；另一方面，在发表之后的、有针对性的阐述中，完成了自我思想的重新梳理，使文本成为一个引导茅盾"自我出走"或"走向未来"的文本。

---

① 茅盾：《解放的妇女与妇女的解放》，《茅盾全集》（第 14 卷），人民文学出版社 1987 年版，第 64 页。

文学场域视阈下茅盾与太阳社、
创造社间的革命文学论争

田　丰①

摘要： 大革命失败后，茅盾退出革命活动转而从事文学创作，他的小说作品问世之后在赢得评论家和广大读者交口称赞的同时也招致革命文学家的非议，自《从牯岭到东京》一出更是掀起轩然大波，使他成为继鲁迅之后遭受围攻的另一对象。这场论争绝非仅限于单纯的革命文学观念的讨论，究其实质，在其背后隐现着文化领导权的争夺和文化资本的重新分配，从这一角度入手详细辨析有助于揭开论争的真实面目，使我们对这段聚讼纷纭、缠杂不清的文学公案有一个更加明晰的认识。

关键词： 革命文学论争；太阳社；创造社；茅盾；文化领导权；文化资本；社会资本

综观太阳社、创造社与鲁迅、茅盾之间爆发的革命文学论争，不难发现作为革命文学论争对立面登场的鲁迅和茅盾实际上并没有反对过"革命文学"本身，恰恰相反他们都曾明确表示过赞同，事实上也正是由于对革命文学正当性和必要性的共识才使得他们最终搁置争议，走向联合，组建起左翼作家联盟。值得深入探究的是，既然双方在对树立革命文学的必然性和必要性方面并无根本分歧，只是在"革命"如何"文学"等具体问题上存在着分歧和裂隙，他们之间的论争完全可以作为革命文学阵营的内部矛盾通过正常讨论加以解决，为什么会迅速升级，以至于到了剑拔弩张、口诛笔伐甚至人身污蔑的严重程度？

我们知道虽然创造社和太阳社之间为争夺革命文学发明权和领导权时也曾爆发过激烈的论争，但在鲁迅和茅盾表明自己对革命文学的态度并对两社的观点进行批评之际却迅速捐弃前嫌，步调一致地投入到对鲁迅和茅盾的批判中去。其中的缘由固然是多方面的，但不容忽视的是太阳社和创造社的革命文学倡导者显然已经认识到，要完成从文学革命到革命文学这一文学范式的重大变革，唯有集合起双方的文化资本和政治资本方能与在文学革命过程中集聚起巨大象征资本的鲁迅、茅盾等相抗衡。因此李初梨在致钱杏邨的公开信中就曾把太阳社、创造社之间的论争定性为无产阶级文艺阵营内部的"理论斗争"，而在论争过后，"仍是光风霁月，朋友还朋友，同志仍同志，决不因此生出什么感情的问题来，这是我们

---

① 作者简介：田丰，河南师范大学文学院副教授，研究方向为茅盾研究及中国乡土小说研究。

应该遵守的道德"，这样做的目的是为了使对方"在中国这种混乱的时期，应该认清敌人，统一战线"①。钱杏邨更是明言"我们只有扳倒了鲁迅和茅盾，才能出头"②。鲁迅自五四后一直都是青年学人的领袖，在文坛上具有极高的威望和影响力，太阳社、创造社如果能扳倒鲁迅，那么必将能在文坛迅速树立起他们的权威，从而独掌门户，号令文坛。然而我们不能不产生这样的疑问：在冯乃超挑起革命文学论争的首篇文章《艺术与社会生活》中并没有把矛头直接指向茅盾，何以使得他成为继鲁迅之后的第二个靶子？

要理清这一问题，我们还得先从文学研究会与创造社的冲突纠葛谈起。文学研究会在创办之初的确是各色人等都有加入，而且除了"反对'把文学当作高兴时的游戏或失意时的消遣'"这一共同主张外，并没有什么纲领，但也正因此才"在'五四'以后新文学运动萌芽时期能够形成一个虽然很散漫但是很广大的组织"③。从地区分布来看，江苏、浙江、福建籍的会员最多，具有明显的传统意义上的地缘结合色彩，这三地不仅文化鼎盛，文人交际网络极为宽广，而且尤为重要的是这些人手中还掌握着大量的现代文化传播媒介。《小说月报》自不必说，民国四大副刊中的《时事新报》副刊和《京报副刊》都成为文学研究会占据的阵地。茅盾作为文学研究会发起人之一和《小说月报》的主编，他凭借着对文学批评极其强烈的理论自觉和价值认同，为推介评价文学研究会及其他社团的作家作品撰写了大量的批评文章，这些文章虽然未能引起巨大轰动，但茅盾的名字频频出现在《小说月报》和《文学旬刊》上，借助商务印书馆和《时事新报》遍及全国的发行网络，很快便在文坛上确立了其批评话语的合法性和权威性，成为新文学批评的权威之一。文学研究会自成立之日起便人才济济、名家云集，同时还有一大批活跃在编辑出版界的人物，凝聚起当时文坛最强大的优势资源，而茅盾凭借着他的文学批评当仁不让地成为文学研究会的"全权大使"。根据布尔迪厄的观点，"每个团体都有或多或少制度化的代理形式，这些代理形式使总体的社会资本得以集中"，而代理权则掌握在"个别行动者或行动者小团体的手中"，"他们被任命为全权大使，代表团体，以团体的名义讲话和行事，他们在集体拥有的资本的帮助下，行使着与行动者个人贡献不大相称的权力"④。茅盾也的的确确无论是在内部统一思想（"为人生"的共同文学观念的形成）还是对外论战方面（同"鸳鸯蝴蝶派"间的论争）都起着至关重要的作用，使得他在极短的时间内就获得了令人称羡的社会资本和文化资本，成为"新文学运动的创始人之一，是继鲁迅之后的又一面光辉的旗帜"，是"'五四'以来第一个卓有成绩的文艺评论家"⑤。而反观创造社，其会员基本上都是留

① 李初梨：《一封公开信的回答》，《"革命文学"论争资料选编（上）》，人民文学出版社 1981 年版，第 229—337 页。
② 冯乃超：《革命文学论争·鲁迅·左翼作家联盟——我的一些回忆》，《新文学史料》，1986 年第 3 期。
③ 茅盾：《关于"文学研究会"》，《现代》1933 年第 3 卷第 1 期。
④ ［法］布尔迪厄著，包亚明译：《文化资本与社会炼金术：布尔迪厄访谈录》，上海人民出版社 1997 年版，第205 页。
⑤ 周扬：《正确评价一位当代的伟大作家》，《文艺报》1983 年第 7 期。

日学生,为了创造新文学这一共同目标结合起来。早在 1918 年夏,在福冈的箱崎海岸郭沫若和张资平就谈到要创办"纯粹的文艺杂志",这就是后人津津乐道的创造社"受胎期",但他们一来没有雄厚的资本,二来没有良好的社会关系,其"主要分子如郭、郁、成,对于《新青年》时代的文学革命都不曾直接参加,和那时代的一批启蒙家如陈、胡、刘、钱、周,都没有师生或朋友的关系"①。创造社起初让田汉寻找出版社,田汉又托左舜生代为寻找,但"中华书局不肯印,亚东也不肯印;大约商务也怕是不肯印的"②,可见商务印书馆竟连问都未敢问,这与文学研究会相比可谓有天壤之别。郭沫若听到左舜生的一番介绍后,已经认识到"象那时还未成形的创造社,要想出杂志,在上海滩上是不可能的"③,因此才不得不以忍受泰东书局的残酷压迫为代价来换取机关刊物《创造》季刊的创办,但即便如此等到实际出版时已经到了 1922 年 5 月,比文学研究会的成立迟了一年有余,坐失了拔得头筹的好时机,这在创造社成员心中留下了极深的隐痛。因而当两派论争愈演愈烈之际,成仿吾就提出过谁先谁后的问题,他认为"文学研究会这团体还没有出世。我们的进行很缓,然一直等我们渐次积极进行的时候,文学研究会才如春笋一般,钻出了土"④,但这样的立论显然是有问题的,"有了刊物才有'社',刊物是'社'的凝聚力之所在,刊物是'社'的形象的体现,刊物是使'社'立足于文坛的唯一方式"⑤,一直苦于无刊可用的创造社要想证明自己早于文学研究会成立,明知缺乏说服力也只好往前追溯到"受胎期"。因着这种种的纠葛,创造社在成立之初即已有意选定文学研究会作为攻击对象,正如郭沫若所言"已经攻倒了的旧文学无须乎他们再来抨击,他们所攻击的对象却是所谓新的阵营内的投机分子和投机的粗翻滥译"⑥。其实这段话大有可推敲之处,旧文学的残余力量此时并没有肃清,以茅盾为首的文学研究会正在猛烈攻击鸳鸯蝴蝶派,最终非但没能取得最后的胜利,反而在鸳鸯蝴蝶派和商务印书馆保守势力的联合迫压下使茅盾丢掉了《小说月报》主编一职。同属于新文学阵营的创造社当然并非不知道鸳蝴派依然存在的事实,但为了不被文学研究会统过去,势必要先打出自己的旗号,与文学研究会争夺新文学的领导权,以便为自己赢得存身之地。创造社作家虽然凭借着自己的努力挤入文学场中并成功树立起"为艺术而艺术"的旗帜,但随着时代风云的变换,进而使得文化市场需求和读者口味也发生改变,他们原本一度非常畅销的两个刊物《创造》季刊和《创造周报》不得不分别于 1924 年 2 月 28 日和 5 月 19 日停刊,这标志着曾经轰动一时的前期创造社的结束。郭沫若、郁达夫和成仿吾支撑创造社这个"圆鼎的三只脚"⑦也各自"逃异地,走异路",自泰东编译所风流云散后使得"创

---

① 郭沫若:《文学革命之回顾》,《郭沫若全集》第 16 卷,人民文学出版社 1989 版,第 98 页。
② 郭沫若:《创造十年》,《郭沫若全集》第 12 卷,人民文学出版社 1992 版,第 104 页。
③ 郭沫若:《创造十年》,《郭沫若全集》第 12 卷,人民文学出版社 1992 版,第 105 页。
④ 成仿吾:《创造社与文学研究会》,贾植芳:《文学研究会资料》(中),河南人民出版社 1985 年版,第 618—619 页。
⑤ 刘纳:《社团、势力及其他——从一个角度介入五四文学史》,《中国现代文学研究丛刊》1999 年第 3 期。
⑥ 郭沫若:《文学革命之回顾》,《郭沫若全集》第 16 卷,人民文学出版社 1989 版,第 98 页。
⑦ 郭沫若:《创造十年续篇》,《郭沫若全集》第 12 卷,人民文学出版社 1992 年版,第 213 页。

造社同人的新作品，也有二年多没有见面"①。而茅盾在遭受商务守旧派排挤之后却依然可以依托文学研究会和中共党员身份累积起不可小觑的文化资本和社会资本。

总的来看，创造社的"异军崛起"正是通过发起与文学研究会的论争及凭借他们极富天才的文学创作赢得的。特别是在 1923 年茅盾迫于商务印书馆守旧势力压力下辞去主编后，虽然他还与《小说月报》保持着联系，应郑振铎之请编辑《海外文坛录》，但因主要投身于政治活动和社会活动，逐渐退出了与创造社的论战，1924 年他与郑振铎共同撰文《答郭沫若》（7 月 21 日），宣布休战，创造社开始占据上风，"声势一度盖过文学研究会"，所持的个人主义和浪漫主义批评标准在当时产生了更大的影响。但也恰因此在由个人到集体，由自我到社会的文学风向转换过程中，创造社所高扬的个人主义和浪漫主义，所关注的个性解放和自我心灵关照便不得不纳入到否弃之列，后期创造社时期郭沫若、冯乃超等人对各自前期观点的自我批判也正印证了这一点；相较而言，文学研究会所倡扬的"为人生"和"血和泪"的文学因其对文学社会价值和社会功能的高度认同却更容易与革命文学衔接起来。事实上茅盾在反驳郭沫若、冯乃超时也会经常把他们的旧有观点翻检出来与现在的观点进行比照从而"以其人之道反治其人之身"。即使在左联成立后的三十年代初，茅盾仍撰文指出创造社挑起的对文学研究会的批评论争造成"创造社的文学观念"在"五四"以后的数年间成为文艺批评的权威，而文学研究会所提倡的"为人生的艺术"、"文艺的对象应该是'被侮辱者与被践踏者'的血泪"这些主张"并没引起什么影响"，"却只得到了些冷笑和恶嘲"，字里行间不难看出茅盾对于"文学研究会"观点与革命文学的内在一致性和自然衔接的自我肯定及对创造社在文学革命时期批评压制文学研究会观点的讨伐抗议，不无为文学研究会同时为他本人找寻其为"革命文学"正宗发动者和合法传承人的依据的意味。由此可以看出，虽然在革命文学倡导过程中创造社和太阳社毋庸置疑地占据着主动的地位，而茅盾由于在大革命失败后情绪低沉及脱离党组织避居家中写作等诸多原因使得他没能参与发起革命文学，但从他在《欢迎〈太阳〉》等文章表露的姿态来看，因着其一贯的文学主张尤其早在 1925 年间就发表了《论无产阶级艺术》等一系列宣扬革命文学的文章，更由于他身为早期中共党员并有着参与革命活动的实际经历，即便脱党他依然当仁不让地自我认定为革命文学阵营中的一员，不仅如此，他对太阳社等革命文学的"后进"青年还有意地以指导者身份自居。后期创造社的成员大多是从日本回国的年轻人，刚刚走出校园的他们资历尚浅，在文坛籍籍无名；而老一代的重要人物如郁达夫、张资平等此时已经成为后期创造社批判和清理的对象；郭沫若、成仿吾等虽然仍然是后期创造社的领袖人物，但他们首先面临着对前期所持观点自我否定等棘手问题；而太阳社的成员虽然都为共产党员且几乎都有过革命的实际经历，但除蒋光慈凭借其革命文学创作稍有名气外，其他人在文坛的知名度根本无法与茅盾相提并论。自 1928 年 8 月茅盾在上海创作

---

① 张静庐：《在出版界二十年》，上海书店 1984 年版，第 111 页。

完成《蚀》三部曲后，因"涉及范围极广而写作态度认真，比较起来，那些早期由王统照、张资平和蒋光慈所写的作品，便黯然失色了。一九二八年下半年，正在日本度假的茅盾，已在本国被公认为中国当代最杰出的长篇小说家了"①。

茅盾从事革命工作较之太阳社、创造社的任何成员都要早，而对于革命文学的倡导他也并不甘人后，据革命文学初期代表党组织指导过创造社工作的郑超麟回忆，"北伐以前，创造社一派文学家与革命无缘，倒是他们的对头，文学研究会里面的人与我们接近，例如沈氏兄弟就是我们的同志。自然，他们不是以文学家资格同我们接近"②。远在 1923 年，邓中夏、萧楚女就已撰文批判倡导"为艺术而艺术"的创造社，茅盾也予以声援，他宣扬文学应该"能够担当唤醒民众而给他们力量的重大责任"，并举巴比塞的话说明"和现实人生脱离关系的悬空的文学，现在已经成为死的东西；现代的活文学一定是附着于现实人生的，以促进眼前的人生为目的的"③，他提出希望包括创造社在内的文艺青年能够猛然警醒，以促进国内文坛的大转变早日到来。在大革命时期，茅盾身为早期共产党员，又曾亲身奔赴武汉，先任中央军事政治学校武汉分校政治教官，继而担任《汉口民国日报》的总主笔，大革命失败后他又和郭沫若等一起被国民党通缉。在对其是否脱党不得而知的情况下，太阳社、创造社在革命文学论争之初非但没有把茅盾置于攻击视域内，反而向他抛出橄榄枝，视为同路中人。然而这并不代表他们之间毫无敌意，事实上早在革命文学论争之前双方的敌对情绪就已经存在。茅盾和创造社的积怨由来已久，自不必赘言，他和蒋光慈等在文学观念上也是多有抵牾，当年在上海福生路宣传部房子内谈论文学时，茅盾表达了对创造社的不满，而蒋光慈却站在创造社一边极力辩护，待茅盾走后，蒋光慈颇为不屑地说："他算什么文学家！不过介绍些外国文学罢了！"④在当时的文坛之上，"创作是处女"、"翻译是媒婆"是一种颇为流行的看法，而"介绍些外国文学"自然又等而下之。即便是茅盾早年所专长的文学批评也是不被充分认同的，就连后来在文学批评方面卓有建树的胡风一开始也认为"在他人的心血结晶上面指手画脚，说好说坏，那是最没有出息的事情"⑤。

茅盾因着大革命的惨败"没有做成革命家，所以就做了作家"⑥，但他相较于那些没有革命经历的作家仍然有着强烈的优越感，况且他在此前已经拥有了十分可观的文化资本，而倡导革命文学的作家尤其是太阳社成员和后期创造社的新人却大都初出茅庐，因此茅盾在言语中不由得透露出强烈的居高临下的指导意味，而以蒋光慈为代表的太阳社对此却并不认同。此时的创造社早已今非昔比，1926 年创造社出版部的成立"开了作家自办书店的先声"⑦，创造社彻底摆脱了前期一直

① 夏志清著，刘绍铭等译：《中国现代小说史》，香港中文大学出版社 2001 年版，第 120 页。
② 郑超麟：《郑超麟回忆录》，东方出版社 2004 年版，第 285 页。
③ 雁冰（茅盾）：《"大转变时期"何时来呢？》，贾植芳：《文学研究会资料》（上），河南人民出版社 1985 年版，第 112—113 页。
④ 郑超麟：《郑超麟回忆录》，东方出版社 2004 年版，第 285 页。
⑤ 胡风：《胡风评论集》（上），人民文学出版社 1984 年版，第 3 页。
⑥ ［法］苏珊娜·贝尔纳：《走访茅盾》，《茅盾研究者国外》，湖南人民出版社 1984 年版，第 571 页。
⑦ 周毓英：《记后期创造社》，饶鸿兢等编：《创造社资料》（下），福建人民出版社 1985 年版，第 793 页。

依赖于泰东书局艰难生存的窘境，使得他们的经济状况有了很大的改观，更为关键的是创造社在经历一番吐故纳新和自我否定之后逐渐脱胎换骨，最终完成了新的转向，从守"艺术之宫"转向守"革命之宫"。"旧怨"夹杂"新仇"更是严阵以待、蓄势待发，急于在文坛上亮出自己的新招牌。

革命文学倡导者试图在"新""旧"作家间人为地构筑起一道鸿沟，认为只有他们这些文坛"新秀"才有资格创作革命文学作品，而老一辈作家则被置于"打发"之列。这招致退出实际革命斗争后正欲在文坛有所作为的茅盾的强烈不满。他首先在《欢迎〈太阳〉》一文中驳斥了蒋光慈的观点，认为革命文学作品落后于社会生活是因为"文艺的创造者与时代的创造者没有极亲密的关系"，没有亲身体验过革命活动的文艺创造者没有革命生活的实感，而"有实感的人们，虽然也不乏文学者，又苦于没有时间从容著作"[18]。其实茅盾并非是第一次表达这样的观点，早在1925 年他在《现成的希望》中就说过："我们的创作坛的不好现象，正是有暇写的人偏偏缺乏实际的经历，而有实际的经历的人偏没有工夫写"①，同时他也"不以为有了实感的人，一定可以写出代表时代的作品。要写一篇可看的文艺作品，究竟也须是对于文艺有素养的人们，才能得心应手"②。茅盾在晚年回顾其开始小说创作的生涯时曾透露，早在武汉时他就已经产生了强烈的创作冲动，但因忙于革命一直没能动手创作，显然他自己应属于"有实感"而苦于无时间"从容著作"的文学者之列，而包括蒋光慈在内的革命文学家要么缺乏"实感"，要么缺乏"文艺素养"，都被归之于否定之列。他还对《太阳》创刊号上的作品给予了严厉的批评，虽然他也强调"并不是轻蔑具有实感的由革命浪潮中涌出来的新作家"，只是"希望他们先把自己的实感来细细咀嚼，从那里边榨出些精英、灵魂，然后转变为文艺作品。不然，可爱的努力要朝太阳走的新作家，或许竟成了悲哀的 Pantheon 呢！"③但在表述中俨然以革命文学的指导者和批评者自居，带着极其强烈的优越感，譬如"很不客气说，《太阳》第一期中的几个短篇，使我不能满意；蒋光慈的《蚁斗》，也不见怎么出色的地方"，他"觉得那《女俘虏》，《冲突》，《蚁斗》中间的'实感'，好像并非别人一定没有观察或观察不到的"。这对热心于从事革命文学创作的蒋光慈等人来说不啻于兜头泼来一盆冷水，茅盾严厉甚至有些苛责的批评态度和批评话语使得双方本已存在的罅隙进一步扩大，因此蒋光慈等人非但未能体味到茅盾希冀革命文学能够改良进步的初衷，反倒认为茅盾是在吹毛求疵、蓄意挑衅。蒋光慈对茅盾的观点一一予以反驳，他强调"旧作家已落在时代的后边了，无论如何不能担负表现时代生活的责任，而这种责任只得落在新作家的肩上，因为他们有时代生活的实感"④。这里的"新""旧"作家之分并非单纯指年龄之别或登临文坛的时间先后，而是指谁具有创制革命文学的资格证？谁来主导革命文学？谁是革命文学的

---

① 玄珠（茅盾）：《现成的希望》，《文学周报》1925 第 164 期。
② 方璧（茅盾）：《欢迎〈太阳〉！》，《"革命文学"论争资料选编（上）》，人民文学出版社 1981 年版，第 109 页。
③ 方璧（茅盾）：《欢迎〈太阳〉！》，《"革命文学"论争资料选编（上）》，人民文学出版社 1981 年版，第 111 页。
④ 华希理（蒋光慈）：《论新旧作家与革命文学——读了〈文学周报〉的〈欢迎太阳〉以后》，《"革命文学"论争资料选编》（上），人民文学出版社 1981 年版，第 251 页。

合法人和布道者？等等一系列关涉根本利害的问题。"新"所指涉的意义是进步的、先进的和革命的，而"旧"则对应的是倒退的、落后的和反革命的，时间序列被打上价值判断的深痕，现代的"时间神话"再一次发挥作用。如此来看，也无怪乎革命文学倡导者对鲁迅的攻击何以会变成"年龄战"。一切凡是带有旧时代烙印的作家都统统被归之于被抛弃的行列中，要"一块打发他们去"。对于蒋光慈等借"新""旧"之别打击老作家，直到左联时期茅盾仍然难以释怀，他在《新，老》一文中对"新""旧"给出新的阐释，认为区分新作家与老作家的标准不在于从事文学创作时间的长短，如果"老是那样一个模子里倾出来的'开国纪念币'式的作家。这样的作家即使在文坛上出现不过一个月，所作不过三四篇，可是已经很配称为'老作家'了'"①。照此标准，以"革命加恋爱"模式风靡一时的蒋光慈也无疑应算是老作家了。

我们知道，文学竞争的中心焦点是"文学合法性"尤其是"权威话语权利的垄断"，它包括"谁被允许自称'作家'等，甚或说谁是作家和谁有权利说谁是作家"。实际上文学场本身就是一个斗争的场所，它的运转有赖于"占支配地位的作家定义的推行"②，所以在"新""旧"区分的背后有着强大的利益纠葛和价值冲突，决定着谁有权利继续前进而谁将要被淘汰出局。也正因此，蒋光慈才会毫不隐晦且有几分得意地宣称："新作家是革命的儿子，同时也就是革命的创造者"，"唯有他们才真正地能表现现代中国社会的生活，捉住时代的心灵"；"革命文学随着革命的潮流而高涨起来了。中国文坛已进入了一个新的时代。新的时代一定有新的时代的表现者，因为旧作家的力量已经来不及了。也许从旧作家的领域内，能够跳出来几个参加新的运动，但是已经衰颓了的树木，总不会重生出鲜艳的花朵和丰富的果实来，这又有什么办法呢？时代是这样地逼着！……"③事实上早在1925年1月，蒋光慈在《现代中国社会与革命文学》一文中就声称："我们在现代的中国社会找不出几个（就是一个也好！）反抗的，伟大的，革命的文学家"，"叶绍钧可以说是市侩派的小说之代表"、"冰心女士真是个小姐的代表"等等，"找来找去，只找出一个郭沫若还差强人意"④，摆出一副对旧有文学家特别是文学研究会作家彻底否弃和极端蔑视的架势。

1928年10月，茅盾《从牯岭到东京》一文的发表不亚于在已经狼烟弥漫的文坛上投下一枚重磅炸弹，不仅太阳社的态度来了个大转变，就连此前一直与鲁迅鏖战不休的创造社也迅即把视线转移过来，两派一道对茅盾展开猛烈围攻。研究者通常认同于茅盾在回忆录里的说法，称《从牯岭到东京》是对先前他受到批评的答辩，但是事实恐不限于此，对此我们需要做进一步的探讨。如果我们认可茅盾

① 蕙（茅盾）：《新，老？》，《文学》1934年第2卷第4期。
② ［法］布尔迪厄著，刘晖译：《艺术的法则：文学场的生成和结构》，中央编译出版社2001年版，第271—272页。
③ 华希理（蒋光慈）：《论新旧作家与革命文学——读了〈文学周报〉的〈欢迎太阳〉以后》，《"革命文学"论争资料选编》（上），人民文学出版社1981年版，第249—259页。
④ 光赤（蒋光慈）：《现代中国社会与革命文学》，《民国日报增刊·觉悟》1925年新年号。

的说法，该文的确是为回应对其小说《幻灭》、《动摇》(《追求》刚刚出版，尚无批评文章问世)的批评而发，那么其对应的目标应该是钱杏邨在《从牯岭到东京》发表前所作的《幻灭》(评论)、《动摇》(书评)这两篇文章。但仔细阅读该文我们发现文中并没有直接提起钱杏邨其人其文，和通常意义上的反批评或对话有着极大的不同。深究其实，其根本或在于此文并非出于"自我辩解"的需要，而应视为茅盾"对小资产阶级革命性和小资产阶级文学之革命性的自我主张与宣称"①，所以在《从牯岭到东京》一文发表之后，太阳社和创造社才会共同指斥茅盾为"小资产阶级代言人"，对他进行猛烈打击。此时的茅盾已经脱党，他拥有的政治资本几乎丧失殆尽，这时的文学研究会也"对于文艺的情趣或趣味性比较浓，而对于政治警惕性不感兴趣，或比较不足的"②。然而这并不意味着茅盾的社会资本和文化资本已经严重削弱，首先文学研究会仍然一如既往地给他提供极大的支持和帮助，且原来的文学研究会成员在出版界的声势依然非常强大。文学场域本身就是一种关系场，有着盘根错节的众多关系网络的茅盾所拥有的文化资本仍然不可小觑。在日本避难期间，他不仅可以通过赚取稿费来维持生计，而且"凡经他介绍寄出的稿子，上海出版商没有不用的，而且保证千字四元，提前支付"③。茅盾的《幻灭》《动摇》《追求》《虹》等小说都是由《小说月报》先行连载再由开明书店印单行本，虽然日子仍然比较拮据，但凭着稿费和版税收入茅盾除了在日本维持自己和情人秦德君的生活之外，还能够分出一部分贴补上海家庭的开支。当太阳社和创造社联合对他发动进攻之后，在文学研究会的大力支持和他自己的协调运作下，《文学周报》1929 年第 8 卷上连续刊出一组文章，与他的评论《读〈倪焕之〉》(《文学周报》第 8 卷 20 期)一道构成声势强大的反批评浪潮。即便在左联时期，仍然可以看出茅盾在出版界的巨大影响力。茅盾虽已失去用以往为人熟知的包括"茅盾"在内的笔名在商务印书馆刊物上发表作品的自由，不得不采用"逃墨馆主"等新的笔名在《小说月报》等刊上投稿，但他仍然可以利用文学研究会的关系推荐稿件在其上发表。瞿秋白于 1931 年翻译完的革拉特珂夫的长篇小说《新的土地》经由茅盾介绍准备在《小说月报》1932 年 4 月号上刊登，只是因"一·二八"事变爆发后商务印书馆毁于一旦致使《小说月报》停刊方而作罢。另据胡风回忆，他曾编辑了一套《工作与学习》丛刊想要"交给有党的关系的生活书店出版，但不取得茅盾的支持就做不到，因而非请茅盾为这个刊物的基本作者之一不可"④。

　　相较而言，创造社和太阳社在出版界的处境却要艰难得多，1929 年他们的刊物被查封之后更是陷于无刊可用的尴尬境地，正如鲁迅 1933 年致姚克信中所说的那样，"到一九三〇年，那些'革命文学家'支持不下去了，创，太二社的人们始改

---

① 赵璕：《〈从牯岭到东京〉的发表及钱杏邨态度的变化——〈〈幻灭〉(书评)〉、〈〈动摇〉(评论)〉和〈茅盾与现实〉对勘，《中国现代文学研究丛刊》2005 年第 6 期。
② 许杰：《关于文学研究会的回忆》，《中国现代文学研究丛刊》1992 年第 2 期。
③ 秦德君，刘淮：《火凤凰——秦德君和她的一个世纪》，中央编译出版社 1999 年版，第 71 页。
④ 胡风：《胡风回忆录》，人民文学出版社 1993 年版，第 68 页。

变战略,找我及其他先前为他们所反对的作家,组织左联"①。鲁迅的话从侧面印证了在这场文化领导权的争夺战中,太阳社、创造社可资利用的文化资本和社会资本极其有限,根本不足以撼动鲁迅和茅盾等文学巨人,也无怪乎傅克兴要对茅盾和《小说月报》发出既妒且恨但又无可奈何的慨叹,最终他们不得不在党的干预下放弃争斗走向联合。然而,这并非就宣告着太阳社、创造社与茅盾、鲁迅等人之间的分歧已然不复存在,实际上,内部的纷争仍然一直持续不断,只不过不再是过去那种剑拔弩张的论争方式罢了。在左联成立之初就有人说:"鲁迅茅盾的路,是已经过去的路,我们不应该再走他们的路!""因为他们只能写写文章,不能作实际工作,我们不必重复他们的路"②,这为以后左联内部的纷争埋下了隐患,也预示着无产阶级革命文学领导权之争并未随着左联的成立而烟消云散。

---

① 鲁迅:《致姚克》,《鲁迅全集》第 12 卷,人民文学出版社 2005 年版,第 479 页。
② 周文:《鲁迅先生和"左联"》,《鲁迅研究月刊》1994 年第 8 期。

茅盾农村题材短篇小说创作动因探析

肖　迪①

内容摘要：本文主要探讨的是茅盾两次农村题材短篇小说创作的动因。在回忆录中，茅盾提及一九三二年他为何会转向农村题材，但仅仅四点原因并不完全足以说明问题。文章通过还原社会历史背景，结合茅盾"为人生"的文学观，考察了这一时期茅盾思想和创作的转变原因。

关键词：茅盾；农村题材小说；动因

谈及作家茅盾，研究者常常将视线投向其都市书写，实际上，在茅盾的文学创作生涯中，农村题材作品虽然篇幅较少，但农村却是茅盾极为关注的问题。对小资产阶级的描写分析固然是作家重要的发力点，生活在辽阔大地上的农民群体和乡绅群体亦是其重点关注的对象。这些农村题材短篇小说中不乏茅盾的代表作，其重要性不言而喻。要想深入了解作家的思想和创作理念，就要关注他的农村题材短篇小说特点，以及他为何会将目光从都市转向乡村。

1928 年大革命失败后，茅盾便东渡日本。1929 年 4 月，他写下了实质上的第一篇农村题材的小说《泥泞》，但是这篇小说一直以来不被茅盾所喜爱，然而它却是茅盾创作农村题材小说的第一根导线，直接反映了当时茅盾对社会、农村情况的认知，可以与之后茅盾的农村题材短篇小说创作高潮时期的作品做一个对照，以此来探究茅盾创作思想的变化和思考的深入。

1932 年，在茅盾写《子夜》长篇的同时，于二月份写下了短篇小说《小巫》，后来又相继在五六月份写下《故乡杂记》三篇和短篇小说《林家铺子》，又在十一月份发表《春蚕》，这一年是茅盾的农村题材短篇小说的丰收之年。1933 年，《秋收》和《残冬》也相继问世。

在回忆录中，茅盾曾经提及过他为何在 1932 年转变方向来写农村题材的小说，他自述了四个原因。其一是在构思《子夜》时想把农村三部曲囊括其中，但由于《子夜》缩小了范围，所以所搜集的材料就另作他用。其二，上海爆发的"一·二八"战争让抗日的气息骤然在江南的城市村镇爆发了，产生了各种尖锐的矛盾，使得农村题材有了新内容。其三，是作者在 1932 年的两次回乡经历。最后即是作者希望换一换写作的题材。但是茅盾创作农村题材短篇小说的动因却不止于这四点。

---

① 作者简介：肖迪，华东师范大学中文系教授。

一

茅盾一直想要像左拉那样成为时代的书记员,能描摹出社会的全貌是贯穿作家一生的创作理想。1929 年创作《泥泞》时,作家对农民群体的了解还不深入,更多的是受到五四启蒙的影响。五四浪潮之下,两类身份在文坛上粉墨登场,一是知识分子,另一个便是农民。

1921 年文学研究会正式在北京成立,在文学研究会成立之初,就有着非常明确的"为人生"的立场。茅盾是文学研究会的重要成员,他在回忆录和各种序言回顾当中,不止一次地提到过自己"为人生"的文学观,这是很明确的五四启蒙立场,五四小说承担着"启蒙"的责任与使命。茅盾是如何看待"五四"的? 在《茅盾先生谈"五四"》里记录:

五四运动发生的时候,茅盾先生是二十几岁的青年,他看《新青年》等刊物,颇受影响。他说:K——"我在那时看到这些书籍刊物,感觉到刺激力很强,以前人好象全在黑暗当中,到那时才突然打开窗户。"①

由此可见,茅盾在青年时代接受了很多五四期间的新思想、新观点。在谈到五四与新文艺的关系时,茅盾认为:

五四运动,主要的是一个思想运动,它是彻底的从封建势力中冲出的思想大解放。五四运动是从提倡白话文、文学革命开端,今天新文艺的成就,便是五四运动的成果。不过,这是五四运动一部分的成果,主要的自然在于思想的启蒙运动。②

发现"人"是五四书写的重要内容,农民群体打破了过去的"失语",成为作家们最青睐的书写群体,也成为了作家们的启蒙对象。

在写《泥泞》之前,茅盾小说的主要描写对象都是小资产阶级知识分子,突然多了《泥泞》这样一篇"异类",其中不可避免的原因正是受到五四浪潮的影响。除此之外,还有自我挑战的意味在内。正如他曾在回忆录里说道:

我写惯了小资产阶级知识分子,现在也有意想换一换口味;或者说,想从自己所造成的壳子里钻出来。③

作家都想拓展自己写作的视野,尝试不同题材,试探自己创作的多种可能性,所以可以说,《泥泞》是茅盾的一次转向的试验品。显然这篇作品算不上成熟之

① 庄钟庆:《茅盾纪实》,四川文艺出版社 1986 年版,第 89 页。
② 庄钟庆:《茅盾纪实》,四川文艺出版社 1986 年版,第 92 页。
③ 茅盾、韦韬:《茅盾回忆录(中)》,华文出版社 2013 年版,第 2 页。

作，茅盾一直强调写作要能深入体会，此时他对农村农民的理解尚不深刻。

在《泥泞》这篇小说里，黄老爹愚昧、保守，认为封建皇帝制才是好。他的儿子和一干乡亲都无知而自私，在混乱时局面前，想到的只有"共妻"，面对时局毫无思考能力、辨别能力和反抗能力。在这篇小说里，这些农民几乎毫无优点，作家过度暴露农民的无知，并未展现农民另一面的真实。这和茅盾当时的心理状态很有关系。1927 年大革命失败之后，茅盾心中产生了动摇与彷徨，《泥泞》的背景正是革命，结局之黯然可能也与茅盾回顾到武汉这次失败的经历有关。但是并不能说此时的茅盾一定是消极的，原因有二：一是早在一年前，1928 年 7 月，茅盾在《从牯岭到东京》里已经进行了一次自我总结和自我反思，将迷茫、彷徨和苦闷做了一次清理。二是同月创作的长篇小说《虹》，则表现的是小资产阶级知识分子经过了从"五四"到"五卅"历练不断觉悟和成长的过程。但是此时的茅盾毕竟是客居他乡躲避祸患，虽然此时思想较之过去已经明朗不少，但有时想起失败的革命也在情理之中。

茅盾自小生长于乌镇，能与附近农村的农民接触，对他们的生活有一定的认识。1932 年，茅盾返乡之际更深入的接触到农民群体生存现状，给他带来的巨大的震动。如果说 1929 年的尝试是受到五四启蒙影响的一次写作试验，那么 1932 年茅盾重新将目光转向农村题材，则是由于他对这一群体有了成熟的理解，认识到农村题材作品可以真实地反映三十年代的中国社会。某种程度上这些作品也是对五四启蒙的一种回应。

比如说《春蚕》里的荷花，是封建社会的牺牲者，她只希望别人能把她当作"人"来看待，哪怕是跟她吵架、骂她也无所谓，所以她和未婚的男人们牵扯不清，为的都是求得"存在"。村里人对她刻薄，给她起"白虎星"的名称，在养蚕时，因为她家的蚕不够好，于是全村人都当她不存在、避开她。这就是集体暴力和封建迷信对她施予的惩罚。荷花追求的"人的存在"，也正是五四启蒙运动的核心问题。茅盾借此真实展示了在农村环境中的人与人之间的冷漠、无情和闭塞。同样揭露了封建"吃人"传统的还有《水藻行》，有研究者认为财喜和侄媳妇的乱伦是茅盾的一个败笔，但笔者认为这正是一种反抗传统的表现。五四启蒙运动非常强调婚姻自由，而秀生和他的妻子显然是并不般配的。秀生有着略带浮肿的失血的面孔、干柴似的胳膊，自小就有病，而他的妻子是一个充满了青春活力的健壮女子。我们在茅盾的笔下可以感受到这对夫妻的婚姻实则是一场悲剧，财喜的出现打破了悲剧的平衡，财喜有力量，一个人能做几个人的活，他和秀生妻子之间产生感情表现的是对封建婚姻的抗争。抗争并不彻底，他们也还仍然承担着作为秀生妻子和家里顶梁柱的责任。

二

茅盾谈及 1932 年创作题材的转向时，提及了"一·二八"淞沪抗战对江南城市村镇的影响. 长久以来积压的矛盾伴随着抗日浪潮喷涌而出，但是更需注意的是当时国际和国内的大环境对江南乡镇经济危机施加的压力，这一点茅盾并未在回忆录中提到，但却值得我们注意。

　　茅盾在给华汉的《地泉》写序言的时候,指出一部作品在产生时必须得具备两个必要的条件:一是能够对社会现象有全部的认识,二是有感情地去影响读者的艺术手腕。这两者缺一不可,否则就不能写出有价值的作品,并且写作品本来的目的也就不能达到,反而还会产生相反的影响。[①]

　　茅盾强调文学反映现实和社会,要对现状有着深入的体会和理解,在 1930 年左右,当时国内的情况一片萧条,剥削与压迫遍布江南农村乡镇,茅盾作为一名有着强烈使命感的作家,不免就会承担起用文学再现现实、反映现实、改造现实的重任,这也是他的"为人生"的文学观的实践。

　　1929 年,纽约股市暴跌正式拉开了全球经济危机的序幕,没有一个资本主义国家能够在这次危机中幸免于难. 面对着自己国家经济的持续衰退,各个资本主义大国都将视线转向中国市场。在这样的情况之下,中国本国的民族产业就受到了强烈的冲击,尤其是农村,受到世界性的经济危机影响更大。

　　小说《春蚕》中,老通宝家"发"的时候,也是镇上数一数二的大户人家,但是因为国内经济的持续低迷,外国商品的侵入,各种捐税的重压,使得这份家产迅速地败落了。

　　由于各个资本主义国家纷纷向中国倾销剩余农产品,粮食的进口净值不断上涨,与中国自产的价格几乎相差无几。例如澳麦每担合 4.2 两,中国麦每担合 4.5 两,价格差不多,但是进口农产品的质量更加优良,交货时间也更有保障,自然就具备了更强的竞争力。[②] 这就让经营中国农产品的人,不得不忍痛压低价格,经常会亏本这种情况当然就会影响到农村百姓的生活。除此之外,自然灾害的频繁让本就不景气的农村经济雪上加霜。这些充分说明了在 1930 年前后,农村贫苦农民生存的艰难。

　　在茅盾笔下重现了当时农民凄苦的生存状况,但是即便是在艰难生存之下,农民还是保有了自己特有的淳朴和坚韧的品质。1932 年 8 月,茅盾在这一年中第二次回乡,因为给祖母的丧事办了一周之久,所以和过去的亲朋故旧之间就有了不少叙谈,在这些叙谈之中,茅盾听到了不少的变故,尤其是关于蚕农的困苦和茧行的萧条的故事。[③] 除此之外,茅盾的祖母和母亲也喜欢养蚕玩儿,这让茅盾就很熟悉养蚕的过程。

　　江南地区农村的经济来源有很重要的一项就是植桑养蚕。经济危机爆发之后,对生丝的需求量锐减,蚕茧销售非常不景气,价格一路猛跌,在萧条的经济状况之下,很多茧行纷纷关门,这也是茅盾的《春蚕》笔下的场景。

　　1932 年是"丰收灾"之年,那年全国各项农产品的产量都非常可观。官僚资产阶级和帝国主义就携起手来对付农民,他们把价格压得很低,对农民进行残酷的剥削,而成本又被提高,最终农民赔本负债,蒙受了极大的损失,最终以"逃丰"代

---

① 茅盾、韦韬:《茅盾回忆录(中)》,华文出版社 2013 年版,第 4 页。

② 此段的数据来源均取自杨奎松:《中国近代通史(第八卷)·内战与危机》,江苏人民出版社 2007 年版,第 84 页。

③ 茅盾、韦韬:《茅盾回忆录(中)》,华文出版社 2013 年版,第 8 页。

替了"逃荒"。茅盾用纪实的笔法通过桑蚕行业再现了 1932 年的"丰收灾"。

除了天灾和外国产品的冲击之外，繁重的捐税也让老百姓苦不堪言。《浙江通史》里详细记录了当时农村的各方面情况。农村中的捐税品类繁多，农村中的借贷也让农民苦不堪言，占据着统治地位的地主阶级通过各种途径，用不论是合法还是非法的手段，来层层盘剥农民，并且将自己的合法及非法所得都转化为金融资本，再放贷给农民，达到再次聚敛财富的目的。这是这一时期浙江农村中的一个很重要而普遍的经济现象。农民一旦借贷，就会一直生活在重重压迫和催逼之下，一旦碰上流年不利，收成不好或者遇上"丰收灾"，就只有把农作物、茧子等农产品作为抵押。

《林家铺子》中林老板为了尽快将商铺里的商品卖出，不惜廉价亏本兜售，希望在腊月二十三这几天能把货物多卖一些给乡下人，但是赶市的乡下人一群一群地走过去，到了店铺门口只是满怀艳羡地夸赞，并无买下来的意思。

农民因为无钱去购买除了粮食以外的东西，就让城镇小商人也大受其害，间接地被地主和高利贷者剥夺了生意，导致店铺最终倒闭关门。除了在《林家铺子》里茅盾写过当时城镇农村的经济状况，他的《香市》更直观地记录了当年乌镇经济的萎靡。

香市的习俗是乌镇独有的，茅盾将其称之为"农村的狂欢节"，有些类似于庙会。香市期间，每天的清晨四乡农民都会结伴乘船，共同赶赴香市，乌镇香市会一直持续半月之久，是一大盛会。在日军侵华之后，香市曾经关闭了几年。茅盾在 1933 年写的散文《香市》，正值香市被关闭以后重新举办，按理说应该更为人声鼎沸，但实际上参加的人却是寥寥无几。正如茅盾所说，过往香市的主力军是农民，居然在这次香市里很难找到农民的身影。造成这样的局面的根本原因就在于农民的贫穷，农民尚且不能填饱肚子，生存已然成为最大的问题，自然没有闲钱也没有闲情来赶香市了。茅盾的这篇散文就充分说明了当时乡镇农村经济的惨淡和整体大环境的低迷，以及小商人和农民在这样的环境之下艰难地挣扎。

1930 年左右，国家经济持续衰退导致社会矛盾日趋尖锐，农村问题成为一个典型问题，以"为人生"为宗旨的茅盾自然不能坐视不理，结合他本人幼年和几次返乡的经历，让茅盾对当时的农村问题有了更深刻的理解，也对生存在底层的农民和城镇小商人寄予了深切的同情与悲悯。在茅盾看来，他的创作并非是为了创作本身，而是为了人生，为了社会，为了大众，作品的目的就是反映现实、改善现实。可以说是当时中国社会中的危机迫使茅盾走上了创作农村题材小说的道路，种种问题铺展在他的眼前，作为一名有责任感和使命感的作家，理应扛起现实主义文学的大旗来正视现实。

三

从小说《小巫》开始，茅盾就注重于塑造"真实的人"，这是其农村题材短篇小说创作的重要特点之一。这与两个因素有关，一个是茅盾创作小说并非凭空捏造，而是他根据生活中具体的人和事来写；二是和他的文学观有关，茅盾强调文学源于生活，但对于生活必须理解透彻了才能创作出好的作品：

生活是创作的泉源,要忠实于生活,但对生活的素材要多咀嚼,要消化了它,切忌粗制滥造;要使作品能正确地反映现实,指导现实,作家掌握先进的即无产阶级到世界观有着决定的意义。①

这样的精神贯穿了茅盾整个的文学生活,包括二十年代的创作。但是在茅盾看来,作家也不可完全凭借生活经验来写作,这是不够的,因为还需时间的历练与沉淀,经验与思想要通过反复的检验才能在落笔以后经得住考验,才能写出主要矛盾,不会主次颠倒。这是茅盾在漫长的文学生活中提炼出来的最为精纯的文学创作观。

由于茅盾从小就和农民亲近,所以他们也不将茅盾当作外人,常常向他诉说自身的悲苦和感受,这就让茅盾对于农民的生活有了相当的认识,也可以感知到农民内心的想法。而对于市镇上的小商人,茅盾的故乡乌镇是一个大镇,店铺有很多,他从童年到青年时期,都和镇上商店中的人很熟悉,也就熟知了这些小商人做生意的艰难。② 茅盾的"农村三部曲"、《水藻行》等作品塑造了一系列立体的人物群像。

"真实的人"是茅盾后期农村题材短篇小说的重要特点。茅盾小说中塑造出来的人物都是现实生活中农民和小商人的真实形象和心理,从这一点来说,茅盾笔下的主人公都是偏向于写实的。

老通宝是一位本性淳朴的农民,一生勤俭忠厚,但是迷信、十分固执,对新生的事物完全不接受,有时对人也会有农民特有的冷酷无情与残忍。老通宝是经验主义者,他只相信自己经验,所以当陈大少爷说今年上海不太平,茧厂不能开的时候,他不肯相信,因为在他过去六十年的人生里,从来没有见过这种情况。他又是十分迷信的,这点更加符合农民的身份。到了"收蚕"的日子,老通宝拿出香烛供奉在灶君神位前,这就可以看出他非常虔诚。当看到"乌娘"的样子强健,四大娘和老通宝都舒了一口气,然而在看到大蒜头只长了三四茎嫩芽时,老通宝的脸色又立刻变了,可今年的蚕却是非常好,这就是对迷信的一次反驳。

老通宝并不是完全不能感知到时代已经和过去不同了,他只是固执地想要对抗。短暂的"天变了"的觉悟很快就又被固执的经验打倒了,固执是威望的保护伞。老通宝痛恨洋货,这和茅盾在返乡以后听见乡亲们都在讨论"一·二八"战事有关,在阿四提到要用肥田粉时,老通宝的反应极其强烈。当阿四公然和他顶嘴时,老通宝更加跳着脚咆哮,因为他的威望在儿子儿媳面前受损了,这是他不能忍受的事情。田地里缺水,这一次老通宝终于向新事物略微妥协,租了"洋水车"来灌溉,后来又勉强让阿四和多多头用肥田粉。虽然他还是不肯承认肥田粉的效力,却也不再说它是毒药。老通宝在环境的重重逼迫下不得不正视新事物,然而他还是无法真正妥协,他只愿意在心中感叹"天变了",即使是临死前他承认了多

① 茅盾、韦韬:《茅盾回忆录(中)》,华文出版社 2013 年版,第 19 页。
② 茅盾、韦韬:《茅盾回忆录(中)》,华文出版社 2013 年版,第 6 页。

多头是对的,却仍然觉得奇怪,不可理解。

茅盾塑造的老通宝是一个具有复杂性格的人,但是不同于同时代部分作家笔下被环境扭曲到异化的农民形象,老通宝始终是一个真实的人。他勤劳淳朴,本性善良,特别固执,经验主义,想要牢牢守住自己在家庭中的权威地位。同时他也有他的"恶",比如对荷花的谩骂和冷眼显示出他的残酷无情。

茅盾农村题材短篇小说的第二个特点就是他书写的对象是比较全面的。对农民和地主阶级都有描写,对农村附近的小镇商人群体也非常关注,这说明他确实是想要系统的展现出当时农村状况的全景。

在《故乡杂记》里,茅盾记录了小商人在聊天时说的日子难过。因为上海战事的缘故,钱庄不通,帐头又收不起,所以生意上的活路就渐渐断了,加上捐税特别重,乡下人又穷,乡庄里也就没有生意可做,经济破产的阴影重压在茅盾的故乡上。

《林家铺子》里的林老板就是这样一位小镇商人。一生勤勤恳恳经营着一家店铺,时局不利让他的店铺逐渐撑不下去。即使仿效上海大商店的大放价手法,也只是步步亏损。在这样艰难的情况下,收账客人逼着他要钱,钱庄也逼着他要钱,官僚阶级趁机勒索,甚至要抢走他唯一的女儿。尽管林老板很会做生意,也很勤奋,但最终他只有破产倒闭这一条路可走。

《微波》这篇小说虽然主人公一家的生活环境并不在乡间,却是时时以乡下为背景的。教育公债和乡间土匪逼迫着李先生一家变卖了所有财产,搬到上海,把现金存进了银行,举家靠吃利息生活。在上海的开销自然比乡下要大得多,光靠吃利息仅能勉强够开销,恰好今年大旱,乡下有些地方粒米无收,收租非常吃力。在这种情况之下,他存钱的银行突然倒闭了,过去存在里面的现钱就这样蒸发了,李先生一家同时代一起陷入了更深的经济危机当中。但是面对这突如其来的噩耗之时,他急切地想要回乡收租的反映却恰好表现了地主阶级的自私、残酷。

在整个国家经济状况低迷的情况下,乡间大户也不能幸免。李先生的遭遇和农民一样,也是值得同情的,他所有表现出的地主阶级剥削农民的嘴脸,又让人感到可恨。茅盾正是以无产阶级的立场作为文学的指导来写的,但茅盾很有分寸感,他没有过多描写李先生作为地主阶级的特性,而是着重写了在大环境的压迫之下,大户也无法避免走向难以生存的境地。

茅盾第二次创作农村题材小说,源自他对于现实环境更为深刻的认知,对生活素材更为深入的咀嚼。结合作家的批评实践和创作实践会发现茅盾在创作中始终秉持着"为人生"的准则,农村题材短篇小说是他深入剖析社会危机的产物,具有重要的研究价值和意义。茅盾真实地表现现实生活中"活生生"的人,刻画出一系列生动的人物群像,对之后作家的创作产生了很大影响,也为我们理解茅盾"为人生"的文学观提供了一个可供观察的窗口。

参考文献：

［1］茅盾.《茅盾全集》[M].合肥：黄山书社,2014.
［2］茅盾.《茅盾全集》[M].北京：人民文学出版社,1984.

［3］茅盾、韦韬.《茅盾回忆录（中）》［M］.北京：华文出版社,2013.

［4］孙中田、查国华.《茅盾研究资料》［M］.北京：知识产权出版社,2010.

［5］杨奎松.《中国近代通史（第八卷）·内战与危机》［M］.南京：江苏人民出版社,2007.

［6］庄钟庆.《茅盾纪实》［M］.成都：四川文艺出版社,1986.